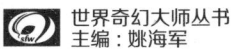世界奇幻大师丛书
主编：姚海军

紫与黑

K.J.帕克短篇小说集

［英］K.J.帕克 著

沈恺宇 等 译

四川科学技术出版社

Purple and Black：K.J.Parker Short Stories Collection I

Copyright © 2019 by K.J.Parker

This edition arranged with The Science Fiction World Ltd.

All rights reserved.

图书在版编目（CIP）数据

紫与黑：K.J. 帕克短篇小说集 /［英］K.J. 帕克　著；沈恺宇　等译
—— 成都：四川科学技术出版社，2019.10

（世界奇幻大师丛书 / 姚海军　主编）

ISBN 978-7-5364-9610-1

Ⅰ . ①紫… Ⅱ . ① K… ②沈… Ⅲ . ①中篇小说—小说集—英国—现代
②短篇小说—小说集—英国—现代 Ⅳ . ① I561.45

中国版本图书馆 CIP 数据核字（2019）第 210103 号

图进字：21–219–434

世界奇幻大师丛书

紫与黑：K.J. 帕克短篇小说集

出 品 人　钱丹凝
丛书主编　姚海军
著　 者　［英］K.J. 帕克
译　 者　沈恺宇　等
责任编辑　宋 齐　姚海军
特邀编辑　邹景岚
封面绘画　郭　建
封面设计　李　鑫
版面设计　李　鑫
责任出版　欧晓春
出版发行　四川科学技术出版社
　　　　　四川省成都市槐树街 2 号 出版大厦　邮政编码：610031
成品尺寸　160mm×228mm
印　 张　27.5
字　 数　430 千
插　 页　2
印　 刷　成都市金雅迪彩色印刷有限公司
版　 次　2020 年 02 月成都第一版
印　 次　2020 年 02 月成都第一次印刷
定　 价　69.00 元
ISBN 978-7-5364-9610-1

■ 版权所有　侵权必究 ■

■本书如有缺页、破损、装订错误，请寄回印刷厂调换。
厂址：成都市龙泉驿区航天南路 18 号　邮编：610100

紫 与 黑

——K.J. 帕克短篇小说集

目 录

紫与黑

致: 无敌骄阳的兄弟、爱民如子的君主、信仰的守护者、福萨尼的统治者——神圣的尼斯福鲁斯五世皇帝陛下

弗尔米奥恳请禀告皇帝陛下,他已经安全抵达特立米西斯城,并且掌握了城内民政和军事部门的控制权。

上特立米西斯总督弗尔米奥敬上

当然了,你是一个十足的混蛋。你把我从安纳苏斯的职位上拉了下来,这个职位可是我在军事学院里辛辛苦苦干了三个月才得到的,如今却拱手让给了那个傻瓜阿托。就这样你还不心满意足,你有那么多地盘,却把我扔到了这么个鸟不拉屎的鬼地方。这里除了积雪、士兵和野蛮人之外,简直一无所有。我究竟哪里得罪了你?

好了,我总算到了。这绝对是一趟风尘苦旅,我坐在邮政马车上,周围堆满了邮包、饼干盒和臭气熏天的鸡笼。一个胖女人坐在我对面,每当马车轧过路上的凹坑或是石头的时候,她就会直接扑进我的怀里。我揣测她一定坐惯邮政

1

马车了，因为她总是在看书，就算是被颠得脑袋撞到车顶、一条腿伸出了车外，她也没扔掉书本。对了，马车还有个轮子脱落了，砰的一声砸在山顶上，就在正午之前。那可一点也不好玩，我的朋友。

前任总督菲罗克忒纳斯看到我一点也高兴不起来。说真的，如果你要解雇一个人，还是事先告诉他比较好，别把这个倒霉差事留给他的继任者。他不相信我（他凭什么要相信我呢？）。他以为我是个疯子，差点要把我投进监狱，幸好我没把委任状放在压箱底的文件包里，而是碰巧把它揣在了衣服口袋中。我花了好多时间才说服他相信这不是一份伪造的文件。接着他就开始大发雷霆。

不管怎么说，我来了，这里看上去还算井井有条。不过话说回来，我压根儿就不知道一个运作正常的地方政府到底应该是什么样的。这里大约有一万名穿着脏衬衣和破拖鞋的公务员穿梭于各个部门之间，你若提个什么问题，他们却置若罔闻。办公室里的架子上有堆积如山的卷宗、文件、档案和账目，而且每个人看上去都忙坏了，所以我猜他们多少做成了些工作。虽然我根本弄不明白哪些东西是有用的。顺便提一下，当地寒气逼人，尽管这里有五个装满木炭的巨大棚子，可是按照规定，月中之前是不能烧炭取暖的。貌似我还没有取消这条规定的权力。在我看来，你至少应该送我一条羊毛围巾。

说真的，你有没有一本关于治理政府的书能借给我看看呢？

至于叛乱，情况好像也没那么糟，因为这里的人对它似乎一无所知。当然了，我还没有检阅过军队呢。我要把最好的留到最后。

致：上特立米西斯总督弗尔米奥

皇帝陛下已经收到了弗尔米奥的报告，并授予他提早使用木炭储备的权力。

无敌骄阳的兄弟、爱民如子的君主、信仰的守护者、福萨尼的统治者
神圣的尼斯福鲁斯五世皇帝陛下对不起。抱歉、抱歉、抱歉、抱歉。随信附上以下物品：

加长加厚的羊毛围巾三条

加厚羊毛手套六副

双层羊毛袜六双

出口等级毛毯十二张

一级伯修息安盐渍牡蛎一罐

（你的鞋够暖和吗？帽子呢？要不要再来个手炉？）

　　我很抱歉，行了吧？正如他们所说，这是一份糟糕透顶的工作，不过总得有人去做呀。就和当皇帝有点儿像，不是吗？

　　你需要任何东西都尽管写信告诉我，我会尽快给你发过去的——不是公务员说的那种"尽快"，而是马车上山爬得多快就有多快。一想到你在那里受冻的样子——缩在毛毯里簌簌发抖，冻得通红的小手放在忽明忽暗的蜡烛上取暖——我就寝食难安。我为此已经失眠好几天了，帝国政府也因此暂停运作。直到我收到你不再受冻的消息，他们才会恢复工作。这样你满意了吧？

　　换个话题吧，那里的情况怎么样？你发现叛乱活动了吗？就像过去我找不到赞美诗集的时候，我母亲经常说的那样——该出现的东西总会出现的。也许它掉在了什么东西后面，或是被藏在了某个安全的地方。像叛乱这种鸡飞狗跳的事情，迟早会浮出水面的。盼复。

致：无敌骄阳的兄弟、爱民如子的君主、信仰的守护者、福萨尼的统治者——神圣的尼斯福鲁斯五世皇帝陛下

　　弗尔米奥恩请禀告皇帝陛下，他已经发现了敌情，不过至今仍未辨明敌人的身份。

　　　　　　　　　　　　上特立米西斯总督弗尔米奥敬上

　　你依然是个混蛋,不过谢谢你的袜子。虽然我不喜欢袜子的颜色,但至少它们让我的脚趾恢复感觉了。他们还是不许我用那些木炭。由于木炭是军需品(为什么呢?),你显然需要单独发一道命令给军需部门,还要注明用量和使用日期。你应该知道这些的,见鬼。难道还要我教你怎么做皇帝吗?

　　毫无疑问,我是自作自受。我还清楚地记得第三学年的时候,在"贫穷与正义"酒吧里我说过什么——政权绝不能交到利欲熏心的人手中,所有重要的政府部门都应该让不愿意从政的人来掌握。好吧,我给自己下了套。

　　现在来说说叛乱。这里肯定存在叛乱,但可恶的是,我却找不到它在哪里。我翻看了所有的报告,它们说这里发生过许多场小规模冲突和打了就跑的突袭。案子很多,性质大都和匪帮抢劫差不多,但很可能彼此关联。可每当我们赶到现场,他们总是已经逃之夭夭,这实在太奇怪了。我们有几百种假设,可是不管你仔细研究哪一种,都会发现其实压根儿没人知道"敌人是谁、从哪里来、回哪里去、想要什么、有多少人"。他们显然一直在不遗余力地夺回同伴的遗体,因此我们连能检查的匪徒尸体都没有。我们仅有的线索,是他们留下的一些普通得不能再普通的武器,这些东西要么可以在任何信誉良好的武器商店买到,要么就是帝国军队的装备。目击者宣称匪徒看上去有点像帝国士兵,只不过没那么整齐有序。我亲自访问了一些幸存者(我自己骑着马去的,如果这还不叫爱岗敬业,那我就不知道怎样才算了),不过他们都显得惊恐万分,缄口不言。我想他们是在担心如果帮助我们,会有什么下场。这样可不太妙。无论如何,我会继续调查下去的(这就是标准的公务员辞令),一有消息,我会立即通知你的。

　　我忽然灵机一动。如果你真是无敌骄阳的兄弟,也许能说服你哥哥到我们这儿来一趟,只要把公共厕所里结的冰给融化了就行。

致:上特立米西斯总督弗尔米奥

　　皇帝陛下已经收到了弗尔米奥的报告。

无敌骄阳的兄弟、爱民如子的君主、信仰的守护者、福萨尼的统治者

神圣的尼斯福鲁斯五世皇帝陛下

你提到的这点十分有意思,我们神庙中一代代最聪慧的头脑都曾为这事儿困惑。就我所理解的而言,无敌骄阳并不是我的亲兄弟,更像个远房表兄。你可以想象,这多少让我松了口气——至少我不用费心记住他的生日了。不然你要送什么生日礼物给太阳呢? 袜子还是一本好书? 我可以肯定的是,他并不喜欢阅读(毕竟,书本一到他面前就会被烧坏)。

我已经就木炭的事又写了一道命令。我让副官长去查阅了相关规定(幸运的是,他有一本规章制度总集,我想让他抄写给一份给我,可他总是搪塞过去),他给我写了一份合乎规矩的授权书。好的,老天保佑,有什么情况再告诉我吧。

假如我在上一封信中没能清楚地表达我的意愿,我万分抱歉。当了皇帝显然不是我的错,要怪就怪我所有可恶的亲戚们都死于互相残杀了,只剩下我能登基。不过就算如此,我还是要说声对不起。我由衷地感谢你们几个同心协力地帮我。显而易见的是,我无法相信这里的任何人。他们要么百无一用,要么只是想从国库里骗点钱。假如他们没想阴谋政变,那他们侄女的男朋友的叔叔肯定在阴谋政变。这一切都让我意志消沉、胆战心惊,有时我甚至想要尖叫出声。我确信他们故意让我为毫无意义的琐事忙碌,这样我就无法察觉他们的真正企图了。算盘打得不错,不过请相信我,他们不过是作茧自缚。只要其他几个哥们儿掌握了实权,我们就能把那些傻瓜赶下台,一切就会走上正轨了。到那时,我亲爱的老朋友,你就能回家了,我向你保证。

如果我说得不怎么靠谱,那请你原谅:我一直在尽力想象你骑马的样子,这个场景深深扎根在我的脑海中挥之不去。给你提个有用的建议,当你骑在马上的时候,如果能看见马尾巴,那就说明你骑反了。

致: 无敌骄阳的兄弟、爱民如子的君主、信仰的守护者、福萨尼的统治者——神

圣的尼斯福鲁斯五世皇帝陛下

弗尔米奥恳请禀告皇帝陛下,敌人焚烧了萨雷亚。帝国军队无法与之交战。

上特立米西斯总督弗尔米奥敬上

别开玩笑了。快告诉我:尾巴到底长什么样?

萨雷亚事件并没有听上去的那么糟。我干了一件有用的事:组织了一个警戒网络(抱歉,我忘了在上一封信里提这事)。每个村子的村长都要负责布置一个全天执勤的岗哨,留意动乱的迹象。以前竟然没人想到该这么做,我觉得很不寻常。不管怎样,萨雷亚的岗哨发现有匪徒正向他们袭来,因此百姓们有充分的时间疏散。居然没人想到要派一个人跑去莱姆雷格尼的要塞报警,所以,直到帝国军队看见天空中腾起了烟柱,才知道那里受到了袭击。不过我们要知足,毕竟虽然村子被烧为了平地,但没人遇害,匪徒们也没能找到任何牲畜。我已经派木匠和石匠去那里帮他们重建家园了。人人都说萨雷亚本来就是帝国北方最邈遢的犄角旮旯,因此我觉得他们肯定能轻易恢复原样的。即使如此,遭遇袭击对那里的居民来说还是挺悲惨的,况且我们仍然不知道那帮坏蛋是什么人。我当然派了几个斥候去侦察一番,但匪徒留下的痕迹在几里之外就逐渐消失了。(新下的大雪覆盖了这些痕迹,你应该向你的远房表兄提一下这件事,他一点儿忙都没帮。)由于那儿的人一般只会从一数到五,村里的岗哨只能报告说敌人人数很多。也就是说从一百到一百万都有可能。这信息实在毫无用处。

我在《兵法》中查找关于对付叛乱的内容。书里说我应该建立一支快速反应部队,将其驻扎在事件频发地区的中心,由两队重装骑兵、一些弓骑兵和斥候组成。我本该立即照做的,但是遇到了如下困难:

1. 骑兵在陡峭的山路上无法行进。

2. 我没有两队重装骑兵。

3. 袭击发生在十分广袤的区域里,我们根本不可能在匪徒遁入山林之前追上他们。

你要知道,我看的是第九版《兵法》,也许后来又出了新版?我觉得自己已经无计可施了。

最后一件事,你能给我再发点儿紫墨水吗?后勤部的那个笨蛋只肯给我一盎司,超过这个量就要皇帝陛下的亲笔批准。我想让文书们把红墨水和蓝墨水混在一起,可是他们总也调不出接近原样的紫色。要知道,未经授权私自生产紫墨水可是要判死刑的。这到底是什么样的法律啊?

致: 上特立米西斯总督弗尔米奥

皇帝陛下已经收到了弗尔米奥的报告,并对他在萨雷亚的行动表示赞许。

无敌骄阳的兄弟、爱民如子的君主、信仰的守护者、福萨尼的统治者

神圣的尼斯福鲁斯五世皇帝陛下

随信附上一磅[①]紫墨水。这是从我的私人物品中拨出的。人生苦短,时间不能浪费在后勤部身上。

紫墨水的问题,对于政府存在的所有问题来说是具有象征意义的(这个词我用得对吗?)。这个问题始于一个基本无害而又有趣的想法:把紫墨水专门留给皇帝和官员们使用,那样的话,你一眼就能分辨出你收到的授权令、召集令或土地转让证书的真伪了。这想法还行,但后来发生了什么呢?首先,我的某位妄自尊大又神经兮兮的前任把这件事看得太严肃了,于是滥用紫墨水突然变成了一项死罪。然后,后勤部的文书们发现,他们可以利用这点来有效地掌控整个政府,尤其是那些他们不待见或是政见不同的官员,只要不给他们足够的紫墨水就行了。如果你得罪了那帮人,下次去申请领紫墨水的时候,他们就会告诉你从供应商那里新进的墨水品质不过关(大概是不够紫吧),或是货船沉进了海里,抑或是一种新的不知名的疾病横扫了弗拉吉亚的牡蛎养殖场。反正就是没有紫墨水,你也就没法签发文件,继而什么事都干不了。妙极了。这意味着

---

① 1 磅等于 0.4536 千克。本书注释若无特殊说明,均为译注。

连我本人都要储存一些紫墨水以防万一。同时，我物色到了一名文件伪造师（他被关在了东部的一所监狱中），他做的东西简直太逼真了。我一找到他，就立刻把他带来了身边，给了他一份工作。说真的，在这儿你只能这么干。

抱歉，我太唠叨了。

我不知道该给你些什么建议。建立快速反应部队无疑是个不切实际的想法，如果你把所有兵力集中在一个地方，只会给那些匪徒机会去袭击其他地区。现在我能想到的，只有渗透战和情报战，但不用说你肯定已经想到这两种方法了，而且它们并不容易实施。我对你的唯一要求就是尽你所能。你的尽心竭力正是目前我们最需要的东西，也是我派你去那里的原因。

在其他方面我们终于取得了一些进展。我设法让墨涅西修斯当上了财政大臣，斯特拉托成了法务大臣，阿瑞斯泰俄斯则担任了内务大臣。这意味着内阁中的重要职位都已经掌握在我们一三班同学的手里了。不过，你读到这封信时，我们其实可能已经被皇宫侍卫、贵族甚至是全体公民给杀了。这也许并不是一步好棋，不过我还是想下出来看看。当你回来的时候，我想请你担任军队统帅，可以吗？

致：无敌骄阳的兄弟、爱民如子的君主、信仰的守护者、福萨尼的统治者——神圣的尼斯福鲁斯五世皇帝陛下

弗尔米奥恩请禀告皇帝陛下，他已经与敌人交过战，但是未能取胜。

上特立米西斯总督弗尔米奥敬上

非常感谢你慷慨大方又令人欣喜的邀请，在这个你远房表兄照耀不到的地方，你的提议令我万分激动。再重复一遍，我不是一个战士。我不过是一个疲惫、微胖的半吊子学者。如果未来我足够幸运，该除掉的人死光了，又没有哪个小丑把我送去前线的话，我希望能在一所受人尊敬的大学里当高级讲师。我知道，我们都认为应该把重要的官位交给淡泊名利的人，但也该视情况而定。我的问题在于，我压根儿不擅长干这个。

就说说前文提到的败仗吧，我亲眼见证了一切。那时我碰巧就在乔里斯安瑟罗普（别费心查找了，地图上没标这个地方），因为有人报告说附近发现了匪徒的踪迹。我本以为这次巡察不过又是白费工夫，正准备打道回府的时候，一个骑士风驰电掣般穿过街道，从马上摔倒在了我的面前。这个可怜的家伙浑身鲜血淋漓，几乎体无完肤，但他还是奋力说出了匪徒正在离村子六英里①处破坏道路的消息。

不必说，我根本来不及多想。我的私人护卫有五十名龙骑兵，我派他们先赶过去，尽力对付下匪徒。我又胡乱写了一张请求救兵的条子，派人送给盖洛斯要塞的指挥官，他们位于相反方向的九英里之外。然后我坐上自己的双轮马车，让已经吓得魂不守舍的村长作车夫兼向导，一路颠簸着追赶龙骑兵去了。

我欠村长一条命，因为他让我们迷了路，我却因此逃过了一劫。我猜他是故意的：他是土生土长的当地人，对那里的山路应该了如指掌。当我们追上龙骑兵的时候，一切都已经结束了。假如早到十分钟，我就会像这些倒霉蛋一样命丧黄泉了。这都怪我没有深思熟虑；怪我太想做出点儿什么成绩了，却又不知道要怎么做；怪我吓坏了。

我们到的时候，还有两个龙骑兵奄奄一息，等到我呕吐完、稳住心神之后，就只剩下一个了。神奇的是，他居然还向我道歉。"对不起，将军。他们有六百个人，而我们只有五十个，我们直接冲进了他们的埋伏圈。还没回过神来就有三十个弟兄被弓箭射成了刺猬，剩下的人都被他们用斧子和剑砍死了。我让您失望了。"这就是他的原话。我感到无地自容，真想一死了之。然而我只能告诉他，他干得很好，整个福萨尼都为他骄傲，还有其他一堆废话。我很高兴告诉你的是：虽然他失去了一只眼睛，左手也成了残废，但最终挺过来了。他不过是执行了我的命令，因为他很可能以为我知道自己在干什么。我没法告诉他的是：在这之前，我连尸体都没见过。

① 1 英里等于 1.6093 千米。

出人意料的是,盖洛斯来的援军很快就到了,有两百名重骑兵和二十四名弓骑兵。他们的指挥官看上去胸有成竹,我就把那里交给他了。这是我当天犯的第二个错误。我忘了告诉他,我们发现匪徒在破坏道路。如果他知道这个,就会知道匪徒们其实是在布置陷阱(毕竟他是一个合格的战士,而不是我这种半吊子),也就不可能沿着大路全速行军了。但因为我忘了传递这个微不足道的消息,他这么做了。

这种事你比我了解,所以我想你应该猜到后来如何了。敌人是故意让我们发现的。逃回来报信的那个骑士是六人常规巡逻队的唯一幸存者(我应该想到问问他是谁、为什么会去那个地方的)。匪徒掌握了他们巡逻的时间和路线,袭击了他们,杀死了其中五人并有意放走了一个。这样一来,幸存的骑士就会疾驰到最近的要塞呼叫援兵。我们的军队就会随即上路,径直冲入他们设下的埋伏。为了设埋伏,匪徒们破坏了道路,还用滚木设置了路障,这样就能封住军队的退路,用最小的代价迅速有效地屠杀我们的士兵。很聪明,不是吗?

唯一值得欣慰的是,我看出了他们并非无懈可击。他们犯了一点小错,不知怎么地,在预定的伏击地点错过了巡逻队。正因如此,巡逻队才直接冲进了他们为帝国军队准备的埋伏圈,当时他们还在那里挖壕沟。除了这点外,计划的其他部分都进行得很顺利。他们杀了五个巡逻队员,放走了一个(原来他满身的鲜血都是疾驰过树林时在荆棘丛里摔出来的)。然而,幸存的巡逻队员没有赶去盖洛斯要塞,而是跑到我和我的五十名龙骑兵面前(我们在错误的时间出现在了错误的地方)。就这样,所有的事都乱套了。匪徒们原本期待着六百名骑兵,却等来了五十个龙骑兵。看见我的龙骑兵接近之时,匪徒们一定懵了。不过,他们并没有耐心等待大部队出现,而是一拥而上把龙骑兵杀了个精光。接下来他们可能有点惊慌,他们也许在想:万一自己才是中了圈套的那方呢?因为在那样的地形中,没人会派区区五十人来追击一伙数量未知的敌人(我相信他们一定还为此争执过),所以这情况看上去太可疑了。为了减少损失,他们决定撤退。

他们撤退后，盖洛斯骑兵队来了。只能说运气太好，不然呢？据我所知，我们的人直接冲进了布满陷阱的道路并且阵脚大乱。原本应该有无数坏蛋冲出来屠杀他们的，然而匪徒们已经离开了。我们最终的战果是：一人死亡（从马上掉下来摔断了脖子），七人重伤，还损失了二十四马。这不是最糟糕的结果，可事实依旧摆在那里：坏蛋们把我们整得够呛。更正，把我整得够呛。我就是一个不折不扣的傻瓜，连天上掉下来的好运（幸存的巡逻队员目睹了匪徒们在破坏道路）都差点儿被我弄成一场全军覆没的灾难。

我没资格质疑皇帝陛下对我的任命是否明智，不过在读完这封信之后，你还坚信我能指挥一支帝国军队吗？（我连一群羊都指挥不了。）

随信附上用军事术语写成的报告一份。原本还想附上我的辞呈，但我的紫墨水被偷光了，而你上次寄来的都结成了硬块（大力士用锤子都打不碎）。在我把更多的自己人送上黄泉路之前，请让我回家吧！算我求你了，好吗？

致：上特立米西斯总督弗尔米奥

皇帝陛下命令弗尔米奥等待援军，陛下已经派出了两队龙骑兵和一队雇佣军。

> **无敌骄阳的兄弟、爱民如子的君主、信仰的守护者、福萨尼的统治者**
>
> **神圣的尼斯福鲁斯五世皇帝陛下**

你他妈敢辞职！我这边也很不顺利。那帮官僚和豪门世家整天找我的麻烦，因为我们不了解他们办事的老规矩；另外，我不得不就边境防务问题接受了元老院的质询。他们说，事到如今，显然需要一个经验丰富的职业军人来处理边境事务。如果你辞职的话，他们马上就会逼我指派一个弗卡斯家族或布林加斯家族里的铁腕老将来接替你的职位。你知道他们执掌兵权后会怎么做吗？没错，他会立即挥师进入首都干掉我。你他妈给我老老实实地待在那里，不然我们就全完了。

抱歉，我也不想火冒三丈的。我真的很同情你。不过，现在的形势实在不容乐观，我已经在悬崖边上了。你那里是唯一有军事活动的地区，也就是唯一一个他们可以合法派去将军的地方。因此，我现在全指望你了，我的好朋友。我知道我可以毫无保留地信任你，留在那里吧，让他们觉得你有所作为。坚持住，直到我有力量能对付安提罗克斯、贵族们以及追随他们的那一大帮蠢猪。好吗？

算我求你了？

你看，我派来的援军是些厉害家伙，原来都是我父亲麾下的老兵。出于某种不为人所知的原因，他们似乎挺喜欢我，至少比喜欢尤金纳斯·布林加斯要多一些。而且他们人人有一身钢筋铁骨，当中的军官也不是什么皇亲国戚。只要你从谏如流，你犯傻的时候，他们就会提醒你的。还有，那些所谓的雇佣军其实是一伙嗜血的野蛮人，你没看错，但他们是我们的野蛮人。只要你按时支付酬劳，他们什么都可以替你杀。

说到这点，你那里的财政情况怎么样？我手头有点紧，财政部的那群蠢蛋想向我征收财产税，以此来削减我的资金。幸好我有父亲和齐诺叔叔留下的财产以及其他一些他们不知道的零散资金。有时我觉得家族成员都是窃贼和海盗也不错，作为家族里的最后一人，我继承了他们所有的秘密财宝。

墨水的事，我只能说声抱歉。虽然没有确实的证据，但我能肯定是有人为了不让我写信而在紫墨水中兑了石膏。那群畜生。不管了，随信附上一磅我那位伪造师朋友的自制产品。他是个不可多得的人才。下一步，他会教我如何去除文件封印。

其他伙计让我给你捎上几条消息。墨涅西修斯让你不要再叽叽歪歪了，你应该尝尝他的工作的味道。阿瑞斯泰俄斯让我提醒你：第二学年的时候，有一次我们偷了校长的双轮马车，把它拆散后又在老图书馆的房顶上重新组装起来。他觉得我们干了那事儿都能全身而退，那治理一个帝国不过是小菜一碟。斯特拉托正在为你搜寻一本叫《闺房密话》的书（第七版，还附带整页插画），这样你在那边就有东西可以打发时间了。

你们这帮哥们儿是我坚持下去的唯一动力。我十分想念高尔吉斯，他如果还在，一定会有对策的。

我还记得我们在制椅街后楼梯那里搬衣柜的时候，你曾经对我说："当你的朋友可真累，尼可^①。"好吧，你说对了。我想我也从未掩饰过这一点。我现在能说的只有谢谢，为了过去和现在你们所做的一切。

你会留在那里的，对吗？

致:无匹骄阳的兄弟、爱民如子的君主、信仰的守护者、福萨尼的统治者——神圣的尼斯福鲁斯五世皇帝陛下

弗尔米奥恳请禀告皇帝陛下，援军已经到达并依令进行了部署，等待进一步行动。

上特立米西斯总督弗尔米奥敬上

告诉你吧，你这次寄来的自制紫墨水是办公用品史上的一大创新。你应该把伪造师的酬金加倍。

转告斯特拉托，书收到了，万分感谢。告诉他，我特别感谢他把自己的那本给了我。至少我觉得这本是他的，上面有一些奇怪的污点。

好了，我会留下来的。自从你那些疯狂的援军来了之后，这边的情况有了一些转机。我本来一见到士兵就害怕，可你派来的这些家伙真的疯过头了。我这么说已经很委婉了，不过目前为止，他们或多或少还算克制。关键是得让他们远离大蒜，吃了大蒜之后他们就会失控。

说点正事吧，我还在考虑快速反应部队的事，想把三百名龙骑兵和一百个野蛮人布置在整条边境线上，用当地的士兵来填补他们之间的空隙。还有，我花钱的速度之快你绝对不敢相信。事实与简报说的正好相反，边境上的老人有

---

① 尼斯福鲁斯的昵称。

可能被收买,只要给够贿赂,他们就愿意干出无耻的勾当来。因此,我想我也许能找到一些线索。边境的村民一定知道些什么,匪徒们不可能在这里来去自如却从没被瞧见过。你可以事先给墨涅西修斯通通气:我的季度报表将会是福萨尼黄金时代以来最伟大的文学作品。说到这里,你能从你父亲的应急基金里再拨三十万塞斯太尔斯①给我吗?你答应过的。

致:弗尔米奥

 谢谢。

尼斯福鲁斯

致:无敌骄阳的兄弟、爱民如子的君主、信仰的守护者、福萨尼的统治者——神圣的尼斯福鲁斯五世皇帝陛下

 弗尔米奥恩请禀告皇帝陛下,他又一次与敌人交战并取得了小小的胜利。随信附上战果报告。

上特立米西斯总督弗尔米奥敬上

我不知道人们为什么总把打仗看作多么了不起的事儿。完全是小事一桩。

真的,兵书里把一切都写明白了。如果你的那本就在手边,请翻到第二卷第十六章,第三十六段到第四十二段的内容差不多就是我这边发生的事了。

不过我还是得再讲一下,因为我想炫耀一番。毕竟我就在现场,目睹了整个过程。

匪徒总能轻而易举地击败我们,我一直为此感到困惑。而突然之间,我灵光乍现。我想到了昆克提拉斯说过的话(详见《战争论》第七章,第九十八段至第一百零一段)——总是攻击敌人最强的一点。你还记得,我们以前觉得这个观点蠢透了吧?其实我们大错特错了。

---

① 日常交易中最常用的货币,用青铜铸成。

　　我想敌人最强的一点，也就是我最弱的一点。我对他们一无所知，这就是他们最大的优势。也许我可以利用这一点。由于上次成功地愚弄了我，他们一定会想当然地认为我还能更蠢一点儿，把自己搞得更加深陷泥潭。不过这次，我要故意装傻，引诱他们自投罗网。

　　这个计划当然需要周密的布置。诱饵一定得是钱财——运送军饷的车队。匪徒们总能对我的行动未卜先知，显而易见，我的总督府里一定有他们的眼线。我也要利用这一点。

　　我把你要拨给我三十万塞斯太尔斯的消息透露给了手下的高级办事员，这个消息自然会传到间谍的耳朵里。下一步才是计划的精髓所在。

　　你还记得克利阿克斯吗？那个又高又瘦、愁眉不展的小子，比我们高一年级，经常为了他爸做的生意发牢骚。我碰巧想起他父亲是给军队供应五金配件的商人，比如钉子、螺栓、铰链什么的。接下来，我写了封长信给克利阿克斯，向他询问了四十桶十六号铁丝的最低价（货到特立米西斯城付款）。随后，我收到他的回信，语气十分傲慢无礼。信中说他完全没有参与家族生意，而是成了一个很受欢迎的成功律师，特别擅长宗教法（这我早有耳闻）。不过，他还是会把我的信转交给他的父亲，后者会亲自与我联系。很快他父亲的信就来了，语气要友善得多，信中写了铁丝的报价。我和他讨价还价了一番，最后得到了一个极低的价格，我对自己都有点刮目相看了：谁会想到我在商业方面还有如此天赋呢？不管怎样，我们签了合同，我给他汇了一笔保证金，他给我安排了发货日期。

　　就这样，准备工作做得差不多了。我向克利阿克斯的父亲说了一大堆谎话，告诉他每年的这个时候大路都会被积雪覆盖，而小路上经常有盗匪出没。总而言之，我给他制定了一条运送路线，这条路就紧贴着边境线，十分靠近敌人活动最频繁的地方（你给我的贿赂资金都派上了用场）。于是，我尽量随意地向办事员们提起：将有一批军用物资于某月某日经由勒乌卡小道运送过来。

　　由于我以前从未经手过烦人的日用物资买卖，间谍们一定会察觉到其中有猫腻。四十个沉重的木桶被分装在八辆马车上，而考虑到我正在等待中央政府发来的巨款，就不难猜出这些货物是什么了。

接下来就要你父亲那些疯狂的龙骑兵发挥重要作用了。我也得碰碰运气，但愿坏蛋们的眼线还没有渗透到他们之中。为了保险起见，直到一次例行会议之后，我才把这个计划单独告诉了龙骑兵的队长，还假装是要和他讨论龙骑兵的纪律问题（够谨慎了吧？）。他手下有一整队龙骑兵和半队野蛮人。我让他自己去想想怎样才能不把计划泄露出去，结果他表示这一点问题都没有，只要在出发前一小时才通知他们准备行动就行了。让他们备好马、带上三天的口粮，不用提前告诉他们行动目的地。很显然，龙骑兵从不过问这种细节。

原本我不准备和他们一起去的，可临到出发却改变了主意。这纯粹是一时冲动。见到龙骑兵们整齐地排列在军营前的广场上，我就抓起鞋帽和《兵法》冲了出去。他们好心地借了我一匹马（可怕的畜生，脾气暴躁。当我抱怨这匹马的时候，他们告诉我之所以给我这匹，是因为它是白色的，而长官一定要骑白马。这帮混蛋！），我就这么跟着去了。

这应该是一次愉快的经历，所以我就不提路上的艰难险阻了。总之，为了我的屁股，最近我不得不出高价买了几个高品质的鹅绒垫子。我们很快到达了目的地。我让队长和他的人执掌地图，所以我们没有迷路。其实我想把所有的事都推给他们做决定，可他们不愿意，因为这不合规矩。最高长官在场的情况下，他本人必须亲自做决定，低级军官只能提供建议。因此，我下马后的第一条命令就是"给我提建议。"他们听话照办了，感谢你的远房表兄。

当我看到贝萨斯队长（他是个好人，你要留意他）打开鞍囊，拿出一本破旧不堪的《兵法》时，我忍不住大笑起来。他告诉我他到哪儿都带着这书。我说我也一样，随即给他看了我那本。更有趣的是，他的那本才第七版，书里夹满了书签，看上去有原来的两倍厚。不管怎样，我们查阅了《兵法》，其中有详细的图解和明确的指令，正适合目前的形势，于是我们照做了。

我们成功了，尼可，我们成功了。打仗就像下棋，只是更加直观。而且你必须把传令兵派出去，才能指挥行动。此外，你还得坐在马上（尼可，要让这该死的畜生保持不动实在是太难了）从高处向下望，努力寻找着地图里标注的地方，仿佛自己是上帝或其他什么神祇（我相信你也有这种感觉）。羊皮纸上涂鸦般的树木化作了远处真实的小树。你要运用想象力，把山峦看作地图平面上的等高线，把眼前的东西变成二维。你望见了一条河，猜猜怎么着，它就和地图上标注的位置毫厘不差。地图和景物之间的关系有点像新鲜无花果和无花果干，后者只不过被晒干压平了。一旦你看懂了，地图就是一个完全脱水后的世界。

这情形还有一点像在剧院里，你从很高的地方观看演出。有些吝啬鬼会爬到胜利大道剧院外面的树上，这样就可以免费看戏了。当然了，他们离舞台太远了，根本听不见演员讲台词。将军也像他们一样是个吝啬鬼（除非他是个久经沙场的悍将，可以与士兵们共进退，我可不行），他是不会付钱买票的：靠得太近会有被刺、被砍、被踩死的风险，因此他只能高高在上，永远也听不见台词，仿佛在看哑剧。然而，树上的吝啬鬼十分安全，他们连幕布后面发生的事都看得一清二楚。我就能看到车队沿着道路缓缓驶来，东倒西歪的，一副毫无警惕心的样子（为了保密起见，车夫们当然不知道真正的计划）；与此同时，我看见了匪徒，他们正如一群小虫子一般在树林里移动。我还看到我的士兵们宛如棋子般保持着静止，又像伟大祖先坟墓里陪葬的陶制人俑，守护着他们去往来世。有那么一刻，所有人都动了起来——车轮滚动着，坏蛋们偷偷地穿过了树林，好人们则悄无声息地滑下了山坡。其实他们都看不见彼此，只有我能看见所有人。都是因为我，他们才会同时出现在这里；是我为了实现计划，才把他们带到了此时此地。尼可，这种感觉太不可思议了。在某种意义上，我就是死神，人们将因我而死去，这难道不令人胆寒吗？不过另一方面，我又感觉很不错：敌人都是些无恶不作的坏蛋，这就像打老鼠，不是杀生而是除害。一些好人也会牺牲，这是我们必须付出的代价。再说，又不是我们自己要去死，不过是些士兵而已，他们就是吃这碗饭的。

在遥远的山顶上，你显然无法看清所有的细节。你没买票，当然看不到鲜血飞溅、碎骨残肢的震撼场面。没人理睬那些奄奄一息的伤者，在其他人眼中他们已经是废物了。我甚至有点崇拜那些身先士卒的将军，但又怀疑他们是在享受杀戮。

不论如何，计划进行得很顺利。匪徒们到死都不知道是谁伏击了他们。野蛮人两次弓箭齐射之后，就是重装骑兵的全面突击。据估算，坏蛋大概有一百五十人左右（他们可能在抢劫车队之后还要去袭击村庄），我们杀死了其中的一百零九人。我告诉队长，他们的首要任务是抓几个活的俘虏，其次才是守住敌人的尸体。但士兵们对此无能为力，因为没有一个匪徒愿意束手就擒，而所有无法逃走的重伤者都被自己人割断了咽喉。据我们的士兵说，有不少的匪徒本来可以轻易逃脱，但由于他们要留下来干掉那些伤员，才会被我们的人追上。我实在没法理解怎么有人会做那种事。

演出只持续了几分钟。如果我在马车刚出现时去灌木丛里解了个手，就可能错过了整个战斗过程。我不敢相信在如此小的地方、如此短的时间里、会发生如此多的戏剧性场面。就在这个修罗场以东四百码①的地方，我看见两头鹿正在恬静地吃草，对不远处发生的战事浑然不觉。

总之，我们斩获了一百零九具尸体（我们损失了六个人，其中有两个野蛮人，剩下的都是可怜的车夫）。我让他们把车上的货物卸了下来，然后把所有的尸体都搬了上去。我要把尸体运回去做进一步检查。

你还记得那个关于哲学家的故事吗？就是我越想越不明白的那个故事。现在的情况就差不多：我们得到的匪徒信息越多，我反而觉得对他们的了解越少。就拿他们的装备来说吧，其中七十四具尸体的盔甲基本相同：入门级的无袖鳞甲和半个洋葱似的头盔。我不是这方面的专家（我寄了一些样品给你，这样你的人就能做出准确的分析了），但也能看出这些盔甲都是朗格比的大厂子批量生产的，在市场上很容易买到。也许我们能从生产商的印记里找到产品批号，或许能由此追踪到真正的买家。剩余的尸体上都穿着标准的帝国军队装备，

---

① 1 码等于 0.9144 米。

和我们唯一不同的是，他们把盔甲上的纹章和所属部队的徽章都拿掉了——这难道不是我们倒卖多余军备时的标准处理方式吗？这是目前为止最重要的线索，相信你的专家们能从中找出有用的东西。

从尸体看来，这些人都像是本国人，至少不是远渡重洋来的外国人。我没有亲自检查尸体，但他们告诉我，这些匪徒没有任何明显的特征，可能是当地人，也可能是居住在边境以外的北方人或是从恩西亚北部来的。我还把村长们都找来，让他们看看有没有认识的面孔，结果还是一无所获。

好了，差不多就这些了。我让马车回去，把路边的铁丝给运了回来。为了防止匪徒们从赛克莱拉山谷进出边境，我准备横穿山谷建造一道壁垒，这些铁丝正好能派上用场。我的目标是一堵十英尺高的土墙，底下挖壕沟，沟边还安置着栅栏和铁丝网，这样就可以拖延敌人的直接进攻。我的想法是：倘若侦察队发现有匪徒来进犯，就立即通知最近的快速反应部队，后者可以在敌人到达之前于墙上就位，从而阻止敌人。当然了，修这堵墙的用意并不在此，它真正的用途是让敌人知难而退，去寻找其他的突破口，这样我们就能在别处守株待兔了。

正如我所说的，打仗简直易如反掌，比其他工作轻松多了。

致：上特立米西斯总督弗尔米奥

皇帝陛下祝贺弗尔米奥所取得的胜利。随信附上对叛乱分子装备的初步分析结果。陛下批准建造壁垒的计划，并表示赞赏。

无敌骄阳的兄弟、爱民如子的君主、信仰的守护者、福萨尼的统治者

神圣的尼斯福鲁斯五世皇帝陛下

许多年前，在我认识你和其他哥们儿之前，我曾亲眼见过一个人死在面前。他是来我家老房子修屋顶的建筑工人，脚下的脚手架坍塌了。那时，我正从房间的窗户向外张望，而当时的情景我还清清楚楚记得。前一刻还能看见一个小

个子男人站在脚手架上，用锤子和钉子在干着些什么。一瞬之后，整个脚手架忽然与墙壁分开，倒了下去。我笑了，因为这场面看上去就像马戏团的滑稽表演。那人大吃一惊，愣了下后，紧紧地抓住了排水管上的一根支架。我肯定他攀在支架上的时候，还做了个鬼脸。本来他只要沿着排水管向上爬到房顶，就能安全地掸去身上的尘土了。可他没那么做。他拼命想把腿跨到支架上，结果手一滑就掉了下去。他在空中挥舞着手臂，就像落在蜘蛛网里的一只苍蝇，接着就重重地砸在了地面，弹了一下后，就伏在地上一动不动了。我站在那里想道：这不对啊，他应该站起来，重新爬上去的（然后他脚下的砖头会一松，或是装满砖头的升降台荡过来砸在他头上，或是其他有趣的事情会发生）。眼前的场面不对，就像太阳升起后改变了主意，又从东方降了下去一样。就在那时，我明白了：死亡是世界最错误、最糟糕的事，糟得不能再糟了。

最近，我被迫签署了我的第一张死刑执行令。他们把它和其他许多文件（无关紧要的许可证、土地出让文书、议会批准书，还有许多鸡毛蒜皮的东西）一起堆在了我的桌子上，上面写着这个男人必须被处死。我坐在那里盯着这份执行令，羽毛笔的墨水都滴到了袖子上。一个书记员问我，文件是不是有什么不妥，我转头看着他，他便诚惶诚恐地退了出去，留下我独自一个人。

执行令提到的这个男人是理应被处以死刑的。他是个无恶不作的家伙——谋杀、强奸、武装抢劫——但他是贵族的儿子，因此他的死刑需要我亲笔签字。我实在是写不下去，胳膊完全僵住了。一想到我一落笔就等于杀了这个人，很明显，我下不去手。然而这是我必须做的事，最终我还是做了。不管你信不信，签字时我闭上了眼睛。剩下的一天我都在恍恍惚惚中度过，人们不得不一遍遍重复他们要说的事，而我却一点儿都没听进去。

那又怎么样呢？这就像人们总在争论该吃肉还是吃素，可如果城里的每个人都得亲自屠宰自己的食物，那他们也许会变成素食主义者。然而，这是不可能的。只要让他们连续吃上几星期的素，也许每个人就都变成屠夫了。就和我的经历是一回事：心里挣扎一番，然后还是做了该做的事。签字之后，我觉得自己身体的一部分也随之而去了，我感到渺小、愚蠢、无力。但下次，我还是会这么做；也许我会因难过而颤抖，可我还是会签下自己的名字，了结他的生命。这就是我们该做的事，我们会习以为常的。就像你第一次喝酒，那味道简直难以下咽，你会想：怎么会有人喜欢喝这种玩意儿？

我让全国人民都听到了你的捷报。我甚至想为你立一座塑像或是发行一种纪念币，转念一想又觉得那样做太幼稚了。不过，这场胜仗至少可以让布林加斯那帮人在议会里消停一阵，我也可以睡个安稳觉了。我对你的感激之情自不必说。我就知道你是值得信赖的人。

这件事你干得实在漂亮，运铁丝那主意简直是神来之笔（你是从哪里获得灵感的？拜托，告诉我嘛），之前你还说要打道回府呢，你个笨蛋。

好了，说说正事吧。我们从盔甲和其他装备之中发现了许多线索，但没有重大突破，至少目前还没有。关于那些盔甲的生产商，你判断得很对，它们是朗格比的"力量与荣耀"制造厂生产的，这厂子是那里的第二大盔甲生产商。他们的产品完全合法，事实上，我是他们最大的客户。他们生产基础装备，我们则把这些装备运去东方，作为军事援助送给一些处于缓冲地带的国家。当然，货运到那里之后就不受我控制了，当地的酋长可能把这些装备作为礼物送给部下；他们的大臣也可能谎报货船遇险沉没、把货物据为己有，然后通过中间人把装备卖掉；酋长还可能把盔甲交给雇佣兵组织，抵偿拖欠的酬金。不过，这些都发生在装备被使用之前。最终，大多数装备都会落在战场上。斐拉吉鲁斯兄弟公司是我国股票交易所里最大的企业之一，他们昨天的收盘价是每股七十塞斯太尔斯。这家公司雇有一万五千名自由人和八千名奴隶，而他们的主要工作就是在战场上剥掉死尸的装备。在自己人无法涉足的地方，这家公司就向当地人收购装备——那些地方往往只剩下一些老弱妇孺，这是他们维持生计的唯一方法。斐拉吉鲁斯兄弟公司是这行当里最大的经销商，另外还有十几家公司和大量小商贩在从事这项买卖。许多捡来的东西都被当作废品处理掉了，但有些还能使用或者花少量钱便能修复的装备，它们会被重新出售。事实上，斐拉吉鲁斯兄弟还不算丧尽天良，他们会事先与交战双方达成协议：作为搜刮战利品的回报，他们会承担治疗伤员和埋葬尸体的工作。而且他们干得不错。换作当地人，就会给所有还在喘气的人补上一刀，只因为尸体比活人好扒得多。

我们和"力量与荣耀"的人已经联系过了，他们告诉我，你找到的那些盔甲并不是同一批次的产品。他们的产品上都有生产商的标记和产品的批号，而你寄来的东西里混杂着十几个不同的批次，生产日期从两年前到二十年前都有。其中有十五顶头盔是同一批的产品，他们查找了生产记录后，得知这些头盔是肖兹罗恩公国通过战争部委托制造的。这个弹丸小国位于塔兹拉特山的背面（我知道你要问的），齐诺叔叔曾经给过那些乡下人一点军事援助。总之，这些头盔生产于四十年前，我们没法得知它们是怎么从肖兹罗恩来到特立米西斯的了。抱歉。

我们从你送来的帝国军队装备里找到的线索要稍微多一些。这些东西是不久前（确切地说，是十七年前）由克罗伊的国营兵工厂生产的，五年后被配发给了276团。你一定不会忘记，最近我和瓦塔特泽斯叔叔发生的不愉快事件中，276团站在了他那一边，所以已经被我在美格派地区彻底消灭了。仔细观察这些装备、特别是链甲，就可以看出它们是从战场上收来的。斐拉吉鲁斯兄弟有为那场战斗签的合同，他们正在查记录，搜索那一次回收装备的数量和去向。

总的结论就是：匪徒们的装备似乎是通过交易得来的。军械买卖在这几十年里一直处于卖方市场，想买好东西得花大价钱——从这点上，我们就能推测出他们拥有大量资金。如果他们能从声誉良好的军火商那里买进大量装备（哪怕是通过中间人），那他们就不可能只是一帮小毛贼。我让墨涅西修斯的财务部去调查匪徒资金的走向了，但对此不抱什么希望。军火生意可不像陶瓷、地毯或粮食买卖那么透明，参与其中的人都是阴险狡诈之辈，所有的交易都通过中间人和空壳公司来完成的，结账时则使用佩里马德亚的银行票据和私人信用证，或是诸如此类的东西。总之，我们拭目以待吧。

昨晚我看书的时候，偶然在一页空白处发现了高尔吉斯的手迹。他在书上写了一些自作聪明的评论，下面还画了些奶牛，一看就是他的独家手笔。我想我以前一定把这本书借给他过，然而我记不起来了。我呆呆地坐在那里凝视书上的字，直到男仆听见我的哭声冲了进来。我觉得自己傻透了。但在过去的日子里，我几乎没有一天不在想念他。我让战争记录部的人查了阵亡名单，只是想看看上面有没有他的名字。如果我们能确定他死了，至少比一无所知要好。

我喜欢你提出的建造壁垒的计划。你越来越像个将军了。

致: 无敌骄阳的兄弟、爱民如子的君主、信仰的守护者、福萨尼的统治者——神圣的尼斯福鲁斯五世皇帝陛下

弗尔米奥恳请禀告皇帝陛下，他已经成功地抓获了若干名叛乱分子，正进行审讯。

上特立米西斯总督弗尔米奥敬上

太好了，风水轮流转，总算转到我这里了。

安提马科斯·武泽斯的命运也是如此潮起潮落。你一定没听说过这个名字。他只有十九岁，是特立米西斯城里一个高级香肠供应商的儿子（他的血肠真的十分美味，虽然名字听上去有点恶心）。上学的时候，他曾经想当一个学者，还试图加入兄弟会，但满身的血腥味让他被踢了出来。他变得愤世嫉俗，经常在山林间游荡，到处惹是生非。在那里他遇见了叛乱分子的组织。他们接纳了他，也许是出于怜悯，也许是脑子轴了，但更可能是因为他能写会算。他成了那里的军需官。一开始他还觉得不错，然而干了一阵之后，他想起自己来这里的初衷是为了推翻腐朽堕落的旧社会，而不是清点鲱鱼罐头。他还因为军官食堂的醋用完了而被狠狠地训斥了一顿。因此，他申请调往作战单位。我猜想一定是有人同情他，又或是有人想除掉这个碍事的家伙，他被派到了边境上的前锋部队里（好了好了，我马上要进入正题了，在此之前，还是让我先谈谈有点人情味的东西吧）。他在那儿待了六个星期，整天在山脚下的破帐篷里无所事事，偶尔能溜过边境去偷点粮食。

好运从天而降。他遇到了一个女孩。一天,他在女孩家里行窃,他们目光交错之后的事你应该也猜得到了。他告诉女孩自己是一个走投无路的革命战士,女孩心中自然就涌起了无以言表的浪漫情怀。她给了他一些食物和旧衣服,不用提还有精神上的安慰和关怀了。后来,女孩的父母察觉到储藏室里的食物越来越少,而父亲的大衣也不翼而飞。长话短说,他们发现了女儿的所作所为,惊恐万分地去卫兵那里告发了他们。我们自然立刻把那个家伙给抓了起来,忽然之间,我们就有了个百分百正宗的叛乱分子俘虏。爱情是多么伟大啊!

我在书里查了查审讯的办法。书上说:只要把刑具一件件拿出来,大多数囚犯就会不打自招了。有道理,只是我们连一件刑具都没有。因此我们把年轻的武泽斯带到了磨坊里,给他看了看磨盘后面的转轴装置,告诉他这就是刑具。显然他对刑具也一无所知,而任何稍微有点想象力的人看到磨盘里的齿轮轴杆都会被吓得屁滚尿流。果然,他声泪俱下,答应交代我们想知道的所有事情。

故事的高潮到此为止了,我们发现其实他知道的也不多。用他自己的话说,就是"一切都是随缘的",他能遇到叛乱分子纯属意外。他们在执行完侦察任务返回营地的路上撞见了他。匪徒带他进出营地时都蒙上了他的眼睛,他又是个毫无方向感的人,因此完全不知道营地的确切方位。他说从营地到边境线坐了四到六小时的马车,可那是他自己认为的,这家伙一点时间观念都没有。我使出浑身解数来恐吓他,甚至把他拉到了兵营的钟楼上,给他看了大钟里的齿轮。他不得不开始编造一些情报来取悦我。

他总算知道他待过的那个前线据点在哪儿。他厚颜无耻地把我们带到那里,急切地要背叛他的同志们。我们抓住了十七名叛乱分子,他们可比武泽斯顽强多了。我在其中一人的身上故技重施,把他带到了磨坊里,给他看了一根转来转去的粗大摇臂。我问:"你怕了吧?"他看了我一眼,说:"这有什么好怕的。话说回来,这个凸轮轴得加润滑油了。"他以前在磨坊里干过。好极了。总之,最后的结论是,他们知道的并不比武泽斯多多少。不管那些坏家伙是什么人,他们隐藏得实在太好了。

现在我们手头多了一点点线索。他们肯定不是外国人。武泽斯在营地里遇到的匪徒都是本地人，其中有些就来自边境附近的村子。但这对我们并没有什么帮助。在这条边境线上，人们本就来去自由。我们这边物价较低，因此不用担心走私的问题（当然，有许多东西从我们这边被走私出去，但这就不是我们的问题了）。我问过话的大多数俘虏之所以加入叛乱，是因为根本没有其他事可干。有些人失去了土地，要么因为吃了官司，要么因为他们无钱无势；其余人不是因为小偷小摸或偷懒被辞退的工匠和学徒，就是破产的店主和商人。尽管他们看上去都不是打游击战的料，但实战中他们迅捷、高效、勇猛，还拥有在战场上绝不投降、绝不留任何伤者的精神。我们之所以能抓到这些俘虏，完全是因为趁他们熟睡时进行了突袭，他们甚至没来得及拿起武器。

这些情况说明他们曾经受过良好的训练，不是吗？他们之中有人非常擅长把普通人变成优秀的战士。武泽斯还说，他们有组织完善的供应系统、结构完备的指挥系统和后勤保障。每个环节都一丝不苟、井井有条。

依我看来，匪徒的每次行动都有章可循。他们可不是随便参考了哪本兵书；他们用的书和我们一样。因此，我们要对付的是有帝国军队履历的人。我们的人。

你明白我的想法了吧。在帝国军队中，有如此高超军事才干和经验的士兵并不多见。我猜我们要找的至少是上校以上的军官，甚至可能是准将。他有丰富的训练及作战经验。符合这条件的人应该不多吧？

昨天我观看了两个老头的决斗。我本可以阻止他们的，可我看得入迷了。两人的年纪都有七十上下了，一个身材高瘦、弯腰驼背、头顶光秃秃的；另一个则又矮又胖、腿还有点瘸。我不知道事情的起因，不过他们把这决斗搞得很正式——黎明时分举行，配了助手和医生，还在草地上用绳子围了个擂台。我当时正要去斯迪蒙要塞突击检查，完全是碰巧路过。他们都用上了长剑和圆盾，我猜三十年前二人一定是剑术高手。他们心里都知道自己该使什么招数，只不过力不从心。尽管如此,他们还是缠斗了五分多钟,直到两人都面色煞白、气喘吁吁。瘦老头脚下一绊,重重地跌倒在了地上,胖老头乘机朝他刺去,却失了准头,摔了个嘴啃泥。两个人都没法再站起来,只得坐在地上用屁股挪来挪去,却依旧挥舞着长剑互相砍杀。接着,瘦老头刺伤了胖老头的膝盖。我觉得膝盖其实不是他瞄准的目标,只是恰巧碰到了而已——这提醒了我们,随便摆弄尖锐的东西是很危险的。更糟的是,我觉得胖老头的膝盖可能本来就有问题。总之,胖老头扔掉长剑,抱着膝盖在地上滚来滚去,大声惨呼。他完全忘记了决斗和对面坐着不知所措的对手。随后助手把他们搀了起来,医生则过来查看伤势。我也继续上路了。

为什么人们总要互相伤害呢,尼可?这个问题难倒了我。

致:上特立米西斯总督弗尔米奥

皇帝陛下收到了弗尔米奥的报告。随信附上详细的调查报告。

无敌骄阳的兄弟、爱民如子的君主、信仰的守护者、福萨尼的统治者

神圣的尼斯福鲁斯五世皇帝陛下

很显然,我们都是业余的,弗尔米奥。我从没想过能当上皇帝。十岁的时候,我就很清楚这一点了——"尼可,你永远也不会成为皇帝,你将一事无成。找点别的事情做,别惹麻烦。"告诉你吧,我当时真是松了一大口气。即使只有十岁,我也已经能自己看书了。我从书里读到,在过去的一百年中,帝国一共有过七十七位皇帝,其中只有五个没有死于非命(有一个是听到兄弟反叛的消息,自己中风死的)。剩下的七十二个不是被自己的家人、属下、朋友、仆人杀害,就是被暴民五马分尸,或是被叛军处以极刑,大都死得十分凄惨。我想,谁会想干这一行呢?

因此我去了安纳苏斯(出于某种原因,他们没让我参加入学考试),我在那里遇见了你和其他哥们儿,我们一起读书聊天(有时我们并没喝醉)。我尽力

忘记自己的身份，在这里，我只是又高又瘦的尼可，长着大鼻子，说话结结巴巴的。人们大多很乐意与我交往。特别是墨涅西修斯和高尔吉斯，和他们在一起的时候，我就成了学校里最酷的一伙人之一。总而言之，他们接纳我入伙其实利大于弊，毕竟我的思想和我说的话对他们颇有助益（也因为我在学期快结束的时候还有钱请大家喝酒？可能吧，我永远没法知道了）。

是的，我是业余的，我们都是。这样说来，我们干得还不错。实际上，我们干得很好（要知道，我们只是一群从未接触过政治、经济和军事的浑小子）。

就拿土地改革来说吧。昨天在议会里，我们对阿瑞斯泰俄斯提出的不动产法案进行了第二次审议，在没有我干涉的前提下，议会通过了这个法案。在法律改革方面，三天前，斯特拉托成功地实施了一次突击，我们弹劾了二十名最腐败最顽固的法官，他们被打了个措手不及。我简直不敢相信他们就这样默默地下台了——更重要的是，我并没有三更半夜派人去威胁他们，我们是在法律允许的范围内做到的。墨涅西修斯终于把财务部的账目整理清楚了，近四十年来，我们第一次知道了国库里究竟有多少钱，以及我们的债务和收入的具体数字。他取消了六十六项不合法或过度收取的税金。此外，他还杜绝了政府里大多数的贪污、腐败、低效和浪费的行为。我们终于做到了收支平衡，而且还有能力偿还一部分外债。对于一群不谙世故、刚从象牙塔里出来的大学生来说，我们干得相当不错了。

可如果不能制住那些战争狂，我们所做的一切就都是白费了。你还记得卢科饭店里的那条狗吗？你吃饭之时，它总是守在一旁，注视着你的一举一动，等待机会一跃而起，夺走你盘子里的面包或者三明治里夹的肉片。自我上台之后，帝国的将军们就像那条狗一样伺机而动。帝国在历史上头一回连续十年与邻国维持和平，这对他们而言无疑极其可怕。目前，唯一有机会发动战争的地方就是特立米西斯，他们会想尽一切办法在那儿找到突破口的。不过，幸好有你在，我还能向他们保持微笑。我感谢他们想为特立米西斯事务提供帮助的好意，但我向他们保证，我任命的总督已经完全控制住了当地局势，并会在适当的时候给他们一个满意的答复。换句话说,不需要他们插手。在我面前,他们就像关在笼子里的豺狗一样坐立不安。与此同时,我不动声色地削减了他们的资金和军队。倘若我们能解决好你那边的问题,就能把他们全部除掉,这样也就除去了悬在帝国头上的最大威胁。

弗尔米奥,我不是在给你施加压力。不过实话说吧,你现在所做的是我们整个计划里最重要的一环。没有你的话,我们也许早就打起了内战,那些将军可能已经把我的脑袋插在矛尖上了。这话我不得不说。

有一件事真的很奇怪。你让我到军队里去查一下有问题的军官,结果居然一无所获。我们核对了八十岁以下符合条件的所有军官,没一个是我们要找的人。我们甚至还查了他们的儿子、孙子和副官,以及军校里的讲师和从国外来寻求政治庇护的军官——我知道,这样说不通。你想想看,有没有人能在没有任何战争经验和军事背景的情况下,光凭读懂兵书就能运筹帷幄呢?

在资金调查的方面,我们运气还不错。就有点像隐形人的故事:你看不见他的身体,却看得见他的影子。墨涅西修斯的手下正在尽力追寻资金留下的线索(我不太懂这方面,如果你懂,请跟我解释一下)。举例来说,斐拉吉鲁斯兄弟公司缴起税来一丝不苟,每当他们交上一大笔税的时候,就意味着他们刚做成了一笔大买卖。同样的,如果某家银行降低了贷款利率,就说明他们刚收入了一大笔存款。道理差不多就是这样。这些事情让我头疼,但反正墨涅西修斯懂行,我就不用费心了。墨涅西修斯发现,叛乱分子开始作乱的一年前左右——因为战乱的缘故,我们不太确定叛乱开始的准确时间——国内出现了大量资金活动的迹象,但我们并不知道这些钱是从哪里来的。它们仿佛是从石头里蹦出来的,但这不可能。更不幸的是,这些神秘的资金分别在不同的时期消失得无影无踪。墨涅西修斯推测资金已经离开了我们的管辖范围,被转移到了佩里马德亚,目的是摆脱追踪。然而,财政部的人一直向我保证,只要他们出一次纰漏,就马上会被我们逮住。真是这样吗?我的神经依然无法放松下来。

随信附上详细报告。如果我没记错,第三个箱子的箱底有一本最新、最权威版本的《形式与内容》——是的，斯特西克鲁斯博士（他一定快九十岁了吧）终于完成修改、把稿子交给了出版社。太奇妙了。我想这是因为我们离开了学校，没人再和他捣乱、再用愚蠢的问题打扰他的缘故。如果这都不算世界末日的征兆，我不知道什么才算了。

致: 无敌骄阳的兄弟、爱民如子的君主、信仰的守护者、福萨尼的统治者——神圣的尼斯福鲁斯五世皇帝陛下

弗尔米奥恳请禀告皇帝陛下，叛乱分子攻破了我们建造的壁垒。他们焚毁了西雅诺，还破坏了扎彭特斯的大桥。

上特立米西斯总督弗尔米奥敬上

以下文字摘自斯特西克鲁斯所著的《形式与内容》第四卷第七章第七至第九小节。

"假如自由、正义、对与错、政府的好坏都可以用客观标准来衡量，那我们该怎么做？为了得到令人满意的结果，什么样的方式才是正当的？为了和平而发动战争，为了好人能当上皇帝而杀掉现在的昏君，为了解放而压迫，为了自我救赎而放逐自我，我们能允许这样的事发生吗？客观上的恶行可以成就主观上的善举吗？如果可以，美德还从何谈起？但是假如我们退缩了，害怕越界，畏缩不前，进而含冤负屈，难道这不也是一种罪吗？这其中还夹杂了虚伪和怯懦，难道不是更坏吗？"

我就是想顺便分享一下。他写了五十六年的书，结果给了我们什么？一个答案？不是的，他又他妈提出了一个更大的问题。太谢谢你了，博士。

接到我们遭受袭击的报告之时，我正在读斯特西克鲁斯的书。当想象中最坏的情况真正发生了的时候，你知道我心里有多痛苦吗？就算这事不是针对你个人，你也会感到气急败坏的。我并不认为那些坏蛋是为了破坏我的美好心情才专门搞的破坏，但难免有这种感觉。我觉得他们这么做恶意满满，我很想打人，可身边又无人可揍。

他们肯定是穿过山顶的树林，绕远路接近壁垒的，因此我们的巡逻队事先没有发现任何迹象。他们在壁垒的最西端穿越壕沟，那地方的墙壁还没完工，四周还围着木板。这一招太聪明了。我想他们是在天刚黑时动手的，至少花了六小时来完成行动。他们小心翼翼地锯开了支撑壁垒的承重板——没有完全锯断，毕竟他们要保证自己在下面的时候，壁垒不会坍塌。中途，他们把锯下来的干燥木板堆到了一起，然后接着锯。最后他们点燃了木板堆，大火烧断了下层的木头横梁，这一段塌陷之后，临近的承重板也轻易地折断了。整条壁垒在不到一分钟的时间里全部塌了下来。那真是一道奇观，可惜我们居然没有一人亲眼瞧见。我们花费了大量的时间、精力和金钱来挖出泥土、筑成土墙，然而它们就这样静悄悄地恢复了原样。他们的行动十分隐秘，睡在一百码之外营地里的工人们都没被吵醒。我亲自去查看了被摧毁的壁垒，实话说，我看不出哪里曾经挖过壕沟。泥土填得平整极了。

我不得不钦佩做出这种事的人。

好了，他们的诡计就介绍到这儿吧。我们不知道匪徒们是何时攻入营地的。营地里睡着三百六十名工人，而我们发现了一百六十八具尸体。我们到达营地的时候，有几个幸存者从树林里战战兢兢地走了出来。其余人早就逃得远远的了，我并不怪他们。显然我们无法保护他们，即使我们决定重修壁垒，也只有疯子才会回来为我们工作。

营地大屠杀发生在黎明前的一小时，匪徒们的行军速度很快，在破晓时分就抵达了西雅诺。巡逻队发现了他们，并发出警报。但当要塞里的士兵清醒过来、准备行动之时，他们已经攻入了要塞，四处放起火来。指挥官罗纳拉斯上尉明智地决定放弃要塞。在火势蔓延开前，他指挥队伍把尽可能多的老百姓护送出了要塞的南门。这是个好主意，可惜的是，匪徒们已经料到了这一点，在南门外守株待兔。罗纳拉斯和他手下还肯服从命令的士兵们拦在了匪徒和百姓之间，想掩护百姓们撤退。这确实十分勇敢，但最终他们的努力还是付诸东流了。另一伙匪徒直接在扎彭特斯大桥上阻断了百姓们的去路。要塞里总共有超过两千名平民和近一百名士兵，而目前我们只找到了三十多个生还的平民和一千六百多具尸体。所有士兵全部阵亡，其中也包括罗纳拉斯上尉。

接着，匪徒们破坏了下游两百码处的堤坝，还把干木板堆在大桥中间点火焚烧。大桥还能修复，不过这已经无关紧要了。他们之所以这么做，是想让梅索拉要塞的援兵多绕十五英里远路才能过河抵达西雅诺。不用说，援兵到达的时候，匪徒们早就逃得很远了。我们试图追寻他们留下的足迹，但到山脚下就踪迹全无了。我们没有抓到一名俘虏，也没有发现一具匪徒的尸体。据我所知，他们是全身而退了。

情况就是这样。我认为你应该问问你的将军们：我本来该怎么做，才能防范敌人这次的偷袭，或是在对方逃跑之前逮到他们？这个问题应该能让他们无话可说，至少在公共场合如此，因为连我也实在想不出答案。我们没法在边境线上布满岗哨。建造壁垒其实就是这个目的——说到这儿，我觉得建壁垒应该是个好办法，因此他们才会想方设法来阻止我们。他们达到目的了。

尼可，在这个极为艰难的时刻，我不该再给你添麻烦了。可请你扪心自问一下，我到底是不是这份工作的理想人选？假如你能想到其他任何人选，我马上辞职回家。要应付这里发生的一切，你需要的不是一个勤勤恳恳、拼尽全力的老实人，而是一个天才；他一定要比制订袭击计划的坏蛋更聪明。说真的，你考虑一下吧。

与此同时，我有一个建议，虽然连我自己都觉得这主意糟透了，不过我还是要提出来。那就是重修壁垒；不仅要把原来的修好，还要加长，从西部海滨一直造到东边豚背山的山脚下。这是一个极为庞大的工程，我们需要至少十万名工人，还需要五千名以上的士兵担任工程期间的守卫，以及大量的原材料、建造设备、食物和人员住所。我还没有估算整个工程所需的费用。我试图站在敌人的立场上思考问题。敌人会想：假如我是那个傻瓜弗尔米奥，面对我们这回的突袭，他会如何应对？他要怎么做，才能给我造成一点点恐慌、不便或是烦恼呢？

接着，答案就出来了——他得重修壁垒，造一道更大、更长、更坚固的壁垒，造一堵该死的墙。

此外，我还有一个点子，是斯特西克鲁斯的书启发了我。除了建壁垒之外，这是我能想到的唯一办法了：调动两个军团的兵力，对边境两侧五英里范围内进行一次大扫荡，烧毁所有房屋，把所有人口牲畜关押到要塞里，没收所有的粮食储备，把这个地方变为无人区。如果这都不能奏效，就调动更多的军队，把无人区的范围扩大到十英里，直至叛乱分子消停下来。

记得父亲曾经告诉我一句话，这话是我祖父在把皇位交给他时，对他说的："假如有人踩你的脚，就打断他的手；假如有人向你吐口水，就干掉他；任由他们恨你吧，只要他们怕你就行。"我父亲的一生就是贯彻了这种思想。一想到自己是这种人的后代，我就毛骨悚然。更可怕的是，我祖父为人处世的方法在某些环境之下居然很有效。祖父就是这样在造船业中赚得万贯家财的；如果地球上还有比加里赫造船厂更凶险的地方，那只能是特立米西斯前线了。

求你好好想想还有没有第三种办法。

致：上特立米西斯总督弗尔米奥

以此信为据：皇帝陛下指派送信人拉马卡斯将军为特立米西斯地区军队副指挥官。拉马卡斯将军将协助弗尔米奥管理整个地区的防务及安全工作。

无敌骄阳的兄弟、爱民如子的君主、信仰的守护者、福萨尼的统治者

神圣的尼斯福鲁斯五世皇帝陛下

你现在的首要任务是立即找到并抓获叛乱分子的首领，给他好吃好喝再给他一份工作。我们需要这样的人才。

相信你应该已经注意到了，我敏锐的朋友，这次随信附上的不是牡蛎、围巾或一本好书，而是一个好战的将军。对此我深表遗憾。这绝对不是我的主意，我也帮不上任何忙，全靠你自己了。你的麻烦已经变成了我的麻烦，此时此刻

我这边也情况不妙。派给你的这个四星级混蛋，是我在目前情况下能争取到的最好人选了。好好相处吧。

（倘若你发现这信上的封印有被破坏过的痕迹，最好立刻就给拉马卡斯将军安排一场意外事故。不过我觉得这不太可能。我没有任何理由怀疑拉马卡斯将军不是个文盲。）

你很快就会收到如下人员：

两队普通步兵

一队雇佣军骑兵

一队皇家军事工程师，包括一名建筑师以及他的助手、制图师、技师和其他各类随从（有些人有用，有些人只是摆设；有些识字，有些是半文盲）。

我认为我们应该造那道墙。墙再多也不为过。在未来的时光里，幸福满足的帝国公民可以带着他们的家人在风景如画的城墙遗迹中享受野餐。我们将在所有的地图上把这些墙命名为"尼斯福鲁斯墙"，这样我就能名垂青史了。还有，我现在极其需要做些什么来敷衍那些很难对付的将军，造墙是最实际的选择了。

说到将军，拉马卡斯将军在我父亲的手下服过役（这并不是什么可取之处），且没有任何确凿的证据表明他曾经参与过阴谋推翻我父亲的行动。在军队圈子里，这就算交情不错了。对他好一些，让他远离大蒜和达官显贵的妻子，你就会发现他其实没那么糟糕。还有，他对建造城墙所知甚多（下宽上窄啦，顶部做成锯齿形啦，都是些高精尖的知识）。在他手下那帮鲁瑟索莱斯人的眼中，他差不多就是个神。你很快就会有幸见识到那帮鲁瑟索莱斯人的，我只能说，用他们也有个好处——他们人死得再多，你也不会太伤心。我把他们派给你的主要原因就是：如果我这边发生了暴动，他们离得越远越好。对不起了。

墨涅西修斯的财务人员在调查资金去向的方面还是一无所获。在人事记录中寻找蛛丝马迹的小文员也同样。

往好处想想吧。我们所有的希望也许都快破灭了，帝国终将崩溃，我们也会痛苦地死在刀剑之下；但至少我们不用再经历一次哲学期末考试，不用再听菲拉尔克斯讲唯名论 ①，也不用在大礼堂里吃早饭了。明白了吗？一旦你正确地看待问题，感觉就好多了。

致：无敌骄阳的兄弟、爱民如子的君主、信仰的守护者、福萨尼的统治者——神圣的尼斯福鲁斯五世皇帝陛下

弗尔米奥恳请禀告皇帝陛下，援军已经到达。拉马卡斯将军已经就任。尼斯福鲁斯墙的建造工程也已经展开。

上特立米西斯总督弗尔米奥敬上

（你满意了吗？可以名垂青史了。）

说真的，尼可，你应该多和人交流交流。你不能仅仅因为别人在你父亲麾下忠心耿耿地干过活儿，就认定他是个混蛋——虽然这么想有一定的道理，但你不能百分百肯定。只要和我的新朋友拉马卡斯一起喝上两杯，你就会发现在他那粗糙、冷酷、野蛮、嗜血、毫无怜悯的外表下，隐藏着一颗忧郁的心（即使你是无敌骄阳的远房表弟，我在与人交流这方面也比你强一点）。他确实是一个相当令人厌恶的家伙，但他在利用业余时间收集古代手稿。他特别喜欢那种画着健壮裸体男女青年的手稿，当然了，文字越少越好。不管怎么说，这也算是一个突破口了，是职业军人与普通人之间一座人性的桥梁。事实上，我碰巧把斯特拉托给我的那本《闺房密话》随手放在了书桌上。当拉马卡斯来向我汇报工作的时候，他瞥见了这本书。他像饿虎扑食一般把它夺了过去，还要给我两千塞斯太尔斯现金作为回报。很显然，这是一本非常罕见的第六版，第九章有新增的木版画。"拿去吧，算是我送给你的礼物。"我大方地表示。就这样，拉马卡斯将军成了我的朋友。

（因此，请让你的文学顾问把能找到的古董黄书都给我寄来，费用不是问

---

① 一种哲学派别。

题。这些书至少得有两百年以上的历史,越罕见越好。拉马卡斯不只是个忧郁的混蛋,他还是个识货的收藏家。昨晚我听他喋喋不休地唠叨了两个小时关于纸张水印的问题。只要我能不断地供给他好货,他就是我的人了。)

说说造墙的事儿吧。实在没啥好说的,就是一堵墙而已。这一带的所有人都觉得我一定是失心疯了,才会想要造那么长一堵墙;但他们在卖给我们东西或领工资的时候,都是满心欢喜的,何况还有这么多士兵在保护他们的安全。以前的政府只知道拼命收取苛捐杂税,而如今我们在这里投了那么多钱,这在当地人看来是一件新鲜有趣的事。所以,我们现在很受人民拥护。我想尼斯福鲁斯墙不仅是一处军事建筑,它还会给我们带来更多的好处。我们可以借它笼络人心,还能给当地的懒汉们提供许多就业机会。毋庸置疑,这绝对是件好事。

告诉斯特拉托,他对色情文学一贯正确的品位也许能拯救整个帝国。他会乐坏了的。

致: 上特立米西斯总督弗尔米奥

皇帝陛下很乐意随信附上弗拉米奥所要求的紧急军事文件。

无敌骄阳的兄弟、爱民如子的君主、信仰的守护者、福萨尼的统治者

神圣的尼斯福鲁斯五世皇帝陛下

你个王八蛋,你欠我个大人情。我现在和我父亲、兄弟以及叔伯们一样落了个邪恶堕落的名声。说到这个,我在父亲的私人旅行箱里找到了一本科里登所著的《香闺秘闻》。这个箱子曾经陪伴他四处巡游(这个老色鬼),从海伯派隆的宫殿到米拉伦斯的海滨。告诉你的伙计拉马卡斯,这是你叫人从皇宫里偷出来的。他会感激涕零的。

我以前总是觉得自己很迟钝,如今这点也被你证实了。过去我总想知道拉马卡斯为什么一直和我老爸粘在一起,其实他有无数次机会可以把我爸干掉的。这就是人性啊。一个人可以背叛他的荣誉、祖国和朋友,但他绝不会背叛

两人对于色情文学的共同热爱。

致：无敌骄阳的兄弟、爱民如子的君主、信仰的守护者、福萨尼的统治者——神圣的尼斯福鲁斯五世皇帝陛下

弗尔米奥恳请禀告皇帝陛下，拉马卡斯将军已经与敌人交过战，并在乔里斯安德朗击败敌军。

上特立米西斯总督弗尔米奥敬上

现在你知道了，黄书具有多么巨大的社会价值。这是我们用钱能买到的最好的脏东西了。在这些书的激励下，我们的朋友拉马卡斯找出并摧毁了大量的敌军部队。我为他喝彩，他是一个称职的军人，也是一个大好人。

击败敌人对他来说轻而易举。你一定记得我上次打败他们时费了多大的劲——运了成车的铁丝，小心翼翼地泄露情报。拉马卡斯的办法更直接，而且更有效。

我们真要好好地向他学习，这才是大师级的实战策略。他所做的只不过是挑衅了造墙工程中的一个行会老大，以没有按时完成工期为理由克扣了奖金，惹得工人们进行了一次为期两天的罢工。他们放下工具，气呼呼地离开了工地。为免耽误进程，拉马卡斯让手下的士兵接替了他们的工作。他派去干活的那支部队原本是守卫离边境最近的山间小路的，我们认为叛乱分子以前经常利用这条小路穿越边境。这样一来，小路上就出现了防卫缺口，叛乱分子就能通过那里来去自如了。

这个计划给了山里的匪徒们一个无法拒绝的诱惑。拉马卡斯的策略十分巧妙，他并没有打算在开阔地带偷袭他们。他们像上次一样畅通无阻地来到了壕沟前，而拉马卡斯就在壕沟里等着他们。拉马卡斯认为这次我们全歼了敌人。我们找到了五百多具尸体，更令人欣喜的是，我们还抓获了五十多个活蹦乱跳的俘虏。拉马卡斯目前正在审讯这些人，我怀疑他也带他们去看了钟楼。但我们就别管这事儿了。

我也许是在冒险,但这确实是最理想的结果了。拉马卡斯做到了一个真正的职业军人所能做到的一切,不过自始至终,他还是在我的控制之下。

当然了,斯特西克鲁斯是不会喜欢这样的。拉马卡斯正是成就主观善举的客观恶行。我是在书记官的办公室里给你写这封信的。拉马卡斯此刻审讯俘虏的地方与我的书房只有一院之隔。"耳不听为清,眼不见为净",这句话真有道理,但我还是觉得它不怎么对劲。拉马卡斯那种人是靠剥夺生命来拯救生命,用残酷的手段来捍卫人道。而我们这种人为了大局着想,正纵容他去那么干。也许因为在内心深处,我们还担心假如他们不干,我们也许就得亲自去做那些肮脏的事了。

说点愉快的吧:你又可以安心地纵情酒色了。顺便说一下,拉马卡斯最喜欢那本《铁匠的女儿》。不是因为这本书的内容,而是因为它是"雅娜莎的斯米克莱恩兄弟"推出的第三版,极为罕见。它的页码印在每一页的左边,而不是通常的右边。

尼斯福鲁斯致弗尔米奥

高尔吉斯还活着。

这是真的。不,我没有见到他,不过我知道他还活着。事情是这样的:我登上皇位后做的第一件事,就是让书记官去军事档案馆查看服役记录,那里有军人的服役日期、退伍日期和死亡记录。我想,如果高尔吉斯真的在斯米克拉被强征入伍并死于瑟纳塔,那里一定会有相关文件。军事档案馆似乎是政府中还在正常运转的为数不多的部门之一,他们果然找到了高尔吉斯的征兵通知和应征记录,情况和他妹妹说得差不多。不用多说,接下来我就让他们去找他的死亡记录了,没想到却怎么也找不到。

其实这并不代表什么。无数在瑟纳塔阵亡的人都被草草掩埋了,没做任何记录。因此,我便命令工程师们去那地方,挖开了掩埋尸体的万人坑。

　　我能想到的方法你一定也想到了，但我还是讲一讲吧。你知道的，高尔吉斯有六英尺二英寸高，缺了颗门牙，十二岁时还摔断过左腿。我让工程师把所有尸体的嘴都撬开检查门牙，找到缺少门牙的人之后就测量身高，然后再检查左腿的骨折痕迹。

　　他不在那个坑里。他们找到了六十二具缺少门牙的尸体，但其中有四十九具缺的位置不对，还有十具身高低于六英尺，而剩下三具的左腿都没有骨折过的痕迹。

　　我还不死心。我让他们把战场地毯式搜索了一遍，挖出了所有被遗漏的尸体；又让他们走访了方圆两英里内的农户，看看有没有人挖过死尸。三个月下来，他们找到了一大堆骷髅，但没有一个符合高尔吉斯的特征。

　　高尔吉斯隶属于第725步兵团，这支部队在战斗中的行踪我们已经查得一清二楚。老爸把他们留作了候补队，直到战斗的最后一刻，当他试图击垮我哥哥斐洛的左翼防线时，才把第725团派了出去。但他的决策完全失误了。斐洛的弓骑兵截断了他们的去路，将他们一网打尽。只有少数幸存者成了俘虏，在斐洛准备反击之时被野蛮人雇佣军给带走了。

　　让我们理性地来评估一下这件事吧。725团在冲向敌阵的途中遭到全歼。我们已经知道了弓骑兵包围他们的确切地点，也知道他们中的绝大多数人死在了那里。从尸体的军徽上我们得知，所有死者都被埋在了六号坑里，而高尔吉斯并不在其中。目击者确认没人逃出包围圈。因此，唯一合乎逻辑的解释就是高尔吉斯没有被射死，他是幸存的俘虏之一，后来被野蛮人带走了。我们可以确认的是，他的尸体肯定不在那里；那么直到战斗结束，他都必然还活着。

　　接下来我要做的就是联络野蛮人部落，出十万塞斯太尔斯悬赏相关消息。看到这么多钱摆在面前，就连野蛮人也十分配合。他们给我找来了一个类似小队长的人物，他说记得有个缺了门牙的瘸子。我自然不能相信他说的话，立刻就把他抓了起来、投入地牢，让里面那个非常凶残的家伙来和他谈谈。我的良心总算没有遭罪，小队长很快就拿出了确凿的证据。他说他之所以记得那个俘虏，是因为当时他想拔下俘虏戴的纯金印章戒指，可后者并没有恐惧屈服，而是直接照他嘴上来了一拳。小队长太吃惊了，以至于没有取他性命，但还是把戒指给抢走了……

弗尔米奥，他的戒指现在就摆在我的面前。我清楚地记得他第一次戴上这个戒指时，我们是怎么嘲笑他的。当时，他表现得很难过，告诉我们这是他父亲临终前传给他的，上面还有他们家族的族徽，父亲让他发誓永远都戴着。我们当时都被感动坏了，后来却发现他父亲活得好好的。于是他老实交代了这戒指是一个女孩送给他的。我相信你也还记得这一切吧。弗尔米奥，我现在就拿着这个戒指。野蛮人小队长把它戴在了自己的手上，可他的手指实在太粗，戒指怎么也脱不下来了。我问他话的时候，他就戴着它。我的人二话不说就把手指砍了下来，那个野蛮人虽然非常不高兴，可我给了他十万塞斯太尔斯以示安抚。

在那之后，调查起来就容易多了。725团的俘虏曾被关在泰诺斯湾里的囚船上，其中一些人死在了牢中，而船长直接把尸体扔进了海里。由于这艘船是无法移动的监狱船，我手下的采珠人潜入水中，轻而易举地就把所有尸体捞了上来。高尔吉斯不在里面。因此，他一定是在战争结束时被释放了。我把典狱长找来问话，他告诉我，他们给所有战俘都发了一身新衣服、一双靴子、三天的口粮和十塞斯太尔斯的路费。我核查过了，他说的居然是实话。我设法找到了几个725团幸存的老兵，他们都证实了典狱长的说辞。

还有更好的消息。我逐个询问了那些老兵，看有没有人知道高尔吉斯·巴尔达尼斯这个名字。有一人说他认识高尔吉斯。我今天下午单独和他谈了谈话，他所形容的高尔吉斯和我记忆中的分毫不差。他说他和高尔吉斯就被关在同一间船舱里；他之所以记得高尔吉斯，是因为他那优雅的嗓音和睡觉时的梦话（他说到这里时，我会心一笑）。他还告诉我高尔吉斯一直在梦话里重复一个名字——奥多希娅。

他如果不认识高尔吉斯，是不可能知道这个名字的。不可能。

他说他们分开的时候，高尔吉斯还生龙活虎的。高尔吉斯拿起衣服和路费，转身就离开了。他们中的大多数人都朝着城市的方向走去,高尔吉斯也不例外,不过他并没有和其他人结伴而行。

弗尔米奥,如果高尔吉斯能从战争和监狱中幸存下来,我绝对不相信他会死于其他原因(比如肺炎、车祸、在泥泞的桥上滑倒掉进河里),绝对不会。高尔吉斯离开监狱船时还好好的,口袋里也不缺路费。他本该立刻来找我,或者给我写信,或者联系我们任何一个同学,或者联系他妹妹,或者……有这么多人可以投靠,但他谁都没去找。那是两年前的事了,那时他们家还没搬走,他也不可能不知道该去哪里找我,更不可能不知道去哪里找其他哥们。

我对此实在无法理解。这快把我给逼疯了。他还活着,身体健康,却没有联系任何人。为什么?到底发生了什么事?

目前,仍然有一小队人马在泰诺斯寻找他的行踪。不过目前为止还没有任何线索。

其他哥们儿都大吃了一惊。为防他们无法承受坏消息,直到今天,我才把高尔吉斯的事情告诉了他们。我们都毫无头绪,只觉得这事不合逻辑。

现在,你也知道了。一旦我的人有了消息,我就会写信告诉你。最重要的是他还活着。可究竟为什么……唉管它的,他活着就行了。

致: 无敌骄阳的兄弟、爱民如子的君主、信仰的守护者、福萨尼的统治者——神圣的尼斯福鲁斯五世皇帝陛下

弗尔米奥恩请禀告皇帝陛下,拉马卡斯将军又一次战胜了敌人。

上特立米西斯总督弗尔米奥敬上

尼可,你错了。非常抱歉,我实在没忍心告诉你、墨涅西修斯和其他人这个坏消息。高尔吉斯已经死了。我刚到这里的时候,他就死在帕西斯的寺庙里了。那里有一所兄弟会开办的免费医院。他的主治医生说他死于肺炎。我知道这事儿已经有一段时日了。

他知道我要来这儿——可能是从政府布告上看到的，于是给我写了信。但当我抵达这里、看到他的信时，他已经死了。我马不停蹄地赶到帕西斯，但他们已经把他埋进了乱葬岗，谁也记不清具体的位置。我没有亲眼见到他的尸体，不过我知道，死的人就是他。幸运的是，他们还没有处理掉他那可怜的一点点遗物。当某人死在免费医院之后，他的遗物会和其他人的东西一起被保存在仓库里，直到凑齐开一次拍卖会的量。我翻找了那地方的各种遗物——这太令人心碎了，尼可，每一件废品都代表着一条白白浪费的生命——在一个旧箭袋里，我找了高尔吉斯的东西。他的衣服、鞋子、小刀，还有一个破布包和一本日记。

这就是为什么我能确定是他，尼可，铁证如山啊。

那堆可悲的遗物里有一只饼干盒，我坐在上头，读起了他的日记。这感觉就仿佛他坐在我的身旁，在对我说话，向我倾诉、抱怨，和我找茬吵架，讨论思辨和外推法[1]。他为自己的病痛感到愤怒。"这是最愚蠢不过的事了。"他在日记中写道。他下定决心要恢复健康。随后他开始幻想，"要是我死了怎么办？"他被自己的想法吓得魂不附体，接着又生起气来。他尽力让自己平静，"没关系，一切都无所谓，客观看来，一个人的生命是微不足道的。"他不断地安慰自己，但终究无法接受现实。"一个人的心脏停止跳动后，所有的记忆、知识、感觉、经历就会消失得无影无踪。"这个想法让他毛骨悚然。"这实在是太荒谬了，一个人用尽一生的时间，通过学习来获得知识和经验，其中既有个人的、也有作为集体一分子的记忆；但当他刚要有所作为时，命运却要让这一切化为乌有。"对此他很是不满。他还觉得世上数不胜数的所有罪恶之中，最为邪恶的就是爱，凡人不应该拥有爱与被爱的权利；每个人终将死去，但他们在别人心中留下的爱并不会随着死亡而消散。因此，是爱造成了世间最大的痛苦，爱才是最大的恶。

我想我明白他的意思了。

我知道他战后为什么不和任何人联系了。他对被强征入伍感到愤愤不平，他最厌恶的事就是当兵。他讨厌军营中的一切——整天穿着被汗水浸透的衣

---

① 数学名词，根据过去和现在的发展趋势推断未来的一类方法的总称。

服操练,睡在潮湿的地上,吃着味同嚼蜡的食物,罹患痢疾,干着有失尊严的体力活,被连鞋都擦不干净的军官呼来喝去。他不愿意杀人,而他最最不想做的就是去死。可是,以高尔吉斯的禀性,当他知道自己无法从军队脱身以后,反而会咬紧牙关全力以赴。他会让周围那些无知的废物看看自己有多么优秀。他竭尽全力,希望至少当上个小队长,却以失败告终,这着实对他伤害很深。最后他终于明白了,其实自己并没有想象中那么优秀。他沮丧极了。在那场战斗中,他只是侥幸逃生。由于被一个野蛮人夺走了奥多希娅送的戒指,他怒不可遏,想把它夺回来;不过在挨了一拳之后,他别无选择地(这是标准的高尔吉斯用词)倒下了。被关在囚船上的期间,他基本已经自暴自弃,只能躺在阴暗的角落里背诵贝萨德的处女作,可想来想去都只记得开头的三十行。因此,他只得一遍又一遍地念着这些文字,直到自己也不明白自己在说些什么。被释放后,他做出了一个明智的决定:要与过去的生活一刀两断。他背叛了我们和他自己,因为我们也背弃了他。全世界以及一切他珍惜过、信任过的东西都让他失望了。对他而言,在瑟纳塔的时候,自己就已经死了。他决意步行去依斯查特的修道院,在那里平复心绪,然后思考以后的人生。这段路程实在太遥远,他走了不到五分之四就病倒了。

这就是高尔吉斯去世的经过,尼可。这就是为什么我不忍心告诉你们。在我们这些人里面,偏偏是高尔吉斯死在了愤怒、恐惧和绝望之中。我不得不把他的日记看完,可我不想你们其他人再经历一次这种痛苦了。

好了,就这样吧。我已经让办事员把高尔吉斯的日记抄了下来(我不想冒着丢失原件的风险把它寄给你,就算由你那"绝对可靠"的皇家车队来护送也不行)。对你们隐瞒这一切是我的错,十分抱歉。

拉马卡斯又一次战胜了叛乱分子,随信附上他的报告。他干得很不错,这里的事情一切顺利。

致:上特立米西斯总督弗尔米奥

皇帝陛下对拉马卡斯将军的勤勉和勇猛深表赞赏。

无敌骄阳的兄弟、爱民如子的君主、信仰的守护者、福萨尼的统治者

神圣的尼斯福鲁斯五世皇帝陛下

我明白了，感谢你告诉我这一切。我想，我还应该感谢你对我有所隐瞒。对此我深感自责。

当上皇帝之后，你会拥有至高无上的权力和无尽的资源，所以有能力去完成许多事。但这份工作会让你得意忘形，开始相信自己能解决任何问题。如果你发现了什么不公平的地方，只要伸手把它抹平就行。如果经济一团糟，你只需召见那些实际控制经济的人，在他们来你办公室的路上，确保让他们瞧见审讯室或地牢里的残酷景象，这样经济很快就会恢复正常。如果你讨厌纳拉奈特区的穷人，只需先分发一些食品，再启动一些公共工程以提供就业岗位，问题就解决了。如果你觉得金匠大厅两边新造的侧翼看着不顺眼，十天之后，就会有人把它拆除并用车悄悄地拉走，易如反掌。

然而，事实上你并没有解决任何问题。不公平的地方比你原先所想的要多得多。你逼迫他们去解决通货膨胀，结果却造成了银行挤兑。更多的公共工程意味着要收取更多的税金，小本生意很快就会关门大吉。除你之外，所有人都喜欢金匠大厅的侧翼，你却把它给拆了。你越是努力想把世界变得更美好，你的一举一动就越像万恶的政府。

我以为我能发现高尔吉斯的去向。我以为我要么能找到他，要么至少能弄清他究竟发生了什么事。结果我却找来了如此多的痛苦和不幸，而你本来不想让我们发现的。

我那些伟大的祖先和荒唐的前任都曾把自己当成了上帝。其中有些人还对此坚信不疑，我一直想弄清楚他们是怎么做到的。

当你牙疼或者擦屁股的时候，怎么还能相信自己是长生不老、无所不能、无敌骄阳一般的神祇呢？不过，现在我理解得更透彻了。毕竟，我也曾想让高尔吉斯起死回生，我和他们是一路货色。

好了，看样子我们终究只剩下五个人了。

致：神圣的尼斯福鲁斯五世皇帝陛下——无敌骄阳的兄弟、爱民如子的君主、信仰的守护者、福萨尼的统治者

由于此信可能涉及严重的问题，拉马卡斯将军恳请皇帝陛下宽恕他越级报告的违规行为。

拉马卡斯将军得知皇帝陛下正在积极寻找高尔吉斯·巴尔达尼斯博士的下落（他毕业于安纳苏斯学院，曾与皇帝陛下同窗）。拉马卡斯将军还得知弗尔米奥总督于三月二十二日，已经郑重告知皇帝陛下高尔吉斯·巴尔达尼斯死于帕西斯的消息。

拉马卡斯将军恳请禀告皇帝陛下：真相并非如此。

并且，拉马卡斯将军的情报人员在针对叛乱分子的行动中获得了关于此事的确凿证据。证据表明，高尔吉斯·巴尔达尼斯与叛乱分子的最高层有着密不可分的联系。拉马卡斯将军随信呈上由他亲自审问的嫌疑人员的目击证词（未经任何诱导或拷打）。该证词也表明高尔吉斯·巴尔达尼斯确实与叛乱分子大有干系。目击证人现仍在我们的扣押之中，可以随时押送给皇帝陛下。

拉马卡斯将军没有任何怪罪弗尔米奥总督的意思，不过依然恳请皇帝陛下就高尔吉斯·巴尔达尼斯的事宜亲自询问弗尔米奥总督和他的属下。

拉马卡斯将军恳请提醒皇帝陛下，他曾在先皇麾下维护神圣皇权，忠心耿耿地服务了二十年。拉马卡斯将军也衷心希望能用相同的忠诚和责任感为皇帝陛下效劳。拉马卡斯将军意识到，这封信可能会被误解为是在有意损害弗尔米奥总督的名誉，所以写信时他冒了极大的风险。陛下会明察这种误解毫无根据。拉马卡斯将军恳请皇帝陛下的仁慈宽恕。

上特立米西斯雇佣军指挥官狄奥法诺·拉马卡斯将军

致：无敌骄阳的兄弟、爱民如子的君主、信仰的守护者、福萨尼的统治者——神圣的尼斯福鲁斯五世皇帝陛下

弗尔米奥十分遗憾地禀告皇帝陛下，拉马卡斯将军不幸于战斗中牺牲。拉马卡斯将军在率军冲击敌阵时不幸中伏，死得光荣而勇敢。我方取得了这场战斗的胜利。

上特立米西斯总督弗尔米奥敬上

他是个职业军人，除了杀人之外，他生命中唯一的兴趣就是黄书。即便如此，他的死还是让我难过。

叛乱分子又对壁垒墙发动了一次突然袭击，至少他们自以为是很突然的。拉马卡斯将军又一次在那里守株待兔，把他们打得一败涂地。匪徒们军心涣散，大部分人都准备逃跑；拉马卡斯瞅准了机会，想亲自领兵截断他们的去路。但战场上出了点儿岔子，他和他的卫队冲得太猛了，把大部队落在了后面，结果被敌人全歼了。我方士兵得知将军被杀之后，大都有些心不在焉，匪徒们也就趁此机会逃走了。即便如此，我们还是消灭了六十二人，并且抓获了十几名俘虏。我不清楚叛乱分子知不知道拉马卡斯已死，也许知道吧；就算当时不知道，事后也很快会发觉的。不知他的死会给我们造成多大的打击。真见鬼了，他已经取得了实质性的胜利，敌人都被他愚弄两次了，再来几次的话，我想他们就会失去勇气的。这下可好，只能靠我自己了。

我不知道你会派谁来接替他。我们需要一个身经百战的将军，但他一定要在我们的控制之下。

致：上特立米西斯总督弗尔米奥

皇帝陛下已经知晓了拉马卡斯将军的死讯。

无敌骄阳的兄弟、爱民如子的君主、信仰的守护者、福萨尼的统治者神圣的尼斯福鲁斯五世皇帝陛下

随信附上拉马卡斯寄给我的信，这封信比你的报告早到两天。你留着吧，我用不着了。

弗尔米奥，你到底在玩什么花样？

弗尔米奥致尼斯福鲁斯

我要向你坦白一件事。

我到达那里的时候，他还活着。我真的以为他已经死了。但他确实还活着，正坐在床上向护士抱怨着什么。他很无聊，他的头很痛，床上用品太脏，食物太难吃。我说："你好啊，高尔吉斯。"

他对我交代了一切，包括在瑟纳塔的经历和以后发生的事。大都和你已经知道的差不多，只有一件事除外。他来这里就是为了加入叛乱分子，并且想成为他们的领袖。

"你到底为什么要加入他们，高尔吉斯？"

他说："我考虑了很长时间，我得出的结论就是：它必须被推翻。"

"什么必须被推翻，高尔吉斯？"

"帝国，你个笨蛋。帝国必须被推翻，国家需要推倒重建。"

"别说傻话了，"我说，"你要推翻的是尼可。"

"我知道。"他说，随后他朝我咧嘴笑了笑。你知道，只有当他怒不可遏的时候，才会露出这副龇牙咧嘴的模样。

"假如是其他人，"他说，"我也许就算了。我会放弃一切，去其他地方找个工作，然后死去。然而，尼可背叛了我们。他背弃了我们曾经信仰的东西。"

"你指的是什么？"我问。他怒气冲冲地望着我，就好像在看白痴。

"所有的一切，"他说，"在安纳苏斯的那段日子里，我们曾经谈论过的，我们曾经决定过的，我们曾经信仰过的一切。那时我们的脑子还很清醒。"他指了指他的外套，让我看了看口袋里的东西。是一本书。

你会记得那本书的，尼可。是你亲笔写下的《当今世界状况调查委员会会议记录》。他让我把书递给他，飞快地翻到了想找的内容。接着，他逼我大声地读了出来。

你还记得多少，尼可？

"尼斯福鲁斯·兹米西斯提出，一切权力（政治、经济、军事的）都是令人厌恶的。虽然人类长期以来沉溺于权力，可离开了权力，人类还是可以生存的，但一定要在沉溺状态被彻底打破之后才行。与权力做斗争时，使用任何方法手段都是合理的。尼斯福鲁斯进一步提出：如果在万中无一的情况下，他继承了皇位，便会立即解散帝国并把权力移交给议会。他会制定议程解散现役部队，让各省享有自治权，还要取缔各大贸易垄断公司。各项必要措施都落实到位后，政府权力就会减小到必需的最低限度，直到人类可以完全不需要政府为止。该提议被付诸表决，获得一致通过。"

"现实点吧，高尔吉斯。"我说，"那时我们都只是孩子。"

他盯着我，说："这不是你的真实想法。"我仔细地想了想，他是对的。他把书拿了回去，又找到一段，念了起来。

"弗尔米奥提出，人类生来自由，但一出生，就被父母、老师、政府等权威所支配。每个权威都会贬抑人的心灵，因此年龄愈大，心灵反而愈加枯萎。他学会了远离自由，远离自己的神圣本质；他被教育成了一个奴性十足的人，否认一切潜能，背弃原本应该做到的所有。因此，我提议，本委员会的成员在头脑清醒的情况下，要用庄严的宣誓来铭记这一时刻。此时此刻——维萨城建城一千二百十五周年，阿克蒂斯·兹米西斯四世皇帝五年三月十六日十七时，我们一致同意并宣誓，将坚定不移地遵守以下誓言：权力是世上最大的邪恶，我们必须反抗这种邪恶。妥协就等于背叛，斗争必须矢志不移。该提议被付诸表决，获得一致通过。"

我看着他，"这些话是我说的，对吗？"

他点了点头，说："看看这丑得吓人的字吧，是尼可亲手把这些话记录下来的。"

我摇了摇头,说:"好了,这些都是我们乳臭未干时说的话,高尔吉斯。这些话里满是青春期的自命不凡、夸夸其谈和愚昧无知。那时我只有十九岁,一心想推翻帝国,听起来挺了不起,但我十一岁时还想成为一名骑兵队长呢。我向自己许下诺言要成为一名革命者,但后来我长大了,不会再被这种幼稚的誓言所束缚。理想就像青春痘和手淫,你必须经历,但它会随着长大而渐渐消失的。"

但他只是看着我摇头,"你骗得了别人却骗不了我。我太了解你了。"

你猜怎么着,尼可?他是对的。

上帝啊,我们那时候是那么的自命不凡,整天都在夸夸其谈,而且非常非常无知。我们念了几本书,就自以为什么都明白了,认为自己比愚蠢的父辈、祖父辈以及所有祖先都高明。就像一个想当探险家的孩子,他走出家门,半小时后来到了一个他从未到过的地方,就以为自己发现了一个新的国家。

我受过逻辑学、修辞学、分析思维、辩论方面的严格训练,获得了所有这些学科的合格证书。因此,我要在一场争论中取胜实在是易如反掌,哪怕是和自己争。我可以轻而易举地辩赢他,可赢了又有什么意义呢。我闭上眼睛扪心自问,毫不犹豫地给出了答案——我们确实是傻孩子,但我们是对的。

你真该看看当时高尔吉斯脸上那得意扬扬的表情,尼可。

要欺骗你实在很不容易。关键是要拖延时间。高尔吉斯为了我们的事业到处筹集资金(抱歉,我不能告诉你这些钱是从哪儿来的),用这些资金招募了一支军队。刚开始的那些小规模的偷袭都只是部队训练,不过这些偷袭有更重要的目的——诱使你给我派来更多的部队。当我发现随军而来的还有拉马卡斯的时候,真是当头挨了一棒。不过高尔吉斯把这件事处理得很完美。(你能相信吗?他的军事本领也都是从兵书里学来的,和你我看的书是同一本,但他理解得更透彻。我早就知道,他是我们之中最聪明的那个。)他让拉马卡斯取得了几次胜利,这能让拉马卡斯变得趾高气扬,从而意气用事。然后,他和我设下了一个陷阱,或者说,我们任凭拉马卡斯设下陷阱,然后把这个陷阱稍微改动了一下。我需要做的，只是把负责支援拉马卡斯的部队里的中尉调换成我们的人，让他孤立无援。我深感遗憾，为双方死难的将士感到痛心。我的"铁丝计"确实是真的，高尔吉斯也是事后才知道了一切。我觉得只有这样计划才更完美、更有说服力。尼可，你能对此深信不疑，这才是关键所在。

这就是一出闹剧，不是吗？为了根除对权力的滥用，我前所未有地滥用了权力。我真是太邪恶了，不过这事儿总得有人去做。当然了，没有你的帮助我是无法做到的。你给了我所需要的一切。我现在拥有足以与帝国抗衡的军队，还有最好的供给和装备，我的人是帝国军队中唯一一支靴子比士兵年轻的队伍。多谢你对造墙计划的慷慨资助，这样我就有钱给他们每人发五百塞斯太尔斯奖金了（我记得你父亲以前就是这么做的）。换句话说，我用传统的方式收买了他们。先付五百，等我们推翻了帝国，每人再奖一千。你已经慷慨地把帝国最优秀的部队都给了我。就算有哪个将军在被你打压、被你分权后仍然愿意为你效劳，凭借我和高尔吉斯的人马，也能把他们全部干掉，一个一个来或者一起上都行。因此，请把这封信看作我正式的宣战公告。对不起了，尼可。

然而，我们之间的战争当然是可以避免的。其实完全没有必要开战。你需要做的只是走进议会，发表退位诏书，接着解散军队、宣布地方自治、关闭垄断公司；这样就可以滴血不流地解决问题了。你的手里有一封我和高尔吉斯的保证书，承诺在政府重组、上述措施到位之后，我们就会付清士兵们的奖金并解散军队。考虑一下吧，尼可。

为什么你会成为皇帝？据我所知，并非因为你想当皇帝。你是阿克蒂斯四世的三儿子，你的父亲、兄弟、叔伯、堂兄弟们都死于互相残杀（哪怕以福萨尼宫廷的标准来衡量，他们的死法都惨烈得非比寻常），皇族的其他人也死绝了。军队急需一个无可非议的合法统治者，他必须拥有皇室血统，因此就把你给拉来了（真的是抓住头发拉来的）。我知道，你在刚当上皇帝的时候是没法解散帝国的，那些将军们会轻而易举地要了你的命。不过现在，我们已经今非昔比，墨涅西修斯、斯特拉托、阿瑞斯泰俄斯和你都清楚地知道这一点。你一直在尽力遵守诺言，尼可；这就是为什么我会跟着高尔吉斯一起干的原因。在内心深处，你知道我们是对的。你的心里充满了恐惧，显然不是害怕被杀，而是害怕失败。你害怕自己如果不够谨慎，就会被那些混蛋玩弄于股掌之间，帝国会再一次爆发内战，情况会比以前更糟。

假如我觉得你的确想当皇帝，假如我觉得你正在享受皇位上的每一分钟，那我就会毫不犹豫地拒绝高尔吉斯的提议。墨涅西修斯和其他人也是同样。他们也在努力践行诺言，但他们像你一样抱有诸多顾虑。好了，现在终于万事大吉了，高尔吉斯和我会处理一切。我们率领着一支战无不胜的军队，你的将军们会妥协的。不需要军事政变和长达三十年的内战，我们就能实现自己的理想了。

这难道不是你真正想要的吗？

你现在一定勃然大怒，恨死我俩了。如果这时还能保持平静，你就不是人了。你最亲密的两个朋友合谋暗算了你，没什么比这更糟了。不过请你扪心自问，为什么高尔吉斯和弗尔米奥会这么干呢？若非我们认为这样对大家都好，我们是不会动手的。

好好考虑一下吧，尼可。如果你还想一条道走到黑的话，那你活过三十岁的概率就很低了。你如今正在逐步摆脱那些将军、官僚、巨贾和贵族，不过迟早你会把他们给惹急了的。到时候，你的路也就走到头了。这种事在以前屡见不鲜，拜托你回顾下历史吧！想想西奥奈兹的改革、希农的土地分配法、巴西利斯库斯的权力法案。只要某些人的既得利益受到侵犯，接下来会发生什么呢？血溅当场，然后一切恢复原样。残酷的事实证明，有些事就连皇帝——无敌骄阳的兄弟、爱民如子的君主——也无法做到。我们认清了这一点，明白只能靠我们自己了。我们可以把军队驻扎在首都的城墙之外，这样你就可以告诉你的子民：为了避免长期被包围和随之而来的屠城，你将成为历史上第一个自愿放弃皇位从而拯救大家的皇帝。还有比这更高尚的行为吗？而且这不仅是溢美之词，更会是完完全全的事实。

考虑一下吧，尼可。听听其他人怎么说。然后，假如你非恨我们不可，就恨我们吧。也许，一年或者更短的时间之后，我们就能回头好好看清这一切了，就像我们还是狂妄自大、愚昧无知的孩子时那样：我们会发现，每到紧要关头，我们都做出了正确的选择。

致：无耻的叛徒弗尔米奥和高尔吉斯

皇帝陛下命令所有罪犯和叛徒立即放下武器，并向赛贝斯要塞的指挥官投降。你们会被押送到福萨尼进行审判。

无敌骄阳的兄弟、爱民如子的君主、信仰的守护者、福萨尼的统治者

神圣的尼斯福鲁斯五世皇帝陛下

好吧，我不得不写点儿什么。信使已经在门外的走廊里等候两个多小时了，而我还在盯着面前的这张羊皮纸，尽力思索着想说的话。我想我应该动笔了。

三个小时过去了。那个可怜的家伙，不只是他，他的马也早就备好了，马夫在院子里随时待命。我想他们一定都想知道这是怎么回事，我也想知道。

好了，让我们从头说起吧。

高尔吉斯还活着，你无法想象我有多么高兴，特别是在你告诉我他已经死了之后。弗尔米奥，你个王八蛋，居然敢骗我。你为什么要那样做呢？你一直都知道高尔吉斯还活着，居然不告诉我，不告诉我们。

其他人整夜都和我在一起。我们的谈话已经形成了一种模式，先是沉默良久，再就是同时发言，接着是大叫大嚷、互相咒骂（就连卫兵们都冲了进来，他们还以为有人要谋杀我呢），最后又归于沉默。

告诉你们两个，经过我们四个人的讨论，我现在代表墨涅西修斯和阿瑞斯泰俄斯发言。清晨五点的时候，斯特拉托实在支撑不住了，他站起身来说了句，我要去睡觉，随即就离开了。他到现在还没回来。我想他可能已经承受不住了。当我们得知高尔吉斯的死讯时，最伤心的就是他。结果现在又来了这个。

　　四个小时过去了。大约一个小时前,我收到了一张斯特拉托写的纸条,上面写着:不管你们的决定是什么,我都同意。后来他们告诉我,斯特拉托已经离开首都。我猜他是回安纳苏斯去了。所有现在我们只剩三个人了。最后,我们算是达成了某种共识,如果这能叫共识的话。

　　弗尔米奥,我做不到。我把你上次的来信读了六遍,然后曾经想:就这么干吧,有何不可呢?按照他们说的做吧,不会有事的,会成功的。正如弗尔米奥所说,一旦他们的部队到达距离首都二十里的地方,我就去议会宣布退位。然后,一切就都结束了,这个愚蠢的皇位,还有虚伪的权势。高尔吉斯会接管一切,我就可以退出了。

　　退出。一想到这里,我突然惊醒了。

　　我曾经在希斯塔米农上过学——想想看吧,希斯塔米农——这对我来说是一段非常宝贵的经历,因为之后无论我到哪里(修道院、军队,甚至监狱),都会觉得比希斯塔米农强。在那儿的悲惨生活给了我对自由的美好向往。我是从希斯塔米农出来的,所以什么都难不倒我。

　　在希斯塔米农的时候,他们经常逼我们进行一种训练比赛,一周一次;就算在天寒地冻、农民都躲进屋里的时候也不例外。我恨死那种比赛了,因而花费了大量时间来想办法来退出。比如装病。我让哥哥偷偷给我找来了《西蒙尼特斯医学总集》,想从上面找到一些我可以伪装的新型疾病。我还参加了所有的俱乐部和社会活动,加入了所有的乐器兴趣班。为了退出比赛,我想尽了一切办法。最后我成功了。可是,当我看着其他可怜的笨蛋在刺骨的寒风中排队走向比赛场地的时候,我感觉糟透了。

　　因此,我讨厌退出,那不是对待问题的好办法。

　　我去了地窖,他们曾经大方地允许我把一些私人物品保存在了那里(把这些东西放在皇宫里是不得体的)。我从大学旧衣箱里找出了自己的日记。你不知道我也写日记吧。要是被你知道了,你会嘲笑我,还会千方百计地把我的日记本弄到手。我就坐在地窖里读了起来,试着回忆过去。我找到了 1115 年 3

月 16 日的一段话，摘录如下：

"贫穷与正义酒吧，委员会会议。我们都醉得一塌糊涂，只有高尔吉斯还保持着清醒。阿瑞斯泰俄斯有一个很好的观点，但表达得很糟。弗尔米奥一直在滔滔不绝，不记得他说过什么，也不记得我说过什么。该死的，我自己的字迹也完全看不懂了。我们又为账单纠缠起来了。我是比他们有钱，不过哪怕只有一次是别人付酒钱也好啊。必须去睡了，头痛死了。"

就摘这么多了，这就是你所谓的我们头脑清醒的时候。

弗尔米奥，现实可没有那么简单。高尔吉斯完全没有搞懂真实的成人世界里的真实政治。我搞懂了，因此我别无选择。我讨厌希斯塔米农，每时每刻都讨厌。但是（你知道吗，我要多谢你，是你让我看清了这一点），你想想看，如果我哀求父亲说我不喜欢那里，不要把我送去那里，他一定会用风驰电掣的速度接我离开的。我肯待在希斯塔米农，是因为那儿比家里要温馨得多。我所谓的家，就是我父亲、兄弟和叔伯们住的地方，就是他们同室操戈的地方。

你居然他妈敢和我谈论政治、权力、邪恶的权威，还有政治派系与常备军队的威胁！这些我都懂。当你还只知道和隔壁女孩约会、只关心考试成绩和收集箭头的时候，我已经在偷听父亲和将军们的会议了。他们经常在讨论该如何杀死我的两个哥哥和叔伯们。是啊，你们两个说得完全正确。我们在"贫穷与正义"酒吧里说的也是对的。所有的权力都是邪恶的；所有的政府都是邪恶的；所有的军队都是邪恶的。世上没人比我更清楚这点了。

但是，拜托你好好想一想，弗尔米奥，世间的事不是这么简单的。假如我退位，帝国就会回到我祖父之前的混乱状态了：一百年里换了七十七个皇帝，每个皇帝都是职业军人，他们都拥兵自重。虽然我的家族成员全是阴险的杀人犯，但至少祖父给了帝国二十年的和平。顺便一提，我最近查看旧文件的时候，找到了一段有趣的家族历史。我祖父登基后做的第一件事，就是把除瓦塔特泽斯叔叔之外的其他儿子全部判了死刑。他知道自己死后，我老爸、齐诺叔叔和弗戎提斯叔叔一定会试图瓜分整个帝国，因此决定先除掉这三个儿子，好防患于未然。祖母好不容易才说服他放弃了这个可怕的想法。后来，老爸有了阿卡迪、斐洛和我；那时祖父生了一场重病，他命令老爸杀掉我和斐洛。老爸只好把我和斐洛送去外地躲了一个多月，还假装已经除掉我们了。直到祖父完全恢复健康，他才敢把我们接了回来。

你把我的话告诉高尔吉斯，他肯定会说这段历史再一次印证了他的观点——权力是邪恶的根源。对此我无法苟同。我还能想起祖父的样子。他是个善良的老头，有一点令人生畏，不过总的来说还是和蔼可亲的。他经常给我吃他自己的温室里种的草莓，和我聊学校里发生的事。他是第一个真正倾听我说话的大人。然而，为了避免可怕的战争，他想杀死自己的儿子和孙子。老天啊，弗尔米奥，他是对的。而我祖母错了，她应该为成千上万死于战争的人负责。

这就是祖父的办法。他是个职业军人，我父亲、叔伯和兄弟们都是。弗尔米奥，你知道吗？如果你这么做，你也就成为一名职业军人了。

你们举行过誓师大会了吗？他们有没有让你站在一块盾牌上，四个队长把你举过头顶，然后所有的士兵都大声狂呼起来？我的个人见解是：当他们把你举起来的时候，你的心就死了；你再也不是你自己，而是变成了其他什么东西。这就有点儿像我的前任皇帝们，他们疯狂地把自己封作了神祇。

我休息了一个小时，现在彻底平静下来了。我想那个信使已经放弃等待，闲逛去了。皇宫里异乎寻常地安静，他们知道出事了。我刚才到走廊里去看了看，一个人也没有。平日里那儿到处都是文书、仆人和卫兵。也许他们有什么事情瞒着我。喂，弗尔米奥，你没派人来刺杀我吧？

平静下来之后，我想了很多。我又想到了祖父，如果他能做到屠杀自己的家人，我想，我就必须向自己最好的朋友宣战。军人就得有军人的样子。如果你要逼我成为军人，我永远也不会原谅你。

如果可能的话，请改变主意吧。要是你们能做到，那不必多说，我可以赦免所有的罪人——你和你的帮凶，随便谁都行。假如你害怕现在放弃会被士兵们杀掉，那我们也会想法把你给救出来。

高尔吉斯,当你读到这封信的时候,我希望你能知道,你还活着我真是太欣慰了,这才是最要紧的事。

高尔吉斯·巴尔达尼斯致弗尔米奥

战斗进行得很顺利。

我想这就是军人的说法吧——我的朋友,战斗进行得怎么样了?战斗进行得很顺利。我们今天与皇家军队交了战,并且打败了他们。

我必须承认这样的报告实在过于简单了。尼可新任命的将军欧福尔玻斯给我传来了一条消息,我从未听说过他。鉴于最近帝国将军们接二连三地叛逃,我猜想也快轮到他了。欧福尔玻斯将军提醒我说,他会把部队部署到地图上的某个地方。我觉得这就像邀请函一样:不见不散。我给他回了一封信,说我很高兴能和他碰头。我询问了五位曾经为尼可效劳的将军,这个欧福尔玻斯到底是何方神圣,他们居然也都未曾耳闻过他。

所以我们就去了地图上的某个地方。这个地方就像地图一样平坦,没有村庄,没有河流,没有山脉,什么都没有。不出所料,我们来得太早了,过了很长时间,敌军才出现。他们拖拖拉拉地走向战场,让我想起了上午没吃早饭之前的斯特拉托。我从一里地之外就能看出,其中有近三分之二是雇佣军,他们是极不情愿才来这里的。你能怪他们吗?你知道那些边远地区的招募广告写得有多么天花乱坠——参军见世面,边打敌人边挣钱。他们参军可不是为了对抗福萨尼的正规军。战斗还没开始,我们就胜券在握了。

战斗之前,我先同那些盔甲回收公司敲定了一笔大合同,随后又召集所有军官开了个战前会议。后来,我实在等不及了,就率先发起了进攻。我照你说的,把大量的雇佣军弓箭手布置在队伍最前列,他们尽全力向尼可的雇佣步兵胡乱射击了大约五分钟。对方被激怒了,毫无章法地向我们冲了过来。我们弓箭手退了下去,骑兵截住了他们的路,就像消灭谷仓里的老鼠一样把他们屠杀殆尽。

尼可剩余的雇佣军开始缓慢地向后退去，而这很明显违背了他们接到的命令。尼可的正规军则留在原地，想弄清下一步如何行动。我命令我们的主力部队缓慢地向前推进。没过一会儿，我就收到了欧福尔玻斯将军传来的口信：考虑到目前自己的处境，他愿意向我们投诚。

这也叫胜利吗？我只觉得有点让人提不起精神。

所以，现在我已经拥有了尼可的六名帝国将军和五支帝国部队。还差两支，我们就能集齐全套了。那天晚上我们举行一个欢迎派对。我惊讶地发现，尼可军中的大多数人已经有两天水米未进了。有一个团被喊话说"放下武器"时，他们都笑了起来，因为他们根本就没有武器，每人只有一面盾牌，没有刀剑也没有长矛。据我推断，自开战以来还没人付给过他们酬金。尼可已经囊空如洗了。

我们可怜的朋友，我真为他感到难过。但我们不得不面对现实：现在收手为时已晚。我猜想如今他其实已经是困在皇宫里的囚徒，在我们抵达首都外十五里界碑之前，守住他的那些人很可能已经在讨论用什么办法除掉他了。我问过特种部队，能不能派一小队人马潜入皇宫把他救出来，但他们反对这么做。他们说行动的成功概率很低，而潜在的损失太大我们无法接受。难道尼可的性命就是可以接受的损失了吗？这个问题我没问出口。我不喜欢问连自己不知道答案的问题。

在你收到我的下一封信之前，战争很可能已经结束了。我衷心希望如此。这是一段最最沉闷又苦不堪言的经历，我从未想到过成功会是如此乏味。

在信使出发之前，我刚好赶上了他，迅速添加了以下内容。

好消息，也许是最好的消息。猜猜谁在看着我写这段话。是墨涅西修斯，而阿瑞斯泰俄斯正站在他身边喝肉桂茶。他们告诉我，斯特拉托在安纳苏斯很安全；战争结束之后，他会到首都来和我们相会。尼可坚持要他们到我这里来。他们说尼可在欧福尔玻斯将军叛变之前依然毫不气馁，但就在最后那次叛变（严格地说，应该还不是最后一次）之后，他把他俩叫到跟前，对他们说："目前我最关心的事，就是你们能安全地逃出这里，而现在最安全的地方就是高尔吉斯那里了。"其实他们都不愿意离开尼可,而且他们也并没有责怪他的所作所为。

弗尔米奥,不久之后,我们五个又能凑在一起了。你等着瞧吧,我们会成就许多震烁古今的功业。

致: 无敌骄阳的兄弟、爱民如子的君主、信仰的守护者、福萨尼的统治者——神圣的高尔吉斯皇帝陛下

弗尔米奥恳请禀告皇帝陛下,他的军队已经抓获了叛徒尼斯福鲁斯·兹米西斯,并把他押送回首都等待皇帝陛下的发落。

帝国军队统帅弗尔米奥敬上

无敌骄阳兄弟会修道士尼斯福鲁斯致帝国军队统帅弗尔米奥

今天高尔吉斯来看过我了。

不过,只是他看我,我已经看不见他了,原因显而易见。

当我还是个孩子的时候,他们曾经教导我说,用弄瞎重要囚犯的眼睛并放逐到修道院来代替死刑,是我们社会文明的标志。我当时就想,那是错误而野蛮的。怎么会有人做出那种事来?我老爸和家族里的其他人都没有那样做过,但或许他们只是不想给别人留下一丁点儿机会。毕竟没有法律强行规定瞎子不能当皇帝。

现在我真的成了文明的标志,无论是心理上或生理上,我的视野都改变了。其实没那么糟,失去视力总比失去生命要好。瞎子还是有一些优势的,没人会逼我做新来的修道士都要干的体力活——打水、浇灌菜园、清扫厕所。说真的,我想我原本相当喜欢抄写手稿,可他们会允许我那么做吗?(你知道我的字写得有多糟。)因此,大多数时间里,我只能坐在这间屋子里。我不知道这间屋子到底是什么样,也就无法向你描述了。多亏了斯特拉托,一些老修道士才会轮流给我念书。他捐给了兄弟会一千塞斯太尔斯,让他们在我活着的时候给我念

书,等我死了便给我做祈祷。我不在乎有没有人为我祈祷(我看不见安西米乌斯修士脸上的表情,他就是为我写这封信的人,不过我猜他会一脸惊讶的)。你不惊讶? 别把这句也写上去,笨蛋。

实际上,从我到这里起,他们都对我非常友好。我想这部分得益于我以前的地位,毕竟我曾经是无敌骄阳的远房表弟。顺便说一句,我已经问过院长了,他只花了一分钟就清楚解答了我的疑惑——为什么我能成为神祇的亲戚,为什么现在又忽然不是了? 我要是能记住他的答案就好了。院长神父对我格外亲切,他甚至允许修道士们给我读一些非宗教类的书籍。神灵保佑他。告诉你,我最近有点喜欢上了祷告和戒律,有生以来头一回,我觉得这些东西是有意义的。也许我们都错了,弗尔米奥,也许要经历过这些,才能把事情看得清楚。

(你不要以为我已经适应了这样的生活,我没有。每天早晨醒来,我都想努力睁开眼睛,然后感到一阵恐慌,最后才能想起发生过的一切。)

我又扯远了,我知道,处在黑暗中的人就会这样。我之所以给你写这封信,是因为高尔吉斯来看过我,皇帝陛下本人亲自来看过我了。我必须承认,这份至高无上的荣耀对我来说有点浪费。迄今为止,我总是厌恶和鄙视皇帝。来这儿之前,所有我知道的皇帝都是垃圾。

我一听见脚步声在回廊里响起,就知道是他来了。你不要不相信,确实是这样的。我请修道士停止阅读,大声呼喊起了高尔吉斯的名字。然后我听见了开门声。

"你好,尼可。"他说。

"你好,高尔吉斯。"我回答,"最近怎么样?"

"很好,你呢?"

"就是有点瞎,其他都不错。"我答道。

我能听到给我读书的修道士发出急促的呼吸声,因此我请他离开。我听见他走了出去。

"我很抱歉。"他说。

"真巧，"我说，"我也很抱歉。"

他似乎不明白我的意思，因此我接着说："我们不要谈那些不高兴的事了。坐下来和我说点儿愉快的吧。"他在我身边坐下，开始滔滔不绝地说了起来——应该说是演讲了起来——全是你们那些政治方面的废话。"闭嘴吧，高尔吉斯。"我说。

他愣了片刻，随即笑了起来，笑声听着就像在折断一根根树枝。"对不起，"他说，"我不知道你不想听这些。"

"我没有觉得讨厌，但政治实在是太无聊了。"我回答。

"不错。"他说，接着又是一阵沉默。随后他开口："那说什么才不无聊呢？"

我情不自禁地笑出声来。"听说你在追求奥多希娅的小妹妹，是真的吗？"我问。

他像是抽了口气，问："谁告诉你的？"

"斯特拉托来过了。"我说，"那么说是真的了。"

"皇帝是不会追求别人的。"他严肃地说，"他们只会根据皇室和政治的需要，与合适的候选人商讨婚姻契约。"

"而她不是合适的候选人。"我说。

他咂了咂舌头，说："很不幸，她不是。最终，我很可能会娶一个鼻子上穿着骨头的蛮族女人，以此来确保北方边境的安全。不过，与此同时，我还是会缠住普尔切丽娅不放的。她是个好女孩，可她总让我想起她的姐姐。"

接着，我们谈了一些往事，他还给我讲了些你们的情况（斯特拉托都告诉过我了）。后来，我们又争论起了贝萨德著作的版本问题。我想我一定能赢，因为修道士们刚给我读过《格利凯里乌斯评传》。不过我想错了，高尔吉斯把十年前学的东西全想了起来。告诉你吧，弗尔米奥，这真是一场精彩的辩论。最后当然是高尔吉斯赢了。

"我真的很抱歉。"他突如其来地又重复了一遍。

"以前的事儿就忘了吧。"我说。

"这不是你的真心话。"他说。

"你说得没错。"我说,"正如我不会飞一样,我没法想忘记什么就忘记什么。但是,我可以不再怨恨,我已经不放在心上了。"

我想我说的话可能让他有点心烦意乱,不过我并不担心这会伤害他的感情。"所有的一切,"我说,"政治、道德、善恶,我们年轻时在'贫穷与正义'酒吧里讨论过的一切,都是废话。但如果你坚持对这些事那么认真的话,我希望你老老实实地回答我几个问题,凭书起誓。"

"什么书?"

我笑着说:"傻瓜,不是戒律书,是我们写的那本。我想你不会随身带着吧。"

"我还真是带着的。"他说,(我不知道他说的是不是实话。他可以随便拿本书充数,要骗一个瞎子很容易。)"好了,凭书起誓,你问吧。"

"问题一,你是否一直想当皇帝?"

"不是。"他回答。

"你凭书起过誓的。"

"是的,我一直想当皇帝。"他又急匆匆地继续说了下去,"不然我要怎样才能做我想做的事呢?比如我们如今在做的所有好事,比如土地改革提案,还有——"

"问题二,我们上学的时候,你愿意和我混在一起是不是因为我有钱买酒?"

他大笑着说:"不是,当然不是。我不是说我们不想让你买酒,但我们和你在一起确实不是因为你有钱。说真的,我和他们四个人的友谊的确要比和你亲密一些。起初我总把你当作弗尔米奥的朋友,不过到第二年,我的想法就改变了。"

我点了点头,"问题三,假如是弗尔米奥或者斯特拉托,而不是我当上了皇帝,你还会这么做吗?"

"我无法回答这个问题。"他说,"那种情况永远也不会出现。"

我放过了他，三个答案中只有一个是谎言，还算不错。

他在我这里待了两个小时。很显然，你们肯定是说好了轮流来看我的，尽管这对你们来说有点屈尊俯就，但我还是热烈欢迎的。下个月，阿瑞斯泰俄斯会来看我，再下个月是墨涅西修斯。高尔吉斯还向我保证，说你会在我生日那天到来。对此我虽然没抱太大希望，不过还是觉得很欣慰。其实，你能来的话那就太好了。

弗尔米奥，我的修道士朋友们每周都给我读公报。我知道怎么去解读报纸上的那些政府公告。我知道高尔吉斯差不多已经放弃了做出改变的努力。从今以后，他就是皇帝了，我想他会成为一个好皇帝的。不管怎样，肯定会比我好。不过，我还担心什么呢？这一切都和我无关了。

这里也许是我待过的最好的地方了。只有在很久以前的某处，我才享受过比这儿更快乐的日子。有空的时候，请给我回信。

（沈恺宇　译）

借人以图

确实有那么个地方。我去过那儿。

似乎每个人都说着诸如此类的话,不是吗? 有人说:"我认识一个人,那个人伪装成神职人员在那儿待了五年之久。"或者是说:"村子的首领告诉过我,村民经常到那儿去,用木材和面粉交换香料。"抑或是说:"神父给我看过来自那儿的几样东西——一尊雕像、样式奇特的小盒子、一双鞋子、一本我读不懂的书。"又或者是说:"站在这座山的顶上,目光越过山谷和河面,就可以看到太阳在寺庙的尖顶上反射的金光。"还有人甚至说:"曾有人带我去过那儿,我见过那扇巨大的门和平民无法涉足的王城。我在那里落座,和寺庙的主持一同畅饮山羊奶,对方足有七英尺高,他的双眼、鼻子和嘴巴都长在胸口的正中央。"

你听说过这些神奇的经历,也在书中读到过。第一次、第二次、第三次,你相信它们是真的;到了第四次,你开始暗示自己相信那是真的;第五次的时候,你便会隐隐觉得不对劲——那些冒险者离终点已经那么近,近到能听见孩童的嬉闹声,闻到炊烟散发的气味,但却总是因为各式各样的原因,致使他们没有走完最后两百码的距离，最终一定会折返（但他们会一再强调"那个地方"是真的，"那个地方"确实存在）。第六次听说的时候你被伤透了心；等到第七次时，你成了学者，开始着手靠自己探究这个天方夜谭。

我就是个学者。我费尽了一生去探寻那个如今自己坚信是虚幻的所在。确实有那么个地方。我去过那儿。

"公爵大人在关注着你。"她说。

考虑到我们所在的场所、她的身份和我们正在做的事，我由衷地希望她只是象征性地随口一说。

"是吗？"

"哦，是啊。"她拉了拉被单。女人总是对冷很敏感，"他对你相当感兴趣。"

女人们常做的另一件事就是说起话来半真半假。男人当然也会这么做，但通常是有理由的，而且通常是可以理解的理由，在谎言的掩盖之下有迹可循，如同蜷缩在毛毯下的身体——你看到的是一块毛毯，但你能循迹找到手臂、双腿和胸口的位置。女人则正好相反，她们说假话只是为了观察你的反应。"我可不这么觉得，"我说，"他不可能认识我这么个人。"

"他当然认识。"

我打了个哈欠。我现在没有聊天的心情。"如果说他知道我父亲，还有可能，"我说道，"也许，你还可以说他通过那场官司，听说了我哥哥。但他不可能认识我，我只是个无名小卒。"

她清了清喉咙。

"我不属于正规学院，"我补充道，"也不属于大多数学术组织。我承认，我在同行学者间相当有名。他们叫我'轻信的傻瓜'。但除此以外——"

她紧靠着我取暖。"你在艾斯凯渥方面可是现存的最权威人士。"她说。

"没错。因为我是个轻信的傻瓜。可这究竟和公爵有什么关系？"

"他买下了那家公司。"

我打了个哆嗦，但绝不是因为房间的温度。"那他真是个白痴，"我说，"就算他只花了一便士。"

"他可不这么认为。"

"噢，他当然不会。"

"而且他的花费远远不止一便士，"她望着天花板继续说道，"为了筹钱，他抵押了萨斯费和加尔哈迪的土地，还卖掉了自己对锡矿产业的那一半所有权。他对这件事非常认真。"

我皱了皱眉头——房间很暗，她看不到我的表情。"我很同情他的孩子们，"我回应道，"他们都变成了富老爸的穷光蛋儿子，这种名声永远没办法摆脱。等等，我得提醒你，这和我的事在程度上还是有很大分别的，我父亲虽然算得上生活宽裕，但和公爵相比——"

"他觉得这是一次有利可图的投资。"

我真的没有兴趣谈论那位公爵，特别是这场对话还和艾斯凯渥有关——这个话题我向来只会和学者同行们谈论，不会向外行人提及。事实上，我连说话的心情都没有，我只想回家，但就目前的情况来看，我不可能马上抽身，不是吗？我并没有直接发表意见。"好吧，"我说，"我希望他的信念能够得到证明，果真如此的话，我会惊掉下巴，并由衷地感到高兴。"

我感觉到她转身朝向我。"它是存在的，不是吗？"她说，"的确有那么一个地方存在。"

我叹了口气。"是啊，"我说，"我相信那儿是存在的。埃涅阿斯·柏利格林诺去过那里，而他是真实存在的人。但我们并不知道那地方究竟在哪儿。"

"你也不知道？"

"而且我还是这个领域现存的最权威的专家，"我叹了口气，"至少是最权威的专家之一，虽然艾罗珀的史崔拉教授会反驳我的说法，但他是个骗子。卢西尔的卡齐德努斯——"

"你肯定有些头绪。"

我伸了个懒腰。该起床走人了。"它确实存在，"我说，"就在某个地方。除此以外，我不比你了解得更多。我该走了。"

"别走。"

"我该走了。他也许会提前回来，谁也说不准。"

"那是财政法案的第二次宣读，"她恼火地说，"一直到明天早上他都不会回来。你每次都不愿意多留一会儿。"

"我真的该走了。"

"好吧。没关系。"她说。你明白我的意思了吧？女人说起话来总是口不对心。"明天呢？"

"明天不一定，"我说，"我或许要在大厅吃晚饭，然后我还要准备演讲。后天应该好一些。"

"随便你。"

我溜下床，在黑暗中摸索自己的裤子。我一向都觉得这种事情非常令人不快，"你们下星期要找人打理房子？"

"我不知道。"

她怎么会不知道。不过这种事我可以在公报上查到。我套上衬衫，然后犹豫起来："公爵是真的对我感兴趣？"

"是的。"

我耸了耸肩。"或许他愿意给圣坛基金会捐几个马克，"我说，"那儿的情况糟透了，屋子都开始漏雨了。"

我在这座城市出生。我父亲是东洋公司的初级合伙人，那家公司在当时还是银行和军火工厂的混合体。父亲负责军火相关的业务，他管理制造加农炮和迫击炮的大炮工厂，准备有一天把它们安装在船上，然后开启前往艾斯凯渥的征途。他们将在艾斯凯渥贩卖羊毛衣物、锡制餐碟、镜子和铲子，并且不计代价地换取肉桂、肉豆蔻皮、肉豆蔻仁、细红椒和那种能治疗瘟疫、梅毒以及脱发的奇特草根。但因为艾斯凯渥那时候还未被人发现，他们也并没有特别着急。于是，为了保持资金正常流动，公司会把我父亲制造的加农炮和迫击炮卖给邻国的国王和公爵，他们总能找到这些大炮的用途。当年的东洋公司还日进斗金（因为每个人都知道，发现艾斯凯渥的具体位置只是时间问题），公司的董事明智地投资了许多有利可图的项目，就是为了积蓄足够的资金。这样一来，等这个发现震惊世界的那一天，公司就会有能力派出第一支远征舰队。根据现有的证据，人们普遍认为，艾斯凯渥应该位于东方的某处，"东洋公司"这个名字，就来源于此。哪怕最后发现它其实是在西方，他们也不会介意的。那时的他们还都是实用主义者。

我父亲就是个实用主义者。他并不相信艾斯凯渥会像熟透了的梨子那样落到我们的膝盖上：必须得有人去寻找。通常情况下，他会亲力亲为（他深信"求人不如求己"的道理）。但他当时忙着监督加农炮的制造以及与外国王公贵族的生意，脱不开身，因此把这份责任传递下去、交到他那个多余的儿子（也就是我）手里也就合情合理了。因此，我从九岁开始就接受地理、历史、语言和记账方面的教育（因为等我发现艾斯凯渥以后，要在那儿建立第一座交易所）。等我十六岁的时候，他把我送去了学院，那里收藏着每一本曾经面世的书籍的副本，让我在那里继续研究。在三十二岁那年，我作为有实力且最年轻的人文学教授留在了学院里。

后来我发现，那儿唯独漏掉了一本著作。

我最早得知埃涅阿斯·柏利格林诺此人是在十二岁那年。我在席维安努斯的《论述集》中读到了他的生平。埃涅阿斯·柏利格林诺在三百年前去过艾斯凯渥。那年他带着一船柠檬离开这座城市，前往梅塞布罗提亚，却因为一场剧烈的风暴偏离了航线。风暴持续了整整九天，等风平浪静的时候，所有船员都不知自己身在何方。就连星辰都不一样了，埃涅阿斯写道，他们在海上漂流了四个星期，直到下一场风暴到来，而且比前一场更加猛烈。风暴裹挟着他们，让船以惊人的速度航行了八天，然后又戛然止息。在天际线处，他们看到了陆地。他们在无风的天气下又等待了三天，直到一股微风将他们带到那片名为艾斯凯渥的大陆。那里的土壤肥沃，气候也是全世界最宜人的；那里的居民性情温和，老于世故，无比富裕而又极其慷慨，而且他们从来没见过柠檬。

埃涅阿斯用货物换取了同等重量的黄金，随后又花了约莫一个月的时间在艾斯凯渥旅行，和贵族、祭司以及学者交谈，尽可能弄清他偶然发现的这个美妙国度的一切。不用说，他最想知道的是艾斯凯渥的所在位置。而这个问题的答案似乎显而易见：艾斯凯渥人在天文、地理和所有相关的科学方面十分博学，他们教给了他纬度的原理，还有运用星盘、罗盘与六分仪（当时在艾斯凯渥之外，还没有人发明这些工具）进行航海的高超技术。凭借这些知识，埃涅阿斯就能轻而易举地确定艾斯凯渥和这座城市的相对位置，绘制返航的路线。归程花去了他三周的时间，一部分的原因是在三分之一的路程时遭遇了逆风。他带着满舱的金锭回到家乡，接着立刻开始埋头撰写他那两本伟大的著作。第一本是《航海学论述》，他将其呈献给议会，而议会便授予了他"公平爵士"的头衔，并且在如今的埃涅阿斯广场为他竖起了一尊十英尺高的雕像。第二本著作是关于艾斯凯渥的完整描述，包括如何前往那里的确切路线。他并未公开这本书，虽然他不时会让自己的密友参阅其中的几个段落。他的理由是他打算回到那里，发第二次横财，很可能还有第三、第四、第五和第六次，毕竟艾斯凯渥人会为柠檬开出荒谬可笑的价格。只有傻瓜才会公开无尽财源的秘密，导致市面上货品泛滥。

埃涅阿斯·柏利格林诺在四十六岁那年突然辞世，那是三百零七年前的事了。他逝世时，他的手稿和第二本书的去向无人得知，自此之后也踪影全无。

我不太确定自己是地理学家还是历史学家，或者说地理学究竟是人文学还是科学。我所知道的是，如果我真的聪明到能在学院占有一席之地，那么早在她不经意地向我提及那位公爵大人以前，我就该问问自己，一个参议员的年轻娇妻究竟看上了我哪一点。不过现在醒悟还为时不晚。

我穿过后巷，缓缓地走回家中，而路上的每一个转角和每一扇门都藏着公爵的手下，他们监视着我，做着笔记，只不过我没法看清他们。等我回到住处的时候，已经精疲力竭。守门人从他温暖舒适的壁炉边站起身，递给我一张便条。

尽快来见我。在我的房间。

卡齐德努斯

这当然不是他的真名。在来学院之前，他名叫利乌特普兰德·索斯特武夫森。我花了十二枚安琪儿金币才查明这一点，但我始终没想到该怎么来对付他。不过光是知道这个秘密就让我好受多了。

我应该说明一下卡齐德努斯的事。他是个优秀的学者。他勤勉、富有洞察力、头脑清晰、偶尔算得上才华横溢，而且他的意见永远值得听取。他对于特拉索的《对话集》的原始手稿的研究，让我在解读《直氏法典》的期间惊为天人。我们两人对埃涅阿斯和艾斯凯渥的一切无所不知。总而言之，像我们这样憎恨彼此真是值得羞耻的事。

但这是无法避免的，正如你无法下令禁止冬天来临。愚蠢之处在于，这并非我们任何一方的责任。我从未做过任何真正伤害他的事，虽然心中不乏这样的念头；而他所有那些企图陷害我的疯狂计划不是流产，就是结果适得其反。看起来，他的怨恨源自于东洋公司破产让他损失的大笔钱财。如果真是这样，那么他肯定像牧羊人的妻子照顾失怙的羊羔那样，从那时起就细心呵护着对我的仇恨。我想我现在非常恨他，因为他恨我，虽然我并不确定最初恨他的原因。总之，这一切是从我们俩还是十七岁的学院新生时开始的。我猜这种爱好很适合我们俩：它比收集早期矫饰主义风格的袖珍画要便宜，也比观看驴车竞速要略微刺激些。

"尽快来我的房间碰头"很可能意味着这一系列矫揉造作、过度烦琐的阴谋再次推陈出新。想必他没有想到，我可以选择干脆不出现。他就像一只差劲的蜘蛛：他拥有编织上好罗网的耐心和热情，却对如何诱捕飞蝇毫无头绪。他那些小诡计就像一块大大的告示牌：此处有网。他早晚会饿死自己的。

我差点就真的没去，只是差点。如果我是苍蝇，现在恐怕已经丢了小命。

我竟然就这样为我的那些小事，为我无关紧要的身世喋喋不休。作为历史学家，我感到惭愧。我在这一系列事件中充当的角色相当重要，但仍旧有限。至少在接下来的十页里，我不会再谈论自己，甚至不会承认我自身的存在。

回头来说公司，也就是东洋公司：事实上，它的正确名称应该是"对东洋诸国度贸易推广及管理之探险商业集团"。巧合的是，公司的创建和我的诞生是在同一年——抱歉，我又提了无关的事。创建者是三位钟表匠和一位金匠，他们是一群有钱人，对埃涅阿斯·柏利格林诺的二手记录中提及的深奥文学很感兴趣，也有财力租借并配备好一条小船（松鼠号，排水量90吨）去寻找艾斯凯渥，以此满足他们在科学方面的抱负。仅此而已。但作为生意人，他们认为稍微分摊一下风险也是合情合理的。于是他们起草了计划书，随后雇用了几个无业游民，在金鱼区的那些茶馆里免费发放。

我出生的那一年也是艾若因城发现大量黄金矿藏的时期。几个世纪以来，这座城市头一次金钱泛滥：新铸的安琪儿金币仿佛雨点，密密麻麻地坠入城中，匆忙地寻找每一道沟渠、水槽、管道去排解水流的压力。那些足够睿智的人先在艾若因城投资，并在金矿耗尽之前卖出，随后便开始寻找下一笔划算的买卖：最好是比采掘金矿更稳定的生意，用我父亲的话来说，金矿生意就是像孔雀尾巴那样起落不定。艾斯凯渥完全就是他们理想中的目标：一场可靠的长期冒险，丰厚的红利取之不尽。在几天的时间里，免费的计划书（那些钟表匠只印刷了两百份）就开始以每份一安琪儿的价格转手。

就在这时，发生了某件古怪而又奇妙的事。那些钟表匠为了记录投资人的投资意向，又印刷了一些文件：但这次不再是计划书，而是股票。这不算是完全创新的概念，但这种做法在此之前并没有真正流行起来。一切都改变了。第一批认购证以每股一安琪儿的价格，在一周内就已售罄。第二批认购证涨到了每份三安琪儿，但一个早晨便被一扫而空。在此期间，那些错失良机的投资者在茶馆里高高兴兴地以六安琪儿每份的价格买下了大量的二手股票。在发行了十二轮认购证以后，公司的股价达到了一百零六安琪儿，而且只有钟表匠们知道有多少股票还在流通中。也是在那时，他们悄然售出了自己的股份，回到纳凯特乡间的庞大别墅养老，将公司交到刚刚选举出来的新董事会手中，成员之一就是我可怜的父亲。

在那时，所有人都尚未意识到，整个共和国三分之一的资产都已投入了公司：投入的除了金钱以外，还包括怀特吉特区的一栋漂亮的仿古式宅邸，那些钟表匠收集的大量地图和书籍，松鼠号六年租期中剩余的四年，以及一批二手木桶。我想正因为如此，我父亲才认定必须得有人找到艾斯凯渥，而且越快越好。

我走进房间，他没有抬头。"喝茶？"他问我。

"好啊，有何不可？"我扫视周围。我已经有段时间没进过他的房间了。说真的，这里简直毫无变化：还是垃圾遍地。我决定假设这泡茶的提议也暗示着邀请我坐下，于是我移开一堆书，在椅子上坐下。他把水壶架到火上，回头看着我。

"我看到你在《学会报告》里的大作了。"他说。

"是嘛。"

"写得很好。"他掀开茶叶罐的盖子，取出不多不少三勺茶叶。是那种廉价的红茶。我能闻到他们用来掩盖糟糕口感的佛手柑油的气味。"我认为你对普萨美提克的评价是正确的。这既解释了西方传统，也符合希罗在《概述》中的描写。"

"谢谢。"

"不过你对阿尔塞亚的说法绝对是弄错了，"他背对着我继续说下去，"它的

71

创立时间可以由利兰丁之战推断出来。"

我皱了皱眉。他的话不无道理。"你这是拿结果来解释原因。"

他摇摇头。"希罗列出的利马之战的战死者名单中，有阿尔塞乌斯的名字，"他说，"如果他是在利马战死，就没法在一年后创立阿尔塞亚了，不是吗？"

六个月的辛勤努力就这样化为泡影。我本该痛哭才对，但我却说："如果你选择相信希罗的话。"

"相信的人是你，"他答道，"所以我就算了。"他转过身，手里拿着一只茶壶和两只木头小茶杯。他最喜欢装出穷困的样子，虽然内亚达山谷的一半都归他的家族所有。"要柠檬吗？"

我摇摇头，"你找我来就是为了这个。"

"不。"他坐了下来，甚至懒得先把椅子上的书本移开。他就这么稳稳地坐在书上。"不，我已经给《评论》写了一篇短文，"他笑了笑，"抱歉。"

我动作夸张地耸了耸肩。"你只不过是察觉了我的疏忽之处而已，"我说，"全人类会给予你应有的感激的。"

他身子前倾，给我倒上茶。"噢，见鬼去吧，"他说，"我只是受不了有人在学术问题上不严谨而已。"他皱起眉头，"你刚才是不是说想要柠檬？"

"我就不必了。"

他抿了口茶，做了个鬼脸。"不，"他续道（他的大部分句子的发语词都是"不"），"我找你来为的是完全不同的另一件事。顺带一提，你最近怎样？我们已经有好一段时间没有打照面了。你父亲过得如何？"

"他死了，"我说，"去年春天的事。"

"真不幸，我很抱歉。他应该没出来多久吧。"

"六个月。"

他摇摇头。"好吧，"他说，"至少他没有死在监狱里。那样的话就太可怕了，不是吗？"

有时候，最好的反驳方式就是不去反驳。我平静地坐着。他喝着他的茶。

"不，"他最后开口道，"我找你来是为了——"他顿了顿，放下杯子，交叠的双手放在膝盖上，"你应该听说多瑟鲁斯伯爵去世的消息了吧。"

"说真的，没有。"

他点点头，"他的家族债台高筑，只能变卖家当。他们的所有地产都要卖掉，包括图书馆。"

我忍不住产生了兴趣。多瑟鲁斯是几百年前曾经无处不在的古老家族之一，但从此以后便无所建树。另外，他们向来以不肯让学者参阅藏书的吝啬行为而臭名昭著。结果就是，没有人知道那间图书馆里究竟收藏了什么。

"巧合的是，"他的目光越过我的肩头，继续说道，"我的叔叔在拍卖会上买下了几箱书籍，"他咧嘴笑着，仍然没有看我，"我说'几箱'可能不太确切。他在没有验货的情况下就买下了装满四个大型板条箱的书。我叔叔毕竟只是个没见过世面的乡巴佬。"

我有种被人带着在刑房里观光的感觉。他们做这种事显然是为了让别人坦白。这是拷问架，那是铁处女，再那边是拇指夹。"有什么有趣的东西吗？"我问他。

"只有些零零碎碎的东西。"他又皱了皱眉，然后抬头看着我，"噢，趁我还没忘记，告诉你一声：他们把你关于埃涅阿斯·柏利格林诺的研究进展送了过来。他们想知道我的评价如何。"

我突然浑身发冷。他所说的"他们"，指的是教职员理事会，我向他们提交了研究方面的概要说明，希望能得到接下来五年的资金支持。不知是出于无知还是恶意，他们将这篇说明交给卡齐德努斯来做同行审查。"你觉得怎样？"

"很出色。"

噢，但我不能就这么放下心，真的不能。他总是会先说"很出色"或者"太棒了"之类的话，然后才跟你针锋相对。我等待着。他却卖起了关子。

"不，"他说，"我非常仔细地阅读过了，而我必须承认，我相信你的看法是正确的，而且我这些年来都是错的。你说服了我。恭喜你。"

我仍旧等待着。这些是滚烫的烙铁,那边像兽笼一样的东西会把你的双臂扭向身后,直到你的手肘断裂。"以及?"

"没什么以及,"他的笑容褪去,"你知道的,我无法忍受你,"他续道,"你自大、邋遢、粗心大意又满口胡言,你对待已婚女人的方式也让学院蒙羞。不过这一次,你的研究是有真材实料的,而且还给了我当头一棒。"他拿起茶杯,然后又放下,他的指尖仍旧贴着杯口。"我现在知道,你对艾思凯渥的纬度推断是正确的,错的人是我。我想试着为你高兴,但恐怕我做不到,这不符合我的本性。"

我突然庆幸自己没有碰过他为我倒的那杯茶。佛手柑油完全可以掩盖任何一种反常的味道。"噢——"我说。

"总之,"他站起身,走到壁炉旁,用拨火棍狠狠地捅了捅那些木柴。几颗红色的火星飞了起来,就像飞离粪便的苍蝇。"我回复给教职员理事会,建议他们给予你想要的资金。我别无选择,"他说,"我们毕竟是学者,不是吗?"

我深吸了一口气,"你找我来就是为了——?"

"不。"

我盯着他看。人们经常弄错我们两个。我们都高大瘦削,长着相似的长脸和笔直的鼻梁。两个人都是学者。"好吧,"我说,"那又是为什么?"

他再次坐下,这次他小心地搬开了那些书,就像为了救出被困的工友而谨慎清理落石的矿工。最后他拿出了一根长长的黄铜管。他将这根铜管放在自己的膝头,再用手臂盖住。"你的研究成果里,我对其中一处存有不同的看法。非常微不足道的一处,"他飞快地补充道,"而且直到前不久我才想到。关于《发现》的手稿。"

(全名是《艾斯凯渥的发现》,作者埃涅阿斯·柏利格林诺。当然根本没有什么手稿。)

"你和我,"他续道,"都花费了多年时间去调查埃涅阿斯死时手稿的去向。我们都假定手稿应该是传给了他的儿子。我们追溯到每个在世的后裔,我们查阅了许多目录和档案,寻找可能接受戴夫斯·柏利格林诺或其后裔捐赠文件或书籍的图书馆。这些全都是——"他咧嘴笑了,"——浪费时间。噢,我们是找到了不少书籍和文献。只不过并非我们要找的那一本。你同意吗?"

我点点头。

"我们之所以会做这种假设,"他续道,"是因为戴夫斯继承了土地、金钱和宅邸,所以我们认为手稿肯定也在他的手里。毕竟埃涅阿斯做好了重回艾斯凯渥的打算。他是突然过世的。那些手稿应该和他的其他财产存放在一起。"

他似乎想要我说些什么。"对。"我说。

"这很正常。这个假设合情合理。可要是——"他停顿了片刻,仿佛走进了一扇看不见的门里,"要是埃涅阿斯和他的儿子意见不合,随后把手稿交给了别人呢?至于土地和金钱,好吧,他其实没法做得这么绝,那时的人不会随便剥夺自己独子的继承权,所以戴夫斯得到了所有这些东西。但那些手稿——"

我突然灵光一闪。"他的外甥女。"我说。

他对我露出优雅的笑容。"完全正确,"他说,"他姐姐的女儿,至于她的名字我们无从得知。如果是她在埃涅阿斯在世时得到了那些手稿呢?"

我感到羞愧。我早该想到这个可能性。不过当时我太兴奋,已经顾不上这些了。"那位外甥女——"

"嫁入了多瑟鲁斯家族,"他轻声地说道,"当时的他们非常富有,不必涉足商业贸易这种肮脏的行当,于是他们把文件归档,存入他们在塔切沃的漂亮图书馆的档案室里,然后忘得一干二净。他们恐怕从没看过里面写了些什么。与此同时,戴夫斯把他父亲的宅子翻了个底朝天,寻找那个老傻瓜的最后一本著作,却一无所获。他推断手稿已被销毁,于是这么告诉了世人。他们理所当然地相信了他。毕竟他可是埃涅阿斯的儿子啊。"

我突然间喘不过气来,"你叔叔。"

他笑了。"没有验货就买了四个大箱子。其中就包括——"他像举着武器那样用黄铜管指着我,"这个。"

他把那根管子递给我。我拧下盖子,看到了羊皮卷的一端,我的动作凝固了。

"还是我来吧。"他用食指和拇指捏起那张纸卷，抽了出来。纸张僵硬发黄。看起来就像一根棍子。"那么接下来，"他说，"作为当今世上艾斯凯渥方面最伟大的专家——你已经向我证明了这一点。你想不想一窥究竟呢？"

我的敌人，我唯一且仅有的死敌，手里拿着唯一且仅有的手稿。问我想不想一窥究竟？我点点头。他身子前倾，拉过我的手，扳开僵硬的手指，把那卷纸塞进掌间。"慢慢看吧，"他说，"我不着急。"

你们都知道圣艾古林努斯的故事，知道他从九岁开始每天早晨都会在黎明前爬上山顶祈祷，请求上天允许他直面无匹骄阳。他祈祷了整整九十年，终于有一天，他的祈求得到了准许。泰可尼斯山脉上方的太阳突然出现在他面前，对他说"跟我来"。于是，艾古林努斯漫长的祈祷收到了回复，他被那团烈焰吞噬，没有留下一丝灰烬，肉体就这样升上了天堂——

至于我，我并不相信神明。只要我想看，随时都能看到太阳。但这——
"看吧，"他说（我永远不会忘记他当时的语气），"它又不会咬你。"

我展开纸卷。羊皮纸发出嘎吱嘎吱的响声：我突然害怕它会在我看到内容之前就四分五裂，或者化为粉末。但它却轻快地铺展开来，我的指尖接触到的纸面相当结实。内文当然是手写的，而且我当然认得出那种笔迹。我曾花费许多时间去钻研证实埃涅阿斯·柏利格林诺手书、如今硕果仅存的九封书信——是写给他的土地代理人、他的儿子，以及他封地的行政长官的。不过内容是关于窗户税的征收。

关于艾斯凯渥真正的发现经过，如实记载在此——
"好了，"他轻声地说，"快看吧。"

我想，要是我的父亲还在世该多好。他煎熬了十年的牢狱生活，在不久前终于没能撑下去，正如卡齐德努斯处心积虑的提醒一样。他没有做过任何错事，至少没做过让他受指控的那些事。但当肥皂泡破裂、数百万安琪儿一夜间蒸发，如同冰雪消融那样突如其来，而且无法避免的时候——总得有人来做替罪羊。我父亲自知没有干过任何错事，因此也认为没必要带着一小袋珠宝离开这个国家。他在接受审判时提出了有力的证据。他向来善于雄辩，而且总是忍不住对任何指控都提出异议，这在当时显然不是明智的做法。我可以想象（我当时并不在场）他是如何和死神争辩，并且罗列出好几个能站得住脚的论点的：他在闭上双眼前所看到的最后一幕，肯定是那些站在道德制高点上的人才会看到的景色。

如果他能多活那么一会儿，亲眼看到这份——

那么他肯定会责怪我没能早点找到。他会用令人厌恶的方式摇着头说，随便哪个傻瓜都会想到调查外甥女。而且他不会说"你让我失望了，你总是这样让我失望"，因为他不必说我也明白。

我读完了手稿。我想我本可以自己写一份出来。

这就是最离奇的地方。我这一辈子都在推测艾斯凯渥的种种，进行有理有据的猜测，用沙砾来揣摩城堡的样子。从花甲老人童年时听祖父讲述的故事中得出靠不住的零散线索；基于对古代文物的观察推断出结论，而这些文物很可能仿制自埃涅阿斯的手下偷运回来的货物（至于是否忠于原作则另当别论）；在其余的时间里，我研究的那些证据的可信度也极其堪忧。但无论如何，我是正确的。尽管难以置信，但我天马行空的猜想和缺乏条理的结论却经由纸上这些高大纤细的棕色字母得到了证明。这足以令人落泪了。我根本不需要这份手稿，除了作为证据。我早就知道了其中的一切。

——但有没有证据的差别就像天壤云泥，不是吗？我感觉自己就像个被指控谋杀的人，编造了一段疯狂而且完全虚假的不在场证明，却得到了一位完全陌生且无比诚实的目击者的证实。我是正确的。我说对了一切：那些山峰的高度(这是我根据一个几乎肯定是伪造的故事计算出来的,故事里提到埃涅阿斯在某座山的山顶将水壶里的沸水洒到了手上,却没被烫伤)、那条将北部高地的沙金冲刷出来的大河的源头所在、那些红黄相间的鹦鹉来自哪个省份。无一例外。

"我想你应该对自己很满意吧。"他说。

我完全忘了他的存在。我一直盯着那些装饰过的大写字母。这些装饰不是埃涅阿斯自己做的,他肯定雇用了当地的某个代笔人或者法律文书抄写员。字体的装饰是当时的典型风格,称得上干脆利落,字母绘有红色的阴影部分,以树叶和卷轴图案作为修饰:这是所有权证书、租约与合同的标准装饰。每一段的首字母都有这样的装饰。看起来稍有些浮华,但那个人负担得起。"抱歉,你说什么?"

"我觉得,"他说,"你现在应该相当愉快。换作是我,我也会很愉快的。"

"对,"我说,"这是当然的。而且换作是你,你肯定也很愉快。"

他露出微笑。"应该说是非常愉快。你知道的,"他续道,"我这辈子从来没有这么走运过。就算事情进展顺利,也只是因为我的努力。而且那种情况并不常见。"他笑着补充道,"但这件事是完全不同的。我觉得自己——这么说吧,得到了证明,不知你是否明白我的意思。"

我不太确定自己是否明白,但我不想破坏气氛。"棒极了,"我说,"你打算怎么做?"

他身子前倾,轻轻地从我手中取走了纸卷。我不想放手,但我害怕撕坏手稿,于是我摊开手指,仍由它就这么溜走。"唯一缺失的东西,"他说,"就是地图的索引部分——那些坐标。但大部分人都认为埃涅阿斯肯定知道这些细节,因为他正是借助坐标才顺利回到了家乡。这可真怪,你说是吧?"

我思考起来。"我猜这是他不愿记录下来的秘密之一,"我说,"毕竟你也说过,他是打算回那里去的。"

他点点头。"我们意见一致,这让我很欣慰。"他说。然后他身子略微后仰,把那份手稿丢进了壁炉的火里。

总之，先来回顾真正的历史吧。

在大约五年的时间里，这间公司持续繁荣兴旺。的确，寻找艾斯凯渥一事毫无进展。我甚至不认为有人尝试过。他们都太忙了。

开始时，涌入公司金库的钱财来自淘金者和贵重金属经销商，毕竟这些人有太多的钱，又无处可花。但不久以后，那些古老的地主家族开始投资，紧接着是事业有成的城市商人；之后，随着股价的不断上涨，那些只能靠拼凑或者借来的钱买上一两股的人也加入其中。人们毫不犹豫地拿土地去抵押筹款；早已发家致富，购置了宅邸、农庄和森林的精明投资者，此时也抵挡不住巨大的诱惑，把一切家当抵押变卖，再次投资。议会也开始用公款购买股票——有何不可？每次发行的股票数量都比上次更多，价格却始终稳步增长。

我父亲那边的生意——制造火炮——就属于公司早期的多样化经营项目。起因是松鼠号配备了十二个炮眼，却没有一门大炮。创立公司的那几位钟表匠之一认识某个近来生意不佳的铸钟师；他租用了那人的一部分庭院，造了十二门加农炮。这些大炮的质量相当不错（加农炮的铸造难度是众所周知的），而那位钟表匠的某个朋友恰好在配备自己的船，于是问钟表匠能否卖给他八门像这样的加农炮。不久以后，公司买下了那名铸钟师的全部产权，开始以每周三十六门的速度铸造优质的半蛇铳火炮。

公司的其他董事原本还忐忑不安，这时才发现他们在这场实质上的商业事故里上了一课。他们拥有可以自由支配的庞大财富。有朝一日，这些财富会用在艾斯凯渥的生意上。但在此之前，没必要就这样一味空等。他们到处寻找值得投资的项目，比如我父亲的加农炮。

起初，他们并没有太大远见。他们投资了造船厂、木材厂和林业——这些都合乎逻辑，因为一旦发现艾斯凯渥的位置，他们就会需要船只：大量的船只，船身结实、装备齐全、规格和吨位都符合标准，最后还要造价合理。接着他们想到，到达艾斯凯渥之后，他们会需要交易用的货物。于是他们投资了毛纺厂、牧羊场和丘陵草场；他们购置了锡耶纳河附近的土地，种植了一千亩的柠檬树；他们投资餐具、锡制器皿和矿业；这一切都是为了尽可能地做好准备，等待艾斯凯渥像爱之女神那样光彩照人地浮出海面。

松鼠号的租约到期，他们忘了去续租，不过公司的投资项目却全都非常成功。令人意外的是，共和国的公民们也能从中获益。每一个月，都会有数以百计的民众离开他们往日艰难谋生的农场和农庄，前往这座城市，在新的铸造厂和工厂里工作。有了赚来的钱，他们就有能力购买公司的贸易伙伴生产的廉价商品；那些向来用木头盘子吃饭的家庭如今有了精美的白镴餐盘，身上的衣物也从手织土布换成了美观的绒面呢。多亏了仅百分之三的上税率和对公司股票的投资，议会那些五花八门的宏大项目也有了足够的资金：公共建筑，铺面道路，在德内法河上建造水坝来抽干沼泽的积水，以便提供种植柠檬树所需的土地。他们还创立了共和国第一支公有舰队，而那些战舰在公司的造船厂里建造，配备我父亲铸造的加农炮。人们普遍认为这些是全世界最先进的战舰，而且无论在近海还是远洋，都足以与任何对手匹敌。人们还认为，如果有机会的话，这支舰队甚至能打得帝国那些古老的大帆船和单桅轻帆船丢盔弃甲，落荒而逃。

那场战争持续了三年。导火索是伊弗克半岛。在当时看来合情合理。伊弗克半岛理论上是帝国疆土，但那儿几乎什么都没有：只有几个农夫的几座牧羊场，以及当地蒙昧未开的土著（大概跟公司出现前的我们一样不开化）。帝国不会浪费钱财和资源去保护这样偏远的边区，这样做太不划算了。而在另一方面，大家心里都清楚，我们还可以把这些土地种满柠檬树。

这场战争是在艾奎拉海角打响的。帝国的两支古董单桅轻帆船分舰队仅仅用了一小时出头就将共和国华丽雄伟的新舰队送入了海底。

消息传到这座城市的时候，引发了强烈的愤慨。第一公民向着聚集在埃涅阿斯·柏利格林诺广场的庞大人群发誓说，我们绝不投降，即使只剩一兵一卒。我们的第二舰队在三周之内就能出海，数量和武装都是先前的两倍。第三、第四和第五舰队更加强大。但不幸的是，还不够强大。

等到投降条约签署，帝国舰队也不再封锁城市海港以后，刚刚任命的临时政府也安顿下来，开始审视残局。我们的资源所剩无几。我应该是把人员和金钱总计损失的数字记在了什么地方。我一下子想不起来了。这些事光是停留在脑海中，时间长了都会让人不快。他们争论着是该解散公司，还是作为耻辱的象征将其留下。他们无法决定，于是将这项工作交给了委员会。这些是十一年前的事了。结论直到今天也没有公布。

我刚开始肯定以为他在用拨火棍拨火。

大脑就是这样的。它接受影像，然后努力依照合理的现实情景加以解读。我有上千次目睹别人用拨火棍把将熄的火头拨旺，这是合乎情理的做法。而烧掉这些手稿却完全不合情理。

但当我定睛细看、弄懂了他究竟在做什么时，我身体突然僵住了。我在脑海中将那一幕回想了一遍又一遍。如果我立刻做出反应，是否就能将他推开、阻止手稿被毁？这简直像是一场游戏，类似网球比赛什么的。差不多十次里有四次我能赢：我会将他从壁炉边拖开，从他的手中夺下手稿，踩灭火苗，有时它受损严重，有时部分烧毁，但我能挽回一些东西。其余的六次我没能阻止：他会将我推到一旁，或是我们争夺不止，直到火焰蔓延上来，我只能放开手。我记得它燃烧得出奇迅速。这或许和羊皮纸熟化的方式有关，我想当时的人用的应该是硝石。

无论如何，羊皮纸卷已经烧成了灰。我盯着他看，我说不出话来。他也看着我。直到火焰烧到他的手指，他才放开手。

"瞧瞧你逼我做了些什么。"他说。

他做了解释。他告诉我，爱和恨就像一对亲兄妹，都会让人产生对另一个人的过度着迷；爱和恨都能会导致人们做出过激的行为，让人做出牺牲，让人顺从另一个人。他告诉我，当那份手稿最初送到他手上之前，他已经下定决心杀死我,因为他无法容忍让我继续存在下去。但他也有他的顾虑,杀死我会让他赔上自己的性命,因为他无可避免地会被找到、逮捕和绞死。这让他心烦意乱,因为这在非常现实的意义上(这是他的原话)意味着我才是胜利者。我会作为无辜的受害者被人铭记,他则会作为罪犯遭人唾弃,而这样一来,他就等于在道德的较量中不战而败了。这在他看来就是拿罪恶来对抗公义,结果必然是自掘坟墓。

不过(他说)他已经决心要为此做出终极的牺牲:献出他的声誉,良心,性命和荣誉——人的仇恨没有比这个大的[1]。但当那份手稿——连同他叔叔寄来的其他垃圾一起——从天而降的那一刻,(他说)他认为这绝对是某种征兆,是无匹骄阳送来的征兆,尽管他先前根本不信神祇。

这番话可谓意味深长,因为在那一刻,我的论文正摊开放在他的书桌上。他同时阅读着手稿和我的论文。起初,他完全被打垮了。手稿证明了我是对的,自始至终都是对的——也就是说,我是对的,我作为学者更加优秀,更有价值,我完全胜过了他。但随后(他说)他渐渐理解了太阳神的真正用意,也明白了那份手稿为何会恰好在那时出现在他的手上。

毕竟,我是个学者。虽然各方面都不尽如人意,但我仍然是个学者。对我来说,没有比证明我的工作、科学和真理更加重要的事情。正因如此,最大的惩罚就是让我不带任何怀疑的阴霾,清楚地知道自己是正确的,却永远无法加以证明。只有他和我知道真相,只有因为相互憎恨和痴迷而纠缠在一起的我们两人才知道。而决定性的证据,我刚刚亲眼见过的证据,则将永远无法寻回。等到某一天——这在学术范畴里是无可避免的——另一位拥有头脑和能力的学者会对我的研究提出异议,并且质疑我的成果,而我将会毫无抵抗之力。我知道真相,但却无力去证明。

他说,这就是他做出这种举动的原因。当然了,接下来怎么做完全取决于我。我有完全正当的理由发火并杀死他。他根本不会在乎:因为之后我就会被

---

[1]《圣经》中原有"人为朋友舍命、人的爱心没有比这个大的"一语。

装在囚车里穿过街巷,最后脖子上套着绳索,被人推下凳子,在民众的讥笑声中死去。不是吗?好吧,如果这样不行,我还可以去教职员理事会告发他,将他的所作所为告诉他们。他正希望我这么做呢。他会坚决否认,而我没有证据,而且(考虑到我们过去的恩怨)我的指控会被当作抹黑他的企图而被置之不理,我的声名将会蒙羞,我的研究成果也会变得一文不值。如果我什么都不做——那样一来,我就会用余生去回忆他是如何击败我,如何在头脑上胜过我,如何用他超凡的智慧去设计这么个完美的陷阱。这样的想法会随着岁月逐渐侵蚀我的心灵,就像腹中的绦虫,在它生长变强的同时,我也会愈加憔悴虚弱。

我什么也没说,没什么可说的。我喝下已经冷掉的茶,回了家。

我遇见过一位老人,他说他觉得八十多岁的自己比年轻时更快乐,我觉得难以置信,他却笑了。他说,我摆脱了最可怕的敌人。我自己。我的过去(他解释道)。所有我做过的蠢事和说过的蠢话,所有我撒过的谎,所有当我想起就会感到丢人或者哭泣的事。你看,我认识的所有人都死了,因此没有了证人。只有我知道真相,而我现在的记忆力这么差,根本不值得相信。所以就我所知,所有那些糟糕的事也许从未发生过。而这(他说)就是自由。

历史、科学、学术,这些都是从靠不住的证据和证人那里萃取真相的技艺。但十有八九,你只能指望在权衡可能性之后得出可信的结论。你的陪审团——也就是和你拥有同样头脑和动机的学者同行——只会相信最合乎情理的论据,以及可能性最高的版本。我们就是这样,通过常识判断、理性思考、深思熟虑后的行为,以及合理的动机来构筑过去的仿制品。不妨回想一下你做过的决定,还有这些年来你做过的一些事吧。

正因如此,历史完全有权怀疑我对于埃涅阿斯的手稿被毁的说法。历史会争辩说,没有哪个正常人会为这样无稽的理由做出这种行为。因此从逻辑角度考虑,除非卡齐德努斯疯了,否则他不可能做出这种事来。的确如此,而且每个历史学家都很清楚,如果你的论点取决于关键人物是否精神错乱,那么你的观点本身恐怕也是不真实的，至少也是非常不可靠的。我们会说，回家去想个更合理的解释吧。精神错乱可没那么常见。

讲到这里，我终于可以正大光明地谈论我自己了。因为从这里开始，我的行为和其后果都意义重大，值得记录下来。我自己当然也是个不可靠的证人，因为我下面将要提出的大部分主张都无法借由外部来源加以证明，我所声称的动机和言行的可行度必须由诸位自行判断。我不会太过介意，我很欢迎适度且善意的怀疑。除此之外，如今世人认定我已经死去，和这些事毫无干系，因此我根本没有在意的理由。

卡齐德努斯烧毁手稿后的那一周时间，我实在记不太清了。人们告诉我，我当时浑浑噩噩地到处游荡，别人跟我说话的时候，我既不回答也不会大发脾气。所有人都以为我有亲人过世了。

我可没那么好运。这样说吧，我从父亲的庭审之后就没跟母亲说过话了。她似乎以为我本可以做些什么。我不清楚她究竟是怎么想的。或许她觉得我能像魔术师那样从袖子里变出艾斯凯渥来。我最后一次听到哥哥的消息时，他正在梅斯卡雷尔，试图在早已供大于求的市场上贩售钻石和高价的小型艺术品。如果是他们几个人之一，或者哪个别的亲戚过世——当然，我会为他们流泪，但生活还会继续。不过如果是那份手稿的话，就完全另当别论了。

手稿焚毁后的第八天晚上，我正坐在自己的房间里，将一本瓦巴拉图斯的《后期航海记录》摊开放在书桌上。我在书中寻找某种证据，以此支持"艾斯凯渥的气温可以种植橄榄树"这一观点。这太荒谬了：我早就知道艾斯凯渥有橄榄树，因为埃涅阿斯在书中提到过。但瓦巴拉图斯著作中含混不清、缺乏连贯性的描述导致存在另外两种解读，这就意味着我无法证实我的假设，也意味着我的"艾斯凯渥的纬度肯定低于 62 度，也就是栽培橄榄树的纬度上限"这一主张缺乏有力的理论支持。我很想把瓦巴拉图斯的书丢进炉火里，只不过出于某些原因，我已经有八天没有给壁炉生火了。这实在很蠢，因为天气正越来越冷。

我开始慢慢觉得自己已经没法继续下去了。我的面前仿佛有一道无法通过的屏障：一条泛滥的河流、一道沟壑、一片汪洋。我能清楚地看到自己的目的地，我能嗅到柴火的烟气，听到儿童嬉闹的声音。但我虽然走到了这里，却无法再越过最后一百码的距离，我身边的口粮也不够让我原路返回，我陷入了两难的境地。

真见鬼。我给自己倒了一大杯白兰地，强迫自己去认真思考什么是真相的本质。

就拿"可信度"这个概念来举例吧。它在学术领域可谓至关重要。只不过，就像，呃，就像白兰地那样，可信度可以容忍某种程度的稀释。比方说翻译：你读到的文字并非作者所写的文字，但合格的翻译同样具有相当的可信度。还有引用和报告：学术工作的很大一部分就是从其他作者的引述里寻找原文早已失落的珍贵学识。寻根溯源，这是学院派人士最爱的打发时间的方式——阅读一位历史学家的作品，努力查明他记载的事实和主张里哪些照搬自时代更早的作者 A（以准确和可靠而闻名），哪些又是取自作者 B（学术界普遍认为在著述时经常捏造事实）的观点。还有原始手稿：我们只有寥寥几份非常古老的手稿。大部分古典时代伟大作家的作品只剩下后世的翻版，是原始手稿的副本的副本的副本的副本。一旦某页文字经过翻译、引用或者编辑以后，它就不再具备真正的可信度。但我在版本较为现代的、由洛凯斯翻译的瓦巴拉图斯的《新航行记录》中找到的关于阿基劳斯的片段，却无论从何种标准看来都足够可信：如果这正是我想要表达的主张，我会毫不犹豫地引用这段内容来作为佐证。

那么，接下来——

首先，我需要找些可以用来写字的东西。这并不太难。这儿有好些足有三百年历史的旧羊皮纸，前提是你知道该去哪儿找。说来也巧，我有个当律师的表兄。在他事务所的凉爽干燥的地窖里，存放着数千包所有权证书，其中有许多极其古老，早已看不出外表的任何分别。我编了个借口，他就给了我一份修正契据——内容是解决先后将土地卖给第三方的一对邻居之间的边界争端，同时声明原契据的失效——上面有一位议会官员的副署签名，而那位官员是在埃涅阿斯·柏利格林诺从艾斯凯渥返回的后一年就任的。太完美了。你还想要多可信？

那时的人用炭黑[1]和磨成粉末的栎瘿[2]来制作墨水。如果你稍微沾湿羊皮纸，再用浮石打磨，文字就会消失得干干净净。当然了，纸张的厚度会稍有损失，但这不是问题。而且每有十份旧文献，就至少有六份是写在可用浮石打磨的羊皮纸上的。毕竟羊皮纸的成本不低，而那时的人比现代人要节俭得多。事实上，这样完全符合我们对埃涅阿斯其人的认识：他们是会用二手羊皮纸的那种人。虽然事实上他们并没有这么做，但这是完全有可能的。甚至可说是合情合理。

如果你碰巧读过西奥吉尼的《多样的艺术》，那么用炭黑和栎瘿来制作墨水就毫无困难：那本书的问世比埃涅阿斯还早了两个世纪，但制作方法在此期间并没有多大改变。学院的空地上有一棵高大的老栎树，已经在那儿生长了至少两百五十年。直到今天，它的果实仍旧会不时地落下。你看，这就是关注细节。这就是可信度。至于炭黑，我爬上旧会堂的铅皮屋顶，在烟囱的通风帽里摸索了一番。我把手伸到深处，取出来的是厚厚一把炭黑，恐怕埃涅阿斯年纪还小的时候就已经在那儿了。我不太确定自己是否需要做到这种程度，但如果有什么事值得去做[3]——

字体和笔迹。毫无问题。毕竟我在这方面可是世界顶级的权威人士。如果有人想知道某段文字是不是埃涅阿斯的亲笔，就一定会来找我鉴定。而且我还有模仿他人笔迹的才能。因为我在学院进修的时候，我父亲给我的生活津贴算不上充足，而我被迫模仿他的笔迹在公司的汇票上签名，才做到收支相抵。等到后来，我父亲的字迹变得太过潦草，他自己签字的汇票经常受到记账员的

---

① 指含碳物质在空气不足的条件下不完全燃烧或受热分解形成的黑色粉末。

② 指栎树受瘿蜂螫刺之后所形成的球状物。

③ 谚语。全句是"如果有什么事值得去做，就值得把它做好。"

质疑，但我签字的那些却从来都能顺利兑换。

我去了一次考利托纳，那里收藏着埃涅阿斯仅存的书信中的两封，而我仔细研究了一番。我非常确定，埃涅阿斯在写书时用的是一支新奇的（对当时而言）带钢制笔头的笔。但大部分权威人士都认为钢笔头在二十多年之后才会普及，所以我还是选择了普通的鹅毛笔。

用来给大写字母做红色装饰的胭脂红却是个大问题。过去的人是将晒干的甲虫尸体碾碎制成的——但必须是仅存于马拉坎托的那种甲虫才可以，因此造价极为昂贵，也因此在手稿的字体装饰方面十分流行。而在今天，我们是通过研磨矿坑中特定层次的岩石来制造胭脂红的。人人都说看起来毫无分别。我就看不出来。但既然已经走到了这一步，我不想再冒任何险了。另外，我觉得这是我的义务。如果我现在所做的事既正当又正确，那么我就必须做好才行。说来也巧，在如今乏人问津的东大楼的化学品库房里，我找到了一个落满灰尘、十分古旧的小瓶子，里面装着六只干瘪的胭脂虫。就我所知，这些虫子完全可能有三百年的历史了。我将西奥吉尼的著作摊开放在我面前的长椅上，小心翼翼地用杵将虫子捣碎，加上其他零碎原料，随后便得到了漂亮的深红色糊状物。这是货真价实的胭脂红墨水。

不幸的是，真正的胭脂红墨水会随着时间而褪色。我在卡齐德努斯烧毁的那份手稿上看到的颜色更像是偏红的粉色。据我所知，人工让这种墨水褪色的方法并不存在。最后我只好加入磨成细粉的大麦粉和几滴水生风信子的汁液，就这样调制成了我需要的颜色。当然了，这样做并不对。这是种完全真实可信、制作方法也毫无问题的偏红的粉色墨水（配方来自西奥吉尼的著作），却终究是伪造的。我的心里很不舒服，但我别无选择。

至于遣词造句的部分，我只能再次庆幸自己是这方面的专家。我读过埃涅阿斯现存的所有手迹，而且都读过很多次。我了解他的表达方式，他的用词怪癖，还有节奏和韵律，以及口头禅。除此以外，我对于手稿的内容也记得相当清楚：无论是什么文字，只要我读过一遍，那么几星期甚至几个月以后，我通常都能回忆起大部分的内容。对于我读过的那份手稿，我认为自己应该能将其中三分之一回忆得一字不差。我立刻在纸上写了下来，然后着手填补其中疏漏的部分。在填补的过程中，我也越来越放心，因为我在手稿里看到的许多文字简直就像拿我的那些论文、短评和演讲稿改写出来的。原稿中提到的一两件事我记不太清，或者记得不够确切，我不敢就这样加进去，只好选择放弃。我忍住了诱惑，没有把我的研究成果——虽然不知为何埃涅阿斯没有在他的手稿中提及这些——加入进去。我不禁感到自豪。我现在明白，像外交官或者贸易代理人之类的职业，在谈判白热化的时候多么容易逾越自己的职权。我很想把我尚未验证过的一条理论加入进去：关于阿纳克斯的西利奥－贝塞里档案馆收藏的那个装满松软红色尘土的小杉木盒子。根据传统说法，这个盒子是埃涅阿斯的随船医生带回来的，而我相信它是磨光石的样本（其特性直到埃涅阿斯返航后不久才为人所知）。我完全可以在文中不经意地提起磨光石，以及"我的"船医朋友是如何用一只小盒子把那种石头带回家乡的，这正是埃涅阿斯经常会一笔带过的那种轶事。但是不行，那样做是错的，我也将永远无法原谅自己。

　　再现手稿的工作从头到尾花掉了我七个礼拜的时间。随后我将它放在大会堂厨房上方的椽子上：烟囱的衬套有些瑕疵，漏出的烟会飘到那儿。而且那里的空气略显潮湿和油腻。我注意到老旧的手稿往往摸起来又湿又黏：埃涅阿斯的手稿并非如此，但我还需要证明它的出处，它必须和那位外甥女有关——说到底，这可是真实发生的事，而原始手稿本身也是学术方面的研究对象——但对于我为何会得到多瑟鲁斯家族拍卖会卖出的东西，我想不出合理的解释。毕竟拍卖员那儿肯定有购买者的清单，而我的名字肯定不在上面，从而惹人生疑。这就意味着我必须编造某个假想出来的中间人，或者收买某个旧手稿商人来当我的同伙，后一种办法我真的很不想尝试。于是我决定先从《安库沙家族日记》里提到的一段旧事着手，这件事我多年前就已知晓，但从未深入探究过：大约一百七十年前，奥缇嘉·安库沙提到自己去多瑟鲁斯家族拜访，并表达了对某些古旧地图与海图的兴趣，于是洛丽乌斯·多瑟鲁斯便将这些东西作为礼物赠予了她。奥缇嘉是位艾斯凯渥方面的业余学者（而且算不上太优秀）。我的理论就是，在洛丽乌斯送给她的那一捆旧地图里，就包括埃涅阿斯的手稿。这套理论行得通，因为奥缇嘉在返回后不久就死于肺炎，也就不会有时间仔细察看她得到的那些地图，从而认出埃涅阿斯的手稿。那些地图应该就被丢在安库沙家族的档案馆里，无人过问。我在几年前获得了研究安库沙家族文献的许可，却始终抽不出时间去做。但我碰巧发现，大部分的档案都存放在主厨房正上方的阁楼里。

好吧，回答我一个问题。如果你在世上最爱的人死去，而你用某种方法把那个人的灵魂装进了瓶子里；假设你走遍了每一座墓园，挖出新近埋葬的尸体，小心翼翼地从各处选择部件；再假设你能以高超的技巧将所有部件缝合在一起，外人根本看不出破绽；假设你能拼出一具看起来和你的爱人完全相同的身体，就连你也看不出分别；假设你能把灵魂吸出瓶子，吹进那具组装身体的嘴里，让它起死回生——

那么，你会怎么做？

坦白地说，我很期待能和卡齐德努斯再次碰面，但我没必要打乱自己的节奏。我也用不着等待太久。当我接受帝国勋章的时候，他也作为嘉宾到场，我对他的到来并不惊讶，是我坚持把他的名字加入宾客名单的。

他站在角落里。在任何社交集会上，他都是这么做的。我走到他面前，露出微笑。他以冷酷的眼神久久地打量着我。

"恭喜你。"他说。

这有点出乎我的预料，"谢谢。"

我本已准备好面对他的愤怒（岂止是准备好？简直是求之不得），但我没想到他的怒意会如此强烈。我花了点时间才得出了答案。他并不是在生我的气。他是在对整个世界大发雷霆。

"我把胜利拱手让给了你。"他说。（他穿着他那件因为老旧而发绿的黑色入学礼服，里面是一件袖口磨损不堪的衬衣，脚下那双破旧的黑靴子在二十年前大概十分昂贵。而其他人都穿着长大衣，露出镶边蕾丝。我想他只是在努力显得更专业些。）"你运气很好。"

我皱了皱眉，"是吗？"

他压抑怒气的样子真的相当可怕。我能看到愤怒试图涌入他的双臂和双手，但他始终将其束缚在头脑里。"噢，我向你保证，这是一项伟大的学术成就。你追寻的是其他人都遗漏的线索，而它引领你得到了这份奖赏。我完全没有暗示你没资格得到这枚勋章的意思。"

他的话令我大惑不解，"抱歉，你说什么？"

"噢，你有资格。真的有。如果你看过提名书，就会看到我是第四个签名的人。"他顿了顿，长长地、长长地吸了一口气：我看得出他随时都可能情绪失控。"但我完全没料到会有第二份手稿存在。"他盯着我看了三秒钟，"这就是你的运气。"

我差点忍不住放声大笑，不过我还是朝门那边点了点头。"到外面去，"我说，"我有些事要告诉你。"

他耸耸肩，跟了过来。门外天色昏暗，细小的雨点也开始落下。"什么事？"

我告诉了他。

有那么一会儿，我以为他肯定会攻击我。我有些忐忑。我小时候学过剑术——虽然不喜欢，却很擅长——但我在暴力方面的经验仅此而已。我比他高大，但他的手臂和熊一样健壮。我不明白原因，毕竟他从成年起就一直是个学者。

"是你伪造的。"

我点点头。

"我懂了。"我几乎能听到他的想法。因为愤怒，他要清楚地思考都非常困难。"而且当然了，我没法告诉任何人，因为这样一来，我就必须解释自己是怎么知道的。"

"大致上就是这样。"

他突然间全无表情。"我检查过，"他说，"我起初就觉得它是赝品，是你请别人伪造的复制品。"然后他皱起眉头，一脸困惑。"但我找不出丝毫漏洞。"他说。

"谢谢你。"

"你是让谁——"

"是我。我自己。"

"老天爷啊，"他同时抬起了两边眉毛，"你说的是真的？"

"当然是真的。你该不会以为我会蠢到找人同谋吧。"

"那些大写字母，"他说，"你没法让胭脂红褪色。"

"我用了西奥吉尼的配方，给墨水加上了粉色。"

我能从他的脸上看出，他从来没想到过这种方法。"恭喜你，"他说，"我很佩服。我根本没想过你有这样的创造力。"

"我靠的不是创造力，这才是关键。我没有发明任何新东西，我只是把它们复制下来而已。"

他摇摇头，"我一直很想学会绘画之类的技艺，但我根本一窍不通。你完全可以当个艺术家。"

"我从来没想过成为别的什么人，我只想做我自己。"

我从未在一个人的脸上见过如此强烈的蔑视。他转过头去，不再看我。我察觉到自己现在必须自卫，虽然我已经击败了他。"这和那些古典艺术的存续方式没多大区别，"我说，"原本的作品已经失落，但有人制作了复制品。如果你能透过虚假的外表，就会发现最终成品和《吉格利亚米法典》同样可信。等到一千年以后，就算有人得知真相，也不过是按照惯例加上一行脚注而已。"

他又变得面无表情。"上个月欧佛洛绪涅大学邀请我去任教，"他说，"薪资更高，并且让我担任系主任。我想我应该接受。"

我震惊不已。欧佛洛绪涅大学。我想那儿肯定有些人是识字的——虽然为数不多,比如书记员和海关人员之类的——但没有人会在学院待过以后再去欧佛洛绪涅。这就像是要用三十年的时间把自己饿死一样。"为什么?"

"因为你赢了。"他说。然后他转身走开,从此以后,我再也没见过他。

是谁说的那句话来着:比失利更令人悲伤的就是获胜?说这句话的人和我不是同时代的,我也不会费工夫去查。总之,这句话毫无意义。等到最初的内疚感过去,胜利就显得如此美好。

我有充足的理由沾沾自喜。面对足以令大多数人崩溃的挫败,我重新振作,随后做出反击。我击溃了敌人,而且我的动机是正义的。作为回报,我得到了地位和名望:我获得提拔,坐上了商业史系空缺的指导教授席位;得到了许多大学颁发的荣誉博士学位;还有终身职位,更多的薪水,更好的住处;教学任务的减少也让我有了更多的研究时间。的确,我如今从中获益的胜利并非我真正赢得的那一场,但你用不着回顾太久以前的历史,就能找到极为相似的先例。毕竟,每个人都说是帕莱克洛斯击败了白帐汗国[①],这完全是胡扯。他当时身在千里之外,忙着拆毁苏诺桥,好让阿兰姆·查塔特无法过河。他拯救了共和国,这点毫无疑问,但他所用的方式并非街头巷尾的人们以为的那样。

彻底的胜利只有一个缺点,那就是等你达成胜利以后,战争就结束了。我大半的人生都在努力让埃涅阿斯·柏利格林诺的手稿重见天日,而如今,我正处在完全成功的沮丧之中。每天醒来,我最先想到的都是同一个问题:"现在该做些什么?"而我发现自己答不上来。这是理所当然的,因为我什么事也不必做。指导教授就是个闲职。你不必授课,也不必著书立说。你所要做的就是摆出睿智的样子四处游荡,或许再特别开恩,为少数几个仰慕者解释你过去有多么聪明。指导教授通常由年逾古稀的老人担任。而在当时,我只有三十七岁。

"公爵大人想见你。"她说。

---

① 真实历史上由成吉思汗的孙子斡儿答创立,是金帐汗国的一部分。

这我相信,我心想。有谁不想见我? "那将是莫大的荣幸。"我回答。我没说是谁的荣幸。

"好吧,"她语气轻快,"我会为你们安排。他希望能越快越好,所以你得留出空来。"

"应该不成问题,"我说,"等到下周的这个时候,我就能完成会议要求的论文,然后我得为阿利克西斯那边的讲座做些准备,不过之后我应该就——"

"不行,"她说,"这很重要。"

我很想跟她好好讨论"重要"这个词的真正含意,但就在那时,我们听到她丈夫的说话声从楼下的门厅里传来。她的房间有个阳台,墙上长着一根足有百年历史的葡萄藤。我恨爬墙。

公爵来见我了,这都得归功于我如今的地位。是他亲自来见我,这是莫大的荣幸。原本的我恐怕是办不到的。

我和以往一样待在自己的房间里。出于某种理由,我大部分的时间都在藏书室里的书桌边,就这么无所事事地坐着。我有一盏油灯——毕生节俭的习惯很难改掉——狄奥多罗斯的《一般论述》摊开放在我的面前。理论上我是在查找某段参考用的资料,但事实上,我觉得我的行为就像森林里的野猪那样,为自己建造一处巢穴,好在白天的时候蜷缩在里面,不让别人看见。

响亮的敲门声传来,还没等我起身,门就骤然打开,两个戴着铁盔的人冲了进来。我还以为他们是来逮捕我的,我理所当然地动弹不得。但他们随即停住步子,在门框的两边分别站好,接着公爵走了进来。

就在不久之前,你还能随处看到肖像画。作为学者,我可以告诉你,这些画的百分之九十都是照抄从前挂在豪斯礼拜堂中庭处、由崔伯莱乌斯绘制的肖像。对于这些大批量印制的画像,我最感兴趣的是构图方面的微妙改动——上方左边位置的那朵白玫瑰的意义,或是栖息于窗台、悄无声息地变化为知更鸟的那只鹡鸰象征着怎样不为人知的政界动向。当然了,公爵也是某种造物,是经过创造、重制、改动和修正的事物。一直到我真正遇见他，我心中仍然觉得他似乎只是他本人的仿冒品。请注意，当时是在脱离帝国的辩论会之后，但又在白手套丑闻之前。公爵比全盛时期少了大约三分之一的财富和权力，但他仍旧是共和国第二富有和第三有权的人。我的房间根本容不下这样的大人物，就算他们的身高只有五英尺。

不，这在肖像画里当然是看不出来的，但事实就是如此。至于无匹骄阳为何会把他造成这副模样，我毫无头绪。在画像上，你看到的根本是个完美无缺的人——典型的身材比例；如果碰巧是经典派或者后矫饰派画风，你会看到完美的肌肉张力；如同古旧硬币上的皇帝的面孔，而那时铸币机械的做工远远没有现在这么马虎。通常来说，人们会假定现实生活里的他跟画像上截然不同。但他们错了。画像的绝大部分都惊人地准确：是原型逼真而传神的副本。只不过他只有五英尺高，这也就意味着当我起身问候时，他的头顶才到我的肩膀。

"请，"我说，"请坐。"

他没有反应，我这才发现，房间里仅有的另一把椅子上堆满了书。我拿起书，丢到地板上。我的样子活像个傻瓜。他坐了下来。我扫视周围，寻找着能招待他的东西，但两个水瓶都是空的，不过这样或许更好吧。

我在他对面坐下，书桌阻挡在我们之间，他怎么看都像是个在接受指导的学生，就像学生那样，平静而沉默地坐在那儿。我最恨他们这么做：我又不是负责逗笑的杂要演员，也总是不知道该从何开口。

我清了清嗓子。"我能为您做点什么？"我说。

他看着我。他的鼻梁非常单薄，就和那些泛滥的肖像画里一样。但崔伯莱乌斯在绘制时避开了这一缺陷，只画了他脸部的四分之三：这就是同时造成假象和描绘事实的方法。"请允许我向你道贺。"他说。

见鬼，我这时候应该怎么回答？"谢谢。"

他将双肘搁在椅子的扶手上。这本该是个十分威严的姿势，宣示着自信和权力，但那张椅子是我父亲的，而他是个大个子。因此椅子的扶手分得太开，让公爵的姿势看起来像只小鸡。当然了，镜子这种东西，在你需要的时候总是找不到的。"你也许知道，"他继续说着，"我多年来一直热心研究艾斯凯渥的问题。我读了你的相关论文，令我印象深刻。"

无匹骄阳从云朵间俯下身子，拍拍你的头，然后说"干得好"。这种感觉很棒，但你打心里会希望他赶快离开。可公爵却像围城的军队那样，在我的椅子上驻扎下来。我努力不动声色。他瞥了眼对面书架上的那些书，然后目光转回我身上。"那份手稿，"他说，"这是你的丰功伟绩。"

"谢谢。"

"我冒昧地把手稿带来了。"

这句话真的让我大惊失色了。当我在安库沙家族档案馆里找到手稿的时候，他们理所当然地怒不可遏。光是想到如此价值连城的东西在他们潮湿的阁楼上搁置了整整三百年，就让他们发疯。他们把手稿转移到了金库里，雇佣了四十个武装护卫，并且立刻开始与财政部沟通，希望确保让这件无价之宝留在共和国。我相信他们最后谈妥的金额是二十万安琪儿。在此期间，除了我和我本人认可的学者以外，没有人可以接近它。

几乎没有人。他晃了晃指头，我先前没发现的第三个铁盔兵就快步上前，手里拿着一根镀银的管子。这是件真正的艺术品，上面的装饰图案是拟人化的艾斯凯渥将一只丰饶之角递给共和国之灵。这东西肯定是特别定制的，多半是请人昨晚通宵赶工做好的。

那个铁盔兵炫耀似地穿上一副崭新的白棉手套。然后他把书桌上所有我的书和文件都拂到地板上——公爵为此有些不悦，但我看不出那个可怜人还能怎么做——接着打开管子，把我的手稿在书桌上铺开。

手稿自然不是头一回出现在这里。事实上，我在制作它的期间早就对它见惯不怪了，所以我只能告诫自己，这是手稿第一次离开安库沙家族，这一刻意义重大。但感觉还是很怪：就像有人以非常正式的礼节把你介绍给你的儿子，而你还得装作不认识他。

"好了。"公爵把手伸进外套，拿出一副金边夹鼻眼镜。我吃了一惊。戴上眼镜的他就像换了个人。"啊，就是这个。"他把手伸向那张羊皮纸：他碰到了纸面，而且没戴白手套。我吓坏了。他好大的胆子。不过说真的，并没有把我吓到胡言乱语的程度。

他抬起头看着我。"没有地图索引。"他说。

"对。"

"我得说，这在我看来非常古怪。"他取下夹鼻眼镜，放到那份手稿上。我抽搐了一下，但没有出声。我能看到那些铁盔兵正盯着我看。当然了，干他们这一行的，必须得留意哪怕再微小不过的危险信号。"因为埃涅阿斯在《航海学概述》里明确地说过，为了规划返航的路线，他计算出了艾斯凯渥的坐标。"

事实上，公爵的说法是错的。埃涅阿斯暗示过，但并没有明确提及。出于某些原因，我并没有纠正他。

"因此，"他续道，"按照常理来说，手稿里应该会有详细的地图索引才对。"

停顿了片刻，我心领神会地点点头。

他靠回椅背。椅子发出轻轻的嘎吱响声。我先前说过，我父亲是个大个子，喜欢翘起椅子，以后腿部分支撑他的重量。榫头和木胶早就受了不少罪。我向无匹骄阳无声地祈祷。"二十年来，我一直在研究埃涅阿斯——当然了，只是业余水平，"他续道，"在此期间，我逐渐形成了一套属于我本人的理论，具体是关于这本书创作时的情况以及埃涅阿斯死时，这份手稿为什么没有和其他文件放在一起。你愿意听听看吗？"

"噢，当然。"

他笑了。看来我没有答错。

（公爵说）就在埃涅阿斯从艾斯凯渥返回后不久，他就和他的儿子戴夫斯起了争执。争吵的起因是戴夫斯拒绝迎娶邻近领主的女儿为妻——这场婚姻对他们家族的权力和土地大有裨益，却不合戴夫斯的意，因为他已经有了心上人。邻近家族的书信内容证明了这场争吵的存在，但那些书信许多个世纪以来都被束之高阁。直到最近,作为公爵佃户的他们才意识到这些信件的重要性。(他带了抄本来给我看,甚至还找人做了公证,因此我知道这些信件并非伪造。)这场争吵导致埃涅阿斯从当时最顶尖的律师那里听取了法律意见(那位律师的后裔为公爵代理过产权交易,公爵也得以查看相关的文件),并且得知,由于极其复杂的"不动产限嗣继承"的规定(说真的,我也不太理解),他不能阻止自己的儿子继承全部土地和不动产,但可以随意剥夺他关于动产、现金以及无形动产的继承权——

无形动产(发现我居然不知道这个词的意思,公爵显得有些失望)的意思是有价值但非实质的财产——借款、允诺支付的款项、合同收益之类的东西。埃涅阿斯的无形动产当然就是他所知的艾斯凯渥的位置。这一知识不仅作为潜在资源很有价值,还会产生更加直接的利益,因为埃涅阿斯和六位当时顶尖的商人合作(三号证物:公证过的协议副本),就艾斯凯渥的开发和利润分配达成了协议。埃涅阿斯将会得到净利润的百分之六十六,但他没有投入一分钱。作为交换条件,他答应透露地图索引。

出于对他的合作伙伴的了解,他告诉律师,他并不相信他们会遵守协议。那些人如果能设法从其他途径得知坐标,就完全有可能终止和他的合作,坐享全部利润。此外,为了获取所需的信息,他们会毫无顾忌地收买埃涅阿斯的书记员、仆人甚至是家庭成员。

因此(公爵继续讲述着)埃涅阿斯有充分的理由避免将坐标记录下来,至少不会记录在他无法完全信任的人可能看到的文件上——而他的儿子已经被他归入了那一类人。另一方面,只有最蠢的蠢人才会只依靠自己的记忆力。他必须将坐标写下来,但必须是以只有他才能读懂的形式。换句话说,他会以暗码的形式写下来。

(这时我很想反驳,但他看了我一眼,于是我决定闭嘴。)

就像我本人所证明的(公爵继续说道)埃涅阿斯把手稿交给了他的外甥女:一个愚蠢、肤浅的女孩,遵循她所嫁入的那个家族的传统。她正是那种会允许表兄戴夫斯察看手稿内容的蠢人，如果他好言好语，她说不定甚至会让出手稿。可是，除了埃涅阿斯的第二本著作以外，坐标还会记在什么地方呢？埃涅阿斯将书的大部分内容作为备忘录写了下来——但不是为了出版，因为其中的信息需要保密，也因为他和合作伙伴的协议。正因如此，以暗码写成的信息肯定就隐藏在文字中。

在没有手稿本身的情况下，公爵说，他只能推断出这些。不过还有一条零散的线索，是他在两年前于康纳努斯家族的图书馆里发现的。

我忍不住开了口，"康纳努斯家族允许您参观他们的藏书？"

他皱了皱眉，"这是当然的。"

"很多学者都想进去参观，但几百年来没有一个成功的。"

他用他长而纤薄的鼻梁对着我。"噢，"他说，"那他们对这种事还真够执着的。"

他找到了一封信（还带来了经过公证的副本），是曼尼乌斯·康纳努斯写给某位友人的——某个名不见经传的乡绅，我完全没听说过这个人——在信中，他提到他的表亲奥索西乌斯让手下一名擅长字母装饰的书记员去协助大名鼎鼎的埃涅阿斯·柏利格林诺——没错，就是那个衣锦还乡的暴发户。出于某种无法解释的理由，柏利格林诺一心想找一位身家清白、行事谨慎，并且不会受人贿赂、勒索或是威胁的书记员。奥索西乌斯推荐的那个人已在家族里工作了五十年，而奥索西乌斯欠埃涅阿斯一大笔钱。作为占用那名书记员一整天时间的交换，埃涅阿斯免除了奥索西乌斯的欠款。这听起来的确十分离奇。

"而这，"公爵的口气骤然急切起来，"就是我寻找的线索。突然间一切都明朗起来了。"

听了这一大通话以后，我一时间回不过神来。我很生气，因为我想到埃涅阿斯留下了这么多的线索，可贵族阶级的自私和傲慢却让我无法得知它们的存在。纯粹的渴望在我心中滋长，我想象着自己能写出怎样的论文，前提是我能说服公爵把这些公证过的文件副本留给我。"劳驾您说明一下。"我说。

"那些大写字母，"公爵不耐烦地说——当然，像我这样的聪明人早就猜到了。"每段开头的红色装饰大写字母。"他皱眉看着我，就像我久久没能理解某个概念时，导师看我的样子。"我应该用不着提醒你，当时在受过教育的圈子里，对数字命理学兴趣浓厚的人都有哪些。"

他说得没错。在埃涅阿斯所在的时代，数字命理学是最新的流行。这些混迹社交界的巫师采取一种独特的算命方式：将你姓名的对应数值相加——比如字母 A 对应数字 1，B 对应 2，以此类推——然后加上你的出生时间，减去你第一个孩子的中间名，乘以你的出生地与黄金神殿之间的距离（以里为单位），总之想方设法得到某个吉利的数字，以便算出你希望听到的命运。我相信，这种算命行为应该尚未绝迹。

而且没错，这正是埃涅阿斯会感兴趣的那种东西。迷信的倾向（黑猫、喜鹊，还有各种各样的胡说八道）再加上科学的思维方式，让他很容易被占星师、炼金术师、精神疗法家和其他当时被视为科学家的骗子所欺骗。说到这里，我想起他的藏书中包括普利西安①的《真实之镜》，斯代利安努斯的《多种多样的艺术》以及另外几本描写数字命理学的书籍：这些在埃涅阿斯出海前所做的物品清单中有所提及。公爵肯定知道这回事。

尽管如此，我还是开口说："再次劳驾。"

他叹了口气。"我相信，"他说，"如果能找出手稿上装饰过的大写字母的对应数值，把它们放在一起，就能得到艾斯凯渥的坐标——可以说，就藏在我们眼皮底下。否则他何必用惊人的代价雇佣一位精通装饰字母的书记员，还坚持要求此人的品格无可指责？"他顿了顿，看向我的目光就像干草垛旁的一只小猎犬，"你觉得呢？"

对失去地位的恐惧终于在我脑海初露端倪。首先，如果他的猜测正确，我一点也不会感到奇怪——这样一来，他就成功颠覆了我几周前出卖灵魂所换取

① 真实历史中是公元六世纪的古罗马拉丁语语法学家。

的学术成就。作为学者，尽管面对这样的局面，我心中的兴奋仍在不断增长。我同样清晰地意识到，手稿上的那些大写字母，尽管以最精致、最可信的材料，费尽心思修饰而成，却是由我所选择的——虽非随意选择，但结果恐怕也不算精准。

"你觉得呢？"他重复了一遍。

当时的我很想提出相反的论点。在整个学术生涯里，我特别擅长进行诡辩、提出反驳、做出看似合理的怀疑，即使我知道自己针对的假设其实再正确不过。我的平步青云也要归功于这一天赋：面对比我优秀、思维敏捷方面却略微逊色于我的人时，我毫不吝惜地运用了这件武器。可现在，在我最需要它的时候，它却弃我而去。

我尽了全力。我就来源的可靠性、传闻证据的价值、出现的时机、人物传记、某些语义解释方面的细枝末节提出了许多问题。公爵以大人物特有的冷静和耐心一一驳回，所用的论据和例证反而让我更加确信他完全正确。在半个钟头的糟糕表演之后，他把我逼到了死角，让我无法再闪烁其词。我尽可能优雅地缴械投降，而他对我露出了微笑。

"谢谢你，"他说，"你也明白，我非常看重你的观点。就像你所说的，如果你觉得我找出了答案——"

我重重地点了点头。他也点了点头。我们彼此心照不宣。

"既然如此，"他拿起夹鼻眼镜，稳稳地架在鼻子上，"我提议我们现在就开始。你那边有纸笔之类的东西吗？"

就在那时，有个声音——平静而动听的声音——在我的脑海中响起。它说：不用害怕，这些数字终究只是一堆毫无意义的凌乱数字，而他会伤心地认定自己的结论是错误的，然后离开，不会再来打扰你。那种平静的语气令人安心，也让人本能地愿意相信。我递给他一支笔（我差点将自己伪造手稿时用的羽毛笔递给了他；因为那支笔离我最近，就在我书桌的抽屉里）和墨水盒，还有半张崭新的亚麻布纸。他写字的样子就像个熟练的书记员或是抄写员，动笔的时候不看自己的手，而是透过夹鼻眼镜的上半部分盯着那些数字。但他写得非常用力，甚至折弯了我最好的笔尖。

然后他开始了计算。先是心算，随后写下字母表，在旁边配上对应的数字。他第一次计算的时候犯了个错误。他把最终结果写在了纸的最下方。我必须承认，这些看起来很像是地图索引：数字正确，大小顺序也很恰当。这让我的心底一阵悔恨，但我又想，那又如何？这样反而更好。他会高高兴兴地离开，等回到家，查看地图的时候，他才会发现没有这么个地方存在，而他不会急着宣扬自己的失败。他不会对此再多说什么，如此一来就万事大吉了。

"你这儿有没有，"他问我，"世界地图之类的东西？"

我瞪大眼睛看着他。当然了，在他平时生活的圈子里，这或许是个合乎情理的要求。我去过一些大家族，他们把世界地图画在墙上，对应的则是天花板上的星空图。"恐怕没有。"我说。

他蹙额片刻，随后双眉扬起。"地图室。"他说。

噢，我也想到了。当然了，学院的地图藏品之丰富可与任何地方相媲美。我做着徒劳的挣扎。"那里在晚上应该是锁着的。"我说。他用不着提醒我，我是学院的资深教员。他就这么看了看我。"我这就去守门人那里拿钥匙。"我说。

你永远没法看到地图室真正的样子。我去过那儿大概十几次，都是为了查阅和我的研究有关的内容。我一直觉得那儿像是间庞大的服装店，放满成卷布料的架子将墙壁遮挡得严严实实。你取下自己要找的布卷，在十二尺长的桌子上铺开，用沉重的象牙和乌木摆设压住边角，免得让它重新卷起来。地图室的确有世界地图：事实上，那儿足有六十六张，各有细微的不同。学问和学术就是这样。你学得越多，真正知道的也就越少。

他选择了奥伦库莱乌斯的"第六投影图"：这个选择稍显另类，但换作我也会选这张。我没有问他原因，这大部分是因为我害怕他会对我说，我在三年前的某篇论文中曾对它表示了强烈的支持。出于某种理由，奥伦库莱乌斯选择用红色绘制经线和纬线，经过这么多年，已经有些褪色了。这样一来，在以绿色和棕色标示的陆地上, 辨识经纬线的难度就翻了几倍, 但在蓝色的海洋上还是相当显眼。

"这儿。"他用指尖指着南海的中央。

那儿什么都没有, 但我没有把这句话说出口: 因为他会指出, 我们在找的毕竟是个尚未发现的国度。所以它自然是在空无一物的大海中央。我的心中又是一阵悔恨。为什么得出的结果不是在席安山脉或者中央大沙漠的中央? 不, 那个声音告诉我, 这样再好不过。他在地图上找到了看似合理的方位, 现在就该离开了。他甚至可能会付你酬劳。不管怎么说, 事情已经结束, 而你幸存下来了。

"要是你父亲,"他突然说,"能活着看到这一刻, 那该多好。"

我觉得脑袋像是被人打了一拳,"您认识他? "

他摇摇头。"只是泛泛之交,"他说,"他在大城堡的时候, 我去拜访过他两次。"

这对我来说倒是新鲜事。但父亲过去也曾经是个非常谨慎的人, 人们看待他的方式也和如今截然相反。我什么也没说。

"我要问他几个和公司有关的问题。"他继续说着, 而我突然想了起来。他买下了公司, 对吧? 而且还是以非常离谱的价格。那恐怕并非他的一时兴起: 他已经谋划了多年, 一丝不苟地研究着所有相关的线索, 所以他会去见我父亲也是理所当然的。

"我很欣赏他,"他说,"我相信他是个诚实的人。"

他这话或许是在讨好我, 可这有什么必要? 我的心脏仿佛停跳了。"谢谢您。"我说。

他其实并不需要我的感谢, 而且他这番话有些过于客套了。"如果他知道有人终于找到了艾斯凯渥, 肯定会很高兴的,"他续道,"即使在那种艰难的处境下, 这件事对他来说也很重要。"

是吗? 我从没想过向父亲提出这样的问题, 甚至没想过他会有任何看法。

我父亲其实是个理想主义者，是个梦想家，相信大海彼端有无人知晓的神奇土地。但我从未这样看待过他——这时我才头一次意识到——我并没有那么了解他。对我来说，他只是在行使父亲的职责而已，我始终没把他当作普通人来看待。虽然公爵见过他两次，却多半比我更了解他。

"我家里也有一张第六投影图的复制品，"（噢，这是当然的）"明天一早，我就会去参照卡齐德努斯的洋流和潮汐。"

我吃了一惊，然后才明白过来，他要参照的是卡齐德努斯的作品，不是卡齐德努斯本人。事实上，卡齐德努斯的《洋流和潮汐》（正确的名称是《以海路前往艾斯凯渥之实践探讨》）是一部出色的作品：他搜罗了埃涅阿斯那次航海的所有证据，随后和已知的潮汐、洋流、盛行风，与埃涅阿斯可能前往的所有区域的相关细节进行对比。如果我想知道那场可怕的风暴是否会将埃涅阿斯吹向公爵在地图上指着的位置，那么我应该参阅的就是卡齐德努斯的著作。

此时我所能想到的只有如何摆脱他。"我自己也会查查看的。"我才刚说完，就发现这话听起来不太对劲。但我不敢重新措辞，而且他似乎没在听我说话。我不禁心想，如果我就这么悄悄退出房间，他或许根本察觉不到。但最后，我还是决定不冒这个险。

在我最需要的时候，那个细小的声音再次响起。它在说，这不是什么问题。那个疯贵族已经得到了他想要的结果，而且他对你很满意。到了明天早上，卡齐德努斯就会确凿无疑地证明，埃涅阿斯的船根本不可能去过他完全凭借武断得出的位置，原因则是那里盛行东北信风，或者其他什么航海方面的胡言乱语。然后公爵会很合时宜地忘掉他费尽心力做出的错事，最后一切都会结束，你也可以继续当你的指导教授。但眼下还是合作为好，装出热心的样子。现在还来得及让他给你酬劳。

"这倒是，"公爵说，"你手边肯定有卡齐德努斯著作的副本。我们现在就找出来参照吧。"

于是我们这么做了，而且不出所料，我的敌人又一次让我失望了。那个毫无根据的经纬度不仅在位置上合乎情理，甚至符合目前公认（虽然寥寥无几）的那些证据。如果以正常航线行进的埃涅阿斯被卷入盛行的西南信风——后者在一年中的那个时期会达到狂风的程度——他就会像离弦之箭那样，被吹到地图上的那个位置。

公爵笑了笑，合上书本。他并没有向我征求意见，于是我就这么静静地坐在那儿。就算他主动提出给我酬劳，我也决定拒绝。

"太棒了，"最后，他这么说道，"噢，我想已经万事俱备了。你能在，嗯，三天之内做好出海的准备吗？"

在那之后，我有好一段时间对心里那个微弱的声音避而远之。我觉得它实在没给我提过什么合理的建议，而这种想法并非不合情理。的确，我甚至怀疑它是有意牵着我的鼻子走，鼓励我做出让事态更加恶化的行为。但它一刻不停地轻声低语，到了第二天，我终于勉强允许它畅所欲言。

的确，那个声音说，你参与了一场远洋航行，这段旅程肯定算不上愉快，而且恐怕会十分危险。但想想看：你会和共和国第二富有的人一同出海，而他和你一样，这辈子从未踏上过任何一艘船。你至少差不多可以确信，他们所做的准备十分周全，船舰和船员都会是一流水准，而且至少对于乘客而言，这次航行将会在颇为舒适、多半还相当奢华的情况下度过。他答应付你三百安琪儿——这已经很不错了——外加获利的一定比例（噢，这就别当回事了）。而且等你们去到那里，发现所见之处只有空无一物的蓝色汪洋之时，错也不在你。你会浪费非常多的时间，但你存活下来并安然返回的概率并不低。

他们所做的准备——噢，你真该自己亲眼看看。

我们的舰队由五条船组成——五条，这个人拥有整整五条船。为首的那条船，或者说旗舰，是载重 400 吨、配有七十门火炮的三桅大帆船，雄狮号。以及载重150吨、十二门火炮的双桅纵帆船，幼狮号；载重200吨，十二门火炮，护卫舰级配备的双桨混合式帆船，企图号；载重90吨，四十门火炮的双桨轻快帆船，苍鹭号，原为帝国所有，也是战争时期我方夺取的少数几件战利品之一；然后是载重90吨，六门火炮的单桨帆船松鼠号——并非三百年前的那艘船，但不知为何取了这么个名字作为纪念。

雄狮号上包括公爵和我——这些自不必说——以及六十名士兵，外加军需品和绝大部分的火药。企图号是补给船，携带着几乎所有的食物和水。幼狮号上携带着工具、测量设备、后备的桨杆、木材、铁器等等。就我所见，苍鹭号和松鼠号上基本只有惯于海上生活的步兵，他们仅有的作用就是令人望而生畏，并为其他船只护航。

首先送达的是军需品，朗埃克里地区因此一度拥堵。想必在这次探险中，若是出现需要作战的情况，那么这支远征队里的每个人都能分配到弓箭、火绳枪或是长矛之类的武器，外加全套黑白相间的铠甲和一些零碎东西。我们有一千把火绳枪，品质一流；三百把燧发手枪，每把价值四枚安琪儿；八百把长弓，六百把十字弓，大约四十万支箭（这些箭是按照重量出售的，所以没人知道准确的数目），一千两百根长矛，一千柄18型剑，六百柄15型剑——其余那些我实在没兴趣清点了。我们有一百匹马——雄狮号有一整层甲板都是这些马——以及干草、燕麦、压制过的大麦，诸如此类。按照我的想法，艾斯凯渥肯定也有马——埃涅阿斯提到过——所以更简单的办法是带上满满一箱金币，等到了那儿跟他们买马，前提是我们真的需要马匹。不过显然公爵大脑的运转方式并非如此。如果（我开始这么觉得了）它真的有在运转的话。

比较让我感兴趣的是那些测量设备，不过我没机会近距离观察。我看着他们把设备运到船上，但大部分都装在板条箱里，而且那些箱子看起来全都一个样子。我所能肯定的只有"设备数量很多"这一点，虽然无论是重量还是占据的空间，这些设备都无法和武器相比。还有另一批大家伙——出人意料，但并没有令人不快——则是乐器。三个壮汉搬着我这辈子见过的最大的拨弦键琴走上踏板，而我差点被挤得掉进海湾里。除此以外，其他人还运来了大键琴、中提琴、大提琴、两把竖琴和一支大号。所以就算我们会在旅途中受苦,也不必在沉默中受苦。

我刚才说过,大部分食物都存放在企图号上。但公爵本人的食物存放在雄狮号上。把这些食物全部装到船上并妥善存放花去了他们半天的时间。我能体会到公爵的手下有多么辛苦。要在一条船上储存两百瓶精致的红酒,同时还要避免瓶身剧烈摇晃、暴露在危险的高温之下、遭到盗窃或者渗入海水,天晓得谁能办得到。因此整个红酒装船的准备工作只能暂时搁置,直到木工想到办法将中层甲板的嵌板部分改造成应急用的酒窖。

别问我航行的事。我并不在场:虽然我的身体在那儿,可我的其他部分却在别的地方。我的身体——遭到虐待,长久受苦的肉体——在狭小的船舱里度过了三个星期,期间我蜷缩在木头架子上,隐隐作痛的关节和做工粗糙的木板之间只有个装满了发霉羽毛的麻袋。时不时会有人想起我,给我带些食物来:那些食物比我在贵宾席上吃过的还要精美,但我毫无胃口。何必费那个事呢?它在我肚子里装不了多久,等到我吐出来的时候,只是平添痛苦而已。

我也不认为我错过了什么。毕竟,大海就是大海。我时不时会问膳务员是不是快到了,可他的回答却只有微笑。在一段相当激烈的航行之后——其间我的身体不断被从架子甩到客舱的墙上——我问他风暴有没有给船身造成太大的损伤。"什么风暴?"他说。我确实应该先提醒他的,不过是他非要在那时揭开一碟炒鸡蛋的盖子,于是我理所当然地吐在了他的鞋子上。

有那么一天,船似乎在海上静止了很久。我半点也不在乎。在航行开始之前,我最担心的是旅途中的无聊:那时的我真够幼稚的。如果你遭受了二十一天连续不断的折磨,你的内脏自始至终想要透过你的嘴巴离开身体,在这种时候,无所事事的漫长间歇就像无匹骄阳赐予有福之人的极乐与狂喜。事实上,我曾经怀疑自己已经死了,可答案是否定的。我没那么好运。

就在我鼓起勇气想要起身的时候，门开了，公爵走了进来。

当然了，那时的我已经知道，他天生就是个水手。他用一部分时间站在甲板上，观赏包裹金边的壮丽景色；另一部分时间则坐在他的客舱里，用数学工具做着精细的计算。他看了我一眼，脸上抽搐了一下，随后用亚麻手帕捂住了鼻子。

"或许你愿意到甲板上来看看。"说完，他便离开了房间。

就在我将脑袋探出舱门的那一刻，阳光就像一记重锤，打得我晕头转向。

"感谢你的到来。"我能听到公爵的话声，但我眼中所见只有炫目的橙色、黄色和红色云彩。"我想你应该很想亲眼见证这非凡的一刻。毕竟，这也是你和你父亲的梦想。"

他的话毫无逻辑可言。我摸索着前行，直到我的手碰到某个可以抱住的东西为止。后来我才发现，那是某个人的手臂。我迅速放开，步履蹒跚了一阵，然后靠着什么东西（后来我才知道那是桅杆）瘫坐在地。眼前的斑斓色彩略微淡去了一些。我能看到船的甲板，清澈的蓝天，深蓝的海水。除此之外，看不到什么非凡的景象。

"艾斯凯渥。"公爵说。

我很想说，别傻了，那儿什么都没有，只有无尽的天空和海水。但他正指着什么——确切地说，他正在为将来会铸造的、用来纪念这一刻的铜像摆着姿势：背脊挺直，侧面就像挽弓欲射的弓箭手，他的右臂伸出，与身体形成直角，直指前方。指着什么？我看了过去。除了海平线上略带灰色的模糊云朵之外，什么都没有。

"您说什么？"我说。

他没有回答。甲板上还有另外四五个人，他们的衣着过于整洁华贵，不可能是水手——而且他们都在看着那片云彩。是在迎合那位终于失去理智的大人物吧，但也许不是。

那些并不是云彩。事实上，我正看着一片山脉，虽然距离十分遥远。那是陆地。

"船长，"公爵说，"麻烦你给我们的客人看看海图。"

但海图对我来说没什么意义。图上有很多淡蓝色，配有铅笔画出的线：一些是之字形的线，线的每个转折处都以细小优雅的笔迹标有日期。最长的那根线在中央的某处戛然而止。我不禁在海图上查看起纬度和经度来。

"就是埃涅阿斯所说的位置，半点不差。"

不，我心想。不，别这样。即使是对于恶作剧积习难改的无匹骄阳，即使是设计了人类的消化和生殖系统、给予凡人神明的头脑和山毛榉树的一半寿命的无匹骄阳，也不可能如此残忍、如此反复无常。我瞪大眼睛，希望那片山脉其实是云彩，但事实并非如此。那些是山脉，就和埃涅阿斯描述的山脉一样，正如卡齐德努斯的壁炉中灰飞烟灭的那些文字所描述的，如果你从西北方接近艾斯凯渥，看到的就会是这片高山：那是奥杜斯山脉，而强大的奥斯城就坐落于山脚的位置。

这可不是什么好兆头，我心里那个小小的声音说。的确。有些时候，我真不知道自己站在哪一边。

几乎就在我们看到陆地的那一刻，风彻底停止了。船帆静止不动，厨房的炊烟径直升向天际，就像一棵参天大树。

我们就这么等待了两天。我们还听不到孩童的嬉闹声，闻不到任何烟味，但我们离得那么近——只是还没近到可以放下小艇划过去。于是我们等待。公爵努力保持沉着，但在大部分时间里，他都用一架庞大的黄铜望远镜凝视着远方那个小小的凸起，而且完全没有与人分享的意思。但在我看来，全然静止的海洋足以弥补受困此处的挫败感。我开始吃得下东西，能够下床四处走动。我在甲板上找了个看起来没有航海用途的安静角落，舒舒服服地坐在一卷绳索上，读起了一本书。

在第三天的凌晨时分，风吹了起来。当我的身体被甩下床架，撞上天花板的时候，我开始觉得出了什么岔子。我落地时的姿势不太对头，随后就那么躺在那儿，思索着自己是不是快要死了——我真的不太了解这些东西：谁能弄清颅骨碎裂和狠狠撞了一下之间的区别？——这时有人闯了进来，把我拖离地板，带着我匆匆走出门去。我还以为自己遭到逮捕，即将受到处决——我用不着多加想象也能得出可能的原因——但随后我才明白，我们撞上了水下的岩石，现在他们需要所有人一起操作水泵。

所有人。公爵也在那儿，全身的重量都靠在拉杆上。看起来进展很不顺利。我花了点时间才有所察觉，不过我清楚地记得自己当时低下头，却看不到膝盖在哪儿——因为我的双膝已经淹没在水下。这让我忘记了自己柔软无力的双手，开始绷紧肌肉，就像奋力爬出火坑的人那样全身用力。一直等到停下的那一刻，我才意识到自己喘得厉害，几乎无法呼吸。

我们用水泵不停地抽着水，一直到天亮之后很久，这时风又突然止歇，船也停止了移动，我们都像破麻袋那样瘫软下来。等到最后有人下来的时候，他说出口的并不是好消息。

风暴几乎将我们吹到了岸边。我们没有靠岸，全都要归功于船长和舵手像疯子那样地拼命阻止，否则我们就会像磨盘里的玉米那样，被暗礁碾得粉碎。幼狮号和企图号就没这么走运了。瞭望手看到那两条船下沉，而且即使找到了幸存者也救不了他们。至于松鼠号的遭遇则无人得知。已有五十岁高龄、建造于帝国船厂的苍鹭号就像急流里的一片木头般起起伏伏，几乎毫发无伤。雄狮号的情况就很不乐观了。三根桅杆都被吹得无影无踪（别忘记，后备的桅杆都存放在幼狮号上），吃水线下的船身受到重创，两根船肋满是裂纹，这条船如今全凭无知和习惯才勉强维持着完整。我们仍有可能将雄狮号靠岸——可能性大约是十分之一，如果真能做到这一点，并且拥有随着幼狮号一起沉没的工具和材料的话，我们也许能修好它：但前提是尽可能抛下所有不必要的重物。不必要的重物，意味着那些火炮、火药、马匹和饲料、武器和铠甲、公爵的葡萄酒、以及所有对船只航行来说并不完全必要的人员。

我们费尽九牛二虎之力才把那些马匹全部丢进海里。它们万分不愿下去，所以我们只能遮住它们的眼睛，切断它们的脚筋，再以船帆的横杆作为杠杆，让它们翻下船舷。这用去了很长的时间。我仍旧是应急劳动力的一员，虽然我所能做的只是搬运横杆而已。我疲倦得无法思考，但这反而是好事。我们忙碌了一整个白天，直至深夜，只有"风随时都可能再次吹起"的美好愿望驱使着我们。公爵一直待到傍晚时分，才转移到苍鹭号上，而那条船陪伴我们度过了一整个夜晚。我想我应该是在绞盘边上睡着了。等我醒来时，发现自己四仰八叉地躺在甲板上，全身都酸痛不已。

到了黎明时分，我们再次搁浅。他们从苍鹭号上取来了一根桅杆，配上应急索具，然后只要凭借一点运气，我们就能让雄狮号顺利靠岸，不过前提是有一股非常温和的风恰好吹向正确的方向。就在早晨过去一半的时候，这样的风刮了起来。残破不堪的雄狮号慢慢吞吞、像是踱步般地越过海面。等到天黑的时候，他们抛下船锚，放下小艇。无论这是个怎样的鬼地方，我们都已到达。

在风暴到来前，那段风平浪静的时间里，公爵绘制了一张地图。那是他能带在身边的少数几样东西之一，就塞在他的靴筒里。这张地图基于埃涅阿斯的手稿和其他已知的证据制成，要不是我知道真相，多半会对它深信不疑。

他此时站在海滩上，双手拿着那张地图，抬头看着群山。他们把我带到了他身边：看起来，我也是必不可少的。我当时乘坐着雄狮号，后者只差一点就成功靠岸，不过这样的距离足以让十分之九的乘客和船员坐上小艇离开。其余的人由苍鹭号派出的小艇救起——苍鹭号的吃水很浅，所以就算如此接近岸边也毫无问题。

"这儿，"公爵说着，从他推断出的地图上抬起目光，"肯定就是伊利亚峭壁。"

我很清楚这是哪儿：奥杜斯山脉的山麓丘陵，在埃涅阿斯的时代，那儿是刚刚开始扩张的奥斯城的城郊地区。他开始用圆规测算距离,他的嘴唇也在动。仔细打量之后,我忽然觉得有必要指出一件事。

"如果这儿是伊利亚,"我说,"城市又在哪儿?"

我的观点有理有据。奥斯城在海上就能看到:埃涅阿斯在靠岸时就看到了城市,随后径直驶入了壮丽无比、探入海湾四分之一英里的大理石码头。我们着陆的位置却是沙滩,而且周围丝毫没有人造物件的踪影。

他没理睬我。"那样的话,"他续道,"河流入海口应该就在我们左方不到六百码的位置。"他放下地图,转头看去。我也朝那边望去,在海面上找到了水流的痕迹与下层逆流导致的波纹。恰好就在他所说的位置。但没有城市的影子。

"跟我来。"他说。然后我们全体出发,沿着海滩前进,潮湿的沙砾黏附在我们的脚跟上。几分钟过后,我们站到了一条湍急的河流边,而它就在这儿汇入海洋。公爵的表情就像是刚刚得到了头戴金珠三重冕的无匹骄阳亲自颁发的功绩勋章。"这条河,"他说,"那座露天市场从前就在这儿。"

从前——我瞪大眼睛看着他。我从没想到过这种可能。

"我能想象出发生了什么,"公爵说,"海湾随着时间推移而淤积泥沙,失去了作用,所以才会遭到废弃,"他露出微笑,"我们所看到的情形倾向于支持这种观点,不是吗?"他转过身,用剑尖戳了戳地面。"按照我的猜测,露天市场就埋藏在这片沙滩下的什么地方。真是可惜。我还期待能看到城市奠基者的巨型铜像呢,"他耸耸肩,"也许他们离开的时候把铜像也搬走了,那样的话,我们早晚会看到的。"

作为学者,我认为圣经的内容在口口相传之中已经遭到了某些曲解。举例来说,我认为那句名言应该写作:那看见却仍信的人有福了[①]。

另一个人用剑敲打着周围的灌木。我看着他,随即听到了钢铁敲击岩石的叮当声。他跪了下来,拔下一把杂草。公爵走了过去,站到他身后。"在这儿,"那人说,"瞧。"

[①] 此处所指的原句为"那没有看见却信的人有福了。"

那是一块打磨过的光滑石头，在砍断的灌木残桩之间隐约可见。

我们又搜寻了一个钟头左右，但没能找到其他东西。然后雄狮号和苍鹭号的船长找了过来，温和但坚决地把公爵拉到一旁。他们坚持要对之后的事务讨论一番。

大致来说，我们在海滩上有将近三百人，包括两艘船的船员加上公爵的随行人员以及士兵。苍鹭号上的食物足够喂饱所有人，如果我们能稍微减少些食量，那么大概能喂饱两倍的人。一百五十人可以挤在苍鹭号的船上，同时不至于压沉它，但船上会相当拥挤，而且载着这么多人，那艘船哪儿也去不了。必须解决食物和暂时住所的问题。他们希望公爵给予指示。

公爵对这些事不怎么感兴趣。他告诉他们照自己认为合适的方法去做，然后低头看着地图，沿着沙滩向高处走去。我很想留下来偷听那两个船长的谈话，但他们清楚无误地表示不需要我在场，于是我又快步回到了公爵那边。

他找到了（他所推测的）主干道——那条路很宽，按照埃涅阿斯的说法，四辆大型马车可以齐头并进，车轮还不会相互刮擦——直通港口的方向。他指了指遍布山丘的茂密森林，沿着道路前进，我们就会到达北方大道。那条路从奥斯城一直通往都城艾诺，途中要经过山脉中的一处狭窄的山口。公爵说，如果我们立刻出发，就能在明日中午时分到达艾诺城。艾诺城的居民会给我们所需的食物和住处，我们也可以展开商谈，要求他们提供我们返回时用的船只，至少是建造足以容纳其余人手的大船所需的材料。他从地图上抬起目光，直视着我，然后说："你是这方面的顶级权威。你有何看法？"

（我有何看法？让我想想。依我看，这儿不是艾斯凯渥，不可能是。经由一系列离奇的巧合，以及极度一厢情愿的看法，我们都认为这儿和艾斯凯渥很像：但请注意，公爵手里拿着的这张地图是在我们抵达之后绘制而成的：是在他花费漫长的时间，用他那副硕大的望远镜凝视海岸之后。如果不考虑那张地图，就只能回到文字的解读上了。就我所知，拥有河流入海的海湾和天然海港的地方，全世界加起来恐怕足有上千之多。或许这样的地方在自然界比比皆是，只要集合了某些要素——河口加上高山加上盛行风，再加上某种特别的潮汐规律，就会形成这么个地方。因此，教授要遗憾地通知你，你的假说并未得到充分验证，而你的论文也未能达到发表水平。

可无论这儿是不是艾斯凯渥，除非我们能找到些食物和遮风避雨的地方，否则我们都会死去。如果我们就这么一头闯进森林，而不是去做挖掘海龟蛋之类的事，我们就会失去宝贵的时间，导致食物短缺。

如果我解释，或许他会听。

如果——）

我们沿着那条路前进。说句公道话，在地上的植被和枯枝烂叶之间，的确有一条清晰可见的线：一条自然界中极少出现的直线。而且刚才还有人发现了打磨过的石头。这样说来，这儿很可能曾是一条路。

在大约三百码过后，那条直线径直通向森林之中。公爵带着指南针，那是个装在镀银盒子里的漂亮小东西，而那盒子用蓝色丝线挂在他的脖子上。根据埃涅阿斯的说法，艾诺城就在奥斯城北面三十二里远处。我以安慰的口吻告诉自己，在森林里比在海滩上更容易找到可以食用的野兽和鸟类。可我的断言毫无根据。我算不上真正的学者。

我完全不想讲述在森林里的经历。就在头一天，有人朝某个看上去像猪的生物开了一枪。他打偏了。枪声惊动了大约一百万只黑色的小鸟，它们尖叫着飞向远处。自此以后，森林里的活物就只剩下了我们。

我们在一片荆棘丛中过夜。我们选择那里扎营，是因为它太过浓密，我们仅剩的力气不足以在其中开出一条路来。当我的背脊碰到用碾碎的荆棘铺成的粗陋床垫，我立刻沉入了梦乡，一直睡到被人踢醒为止。我希望他们把我留在那儿，因为我全身酸痛，走起路来生不如死，但他们不同意。我越来越没脾气可发，就算我是傻瓜也知道不必去自找罪受。我只是照他们说的去做。

一般来说，森林里要比森林外凉爽一些：正因如此，我根本不敢去想象外面的温度，如果真有"外面"的话——在我看来，这片森林根本无边无际。不管怎样，我们首先要面对的是致命的炎热，再加上完全没有饮用水，理由也显而易见：根本没有能装水的容器。大约午后三点钟，我们偶然撞见，或者说几乎跌进一条河里。公爵立刻宣布它是阿劳拉河。我赞同了他的话。我已经不在乎这些了。

夜晚寒冷刺骨。我们点燃了火堆，但这只是杯水车薪。到了第二天早上，约莫二十人开始发烧、胃绞痛，还有另外一些不同的症状。食物已经吃光了。我们答应那些病人，说一定会回来找他们。入夜的时候，又有三十来人出现了相同的症状：他们同样被留了下来。我忙于每分钟检查自己的体温三次、留意热病初期最微不足道的征兆，除此之外，另一小部分的我，则做着心算：三百减去五十等于两百五十，在必要的时候，苍鹭号可以带上其中七十人返回家乡。等到次日傍晚，队伍的人数缩减到了一百八十，而我的身体依旧健康。现在（那一小部分的我在说），只要公爵患上这种未知的疾病，然后死掉，我们就都能——

公爵在第四天的下午得了病。我们停止了前进，因为前方出现一大片绿色的平顶真菌丛。当时我们没有一个人知道这些东西是有毒的。真菌引发了一场混战。我既不强壮，更不坚定。我一朵真菌也没抢到。有些人把好运都占完了。

半数的中毒者在当晚就送了命。等到第二天破晓，幸存的那些人也动弹不得。他们汗流浃背，抽搐不止，鼻子也流出血来。公爵不知哪来的力气，强撑着靠在一棵树的树干上，大概是为了不让自己死在枯枝败叶中吧。我坐了起来，盯着他看了大约三个钟头。他呼吸缓慢，而且出气多进气少，但他始终保持着呼吸。三个钟头以后，我受够了。我站起身，在冬青、荆棘丛和断枝间跌跌撞撞地走着，直到我的脚绊到了什么东西，随后跌倒在地。睁开双眼的时候，我发现自己的身下是一朵肥大的奶白色真菌，也就是他们叫作"鸡肉伞菌"的那种东西。按理说烹调过才能吃。去他的烹调。

当我吃到心满意足的时候，天色已经暗了下来。我试图按原路返回，却怎么也找不到来时的路。我干脆放弃了回去的打算，环视了一圈，想找个能凑合一晚的地方。就在这时，我看到有个人的脚从一棵树后伸了出来。看来我应该是绕了一大圈又走回了原地，要不就是一场猛烈的风暴把我吹离了航线，诸如此类。总而言之，我回到了营地。我去见了公爵。

九十六个人因为食用了有毒菌菇而丧生。公爵活了下来。等我返回营地的时候，他正坐得笔直，地图放在膝上，虽然天色已经暗到无法阅读了。他抬头看着我，而我吃力地朝他走去。然后他说："如果我没弄错的话，那边的小山应该就是卡塔·阿诺山。"

我盯着他看，"您说什么？"

"卡塔·阿诺山。埃涅阿斯就是在那儿的驿道上更换马匹，继续前往艾诺城的。这样的话，正前方十二里处就是艾诺城了。"

"我一直在想，"我说，"我或许应该回到船上去。"

他对我露出微笑，"就这么错过所有的乐趣？我可不这么想。"

"我想我还是回去的好。"我说。

他耸耸肩。"你想单凭自己把那条船开回共和国去，"他说，"你真是个不一般的家伙。而且你还得空着肚子。"

我没把那朵鸡肉伞菌的事告诉他。我说："我不认为艾诺城还在那儿。如果它是首都，而且距离这儿只有十二里路——"

他抬起一只手，而我闭上了嘴。"我想在死前证明自己是正确的，"他说，"你呢？你就没有一丁点儿好奇吗？"

我思索起来：他就快死了，而且他对这件事如此确信，那干吗不让他死得安详些呢？但如果我们能在这儿转身返回，或许还能捕到鱼之类的东西。只要他开了口，所有人就都能回去了，不是吗？"有件事我得告诉你。"我说。

"是吗？"

"是的。"然后我告诉了他。

我永远不会忘记他当时的神情。难以言喻。我所能想到的只有一件事：他不相信我，而且完全不明白我为什么要编出这么个难以置信的故事。等我讲述完毕之后，他盯着我看了一会儿，又低头查看起地图来。"如果从艾诺城出发，"他说，"我们可以坐小艇从佩拉奈玛河顺流而下——假使我们能租到小艇的话——然后沿着海岸返回奥斯城。这样就不必原路返回了。"

我摇摇头。"你忘记了，"我说，"德尤多附近有挂瀑布。埃涅阿斯说过，它和新年神庙的尖塔一样高。"

"那儿肯定有水陆联运①的设施。"公爵答道。

"埃涅阿斯可没提到过。"

"那现在也该有了，"公爵说，"毕竟那已经是三百年前的事了。"

于是我去找了其他负责人。结果证明，这完全是吃力不讨好。雄狮号和苍鹭号的船长和大副都已死去，三人死于真菌中毒，一人死于高烧。苍鹭号的舵手还活着，但他已经精神错乱，对着根本不存在的人大喊大叫。至少这能解释暴乱为何没有发生：因为根本没有人能挑起暴乱。

我在营地里转悠，清点着人数。这时我已经觉得好多了，这都得感谢那朵鸡肉伞菌。我的清点结果是六十一人，等到明天早上，活下来的恐怕只有五十八人。我坐在一棵树下，双手抱头，痛哭流涕。没有人提出异议或是指指点点，看起来根本无人察觉。

就在我快要哭瞎眼睛的时候，我突然想到，这支远征队的高级官员还剩下一位：那就是我。我毕竟是学院人文学科的指导教授，因此，我在低阶秘议会拥有对应职务的位阶，也是学会的常务代表。然而，我不太确定自己的权限能否扩展到世界的这个角落；而且我并不想当什么领袖，如今在死亡线上挣扎已经够惨了：若是最终因为我的失误而害得大伙送命的话，无疑更是雪上加霜。

那天夜里，我两度醒来，一心想要沿着我们在森林里踩出的那条小径原路

---

① 指水路和陆路的运输工具相衔接的运输形式。

返回。但我并没有付诸实施。我太害怕了。一切都发生得那么快——死亡、灾难，还有突然间分崩离析的一切。当我们从安定走向劫难的那一刻，我本想加以阻止，可我办不到。事实显而易见——我无论做什么都无法逃避的事实——事到如今，我和其他人都已经无能为力。就算我回去，等待我的依旧是绝望，我们走得太远了。如果我们继续前进——噢，谁知道呢？我们也许能误打误撞地来到森林边缘，或者遇到友好的蛮族，或者杀死一头庞大、笨拙、动作缓慢，而且毫无头脑可言的野兽。

黎明降临，没有人急着出发，就连公爵也一样。我们花了点时间向死者行注目礼——我们既没有力气也没有工具，无法埋葬他们，于是我们只好把他们留在原地。我们唯一能表达敬意的行为就是多看他们一会儿。大伙儿三三两两地站起身，犹豫不决。接着，在没有任何命令的情况下，我们沉默地转身面向北方，然后迈开了步子。

不知道我们走了多远——林冠又高又繁茂，几乎看不到太阳——这时我身边的那个人（我始终不知道他的名字），抓住我的肩膀，指了指。他并不是唯一察觉的人。在天际线上，在树木间偶然产生的缺口之中，有个人类的轮廓，那人站得笔直，一动不动。

有人大叫起来，我们也纷纷跟着叫喊。那个人类的轮廓没有动。我们快步向前，口中或是哀号，或是恳求。事实上，在有人抵达能够看清那东西的视野范围之前，我就明白了几分。相应地，我放慢了步子，开始行走，而身边早已有人飞奔起来。

埃涅阿斯喜欢他在艾斯凯渥所见的大部分食物，但他对他们的艺术品稍显苛责。他说过，他们的画作过分简化，色彩却运用过度，他们的雕塑作品僵硬而不自然。但他又补充说，某些作品的大小令人惊叹。他说过，就在艾诺城外一里处，通往奥斯城的大道上，就有这么一件作品：一尊迈步前行的女性玄武岩雕像，至少有十五英尺高——

好吧，它经历了严重的风化和磨损，除了能看出是个向前行走的人类之外，其他细节很难确定。我们围在雕像底部，抬头看去。雕像没有面部。但在底座上——那儿的位置很低，风吹不到，雨水也很难淋到——有一行铭文，那些文字是我从未见过的。

公爵蹲下身子看了看，然后缓慢而费力地站起身。"就快到了。"他说。

历史要求纯粹。历史应该是这样的：在第六个月的第十七天的第十个小时过后，在共和国建国的第一千两百七十一年，公爵从西城门进入了艾诺城。当然了，书写历史的会是我这样的人。

然而，作为历史学家，我面临着一个压倒性的不利条件：我当时在场。因此，如果我还死死抱着自己仅剩的那点诚实的话，就只能说我已经不记得详情了。我无法告诉你当时是什么时间，因为那儿的林冠又高又密，我看不见太阳；我可以推算出日期，但我怀疑自己的记忆漏掉了一整天：按照其他幸存者的说法，我们在见到那尊雕像之前又赶了一天的路，可我却完全没有印象了。对于年份，我倒是相当确定（但别忘记，苏埃凡尼乌斯最近的那份极具说服力的论文提出，共和国并不是在共和国史的第一年建成的，而是在两年之后）至于我们是从哪里进入城市的，谁又知道呢？我们从两棵像是被藤蔓勒死的枯树之间走过，后来我们才发现，那是破碎的石柱残桩。公爵认为那些是城门的残骸，但在我看来，那只是一座很大的制革厂的后门。至于城市的名字，噢，去问别人吧。我耗尽一生时间孜孜不倦地进行详尽的研究，现在至少可以说，我是这个世界上最适合提建议的大师。

那日所剩下的时间和次日的大半天，我们在这座城市里晕头转向地闲逛，就像一群第一次去城里的乡下人。我们被残垣断壁绊倒，掉进排水沟、蓄水池、喷泉以及恐怕是埃涅阿斯提到过的那座巨大的露天浴室里（只不过早已爬满了纠缠的藤蔓、石楠和匍匐植物，也因此无从得知它原本有多深）。还有一次，我们显然是从一座大型建筑物的平坦屋顶上走了过去。按照我的推测，这个区域至少堆着从地面算起十二英尺高的腐叶土,因此我们至少是行走在两层楼的高度:也就是说,我们很可能径直穿过了城市的郊区,却丝毫不知它的存在。我们又找到了二十来条以同样的未知文字写成的铭文:公爵一心想记录下来,但没有人带着纸或者笔。有人试着生了火,想烤焦木棍的一头做成炭笔,但没能成功。

找到窗户的是个随行士兵,我已记不清他的名字。他矮小、乐天,拥有站着睡觉的不寻常能力。我跟他时不时会聊上几句,他的乐观感染了我。他在灌木丛里东翻西找的时候,摸到了一个像是巨型蚁冢的东西,只不过在翻开那些林地表面堆积的枯枝烂叶后,下面却是块石头。他又翻找了一阵子,随后有些吃惊地发现自己探索的步伐踢碎了一块窗玻璃。那声音引来了其余的人,我们在周围聚集起来。毕竟,途经此地的路人很可能会以相对完好的建筑物作为储存食物的仓库。

那是一扇圆形的硕大窗户,我们朝里望去,只能借着微弱的光亮勉强判断出这是一座塔楼上的圆花窗。有人找来一块石头,丢了进去。我们等待着它撞上地板的响声,可什么都没听见。就在我们快要放弃的时候,听到了微弱而遥远的一声“叮当”。那士兵尽可能地把头探进去,随后又匆忙收了回来。他解释说,里面简直臭不可闻。下面有什么东西? 天知道。但这扇窗离地面非常非常高,而且其间全无阻碍。如果我们有够长也够结实的绳索的话——但我们没有。就算真有,我们所有人加在一起也没有力气拉起一个人。

至于我们对这座城市究竟探索了多少,我真的不清楚,因为就在次日的下午,我们有了重大的发现,所有人都因此抛开了其他念头。而在场目睹的我有责任向你们转述整个过程。

幸好随行者里有几个人是农民出身。他们认出那种从树上悬垂下来,黄绿色的粪便状物体是芭蕉:一种廉价、低劣的动物饲料,我们通常会用平底快船从斯刻里亚岛运来。芭蕉可以吃。

后来我们认定,这些芭蕉应该是一丛观赏用芭蕉树的第五或是第六代后裔(那棵树看起来确实挺漂亮),而种植那种芭蕉树的目的通常是装饰公共场所或者房屋。谢天谢地,这些芭蕉树并没有演变成什么有害的变种,大部分栽培用的果树可做不到这样。入口的芭蕉既生又苦,但我们都忍了下来,狼吞虎咽,直到几乎站不起来为止。随后,在食物管理方面尝过苦头的我们用芭蕉塞满了衣服上所有的口袋和空隙,将成捆的芭蕉用藤蔓绑住,背在背上。我们离开的时候,树上还有几只幸存的芭蕉孤零零地挂在那儿,但这只是因为它们离地太高,我们够不着。

第二天一早,我们一觉醒来,芭蕉带来的狂欢气氛已经散去。我们爬起身,开始沿着来路返回。没有人下达命令或者做出决定:也没有人反驳。感觉就像一场相当无趣的戏剧闭幕,所有观众站起身,缓缓地、陆续地离开剧院,没什么人有谈论的兴致。我本以为公爵会大发雷霆,我觉得他应该想要留下来,继续探索。这证明了或许他比我所想的更有理智:如果他在这时候想要阻止我们回去,他恐怕就活不了多久了。说实话,公爵也没有阻止我们的理由了。我相信,当他踏入那座曾经无比期待的失落之城的那一刻,他已觉得人生在世是如此兴味索然。但是到了第二天,他就表现出了恢复生气的迹象。他走到我们这支小得可怜的队伍的最前方,坚持要为我们领路(因此导致我们两度迷失方向)。他跑前跑后,询问每个人的身份,这个举动却不是那么明智,因为我们最后发现,活下来的五十四人里,只有七个是水手。随后,其中两个水手与另外三人又死于那种不知名热病的复发。这反而让可怜的公爵更加精神焕发。他开始为剩下的五个水手制订计划,让他们向其他人传授航海的技艺,好让大家能够驾驶苍鹭号返回家乡。没有人把他的话太当回事。

离开森林,走进阳光的时候,我们仍旧带着大量的芭蕉,但面前却是一座完全陌生的卵石海滩。我们并未因此过于不安。远离那些可怕的树足以弥补稍微迷路的麻烦。我们沉默不语地在海滩上过了一晚,等到次日黎明,公爵指着海滩的左方,说"跟我来"。我们毫无反应。他又说了一遍。我们还是停在原地。接着他耸耸肩,朝右方走去,而我们也陆陆续续地跟了上去。一两个钟头之后,我们便到达了当初的海湾。

出于某些理由，在离开森林的这段路上，我一直努力做着心理准备，免得发现船已不在那儿的时候过于失望——也许会发生什么意外，比如沉没、烧毁或者被路过的海盗拖走。幸好这次我猜错了，因为当我们绕过一处岬角，看到海湾的时候，苍鹭号就这么搁浅在沙滩上，正是当初所在的位置。更不同寻常的是，那儿并不只有它而已。

他们告诉我们，松鼠号的船员度过了一段相当艰难的时光。让幼狮号与企图号沉没，并让雄狮号受到致命创伤的那场风暴，反而将他们吹离了海湾，并且径直送入一股湍急的洋流之中。那股洋流带着他们沿海岸前进了两天。他们失去了桅杆，所以对此无能为力，最后洋流渐渐平息，把他们搁放在一片沙洲上。第二次涨潮又再次让船身浮起。他们趁机派小艇上岸，砍下两棵大树制成了新桅杆。就在桅杆做好后不久，骤然刮起的风便将他们送入海中。他们在狂风暴雨中缓缓前进，来到岸边，却发现苍鹭号也搁浅在海滩上，周围没有丝毫生命的迹象。到了第二天，他们开始捕鱼，而且幸运地捕获了大量的深蓝色沙丁鱼。就在这时，死气沉沉的我们出现了——可其他人究竟去了哪儿？

松鼠号的船长是公爵在里奥帕的某个佃户的儿子：他从十二岁起就在公爵手下效命，几乎将他奉若神明。当公爵要他负责指挥远征队，还说自己不打算插手的时候，那个可怜人一时间吓呆了。不过等他回过神来以后，就开始着手处理那些烂摊子，而且总体来说，他做得相当不错。

仔细检查之后，我们发现松鼠号在数次风暴中所受的损伤要比原先推测的更加严重。如果有充足的时间，再加上修理船舶所需的设备，松鼠号是可以修好的。不过在当时，我们的新任领袖只能决定抛弃这条船，并将大部分人转移到苍鹭号上。我们缺少的东西相当多——水手、食物以及最重要的、储存淡水用的木桶，但在资源极其有限的情况下，我们几乎无能为力。于是他决定把回乡的这段路程尽可能地缩短。因此，第二天的黎明时分，我们就驶出了海湾，几乎立刻赶上了一股大小非常合适的风,而且正是我们想要的西北风。我不记得有人回头张望过被抛在身后的那片海岸,感觉上,所有人都想趁着那个杂种苏醒并再下杀手之前迅速撤离。

关于芭蕉。别让它们受寒,否则味道就会变差,还会腐烂。换而言之,别把它们存放在甲板上的网子里。

可惜我们当时不知道这些。因此,我们在至少还有六天路程的时候耗尽了食物。我记得自己当时的想法:那些芭蕉幸存了这么久,最后却被寒潮杀死,真是荒谬至极。松鼠号的船员试着撒网捕鱼,但捞起来的网子总是空空如也。现实不断击打着我:我们所在的海域没有鱼。要不是有人发现了地平线那边的一面船帆,真不知道我们会做出什么事来。

世事难料。如果我们没有失去雄狮号和其余的船只,所有人都挤在苍鹭号上,我们也就没法和那艘帝国克拉克帆船 ① 以能够接舷的距离并肩航行——那艘船配备有大量的重型火炮,货舱里装满了肉豆蔻仁、肉豆蔻干皮、胡椒、海象牙和青金石。他们理所当然地认为,我们就是先前安排好,将会在这个坐标点与他们会合的护航船,将会确保他们安然返回,免受共和国的私掠船的袭击。

当我们返回时,我把刚毅与仁慈号上的货物在拍卖会上卖出的价钱做过记录,只是不记得放到哪儿去了。为了让你大致上有些概念,这么说吧:为了那张有追溯效力的私掠许可证,我们交给国库的百分之二十款项,略微大于共和国政府来自其他渠道的全年收入。剩余的百分之八十首先用来偿还公爵的抵押借款,赔偿他远征过程中的全部损失,并向那些未能生还者的家属支付抚恤金。余下的部分在其余人之中按比例分配,公爵独得百分之五十。我得到了四百零七安琪儿,在那时,这笔钱已经是我所拥有过的最庞大的财富了。

---

① 克拉克帆船,又称大帆船,是一种典型的西洋帆船。有三桅,盛行在15世纪,它的出现象征着欧洲的造船技术达到一个高峰。

我为此思索了很久。说到底，海洋是如此广阔，而刚毅与仁慈号更因为显而易见的理由远离了平常的航道。除此以外，我们乘坐帝国船舰恰好出现在那条克拉克帆船预计将与帝国战舰汇合的位置，这样的可能性能有多大？我不是数学家，但我也知道，这肯定不比在一组胡乱计算出的坐标位置找到新大陆或者大型岛屿的可能性大上多少。然而事实上，刚毅与仁慈号上的财富，在共和国私掠船夺取过的船只之中，只能排到第四：再想想雄獐号、无暇正统光辉号以及白天鹅号，那些都是偶然的遭遇；再加上有史以来最大的猎物，群兽之王号——当时奥莱乌斯指挥的船只和群兽之王号驶在相隔超过两百里的航道上，随后两船分别卷入强烈的风暴之中，等风暴止歇时，在一望无际、看不到陆地的海面上，两船之间只剩下了几百码的距离。

刚毅与仁慈号上装载的并不只有财宝。船上还有咸牛肉、咸猪肉、饼干、面粉、水果、水桶，甚至还有七十余只活着的鸡仔（不过在被我们发现以后没活多久）。在正常情况下，我们恐怕很难有足够的人手去押解那条比我们大得多的船。但实际上，我们不仅安全地把那些财宝带回了家，还在同时减轻了苍鹭号上过于拥挤的状况。

从那时起，一切都变得无比顺利。有一股微风始终伴随在我们回家的路上，气候温暖，就在我们穿过第十七条纬线的时候，两个患上那种未知热病、生死未卜的家伙突然间彻底痊愈了。等我们看到钟塔的那一刻，公爵也几乎完全恢复了正常。他把我叫到甲板上，对我发表了一通演说：他说从整体来看，这次远征是成功的。我们找到了艾斯凯渥。的确，在埃涅阿斯和我们之间相隔的那三个世纪里，我们探访的那两座城市都已遭到废弃。对于这一点，有各种可能的理由，他将把所有理由在他已经动笔的著作里进行分析。但整个国家全都变成那样是绝无可能的，等我们明年回去的时候——

"公爵？"她说，"噢，他已经彻底被人遗忘了。已经没有人再提起他了。"

我突然有些头痛，"我还以为——"

"那笔钱财？"她对我笑了笑，仿佛我是个头脑简单的孩子，"全没了。他才刚刚回来，就对小麦期货①豪赌了一把。但那一年是创纪录的大丰收，于是他回到乡间的住处休养去了。在此期间，艾瑞特拉乌斯子爵——"提到那个名字的时候，她小巧的黑色眸子亮了起来，"那才是你非结识不可的人。"

不久后，我就不再和她见面了。

不管怎么说，我是个学者。只因为我在做人方面失败，并不代表我的学术成就也相应地存在缺陷。我可以分析证据，得出结论，系统地阐述可信的假说。

那么就开始吧。我之前应该提到过，我有那种过目不忘的记忆力。我肯定是把那份原始手稿上的红色装饰字母铭刻在了脑海中的某个偏远角落。随后当我制作那份尽可能真实的复制品时，我记起了那些字母，并将它们用在了段落的开头。

公爵那套埃涅阿斯暗码的理论是正确的。我们去的那地方的确是艾斯凯渥。三百年里可以发生很多事。想想看吧。三百年前，马塞拉还是个强大的王国，就像共和国一样庞大而有力。现在那儿还有什么？几尊雕像的底座，残存的几栋建筑物，其余的石材都被当地人抢去盖猪圈了。

再说我们撞见那条克拉克帆船的离奇好运：当时我们询问船长，他是从哪儿运来的这些贵重货物，他起初拒绝回答，这倒也正常。但随后我们向他解释了海洋是多么辽阔，又问他游泳的技艺究竟有多出色的时候，他告诉我们，他是从正值当年香料收获期的马斯·阿奇巴岛回来的，那里是帝国的边区，帝国的大部分香料都是产自那里。那儿从两百年之前就是帝国的财产，而且他拒绝告知我们那座岛的地图坐标，就算我们把他喂鲨鱼也不会开口。

马斯·阿奇巴岛的发音跟艾斯凯渥不无相似之处，更可能的情况是，这两个名字都是其真正名称的误读。所以说，如果那条帝国克拉克帆船和我们是从

---

① 指提前收购尚未收获的小麦。

同一块陆地的不同位置离开，而且航行的方向几乎相同，那么我们在返回的路上相遇也就没那么难以置信了。这仍旧意味着异乎寻常的运气——对我们是好运，对他们则相反——至少有这种可能性。当然了，帝国方面的军事占领也很适合用来解释奥斯城和艾诺城毁灭和废弃的原因。每当帝国在殖民地交到新朋友的时候，他们总喜欢玩一些粗鲁的游戏。我想那位船长应该仍在地牢里接受审讯，前提是他还活着。正因如此，我相当确信相关的细节早晚有流出的一天，整件事也会真相大白，并且令所有人满意。

又有人发起了一次远征。不是那位公爵：他已经卖掉了公司，清偿了他投资小麦期货的欠债，随后城市商人所组成的财团接管了公司。他们以井然有序、极具效率的方式去了艾斯凯渥，心里只有一个明确的目标，结果也可以说是成功了。他们听说了关于圆花窗和可怕气味的故事，于是冒险一试，事实证明，他们的猜测完全合理。那种气味——他们推测——应该是某种动物的粪便（后经证实是蝙蝠粪便：这是制造硝石的最佳原料，而众所周知，硝石是火药的主要成分）。他们带回了一整船的材料，打算每年回去那里一次，直到全部运完为止。

某一天，我在翻阅收藏的那本艾姆莱乌斯的著作副本时，找到了多年前用作书签的一张纸。那是我父亲持有的百分之十的公司股权证明，是他在公司破产前不久、市场一蹶不振的情况下，为表示团结而买下的。我把这份股份卖给了财团，换得了两千安琪儿。一切都很顺利。

我常常强迫自己去忘记一件事，但却无论如何也办不到。它总是令我在夜半时分惊醒，我必须喝下很多白兰地才能摆脱噩梦。

我说过那艘克拉克帆船的货物里有水果。的确如此。但我没有提到的是，船上装着的是整整三吨质量上乘、新鲜采摘的柠檬。

（夜潮音 译）

婴儿与洗澡水

"在以理想共和国为目标进行了许多次令人不快的尝试以后,人们发现,经受过炸药考验的专制主义才是最令人满意的统治形式。"

——威廉·S. 吉尔伯特[1]

醒来的时候,我发现她躺在旁边,喉咙被撕开,已经死透了。枕头被血液浸湿,闪闪发亮,就像地势低洼的牧场在一整周的暴雨过后的模样。我嘴里的味道似曾相识,令人作呕又显而易见。我往手心里吐了一口:鲜红色。我的老天啊,我心想。又来了。

我爬下床,努力让昏昏欲睡的大脑运作起来。有些人会在危机的激励下展开果断的行动。我却意识模糊,就像一辆陷进松软地面的马车:车轮转了又转,但无法产生任何牵引力。

鲜血蔓延;无论你如何尝试,似乎都无法限制它。所以我从讲述第一皇帝的那本书(《围攻马利塔》,罗马纪元 317 年)里取出一页,用织物建起了高大的

---

① 威廉·S. 吉尔伯特(1836 — 1911),英国剧作家、文学家、诗人。

城墙——床单、窗帘、壁挂，以及我所有的衬衫，只有身上穿着的那件除外（不用说，它也报废了），名副其实地用上了房间里所有的纤维。我用这座布料堤坝逐渐围绕床铺，成功阻止了血液流淌到墙壁和门那里，它们在那种地方肯定会留下无法消除的痕迹，相信我，我对鲜血了如指掌；每当一块床单或是窗帘被血浸透，我就用其他布料将它包起，然后挪到这堆东西的上层。尸体本身位于它们的顶端，就像是山顶的灯塔。幸好地板是大理石的，它恐怕是这世上唯一不会被血液彻底浸透的材质了。我用一张漂亮且相当昂贵的艾里安地毯裹住尸体——那是我一星期前才买下的——然后用细绳系紧。

为了把这个可怕的烂摊子弄出门，我运用了雪橇原理的修改版：找来一张不知为何碰巧拥有的沉重棕垫，在两角各刺出一个洞，随后穿上一条绳子——它顺畅地滑过光滑的大理石地面，只留下几条锈迹斑斑的棕色条纹，回头可以毫不费力地擦去。走出侧门以后，我只需要抬起那捆可怕的报废织物与地毯卷，放到我那台价值八百荷兰盾的豪华马车上（这就是放纵自己的代价：我赚得很多，但也总是破产），给马儿装上挽具，然后就能出发了。在离我现在住的地方两英里左右，有一座挖空了的采石场。四面都是峭壁，荆棘、枯枝和垃圾彻底覆盖了底部。我解开挽具，牵走马儿，再用肩膀抵住后车轮，让我可爱又昂贵的马车滚落下去。它消失在那片混乱里，仿佛一块沉入池塘的石头。工作完成了。

在骑马回家的路上，我突然为自己导致了一位人类同胞的死亡而难过——或许有点迟了，但的确是发自真心。在她那一行里，她是个相当不错的孩子，不该落到被弃尸于荆棘丛的下场。她叫奥蕾莉亚，或者是阿丝帕西亚，或者是阿玛丽利斯，也可能别的什么；出于某种理由，她们总会取字母"A"开头的名字。我很不擅长记名字。

当然了，这不是我的错。从来都不是。虽然我觉得应该是——这想法很不理性，但也没办法。这些从前不是我的错，以后也不是。

我和皇帝有个共同点：我的职业从出生就已注定，没有哪怕一丁点儿选择的余地。铁匠的儿子也许会离家出走然后参军，或者加入旅行剧团，抑或是采摘棉花，又或者在街角乞讨。但我不能。我和皇储一样，没法就这么融入普通人之间。我会被人认出、找到，然后被迫重拾荣耀和义务。至于放弃我的天职更是无法想象的事。倒不如说，我能选择的就只有是否呼吸而已。

在我们这门行当里，孤独是司空见惯的事；这句话半点不假。发现自己拥有那种天赋（这里的"天赋"指的是它的技术性意义，意味着能力，而非任何头脑正常的人想要得到的东西）的时候，你要做的第一件事就是离开家庭，切断与从前人生的所有联系。不用说，这么做至关重要。我离开家时，偷走了父亲的金图章戒指、母亲的所有珠宝，以及姐姐的丝绸披肩——她爱它超过世界上的任何事物。我必须这么做。我们家的生活舒适但算不上富裕，而我需要小巧便携的东西，可以迅速换成金钱，而且不用大费周章。随后，我买了一张船票。我甚至没问那条木材驳船要去哪儿。关键在于，它们能去陆地上的任何地方，但没法越过咸水。这点值得庆幸。

事实上，现在我觉得自己和皇帝陛下还有一个共同点。我拥有绝对的权威。我真走运。

我知道他不可能走太远。他们做不到的；他们会饿，而饥饿会令他们虚弱。要找到他并不难，而在那样的恶作剧过后，他会相对安静平和个一天左右。因此我回了家，好好洗了个澡，彻底刷了牙（先用烟灰，然后是没药和薄荷）；收拾好我剩下的财物，装进驴车里——直到这时，我才想到自己应该牺牲这辆驴车而非马车，而且效果也不会有分别。当然了，这是他的错。全都是他的错。

我习惯了需要仓促离开的状况。这些年来，经过充分的实践，我彻底适应了无牵无挂的生活，虽然无论我去哪儿，我都清楚自己迟早会遇见什么。客观来说——这点毋庸置疑——幸好它们的数量寥寥无几，否则人类种族早就结束、完蛋、万劫不复了。但对我来说，这意味着我必须一遍又一遍地应付同样的老面孔（可以这么说），直到它们厌倦了我，我也厌倦了它们。而且相信我，我已经彻底受够了，特别是它们表演那种把戏的时候。

我的运气还在。我来到第一个小镇时，正好是集市日。我变卖了驴车、驴子以及所有失去了也不至于无法忍受的财产，这么一来，我身上就有了十六基尔德零四十七分，外加一件染血的衬衫，一条粗糙的棕色教会袍和一双军靴。考虑一下我做那些毫无难度、总共不超过五分钟的日常工作时收取的费用吧；那笔钱足够让某些人激动得痛哭流涕，但幸好我并不特别在乎。对我来说，没有什么特别重要的东西。来得不易，去得也快，但那又如何？这有点像是身为某座岛上最大的地主，但岛屿的中央有一座活火山。你也明白，这只是时间问题而已。

每当我到达某个新地点，总会尽量避免注意到周围的环境，但这是不可能的。我无法控制自己，就像遍布田野的羊群里的一条狗儿那样。说实话，用"塞满山谷的猫群中的狗儿"来比喻也不坏。是那种不加思考、出自本能、根深蒂固的反感，而它们也不怎么喜欢我。我会在周边视觉的边缘捕捉到它们的身影，而这不是我能控制的；总有人说，我的目光锐利得就像猎犬。

注意周边视觉。我来的时候，它们会发现，然后停止动作，全身僵硬。当然了，它们在附近的时候，我就会知道，我闻得出来。有必要的话，我单凭气味就能追踪它们，不过这种状况显然很少见。当我走在这条街上，最常看到的就是视野最外侧极其细微的动作。这对我来说就足够了。

可是管它呢。重点在于体现专业，不是背负职责。在休息的日子，诗人不写六步音诗，妓女不做爱，士兵不杀人；我不由自主地注意到了，但我没有义务采取任何措施，特别是没人付我报酬的时候。除非——

我听到了一声女人的尖叫。我不情愿地转过头去。有个男人躺在地上，背脊弓起，脚跟在烂泥里拖出了沟壑。他的面部刚刚开始发青，裤裆湿透。十来个人先前在他身旁围成松散的一圈，此时逐渐后退。他发出了那种明确无误的噪音。那并非真正的呼喊或是号叫，而是单纯的机械式发声，是痉挛的肌肉挤出肺部的空气，而后者穿过紧缩喉咙的声音。还有另一个特别的声音：某根骨头发出的仿佛干燥树枝的尖锐噼啪声，那是被他急剧收缩的肌肉和肌腱折断了。

我猜这就是"狗与猫"式的反应。也许我只是觉得，它们之一趁我在场时下手的做法很冒犯人，仿佛我是个无名小卒，不值一提，就像切碎的肝脏[①]。我宁愿将其归因于怜悯，以及对人类公敌永恒不变的敌意。但我肯定不会这么说，对吧？

我迈出五大步，将距离拉得够近。我看向那个可怜虫的头部侧面，对上了它的眼睛。它也回瞪着我，永远是同样的表情，就像是个爬在你家的苹果树上、嘴里还咬着半个苹果的坏小孩。

又是你。它说。

是我。我答道。

我们这行就是这样。某种只要计算得当就相当清闲的修士，运用着最优秀的圣典素材：总共有七万两千九百三十六种。听起来很多，但这就是全部了。我们要用这些来护卫、保护或是守护——也可以用你贫乏又不恰当的语言来描述——整个人类种族，全部一千五百万人。当然了，它们有各自的地盘，就像所有掠食者那样；就像我的同行，还有我那样。而且，它们自然不会被杀或是死去，只会被迫流离失所，就像穷人那样，所以我总会遇到它们，一次，又一次，再一次，然后迫使它们流离失所。归根结底，我有这种权力。

它看起来悲伤又惆怅。放过我吧。它说。

出去。我说。

我才刚来。

还挺顽固的。

就五分钟，可以吧？给我五分钟，然后我就离开。

出去。我说。

（我有这种权力。我说"出去"，它们就必须离开。它们会离开，是因为它们

[①] 俗语中指"不重要的东西"。

知道，如果不听话，我可以把它们拖出来，可以把手伸进里面，抓住它们——这么说吧，它们的构造跟你我不太一样，天晓得是为什么——然后把它们拖到外面；我这么做的时候，它会很痛；从它们的反应来看，恐怕相当痛，虽然据我所知，它们忍痛的能力相当弱，要不就是特别容易大惊小怪，就像猪那样。

但——你必须小心。我可以把它们拽出来；这就跟你牙疼得厉害的时候去找铁匠有点像。如果他是个和善又通情达理的人，就会用钳子牢牢钳住那颗牙齿，然后转动手腕，先往这边，再往那边，接着迅速、有力而平稳地那么一拉，然后一切都会解决，再无烦恼。他也可能敲断你的颌骨，却将粉碎的牙齿碎片留在原处。

光是想到就会让人不寒而栗。噢，瞧我这张嘴。那些怪物是住在脑袋里的。所以，就像我所说的，你们必须小心。）

给我五分钟。它说。

（在这种时候，你必须做出决定。你要考虑它已经造成的伤害——这种情况下是一条断腿，因为我确实听到它折断了，几乎可以肯定的还有一两根肋骨，高概率的内脏出血，这些小混蛋每次都会忍不住调皮捣蛋——然后你就要权衡是让它再待一会儿造成的伤害更多，还是被迫拽出它带来的危害更大；影响这一切的因素是它被取出时感受到的痛苦和创伤，而它对此非常、非常惧怕；然后你再询问自己，它是否真的疲惫和饥饿到了不惜铤而走险的地步，还是说它只是在欺骗你，就像它们一千次里有九百九十九次会做的那样？

这就是为什么事实上——尽管这事实非常可怕——幸好我们有我们的领地，它们有它们的，而且我们都非常、非常地了解彼此——）

不行，我说，我数到三，一——

我不走。

二。

那个人——我觉得他是个商人，理由是他的衣着，还有我不认识他的这个事实——跳起身来；不，他是被抬起来的，在那几分之一秒里，他真的用那条断腿站了起来，但它很快弯曲，他也栽倒在地。等他撞上地面时，一切都结束了，不该出现的家伙不复存在，我和这件事的关系和兴趣也全部消失。我转开目光，继续前进。

事情就是这样。任何碰巧在看着我，而不是地上那具一动不动、扭曲残破的人类身体的人，只会看到某个穿着破旧牧师袍的人停下脚步，盯着看了一会儿，然后就这么从旁经过——他会在心里自语：真是个冷酷无情的畜生。我又有什么资格反驳呢？我尽了职责，我的参与也到此为止了。有时我会想，我对它们的恨是否大于我对人类同胞的爱。但付我钱的人从来不会这么想，所以我也很少思考这种事。

圣典告诉我们——虽然我对此存疑——当无敌骄阳初次升起的时候，祂从覆盖世界表面的湿地与沼泽里抽出了一切有毒且污秽的湿气与蒸汽，那些是世界之母①从时间伊始就悄然腌泡的东西；这些蒸汽迅速随风飘走，而根据我正在引用的那位备受尊敬的权威的说法，它们共有 72 936 团。

人们总会问我——我其实希望他们别问，但事与愿违——它们看起来是什么样子？我会给出各种各样的答案，但全都是假的。事实在于，我也不知道。当我把这个烦人的问题抛给同行——少有的能和我说上几句话的同行——的时候，有时会得到答案，而我会尝试给出诚实的答复。对某位同行来说，它们看起来像是可怕的昆虫；对另一位来说，就像骇人而反常的鱼；或者是老鼠，或是令人作呕的鸟类，又或是萎缩干枯的孩童。对我来说，他们就像贝类生物。所有这一切都可以证明，因人而异的并不只有美丽的标准。

如果向它们之中的一员询问我们的模样，得到的答案更加有趣。但这就跑题了。

72 936 团，其中 109 团在我的管辖范围内活动，从查瑞阿巴德山脉直到友善之海，但幸好不包括波姆拉、尤克西斯和比内西奥顿这几座城市。在这个地

———————————
① 指埃及神话中的女神伊西丝。

区——它由三个世俗的单一民族国家组成——无论何时，都至少有两个国家处于交战状态，而教皇批准我通过驱逐恶魔来换取报酬。为了证明我的资格，我得到了一张用华丽的大写字母写成的证书，以及一枚铅制印章，一千人里最多只有一个有资格阅读证书的内容。而大都会城的红衣主教还给了我一枚镶着白色石头的金戒指——纠正一下，我手里的只是拙劣的仿制品，一枚镶着鹅卵石的铜戒指，它是我在弄丢原本那枚以后自己做的。至于我的证书，说来就有趣了。在我开工之前，人们从来不会要求确认证书；只有在之后，我希望他们付账的时候才会。

但我通常懒得费工夫，就像狗儿不会为自己追逐猫儿的举动寻求奖赏。他们凭什么相信那是我做的？就算他们信了，如果他们不付钱，我又能对他们做什么？把那个该死的东西放回原处？实际上，我迄今为止都在运用这种空洞的威胁，而且百试百灵，但你不能指望别人永远特别无知。

因此，在拯救了商人的灵魂和理智，或许还有他的性命之后，我从旁经过，除了它们每次都会带给我的剧烈头痛之外，一切如常。我沿着街道前往干草市场，顺道去了"和谐与恩惠"。

"噢，"他们说，"又是你。"

这反应不太友好，但合乎情理：上次这儿发生了一起不幸的事件，再上一次也是，虽然那不是我的错。但他们尊重这件袍子，也知道这枚愚蠢的铜戒指代表什么，而且他们的脑海深处始终潜藏着畏惧：最好别惹恼这个讨厌又麻烦的人，免得我们哪天用得上他。这就是尽管没人乐意见到我，我却每次都能免费喝酒的原因。

我告诉他们，我会待上一会儿。一会儿，他们悲伤地问，又是多久？我笑了笑，然后说，我不知道。有什么问题吗？不，他们告诉我，没问题。

你必须学会像它们那样思考，我刚入这一行的时候，他们这么告诉过我；但不要熟练过头。他们对所有学生都这么说，而在当时，没有人真正明白这句话的意义。

像友好村落里的左邻右舍那样了解彼此的想法,与我们的情况恰恰相反。或者换句话说,对我们来说,混得太熟只有坏处。

但我没花多长时间,就明白了他的——

请原谅,我的代词用得很混乱。指代它们之中一员的合适称呼当然是"它"——我们既不知道,也不关心它们是否像我们这样有性别之分;而它们(据我所知)也一样。但是规则就是用来打破的,至少我认为是这样,而在我的脑海里,这位特别、唯一、独特的个体就是个"他"。我也不清楚为什么;我怀疑这主要是因为我,而不是——好吧,"他"。由于某种理由,为了和他打交道,我需要他是一名男性。这也是他们提醒过我的许多风险之一。正是因为所有人眼里的它们各不相同,用想象塑造它们的过程也始终存在风险。

所以,就允许我使用"他"这个字吧。我没花多少时间就弄清了他的打算,以及他为何不辞辛苦地前来陷害我。因此,我需要的就只是一份《宫廷公报》的副本,以及一匹快马。

埃森的希格斯瓦尔德大公和希尔蒂根公主——她是利斯纳姆的选帝侯福瓦特的女儿——的婚礼相当低调。上万名宾客出席了婚礼的早餐,而埃森的所有喷泉里都流淌着白葡萄酒,但也就这样而已;没有胜利的游行和角斗士表演,没有模拟海战或是在神庙台阶上献祭战俘,没有全国大赦或是解放奴隶,只有一笔数额不大的捐款,给军中的士兵每人五枚十字金币。其中的意义不言而喻:世道艰难,资金紧张,而你们的大公和他可爱的新娘正在树立榜样。

这条信息清晰明确,又很受纳税人的欢迎,所以没什么关系。但公主在一个小小的条件上不肯退让。除非她忠实的导师和知己,尚茨的普洛斯帕陪着她前往那个穷乡僻壤(这是她的原话,与我无关),否则她就不会出嫁,而她父亲和那段已经持续六年、如蛋壳般脆弱的外交关系可以下地狱去。

不,不是你想的那么回事。普洛斯帕起码有六十岁了,而且每当公主殿下想要来点儿知性的对话,就需要四个强壮的男人把他的椅子抬到一辆经过特别加固的轻型马车上。他当时的薪水是每年六万枚十字金币,而他坚持要求加薪50%,作为离开利斯纳姆、与那些把脸涂成靛蓝色的野人为伍的补偿(选帝侯去法罗艾尔聘请他的时候,他也说过类似的话),免得让人觉得他无足轻重。九万枚十字金币可以支付第六军团一个月的薪饷,或者让十二条战舰全副武装。但如果你不同意尚茨的普洛斯帕的价值三倍于此,那么你肯定有一副铁石心肠。他是他那个时代最优秀的画家和雕塑家,尽管他真正完成的作品屈指可数;他也是最博学的学者,尽管他发表过的一切只用一本小小的口袋书就能全部收录;他是技艺最精湛、也最有修养的音乐家,以及最杰出的自然哲学家和工程师——根据普遍的说法,希尔蒂根缺乏乐感,不喜欢任何蓝色以外的画,不用模板就写不出自己的名字,但她很有识人的眼光,而且只想拥有最杰出的人才。所以普洛斯帕来到了埃森,带着他所有的书、机器,几乎将锡制盒子撑爆的笔记和日记,关于机械和哲学的各类用具,让那些山道拥堵了整整一星期。人们说他在住所的第一个月全都用来观察一只羊头在马厩院子里的垫脚台上慢慢腐烂的样子。他想亲眼观察潮解和熵的实时——也就是一秒都不错过——运作过程。所以他从六楼的王家公寓里搬来一把舒适的椅子,还有一只脚凳和一张便携写字台,还有充足的美食供他边吃边喝,而他日以继夜地坐在那儿(有一只火盆为他御寒,还有一把巨大的丝绸伞为他挡雨)就这么看着。至于他对变化与死亡命运的本质有了什么特殊感悟,我也说不上来,但你必须承认,以任何标准来看,他都是个出类拔萃的人物。

等希格斯瓦尔德和希尔蒂根顺利圆房,而小选帝侯指日可待的消息传来,普洛斯帕宣布这是个绝佳的机会,而他打算实践多年以来在他堪比神灵的大脑里像钟乳石那样逐渐成形的计划:那就是亲手打造最为优秀的人类——他谦虚地表示,他终于找到了值得倾注心血的事业。由于普洛斯帕是产科医疗方面在世的最高权威,他宣布自己要亲手接生那个孩子。从孩子出生的那一刻起,他会亲自管理成长、养育和教学的方方面面。他会以自己为蓝本塑造那个孩子,传授他所知的一切,希望为世界带来第一个真正一流且顶尖的哲学家国王,他会依次解决所有问题,让世界变成人间天堂,作为有史以来最伟大的人物,他的名字会被刻在相应的纪念碑上。

就算普洛斯帕的才能只有他自称的百分之四十,也足够培养出史无前例的天才了。那对王室夫妇无疑回想了自己的童年和教育,认为这样再好不过,于是宣布他们很乐意全权委托那位伟人。

本月的第一天,他们将新的《宫廷公报》钉在了加斯卡城的神殿正门上。头条消息就是希尔蒂根的预产期。这让我必须在仅仅六天的时间里跨越两百英里遍布车辙的道路和损坏的桥梁,抵达埃森,而我设法实现了这一奇迹。

到达宫殿大门的时候,我心情很差。我快步走向哨兵,告诉他我要见值班官员。他看着我,掂量着我的破旧靴子和牧师长袍,然后认定我是他应付不了的对象。他让我进了门房,我在里面等了大半个早上,直到值班官员有空为止。作为官员,他认识字,所以我向他展示了我的资格证书。他担忧起来。这也很合理。

"您需要什么帮助,神父?"他问。

"我要见宫殿牧师,"我告诉他,"马上。"

我能看出这个可怜人的大脑停止了转动,就好像我把一根铁棒伸进了车轮的辐条之间。不用说,宫廷牧师不属于他的指挥系统,而他不知道该怎么联系他。幸运的是,有我帮他考虑这些事。"你需要向行政长官要一张通行证,"我告诉他,"把我带进去,这样我就能向代理宫廷总管说明我要见那位牧师的原因。他会接手这事的。"

值班官员喜笑颜开,迅速带着我爬上七段曲折狭窄的石阶,前往行政长官的办公室,为了等待通行证完成,我在那儿浪费了很多时间;然后有个一脸忧郁的职员带着我走下来时的楼梯,又爬上一段更长的楼梯,来到了宫廷总管的办公室,我在那儿把资格证书展示给某人的穷亲戚的小儿子,后者脸色刷白,然后让我跟着他。我爬上九段曲折狭窄的石阶,来到宫廷牧师的房间,那里的初阶副牧师问我有何贵干。

"我想见宫廷牧师。"

"现在不可能。"

"你错了,"我告诉他。"事实上,是可能的。"

于是我们去见了那位牧师,他对着我的资格证书皱起眉头,仿佛在他的汤里看到了一坨粪便,然后他关上了门,免得别人听到我们的对话。"什么事?"他说。

"我要见公爵夫人。"我告诉他。

"没有人能见公爵夫人。"

老天保佑,我看得出他今天过得不太愉快。他要筹划十二场大规模仪式,其中至少三场没有明确的前例可循,这意味着他必须即兴发挥——我是指礼拜仪式——并寄望于出席者里没有博学到能够揭穿他的人。最糟糕的就是我;作为教会的那个分部的全权代表之一,我的到来从来都不是什么好消息;在这种时候——

我很想帮他,但是我没那个精力。我坐在那儿,看着他,就像是让人无法直视的太阳。

"为什么?"他问。

"你可以猜三次。"

"你在胡言乱语,"他说,"你是想告诉我,某位王室成员——?"

"还没有。"

"但这太荒谬了,"他说,"时间和地点根本不可能预测——"

"不,"我告诉他,"你错了。"

如果有可能,人们都会避免看着我。我身上有着某种特质,让我光是出现在他们的视野里都会惹来反感。前提是我乐意留在那儿。

"我不能就这么允许你进入王室产房,"他说,"如果没有非常充分的理由,以及足以证明的文书证据——"

他的声音越来越小。我是他这辈子遇到过的最棘手的人物,而他没有做过该遭这种罪的坏事。"好吧，"他说，"如果你坚持的话。但我会写一份备忘录，证明我对这件事情持反对态度。"

这可能是他这辈子说过的最有挑衅意味的话了，而我却无动于衷，仿佛那只是一块撞上胸甲然后弹开的碎石。"我会等你准备好。"我说。

"跟我来吧。"

你还记得多久以前的过去？蹒跚学步的时候？学会走路之前？也许是在你学会说话之前？我记得的比这些都多。我有出生以前的记忆。在出生以前，而且并不孤单。

几乎所有地方都有类似的传说或是童话，讲述某位强大的英雄在出生时就被遗弃，由狼或熊——或是恰好位于那片区域的其他群居害兽——抚养长大。英雄通常会做出伟大且有益于民众的事，所以这似乎在暗示被猛兽抚养长大是件好事。我对这点不怎么确定，但我想我应该知道。

要知道，它从那时起就陪伴着我：它是我遇见的头一个。它们并不蠢。它们知道待在哪儿比较安全。如果能进入尚未出生的孩子的身体，它们就能确保至少十年、甚至多达十二年的安全，因为取出它们的时候会产生无法形容的附带损害。注意，这种影响是相互的：离开作为宿主的婴儿带给它们的痛苦，和宿主感受到的痛苦同样多。所以如果它们选择进入尚未出生的孩子，就会在孩子发育成熟之前困在那儿，而且居住在像那样小巧、粗糙又愚蠢的东西里，它们得到的好处少得可怜，而且会觉得非常无聊。所以它们这么做，通常都是因为在受伤后需要找地方藏匿和休养，又或者在我和我的同行手里吃了很大的苦头。以我的情况来说，它刚刚才被赶出上一个住所，而且手段的强硬程度超出了必要。它遭受痛殴，遍体鳞伤，残破不堪，用仅剩的力气爬进我母亲的身体，昏迷和瘫倒在那儿；然后它遇见了我。

我记得非常清楚。那是个我能够理解、位于我体外、却又非常接近的声音。让我进去，它说。拜托，它说。

　　我还记得那种感觉，无法用语言思考，什么都不懂——对世事一无所知。但它想进入我的身体，而我不希望这样。我推开了它。它试图抵抗，却只是徒劳。走开，我告诉它。

　　我的老天啊，它说，你是他们的一员。

　　当然了，我听不懂，但我不喜欢它，一点也不喜欢。我推开了它。我能感觉到自己在伤害它。它是我遇到的头一个比我弱小的东西，我能战胜它，也能伤害它。它无法让我烦心，但如果我愿意，就可以让它烦心。我愿意。这样很好玩。我更用力地推它。

　　住手，它说，你弄痛我了。

　　走开，我告诉它，但我不是认真的。我希望它留下来和我玩。就像小孩子喜欢的那种粗鲁的游戏。

　　我被困在这儿了，它说，我出不去。别推了。

　　记忆是棘手的：你记得的东西，你认为自己记得的东西，编辑和校订后的记忆，修正、增补和错误的信息，以及对应心智的那个重要器官都在尝试用汤做出面包。在我的记忆里，我抓住它的脑袋猛撞某个东西，直到它尖叫出声，然后我又试图扼死它，再然后我掰断它的手脚，接着继续猛砸。我现在意识到，这些都是不可能的，因为它们没有手臂、腿和脑袋，所以无论我对它做了什么，都不可能是类似的事。但无论我做什么，它都会觉得痛，而这很有趣。

　　当然了，我无从得知我们在一起被关了多久。最合理的猜测——根据我母亲告诉我的事（关于她反复做的噩梦，诸如此类）得出的结论——大概是介于三到四个月；可是管它呢，时间是主观的，尤其是在我们和它们之间。我们在一起待了很久，然后我出生了，而它爬出并逃脱，为此付出了惨痛的代价，但怎么也好过跟我待在一起；按照所有人的说法，我从那之后就是个相当普通的婴儿，虽然有些任性。

　　于是我们去了公爵夫人那里，但我们见不着她；就连宫廷牧师也一样。他们告诉我们,普洛斯帕大师和王家助产士、两位护士和普洛斯帕大师的授权传记作者(共有两位:每十二小时换一次班)留在房间里,而且直到一切结束之前,任何人都不能进去,甚至包括公爵;特别是公爵。我给他们看了我的资格证书。他们都陷入了沉思——这份证书真的很棒——但就算对于普洛斯帕大师最无关紧要的突发奇想,违抗的惩罚似乎也是绞刑,所以他们什么都做不了。

他们将牧师和我留在一间小小的接待室里,那儿除了一张直背象牙椅以外空无一物。我坐在上面。

"你真的能预知到——?"

我点了头,"在这种情况下,是的。"

"但我觉得——"

我转头看着他,摆出那副行家式的表情。有人为我解释过这个表情如此吓人的理由:有那么一瞬间,你会觉得自己能看到那双眼睛见过的东西,就像某种奇妙的镜子。我希望他只是在夸大其词。

"抱歉。"他说。

"没关系的,"他让我觉得内疚,"在这种情况下,我相当确定。"

"你介不介意——?"

我耸耸肩。"有何不可?"我说。然后我把自己在死去女孩的身边醒来的事告诉了他。他的脸色变成了某种滑稽的灰色。"是它逼你那么做的?"

"趁着我睡着的时候,"我说,"我知道那是他干的。"

"你是怎么——?"

"这不是第一次了,"我说,"根本不是。他上次做类似的事的时候——不,我说谎了,比那更早——我有好几个月都没法工作,忙着躲避死去女孩的家人、法律以及类似的东西,而在那段时间里,他可以随意去做各式各样的恶作剧,不用每隔五分钟就回头察看,以防我悄然接近。所以我心想:如果我是他,我开这种玩笑会是为了什么?请记住,等抓到他以后,我肯定会对他做点什么。场面恐怕不会好看,相信我。"我笑了。我不认为那是愉快的笑容,"然后我浏览了宫廷年鉴,答案也就自行浮现了。"

几年前,我遇见了一个躺在马路上的男人。他被一辆将橡木从森林运到造船厂的那种巨型马车碾过,背脊四分五裂。他还活着,但完全无法动弹,而他当时的表情就和那位不幸的牧师朋友听完我说明后的神情一般无二。"你认为——"

"是的,"我说,"我这么认为,因为我能以他的角度思考。"

"老天爷啊。"

我笑了。"噢,我们在很多方面都非常相似,"我说,"事实上,我们之间只有两个真正重要的区别。首先,我比他强大,强大得多。"

出于某种理由,那位牧师并未因此安下心来。恰恰相反。

"其次,"我续道,"我总有一天会死,但他不会。他死不了。他会受伤——相信我,我很清楚,他承受的痛苦远超你的想象——但他死不了。这是一种平衡,"我解释说,"这两件事截然不同,但价值相等。"

他跟不上我的话了,不过这无关紧要。"但如果你是对的,"他说,"如果那东西真的进到了里面——"

透过紧闭的房门,我们听到了一个不可能弄错的声音:新生婴儿的第一声啼哭。宫廷牧师打了个哆嗦,仿佛被自己的母亲捅了一刀。

"肯定有些什么是我能做的吧?"

我摇摇头,"没多少,真的。"

"但——"可怜的家伙。他的脑海敞开了理解之窗,但倾注而入之物却并非光明。"普洛斯帕大师——"

我点点头。"他很聪明,"我说,"我指的不是普洛斯帕大师,而是他。他肯定已经知晓了一切,你可以用自己的性命打赌。"

"实验。哲学家国王。肯定有些什么是——"

我缓缓地呼出一口气,仿佛放下了某种极为沉重的负担。"普洛斯帕大师,"我告诉他,"不相信什么恶魔附身。他认为这只是迷信。在他看来,无敌骄阳只是一团燃烧的气体,漂浮在我们头顶,与我们相隔无法理解的遥远距离,而恶魔是我们为各种失调与疾病的症状与影响所找的借口,而那些症状与影响的起源完全是机理性的,可以通过草药和各种疗法治愈。我读过他的书,他在书里举出了数不胜数的例子。你知不知道,他认为我们不是在第六天被创造出来,而是波米亚那些住在树梢上、全身绒毛的生物的后代? 我对这一切深信不疑,直到我想起它并非事实。不管怎么说,我们都不可能说服普洛斯帕大师让我进去那儿,而在眼下,他的话就是法律。这样也好,"我补充道,"因为对我来说,能让事态稍微好转,并避免那些必将到来的灾难的做法,就是杀死这个婴儿。"

他盯着我,张开嘴巴,又重新合上。我想人们最恨我的时候,就是意识到我正确无误的时候。

"我会这么做,"我继续说道,"就像呼吸那么轻松,因为这是必要的。但公爵肯定会因此不太喜欢我,而且就像我刚才提到的那样,我只是个凡人。我能感受到的痛苦没有他那么多,但仍然相当不少。所以这样也好。至少对我来说。"

我很同情那位牧师,而且我绝非同情心泛滥的那种人。所以,是的,我感到内疚。问题的起因不是我,但我的确要负一部分责任。要我说的话,大约在百分之五十五到百分之六十。

"我们该怎么办?"他问我。

我故意摆出思考的样子。"你,"我说,"应该做好调离的安排,然后去某个远离这儿的岗位赴任。这也许意味着收入和地位的降低,但相信我,这是值得的。"

他用死鱼般的双眼盯着我,然后点点头,"你呢? "

"我不知道,"我说,"但我会想到某种办法的。"

想到某种办法。像他那样思考。他会怎么做?

我的童年并不快乐。我的父母生活富足,心地善良,也非常爱我,但我是个卑鄙又恶毒的孩子，总是挑衅那些比我更大也更强壮的孩子，然后被他们痛殴。他们对我说：你为什么要这样做，这没有意义，你知道自己没法打败我们，我们比你大。你干嘛不去欺负那些个头跟你一样的孩子？或者去找比你更矮的孩子，这样更好不是么？

很显然，我没法让他们明白，他们完全弄错了重点。所以我继续惹怒他们，而他们继续揍我，为我感到难过。就算我思考过自己为什么非得做这些蠢事，也只会假设那只是我当时不懂、但迟早会弄懂的许多简单明了的事物之一。就像我没法说明或者展示我的工作内容，但我知道自己该做什么。归根结底，你不会问别人为什么直角三角形的斜边的平方等于另外两条边的平方之和。事实如此。

然后有一天，那些大男孩之一生病了。他的朋友们去看望他，而离开时惊恐不已。有一半的时间，他们说，他都会大吼和尖叫，拼命挣扎，而剩下的时间里，他就那么坐在那儿，就像是死了一样。我过了一阵子才能去看他，因为他之前狠揍了我一顿，让我卧床不起；但等我觉得力气恢复以后，就偷偷溜出了自己家，潜入了他的家。我想看他受苦的模样，因为他伤害过我。

我爬进了一扇窗户。他父母把他牢牢绑在担架上，这是为了他着想，是因为他们爱他。我站在他身前，他双眼紧闭。我叫出了他的名字，他睁开眼睛，看着我。

"我的老天啊，"他说，"又是你。"

有那么一瞬间，我困惑不已；然后我明白了。我明白自己能看到他——他，我的敌人体内的敌人；那只猫儿，那个猎物。当然了，那时的我对恶魔附身有那么一丁点儿了解——每个人都知道的那么一丁点儿，而且其中百分之九十还是胡扯。"我能看到你。"我说。

它，不对，他对我笑了笑，"世界真小。"

"你不应该在那儿，"我说，"是你在伤害我的朋友吗？"

"不是你的朋友，"他说，"他砸烂了你的脸，他揍得你够呛。敌人的敌人就是朋友，没错吧？"

"这就像在说猫的猫是一条狗。你不该在那儿。"

那个可怜虫，他肯定是在想：只是个小孩子，我愿意冒点儿险。"那又怎样？你打算做什么？"

我让他好好见识了一下。当时的我非常年轻、笨拙又缺乏经验和教育，不清楚自己的力量——好吧。幸运的是，没人能证明我去过那个房间；即使他们能证明这点，也很难解释一个九岁的孩子是怎样造成那么严重的伤害的，即使受害者当时被捆在一块木板上。

根据他们（或许也是那种自以为无所不知的学者，就和提出数字 73 926 的那人一样）的计算，如果取出时的手法不当，那么无论宿主有怎样的感受，恶魔的感受都是其十倍。根据我的经验，我会说这大致上是正确的。但它们不会死，我们却会。就像我说过的：平衡。

他会怎么做？ 好吧，我知道答案。他什么都不会做。

如果说它们不懂怜悯，那就是在撒谎，因为自怜同样是怜悯，而它们对此相当擅长。可要它们花工夫去拯救他人，拯救一个人、一个国家、一个地区？得了吧。但假设它们必须这么做；比如那是相当于它们的领导阶层、当局或者指挥系统给出的直接命令？这只是为了方便讨论的说法，我也不清楚它们有没有那种东西。

我有一个盟友——但他派不上用场，眼下正忙着打包他的书籍和法衣，为海上的漫长旅途做好准备。我需要一个盟友。但我只能从我的敌人里挑选。那又如何？这就是我的人生写照。

当你做某件事的时候，你选择工具的标准不是出于你的喜好，也不是因为他们是你特别的朋友。你只会选择最有用的工具。那好吧。那正是他的用处。

谦虚，普洛斯帕大师说（他语速很慢，方便他的传记作者进行听写），就是说出别人对你的看法，从而阻止他们把那些话说出口。这样的"缺点"无疑与普洛斯帕大师无缘，而且他对自身正确的喜爱胜过一切。

不仅仅是让人们承认他是对的——因为人们可能是错的，事实上也很有可能，因为其他人全都那么愚蠢——不，除非他自己相信，否则他是不会满足的。所以，为了让普洛斯帕大师喜欢我，我必须给他机会，让他证明自己是对的，而我是个错误的、受了蒙骗的傻瓜。小菜一碟。

我的牧师朋友给我留了一封写给宫廷总管的介绍信，恳请他将自己最为喜爱的某位亲戚介绍给普洛斯帕大师，还说那位亲戚一直是那位伟人的作品的狂热崇拜者，等等等等，又询问能否让大师在他宝贵到无法形容的时间里抽出那么一小会儿——

我的猜测是，那位牧师握有宫廷总管相当大的把柄（不仅仅是身在宫廷难免沾上的污垢，而是臭气熏天、光是想到就得戴上手套和面具的那种），因为我在第二天就拿到了证件——最高等级的通行证，可以随意进入王家套间，欣赏各式各样奢侈而美好的事物，外加普洛斯帕的副助理初级秘书所写的一张纸条，表示有史以来最聪明的人很乐意于某某时间在某某房间接待我。身居高位的朋友，我自语道。有时我真的很蠢，蠢到光是记得如何呼吸都堪称奇迹。

我对他的肥胖早有心理准备，程度就和在五英亩方圆的内陆湖岸长大的人对大海的心理准备差不多。普洛斯帕大师块头很大。至于其中究竟有多少是必要的，我也说不好：也许百分之六十，这也是构成他的头脑与心灵的天才与垃圾之间的大致比例，所以应该差不多。

百分之六十的普洛斯帕大师会是个高大、英俊、仪表堂堂的男人，有一颗硕大而完美的光头，嘹亮悦耳的嗓音，以及像女孩一样的双手。你能从他布置房间的方式看出他的艺术家身份：他甚至移动了窗户的位置（我能看出不久前才涂上的石膏），让他坐在那张金色与乌木色的奇妙宝座——那是他自己打造的，而且一反常态地接近完成品——在上午和傍晚接待门徒和崇拜者的时候，能够沐浴充分的阳光。这儿是个四十平方英尺的大房间，除了那位伟人和伟人的椅子之外，就只有一张三条腿的低矮凳子。我明白理由。哪怕再多一件东西，都会显得凌乱。

宫廷总管告诉我：无论你做什么，都要直视他的眼睛；他无法忍受谄媚和奉承，只接受真心的仰慕。那是怎样的眼睛啊：它细小、清澈、蔚蓝，而且独此一只，在一场格外重要的化学实验中，它的双胞兄弟在某只烧瓶的爆炸中丧生。取而代之是一颗透明玻璃球，它晶莹剔透，略带放大的效果。我能看得出，这在深奥的哲学辩论中会非常有利。如果在准备不够充分的时候看到它，你的大脑会瞬间变得一片空白。

（我就是这样。回头再告诉你理由。）

他对我微笑。人们很少这么做。"你想跟我说话。"

我点了头，"我想问您一件事。"

"尽管问。"

"在这个世界上，"我说，"您认为什么才是最为强大且不变的力量？"

他思考了接近半次心跳的时间。"艺术。"他说。

"真的？"

"是的。"

噢，我心想，结论下得还真快。"您能解释一下这么认为的理由吗？"

他亲切地点点头。"因为艺术，"他说，"就是美，而美就是看得见、听得着的善之本质。当你看到一座美丽的雕像，或者聆听美妙的音乐时，你就是在注视和聆听美，而这就是善，是任何人类都无法长久承受的力量。因此，通过创造美，艺术家就在人类心灵中打开了门与窗，让善涌入其中。我们口中的邪恶只是黑暗，是缺乏光亮。光会驱逐暗；善会驱逐恶。美会驱逐恶。因此，艺术是全世界最为强大且不变的力量。"

我点了点头。然后我说："抱歉，但这是在胡扯。"

他咧嘴一笑。"对，"他说，"也不对。我刚刚告诉你的话基本正确，但仅限于理想条件下。而理想条件是十分罕见的。"

"比方说？"

"如果你透过玻璃或雨滴去窥视光,光就可能扭曲失真。有这么一句谚语:美丽与否取决于观看者的眼睛。事实上,这是错误的。美是绝对的,但观看者的眼睛——"他闭上了那只好眼睛,留下那只玻璃怪物直视着我 ,"——能够削弱或是腐蚀它。如果让光线透过雨滴,它就会分解为各个组成部分。如果让美透过不完美的观看者的眼睛,你也许会一无所获;只有涂着颜料的帆布,或者一块石头,又或者是朝带孔的管子吹气时发出的噪音。此外,"他补充说,"艺术本身也可能不够优秀。"

"噢。"我说。

"为了避免这种状况,"他接着说,"我们必须训练眼光,让观看者能够正确观看。我们必须创造优秀的艺术。如果能实现这一点,艺术就可以成为世界上最强大的力量。"

"抱歉,"我说。"我问的是'什么才是',不是'什么可以成为'。"

他笑了,"但你用的是最高级:最强大的。这世上还有其他'不变的力量',其中一些可能非常强大,但是你问我'最强大的',而我回答了你的问题。我还慷慨地指出了特定的条件和资格,严格来说,我是没必要那么做的。"

"我明白了,"我说,"所以你创造艺术,是为了让世界变得更美好。"

他微微点头。"也为了钱。"说到这里,他顿了顿;见我没有笑,他继续说道:"但主要是为了在黑暗的地方开辟窗户。比如这一扇。"

"你目前有计划吗?"

他更用力地点点头。"公爵委托我,"他说,"为他铸造一座大型青铜像,设置在阅兵场里,就在这座宫殿外面。我同意了。我会铸造一尊巨大的青铜马雕像。这会是我稍逊一筹的杰作。"

"噢,是啊,"我说,"和那个孩子相比。"

我给出的回答是正确的。"艺术是最为强大且不变的力量,但前提是条件合适。第二强大的力量是创造一位真正明智而善良的国王。在目前的条件下,次佳的选择更可能更快地产生更大的影响。一旦这片土地由真正明智而善良的国王统治,就可以确立让最为强大的力量生效所需的条件。"

看起来没问题。"谢谢你。"我说。

"我已经解决你的疑问了?"

"完美。现在我明白了。"

"知识就是一切。"

"谢谢。我要走了。"

光是退出房间,就耗费了我全部的力气和决心。我在门口暂停脚步,擦去眼里流出的汗水,我瞥了一眼那位伟人的脸。那张脸苍白如纸。

让我窥探一下你的头脑。你在想:有点不对劲。这本该是一场辩论的真实记录——噢,好吧,虽然一方是个无名小卒,但另一方是有史以来最伟大的天才。但你看到的却是——所以要么记录是准确的,而尚茨的普洛斯帕只是个自负的胖子,又或者叙述是错的,而且仔细想想,我们只听到这个小丑自称他见过普洛斯帕——

当然了,存在一种完全合理的解释。试着同时进行两场对话,再看看你的感受如何。

现在想来,我那时很是吃惊,因为我在入行这么多年以后见到了一张新面孔。我说的面孔——

"我不认识你。"我说。

她——我过一分钟再来解释——她看着我的眼神,就好像我无足轻重,却又有那么点勾起她的兴趣。"我也这么认为。"她说。

"当然,"我说,"我想也是。我猜你来自尚茨。"

她的微笑显得有那么点高高在上,但那又怎样? "事实上,是法罗艾尔。不过远在你的地盘之外。"

"当然,"我说着,意识到自己在重复同样的话,"他在法罗艾尔住过一段时间。"

"在那里发表了《数学原理》，"她说，"我也是在那儿找到他的。"

"那就是他从此再也没有发表作品的原因？"

她似乎冲我眨了眨眼睛：真聪明，她用不着把这些话说出口，我喜欢有精神的孩子。"我找到他，"她说，"是在他创作《原理》之前。"

"噢。"

为什么是"她"？我只能说，如果你在场就会明白。她看起来就像——好吧，也许他们在法罗艾尔都是这副模样；真是这样的话，我在划分地盘的时候肯定吃了大亏。但我不这么认为。而且我有什么惊讶的必要？ 我们——人类——也不尽相同。有些人的外表和言谈举止就像男神和女神，另一些人的外表和言谈举止就像猪猡。只不过，以我来说，我遇见过的只有猪猡。但那又怎样？归根结底，这并不比市中心和旧城区之间的差别更大。

"那么，"她说，"你应该不是难沟通的人，对吧？"

我思考起来。"我有职责。"我说。

她打了个哈欠，"是啊，你当然有。如果你坚持，我会离开的。"

"并且带走他的一半大脑？"

"超过一半。"她又眨了眨眼，"大约百分之六十。这会是全人类的损失，对吧？"

尚茨的普洛斯帕；最伟大的，以及其他。"是的，"我说。

"那好吧。或者你也可以别管我。毕竟，我并不打算伤害任何人。"

我又思考起来。"你肯定会的，"我说，"你也有职责。"

"哦，好吧，从长远来看，的确是这样。"她的嗓音就像是蜂蜜；散发甜香的蜂蜜，就像蜜蜂在薰衣草花里吮吸的东西。"有个宏大的计划，他在其中扮演了一个角色。但这计划非常庞大。它是如此之大，你得退后好一段距离才能看清全貌。仔细看看，我做了什么坏事吗？事实上，恰恰相反。"

我非问不可，"他做过的一切，他取得的所有成就。那些全部都是——"

"哦，不是全部。只有最好的部分。如果粗略估计一下，我会说是百分之六十。"

不仅仅是那些绘画和雕塑（虽然最具权威的人告诉我，艺术是世界上最为强大且不变的力量）。科学、医学、工程学；他目前为止发表的屈指可数的作品——

"如果我必须打包离开，"她打断道，"你们就会失去这一切。但如果我留下——"

"他会开始完成作品。"

这让她咯咯地笑了起来，"是啊，可以这么说。我不保证什么。但有何不可？"

我皱起眉头，"你为什么要做这种事？ 你的职责呢？"

啧啧。我真蠢。"我认为萨洛尼努斯说得很好——而且往往，为了伤害我们，黑暗的帮凶会告知我们真相①——而这，"她续道，"只是一半的真相。永远用非黑即白的方式思考确实很简单：要么我赢，要么你赢。但双赢会更轻松，结果也更好。我们之一也许得到的好处更多，但我们双方肯定都会获益。你不明白其中的意义吗？ 不，我不觉得你明白。"

我有些受伤。"当然，"我说，"就像某种合资企业。我们会从中得到一些东西，你们也一样。不，仔细思考过后，我发现自己想象不出来。你们和我们，携手合作——"

一声叹息。"哦，为什么不呢？ 想想看吧。敞开心扉，一次就好。想象一个人，仅仅一个人，为物种做出的贡献超过其他任何人。他的天赋、他的创意令整个世界明亮而辉煌——"

"你放进他头脑里的天赋和创意。"

"不完全是。百分之六十。好吧，也许是百分之六十五。是的，"她说，"哎呀，这又有什么不对呢？ 就像你们那句谚语说的：谁的钱都一样值钱。这些创意堪比纯金。噢，不是吗？"

---

① 这句话实际上出自莎士比亚的《麦克白》第一幕第三场。

《数学原理》《橡树林的圣母》①，还有《第九交响曲》。为什么最好的曲子都是献给天使的？"这对你们肯定有什么好处。"我说。

她又眨了眨眼，"当然有。但是，就像我说过的那样，这计划非常宏大。它是如此宏大，以至于你这辈子也许都看不到它开始运作和生效的那一天。所以，这不是你的问题，也不是你的错。还是说你宁愿作为'谋杀尚茨的普洛斯帕的人'为人铭记？"

只要看到它们，我就会本能地产生反感，每次都是。但它们并不全都一样。这么说吧：它们之间的差异，堪比我和普洛斯帕大师的差别。

"这一切，"我说，"是你的主意。"

"你说'这一切'，指的是——"

"哲学家国王。完美的社会。"

"哦，那个啊。不，那不是我的主意。是那个宏大的计划。好吧，是它的一部分。"

"百分之六十—— ？"

"比那更少。大概百分之五。这是不会死去的好处之一，你可以从长计议；另一方面，你们必须对自己的错误负责。你们必须承担后果，不能在被人发现之前愉快地死去。"

"你们的宏大计划，"我说，"我可以阻止它。"

她思索片刻。"阻止它，"她说，"是不可能的。让它脱离正轨，转移它的方向，让它以截然不同的形式呈现——好吧，也许你办得到，也许办不到。但请别把我这句话当真。"

"你们的宏大计划。"

"是的。请你好好思考一下，好吗？"

"可究竟有什么该思考的呢？"

——与此同时，我听到自己在对某人说话。

---

① 原文与 15 世纪名画《枯树圣母（Madonna of the Dry tree）》相近

"我已经解决你的疑问了？"

"完美。现在我明白了。"

"知识就是一切。"

——于是我明白，会面结束了；她没法赶走我，但普洛斯帕可以。毕竟，一切都取决于谁更强大。

知识就是一切？胡扯。此外，重要的不是你知道——

他们的宏大计划。好好思考，以它们的角度思考。

它们可以考虑长远的计划，而且比我们轻松得多。所以：长远来看，他们用目前掌控的部分能够造成的最大的破坏是什么？

麻烦在于，你没法永远以它们的角度思考，正如你没法像蜘蛛那样爬上墙壁，即使你也长着腿。腿的类型不同。所以：如果是我在设计那个宏大的计划——

小菜一碟。有那么个得天独厚的孩子：他是未来的君王，这无疑是个不错的起点，而且还会接受那位伟人本人的教育，那位有史以来最伟大的人物会将毕生所学倾囊相授。此外，这件事并非秘密；人人都知道，这个孩子注定会成为超人，成为终极的人类。绝对的权力，还有绝对且普遍的善意作为后盾。只要思考黑暗的帮凶会如何利用就好。

思考吧；以我们自己的角度，以凡人和蜉蝣的角度去思考。或者以它们的角度思考，以一百年、一千年、五千年以后得到的更大更好的成果为目标。在此期间，在这五千年期间，它们的宏大计划会顺利进行……城市，乃至文明，会兴盛和衰落。尘埃、野草和沙子会覆盖我们所有的人，所有的成就，只有普罗帕斯大师的除外，他的作品会在一次次转译的过程中幸存下来，而我们的骨头却将长眠在潮湿的泥土之下，遭受遗忘，直到犁头将它们挖出，而我们的字母表会成为学者们穷极一生都无法破解的谜团。但那个宏大的计划尚未完成，锤子尚未敲下，而缠在可怜、愚蠢又短命的人类脚踝上的那只绳圈也尚未收紧；等到它收紧的那一刻，还有谁他妈能把这两件事的因果联系起来？

但我可以阻止计划。而我们必须付出的代价将是尚茨的普洛斯帕的生命和作品。我问你,你会怎么做?

他又会怎么做?

(我这辈子见过很多人,但对我来说,只有一个他)。我为什么要问自己这样的问题?我和他结识了一辈子,所以我知道(除了其他那些事以外)他并不特别聪明,当然更不是像普洛斯帕大师这样的绝顶天才。但我熟悉他:我了解他那些更出色的品质。

噢,它们肯定是有优点的。有这么一种古怪却广为人知的传说:只有英雄才有优点,而英雄所拥有的品质都是好的;根据定义,坏人就只有缺点。胡说八道。

想想看吧。想象成为一名成功的、甚至是有能力的罪犯所需要的品质。你需要勇气:爬进陌生人的房子,不知道平面图,又十分清楚家庭主人几乎肯定配备了武器、大型犬、强壮又积极的仆人——你真的想这么做吗? 为了什么? 一麻袋小巧便携的艺术品,多半可以换到十个格罗申铜币。除此之外,还要加上冷静而从容的头脑、聪明才智、稳健的手法、细腻的格调、快速且有条理地工作的能力。而那只是个穷街陌巷里的卑劣窃贼。拿历史上那些真正可怕和邪恶的人——那些以某种扭曲的理想为名义屠杀一国人民的人——来举例吧。他们不可避免地拥有信仰(信仰能够创造奇迹,如果没有信仰,努力就只是徒劳)和希望、忠诚、以理想为名义的自我牺牲,以及你能想到的几乎所有高贵而光荣的品质,除了没能站在正确一方这种小问题……

(年纪越大,我就越坚信这些只是某种流行而已,就像帽子边缘的样式,或是贵妇们袖子的装饰。如果你不相信我,只要想想道德观念在你的一生中改变了多少,然后读一点历史,再扪心自问:你真的认为这些变化是永久性的吗?)

所以:他有更加出色的品质。他本能地知道哪些事值得为之承受痛苦,哪些不值得。他知道何时该迅速而优雅地离开,何时又该继续逗留,等着被人连根拔起。在判断这场游戏是否得不偿失的时候，他比我见过的任何人都要老练。

显然，这种事你没法告诉别人。不能告诉你的父母，你的朋友，你亲爱的叔叔或是你最喜欢的阿姨：我可以看到别人身体里的魔鬼，我可以看到你身体里的魔鬼。而且，当你还是孩子的时候，你不清楚规则，不清楚后果，不清楚自己做了哪些事，又没做哪些事，而且你没有可问的人，而且你很害怕。但你会继续盯着那只猫儿，用眼角余光盯着它，然后你会忍不住开始吠叫、追逐、撕咬。

也许我不太一样；也许我只是个彻头彻尾的坏人，有一大堆坏的、邪恶的品质，比如想要吠叫和喜欢撕咬。随你怎么想吧。我会设法控制住自己，直到再次遇见他，而在敌人眼中，我所有的沉着都会在那一刻耗尽。从那一刻起，我会失控。只要我看到它们的一员，我就会扑向对方的喉管，就是这样。

我们不得不搬家：好几次、很多次。有时是因为那些绝望的人会围堵在我们家门前，恳求和哀求：治疗我、让我的儿子康复、请治好我母亲，她就快死了——而我无能为力，因为那些不是它们干的，那些是肺结核或者发烧，或者数千种会将你撕裂和杀死的原因之一。有时则是因为它不肯乖乖离开，又或者觉得我只是个好对付的小孩子，你们应该也能猜到结局。

消息传开。他们——我的同类们——找到了我，然后带走了我，教我成为一只更好的狗儿：更迅捷、更利落、更娴熟也更致命。他们告诉我：在从事这门行当的这么多年里，我们从没找到像你这样的人。好些人都对我说过类似的话，但都没有解释具体的意思。

我们是个精挑细选的小型修会。我们没有等级制度、捐助、礼拜、教条、神职人员和大教堂。国王们不会给我们庞大的地产，人们不会在遗嘱里把钱留给我们，我们没有漂亮的法衣或是贵重的银器：只有权威。我们缺乏财富和贵族的小儿子，但取而代之的是效率，而且我们确实受人尊重。清空街道的时候，我们之中的一员比任何手段都要快。

我们没有等级制度，但无可避免的是，偶尔会出现比别的狗儿都要高大、迅捷和凶狠的狗儿。没有人希望那样——我们缺乏的另一样东西就是野心，因为那跟为了上绞架而争先恐后没什么分别——但它还是发生了。发生在我身上，这都得归咎于——

"又是你。"

我笑了，"是我。"

"你瞧，"他说，"这太蠢了。你不应该总能找我麻烦。这不合理。"

（说来有趣：随着我的年龄增长，表达能力增强，受到的教育增多，他也会有同样的变化。我们头几次见面的时候，他只会用咕哝声表达意思。但当我开始阅读书籍和上课时，他也开始使用冗长的单词和复杂的语法。你愿意推测一下这是怎么回事吗？我可懒得费那种工夫。）

"去他妈的不合理，"我说，"出去。立刻。"

另外，我不由自主地注意到，他变得更聪明了，或者说更世故了。这根本不可能，因为我出生的时候，他已经有几千或者几百万岁了，所以我们不可能是在一同成长。但他绝对变得更狡猾了。"当然，"他说，"如果你真的希望我离开的话。"

不管你信不信，这次的宿主是负责埃拉加巴省东南部地区的刽子手。据人们所说，他举止怪异已经有好一阵子了。某一天，他会像春天的鸟儿那样快乐，吹着口哨，面露微笑，向走在街上的女士们脱帽致敬。第二天，你会发现他坐在某个昏暗的地方，双手抱头，痛哭失声。还有对他工作的影响：他们告诉我，这是一门相当需要技巧的行当，其程度远超普通人的想象。你需要能够根据对方的身高和体重计算斧子落下的时长。你需要准确判断切断脊髓所需的角度和力道。否则，被处以绞刑的人会身首分离，被斩首者的脑袋却会藕断丝连，而这种事会让整个社区颜面无光。

"如果你真想的话，可以把我拽出去，"他说，"你知道你可以的。"

我更仔细地打量，突然感到毛骨悚然。状况很复杂：症状开始显现的时候，他肯定已经在那儿待好一阵子了，因为他已经扩张到了所有角落和神经末梢，就像透过网子生长的野草。的确，我可以把他扯出来，但——

"你最近还挺忙。"我说。

"我就跟你说实话吧，"他说，"我这几年过得很辛苦。每次我就快解决什么事的时候，你们这些杂种之一就会出现，把我赶走，而且手段粗暴。就像你一样，"他责备地补充道，"我需要的只是可以休息的地方，只要那么一小会儿，让我能够恢复力量就好。"

"还挺顽固。"我说。

"哦，拜托，"他说，"你这辈子就讲一次道理吧。我没有对他造成什么真正的伤害。好吧，他有时候是很痛苦，但有时候真的很开心。又不是说他在咬人，或者用脑袋撞墙。"

我咧嘴一笑，"你在妨碍他的职责。"

"是啊，当然。人们没法按时被杀，真是骇人听闻的灾难。你要明白，如果不是我，他杀死的大多数人都会是无辜的。"

"大多数？"

他做出类似耸肩的动作，"百分之六十左右吧。因为我，那些无辜者的生命延长了。这肯定是件好事。总之，我提议这样。你现在离开，六个月以后再回来，而我向你保证，我会解开所有那些巧妙的小小绳结，拆开针脚，不声不响地离开，不会在他身上留下任何痕迹。或者你也可以这就赶我走，他剩下的脑子会像蜂蜜那样漏出耳朵。你决定吧。"

我摇了摇头。"你在虚张声势，"我告诉他，"你是在把我当白痴耍。我认识你。如果我把你留在那儿，你只会把根扎得越来越深。"

"不会的，我保证。以名誉担保。"

"你知不知道，"我告诉他，"当我用武力把你赶出去的时候，你会有多痛？"

他过了好一会儿才回答："说实话，是的。"

"你指望我相信你冒这么大的风险，就只是为了和我玩一场游戏？"

他试图隐藏，却掩饰不住那种狡诈的精光。"当然，重点不是我会有多痛，"

他说，"而是他会有多痛。"

我对他露出微笑。"不能让你们这种存在逃脱惩罚，"我说，"这是个不好的先例。第一条守则，我们不和黑暗的工具谈判。如果宿主受伤，那么非常遗憾，但这完全是你们的错，不是我们的。"

"我告诉过你，"他说，他的痛苦在我看来货真价实，但这与我无关，"我说过会以名誉担保的，不是吗？你知道的，我们不能食言。不是吗？他们应该在巫师学校教过你这些吧？"

"他们教过我第一条守则，"我说，"不要谈判。此外，"我补充说，"你觉得自己很聪明，但你其实很蠢。我只要轻轻扭动手腕，就能把你弄出去，而且几乎不会造成任何伤害。对他来说的伤害，"我又补充道，"不是对你。"

"对不起，我没听清楚。你说我们之中的谁在虚张声势？"

我不喜欢别人对我这么说话，尤其是它们的一员，尤其是他。此外，我真的相信自己能做到，并且不会对友方造成太大伤害。再优秀的人也会犯下无心之失。

幸好没有人真的喜欢刽子手，即使他们做的是没人想做、却又必不可少的工作。而且消息传开了。人们都说（即使在我所属的修会里也一样，他们应该明白才对；他们本该更了解我才对）这场战斗肯定极其宏大，否则也不会在战场上留下这么可怕的烂摊子了。至于能在造成如此巨大破坏的战斗中获胜的人，想必是个——好吧。我想他们的说法是"狠角色"。我相信他们是出于善意。

她派人来找我。

当然了，在她看来，我不可能离开。为了普洛斯帕大师，我别无选择。从理论上来说，我本该拒绝：在这种情况下，我有各种各样的选择，从被人丢出公国，到被人拖进宫殿。我听说学校老师把某些可怜的孩子打到半死不活的时候，总会说这么一句话：打在你身，痛在我心。胡说八道。

普洛斯帕大师在雪花石膏室接见了我，他接管了那儿，把它改造成了制图室、画室和工坊。侧壁经过了粉刷——画着足有千年历史的壁画《无敌骄阳升上天空》——而那位伟人以实际尺寸画出了青铜马的七个组成部分。我被人带进房间的时候,他正一动不动地站在梯子上,手里拿着炭笔。他转过头来,对我微笑。

"我们之前在讨论,"他说,"艺术的力量的益处。"

"我记得。"

"这——"他晃了晃那支炭笔,"——会成为我的杰作。你觉得呢?"

如果别无选择,就说实话吧。"非常出色。"我说。

他用脚趾寻找着梯级,慢慢地爬下梯子。"作为一件艺术品,"他说,"作为一项工程。这样的规模都是从古至今——从古至今——都没人尝试过的。"

"是这样吗?"

他笑了。"相信我吧,"他说,"相信作为工程师的我。"

这间雪花石膏室是用来举办国宴,以及招待那些举足轻重的使节的。侧壁非常宽大。但只够勉强容下那些图画。"我猜铸造这么大的东西,"我说,"肯定很不容易。"

"可以这么说,"他坐了下来,又招呼我也坐下,"一百四十吨青铜。"他对我笑了笑,又说:"如果我试图一次铸造完成,液态金属的重量会压坏模具,除非我制造出一座山那么大的模具,就算那样,模具的蜡制核心也会被压碎。但如果我制造出零件,又该怎么把它们组装起来?熔融金属会从外部开始冷却,而其内部仍然炽热,而在冷却的过程中,它会缩小。对普通雕像——比如真人尺寸的那种——来说,这点几乎没有影响,但对这种尺寸的雕像而言,收缩的力道会粉碎铸造物。从未有人制造这么大的雕像是有理由的——有很多理由。理由很简单:这是办不到的。"

他顿了顿。我想我应该说点什么,但我一言不发。

"这尊雕像,"他说,"会是我送给年轻王子的礼物。它会在两个月以后,在他受洗的那天公开。"

"留给你的时间不怎么——"

"没办法，"他咧嘴一笑，"仅仅带来黄金时代是不够的，必须给出证据，否则人们不会信服。他们需要奇迹，我的工作就是提供奇迹，就这么简单。"

我茫然地点点头。"有什么事吗？"我问。

"什么？"

"是你派人来找我的。"

他略微皱起眉头。"你先前，"他说，"对美和艺术的力量很感兴趣。"

他言之有理。我忘了。"这是自然，"我说，"但你是个大忙人。我不觉得你有跟我这种人聊天的时间。除非有什么我能为你做的事。"

他顿了顿，看着我，仿佛在揣摩该怎么把我切成几段，以便重新制造（多半是以他的形象为蓝本）。"你来到这儿，不是为了问我那种轻率又毫无意义，而且和你毫无关系的问题。"

"对。"

"我知道你是什么人。我知道你是做什么的。你知道我半点也不相信。"

我略微点头，表示赞同。礼貌是必要的。

"你怀疑我被——？"

他没有说完那句话。这不足为奇。普洛斯帕大师有一个特点是人尽皆知的：他从来不会完成任何作品。有什么必要呢？完成作品是助手和学徒的工作；天才只要做出无与伦比又启发灵感的开头就好。

"我的确这么想过。"我说。

他看着我。至少他的一部分看着我。粗略估计，大概有百分之四十。"然后呢？"他说。

"抱歉，你说什么？"

那句话就像一只打中我嘴巴的拳头。百分之四十的他肯定非常害怕。"如果你没有可信的理由，是不会不辞辛苦来到这儿的——所以？"

"对不起，"我说，"我不明白。你是个怀疑论者。你觉得这些说法全都是垃圾。"

"你觉得有,还是没有?"

我压低声音,数到了三,然后说:"没有。"

他把眼睛闭上了那么一瞬间,然后他靠向他那张华丽椅子的椅背,痛哭流涕。

趁他分心的时候,我看向他身后。"我知道你在那儿。"我说。

没人回答。

"这真有必要吗?"我问。

她在耍花招。于是我探手入内——小心翼翼,以免袖口碰到任何东西,比如帝国瓷器馆(或者是帝王蝎标本馆)的馆长——然后轻轻一戳。她咬了我。

"真粗鲁。"她说。

"这是怎么一回事?"

眨眨眼。"他很聪明,"她说,"他一直在思考。他逐渐开始明白,这些了不起的事不可能都是他自己做的。当然了,要是没有我,他的脑子也不可能想到这一步,但这也多亏了你的'帮助'。不管怎么说,你让他安下心来了。多谢。"

"如果我告诉他真相——"

她叹了口气,"那我就必须杀了他,然后再找一个人,把这些单调的工作从头再做一遍。让宏大计划倒退一百年,也夺走那位人类自产的神灵。更别提那尊青铜马雕像了:它肯定会非常壮观的,相信我吧。虽然我不觉得你喜欢艺术。"

"确实不怎么喜欢。"

"野蛮人,"她叹了口气,"我打算让他自己制造这尊雕像。"她说,"事实上,我只会鼓励他,告诉他该怎么做。不是因为它是宏大计划的一部分——至少它只是外围的一小部分,即使作品本身平凡无奇也没什么分别。只是为了其中的喜悦。你知道的,美的事物是永恒的喜悦[1]。等到一千年后,我可以指着那东西,然后说:那是我的作品。仅仅是因为它很美。"

---

[1] 出自约翰·济慈的长诗《恩底弥翁》

我受够了——也厌倦了——她的模样。"这是办不到的,"我告诉她,"至少不靠魔法就办不到。"

"这世上没有魔法。"

"真令人欣慰。那样的话,这就是办不到的。他知道理由。去问他吧。"

"他是个聪明的孩子,"她的口气就像个自豪的母亲,"他会想到办法的。"

有些人聪明,有些人足够聪明。

我离开那儿,去神殿图书馆读了几本书;首先(这点不用说)是《数学原理》,然后是深入与扩展阅读——纽莫里安、"口吃者"欧特凯尔和萨洛尼努斯关于原料特性的著作,卡尼菲克斯的《多样艺术之镜》。这些证实了我已经模糊知晓,而普洛斯帕也亲口告诉过我的事实。这是办不到的。

极限是存在的——长达千年的学习和研究在这点上达成了共识。听起来也许武断——也确实武断——但用蜡、黏土和铜液能做到的事是有极限的。即使你是个身高二十英尺的巨人,又强壮到能够单手举起小岛,你也是有极限的。七百年前,博尔的艾莫对这些限制进行了彻底的测试:皇帝委托他为自己的大儿子制造一尊尽可能高大的青铜雕像,后者不久前死于性病,年方二十。费用不成问题:帝国的全部资源都随他支配。因此艾莫首先制作了他认为自己能勉强造出的最大的雕像,结果一切顺利;然后他把下一尊雕像的尺寸加大了百分之五,也没问题;下一尊再加大百分之五,以此类推。针对在此过程中浮现的难题,他设想出了一系列巧妙到令人赞叹的解决手段、变通方法与欺骗手法,每次成功加大雕像,他都会学到许多难以想象的珍贵新知识:关于断裂应变、剪力、截面密度以及抗张强度。直到最后,他达到了任何解决手段、变通方法与欺骗手法都无能为力的限度(就像个站在大海中央的石头上的人,发现自己没有能够后退的更高处了),于是他宣布,无论何时,你都只能走到这儿,一步也没法多走。然后他拿起对数表和算盘,算出了比例,并将其写下;读到这里,我明白普洛斯帕大师那匹巨马的尺寸是从何而来的了。艾莫的极限值,再加百分之五。

他忙得没空见我,于是我给他写了一封信。我在信里说:如果你将那匹巨马缩小百分之五,它仍然会是一匹非常巨大的马儿,而且有可能办到。我没指望回复,但他确实回复了我。只有四个字:完全正确。还有一句附言:只要你想,随时可以来找我。

很合理。对尚茨的普洛斯帕这样的人来说,如果一件事有可能办到,那何必再去做呢?

好吧。但是,出于我自己的理由——

"你为什么突然决定帮我了?"她说。

我耸耸肩,"你说服了我。好吧,还有他。你们一起说服了我。当然了,你们是正确的。"

"是吗?"

我点点头,"我想是的。只是换个视角看问题而已。"

"视角①。"

"问他吧,他才是艺术家。那个概念是关于哪些在近处,哪些又离得很远,以及在两者之间的所有东西。还有关于鸟儿是在手里还是在林子里的那句老话。"

"我有点没听明白。"

"那是因为你不习惯听别人说'好'。'行'。'当然',"我告诉她,"从长远来看,你们的宏大计划最终会带来非常可怕而邪恶的后果。但你们是不朽的,我却不是,所以就算我现在阻止你们,你们也只要等到我死去,然后从头再来就好,所以说真的,我妨碍这计划又有什么意义?"

她露出了我预想中的眼神,"不朽,没错。但也不是刚出生的孩子。"

"我可没说我很高兴,"我告诉她,"甚至也没打算认命。但我刚读了一本非常有趣的书,书里讲到了哪些事是可能的,哪些事又是不可能的。阻止你们就是不可能的。让自己的日子更难过,有可能。阻止,没可能。"

---

① 此处为双关,"视角"原文为"perspective",同时也是绘画术语"透视"的意思。

她什么也没说。我不管不顾地继续,就像悬崖边上的盲人。"我看不到一千年后的未来,"我告诉她,"所以我看不到那种可怕而邪恶的后果。我能看到的是普洛斯帕大师的雕像,将会美丽到令人震惊的那尊雕像。成千上万尚未出生的人将会看到那匹青铜马儿,并听说它本该不可能实现的制作过程,也许他们会从中获得那么一点点力量和希望,从而继续在我们称为人生的这个粪堆里摸爬滚打。还有——我说不好。我真的想象不出你们藏着怎样恶毒而可怕的诡计,甚至让普洛斯帕的马儿带来的好处都无法弥补。我是说,从我们的视角来看。"

眨眨眼。"我想你确实把我之前那些话听进去了。"她说。

"你用不着那么吃惊,"我说,"毕竟,我们有很多共同点,但重要的是我们之间的差异。我们真正的差异只有寿命。而且,考虑到这种差异,为什么我们不能双赢?既然我们对于构成胜利之物的定义——"

"噢!"她发出猫儿那样的呼噜声,"完全正确。"

"短期利益和长期利益,"我说,"谁能说一千年的文明与和平不值得随后无可避免地崩溃?我们都会获益。"

"另外,"她说,"你无法阻止我。你自己承认了。"

"确实如此。而你们从没真正赢过哪怕一次。对吧?"

她没有回答。这是她的痛处。

"就像革命战争中那位著名的将军一样,"我不太得体地继续道,"参加了二十七次战斗,输了二十七次。但他赢得了战争。每当我们抓住你们,都会阻止你们,把你们赶出去,你们会感受到痛苦,然后回到原点。你猜怎么着,"我说,"我并不是独一无二的。在我死后,会有另一个像我这样的人,和我同样强大。但他不会打破第一条守则。"

"第一条守则。"

"永远不要与敌人谈判。"

"噢,那就是第一条守则。不,我明白你的意思了。你的打算是?"

"规则是用来打破的，"我说，"前提是这么做是正确的。"

我给了她很多需要考虑的事，正在餐后小睡的普洛斯帕大师也眼看就要醒了。"所以，"她说，"你打算帮助我。"

"是的，"我说，"我想是的。"

"某种方式的合作。"她的眼睛眨了又眨。"无意冒犯，"她说，"但你要怎么才能帮上忙呢？他是个天才。你只是——"

"是的，"我说，"但让你们缚手缚脚的那样东西是我所没有的。"

"真的？是什么？"

我朝她露出无比欢快的笑容，"顾忌。"

所以我去了一家铸造厂，那里的人向我展示了用青铜铸造东西的方法。

首先从一块蜂蜡开始，它看起来像陈奶酪，闻起来像蜂蜜。你雕刻蜡块，然后略微加热直到发软，然后像黏土那样揉捏，直到塑造成你希望的模样，只不过它的材质是蜡，而非青铜。然后用合适种类的细颗粒黏土裹住那块蜡，在窑炉里烧制，直到它像砖块那么坚硬；蜡会融化，留下空心的模具。

接着将熔化的蜡滴进模具中，然后不断地摇晃，直到模具的每一侧都覆盖上一层厚厚的蜡。然后打破模具——要非常，非常小心；你猜怎么着，现在你得到的东西和刚开始差不多（那尊蜡像），只不过是空心的。这很重要，因为所有青铜雕像都是空心的，这是为了节省昂贵的金属，并减少极其麻烦的重量。用灰泥和细沙混合后的糊状物填满空心蜡像，随后等待它凝固：这就是所谓的"芯子"。它很脆，所以当雕像完成时，你可以用一根细金属棒将它砸碎成块状和粉末，然后将它取出。为了防止芯子在铸造过程中移动，你可以将小小的钉子敲进蜡壳，钉在灰泥里。

接下来，你要再加热一些蜡，像卷油酥面团那样将它卷成细棒，粘在你的蜡像的关键位置。这些将是通道，金属溶液会通过它们流入，而遭到取代的空气会被推出（这点非常重要；否则就会出现气穴和气泡，后果是灾难性的）。

接下来，你要弄来大量合适的黏土，将它牢牢裹住蜡像，并仔细盖住那些蜡制通道，要裹得非常厚；然后将它放进窑炉烧制，将蜡熔化，留下内部有石膏芯子的空心砖模具，再用钉子将模具固定。模具和芯子之间的空隙就是注入青铜的地方，而雕塑就是这么成型的。在坩埚中融化一堆废青铜，千万别让脸上的汗水滴进熔化物（水碰到铁水，后果很糟糕；只需一场小小的爆炸，你的眼睛就会扎满炽热的弹片）；用一副长火钳夹起坩埚，缓慢而谨慎地将青铜倒入倒置的模具中。离开十二个小时，回来，敲碎模具，就得到了你要的雕像——外加攀附在雕像上、外观古怪的常春藤（就是那些注入青铜用的通道，我们称之为"浇口"或者"铸口"），你将它们用锯子锯断，再用锉刀锉平。然后用多角砂迅速打磨一遍，雕像就完成了。

那只是一尊小雕像，可以用单手拿起的那种：一块镇纸。现在想象一下，用房子那么大的模具来制作雕像。

普洛斯帕大师提到了一部分问题——金属的净重对模具来说太大，还有冷却时的温差。但问题不止这些。模具内部需要支撑——用的是房椽那样的横梁——以免它在凝固前因为自身的重量而四分五裂。平衡又该怎么解决？不用说，那匹青铜马的姿势肯定是用后腿人立而起，前腿刨着空气。前端的重量肯定会远远超出后腿所能承受的限度；它们会像胡萝卜那样弯曲或是断裂，除非你用某种丑陋而巨大的支架撑起前半的悬空部分。可你要怎么吊起，转动和竖立一块像白羽神殿那么大的砖头？

我记得自己某天醒来，发现几个不认识的男人包围了我。两个拿着斧头，一个拿着大锤。他们看起来很害怕。其中一个说："别轻举妄动。"

"出什么事了？"我说，"你们是谁？ 我不明白。"

他们看着我的手。我也看着我的手。

"别轻举妄动。"其中一个说。我想不是刚才那个。

他们把我的双手牢牢地绑在背后，然后用比我步幅略短的绳子将我的双脚绑在一起,就像对待马儿时一样。他们告诉我,不要轻举妄动,然后带着我穿过街道,来到修士之家。

"宗教裁判权,"那位修士解释道,目光略微越过我,而非看着我,"严格来说,你享有神职人员的权力,所以当局不能审判你。"

"我做了什么?"

我的手被反绑在身后,但我之前看到了它们的样子。我什么都不记得了:我的记忆柔软而刺痛,就像拔牙之后的牙龈。但我猜我不只是在刮胡子的时候割伤了自己这么简单。

他没有答话。相反,他掀开盖着桌子的那张床单,露出桌上那个约莫十二岁的女孩:至少是她的大半部分。我认出了她。三天前,我从她哥哥身上驱逐了一位老熟人。

"我请求享受神职人员的权力。"我说。

那位修士露出悲伤的表情。"我是神职人员,"他说,"我有裁判权。"

"但不包括我的修会。"

当然了,这根本不是事实,但他知道吗?事实证明,他并不知道。

"你必须写信到白羽神殿的总部,"我告诉他,"他们会派来一名正式任命的仲裁人。这需要大约一个月。"

这是那副"为什么这种破事非得轮到我"的表情:我太熟悉了。镇议会召开了一次简短的商讨,而倒霉的是木炭商人。他有一间地窖,那儿只有一扇门,没有窗户,仅有的那扇活板门的插销和挂锁都位于外部。他对此很是不满,但他又能怎么办呢?

六周后,我的一位同僚现了身。我不知道他对那位修士说了什么,但是在他的马吃完饲料袋里的饲料之前,我就回到了外界。

"你这小丑。"等我们出城以后,我的同僚说。

"你不明白,"我告诉他,"我无能为力。它趁着我睡着的时候附了我的身。他们向我展示尸体的时候,我立刻就明白了。"

他没有答话。在十字路口，他走了左边那条路，又用手势示意我走右边。

四个月后，我追上了我的老熟人。

"你应该已经死了。"他说。

我把他拖了出来，但在那之前，我给了他一点教训，让他有记住我的理由。"我们会再见面的，"我告诉他，"等到那时，我会想到更好的点子。很多更好的点子。我很期待。"我相当诚实地告诉他。

"这是自卫，"等我终于让他离开的时候，他喃喃道，"你每次都那么恶毒，我再也受不了了，所以我试图摆脱你。这又是谁的错呢？"

"是你的错，"我告诉他，"你的存在就是错。"

"可别以为这事就这么完了。"

"当然不会。"

他很执着，但缺乏想象力。我很无情，又拥有非凡的想象力。于是一切就这么继续下去。

普洛斯帕大师告诉我，年轻的王子进步飞快。他非常聪明，真的非常聪明。他是个神童。

普洛斯帕大师喜欢上了我。有时间的时候，他喜欢和我在回廊里散步——在第一位公爵推翻旧共和国之前，这座宫殿曾是修道院；中央是半英亩方圆的草药园，它的三面都是回廊。他说在某种程度上，他喜欢有我做伴；他很少有机会和如此缺乏教育与既定观念的人说话——

（"你的意思是我很蠢。"

"天哪，不是的。你只是无知而已。"）

他承认他希望我待在他身边，一部分原因是他害怕。纠正一下，这并不是说他相信那种东西（他有那种知识分子式的严谨，这点我承认）。他已经确凿无疑地证明，神灵和魔鬼只是神话和迷信，但在他那颗桀骜不驯的农夫之心的深处（"我父亲是村里的药剂师，而我母亲是牧羊人之女。你能想象吗？"），他相信……而信仰，就像爱情和睡眠那样，是你无法左右的事。与你的意志无关，你没法迫使它出现，也没法强迫它消失。

"这样很蠢，"他低声地告诉我，"但我很担心。不知为什么，我感觉不对劲。最近，我觉得有东西在试图窥探我的内心。是啊，我知道。我是最不该这么想的人。但有你在身边，我就会安心。所以就纵容一下我这个老傻瓜吧。"

"我一直在考虑你那天说的话。"几天后，我说道。她怒视着我，但我没理她。"你那种焦虑的感觉。"

他大笑起来，"噢，没事的。那是迷信。只是我内心那个牧羊人自视过高了而已。"

玩笑话里往往藏着真相。"就听我一回吧，"我说，"我恰巧是这方面的专家。告诉我，这种感觉。你头一次注意到它是在什么时候？"

他皱起眉头，"我真的不知道。"

"也许，"我说，"是在王子出生后不久？"

他突然止步，紧盯着我。而且不只是他。她在对我大喊大叫，但我充耳不闻。

"我想也许是吧，"他说，"你该不会认为——"

"我不打算凭空建立理论，"我说，"这是你教我的。"

"但那位王子。新生儿——"

我耸耸肩。"尤其容易受到影响，"我说，"而在这种情况下——如果考虑到其中的意义的话——也极具吸引力。"

他坐在某个窗台上，"但那就太可怕了。可以想见的最可怕的灾难。"

"没错。"

他抬头看着我，就像人们常做的那样。"如果真是这样——"

"只要看上一眼，我就能告诉你是或不是。"

"有什么——你能做什么吗？"

我给了他一个礼貌的微笑，"我说过了，我是专家。"

"但那么小的孩子——我想危险性应该很高。"

"是啊，"我说，"但我是这一行里最优秀的。"

他思索了很久。她哀嚎、尖叫，又威胁要停止他的脉搏，或是让他严重中风。看着她失控的样子很有趣。"你只需要看到王子，然后就能判断有没有这回事。"

"我需要靠近到十英尺或者更近的距离，"我撒了谎，"为了彻底确定。"

"这可以安排。"

"希望这样能让你安心。"我说。我也是可以既体贴又周到的，"只需要一分钟。"

可怜的家伙，他吓坏了。"让那个杂种离我远点儿！"他喊道。我不习惯他们以第三人称指代我，然后我明白过来。他在和她说话。

"她答应过？"我问他，"答应不让可怕的怪物伤害你？"

"是的。"

我冲他咧嘴一笑。"你很清楚自己不会有事，"我说，"我没法在不伤到王子的情况下把你弄出来。"

"你不介意的，你不在乎。从来都不在乎。"

"噢，拜托。"我说，"你了解我的。"

"我了解你，"这四个字里蕴含着全世界的痛苦和怨恨，"我懂了，你是想欺骗——你刚才怎么称呼它来着，'她'？"他顿了顿，思索了片刻，"你真让人恶心，你知道吗？"

"我干嘛要费事去欺骗你们的一员？"

"你什么事都做得出。"

"愿神保佑那孩子。"我这么说着，让她能听到我的话——顺带一提，就我所知，我那个修会的成员从未尝试过如此巧妙的手法，更别提成功了。"他不喜欢我。总是伪装成我做了坏事的样子，想让我惹上麻烦。她就不会做这种蠢事。"

"别用那个词。太恶心了。"

"她知道我不会尝试把你赶出去，因为王子会有危险。就像俗话说的，婴儿和洗澡水。"我顿了顿，让他有充分的时间去钦佩我的人格，"我的工作是拯救人民，不是把他们撕成碎片。不，我只是在关心一位老朋友，仅此而已。"

"你就不能让别人杀了他吗？"他对着我身后，对着她喊道，"或者被捕、流放之类的？他坏透了，他是个疯子。"

我叹了口气。"她一直都在骗你，"我说，"她没跟你说过吗？我们现在是一伙的。"

我把头转到看不见他们两个的角度。"怎样？"普洛斯帕大师问。

我面露微笑。"干干净净，"我说，"除了未来的埃森公爵之外，没有任何东西。"

的确。这是个善意的谎言。

这也许能解释他看到我的时候那种激烈的反应；我们来往时的各种事件或许也是原因。因为这是实话，如果我们对宿主造成的伤害会超过那些害虫造成的伤害，我们就不会插手。那样就违背这一行的本意了。总之，现在应该问的是，我们究竟站在谁那边？

但——好吧。我——我要说，只会站在人类那边。仔细考虑以后，你也许会有异议。

怀恨在心仍然是他的错。我承认，在他第一次试图陷害并杀死我之后，我是有那么点过分。关于我们在纯粹自愿行为方面的准则，我可能只是稍微越了点线。但他随后所做的事——

我提到过我有个姐姐吗？而我姐姐有个孩子。

你们最近应该经常听到"天才"这个词，就像"英雄"或者"悲剧"那样。确切地说，按照学会的命名常务委员会正式认可的标准，到目前为止，历史上只有两个天才：萨洛尼努斯（这是当然的）和尚茨的普洛斯帕。

我对萨洛尼努斯几乎一无所知，只知道很多学者认为他根本不存在。但普洛斯帕大师——那个傲慢的蠢货和牧羊人的孙子——的确是天才，否则"天才"这个词就会失去意义。鬼才在乎这匹巨马能否用青铜铸成；光是这些用一支炭笔画出、盖住那幅早期风格主义壁画杰作的潦草示意图，就堪称我所见过的最为崇高的人文精神作品之一。无论这应该归功于他还是她……或许该归功于他们两者。有一派学术观点认为（我对相关的理论依据一无所知）它们能创造出任何东西。它们不会死；它们也无法给予生命，无论是字面意义还是象征意义上。如果真是如此，那么普洛斯帕大师的神圣创造肯定——我找不到更好的词来形容——是某种合作，正如男人和女人要通过合作来生出孩子那样。又或者，这些不寻常的作品全都是那个小丑独自构想和落实的——在见过那个人，又和他共度过不少时间的现在，我要严肃地宣布，这绝无可能。

我们和它们之间的合作——光是想到就让人反胃。但也许这正是想出如此无法形容、无法想象，又奇妙到难以置信的事物的代价：就像那匹巨型青铜马的草图，或者那首小提琴协奏曲，或是那台由桦木板条、羽毛和细绳构成，能够让人类变成鸟儿的离奇装置——前提是他真的能抽出时间把它造出来。

如果真是这样，付出的代价又是否太高了些？

说到不可能——当他解决铸造过程中的大多数难以克服的困难时，我也在场。我们待在回廊围绕的花园里，坐在一段折断的柱子两边，后者为我们的饮料和小吃充当桌子。他说他喜欢和我说话，更确切地说，他喜欢对着我自言自语；因为我让他感到安全，他的想法可以钻出外壳，展翅高飞，而非瑟缩在壳内。

他告诉我，充满模具的金属溶液的重量不是什么问题。只需在深坑中进行铸造，让坑壁支撑模具的侧面就好。平衡问题？其实很简单。将巨大的金属杆装在马雕像的后腿内部，一边从马蹄到距毛，另一边也同样；在下半部分削出螺纹；将巨型销钉的突出部位穿过大理石底座，用井盖大小的垫圈和巨型螺母固定；这么一来，雕像就会牢牢地固定在底座上，脚踝部位经过加固，不会折断或弯曲，而宽大的底座又能提供平衡。至于这种庞大重量的移动问题；他碰巧浏览了王室武器库的清单，注意到在某间黑暗深邃的棚屋里，存放着公爵的四十六架投石机，从他父亲的时代——开始启用加农炮的时代——封存至今。还有比投石机更充当巨型起重机的东西么？它配有沉重的平衡物，以及极其适合的构造，通过机械效益的合理应用，可以在不耗费多余力量的情况下抬起或放下平衡物和横梁。只需要做几个简单的修改，然后就没问题了。

我问他，冷却时的温差要怎么办。他笑了。他说，他思考了很多，然后他不经意地想到，就像（这是他自己的比喻）被海鸥屎落在身上一样。在石膏芯子里插入铜制盘管的管道系统，在倾倒金属溶液期间，让冷水持续在管道中循环，确保青铜的内部和外部以近乎相同的速率冷却。

天才啊，我说。他努力摆出谦虚的表情。好吧。没有人什么都擅长，就算是普洛斯帕大师也一样。

我说，剩下的就只有将蜡覆盖在最初的模具内侧的问题了。除非你能想到某种拿起模具，并将其旋转的方法——

他朝我皱起眉头，而她得意地笑了。"他是个聪明的孩子，"她低声说，"他会想到办法的。"

顾忌。你们或许还记得，我的缺乏顾忌就是我对这份合作关系的贡献。

一切都取决于你有多想要某种东西：在这种情况下就是计划的成功。而在几年前，我想要的是复仇，或者（用不那么戏剧化的说法）对他试图害死我这件事做出报复。就像我说过的，我可能略微有些反应过度。我下一次见到他——在我姐姐三个月大的女儿的脑袋里——的时候，这就是他的借口。

"这是我知道的唯一安全的地方。"他说。

你们或许同样记得，如果它们之一进入婴儿体内，那么在婴儿达到一定年龄——通常是青春期开始的两三年前——之前，驱逐它的过程会让宿主承受极大的风险。"我向你保证，"他说，"我会老老实实、安安静静地待在这儿，没人会知道我在这里，我也不会伤害她，我会蜷起身子呼呼大睡，就像松鼠那样。"

我气得说不出话来。我反复再三地警告过他：别碰我的家人。如果你非得玩这种恶毒的游戏，那就冲着我来；但是如果你对他们做了什么，无论什么，那么我发誓——可他却置若罔闻。装出一副心惊胆战的模样，实际上却在嘲笑我。

当你接受训练的时候，他们会给出各种无法获益的场景，看你如何应对。在其中一种情况里，有一头非常强大的恶魔藏在极其脆弱无力的宿主体内深处。赶走它会杀死宿主，这点毫无疑问。所以你会怎么做？是把它留在那里，继续折磨和痛苦你的人类同胞，只要恶毒的入侵者能保持那具肉体的存活——尽管存活的唯一的目的就是遭受折磨——就好吗？他们告诉你，你必须运用自己的判断力。在这种情况下，不存在什么好结果。你必须选择小恶。如果你听从自己的顾忌、良心的哭诉和它为我们朝着共同人性基本标准的误导，你也许会允许大恶存在，因为在需要让双手沾染罪恶的时候，你选择了退缩。

我这门课学得很好。十分满分，最高评价，外加一张奖状。

过后，我姐姐说这不是我的错。我已经尽我所能——不知为何，她觉得我是个医生——而且我不该责怪自己。

我没有责怪自己，我不会的。我怪的是他。

这座雕像必须成功完成。这件事意义重大，意味着一切。

我们生活在一个悲惨的世界里，而我们所能期待的最好结果，就是这样空虚而毫无意义的日子能够不断继续下去，不会演变成糟糕得多的状况。有位伟人说过，心脏的跳动和肺部运动是一种有益的拖延，让所有的选择得以保留。这句话说得很好（虽然在原作里没有得到正确理解），但它预先假定至少有一部分选项是好的。我不相信。也许是因为我在不朽的存在（那些生物无疑是纯粹的邪恶）身边度过了大半的人生；在我看来，如果你最多只有七十来年的寿命，其中一半还是在关节炎和衰老中越陷越深的下坡路，你怎么能指望自己达成任何有价值的成就呢？

除非你碰巧是个天才，就像普洛斯帕大师那样。光是想到那样的人摆弄着纸、笔、颜料和小块石头，就能用那些垃圾创造出无比美妙的事物，就连我这样失去灵魂的白痴都不得不停下脚步，脱帽致敬，凝视那样的奇迹——这会让你怀疑深入自己骨髓的悲观主义，虽然只是一点点，只有一瞬间。只不过，普洛斯帕大师从未完成过任何作品：因此我们可以说，这也证明了我们的观点。他有好点子，但人生太短暂了。

用更加简明，也更少牢骚的说法就是：永世长存的只有两样东西，黑暗的工具和天才的作品。我现在有充分到令人不安的理由相信，这两者恐怕并不像我曾经认为的那样毫不相干。合作。

（真是个好词儿。两位艺术家合作完成的杰作。叛徒与敌人之间的合作。）

因此，那尊雕像必须成功，为了证明不可能可以成为可能，而天才的作品的确能够完成。但你要怎么——看在上帝的分上——在那只巨型模具的内部涂上三英寸厚的蜡，从而铸造出腾跃马儿的巨大雕像？

普洛斯帕大师提议使用差温致冷。融化的蜡的边缘比中央部位冷却得更快。因此，用蜡液填满模具，然后用水泵将其抽出。

我们用 1/10 比例的模型进行了实验。结果堪称灾难。蜡会在水泵的软管内冷却变硬；而且在处理热蜡的时候，你只有这么多时间。这就是结果：在进行到四分之一的时候，模具每一侧的厚厚涂层就变成了实心块。实心块意味着没有芯子，没有芯子意味着无法水冷，意味着一旦黏土脱落，整座雕像就会崩溃粉碎。这是办不到的。有些事是可能的，有些则不是。就这么简单。

普洛斯帕大师提议说，不妨在模具顶端切出一个洞来，随后将一支握柄极长的油漆刷伸进去？我们在小模型上做了实验。这样有 40% 的概率成功，也就是说会有 60% 的概率失败。有很多位置是一根长柄油漆刷够不到的，水分多到能用油漆刷沾上的热蜡又无法正常粘在模具内侧。我指出，你得让一个人钻进去，让他用拇指将半软不硬的蜡按进裂缝和缝隙里。可你当然不可能让人钻进去。空间不够。

真愚蠢,不是吗? 你解决了五六个不可逾越的困难,为什么你不能再解决那么一个? 因为有些事是可能的,有些则不是。就那么简单。

但这尊雕像必须成功,所以我找了个借口去狩猎。

幸运的是,我最先遇见就是从前的一位陪练伙伴;多年来,我们起码遇见了十几次。他非常了解我。

"好吧,"它发现我正透过某个可怜虫的眼睛皱眉看着他,于是说,"我放弃。我会乖乖地离开。"

"你不能走,"我说,"我有份工作要交给你。"

"你什么?"

"你要为我做件事,"我说,"否则我会狠狠地伤害你,让你的永恒生命里的每一天都都会想起这种痛苦。"

两只苍白的眼睛凝视着我。如果我有怜悯他人的能力,也许就会感受到了。"你是认真的,对吗?"

"如果你是说工作的事,没错。痛苦也是。"

它完全惊呆了。存在了成千上万年以后,你认为自己什么都听过了,但显然不是这么回事。"你希望我帮你的忙。"

我点了点头。 "合作,"我告诉它,"这是新的流行。"

我以及向普洛斯帕大师提出了这个意见——只是省略了一个重要的细节——但他不感兴趣。是的,他说,一个五岁大的孩子(一个特别矮小瘦削的孩子)也许钻得进去;但首先,要去哪儿才能找到钻进那里还不会晕倒或者吓坏的孩子;即使你找到了,你也不可能指望孩子能做到我们需要他去做的那种仔细、周密又熟练的活儿。忘了这回事吧,他说。这想法不错,但不切实际。

所以我转身离开,然后回到那儿,牵着一个五岁女孩的手。她是属于我的;我在贫民区的一条小巷里为她付出了一大笔钱,在那里你可以买到任何东西。

普洛斯帕大师惊恐不已，"你做了什么？"

"为了那个项目，"我说，"为了那匹马。"

他的内心开始天人交战；与此同时，她质问我究竟在玩什么花样。但我不打算跟她说话。

"没关系的，"我说，"想想看吧。如果我没有买下她，她会在贫民区度过短暂、肮脏而粗野的一生，多半会在三十岁那年死去。但现在，她会为我们完成一件简单又不花多少时间的工作——不太愉快，但也算不上什么酷刑——公爵也会赏赐她一笔钱财，而她会得到良好的伙食和教育，并与一位军官结婚。我们实际上在帮她的忙。"

他朝我露出痛苦的表情。"是什么让你觉得，"他说，"她愿意进去？而且能做好那种活儿？"

"这就交给我吧。"

"可那——"

"别多问。"

"你说别多问是什么——"

"别多问。"

他的脸色变得惨白如纸。

普洛斯帕授权的传记作者（共有两人：他们夜以致日地轮流值班，从不间断）是那场王室婚姻协议的一部分：费用自然是由公爵支付的。严格来说，他们是公职人员，因此肯定是公证人协会认可的成员，那里的成员必须郑重宣誓，承诺只会述说真相。

但未必是全部的真相。首先，在任何人都可能拿起——更别提阅读——的这本书里，根本没有足够的空间；至少容不下所有细节。有些事情，无论多么真实，都不可避免地会被遗漏。因此，他们对铸造那匹巨马的记载列出了伟人解决的一些极其棘手的问题，以及解决它们的手段，但不是全部。空间不允许，就是这样。

（"我明白你说的'顾忌'的意思了。"她对我说。我们恢复了友好的关系。差不多吧。

"是你告诉我合作的各种优点的。"我告诉她。

"的确，"她说，"虽然是这样。"）

除了公证人的资格以外，那些传记作者还是作家学会的正式会员，所以他们对巨马的铸造过程的描述比我所能想到的文字要优美得多。去翻阅和欣赏，然后受到恰如其分的鼓舞吧。这是个奇妙的故事，有克服的障碍，成真的梦想，困在一团金属里的抽象之完美，就像琥珀里的飞虫。而且如果他们没能展现出这一切，就活该被打断双腿了。毕竟，这个故事的创作耗资不菲，尽管只要结果够好，任何手段都是正当的。

当起重机将它从坑中拉起时，我无法描述它的模样——刚刚离开模具，尚未修正和磨光，粗糙而无趣，铸口也仍然从中伸出，好像在仓库里存放了一整个冬天，此时刚刚开始发芽。即便如此，它也名副其实地令人双脚发软。我转向普洛斯帕大师，说道："有史以来最棒的东西。"而且我说的是真心话。

他，他们看着我。没什么可说的，因为这并不是我们能和任何人谈论的事。言语并不是必要的。我们心照不宣。

总之，它从深坑里升起，被人装上滚轮，又被拖到那栋专门为存放它而建造的巨大棚屋里，在盛大的揭幕仪式之前，它会在那里，在王室、那位伟人本人以及这个国家的所有统治阶级的目睹下进行清理和磨光，在仪式的前一天，我的老朋友——那位宫廷牧师——从遥远的岗位回到这里，负责祝福那尊雕像。我在棚屋外和他见了面；当时天色刚刚开始变暗。屋外有四五辆装满沉重货物的马车，还有几个运货马车夫。

我没有出席真正的揭幕仪式，幸好如此。

官方传记对这件事的记载令人毛骨悚然，尤其是这一段：在刚好正午时分，巨马像炮弹那样爆炸，留下了四分之一英亩大小的弹坑，青铜弹片如雨点般落在大半个城市里。全体王室成员当场死亡，连同尚茨的普洛斯帕和埃森所有的花一起。

直到今天，也没人知道是谁用火药填满了那匹巨马的内部，尽管怀疑的手指自然而然地对准了共和党派的领导层，后者在那之后立即接管了公国，并掌权至今。也没有人——虽然这并不重要，除非你对技术细节有某种病态的痴迷——能够解释炸弹是如何引爆的，因为燃烧的引信应该会极其显眼，而且那场盛会上有许多护卫。

事实上，我可以解释。我们在马脑袋上锯出了一个洞，将足足三十五桶的火药倒了进去，然后我用特制的玻璃眼球换掉了马儿的珐琅眼球，这是效仿普洛斯帕的《数学原理》里的某种设计：关于"点火镜"的那一章。我知道那匹马儿在正午时分的位置，以及太阳的位置。剩下的部分就只是简单的光学原理而已。把脑袋顶部焊接回去是个棘手的活儿，毕竟里头有那么多火药，但我们侥幸成功了。

那匹巨马确实非常美丽。而美好许多倍的虚构版本将会存留在人们的想象中，直到世界上再无人类存在，而其影响和鼓舞力也会无限增加。这故事的寓意在于：你可以炸掉一座雕像，以及它的创造者，但你无法杀死善与美。这是在用另一个角度证明，全世界最为强大且不变的力量无疑是艺术，尤其是装满烈性炸药的艺术。我想普洛斯帕大师会喜欢的。

（你瞧：我本可以把他从王子身体里拖出来，从而杀死王子，但公爵会绞死我，而且她也会逍遥法外。或者我可以把她赶出普洛斯帕大师，而她会在离开的时候杀死普洛斯帕——我会上绞架，而王子会和我那位老朋友一起长大成人。要不是普洛斯帕那匹绝妙的马儿，就不可能两者兼顾了。）

不久之后，我又遇见了他。他对我说，他已经向有关当局提出了正式投诉。简直厚颜无耻，于是我给了他后悔的理由。

我猜那个宏大计划会以某种形式继续下去，直到永远，阿门。但在我眼皮底下可没门。

（夜潮音　译）

胜者恒强

他挡了我的光。我没抬眼。"你想要什么？"我问。

"不好意思，你是铸剑师吗？"

你总会有些时候必须全神贯注，比如现在。"是的，闪开，过会儿再来。"

"我还没告诉你我想——"

"滚，等会儿再来。"

他走开了。我完成了手上的事。稍后他又来了。在这间隙里，我完成了第三折叠。

锻接①是一个非常可怕的步骤，我讨厌做那个。事实上，关于打造成品的所有步骤我全都讨厌。一些难得让人崩溃，一些累得叫人绝望，还有一些烦得令人发指，大多数步骤以上三点全占了，它就是人类拼死拼活的完美缩影。我所热爱的，是你坚持完成了它们进而取得完美无缺的成果时的那种感觉。全世界

---

① 锻接又称为锻焊、铸焊，是将两块坯料加热至白炽状态，再用锤子快速反复锻打，使两者融合成一块。

没什么快感可以与之相比。

第三折叠是——唔，它是制作剑身时的步骤之一，第三次将金属折叠锻打。第一折叠就是用一大堆金属棒，有些是铁，有些是钢，把它们拧在一起，加热到白炽状态，然后锻打成一条粗片。然后又拧，又锤，又来一遍。接着再拧，再锤，再来一遍。第三次通常是最简单的，金属里的杂碎大都被锤出去了。此时的熔融体通常很稳定，在锤击下似乎更容易流动一点。但它仍然是个可怕的工作。就好像永远都没完没了，如果你把它加热过头或让它冷却过头，或是锤进了一点点碎屑乃至炉渣，只要有一瞬间的粗心大意，你就能毁掉至此为止你所做的一切。你不仅得看，还得听——因为那种独特的啸响会提醒你，坯料刚要开始质变却还未完全质变的瞬间，这是一根钢条能融入另一根、并与之形成一个整体的唯一时刻——所以你在做这事时绝不能闲聊。由于我每天大多数工作时间都在锻接，故而就有了不爱交际的名声。我并不介意。我就算去当农夫，也还是不爱交际。

他在我铲木炭时回来了。我可以边铲边说，这当然没问题。

他很年轻，我觉得他大概二十三四岁，是个高个子混账（所有高个子都是混账，我才五英尺二），有湿羊毛一样的金色卷发，一张平整的脸，浅蓝色的眼睛，还有一张女里女气的嘴。第一眼我就不喜欢他，因为我不喜欢漂亮的高个子男人。我非常相信第一印象，不过我的第一印象差不多总是错的。"你想要什么？"我问。

"麻烦你，我想买一把剑。"

我也不太喜欢他的嗓音。在决定性的最初五秒，声音对我来说甚至比模样更重要。如果你问我，我得说这合情合理。有些王子看起来像捕鼠的，有些捕鼠人看起来像王子，只不过言谈通常会暴露他们。但凡只要说出两三个词，你就能准确地猜出这个人来自哪里，还有他的父母有多富裕。核心数据，诚不我欺。这男孩有点贵气，是个小贵族，从野心勃勃的农场主到公爵的远房兄弟诸如此类都有可能。你可以立刻从元音发音听出来。它们让我牙根发紧，就好像嚼面包时咬到了沙子。我不怎么喜欢贵族。但我的大多数客人都是贵族，而我遇见的大多数人都是客人。

"你当然想了，"我一边说着，一边直起腰来，把铁铲放在熔炉边上，"你打算拿它干什么？"

他看着我的样子就像是我刚刚朝他的姐妹抛了个媚眼，"哦，用来战斗。"

我点点头，"要去打仗？"

"嗯，在准备阶段，可能吧。"

"换我，就不会去。"我一边说着，一边仔细又刻意地上下打量着他，"那种生活很可怕，而且很危险。如果我是你，就待在家里，做个有用的人。"

我喜欢看他们的反应。你可以将其称为工匠的本能。给你举个例子：要测试一把真正的好剑，你可以选择把它盘成环状——用一把钳子夹住剑茎，然后把它彻底弯成一个圈，将剑尖触及剑肩；放开它，它会完全弹回笔直的状态。大多数看似完美无瑕的剑受不了这种虐待，这种考验只能留给最好的剑。对于一件可爱的手工制品来说，这种考验可怕又残忍，但也是能确切证明剑的气度的唯一方式。

说到气度，他瞪着我，然后耸了耸肩，说道："抱歉，您忙，我还是去别的地方试试吧。"

我大笑起来，"让我先照看一下炉火，这就来招呼你。"

我的人生被火主宰，就像一位母亲必须养育她的孩子。必须给它添料，否则它就会熄灭；必须给它浇水——用长柄勺在炉底边缘泼水——否则它会烧坏炉底；必须在每次加热后给它打气，所以我还得替它完成所有的呼吸。而且你不能超过两分钟不理睬它。从我早晨点火那一刻开始——那是日出一小时前——直到我扔下它，让它在夜里慢慢把自己饿死，在这期间它始终在我的脑海里，在眼角的余光里，就好像踩在良心的边沿。你并不是一直盯着它，但你时刻注意着它。一有机会它就要背叛你。有的时候我都觉得自己是和这该死的东西结婚了。

事实上，我根本没时间应对一个妻子。也有人来求婚，不是女人，而是她们的父亲和兄弟——他们总归有几个钱，他们自言自语道，*而我们的多利亚也不年轻了*。但是一个生着火的男人没法在自己的日常生活里再安插一个妻子。我在炉火的余烬里烤面包，把奶酪放在上面烘，每天烧两壶水灌到肚子里，在炉火边烘干我的衬衫。有些夜里我筋疲力尽，没法挪过那十码爬到床上去，我就坐在地上，背靠着炉子睡着了，第二天早上醒来时脖颈僵硬外加头疼。我和炉火始终没吵过架，那是因为它不会说话，它也不需要说话。

自我从战场上回来后，火与我和和气气地一起生活了二十年。二十年——在某些刑罚里，谋杀都判不了这么多年。

"剑这个词，"我说着，用袖子擦着桌上的尘埃和灰烬，"可以有很多不同的选择，我需要你说得更清楚些。坐吧。"

他小心翼翼地坐在了长凳上。我往两个木碗里倒入苹果酒，在他面前放了一碗。酒面上一如既往地浮着一层灰。我生活里的每一件事物都蒙着一层暗灰色的砂粒，这是火的恩赐。老天保佑他，他尽了最大努力假装那灰尘不存在，像女孩一样小小地抿了一口。

"这是短骑兵剑，"我说，"还有 30 英寸武装剑；盾剑，它要么有个扁平菱形区，军队称之为 15 型，要么有一段长约剑身一半的血槽，称为 14 型。还有破甲剑、弯刃大砍刀、弯刀、单刃剑或短剑。这里是长剑、大剑、手半剑，18 型，真家伙，双手用战斗剑，不过这也是一种高度专业化的工具，所以你不会想要它们的。这都还只是大类名称。所以我才问你，你想拿它干什么？"

他看着我，然后刻意灌了一口我那落满灰尘的可怕苹果酒。"用来打斗，"他说，"抱歉，我不太了解它。"

"你有钱吗？"

他点点头,把手伸进衬衫里,扯出一个亚麻布小袋。它被汗水弄脏了。他打开它,五枚金币掉到了我的桌上。

钱币的种类差不多和剑的种类一样多。而这些是贝赞,百分之九十二的含金量,这一点由皇帝担保。我拣起一枚,贝赞的艺术设计可怕、粗糙又丑陋。这是因为它的设计已经 600 年没变过了,保持原样是因为人们信任这图案。不识字的愚昧且不知变通的制模工一遍又一遍地复制它们,他们照抄字母,却看不懂字母,于是只好照搬形状。事实上,这是一条不错的通用规则,钱币做得越漂亮,含金量就越小;做得越丑,则相反,含金量越高。我曾认识一个仿造者。他们抓住他,把他吊死了,就因为他做的钱币太精美了。

我用杯子压住一枚钱币,把剩下四枚推回给他,"可以吧?"

他耸耸肩,"我想要最好的。"

"那对你是浪费。"

"即使如此。"

"好吧。你会得到最好的。毕竟,一旦你死了,它就会转手,它迟早会属于某个能用它的人,"我朝他咧嘴一笑,"最可能是你的敌人。"

他笑了,"你的意思是他杀了我,还会得到我的酬谢。"

"劳动者应该得到他的工钱,"我回答道,"得咧,既然你弄不清你要什么,我就不得不为你做决定了。为了你的金贝赞,你将得到一柄长剑。你知不知道它是——"

"抱歉,不知道。"

我挠了挠耳朵。"剑身三英尺长,"我说,"剑肩处宽 2.5 英寸,逐渐收窄到剑尖。剑柄和你的前臂一样长,也就是从你的肘部内侧到你中指尖的距离。重量绝不超过三磅,而你也觉察不出这重量,因为我将使它有完美的平衡。它更适合戳刺而不是劈砍,因为能在战斗中赢得胜利的是剑尖而不是剑刃。我强烈建议弄一道血槽——你不知道血槽是什么,对吧?"

"不知道。"

"好吧,反正你会有的。你看这样行吗?"

他盯着我,简直像盯着月亮一样。"我想要有史以来最好的剑,"他说,"如果有必要的话,我可以付更多的钱。"

有史以来最好的剑。愚蠢的是,我能把它做出来。如果我愿意费劲的话。或者我可以给他做一把普通的,然后告诉他这就是有史以来最好的剑,他又怎么可能会知道呢?世界上大概有 10 个人有资格评判,我绝对是其中之一。

而另一方面,我爱我的作品。这里有个年轻的傻瓜在说:放纵你自己吧,花我的钱。当然了,这件作品,这把剑本身将活跃一千年,名垂青史,备受景仰,而剑柄上会刻着我的名字。有史以来最好的,如果我不创造它,总有别人会,那把剑上可不会有我的名字。

我想了一会儿,然后倾身向前,用指尖又压住两枚金币,把它们拽到我这边来,就像犁头犁过黏土,"行吗?"

他耸耸肩,"你比较在行。"

我点点头。"事实上。"我说着,又拿了第四枚金币,他没动弹,就好像完全不感兴趣。"这只是为了铸一把简单的剑,"我说,"我不抛光,不雕,不镂,不凿,也不镶嵌。我不会在剑柄上镶宝石,因为它们会磨破你的手,还可能脱落。我甚至不会做剑鞘。你如果想要,可以稍后自己打扮它,不过那是你的事。"

"简单的剑就很适合我。"他说。

有件事让我很困惑。

关于贵族,我经验丰富。而这一个——他的音调非常完美,所以我可以担保他是贵族——就好像我认识了他一辈子一样。他的服饰简洁,质地精良,尽管保养得很好,但都很旧了;靴子不错,不过我得说,它们大了一号,所以可能是继承来的。五枚贝赞是一笔令人震惊的巨大财富,而我觉得这是他的全部财产。

"让我猜猜,"我说,"你父亲死了,你的长兄得到了房子和土地,而你只分到这五枚小金子。你接受了这必然的结果，但你满心怨恨。你寻思着，要把赌注都压在这有史以来最好的剑上，往前走，给自己开辟出一片天地，就像狐狸罗伯特或伯尔曼一样。差不多是这样吗？"

微不可见的点头，"差不多是这样。"

"行，"我说，"某一类人，他们的钱很容易就没了。如果你活得足够久，从而积累一些理智，你就能用剑换到不止四枚金子，然后你可以买一座不错的农场。"

他笑了，"那也不错。"

我喜欢完全不在意我的无礼的人。

"我能旁观吗？"他问。

这个问题有可能让你陷入大麻烦，这要取决于上下文。就比如你刚刚想到的男人和女人，而我答案通常是不能。"如果你想看，"我说，"能啊，为什么不能？你可以做个见证。"

他皱了皱眉，"这个词用得很奇怪。"

"就像圣典里的先知，"我说，"当他把水变成酒，唤醒死者，或是从一棵燃烧的树上吟诵出律法时，一定要有人在旁观看，否则这么做还有什么好处？"

（后来我想起了自己说的这句话。）

现在他点头了，"一个奇迹。"

"就是这个意思。不过奇迹是某种你预料不到的事。"

说说战场。我们说到"战场"时，就好像它是一个地点一样。从北路离开佩里美狄亚，直至一个十字路口，向左转，在下一个路口右转，越过废弃的旧磨坊，你不会错过它的。讲句公道话，一个国家有它自己的语言、风俗、特色民族服装和特色美食。但就理论上说，每一场战争都是不同的，就像每一个人都是独一无二的。每一场战争都有催生它的源头，但它将按着自己的天性逐渐成长，并繁衍出自己的后代。我们将人类划归为族群——艾利安人、梅赞提亚人、罗金霍里特人——仿佛一百万个截然不同的个体被团结成一个，就像我把一捆铁棒绞在一起锤成一根一样。当你置身事外观赏战争时，它们看起来都是一个模子刻出来的。而当你置身其中时，他们又全都不一样。退后300码，你目之所及就是一个整体，即一支向你行进的军队。我们把这整体统称为"敌人"，我们必须杀死这巨龙以获得胜利并成为英雄。但等它来到我们身边时，它就剥落成了个体，变成一个个独立的人，挥舞着长矛向我们冲来，试图伤害我们，极其恐怖，就和我们自己一样。

我们谈论着"这些战争"，但这里有个秘密。其实只有一场战争。它永不结束。它流动着，就像锤子下方白热的金属，它连接起上一场战争和下一场战争，形成一条连续的长带。我的父亲参加了战争，我参加过战争，我的儿子也将参加战争，他的儿子又将跟随他的脚步，我们去的都是同一个地方。就像去波克波赫克一样。我父亲去那里时，他们还没有推倒白庙，前门还是片空地。我去那里时，前门已是一个市场。等我儿子去时，他们可能已经在前门建起了大厦，但那地方依然是波克波赫克，而战争依然是战争。同样的地方，同样的语言和同样的风土人情，只因当下关于英勇和痛苦的流行风尚而略有不同，而流行总是循环往复。我打仗那会儿，剑柄是弯曲的，剑首呈圆形或水滴形。而现在，我做的大都是垂直十字剑柄和香水瓶形剑首，它们在一百年前曾风行一时。流行无处不在。潮水来来去去，但海洋始终是海洋。

我的战场在奥特玛，它不是一个地名，它只是"海外"的艾利安。我们为之战斗的奥特玛，不是一片土地，一个地理实体。它是一个理念——神在地上的王国。你在地图上找不到它——现在肯定找不到。我们输了，现在所有我们曾经熟识的地方都有了别的名字，用另一种语言，我们永远都不必费神去学它。当然了，尽管那理念在当时可能听起来蛮不错的，但我们也不是为了它而参战的。我们参战，是为了给自己抢一笔财富，好衣锦还乡。

有些地方在地图上没有标记，但每个人都知道怎么找到它们。只要跟着别人走,你就能到达。

"这个阶段没什么可看的,"我告诉他,"出去逛逛对你来说是个更好的选择。"

"没关系,"他坐到了空铁砧上,拿起一个苹果咬了一口,那可不是我给他的,"你拿这些垃圾干什么?我以为你要开始铸剑了。"

我对自己说,他付了很多钱,可能是他在这世上所有的财产,如果他愿意,他有权做点傻事。"这个,"我对他说,"不是垃圾。它是你的剑。"

他从我肩后瞄了一眼。"不,它不是。这就是一堆旧马掌和一些破烂锉刀。"

"没错,它们现在还不是。你看着吧。"

我不知道旧马掌是怎么回事,没人知道。不过马掌能做最好的剑,大多数人都认为是因为它常常重击在石头地上,但这不是原因。我只把它们加热到樱桃红的程度,然后扔到铁砧上,用大锤子猛敲它们,把它们锤薄锤扁。细小的铁锈和碎片在店里飞溅,这是个麻烦的工作,你得非常快,在铁片凉成灰色之前完成它。这一步结束时,它们变成了方形的长棒,大概有四分之一英寸那么厚。我把它们放到一边,又照样处理了锉刀。它们是钢,能增加硬度的东西。马掌是铁,保持柔软的东西。这种混合,这种硬和软的交织能做出一把好剑。

"那它们会变成什么?烤肉叉?"

我忘了他在这里。我得说,他挺有耐性。"我还得在这上面耗几个小时,"我告诉他,"你为什么不离开这里,到早上再回来?这期间没什么好看的。"

他打了个哈欠。"我没什么真正可去的地方,"他说,"我没有打扰你吧?"

"没有。"我撒谎道。

"我仍然看不出来这些棒子和我的剑有什么关系。"

真见鬼。我需要好好歇一会儿。在劳累的时候工作是不明智的,你会犯错。我把一筐木炭倒进火里,把火闷熄了,然后坐到了铸模块上。"你觉得铁是从哪里来的?"

他挠了挠头,"佩尔米亚?"

这答案还不算太无知。佩尔米亚有天然铁矿沉积层。弄碎铁矿石，熔炼它，就会流出慢慢变硬的纯钢，立刻就能使用。但毫不夸张地说，它的价格堪比黄金，而且我们正在和佩尔米亚交战，因此很难求得货源。另外，我发现它们太脆了，除非你能精确把握回火的程度。"钢，"我告诉他，"是由铁在炭火上一遍又一遍煅烧出来的。没有人知道这到底是个什么原理，但它就是这么发生的。两个强壮的男人花一整天打出的钢才够做一把小锉刀。"

他耸耸肩，"它很贵。那又怎么样？"

"而且它太硬了，"我对他说，"把它丢到地上，它会像玻璃一样碎掉。所以你要将它回火，这样它才能弯曲并弹回笔直的状态。但它是一种别扭的材料，很适合做凿子和锉刀，却不适合铸造剑和刀刃，因为后者需要更多韧性。因此，我们把它和铁交织在一起，铁是柔软又宽容的。铁和钢抵消彼此的缺点，你就能得到你想要的东西。"

他看着我，"交织在一起。"

我点点头，"看着。"

你拿出五根金属棒，把它们挨个放在一起，用手感觉它们：钢，铁，钢，铁，钢。你用铁线把它们紧紧缠在一起，就像造一艘筏子。你把它们放进火里，竖成一排，不是平放。等它们烧到白热，开始像蛇一样嘶嘶响时，把它们拖出来，开始锤打。如果你的步骤没问题，你就能锤打出四溅的白色火花，并且能切实看到金属锻接在一起——在灼热的白色表面下，仿佛有黑色的阴影像液体般流动。我不知道它是什么，也不认为它属于我不太愿意去琢磨的神秘主义。

接着你把你刚刚锤打出来的平板加热到黄色，用钳子夹住一端，把它拧成麻绳状，再把它锻打成扁平。加热、拧绞、捶平，至少五次。如果你做对了，你就能得到一根笔直的扁条，1英寸宽，四分之一英寸厚，看不出接缝或分层的痕迹。由五个固体变成一个固体。然后你再加热它，抽出来折叠它，再次锻打。现在你明白我为什么说交织了吗？它再也不分铁或钢，地球上没有任何能量能再次把它们分开。但钢依然是坚硬的，铁依然是柔韧的，也正因此，最终制成的剑身能被钳子弯成环形，就看你要不要冒这个险。

在锻接时，我忘记了时间。直到完成我才停下来，期间没有中断。接着我才意识到，自己又累又渴，浑身是汗，还有数不清的灼热的碎屑和灰烬烧穿了我的衣服，在我的皮肤上烫出水泡。愉悦感并非源于制造它，而在于完成它。

你得在近乎黑暗的地方进行锻接，这样你才能在火焰和灼热的金属中看到它们的变化。现在我望向门外，但在橙色火光映照下，只有一片漆黑。我没有邻居是件好事，否则他们就没法睡了。

但是他在这一片噪声中睡着了。我推了推他的脚，他一下子坐了起来。"我错过了什么吗？"

"是的。"

"噢。"

"但是没关系，"我说，"我们差不多才刚开始。"

就逻辑而言，在去奥特玛之前，我曾有过一段人生。我当然有过，去之前我19岁，回来时我26岁。我依稀记得在那之前，我在一座山谷里有一幢舒适的大房子，有狗，有鹰，有马，还有一位父亲和两位哥哥。就我所知，他们可能还都在那里。但我再也没有回去过。

我在奥特玛待了七年。我们大多数人都熬不过头六个月。只有非常少的、硬如锉刀般的、杀不掉的那种能活过三年。到了那时，你几乎就能看到他们脸颊上的印迹，就如风雨在岩层、河床或钟乳石上刻出的沟壑。那些活过三年的男孩，没有一个超过25岁，但他们已经非常非常老了。

我活了三年，然后立刻又签约了三年，在这之后又是三年，不过我只服役了其中一年，就被不光彩地遣返回乡了。没有人会从奥特玛被遣返，除非你犯了谋杀，而绞刑太便宜你了，法庭才会判你回乡。他们需要能找到的每一个人，并以一种愚蠢的速率消耗掉这些人，就像农夫在灾年里消耗他的冬季饲料一样。传说敌人会从战场上收集我们的骨头，将它们磨成骨粉，所以他们的小麦收成才会那么棒。在奥特玛，对于真正不可饶恕的罪行，通常的惩罚是令其去前线服役，若想换成绞刑，你得证明自己的罪行情有可原，并为此表现出深切的懊悔。而我，他们将我不光彩地遣返回乡，是因为没人能忍受再看到我。平心而论，我没法责怪他们。

我不怎么睡觉。村里流传是因为我做噩梦，但事实上我只是挤不出时间。一旦开始锻接，你就停不下来了。一旦你锻接完了主体，你就想继续锻打边角，然后你又想把边角锻接到主体上，而工作完成后，又有一些新的烦人精喋喋不休地催你开始下一份工作。我一般在累了的时候睡觉，那差不多是每四天一次。

为了避免你为我心碎，你得知道，工作完成时我会得到报酬，我把钱扔在我从战场上带回的一个旧筒里。我想它原本是装箭头的。总之，我也不知道那里面有多少钱，不过它差不多半满了。我干得不错。

我之前说过，我工作的时候会忘了时间。而且我还会忘事，比如身边有人。我一整天都没想起那男孩，不过当我记起他时，他还在那里，歇在那张铁砧上，脸上是黑乎乎的尘埃和烟灰。他把一小片破布挂在鼻子和嘴上，这对我来说不错，因为它阻止了他开口讲话。

"你没有什么更好的事情可做吗？"我问。

"不，真没有，"他打着呵欠，伸伸懒腰，"我想我开始摸出一些门道了。基本上，就是很多线织在一起比一根线更强韧的意思。就像政体。"

"这几天你吃了什么吗？从你偷了我的苹果以后？"

他摇摇头，"不饿。"

"你有钱买吃的吗？"

他笑了，"我有一整个金贝赞，我能买一个农场。"

"在这附近可买不到。"

"是的，好吧，这里主要是耕地。在我的故乡，能买一整个山谷。"

我叹了口气。"屋里有面包和乳酪，"我说，"还有一大块培根。"

至少这能让我清静一会儿，我结束了折叠，决定歇一歇。我盯着白热金属的时间实在是太长了，几乎满眼都是所有那些闪耀的漂亮色彩。

他回来时拿着半条面包和所有的乳酪。"吃一点吧。"他说着，就好像主人一样。

我嘴里塞满东西时不说话，那很粗鲁，所以我等到吃完了才开口："那你是从哪里来的？"

"芬·默赫克，听过吗？"

"那是个挺大的城镇。"

"确切地说，芬城北面 10 英里的地方。"

"我以前认识一个从芬城来的人。"

"在奥特玛？"

我皱起眉来，"谁告诉你的？"

"村里的人。"

我点点头，"默赫克山谷，世界美好的一隅。"

"如果你是头羊，那可能是。我们不在山谷里，我们住在荒野上，到处都是石南和露头花岗岩。"

我曾经去过那里。"那么，"我说，"你离家来寻找你的财富。"

"难说，"他吐了个什么东西，可能是一点培根的硬皮，那东西能崩断你的牙，"如果那里还有什么剩给我的东西，我会像箭一样飞回去。你们在奥特玛时，具体是在哪里？"

"哦，到处跑，"我说，"那么，如果你这么喜欢默赫克，为什么要离开？"

"为了来这里，为了来找你，为了买剑，"一个明显的假笑，"还能为什么？"

"你在默赫克山里要剑干什么？"

"我不会在那里用它。"

这话脱口而出，就像酒吧里傻子撞到了你的胳膊，让你洒一地啤酒。他深吸了一口气，继续说道："至少，我觉得我不会。"

"是吗。"

他点点头,"我要用它杀掉那个谋杀我父亲的人,我想他不在那附近生活。"

我踏进这一行纯属偶然。也就是说,我下了从奥特玛来的船,离码头50码远就有家铁匠铺。我口袋里揣着1枚泰勒和5枚铜斯托伊弗,衣服也已经在盔甲下磨了两年,还有一把值20个金安吉尔的剑,之前无论是什么境况我都没卖它。我走进铁匠铺,对铁匠说,如果他教我他的手艺,我就把那枚泰勒给他。

"滚开。"他说。

没人这样和我说话。所以我用那枚泰勒买了一尊第三手的铁砧、一组不称手的铁锤、一把锉磨、一把长脚虎钳和一个桶。然后我拖着那该死的铁砧——3英担①——直到我在一家制革厂后门外找到一个半废弃的小棚子。我出3枚斯托伊弗向制革工人租了它,用1斯托伊弗买了生锈的锉刀和两块大麦饼,开始自学这个行当,意图在一年内让那个铁匠饭碗不保。

结果我只花了六个月。我得承认,我对这行当的了解比上面两段暗示的多那么一点点。我曾在家乡寒冷的早晨坐在铁匠铺里,看我们乡里的铁匠工作,而我学东西很快。另外,你在奥特玛得学习五花八门的手艺,尤其修理或改善装备的相关技能,那些装备基本来自我们的敌人,大多破破烂烂。当我决定专攻军械时,我抛硬币来决定是当铸剑师还是甲胄师。真的,我为此掷了一枚硬币。我掷输了,所以我成了现在的我。

我有提到我拥有自己的水车吗?我自己建造的,我对此无比自豪。我是根据在奥特玛看到(看到,审视,然后烧了)的一架水车建造的。它是上射式水车,倾水槽有12英尺高,推动它的溪流从山上翻滚跳跃着冲下,落入山坡后骤然暴跌的陡峭悬崖。它为我的磨石和夹板锤提供了动力,后者是沃辛北部唯一的夹板锤,也是我自己造的。我有点小聪明。

---

① 重量单位,1英担等于100磅。

你没法用夹板锤做锻接，你得时刻盯着自己在做的事，观察金属的融合。反正我做不到，我也不是无所不能。但它能完美地把完工的材料塑形，让这个过程变得极其简单，不过天呐，你必须要非常专注，就那么轻轻地敲一下。那个几乎有半吨重的锤头，我为它做过的练习多到我能用它磕开水煮蛋的蛋壳。

我还做了弹簧模，用来开血槽以及塑剑刃。如果你乐意，你可以说这是作弊，但我更愿意称之为精度和完美。多亏了夹板锤和模具，我能做出笔直、均衡、平齐、向剑尖逐渐收细的剑身，当你加固它为它淬火时，它也不会卷得像螺丝锥一样。因为每一次锤击的力量都正好与前一次完全相同，而弹簧模根本不会出现人类会出现的失误，比如你不可避免地要完全依靠肉眼来尝试判断。

如果我有相信神灵的倾向，我想我可能会崇拜夹板锤，哪怕它是我自己造的。至于原因，首先，它比我强大太多，也比任何活人强大太多，而且它不知疲倦，这些都是神灵的基本品质。它听起来也像一个神灵，它的怒吼淹没一切，你都听不到自己在想什么。其次，它是个创造者。它为事物塑形，将成条成棍的原料转化成可辨认、可使用、有自己生命的物件。第三，也是最重要的一点，它不知疲倦、势不可挡、酣畅淋漓地锤击不停，我一次心跳的时间它能锤打两次。它是个打击者，而这就是神灵的职责，对不对？它们锤打，锤打，继续锤打，直到你被塑形，或是你变成一摊血浆。

"这就成了？"他问。我可以看出来他一点都不感动。

"还没完工。先得打磨。"

我的磨石和我一样高，是一块扁圆形的砂岩奶酪。幸好转动它的是河流，因为我可转不动它。你得非常仔细，保持最轻细的触碰。它不单会吃金属，而且会加热它，所以，哪怕只走神了一瞬间，你都等于是将剑回炉重铸，而剑会弯得像一根铅棒。但在磨石上我是个真正的艺术家。我用一条围巾在口鼻处绕上三圈，免得尘屑呛到我，然后戴上了厚手套，因为如果你在磨石全速旋转时碰到它，在你能缩手之前，它就会磨穿你的皮肤直至见骨。在磨剑时，你将处于一团白色与金色火花的暴风中心。它们会点燃你的衬衫,灼烧你的皮肤,但你不能让这些小事转移你的注意力。

我做的每件事都要付诸全部的专注。可能也正是因此,我才做这份工作。

我不做花哨的装饰。嘿,如果你想要一面镜子,那就去买面镜子。而我的剑拥有且保持着你能用来刮脸的锋刃,并且能弯成环形。

"这当真有必要吗?"在我用钳子夹紧剑茎时,他问道。

"没有。"我说着,伸手准备扳弯它。

"我只是提醒你,如果你弄断了它,你就得从头开始,而我想继续前进。"

"史上最好的。"我提醒他,他不情不愿地点了点头。

我用卷猴来完成这个工作。它差不多是个巨大的叉子,被用来卷曲东西,你可能会觉得这么做能让人生有益且富有成效。这事用尽了我所有的力气(我可不是体弱的人),就为了完成一次检验,而这检验可能会糟蹋掉我过去 10 个日夜里为之付出生命和灵魂的事物,况且客户并不因此心存感激,我自己对此也忐忑不安,但它必须执行。把剑身扳弯,让剑尖触及钳口,然后温和地放开它。松开钳子后,把它放在铁砧完全平直的砧床上。跪下去,寻找剑缘和铁砧之间是否有一道细如发丝的亮光。如果有,那这把剑就废了。

"来,"我说,"你自己来看看。"

他跪到我旁边,"所以,我到底是要看什么?"

"没什么,它不在那儿。这就对了。"

"不好意思,那我能起来了吗?"

完全笔直,笔直到连光线也无法挤进间隙。我痛恨达到完美前的所有步骤,痛恨费劲,痛恨噪音、痛恨热量、痛恨尘埃,但当你获得完美时,你会庆幸自己还活着。

我给剑茎套上剑格、剑柄和剑首,用钳子夹住剑身,用锤子把剑茎末端敲进一个漂亮的小扣。然后我松开钳子,拿起剑递给了他,剑柄朝外。"完工。"我说。

"完了？"

"完了。它是你的了。"

我记得我曾给一个孩子铸过把剑，那是位伯爵的公子，七英尺高，壮得像一头公牛。我把完工的剑交给他后，他紧紧握住剑柄，然后在头上甩了一圈，全力劈向了铁砧的尖角。剑把铁砧劈下了一大块，然后往上弹起了一英尺，剑刃丝毫无损。为此我一拳把他揍到了房间那头。**你这个莽汉，我说，看看你把我的铁砧搞成什么样了。**他站起来的时候哭了。我原谅了他——几年以后吧。人第一次握住一柄好剑时总会很激动。你会觉得它拽着你的手，就像一只狗想要你带它出去溜达一样。你想要挥舞它，想用它击打些什么。至少你会以检查平衡和握力为借口，做一些砍削和防守的动作。

他就这么接过去，好像我给他的是一张购物单一样。"谢谢。"他说。

"我的荣幸，"我回复道，"好了，再见。你现在可以走了。"他没有动，我又补了一句："我很忙。"

"还有点事。"他说。

我已经完全背过身了，"什么？"

"我不会剑术。"

他告诉我，他出生在仲夏的正午，在荒野中的一个干草棚，那里能俯瞰他父亲的房子。他母亲本应更清楚自己的状况，却坚持要和女仆一起乘轻便双轮马车去给鹰猎聚会送午饭。途中她开始阵痛，但来不及回家了，而草棚就在眼前，堆满了干净的干草，附近还有一条溪流。他的父亲手腕上栖着猎鹰，骑马回家，顺着车辙找到了她。她躺在干草上，怀里抱着婴儿。他告诉她，他今天过得不错，他们猎到了四只鸽子和一只苍鹭。

他父亲并不想去奥特玛，但他是公爵的属下，而公爵将前往那里，所以他别无选择。结果公爵在抵达一周后便死于营地热病。男孩的父亲坚持了九个月，然后他被杀了，在一个酒馆里，因一次毫无意义的争吵而死，杀他的是他最好的朋友。他死时 22 岁。"一样的年纪，"这男孩说，"我现在也是这个岁数。"

"这是个悲伤的故事，"我对他说，"也是个非常蠢的故事。如果你问我的话，我要提醒你，奥特玛传出来的故事都很蠢。"

他怒视着我。"这世上可能有太多的愚蠢，"他说，"而我可能就想对此做点什么。"

我点点头，"我赞成，你可以通过死亡来大幅度减少愚蠢。但这代价可能太高了。"

他的眼神又冷又亮。"那个杀死我父亲的男人还活着，"他说，"他安定、成功又开心，他可能得到了他想要的一切。他熬过了奥特玛的噩梦，现在世界对他来说又有意义了，他是个有用的创造价值的社会中坚，他的同辈和长辈们都钦佩又尊敬他。"

"所以你要切开他的喉咙。"

他摇摇头。"不是这样，"他说，"那就是谋杀了。不，我要和他用剑决斗。我将打败他，证明我更强，然后再杀了他。"

我明智地沉默了一会儿。然后我说："而你完全不了解剑术和决斗。"

"不，我父亲应该教我的，这是父亲们该做的事，但他在我两岁时就死了。我对它一窍不通。"

"而你准备挑战一个老兵，你要证明你更强。我懂了。"

他直视着我的双眼。当人们这样做时，我总是觉得不自在，哪怕我一生都在凝视着白热的金属。"我问了关于你的事，"他说，"他们认为你从前是个很棒的剑术家。"

我叹了口气，"谁告诉你的？"

"你以前是吗？"

"以前意味着某种状态已经是过去式了，"我说，"谁告诉了你关于我的事？"

他耸耸肩，"我父亲的朋友们。你在奥特玛显然是个传奇。每个人都听说过你。"

"传奇的关键特征就是,它不是真的,"我说,"我能打,会一点点。这又怎么样?"

"你要教我。"

我记得在奥特玛时,有一次我们正捣毁一个村庄。我们经常干这种事。他们把这称作"骑袭",但那只是把焚烧谷仓和戳死鸡鸭说得更骑士化一点。人们认为这样能削弱敌人的战斗意志。然而奇怪的是,它恰好起了反效果。不管怎么说,我当时在一个农家院里,手里拿着一支火把,正准备像之前那样,点燃一垛干草。然后那只狗出现了。那是个小蠢货,就是那种养来抓老鼠,自己也只比老鼠大一点点的家伙。它跳出来,对着我狂吠了一气,它的牙咬进了我的腿。它就是不肯松开,我没法用刀子戳到它,因为那样我很可能划伤自己。我扔掉了火把,在院子里蹦跶,试图把它挤扁在墙上,但这似乎没什么用。这真是个荒谬到极点的小东西,最后它打败了我。我蹒跚逃进了门外的小巷,它松开口,落了下去,然后冲回了院子。我的中士不得不用火箭点燃那个草垛,而我永远忘不了这事。

我看着他。我在他那张粉色的蠢脸上认出了相似的表情。"这样啊。"我说。

"是的。我需要最好的剑和最好的老师,我会付钱给你。你可以拿走第五个金币。"

一个金贝赞。实际上,它应该叫作"超纯碟币",意为"极优"。在奥特玛,敌人从我们这里夺走了如此多的贝赞,以至于用它们代替了自己的货币。这就是战争给予你的东西,敌人融入你,你融入敌人,就像锤子下面的铁条和钢条。你在这里看到的贝赞只会是那些重新被夺回的贝赞,不过它们如今在各处都流通了。"我对钱没有兴趣。"我说。

"我知道,我也没有。但如果你付钱请一个人做事,而他收了你的钱,他就有责任了。"

"我是个差劲的老师。"我对他说。

"这没关系,我是个不可救药的学生。我们的组合会像着火的谷仓一样。"

如果我有一只狗，它一定会是那种像老鼠一样的小猎犬。可能我就是喜欢好斗的生物，我不知道。"你可以收起你的金币，将它藏在见不得光的地方，"我对他说，"你那把剑的报酬给多了。我们把这叫作添头。"

剑不是很好的武器。大多数盔甲都能防御它，甚至包括垫料合适的短外套。剑太长了，在混战中不够便利；在猛烈进攻里又显得太轻太脆。在激战中，无论什么时候都请给我矛或斧头。事实上，十有八九你会觉得日常农具更好用——长钩、豆镰、粪叉，只要它们的材质合适，而且经过恰当的打理。更好的选择是，给我一把弓，再在身后埋伏一些甲兵。战士对战场的最好视角是沿箭所指，从枪兵的腋窝底下往外望。如果是行进途中的自卫，我更喜欢铁头木棒；在街道或室内，由于移动空间太过狭窄，用来切面包削苹果的刀子绝不逊于任何兵器。不过首先，你得熟能生巧，不用找就知道它在腰带的什么位置。

剑唯一擅长的就是剑战——事实上就是决斗，它既愚蠢又违法；或者剑术，那是假装战斗，玩得开心又没有人受伤，但那根本就是在卖弄，实在不是我喜欢的娱乐方式。因此，不用说，我们去奥特玛时屁股上全挂着剑。有些人有漂亮的新剑，更富有的人则带着真正的古董剑，祖传遗物，值一千英亩良田，外加房子、存粮和佃户。但实际上——别说是我告诉你的——古董剑未必就是最好的。两百年前的好铁甚至比现在还要少，而且那时候的人更强壮，所以古董剑更重、更难用、更宽并且剑尖是圆的，适合砍削而非戳刺。不过这也无所谓。荒原的太阳还没来得及给他们抵达时穿的衣服漂白，这些年轻豪侠大多数都要死于满地粪便催生出的传染病。他们的剑被卖了，好偿付他们乱七八糟的账单。当时在奥特玛，你能随手搞到一些真正的便宜好货。

"我不知道要怎么教，"我说，"我从来没做过这事。所以我会用我父亲教我的方式教你，因为我只知道这种方式。行吗？"

他没留意到我捡起了耙子。"行。"他说。于是我拔掉了耙头——它总是松的——用耙柄打了他。

我牢牢记得我的第一堂课。最大的区别是，我父亲用的是扫帚。第一下，他用扫帚头狠狠地戳中了我的肚子。当我弯下腰去喘气时，他打了我的膝盖骨，于是我摔倒了。接着他用扫帚的柄头抵在我的咽喉上，适当用上了一些力道。

我能做的只有呼吸。"你没有闪开。"他解释道。

上第一堂课时，我五岁，比一个完全长大的人要好教。我不得不踹了他的膝弯才能放倒他。当他最终喘匀了气时，我看到他在哭，真的在掉眼泪。"你没有闪开。"我解释道。

他抬起头来看我，用手背擦着鼻子。"我明白了。"他说。

"你不会再犯这样的错了，"我对他说，"从现在起，只要有一个家伙离你近到可以打你，你就要预防他的攻击。你要时刻警惕距离，或者准备好在一瞬间留心闪开。懂了吗？"

"应该懂了。"

"没有例外，"我说，"任何人，任何时候。你的兄弟，你最好的朋友，你的妻子，你六岁大的女儿，没有区别。否则你永远不能成为一名战士。"

他盯着我看了一会儿，我猜他懂了。这就像传统戏剧里的那一幕，恶魔向学者亮出了契约，而学者签了它。

"起来。"

在他还没站直时我又打了他。只是在锁骨上轻轻敲了一下，没有敲断任何东西，但可以让他痛个半死。

"这都是为了我自己好，我接受。"

"哦，是的，这是你学过的最重要的课。"

接下来的四个小时我们都在学习步法，直步是前后，横步是左右。每次打他时，我都会把力道加重一点。他总算学会了。

我父亲不是个坏人。他深爱他的家人，全身心地爱着，对他来说没有什么比家人更重要。不过他的天性里，怎么说呢，有一点怪癖——就像是在锻接时有时会遇到的冷点或杂质，某点上金属的热度不太够，或是有一点砂砾或杂碎被锤进了锻合处。他喜欢弄疼别人，这让他兴奋。只有人，而不是动物。他是个很好的畜牧员，也是个仁慈又谨慎的猎手，但他衷心喜欢打人，让他们尖叫。

我能理解，部分是因为我和他一样，只不过程度要轻些，而且我的控制力也更好。也许它一直流淌在血液里，或者它可能是奥特玛给的纪念品，也可能两者皆是。我理性地将它融入锻接的过程。你可以把金属加热到白炽，但你不可能把铁条堆在一起，指望它们自己锻接起来。你必须锤打它们使它们结合。仔细、慎重、不能太重也不能太轻。力道只要足够让金属尖叫，溅出火花就行。不过，它们眼泪四溅的样子真让我反感。这让我鄙视它们，而我必须尽力控制自己的脾气。总之，你知道我为什么喜欢远离人群了。我知道我有问题，而知道自己的缺陷是智慧的开始。我算是某种反其道行之的剑术家。我远离一切，部分是因为这样人们就无法攻击我，更主要是因为这样我就不能攻击他们。

一旦你学会了步法，剩下的就相对轻松了。我教他八攻七守（我坚持这七种，其他四种是画蛇添足）。他很快就学会了，现在他明白了关键——**别让别人打疼你**，其次是保证他的安全。

"让一个人安全的最佳方式，"我对他说，"是弄疼他。疼痛会阻止他的步伐。而杀戮往往没有这种效果。你可以戳穿一个人，他注定活不了，可他在倒下前仍然可以给你重创。但如果你用疼痛使他无力，他就不再是威胁了。之后你可以了结他，或是放了他，随你高兴。"

我演示给他。我闪过他的防守，用耙柄戳中了他的肚子，这是一次极具杀伤力的推刺，但他依然直立。接着我啪地击中他的膝盖，他倒下了。"战斗和杀戮没有关系，"我对他说，"借疼痛而获胜。除非你一门心思地想给他开膛破肚，那会是个闹剧，你会被杀死的。在战斗中，打痛他，接着去对付下一个威胁。在决斗中，赢得胜利，展现仁慈。这样做法律问题会少一些。"

你可能看得出来，我相当享受做老师的过程。我在传授有价值的知识和技巧，这过程本身很有意义。我在卖弄自己，我在殴打贵族家的某个烦人的子孙，还美其名是为他好。我为什么不高兴？

在疲惫、疼痛又绝望时，你会学得最好。奥特玛教会了我这一点。从黎明到黄昏，我都让他保持这个状态，接着我们点灯学习理论。我教他直步和绕圈。人本能地会想要在一条直线上战斗，踏前攻击，后退防守，格挡，突进，再格挡。全错了，蠢透了。相反，你应该绕圈打斗，往斜处迈步，这样你能同时躲避对手和攻击对手。永远不要在防守时只顾着防守，一定要同时反击。你的每一个击打动作都应该是致命的，或者能够阻止他。对于手的每一个动作，脚也会有相应的动作——嘿，我刚刚把剑法的所有秘诀都教给你了，我也永远用不着身体力行的动手"教"你。

"在至少有一方懂得技巧的战斗中，"在继续学习之前，我一边说着，一边给他机会擦掉眼里冒出的血，"大多数战斗会持续 1~4 秒。任何比这时间更久的战斗都很适合拿来写一部史诗。"意识到他还没有准备好，于是我迅速向他头侧挥出一记正侧斩。他不假思索地后退闪开了。我一边内心暗暗高兴，一边横跨避开他连续的还击，以第三防守姿势关上了门。到目前为止，他还没有击中过我一次，这有点让人失望。但他在六个小时里有四次接近了这个目标。实在是天赋异禀。他只是缺少杀手的直觉。

"第五守。"我继续教学，而他突然刺出。我几乎没有预判到它，因为他把野猪牙式伪装成了铁门式①，我只能飞速后退，并拍掉了他手里的棍子。然后我重击了他，因为他在我说话时打断了我。他几乎完全避开了，但我真心想打他，所以他没能如愿。

这一击之后，他不得不费劲从地上爬起来。我退后了一大步，以示暂停。"我想是时候做一次进度报告了，"我说，"现下你真的非常棒。不是世界上最强

---

① 野猪牙式（Boar's Tooth）和铁门式（Iron Gate）：持剑姿势，两者有些相似，但野猪牙式更容易靠手腕力量转变为迅速刺击。

的,但在100个人里你完全能打倒99个。你想就此停止,好避免更多的疼痛和羞辱吗?"

他慢慢地起身,轻点着被划伤的眼睛。"如果可以的话,"他说,"我想做最好的。"

我耸耸肩。"我不觉得你能做到,"我对他说,"为了成为最好的,你得失去太多东西。这真的不值得。最好会让你变成一个怪物。留在还不错的水平,你会幸福得多。"

他看起来很可怜,到处都是划伤和瘀青。但是,在这所有的血液和变色的皮肤下,他仍然是个满怀希望的漂亮孩子。"如果你不介意的话,我想我更愿意再继续学习一阵子。"

"你高兴就行。"我说着,让他捡起了自己的棍子。

实际上,他经常让我想起在他这个年纪的自己。

当我前往奥特玛时,我是个自以为是、令人恼火的男孩。我念念不忘的是自己无法得到的那片土地,因为我的哥哥们身体都很健康。也许我一直对此心怀怨念。我想我本可以做一个不错的农夫。我从来都不惧怕艰苦的工作,眼里总能看到要做的事——不是明天,不是回头抽出五分钟,也不是等雨停了,而是现在,马上。在屋梁折断谷仓倒塌之前,在篱笆柱断掉绵羊跑进沼泽之前,在燕麦于茎秆上腐坏之前,在肉类于高温下变质之前,在一切还来得及,在还不算太晚之前。我能看到住所渐渐崩坏——衰落和腐朽如此悄无声息,鹅卵石间的青草生长得如此缓慢,你几乎无法察觉到它,因此也就不觉得有什么威胁。但父亲和哥哥们并没有我这样的想法。我迫切地想要离开他们。我想凭一柄剑,削下一大块世界给自己。他们告诉我,奥特玛有不错的土地,你只需要多辛苦一点,那将是世界上最好的地。

最好的,这个概念终生都在我眼前飞舞,就是够不着。当然了,现在我是最好的,在一门特别的手艺活的一个小角落里。我卡在、嵌在自己的杰出里,就像在一间着火的房子里被一根椽子压住了腿。

不过这不重要，我去奥特玛是为了做一个农夫，但是等我到了那里，我只找到了被七十年互相不断骑袭蹂躏过后的一切。我立刻看出来了，那将是我父亲在家乡的土地未来的样子，而且还会更糟糕。所有的谷仓都倒塌了，所有的篱笆都散落了，所有的庄稼都被糟蹋，所有的优良牧场上都长满了荆棘和荨麻。战争机器的车轮催生乃至加速了和平与懒惰的负面影响（就像你迫使谷物在杂草中生长）。我对自己说，给我自己从这里切一块？我他妈的为什么要自寻烦恼！于是我转而开始切人。

问题是，如果你在战争中伤人，你将为此饱受赞誉。这很奇怪，但是个事实。

在战争中有太多的选择，你完全可以留有余地。你可以限制自己只伤害敌人，他们到处都是，等你解决完了碗里的这一个，还会再来两个。我从奥特玛生还，是因为我在那里过得很开心，我甚至享受了一阵子生活。

农夫们的古怪之处在于：他们爱他们的土地、他们的存粮和他们的房子、篱笆、树木，但如果有机会糟蹋别人的土地，毁掉别人的存粮，烧掉别人的房子，砸烂别人的篱笆，砍掉别人的树，那在表面上短暂的踌躇之后，他们就会起劲地这么干。我想那基本上算是复仇：接招吧，农业，我要给你点教训。谁志愿去骑袭？我总会不假思索地举起手来。

然后我做了一件坏事，不得不回乡了。当他们宣判时，我哭了。我鄙视哭泣的男人。他们告诉我，我被免除了绞刑，是因为他们认可我多年英勇光荣的服役生涯。我不这么想，我觉得他们就是非常非常的恶毒。

那个时刻来得非常突然且出乎意料，一切都结束了，我成功了。当时我正准备击打他——佯高斩之后跟着低斩——但他根本不在我要击打的位置。接着我的耳朵一阵剧痛，当我因疼痛而心烦意乱时，他用扫帚头戳中了我的心口。

他和我不一样。他往后退了一大步，等着我恢复。他说："我很抱歉。"

我过了好长一会儿才喘匀了气说话。"不，别道歉，不管你做了什么。"接着我又摆好了第一守势，"再来。"

"真的吗？"

"别蠢了。再来。"

我让他来进攻，因为攻击要辛苦得多。我像读书一样读取他的行动，轻松地摇晃身体，踏出横步，在闪避动作中夹杂致命一击，这是我的专长。但就在我摇晃着绕过他身边时，他击中了我的肘部，然后戳中了我的腰骶，于是我失去平衡，摔倒了。

他拉我起来。"我想我开始掌握它了。"他说。

我向他进攻。我想打败他，这念头占据了我的全部头脑。但我无论如何也没法靠近他，而他持续击中我，力度轻柔，只是点到为止。在十多个回合后，我跪倒在地。我耗尽了所有的力气，就好像他某次温和的点刺戳中了我的心脏一样。"我投降，"我说，"你赢了。"

他有些困惑地皱着眉，低头看我，"我没明白。"

"你打败了我，"我说，"现在你是更棒的了。"

"真的吗？"

"你想要什么，要血书凭证吗？真的。"

他缓缓地点点头。"这意味着你是史上最优秀的老师，"他说，"谢谢你。"

我扔掉了耙子柄。"你太客气了，"我说，"现在走吧。我们之间完事了。"

他仍然在看着我，"所以我真的是世界上最好的剑客了吗？"

我大笑起来。"这个我不知道，"我说，"不过你比我强。这说明你确实非常优秀。我希望你对此感到满意，因为就我而言，这是一次相当没有意义的操练。"

"不，"他说，他的语调让我不由地望向他，"这都是为了一个目的，记得吗？"

事实上，我一扭头就已经忘了。"哦，没错，"我说，"这是为了你能杀掉那个谋杀你父亲的人。"我摇了摇头，"你还是想这么做。"

"嗯，是的。"

我叹了口气。"我还指望我已经把你打出了一点理性，"我说，"嘿，你肯定学到了一些东西，仔细想一想。这能有什么好处？"

"这能让我觉得好受点。"他说。

"行吧，我不这么想。天知道我杀了多少人，都是敌人。相信我，那并不能让你觉得好受。它只会像锻打剑刃一样，让你愈发坚硬。"

他咧嘴一笑，"而硬就是脆，是的，我知道。我向你保证，这里面延伸的隐喻并非对我没有影响。"

这时我已经没那么疼了，呼吸也几乎恢复了正常。"好吧，"我说，"我猜你总得从自己身上舍弃点什么，然后才能继续接下来的人生。你继续吧，祝你好运。"

他尴尬地朝我笑笑，"所以我是得到了你的祝福？"

"这真是一种蠢透了的说法，但如果你愿意这么想，那也算吧。我的祝福将伴随你，我的孩子。行了，这是你想听到的吗？"

他大笑起来，"有那么一阵子，你就像我的父亲。"这句话是哪里的引用，我想不起出处了 。

"你觉得我能打败他吗？"

"我看不出来为什么不能。"

"我也是，"他说，"我距离打败他越来越近。"

时至今日我不也是一个愚钝的人，通常不是。不过我得承认，这句话花了我一点时间。就在此时，他说："你从来没有问过我的名字。"

"嗯哼？"

"我的名字是艾默里克·德佩基兰，"他说，"我父亲是伯恩哈特·德佩基兰。你在奥特玛的一次争吵中谋杀了他。在他转身时，你用一个石瓶砸烂了他的头盖骨。"他扔掉了扫帚柄。"在这里等着，"他说，"我取了剑就回来。"

我现在还能在这里说这个故事，所以你知道后面发生了什么。

他有史上最好的剑，而我教了他我知道的一切，最后他比我更强了。他总是比我更强, 就像他父亲一样。在大多数方面, 几乎每个人都比我更强。他在某个方面也胜过我: 他缺少杀手的本能。

但他完成了一次漂亮的战斗, 我得承认这一点。我希望我能观赏这场战斗, 而不是身处其中。没有比这更好的娱乐了, 但它全浪费了, 因为没有一个观众。通常你会完全失去时间的概念, 不过根据我的经验猜测, 我们打了应该至少有五分钟, 那几乎和永恒一样久, 我们之间势均力敌, 就像是在和自己的影子或镜像战斗。我能看穿他, 他也能看穿我。要继续沿用沉闷的延伸隐喻, 我可以说, 这是一次最棒的锻接。好吧, 我用这些词来回顾这事, 也用同样的方式回顾我所有的最佳作品, 一旦它完成, 我就能愉悦地这么做, 但在实际操作的过程中, 每一分钟我都痛恨它。

当我满身是汗地在夜半醒来时, 我告诉自己, 我赢了, 是因为他踩到了一个石子, 扭到了脚踝, 而这么一丁点儿优势对我来说就足够了。但这不是真的。我得难为情地说, 我公平公正地打败了他, 靠着毅力和对胜利的纯粹欲望, 靠着杀手的直觉。我佯装失手, 制造了一个很小的机会。他信以为真, 于是踏入了陷阱。那是个转瞬即逝的机会, 没有选择的余地。一瞬间, 他的咽喉暴露了, 我能用剑尖划过它, 我们称之为剑尖斩击。我割开了他的咽喉, 然后跳开来免得被血溅个满身。而后我把他埋在了堆肥里, 和猪骨头还有家里的粪便埋在一起。

他本来该赢的, 理所应当。他是个不错的孩子, 如果他活着的话, 他很有可能会过得挺好。不管怎么样, 不会比我父亲糟, 而肯定比我要好得多。我很乐意告诉自己, 他死得如此之快, 快到他根本不知道自己输了。

不过, 在那一天, 我证明了自己更强, 剑战的最终目的就是这个。这是个简单的、绝无谬误的测试, 他失败了, 我通过了。最强者总是获胜, 因为"最强"的定义就是"最终仍然活着"。你当然可以反对, 不过你是错的。我恨这个定义, 但只有这个定义有意义。

我每天早晨都咳出黑色的煤灰和灰色的泥, 这是火焰和磨石的礼物。铁匠活不长。你工作得越努力, 你变得越强, 也就会吸入越多的有毒垃圾。总有一天,我的卓越将成就我的死亡。

　　我把他的剑卖给了苏格南公爵，我忘记卖了多少钱。不管怎么样，绝对多得要命，谁让公爵说他想要最好的，一分钱一分货。凑巧，我装金币的筒子现在已经快满了。我不知道当它完全堆满时我会做什么，可能会做些蠢事。

　　我可能有这世上一切的缺点，但至少我很诚实。你总得承认这一点。

（傅临春　译）

蓝与金

"嗨，我想一下哈，"我看着旅店老板给我倒着啤酒，说道，"早上我发现了把普通金属变成黄金的秘密。下午，我把我老婆谋杀了。"

老板看着我。"两个铜板。"他说。

我从衣袖里掏出了铜板。"你不相信我。"我说。

"我相信任何人，"老板说，"这是我的工作。你是要附带晚饭呢，还是单单住店？"

七个铜板减去两个，还剩五个。"只住店。"

"哦。"老板点了点头，转身走开了。炼金术士、杀人犯、小气鬼，他的后颈仿佛在这样说。我端起啤酒看了看。更倒霉的日子我也有过，不过已经很久没尝过这滋味了。我一饮而尽。我渴。

哲学家萨洛尼努斯，在腓罗波埃门六世统治末期生于厄尔庇斯（具体日期未详）。他在上大学期间就表现出了天赋，但由于叔叔去世导致失去经济来源，他未能完成学业。校方给他找了一份门房的工作，让他能在工作之余旁听大学课程。但是两年后，他因不明原因离开了厄尔庇斯，从此杳无音信。直到AUC2763年，他在帕拉普罗斯多西亚被捕，才重新出现在了人们的视野中。他因拦路抢劫和暴力袭击被判处绞刑，但因为摄政亲王福卡斯的介入，被改判缓刑——福卡斯是萨洛尼努斯在厄尔庇斯时的老同学。福卡斯还任命他为科学顾问（这让法庭十分惊愕）。大概就是从这个时期开始，萨洛尼努斯开始了他的炼金术实验，并在后来达到了事业的巅峰。

对了，萨洛尼努斯就是我。而且我爱撒谎，时不时地会说点假话。这也证明了一句老话：如果一个人爱用第三人称描述自己，他的话不能全信。

不过那件事是真的，谋杀老婆那件事。至少，我觉得那是谋杀。喝下去，我说，喝了就能永葆青春。她没给我什么好脸色，不过她常年这样——她打心底里觉得我是个很低贱的人，这一点我倒也无可辩驳。萨洛尼努斯不是什么好人，这可是萨洛尼努斯本人说的。但她也从来没怀疑过我曾经是——现在也是——有史以来最厉害的炼金术士。不过，即使是精英中的精英，也免不了时不时犯点儿错。而我后来意识到，我当时犯的错误，就是加了四分之一德拉克马的龙盐。而她接下来犯的大错误，就是喝下了它。

我上楼到了旅店房间里。那确实是一间房。四堵墙，基本平坦的地板，四十五度角的天花板，睡在屋檐下就是这样的。很久以来第一次，我不是独卧在床（与曾经跟我共过床的某些伙伴相比，跳蚤不算烦人。至少它们不会整晚跟我抢被子）。

可我睡着了，这一点挺让我意外。我拌在啤酒里的六份"安眠力"也许起了点儿作用；但不管怎么样，一个刚刚看到妻子在地板上抽搐着死去的男人是没资格睡着的。我甚至也没做噩梦。如果你非要知道的话，我可以告诉你：我梦到了大海（这梦绝对是有喻义的，可我一直没能琢磨出来到底是什么）。

我知道我睡得特别死，因为我清楚地记得我是怎么被弄醒的。来了两个士兵，戴着锃亮的头盔，像往后翻的煤筐，只有"厨房骑士"才允许戴这种头盔。他们看我的眼神仿佛我是他们从苹果里吃出来的什么恶心东西似的。

"萨洛尼努斯。"一个士兵说。

"不是我。"我回道。

"跟我们走一趟。"

他们当中有一个人，好像正是上次我逃票乘坐鳄梨货船时逮捕过我的人。但这一点我不敢确定。戴着锃亮的高头盔的士兵在我眼里都是一个模样，再说我本来就是个脸盲症患者。

他们让我穿上衣服。真是好人。我讨厌赤裸着被逮捕。不过在我穿衣的时候，一个士兵站在我和门之间，另一个守着窗户。厉害，小伙子，我想。事先读读犯罪嫌疑人档案总是有好处的。

"几点了？"我问道。他们没有回答。警告：不要让嫌疑人和你闲聊。他有能力把人的灵魂从耳朵里吸走。我倒希望自己真有这种能力。

总之呢，我还是挺轻松的。此时此刻，被这些筐盔佬逮捕也许是我这时最好的出路。这意味着福卡斯亲王已经知道了，并决定派他这些愣头愣脑的手下赶在真正的司法机关之前把我逮住。我可是半点儿也不想向公正骑士团解释我最近做的事情，真是谢谢了。福卡斯，上帝保佑他，是他帮我拦下了那种麻烦。

我刚穿上衣裤和靴子，他们就把我赶向门口，就像牧场主拿木棍赶猪那样。门外梯子上还站着第三名士兵，这让我有些受宠若惊。我摊开手，亮出手心，表示我对他们真的毫无敌意，然后让他们一前两后夹着我下楼走到了旅店吧台。

我的朋友，旅店的老板，就在那儿，正在火炉边拿一块旧抹布擦着盘子上的油脂。他朝我露出的表情仿佛在说：他早就知道这一刻必将来临，只是迟早的问题。我勉强咧嘴朝他一笑。然后我猛地停住了脚步。后面两名士兵及时刹住，这才没有撞到我。"没事，"我说，"我只是需要把房钱付给老板。"

回复我的士兵的声音里有一丝忧虑，"不用管了。"

"不，拜托，"我说，"我讨厌欠人钱。听我说，要是你不相信我，我把钱给你，你再递给他。好吗？"

他看了看老板，老板耸了耸肩。"多少钱？"士兵说。

"两个铜板。"

我笑了。"我现在要把手伸进我的外套口袋里了，"我说，"我会乖乖的，慢慢的。"我确实这么做了。然后我又乖乖地迅速一掏，把我出门从来不忘带的核桃大小的一块压缩雷酸盐粉准确地扔进了火苗里。我还有什么好说呢？我就是这么眼疾手快啊。这是我为数不多的天赋之一。

人们对雷酸盐粉的认识是错误的，估计是因为我发现这玩意儿后写下的文字被他们信以为真了。他们以为，点燃这玩意儿，会产生雷鸣般的爆炸，毁窗破梁，威力不小。其实根本不是这样。点燃这东西，只会"嚓"的一声，十分响亮，就好像人猛吸气然后打一个大喷嚏一样，然后出现一个白色的烟球，通常是个完美的球形，这一点让我觉得很有意思。有时候还会有一个浓缩的火球，取决于你的用量多少。如果量够大，会有一大股热空气爆发出来，把你炸向一旁，如果你靠得太近，还会烧焦你的眉毛。我带在身上以防万一的这一块没那么大威力。我一点儿也不想伤到别人，也不想让自己陷入更糟的境地。我只称出了五德拉克马这玩意儿，湿湿的，压在两片果壳之间，然后放在窗台上晾一天。这个量大致可以给你三秒钟时间脱离别人的视线，既不会炸毁周围，也不会点燃茅草屋顶。

需要表扬他们的是，那三个筐盔佬很快便开始追赶我。不过，从别人身边逃离，恰好又是我为数不多的天赋中的一项。

问题不在于量，我总是强调，而在于质。

你可能会觉得，鉴于我刚刚说的这些话，在我的职业生涯的这个阶段，从福卡斯亲王的卫兵身边逃跑可能是一件很蠢的事；目光短浅，还有些忘恩负义。有福卡斯在呢，你会这么想，福卡斯会向他即将被法律制裁的老同学伸出援助之手的，而且从上下文看，这也不是第一次了。好吧，我可能不是故意杀我老婆的（我需要指出的是，这仅仅是你从自己的角度做出的毫无根据的判断），所以这也许不是谋杀。可是我刚刚不是说了吗，我最不想发生在自己身上的事，就是被当局逮捕。你一定觉得：这该死的傻瓜干吗要杀人、静悄悄地逃走不就行了。从逻辑上说，你是对的。

而我所做的，就是不要命似的狂奔了五分钟，终于跑光了力气，再也跑不动了，不得不停下来歇一会儿。幸运的是，我的诡计看来得逞了。在帕拉普罗斯多西亚这座城市，看到有人拼命跑，人们会把脸撇向一边，也不会去想"他是要往哪儿跑"这类问题。为了安全起见，我溜到了一大堆酒桶后面，坐下来，清空大脑里紧张激动的思绪。

然后，我暂时变得既自由又清醒。净资产：我头脑里和衣兜里装的所有东西。净负债：所有没有列在净资产里的东西。这是我生平第一次处于这种处境中么？不是。

我是带着各种优势出生的，人生开始得很顺遂。是坦诚的性格和清晰的思维把我害到了这步田地。真的，毫无虚言。

我现在有五个铜板，还有一堆酒桶可以用来掩藏。酒桶的另一端就是光天化日，在城市里走动看来危险而奢侈。当然，要是我能走到科利斯去，一切就不一样了。在科利斯我有另一个名字，还在天主使徒银行存了两万个安吉尔，还至少有一个能够信任的生意伙伴。此外，科利斯和帝国之间没有引渡条约，而科利斯的市长也是我要好的老同学。问题是科利斯离帕拉普罗斯多西亚有七十九英里远，不管你怎么测量。而骑士团会做的第一件事肯定是把能认出我的人派到这座城市的全部五座城门。另外，在侥幸逃脱之前，我还有事要做。冷静而全面地考虑了我的处境之后，我不得不得出这样一个结论：我必须勇往直前，善用资源，并发挥我所有的想象力。这真让人沮丧。我讨厌这种让我发挥所有潜能的情况。

我在脑海里画了一张这座城市的地图。幸运的是，我大致知道自己在什么地方，因为从酒桶顶端望去，我能辨认出初阳殿的尖顶，尖顶后面或多或少能看到太阳。这说明我在黄铜门，算是个不错的地点了。首先，这里基本上就是城中心，离哪个城门都差不多一样远，所以他们不会想到来这里找我。其次，这里的大街小巷错综复杂，像迷宫一样。他们那井井有条的搜捕肯定不等近身，就会被我听到，因为他们会弄得交通堵塞，路人会大叫大骂。评估过所有数据（你瞧，这就是科学方法），仔细分析之后，我还是没能找到一条行得通的逃路。于是我闭上眼睛，伸展开双腿，睡起觉来。保存体力，在一个漆黑隐蔽的地方安静地待着。动物都会这样做。在逃脱天敌追捕这方面，它们都是行家。

醒来的时候，天色正开始暗下来。旁边酒桶墙的远端能看到灯笼的光芒，还能看到一片蓝色天空。一般来说，我不喜欢睡太久，因为睡太久后，醒来时往往有种宿醉的感觉：头晕，大舌头，有时候太阳穴还会疼得要命。总要花上好几个小时我才能变回正常人，恢复智力就得花更长的时间了。这真不公平，毕竟我很少很少喝烈酒。不过偶尔，当我带着大难题睡着的时候，醒来时会忽然间有了答案，完整，完美，就像草窝里的鸡蛋。

我醒来后，脑海里的第一个念头就是解决自身难题的办法，这很能说明我是个什么样的人。过了好一会儿，我才忽然回忆起自己前一天干的另一件大事：杀了我老婆。对，还有那回事啊。

有些东西，你走到哪儿都摆脱不了，就像蜗牛的壳。这些东西会让你慢下来，压垮你，而你得背负着它们活下去。我脑海里闪回的第一个画面，就是自己端着杯子——那是一个上了釉的陶杯，因为我操作的这些化学物质对金属有着可怕的影响，哪怕金银也不例外——然后她把杯子拿了过去。接着她说："你确定这东西安全吗？"我说："别犯傻了，当然安全了。"然后她仰杯吞了两口，说："天啊，这玩意儿的味道太恶心了。"她放下杯子，沉默了一会儿，接着她说："然后呢？"我说："你得等它起作用啊，得等一会儿。"她说："我会……有什么感觉吗？"我说："那个……"这时她就尖叫起来。

对于我最伟大的成就之一，我并不觉得自豪。我已经学会了把某些事情排出脑海，至少排出一会儿。不要想这事了，我对自己说。我该想的是——

我的绝妙主意，那是我在梦中想到的（这么描述，比我在睡觉时想到的好听多了）。我站了起来，不过没有站直身子，而是猫着腰低着头，从酒桶上边往外望去。这一带一个人都没有，不过有人不嫌麻烦不计花销点了三盏灯笼挂在墙上。有个常见的误区：亮光能把贼吓走。事实上，这只会让我们——我是说，让他们那些贼——看得更清楚罢了。我直起身来，慢慢走起来，一副疲倦样儿（倒不是装出来的，我脖子真的有些僵了），绕过酒桶，走进小巷，进了黄铜门。

我也许犯过不少罪，可我本人真的不是罪犯。我倒希望自己是个罪犯。至少从我这些年认识的罪犯看来，他们都相当有天赋，能完成一些很困难的事情，比如走过一条街而不引起任何注意。一个贼中高手能像隐身人一样。而我这样一个基本上算是老实巴交的人，要想装出一副无所事事的步态，反而最容易让人起疑。幸好周围一个人都没有——本来就不会有；日班的守卫都回家了，夜班的还没开始。这是在黄铜门附近转悠的最佳时机，我真想赞叹自己神机妙算。

走过黄铜门，左转进老街，右转到一里牌，第五个街口左转，第二个街口右转。没有任何理由来判定他此刻在家。我站在他窗台下方，往上看去。透过纱窗能看到烛光。我推了推门：是开着的。有时候你莫名其妙地就这么好运连连。

我走上了楼梯，楼梯间很暗，一股子油脂和尿臊味儿。他的门上还写着他的名字。我敲了敲门，然后就推门而入，一气呵成。

阿斯提亚格斯，我的老同学，是一名写手。他会写各种东西。他能帮你写提货单、法庭辩护、夹带两个安吉尔的家书、向有钱的舅舅要钱的信、合伙协议、遗嘱，还会写很不错的十四行诗（如果要他从零开始创作，得多付五个铜板）。滑稽的是，他的书法却很烂。不过他写大写字母还是很有一手的，各种圈圈卷卷，甚至还能画一片装饰的金叶子，只要你能付钱。他说他做这些文书工作只是为了维持温饱，好写完他伟大的论文：《小议近代风格主义小调抒情诗中的节奏停顿》。而事实上他是政府的密探。至少，他跟所有人都是这么说的。

"是你。"他从椅子上转了过来，双眼在眼镜上方阴阴地看着我（这副眼镜是他最宝贝、最宝贵的财产，是从他父亲那里继承到的）。其父战前是厄尔庇斯的高级讲师。尽管整天伏案写字，阿斯提亚格斯的视力其实特别好，不过他总是戴着那副眼镜，因为这样看上去比较有学问。"其实我倒没觉得意外，你个疯子。"

我笑了笑，"介意我坐下吗？"

他耸了耸肩，"你想怎么样？"

"给福卡斯发个信。"我说。他叹了口气。

"自己跟他说去。"他厌倦地说，"筐盍佬之前来过我这儿了。"

"那是自然，"我说，"很抱歉。"

"没事，"他说，"罐里有啤酒，橱柜里可能还有点儿奶酪。"阿斯提亚格斯基本上天天吃奶酪。他能以很低的价格从绳街的制酪场买到奶酪，不过吃之前你得先把表面那层绿玩意儿刮掉。"我猜你还想要钱。"

我有些愧疚。"我上次欠你的钱还没还呢。"我说。

"是啊，"他说，"我能再借你两个安吉尔，就这么多了。"

"谢谢，"我说，"你能不能——"

他摇了摇头。"我不会去见他。"他说，"我可以给他写封短信。你想让我写点什么内容？"

我想了一小会儿。"嗯，先说声对不起显然比较好，"我说，"然后，请不要追我了。还有，那事儿，做不到的。"

阿斯提亚格斯皱了皱眉头，扶了扶鼻子上的眼镜，因为眼镜都快掉下来了。"真的吗？"他问道。

"当然是真的。"我说，"拜托，没人能把普通金属变成黄金。根本不可能。"

"你之前不是——"

"根本做不到，"我说，"我敢断言这是不可能做到的。告诉他，我很抱歉骗了他，让他空抱希望。还有，我要去国外了，无限期。照旧祝好，萨洛尼努斯。"

阿斯提亚格斯放下笔看着我，"你成功了，对吧？"

"我刚说了，不可能……"

"别糊弄我了，拜托。你成功了。现在你要带着秘密跑掉，这样福卡斯就没法把你关进哪座塔里、让你用余生替他造黄金。我了解你。"他继续说着，压制了我辩解的打算，"你知道，我内心深处一直有这么点小怀疑，觉得有一天你会这么干。"

"真的，我……"

他生气地摇了摇头。"那么，"他说，"到底用了什么？龙盐？水银里悬浮的金力？"

"龙盐没用。"我深有感触地说。

"那好吧。关键是方法，对吧？肯定是很明显的东西，看你怎么蒸馏……"

"做不到的，阿斯提亚格斯。谁都明白这一点。"

"好吧，"他厉声说，"别跟我说。不过等你成了暴发户，住在蓝山的宫殿里时，拜托你做一次体面的事，寄钱给我。好吧？"

"如果真有这么一天，"我说，"我保证。对天发誓。"

他朝我咧嘴一笑，扯过一张崭新的纸，写了起来。

我坐了下来。他写了十几个字——他是个左撇子，所以写字的方式让我觉得很神奇——然后停了下来，嚼了嚼笔尾。"你的论文写得怎么样了？"我问道。

"哦，还行，"他说，"再有一个月就能写完了。"

我相信他，我一直相信他。至于他指的是哪一个月，就是另外一回事了。他又写了十几个字，然后慢慢转过身来，看着我。"那些筐盎佬说尤多霞死了。"他说。

"是真的。"

"他们说……"

"那也是真的。"

他盯着我，都忘了要从眼镜上方看过来了。"天啊，萨洛尼努斯，"他说，"你真是……"

"是场意外。"我说。

"当然他妈的是一场意外啦。"他叫道,"即便是你,也不会故意毒死老婆啊。"他停了一下。他现在遇到了我们想对朋友表达真挚慰问时总会遇到的那道窘迫障碍。"真遗憾。"他顶多也就只能这么说了。其实也不算糟。

"我也是。"我说。

"我一直挺喜欢她的。"

我笑了。"你喜欢她喜欢得快疯了。"我说,"在厄尔庇斯的时候,每次她过来的时候你那副样儿啊……"

"是,没错。"他还真的脸红了,"我知道自己一丁点儿希望也没有。"

"是的,"我说,"你没有。"

"她也不怎么喜欢你。"他说,然后意识到自己说出了什么话,脸色变得难堪起来。我笑了笑,表示这没什么。确实没什么,不过他这样是帮了我个忙。

"不过,她喜欢过你。"我撒谎道,"不是那种喜欢,但她喜欢过你。跟我说过,说过好几次。"

他的眼睛里闪出了光芒,"真的吗?"

我点点头。"她觉得你看上去情感细腻,"我说,"说你被人误解了。"

"真的吗?"他的语气有些愚蠢。我又点了点头。其实我唯一一次向她提起他的时候,她只问了句:"谁?"

晚上大部分时间我都在黄铜门边转悠。天冷得不行,可我不敢进哪个酒吧,也不敢爬到哪家门口。我来来回回地走着,总是装出一副要去什么地方的样子。幸运的是,这附近的人都能嗅出麻烦的气味,然后避免把视线投向可能染上了麻烦的人。我最后应该是走到了尼卡喷泉的阶梯上,那儿有几个哭哭啼啼的醉汉,还有一个不再指望今晚能找到活儿的老妓女。这时,我很想把宙克西斯的三十六条范例对称命题背出来,但却只能回忆起二十八条。而我又没法等天亮后去图书馆查一下其他八条，想到这个，我号啕大哭起来。一个醉汉把他的酒瓶递了过来。很不好意思地告诉你，我当时真的接过了酒瓶。酒瓶是空的，当然了。

快天亮的时候，我凭经验知道，守卫队会在尼卡喷泉附近巡逻一圈，撞上谁就逮谁。所以我爬起来，回到了阿斯提亚格斯那儿，慢慢地消耗时间。没看到任何筐盍佬，不过守卫队的人倒有不少。我很确定他们要把我抓走，可他们却从我身边走过去了。这让我好奇福卡斯是不是跟市里的长官打过招呼了。我故意放慢自己的动作，晃晃悠悠的，就像我平日里见过的那些醉汉和乞丐一样。可是忽然之间，我记不太清楚他们行走、站立、耷拉脑袋的动作细节了。

我到的时候，阿斯提亚格斯已经起来了，正在埋头工作。他喜欢在清晨写他的花俏书法，因为那会儿透过窗户的阳光正好。我到的时候，他正在努力写一个 w。用技巧和想象力，竟能把一个稀松平常的辅音字母玩出这么多花样来，真是神奇。他画了一个漂亮的波浪，两头画着羽冠，中间的尖儿上还有一只摇摇欲坠的小船。只要你愿意，大可以说这也是一种点金术。不过你要问我的话，我得说还差那么一点点。

"绿色，"我说，"海什么时候成绿色了？"

他白了我一眼。"三个铜板的价儿，"他说，"海就是绿色的。"

我朝他笑了。毕竟，蓝色是一种不可能的颜色。要得到蓝色，你必须去到格斯埃查托伊那么远，花上能买下一个不错的农场的价格，买下拇指大的一小块天青石，翻山越岭横穿沙漠一路跋涉回来，拿杵臼仔细研磨成粉，再用土精和树胶拌起来。我认识的美术圈的人，都认为蓝色能够证明大自然有一种恶毒的幽默感。天是蓝的，海是蓝的，但谁他妈花得起这钱照着真实的颜色画出来？而且，哪怕你真的遇上个腰缠万贯愿意一掷千金的主顾，千辛万苦把这蓝色调出来，也不过是画了个背景。

"有你的信。"他说。

我震惊了，"这么快？"

"皇家信使。"阿斯提亚格斯回了一句,假装正在全神贯注地写那个 w,"大概一个小时以前来的。信在桌上,那儿,胶水罐旁边。"

福卡斯致萨洛尼努斯,问好。

没事。只是场意外,当然是意外了。我认识你多久了?十年了?我知道你没有谋杀我妹妹。

你了解我的。没事。真的。

我们能把这事解决掉的,我保证;但不能让守卫队抓住你。你也知道我和市长的关系如何。培森尼乌斯肯定想把你送上审判庭,然后波及我。别太高估我的能力。总会有那么一天,连我也保护不了你。

你最好的选择就是乖乖地待在阿斯提亚格斯那里,然后让他写信告诉我你到了。我会派筐盔兵去客客气气、安安静静地把你带回来。

你他妈到底怎么想的,居然跑了?你大爷的,尼诺。

"白纸上写的,"我说,"是他本人的字迹。"阿斯提亚格斯仍在写他的字母,聚精会神地在一个小弧圈上描着金叶子。我把信折起来放进外套里,安全了。用得好的话,这封信可以成为一件漂亮的武器。我从桌上拿起一张空白的纸。"不介意吧?"我说。

他抬起头,"什么?"

"最好处理掉。"我说着,举起手中那张空白的纸。

"什么?哦,对,好主意。"他埋头看着眼前的那张纸。稍稍画错一笔或者漏一滴墨,他两天的工夫就白瞎了。我走到火炉边,有些夸张地把纸揉成一团,扔进了火里。福卡斯在把握细节方面很有天分;他一定会让手下来问这个问题的:他看完信之后把信怎么样了?

"信上说了啥?"阿斯提亚格斯问道。

"到我这儿来,我彻底原谅你。"我坐到桌边。他瞪我一眼,我又站了起来。

"你怎么看？"我问。

他认真想了一会儿才回答。"我真不知该说什么。"他说，"听他的吧，他是个公正的人。如果他相信是意外，他可以原谅你的。还有，他们兄妹关系从来没好过，从小就没好过，特别是小时候。还有各种政治因素，不过政治我是真的一窍不通。你要是问我，我可能会告诉你，说不定你反而是帮了他个忙。"

"也可能他是想把我引诱回去，这样就可以慢慢把我折磨到死了。"

"那也有可能，是的。"这话真是大有帮助啊。"那么，"他顿了一下，把笔头捏尖了一点，"你打算怎么办？"

关键看你问的是谁。如果你问的是厄尔庇斯的哲学院长，他会说我的最高成就是《对话》，我在其中解释了关联形式理论。如果你问的是神殿的主事，他会说是《道德论随笔》。问神秘学会会长的话，他会说是水银力，或者是把强蜜和强酸在一块冰上反应生成雷灵液。而文学社团的主席会认为是《毒蛇》，尽管我怀疑他从未读完四十七个章节。私底下，他会跟你说他还是比较喜欢十四行诗，或者《福尔维娅与卢索》。要是去专利登记处询问，他们会不假思索地告诉你：把金属片做成弧形的维萨尼轮。要是我保留着那项专利就好了。可惜我把它卖掉了，以一双上好靴子的价格。要是没卖那专利，我二十岁的时候就发达了，根本不会经历这些事情。要是你去问守卫队的队长，他会毫不犹豫地告诉你：是利斯特拉银行劫案。我相信那案子的案情至今依然是重案调查部门的速成必读材料。而你要是问我本人，我最高的成就到底是什么，我只能告诉你：我不知道，我还没有达到。

如果你要问我，我最自豪的是什么；问吧。我的回答是没有。

唉，去他的。《对话》里犯了一个最基本的逻辑错误，没人发现，不过总有一天会有人发现的，那时候我就会名誉扫地了。雷灵液确实是公认的天才之作，可是那玩意儿有什么用呢？能把东西炸掉。我相信用在某些场合是合法的，比如开山挖矿或者穿山修路什么的，但那又如何？如果你发明的这东西，人们只要随身带一丁点儿就能被判死刑,你又怎么自豪得起来呢。《毒蛇》是为钱而写的,他们现在还没把稿酬付清呢。《福尔维娅与卢索》不过是衍生作品而已,至于那些十四行诗,我写的时候就不是为了发表。维萨尼轮让很多王八蛋发了财,可是我没有。对于我过去的犯罪经历,我也没有任何觉得自豪的地方。《张开手的圣母像》我倒是有那么点儿满意(她的头对于那副身体来说真的太大了,可从来没人质疑过这点),但我第一次被捕的时候,他们就把它没收了。某个王八蛋用低价把它从法警那儿买了下来,从此再没人见过那尊圣母像了。

　　萨洛尼努斯致福卡斯,问好。

　　那好吧,谢谢。但别在白天来。你说你担心我被守卫队抓住,你觉得我就不担心吗?

　　派你的筐盔佬来,带一架封闭式马车,日落一小时后过来。我在这儿等。

　　再次谢谢。你是个真正的朋友。

　　阿斯提亚格斯一把信寄走,我就离开了他那儿。我很紧张,但精力充沛。想到筐盔佬们一时半会儿不会来找我,我就神清气爽。我依旧不知道怎么才能出城,但经验告诉我,精力充沛的时候,我总会冒出一些让自己都觉得惊奇的点子。同时,在灵感来袭以前,我可以做一做各种零碎活儿,打发一下时间。

　　首先,我得找个窝点。不用多大地方,只要一个封闭的小空间,有灶台有烟囱就行,至少得有扇窗户。租金不能太高,房东得是个谨慎的人。凭借着我偶然的先见之明,几个星期以前我就研究过几个可选地点。我的备选单上的第一个地方已经租出去了,不过第二家(一家制革厂后面废弃不用的库房,简直完美)的房东接过了我从阿斯提亚格斯那儿讨来的两个安吉尔,作为三个月的预付房租,接着把钥匙递给我,然后他就忘了曾经见过我(我的感觉是,他对这种事早已轻车熟路了)。

　　接下来,我需要材料和设备。拿着我从阿斯提亚格斯桌上的木罐里偷来的三个安吉尔(记得吗,他在那儿努力把字母写端正的时候,我在他桌边坐了一下),我能够买到一些基本的玻璃器皿,还有我需要的大部分材料。这是有风险的,不消说。即便在帕拉普罗斯多西亚,也只有五六个地方能买到这种东西。我疑心那几个地方都有人守着。事实上,我绞尽脑汁也想不到怎样才能避免在买东西的时候被人当场抓获,所以只好不理会这风险,像狠心拔掉一颗坏牙那样,硬着头皮去了。从进店到出店,我一直慌里慌张。店主一定看出来了。他以为我没在看他的时候,露出了奇怪不解的表情,不过这并没有阻止他接下我递过去的阿斯提亚格斯辛苦赚来的两个安吉尔。他用一个木箱帮我把东西装了起来,拿稻草垫好,绑了条草绳以便手提。东西很重,而且易碎,所以我没法跑。我用尽可能快的步伐走回了制革厂。没发现有人跟踪我。

还剩一个安吉尔和五个铜板。我花了四个铜板买了面包和奶酪(这就够吃了,其他任何形式的食物都是奢侈)。然后,仿佛通过某种奇怪的点金术,那个安吉尔转化成了一些基本工具,包括一把短柄斧头——在这个落后地方,能合法买到的最像正经武器的只有这东西。把黄金变成了普通金属。哈。

最后还剩四个铜板。有四个铜板,我可以去城中心的牛肉库,趁他们给军队准备补给的时候,从政府出售的剩余物资里买一块两英尺见方的冰块。等我把冰块搬回制革厂,我的双手早已过了疼痛的阶段,只剩麻木无知觉了。

要安全地制造雷灵液,你必须有清醒的头脑和稳定的双手。等我把冻僵的手指在火上烤暖了,我发现自己像风中残叶一样抖个不停,而心头则满是愧疚、惶恐、忧虑和疑惑。可另一方面,冰是会融化的,而我没有余钱来再买一块冰了。最终,我奇迹般地完成了制作,并且没有引发爆炸。如果爆炸的话,这一片的地图他们只好重新画过了。

人们以为任何微小的震动都会让这东西爆炸,其实这是我传播出去的一个谎言。只有恰当而猛烈的撞击才能引爆它。有好几回,我在外套兜里揣着一小瓶这东西,在外面转悠了好几天。不过我得承认,每次在街上被人推搡一下,我都吓得要命。制作完成后,我把它放在窗台上,然后又出去了。我走到炮台南面的小公园里坐了下来，那地方人迹罕至。我坐在一堵矮墙上，开始回忆——

在你脑海里，想象一下我是如何把那蓝色的蒸馏物和绿色的试剂混在一起的吧。我先拿一根玻璃棒轻轻搅拌一下，就为图个吉利，然后把它放在一旁。它发出了嘶嘶的声音，这倒真出乎我的意料。我量出一点儿西风力，一点儿彼得盐，一点儿土骨，然后把混合物装入蒸馏瓶，架在火上。有点像我妈拿剩饭准备晚餐。蓝色和绿色的混合物还在起泡，但我知道怎么解决。我把两德拉克马的龙盐放了进去，琢磨着盐里的白珠力会让蓝色里的光之运沉淀下来——我猜之前的问题就出在这玩意儿上。沉淀物会留在过滤器上，然后就安全了，我是这么想的。

我有点儿纠结是把固体加到液体里，还是反过来。最后，我把最大的一块冰拿出来，把混合液放在上面，等它的温度降下来，再将固态物慢慢地滑进去。没有爆炸，所以还行。但试剂颜色变了，变成了有点难看的紫色。我不知道这算不算什么象征，不过我感觉这是个吉兆。你懂的，紫色嘛，皇室和权威的颜色。不可能是坏事，肯定的。

等它冷下来，我先后用木炭和滤纸过滤，最后剩下的是一堆亮晶晶的粉末，好像锉下来的铁屑似的。不错，我想，光之运制成了。我把这东西轻轻倒进一个高高的玻璃烧杯里，放在操作台上，然后看着它。

永葆青春的长生不老药。喏。

关键是，你怎么知道它真的有用？

如果它没用，当然，我马上就能知道——十秒后我就会死掉。不过，照我从典籍里读到的情况看，实验失败会令我死前的精神状态非常痛苦。因为光之运会吃掉大脑。不知道我把龙盐放进去到底是对还是错；不过起泡有可能说明蓝色里的星之光和绿色里的黑暗之心起了反应，生成了铅。真要那样的话，我这一切操作就都白费了。用龙盐是为了把黑暗之心里的污汽吸取出来——因为污汽完全没用——留下净汽来让星之光里的污浊部分发生反应。非常简单直接,理论上说。

如果成功,它真的是长生不老药,能让人永葆青春——好吧,喝下去,照照镜子,你跟五分钟以前一模一样。要过上十年,你才敢打包票说成功了。哦,好吧,你可以把它喂给一只老鼠,看它会不会比其他老鼠活得久。可那又能证明什么呢? 证明这种药水能够延缓老鼠的衰老。我们这一带可没有这种需求。她曾提议找个婴儿来做实验,这样几个月内就能知道答案,因为成功的话婴儿就不会再生长了。她对这种事毫不介意。在她看来,伦理是没有想象力和远见的人找的借口。

那东西就在操作台上,静静地躺在那里。那,我自问,你在等什么呢?

然后,她进来了。

我坚信,如果社会秩序合理、女性有权直接参与科学研究的话,她会成为一名一流的炼金术士。她阅读我的笔记从来没有任何困难,即便她从没学过这些东西。她打开书一看,马上就会了。作为福卡斯的妹妹,她继承了家族对此道的痴迷。但福卡斯呢,尽管在大学待了三年,对推力迁移的基本原理还是摸不清门道。尤多霞十四岁的时候就会做方程移位了。事实上,我有理由相信,福卡斯的假期作业都是她代做的。不过,当然,他俩都不会承认。

她看见了操作台上的东西。"那是什么?"她问道。

"没什么。"

她瞪了我一眼,"到底是什么?"

我告诉她那是什么。她过了五秒钟才反应过来。我能感觉到她的震惊。她眼睛睁得大大的,脸上散发出激动与贪婪的光芒。"真有用吗?"

"我怎么知道?"

她弯腰闻了闻烧杯,一回身,做了个鬼脸,"很不稳定的样子。"

"是的,但是我加了些龙盐来让它稳定下来。"

她皱着眉头理解着我的话,"过滤了?"

"我又不蠢。"

"像锉下来的灰色粉末？"

我把那张湿漉漉的滤纸指给她看。她检查了一下，然后快速地点了点头，"接下来做什么？"

我耸了耸肩。"急什么？"我说，"要是有用的话，我将拥有无尽的时间。要是没用的话……"

"你多做一点，"她语速很快，仿佛根本没过脑子，"给我做。"

我没有回答。她阴着脸看着我。"不行。"我说。

"什么？"

"不行，"我重复了一遍，"如果想要，你自己又不是不知道配方。"

"你他妈这是……"

"得了吧，"我说，好像是她在犯傻似的，"让我帮你回忆一下婚礼上的那句话吧。'直到死亡把我们分开。'"我朝她一笑，"所以我不打算与你同获永生。"

她那表情仿佛要把我的脸皮给扒下来。"你真可悲。"她说。

你骂我什么都有可能说对了，不过我还真不可悲。"无意冒犯，"我说，"不过永生是一回事，而永永远远地做你的丈夫，那就是另一回事了……"

"你个王八蛋。"

"这么说可不公平。"我说，"我没说要跟你离婚。我们会一起度过你的余生，然后我就自由了。这是我们的婚约决定的。"

"你想让我死。"

"每个人都会死，"我说，"死亡是人生之常，定义了我们的存在。"

"去你妈的。"

"还有，"我说，"说不定这东西没用呢。要是真这么容易，几百年前就该有人弄出来了。再说这东西可能有毒。"

"有毒的话，"她高兴地说，"你就会死，我就会知道不要喝它。"

"也可能毒效要几个小时以后才会发作。或者几天以后。甚至，几个星期。如果我让你喝下它，那真是犯罪级别的不负责任。"

"我哥……"

"你哥,"我回道,"对我可比对你重视多了。你现在应该也已经明白了。"我向她指出,"你一周去他那儿两回,在他面前哭诉我的不是,最后他做了什么呢?"

"你会给他一点儿么?"

我笑了。"如果真的有效,"我说,"我最终大概还是会让它面世。不过首先我得对它进行彻底的验证,花上个,大概两百年吧。如果两百年还不到就宣布成功,那就太没科学精神了。"

"你到底打不打算给我哥一些?"

"不打算。"我回道,"他是在资助我研究把铅变成黄金的办法,而我们都知道这种点金术不可能实现。而这个,只是我自己私下做的一点儿小研究。研究的成果不属于他。这成果,"我笑得容光焕发,"只属于我。因为我配得上。"

我没注意到她把手伸向了烧杯。我还没来得及做出任何反应,她已经把烧杯举到了嘴边。我还没站起来,她已经喝了两口。

我不该放龙盐进去的,我现在明白了。本来可以用血基把泡沫里的净物过滤出来的,那东西你吃到肚子胀都不会有任何问题。

有人把公园里的灯笼点着的时候,我回到了制革厂,拿起了雷灵液。路上,我从垃圾堆里找出个空的烧酒瓶,在一处公共喷泉那儿洗干净了。我把雷灵液慢慢地倒进瓶里,塞上木塞,装进衣兜,就像酒鬼们平时身上携带酒瓶那样。这两天我都是穿这身衣服睡的,而且两天没刮脸了,所以我还真的挺像个酒鬼。没有人会注意酒鬼和乞丐。完美的伪装。

我在大街上游荡了五个小时,真的进入了角色。我叔叔以前总是说我能成为一个演员,我觉得他说得对。你必须演好的一点,也是大部分假装穷困潦倒的人忽略的一点,就是走路的姿态,迈出的步幅,拖着靴子的动作。你走起来必须永远像是在离开,而不是在到达。有个好心人还真的拦住了我,给了我三个铜板。

　　守卫刚换完班，我就走到了东门。我看到接班的哨兵爬上了瞭望塔；他在那儿至少要花一分钟时间在本子上签字确认。这给了我四十五秒钟时间，绰绰有余。我拖着身子爬上了土城墙（没人看到我，可我已经进入了角色，没法出戏。我走路还有点儿摇摆，标准的醉汉爬陡梯的姿态），往下看了看，确认墙下没人，便把瓶子从兜里掏了出来，朝城墙另一侧一扔，然后拼命跑开。

　　爆炸的时候，我已经在步桥上跑开四码远了。爆炸的冲击让我跌倒在地。我伸出双手，加上一膝，三点着地。虽然痛得不行，好歹没有摔个半死。我身子蜷成一团，缩在土城墙下。

　　我数着数。数到五时，大约百码以外，一只狗狂吠起来。然后我听到了第一批跑来的脚步声，赶紧低下了头。要是有人在黑暗中被我绊倒，他们也只会认为我是个缩在城墙下面避风的酒鬼。他们不会把我当流浪汉抓起来，因为他们的敌人这会儿正逍遥法外，将城墙炸出大窟窿。我听到了叫喊声和奔跑声，看到灯光照来照去，还听到卫兵室的门猛开猛关的声音。我一动也不动，像溺者紧抓着浮木那样拼命保持我的流浪汉状态。奔跑声终于没了，可我还是待在原地，一直等到五点钟女修道院的晨钟响起。然后我爬了起来，摇摇晃晃地往制革厂走去。

　　有位智者曾说过，任何人都有无尽潜能，只要他们做的不是他们该做的事情就行。《对话》就是一个极佳的例子。我的论文本来是要对尤斯坦帝斯的《万物论》做元语言分析；我对自己一开始的假设非常有信心，然后做了两年辛苦的工作（这段时间我还在给大学当门房，不然交不起学费），到头来却证明我的假设是错误的。这个过程中，纯属巧合地，我误打误撞循着一些线索踏入了一个完全不同的领域。在我干着门房的工作，把沉重的木箱搬来搬去、清理期末考试后聚会在石板路上留下的呕吐物时，我仔细琢磨着这些线索，无聊的时候随手做了点笔记。这些笔记，就是后来的《对话》。等我得把论文交上去的时候，我意识到我的论文会相当短——

语言形式对尤斯坦帝斯的《万物论》里的逻辑结构有实质影响吗？没有。

于是，在论文答辩的前夜，我离开了厄尔庇斯，留下的是我的笔记、一些没付清的账单，还有一双我塞不进背囊的旧鞋。你瞧，没脸见人。我发现自己年轻时的思维真是太古怪了：我觉得告诉导师我浪费了他们、也浪费了自己两年时光，是一件比拦路抢劫更令人羞愧的事情。

虽然我不该这么说，但我真的是个抢劫的行家。我先做了仔细的思考，而不是像大部分抢劫犯那样没头没脑地冲上大街就动手。我花了一个星期在城里走来走去，做着笔记，记录守卫巡逻的线路和时间，还有他们的视线范围以及从大型商业区到主要银行的最短路径。我去法院查了档案，阅读了几百宗拦路抢劫案的庭审记录，清楚了解了大部分抢劫犯是在什么地方出的错（百分之六十七的劫匪是因为大手大脚的花钱方式令人起疑而被捕的；百分之十三的劫匪袭击了身藏武器的人；百分之六的劫匪在同一个地方打劫同一个邮差超过四次）。我在干草市场的自卫学校花了两个星期训练，然后花了一个星期在酒吧里找人打架。之后我才坐下来，准备一大张纸，一张地图，一副罗盘，开始计划我的第一次抢劫。过程行云流水，让我净赚十七个安吉尔加三十个铜板。收获太丰，我差点儿就金盆洗手了。

不过厄尔庇斯不是个什么大城市，这里认识我的人太多了，所以我坐着邮车到了帕拉普罗斯多西亚。我花了一个月的时间重新勘查和计划，然后呢？第三次出去打劫时，我在鹅市拦下的那顶轿子，坐在里头的居然是我在厄尔庇斯的母校的教务长。我第二天就赶紧跑远，一直跑到了科利斯，在那儿存下了我的积蓄，准备了一个避难处以备后用。然后我回到了帕拉普罗斯多西亚，给我的老同学福卡斯亲王写了封信，向他提出了一个我知道他肯定会感兴趣的条件。现在回想起来，我依然觉得那是一个聪明的决定。要是守卫队抓到了我，市长会在福卡斯得到任何消息之前把我五花大绑，然后我就死定了。死亡还是福卡斯，这是一个关系到生死的选择。总的来说，我觉得自己的决定是明智的。

第二天，这事儿就满城皆知了。一个叫萨洛尼努斯的，有着炼金术士、学者和绅士大盗的多重身份，因尤多霞公主之死受到通缉，已经逃离本城，逃离过程中还在城墙上炸出了一个七英尺的大坑。这只可能是萨洛尼努斯，他们想，因为人们所知的唯一能产生这种爆炸效果的东西是雷灵液，而那种东西正是这个萨洛尼努斯发明的。全世界只有五个人知道怎么制造这东西，其中四个当时都不在城里。我那时已经在一家理发店找到了一份扫地的工作，工钱一天三个铜板。在那儿，我听到一名守卫队长说，市长已经派了一个轻骑兵连去追这个萨洛尼努斯，所以这家伙一定跑不远。与此同时，福卡斯亲王暴跳如雷，派了一个筐盔兵中队去追市长的人。这说明他不相信那些人会做出正确的处理。那位守卫队长则明显对亲王的举动嗤之以鼻。

我在理发店待了足足三天，就是为了确保守卫队已经不再在城里搜寻我了。然后我在"节智"酒吧外面打劫了一个醉醺醺流着口水的维萨尼商人，抢来五个安吉尔二十个铜板。第二天一早，我订了去科利斯的第一班邮车。小菜一碟。

不用说，我没有坐那辆邮车走。我出现在了车站，就在邮局外面，确保售票的书记员、车站管理员和车夫都看清了我。我进了邮车，在里面坐了一会儿，等到邮车准备出发，这才静悄悄地打开没人看见的另一边的车门，溜下了车，朝通往奶酪仓库的那条窄巷猛钻进去，爬过围墙，穿过庭院，从后门进了刀匠场。然后我就到了制革厂，把我的东西清理个干净，再在棕门旁的老"指南"戏院旁一家停业了的旅店下面租了一个地窖。过了几天，我听说两个下了班的筐盔佬在"贞洁有奖"酒吧告诉别人：他们已经有了关于萨洛尼努斯的重大线索，知道他去了科利斯，一周之内就能抓住他。

麻烦就在于，如果你的聪明已经声名在外了，你不能辜负他们对你的期望。

对于我要做的事来说，旅店下面的地窖真是太完美了。钱，当然是我最大的问题，然后是我去准备补给时可能遇到的各种危险。我真的不想再去打劫了。即便在最理想的状况下，那也是一种极度危险的谋生方式，而且我也知道，我的背景知识都严重过时了。还有，我也觉得打劫不是件体面的事。另外，作为伦理研究方面的泰山北斗，我感觉自己有义务做个榜样。可我需要钱。吃饭什么的不需要多少钱，因为通过惨痛的经历，我已经练就了在缩衣节食的情况下熬过漫长日子的本领。可是材料和设备需要不少钱。买这些东西则是另一个难处。我冥思苦想了很久，却没得到任何灵感。我遗憾地做出了决定，是时候把我最后一点资产中的某一件兑换成现金了。具体地说，这件资产是劳迪卡斯教授。

东西是最好的，但人有时候也有用。劳迪卡斯就是这样一个例子。在厄尔庇斯的时候，我是说我第二次在那儿的时候，也就是《对话》刚发表时，我是新上任的道德与伦理哲学讲师，而劳迪卡斯是一个瘦骨嶙峋、结结巴巴但热情诚恳的学生，就是不会交朋友，也不太跟得上课程。我当时正处在周期性的"我要做一个好人"阶段，所以帮助劳迪卡斯通过了预考，不过也就刚刚及格。后来时过境迁，我处境转变，不得不赶紧离开那里的时候，他正在努力上进成为一个优等生。现在，他在学院当艺术老师，手里保管的钥匙能拿到公家的零钱和贮藏室里的东西。在《伦理理论随笔》里，我极力反对利他主义的进步自利观，认为那不过是故弄玄虚。我猜我当时的想法是错的。

我从学院的前门走了进去，没人看我。这是因为，这里任何可能认出我的人都知道我在科利斯。我之前在马槽里洗了把脸，在理发店刮了胡子，还聪明地穿着一件毫不起眼的长袍，那是从镇子另一端的某根晾衣绳上摘来的。我问了问门房，这会儿在哪儿能找到劳迪卡斯教授。很简单，他们说，他这会儿在旧图书馆。我点头致谢，这是外省来的受尊敬的访问学者都会做的举动。不过我做得有点儿生硬，因为斧头的木柄戳到了大腿内侧。

学院的旧图书馆很大。你要是把这里烧成平地，然后犁一遍，种下去的谷子能养活一个村子。哲学区占了整个二楼（要沿着一道紧凑的螺旋石梯上去，真是让我头晕目眩）。我找了好一会儿才找到劳迪卡斯，但二十码外我就认出他了。他已经谢顶（他十九岁的时候头发就不浓密），成了"地中海"，但脸没什么变化。这真是不幸：看上去就像有人把原来那张脸铲了下来，缝到了一个秃头上，头的下面连着更老更肥的躯体。

他站在那里，弯腰瞅着一本书。我实在按捺不住。我悄悄地走到他身后，在他左肩旁叫了一声："你好，劳迪卡斯。"

这不是一个明智的举动。我差点儿让他心脏病发作。他竟吓得跳了一英尺高，嘴里还尖叫着，听上去简直像农贸市场上六只猪一齐嘶叫。接着，他看着我，张大着嘴，嘴唇一动一动的，却没吐出半个字来。

"跟我来。"我说。

对于有的人，只要你用正确的语气对他们说话，他们就会本能地听从你。他偏过头不看我，然后说："你在这里做什么？你不知道……"

"我不在这儿。"我笑着说，仿佛我们在回顾什么愉悦的往事，"我现在在科利斯。"

"你不能留在这儿。"他的眼睛凸了出来，仿佛我拿绳子勒紧了他脖子似的，"要是他们发现你在这儿……"

"别担心，"我说，"你可以很快很轻松地摆脱我。你的办公室在哪儿？"

"新院。"他回答道，然后马上意识到不应该告诉我，"你想干什么？"

"继续走，"我说，"保持微笑。"

我有点后悔这么跟他说了。他那表情就像北门挂着示众的那些头颅一样，而且是那种晾了一个星期的人头。"你是要……"

"嘘。"

我们从后面的楼梯出来，进了南院，穿过回廊到了新院，再左转。他的办公室在底楼，这也显示了他的地位。门没关，可能说明他对同事的极度信任，或是他粗心大意。我关上了门，拴上了门闩。

"看到我你似乎并不高兴。"我说。

"你到这儿来真是疯了。"劳迪卡斯说,"要是他们在这儿抓到你,我的事业就全完了。亲王的人已经来过了,问了我各种问题。"

这情况我还真没预料到,我本该预料到的。"嗯,没事,"我说,"显然你跟他们说了你完全不知道我的情况,而他们也相信你了。他们没理由再来找你。现在,听我说。我需要你的帮助。"

他看上去很忧伤,"什么……"

我给他解释了。他盯着我,仿佛我在向他索要他的肝脏似的。"我做不到,"他说,"那就是偷窃啊。要是有人发现我挪用了公款和公共物资……"

我朝他露出一副受伤的表情。《道德困境》第七章第五节第九段,"我说,"你争辩说,对朋友的忠诚必须永远优先于对政府的忠诚。你用了砌墙的砖来做比喻;每一块砖都必须跟它旁边的砖块紧紧相连,否则不管你把每一行垒得多齐,它的基础都无法支撑上面的砖层。"我朝他一笑,"我一度反对你的观点,但你改变了我的看法。跟你到厄尔庇斯的第一年相比,现在的你进步真大啊。"

他惊慌失措地看了我一眼。"我办不到,"他说,"我不敢。"

"胡说。"我已经赢了,"你把精神上的勇气和生理上的胆量弄混了。第九章第二节第四段,你写道……"

"好吧。"有些天生就是学者的人,宁可牙齿被人用撬棍撬掉,也不愿意别人引用自己的话来反对自己,"你待在这儿。我尽快。"

我摇了摇头。"那么多东西,你一个人拿不动的。"我指出。这是真话。而我呢,在过去的峥嵘岁月里曾经做过两年的门房,干过各种抬上搬下的活儿。我的逻辑无懈可击。

事实上,我是第二次去厄尔庇斯的时候误打误撞学上炼金术的。我一直对炼金术有那么点儿兴趣,但我的专业课真的太忙了。再说我也买不起玩炼金术用的那副家当。后来我认识了尤尔庇得斯,一个研究人员。他当时在找一个助手。很快，我们的角色就对换了；他退休以后，他们把他的岗位给了我。我真的需要那份工资。

当然，研究炼金术的时候，筹集研究资金一点儿也不难。只要人们相信把普通金属变成黄金是可能的（根本不可能），你就能找到愿意资助的大款。只要他们愿意出钱，我当然乐意试一试这件不可能完成的事情。而我犯的错误，当然，就是在从业三个月后，爱上了这门研究。

那是个错误，我现在意识到了。有点儿像结婚三年后爱上你老婆。这会干扰你的判断，让你身处劣势。这一点我比谁都清楚，因为，两件事我都经历过。

说到老婆，尤多霞从来没在乎过我。我由衷地相信她不具备动情的能力。而另一方面，她又非常害怕变老，真实可见的、能吓得半夜满头大汗醒来的那种害怕。不是怕死，就我所知，她没想过死这回事。只是怕老。她说过，岁月就像炼金术反过来，把黄金变成废物。我真的不太明白她的话，不过我明白她为什么会那样。十九岁的时候，她沉鱼落雁。二十五岁的时候，她开始有一点点衰老，就像有人把一幅美丽的油画稍微弄损了一点似的。她以前老是站在镜子前，盯着脸上某条别人都看不见的细纹，那股惊慌我真的用鼻子都能闻出来。所以，当她认为我是世界上最好的炼金术士的时候，她就开始有想法了，即便我那时实际上已经被他哥哥关起来，困在他为我打造成实验室的宫殿一隅、努力研究着炼金术。她必须确保万无一失，这也就意味着我必须爱上她，爱上她的美丽，让我拥有我所能获得的最强烈的动机。我后来很恨她，就像我恨炼金术那样，原因也差不多。即使到今天，我仍旧很难原谅她。

这真是一个大矛盾：爱与强奸能在同一件事里体现出来。两年里，我强奸了科学，试图给福卡斯和尤多霞他们想要的：黄金和青春。做不到，当然了。不可能做到的。但他俩都对我充满了盲目的、毫无保留的信心，就像坠入爱河或者信仰上帝那样。我想，这种状况我也能忍耐。我或许真能就这么继续糊弄下去，相信迟早有一天他们对我的信心会破灭或坍塌，他们会意识到我根本没有他们想象中那么聪明，最终他们就会放我走，或者杀了我。可毁掉这一切的是另一件事: 我真的有所发现, 或者说有渺茫的机会有所发现。如果成功, 这将是我这辈子唯一真正有价值的成就, 会给我带来财富、名誉, 也许——只是也许——还有快乐。

多亏了劳迪卡斯, 我得到了我需要的所有东西: 所需原料中剩下的部分, 几样设备, 十个安吉尔——那是他好心地从他掌管的社会基金里挪用出来的。我把木盒夹在腋下, 快步回到地窖, 满脑子想的都是我即将进行的实验, 预计着可能遇到的问题, 把每一步都在脑海里先过一遍。我不太记得自己是怎么走回到地窖、摆好设备、点上灯、取来水的。精神高度集中的时候, 时间会融化——它会变得漫长, 一罐水仿佛要等到天荒地老才能烧开; 也会变得紧迫, 尤其是在你操作每一个步骤、试图不紧不慢地在同一时间完成七件事的时候。我在脑海里把每一个细节都盘算好了, 一秒钟也不浪费, 但时间还是要么不够用, 要么过得太慢。

蓝色物和绿色物。我把神之泪和强金属片放在坩埚里加热, 化合物开始减少, 然后我把蓝色物和绿色物混到一个石烧杯里, 把固体加到液体里。这次没有起泡, 但是有浓密的白色蒸汽, 这让我意识到: 一个没有窗户的地窖可能不那么适合我的行动。我加了天海力, 一次加一丁点儿。一块干净抹布的一角在烧杯里蘸过之后变成了天蓝色。离真正的长生不老只有一步之遥了。

过度聚精会神的麻烦在于, 你会忽略其他所有事物。我背朝着门口, 他们静悄悄地进来了。他们抓住了我, 我这才反应过来。

队长告诉我, 抓我其实没那么困难。他派出了巡逻队, 告诉他们发现任何奇怪的气味都要报告。显然, 你在半条街以外就能闻到我这儿飘出去的气味。就这么简单。

我坐在马车车厢里, 挤在队长和一名小队长之间, 脚踝还被绳子绑着。等走到白门和长街相交的地方, 我看了看转弯的方向: 朝左去治安队, 还是朝右去宫里。我们朝右去了。

"我们得先把你洗干净。"我们穿过正门的时候，队长说道，"不能让你这么一副样子去见亲王。"

我指出我和亲王曾是大学同学，曾经一起过着没出息的、肮脏低贱的生活。我第一次见到福卡斯的时候，我对队长说，我已经一个星期没刮胡子，他的鞋子上还有呕吐物。队长朝我笑了笑，说他没上过大学。他倒是想上，但他父亲是个养着六个孩子的钟表匠。这话让我老实了。

我从未试过被人按着清洗。我告诉他们我完全可以自己来，但我猜他们不愿意让我手脚自由，怕我跑了。脸刮得倒还不错，也让我想起一些往事：被四个人按住、喉咙上架着刀锋，我不是第一次经历这个，真的。他们给了我一件朴素干净的长袍，又给我戴上微微磨损的米黄色手铐。衣服没有口袋。

队长和他的人把我带到大厅，交给宫廷人员。队长将绑我的绳子一端递过去时，向我礼貌地点点头，并祝我好运。我震惊得说不出话来。

我第一次遇到福卡斯的时候，不用说，他还是个无名小卒。事实上，他那会儿比无名小卒还不起眼。在王位继承的序列里，他排第十二，这意味着他毫无机会，而且他爹那会儿刚刚因为叛国罪被执行了死刑。当时人们对他真是字面意义上的"视而不见"，真有意思。

而我呢，正好相反。我叔叔是前景光明的土地投机商，政治后台强硬，而我也称得上一颗冉冉升起的学术新星，在引领潮流的圈子里，我位于最核心的那个小圈子。核心到什么程度？你要是把罗盘的指针插在我头顶，就能标出其他所有人的位置。按理说，我不应该把我宝贵的时间和精力浪费在福卡斯这样一个价值为零的人物身上。不过我喜欢他，那会儿喜欢他。

那天我刚到一个聚会，就看到他被人扔出来。他是那种喝多了就会发酒疯的人，而他被逐出聚会的原因——我后来这么琢磨——应该是他呕吐的时候没吐到自己鞋上，而是女主人的裙子上，然后尽管她一个劲儿说不用，他还是努力地去擦拭人家的裙子，结果这时候他的消化系统再一次背叛了他。两个男仆把他架到了大街上，他两脚悬空，在空中乱踢，就像被处绞刑的人。那两个男仆轻巧地把他扔进了一个水色泛褐的大水坑。他在那儿坐了，不知道，大概有五秒吧；然后他站了起来，有点摇摇晃晃，但还保留着骨子里的一点点优雅和尊严，像一只猫一样；之后才跌跌撞撞地啪的一声撞在墙上。

跟我同行的人从他身边一窝蜂地走过，个个都是一脸"别看他，你不知道他刚从哪儿出来"的表情。但他朝我笑了。灯笼的光芒中，我看得很清楚。他的表情仿佛在说，别太瞧不起我，你看到的这副样子真不是我的高光时刻。我朝他咧嘴一笑，然后他又摔倒在地。

我第二次遇到他，是在门尼西修斯评述斯特拉台利德斯的课上。我挺有耐心地坐着，脑海里在组织一个问题，这个问题毫无疑问会让在场的所有人意识到：我比门尼西修斯聪明十倍，而且至少比斯特拉台利德斯聪明三倍。我脑海里这个问题眼看就要设计好的时候，那个老傻瓜忽然闭上了嘴。福卡斯立刻站起身来，问出了我一直在心里琢磨的那个问题。

嗐，当然跟我想的不是完全一样啦。没我设计得那么简洁，表述也不像我那样优雅。不过他在逻辑上发现的突破口，正是我发现的那一处。门尼西修斯看了他一眼，然后说："事实上，这个问题也不算太蠢。"然后给出了一个我当时几乎没可能反驳的回答。这让我很感激福卡斯，是他的抢问避免了我出糗，同时他那股安静而愉悦的优雅气质，还有那装腔作势的范儿，也给我留下了深刻的印象。于是我问我认识的人，那个提问的小子是谁，他们告诉我是福卡斯。我做了点安排，让人邀请他去一个我会参加的聚会，然后专门跟他聊了聊。我们聊了半个小时伦理实证论，然后离开聚会，去喝两杯。他当时身上没钱，于是我借了半个安吉尔给他。

一年后，黑死病来袭。王位继承顺序排在福卡斯前面的十一个人里死了九个，而我叔叔也死在那场瘟疫里——死后马上被人发现，他已经濒临破产了。他其实是个彻头彻尾的骗子，干劲十足但智力有限。他没有意识到他的计划里有什么严重的漏洞，要是他那会儿没死于黑死病，不出一个月他的项目也会完全崩盘。我当时还差六个月就毕业考试了。我有一大箱衣服被房东收走了，算是抵押拖欠的房租，最后剩下的就是五六十本书，和四个安吉尔。

社会结构的应变机制永远令我惊叹。没过几天，我就被排挤出中心圈，到了社交群的外围的外围。我甚至没法接近我的老朋友，去问他们要点钱。福卡斯这个暴发户当时不在城里，因为他要去首都参加好几个葬礼。我的导师，一个既钦佩我又厌恶我的人，给我找了那份门房的工作。我留了下来，变成了一个隐形人。

那又如何？没啥大不了的。我在那儿学到了炼金术的重要一课：黄金在贵重金属和渣滓之间转换的催化媒介，就是万物的可变性。我还学会了很多其他技能：搬挪重物，打扫地板，清洁污物，安安静静地站三个小时不被人留意。都是好技能，在我日后的生活中起到的作用比我的专业课大多了。我的观点是，我们是所有发生在我们身上的事情的总和，不管好事还是坏事。当然，在一名炼金术士看来，人就是一堆材料组合在一起，并以各种步骤发生着反应。这意味着，如果你漏掉一种材料，哪怕是——尤其是——这种材料是不稳定或有毒的，你就会得到一个全然不同的结果。如果实验结果不错，你就不能说某种特定材料或某个步骤坏了。如果你得到像我这样一个结果——唔，"好"和"坏"这两个词本来就不够科学。重要的是实验的目的，以及你是否达成了目的。

不管以哪个标准来衡量，福卡斯都是一个成功的实验。一开始是垃圾，最后炼成了纯金。换个稍不中用点儿的人，遇到这样的天降横福，多半会把过去嘲笑、鄙视过他的人屠杀一番来庆祝。真要那样的话，厄尔庇斯大学十个人里得有九个人难逃一死——但这种做法确实是福卡斯家族几百年来的一贯作风。可福卡斯偏偏不是这样的人。他原谅了他的敌人，犒劳了他的朋友，只是没有帮到我。别误会，他是想帮我的。他费了很大力气去寻找我的下落。但那时我的导师已经死了（死于黑死病。那场瘟疫在厄尔庇斯闹得并不严重，但他是受害者之一），其他人要么不知道，要么压根儿没关心过我。其他学生都在被窝里睡觉或者在外面喝酒的时候，我在门房和图书馆里工作，完全不知道福卡斯在找我。最后，我遇到了一点麻烦，不得不离开厄尔庇斯。

历史会对福卡斯百般赞颂：他限制了各省贵族的权力，结束了与阿梅根尼的战争，控制住了公共财政。说实话，历史会爱死他的。不管以后是哪一边占了上风，他们都能从福卡斯身上找到赞美的地方。贵族派会赞扬他褫夺劳动公会的权力并且支持自由贸易，而潮流派会崇拜他的福利政策和土地改革。他们会无止无休地争论他的施政纲领到底是什么，他到底是站在哪一边的，而他们也永远争论不出真相，因为历史不会承认这样一种可能：某些意义深远的伟大变革的起源，纯粹是因为一个独裁者一时间拿不定主意。他一直是好心的。而比起其他那些利他主义者，他更幸运：在将自己的好意付诸行动的过程中，他没有给周围的人和事造成不可挽救的损害。事实上，他不过是一个头脑简单、基本比较正派的青年，没有生在帝王家最危险的那个圈子里。他尽了一切努力，让所有事情安静地、慢慢地推进，以免这些凡尘俗事打搅他履行那个高于一切的天职；他的这一天职，就是去发现，或者现实点儿说，是去资助别人发现，把普通金属变成黄金的秘法。未来我要真能抽出时间来写完我的《理想共和国》（十年前开始写的，拿到了预付稿费，花完了），我一定得找个地方把他当成模范君主写进去。他的统治如此优秀，恰恰是因为他根本无心统治。

"你好，福卡斯。"我说。

他正看报呢，听到我的话，抬起头看着我。"这他妈到底什么情况？"他说。

我耸耸肩。"抱歉，"我说，"我以为——"

"不，"他叫道，"你没有'以为'，这就是问题所在。妈的，我给你写了信啊。你不是个挺聪明的人嘛。"

我坐了下来。卫兵看来不太高兴，但福卡斯没有留意。"听我说，"我说道，"我当时觉得，你可能，嗯，怪我——"

"说真的。"他露出委屈而生气的表情，"咱哥儿俩认识多久了？"

"抱歉，"我重复道，"我慌了，行了吧？事情发生了，我不得不逃，离开那儿，走得越远越好。然后我想，我这举动多可疑啊，我以为——"

"你以为，我会因为你跑了就断定你杀了她。"他摇摇头，仿佛不相信任何人能笨到这种程度，"最重要的是你现在平安无事。不过说真的，我的妈呀，尼诺，你非得炸掉一堵墙吗？"

我露出一副懦弱的傻表情，"我想不到别的办法。"

"太神了。"他朝我一笑，"那样可能会害死别人的，你没意识到吗？然后你就真的山穷水尽了。"

我垂下头，"我脑子糊涂了。"

"光是携带那玩意儿，就能让他们把你脖子拧断。我能做的不多，你知道。"他深吸了一口气，慢慢地呼出来。

"是怎么发生的？"他说。

我告诉了他。当我跟他描述他妹妹是如何死去的时候，有那么一会儿，他闭上了眼睛，把头偏向了一边。这让我想起了小时候，我看到妈妈杀一只鸡的时候也是这样。关键是，我吃了那只鸡，虽然我对它的死亡心存芥蒂。有些事很丑陋，但却是必要的。

然后他打了个哆嗦，就像一只淋湿了的狗甩干身上的水。他说："你为什么没警告她？"

"什么？"

"为什么没警告她不要喝？"

我弱弱一笑，"你觉得她会听我的话吗？"

"不，"他承认道，"恐怕不会。"

"还有，"我接着说，"一切发生得太快了。我还以为她挺懂的，不至于跑到实验室来，也不问安不安全，就喝下一烧杯东西。"

他很感兴趣，"她就那么……"

"她问我是什么东西。我把原材料告诉了她。没等我反应过来……"

"啊，"他点点头，"我理解。她觉得知道了原材料是什么，就能知道做出来的是什么。她总是自视甚高，我这个妹妹。"

"她确实是个不错的科学家，"我说，"她学了不少东西。"

"这也害死了她。"他低声道，听着就像赢了一局他在一刻钟以前就已失去兴趣的棋，"要我说，这事儿用来反对女子接受教育最合适不过了。她觉得她知道那是什么，于是没等你告诉她不能喝，就把它咽了下去。没耐心，跟个孩子似的，总是在仆人刚把盘子端进来时就扑上去抢蜂蜜蛋糕。"

"要是我能预料到哪怕一点……"

"当然了。"他抬了抬手，这个话题就此终止。"喏，"他说，"过去的就过去了。我会发一份声明，说我妹妹是自然死亡的。我们会为她举行国葬，当然，到时候需要你作为主祭人到场。抱歉，"他又说，"我知道你不会应付这种官方场合。"

"别担心，"我答道，"这点心意我还是能尽到的。"

"大概要一个星期来安排，"他接着说，"与此同时——"

他没有把话说完。回我的操作台去，浪费的时间已经够多了。其实他真的没有把这当成对我的惩罚。他真的相信我很享受做这些事。

我站了起来。"还有一件事，"他说，"倒不是什么要紧的事，但肯定有人帮了你。不然你从哪儿弄来那些设备的。你知道咱们之间已经既往不咎了，但我得问是谁帮助了你。我必须交个人给市长，不然我接下来几个月都要焦头烂额了。"

我又坐了下来。"我有一些联络人。"我说。

"是，我猜到了。"他的眼神冷冷的，"抱歉，你得把名字告诉我才行。"

"是盗贼公会里的。"我说。

他的眼睛睁大了一点。"还真有个盗贼公会？"他说。

"当然了，"我撒谎道，"我真的很抱歉，但是……"

他耸耸肩，"公会的秘密比你的生命还宝贵。好吧，不提了。现在我知道真的有个盗贼公会了，守卫队有这消息就行了。谢谢。"他又说，"你帮了我个大忙。"他皱了皱眉头,"我是不是刚刚让你泄密了?"他问,"要是会给你带来麻烦,我可以忘掉你刚刚说的话……"

"完全没问题,"我说,"我们一直以为你们早就知道这个组织了。"

(然后我想,有意思。问起他妹妹的死时,他就像在询问一个同事的病弱配偶的健康状况,但确认盗贼公会的存在时却是大感兴趣的样子。我不禁想,要是他们告诉他尤多霞死讯的时候我也在场,不知能看到怎样一番景象?)

"要多久?"他问。

我刚想起身,准备走出去,"难说。"

"估计一下。"

我耸耸肩。这个姿势是想表示我对这个世界漠不关心,但它谁都糊弄不了。"真的,难说。也许六个星期,也许一个月,也许……"

"六个星期。"

"六年也有可能,"我回道,"全看运气。我要是幸运,明天这时候就成功了。要是运气不好,永远无法成功。还有个可能是永远存在的:这事根本办不到。"

他朝我一笑。"大马路的承包商也是这么跟我说的。"他说,"他们精确地知道把路从城里修到码头需要多久,但我问他们的时候,他们总要多说两个月。这样,等工期按他们的预估完成以后,他们可以因为提前完工而要求我发奖金。得了吧,尼诺。多久能好?"

"六个星期。"

"我就猜到了嘛。"他朝我微微一笑,然后我身后有人打开了门,"那就六个星期。你的承诺我记住了。"他说。

是的,我是尚在人世的最伟大的炼金术士。我要是否认这一点就太蠢了,否认不过是一种变相的炫耀。但请特别留意"尚在人世的"这个修饰语。

要举例的话,想想"皮蠹"拉艾利拉努斯吧。他绝顶聪明,还在法艾诺利上学的时候就已经提炼出了神之泪,也是第一个把银分解成四大要素的人。在厄尔庇斯的时候,我与他来往过一小段时间。或者说赫伦尼乌斯吧,他完全刷新了我们对液体重组的认知。他要是还活着,我连给他捧演讲稿的资格都没有。更不用提哥狄阿努·塞古都斯了,这位是我真的想认识一下的人物。但我到帕拉普罗斯多西亚的时候,他已经去世了。而戈德利努斯——嘻,只有业内人士会对他感兴趣。事实上,现在是炼金术的黄金时代。这绝非夸张修辞。过去十五年里涌现的具有划时代意义的新发现,比过去两个世纪都要多。这个时代的天才们,真的绝顶聪明;而且这样的天才,保守估计也得有两打。但有意思的地方在这儿:在那两打天才里,谁都没能活过三十三岁。

那个时候,我三十二岁。具体来说,我当时三十二岁十一个月。

曾经有段时间,人们对著名油画的复制品特别狂热。这种事你也明白:《提麦乌斯的审判》《西内欧之战》《女孩与白鸽》……它们跟原作一模一样,不过总会差一样东西,比如审判席上的那个水壶,或者战争场景里国王的盾牌,或是那姑娘的耳环。这样做的目的是:你可以把赝品挂在聚会餐桌旁边的墙上,趁宾客们猜测它到底哪里跟原作不同时,你可以饶有兴趣地观察他们的表情。

《炼金术士萨洛尼努斯的工作间》的赝品里缺失的是一具尸体,女性尸体。我不费吹灰之力就发现了。这么明显,简直就像脚下的地球上有个大洞,能让我们轻松地透过洞看到底下的星星。

"谢谢,先生们。"守卫给我领路的时候,我对他们说,"我知道怎么去。"

当你沦落到在士兵面前说徒劳的俏皮话的时候,这真不是个好兆头。门一关上,我就无力地坐到了地板上,浑身发抖。我一般不这样的。我肯定是撞上什么看不见的邪物了。

过了一会儿,我想办法重新振作起来,站起身,把火点起来。我不记得自己上一顿吃了什么,反正不觉得饿。火点着以后,我走到放材料的橱柜前,找出一瓶阿夸维特。透明无色的东西。我本来用它当酒精炉的燃料。我喝下了三口。要说有什么用,就是让我更难受了。

那，我想，我他妈该怎么办呢？

颇具讽刺意味的是，任何一个懂行的炼金术士，做梦都想拥有我这样一套操作台。你能想到的任何设备这里都有，而且是最高质量的：一长排瓶瓶罐罐，像阅兵式上的士兵，装着各种稀罕的材料——有的要一百安吉尔才能买到一盎司，更多的只有在黑市上才能买到（不过它们太稀罕了，这一行的任何人都能马上知道你是从哪儿弄来的）。如果我需要某件特制的玩意儿，我要做的只是拍一下门，然后把清单交给守卫。他会去工具匠或玻璃匠那儿，第二天我就能拿到东西。成本不用考虑，无尽的研究资金。如果真的有地狱，我由衷相信，地狱就是你正好得到了你想要的一切。

我有六个星期时间来发现把普通金属变成黄金的秘密。这根本不可能实现。我到书架的顶层拿下一本波利克拉特斯的《多样艺术》。第六章，第十九页，第四段。把普通金属变成黄金。

好吧，我想。

首先，把普通盐（有了）和硫酸（大把的）用玻璃棒搅拌好。搞定。接下来要用到硝酸（有好多桶）。把硝酸和盐与硫酸混在一起，生成王水。跟我不同的是，波利克拉特斯的最大问题不在于他写下的东西（虽然经常有问题），而在于他没写进来的一些小细节，比如超级不稳定，或者会产生大量毒性气体，或者妈呀，一定要在一块冰上进行这步操作。幸运的是，我第二次离开厄尔庇斯后没多久，来自菲莱的温桑德尔带着我把这个流程过了一遍，所以我多多少少知道要怎么做。温桑德尔是个伟大的人物，只因他做了些面值六安吉尔的伪币就把他处以绞刑真是对科学的犯罪。他做的伪币实际上比政府发行的还要纯三个百分点，你能相信吗？就我所知，现在有很多珠宝商在积极地搜罗他做的那一批。

流程走到了三四步，你就得把亚麻布餐巾的一角浸到那杯东西里，然后点燃。要特别警醒的是：注意控制火势。我特别幸运，因为我亲眼看见一位专家为我演示过了——温桑德尔的通缉令上说他是一个"没有眉毛的高个子男人"。

这描述实在太精确,所以通缉令在神庙的门上挂了不到三天,他就被逮到了。小心起见,我把一个大浴盆装满了水,把头浸了进去。等餐巾烧完了,我小心地把灰烬倒到一个罐里,然后拉起风箱,让火烧到最大。

下一步,坩埚。我盛了半坩埚昂贵的铜钉(真他妈浪费。但要的就是这种非常纯的铜,再说出钱的又不是我)。我把半英担的木炭用掉了差不多一半,这才把铜钉熔掉,我把熔融状态的铜倒进漂亮的五腔锭模,放到一边等它冷却。我那瓶破除水已经空了,这真是件烦心事,于是我决定自己造一些:把盐加到水里,再把细粉状的生银加到硝酸里,把两者在一个玻璃容器里混起来,生成一堆褐色的糊状物;再加入鹿角酒,等糊状物消失,就得到了破除水。等我把这一切弄完,那些小铜条也已经冷却,可以从锭模里敲出来了。我夹住一块铜条,慢慢地放到破除水里,等五分钟,然后取出来,把破除水洗掉,小心弄干。一条镀银的铜条。自然,我刚说的操作过程是简化和篡改过的(因为,我要是把真正的流程告诉你,你就学会了,那我和我的同行们就没这口饭吃了)。

四根铜条,一根银条。我戴上鹿皮手套,把一点餐巾灰烬弄到食指上,然后轻轻地擦拭那块镀银的铜条,直到灰烬都没了。变化的过程十分缓慢,你一开始不会留意到,除非灯光正好从某个角度照到它。这过程很长、很慢,正当你绝望地相信已经失败了的时候,银色上却呈现出一道不可能看错的淡黄。这会让你重拾信心,然后你会继续,直到灰烬全部抹完,你的指尖也麻木了,而那银条现在变成了金光闪闪的深蜜黄色的金子。

小菜一碟,真的。

我工作的时候没有留意到时间流逝,所以不知道自己花了多长时间。过去的经验告诉我大概过了六个小时。铜的熔化实在慢得让人头疼,但那些灰烬起作用则比我想象的要快。时间有时候会融化,会流动,会凝结,在一个熔融的核心上形成一层坚硬的表皮。

我把瓶瓶罐罐们小心地收了起来,这样不管谁来查看,都不会知道我用了哪些东西。然后我把波利克拉特斯的书合上,放回了原处。

我把水倒进一个玻璃烧杯，加了一滴蓝莓汁，让它呈现出一种无害的凝滞的蓝色。我把金条放进烧杯，把四块铜条整整齐齐跟它叠在一起。我从架子上拿起一把四磅重的直头尖顶锤，在锤头包上一块布，然后用拳头捶起门来。

照旧是吱吱嘎嘎的钥匙开门声，然后门开了。我不认识这个守卫。我试着看他身后，但他挡住了我。

"我要些材料。"我说。

他点点头，"什么材料？"

"王盐、魔炎、神足基、饱和龙盐，用硫酸……"

他一脸苦巴巴的样子。我笑了。"进来，"我说，"我写给你。"

他拿着那张羊皮纸走后，门又关上、锁上了。我把四分钟计时的沙漏翻了过来，等到沙子全漏下来了，我又敲了敲门。

另一个守卫把头从门框里伸进来。"怎么？"他说。我对着他的头就是一锤。他像苹果从树上掉落一样摔倒在地。我在心里默默数了六下，这才小心地打开门。门外的守卫从来没有超过两个，但凡事都有第一次嘛。幸运的是，这次还是照旧。我把守卫拖进来，溜到走廊上，小心地关上门，用钥匙锁上。一个小时，我猜；也许还能再长一点，不太可能更短。一个小时，我能跑多远呢？

学者都是众所周知的独身主义者，而职业罪犯的生涯里也没多少时间来浪漫，所以，当我说我只真正爱过一次的时候，你应该不会感到意外。

如果能发展得更好一点儿的话，一次其实也已经够了。她很完美，很漂亮，很聪明，很善良，很风趣，很温柔；和她在一起很快乐，不管在什么情况下。而她也爱我，几乎有我爱她那么多。不过她爱得最多的是哲学（比爱我还多）。如果没有她，我不可能写出《形态与物质》。她总有办法让我思考；只要稍微蹙额，或者眉毛稍稍一动，我就忽然能看穿问题的本质所在。那时候她让我意识到：之前我最关心的事情，就是让我的敌人无法证明我是错的，换言之，就是胜利。但遇到她之后，我的整个世界都不一样了；真正重要的，不再是打败哪个对手，而是把事情做对——做完美。几近完美。关于她，只有一件事是我想要改变的，如果我能的话。她已经结婚了，嫁给了福卡斯亲王。

所以，很遗憾地说，这引起了我和老同学之间的矛盾。不是第一次，当然也不会是最后一次。他的观点是，他的信任被辜负了，更不用提通奸罪和欺君罪了。我理解他的观点，我也能接受。在这种情形下，考虑到他是国家元首，是一切正义的源泉，他别无选择，只能按正常的法律程序来处理。而当时令我不能原谅的，直到今天也无法原谅的，就是被送上法庭的人不是我。

他代表她发起了特殊辩护，请求从宽判决。这是他的好意。不幸的是，在当时的政治气候下，这样做真是没法更糟了——六名法官都是大众潮流派，结果可想而知。在情绪最比较阴郁的日子里，我曾这么想过：他之所以发起特殊辩护，是不是明知这会导致法官故意为难她而判处死刑，才故意这么做的呢？但我觉得应该不是。他是爱她的，这一点毫无疑问；而失去她，尤其是以那样的方式失去她，让他撕心裂肺。对我来说这同样不是什么开心的事。因为爱她，我害死了她，就这么简单。福卡斯就是我使用的凶器。

就这样，她死了，我活了下来。福卡斯让他的调查长官向无敌骄阳宣誓后，作证说他查不出奸夫的信息。法官们（其中两位已经死了，另外四个得等我再空出一点时间来）提出，只要调查员愿意，允许他对被告刑讯逼供来问出奸夫是谁。我还记得，他的脸唰的变得像纸一样白，然后喃喃地说不用了，他认为在这个案子里刑讯逼供没什么用。法官们耸耸肩，仿佛在说，好吧，你要是这么想的话，然后他们就很自然地做出了死刑判决。

我通过高处一扇窗户旁观了整个过程。我记得她当时多么镇定自若，直到他们开始把她绑到处刑架上。他们抓住她手腕时，她瞬间崩溃了，惊恐地尖叫起来。上了四个壮汉才把她按住，把绳子打上了结。他们在柴堆里放了很多湿柴，这样她会在被火烧到之前就被熏死。我猜是标准惯例吧。这是那种我们应该感恩戴德的小仁慈。

我这个人的可怕之处就在于，从不浪费任何有用的东西。所以，轮到我在学院作温桑德尔纪念演讲的时候，我把她的死当成了一个炼金术理论的范例。我说，她跟其他万物一样，是由土、气、水和火以特定的比例组合而成的，在次力的作用下处于平衡——菲罗斯特内斯曾提出：次力的终极源头是无敌骄阳环绕地球的运动。当她被处死的时候，外来的火打破了次力，让外部的火与她的组成元素结合与反应。她的土被消耗转化成生料"聚阳"。她的水蒸发了、融进了更大的外部世界。她的气被次力驱散了，而她的内部火被外部火吞噬了，生成了圣炎。这个同化或者传播的过程，可以类比为把水银从汞合物中提取出来。我问道，我们能从中学到什么？在她的血肉化为灰烬的转化过程中，物质转换伴随着损失，因为她的骨灰比燃烧前要轻得多。传播中又伴随着变化，肉（软物质）与骨（硬物质）经流程催化后转变成了灰（一种不稳定的脆物质，溶于水，一阵风就能吹散）。因此我们可以得出，土在本质上是一种奉献元素，弱性，适合转换。而与之相反的是，蒸发过程中，水转化时具有延续性。她的水变成了蒸汽，迁移了，最终和云中的其他蒸汽结合在了一起，最后通过下雨坠落到低层。因此，这个过程是延续的，因为水没有消失，尽管可以转化，最终又通过记忆对抗了转变。然后是她的气，在她呼吸的肺里和其他中空的身体部位里，在她死的那一刻，被热焰驱散了，本质上没有形式的变化（不过结构上有变化：参阅布若内鲁斯关于气的形态的论文），不过是物质从一处被驱走，移动到另一处，这样一个过程罢了。这也是为什么我们把气称为无敌元素，因为在物质转化过程中，它不会被改变。至于她的火，我说，就完全是另一回事了。在转化完成的那一刻（我的声音这时有点颤抖），内火与外火合二为一，这是一个近似于爱的过程，一个联合，或者真正的结合。在此过程中，内外之火结合成了一个不能分解的整体，内外同时燃烧，之前的"二"现在只剩"一"了。因此，我接着说，火是所有元素中的媒介，我们必须注意火。万物的起源（马塞勒斯的原生炎）和结束（尸炎，按照凯苏拉的假设；不过可以参阅阿米安努斯的不同观点）都在于火。只有通过火，所有过程才能进行。只有通过火的破坏与提炼，我们才能实现目标：维拉转换，真正的转换，从一种元素变成另一种元素。

不消说，并非每个人都同意这个观点。不过我觉得我还是有些道理的。真正把事情弄砸了的，是我接下来把变力和人类的爱联系起来，把燃烧的过程和把爱变成恨、疚、悲、痛的过程联系起来，还拿用贫矿石通过水银提炼贵金属做比喻。我还能说什么呢？这种联系是你凭直觉能够发现却证明不了的。而一旦你在学术圈里留下了靠直觉研究的名声，你就完蛋了。不过就我的情况而言，这倒没什么大不了的。演讲完三个月后，我就在逃票偷乘一艘蠢到死的鳄梨货船时被逮住了。一切完蛋：再也不能公开露面，失去了教授职位，回到实验室，被两名守卫看着。这就是我一生的故事，真的。

我来到了走廊。往左还是往右？我选择了往左。这是个好主意。

往左的路经过次级公馆（会被扔在那里的是一些没地位的大使、商人、民事案件上诉律师、无关紧要的家属和穷亲戚），去往后宫或者厨房楼梯。厨房楼梯往下走两层就到了马场。只要你身手够敏捷，就能从那儿爬过宫殿的外墙，溜出去爬到教堂屋顶的管道上，然后顺着排水口往下，来到修道院花园，从法衣间里顺走一件法衣，你就成了在教堂前院转悠的一个教友了。我上一次逃走时就是这样干的。不过那次我只逃到教堂前院就被筐盔佬们逮住，又给抓了回去。所以，他们会认为，我这一次不会再走这边了。

重要的是，不要跑。这一点很难。前路畅通无阻的时候，你会按捺不住快点跑的冲动。但是跑起来太打眼了，再说在宫殿里，没有人会跑。所以我就走着，手插在口袋里，沿走廊而行，装成一个低级官员的样子，不紧不慢、大摇大摆地从办公室走到档案室，或者从一个勤务室走到另一个。关键是要够真。这是通过血淋淋的教训学到的。

走了四分之三的路程后，我听到脚步声从走廊另一头传来。走廊的地板是古董橡木板；除非你穿的是拖鞋，不然走起路来肯定砰砰响。我别无选择，只好推开前面的第一扇门，溜了进去。

原来这是一间浴室。福卡斯有点洁癖，所以居住区到处都有浴室。我真幸运,我想。我在浴缸后面蹲了下来,蜷在地上,等脚步声远去。

我闻到一股气味:非常浓(当然浓了,不然我不会留意到。如果你人生中很长一段时间都在跟氨水之类的毒性物质亲密接触,你的嗅觉不可能好)。熟悉的气味。被对科学的好奇心害死实在是一件糟糕透顶的事,但我还是忍不住。为什么会有人在一个浴缸里装满蜂蜜呢?

所以我看了一眼。

她仰卧在那里,浑身赤裸,蜂蜜刚刚浸过她的鼻尖。她的眼睛是睁开的,脸上还是那副有些迷乱的表情,就跟我最后一次看到她、烧杯从她指间滑落粉碎在地的时候一样。她的头发也浸在里面。她不由得让我想起被困在琥珀里的苍蝇,当然,那和眼前的场景是一回事。蜂蜜,众所周知,是所有软物质中最不易腐败的,因此它是很好的防腐剂。把一团肉——也就是尤多霞现在的状态——放在纯净的蜂蜜里,它会几乎无限期地保存完好。

完好是相对而言,我不会毛毛躁躁地用这个词来形容我的亡妻。但是,躺在那里,浸在金色的液体里,她确实是在抵抗衰败,而且成功了,毫无疑问。她的肉没有收缩,嘴唇没有干枯,也没有你在尸体上通常能见到的那种浮肿和苍白。硬说有一点变形之处的话,也只是光线在那金黄色的液体里折射出来的效果,调整而非扭曲了她的下巴轮廓、她的鼻子角度,乃至她的眉头。我不得不说,她一如既往地美丽,而且看来会一直保持下去。这完全就是她一直想要的:在黄金浴缸里冻结住她的青春,不再畏惧变力,不怕土的软弱,不怕水的恶意,不怕气的折磨,不怕火的强力。我猜,人能否实现所想,都取决于你想要什么以及你打算付出多少来得到它。就她的例子而言,付出的代价就是死亡。但活着对她来说其实也没什么乐趣,因为活着的她一直在担忧失去、改变、退化和腐败。此时此刻,我真想坐下来写一篇论文,好好谈谈这个主题。我终于给了她她想要的,青春永葆,以死亡为媒介,通过移除内火(变化的催化剂)而生效。如果能亲眼瞧见的话,她肯定会高兴得不得了。当然,你不能什么都得到,而她更在乎的是她的肉体,而非灵魂(我找不到更好的词了)。我忍不住笑了起来。这就是炼金术，我想。

我站在那儿看了她好一会儿，直到有一件事终于穿透了我厚厚的脑壳，进入了我的意识。那就是，我之前在走廊听到的脚步声越来越响了，到我的附近时达到最响，然后静了下来，这意味着发出脚步声的人停了下来，就在这间浴室的门外。考虑到亲王死去的妹妹就在这儿——你肯定会派人把守的——我不得不得出一个痛苦而耻辱的结论：我只能认为被派来看守这里的筐盔佬跑开了一会儿，上厕所之类的，而我在这段时间里溜了进来，关上了门。现在守卫回来了，我却把自己困在这儿了，没有任何机会可以逃脱。

蠢货，我想。

嗐，别无他法了。我走向门边，用拳头打起门来。

真希望我能在门的另一边，看看那个可怜虫的表情。那守卫肯定知道他守的这间屋子里放着一个死去的女人。屋内响起了大力敲门声，也就是说——等他来开门的时候肯定已经缓过神来了，因为他脸上是那副筐盔佬的典型表情：死气沉沉，呆头呆脑。他认出了我，当然了，他们都认识我。

"抱歉，"我说，"我肯定是在哪儿拐错了一个弯。你能告诉我怎么去后门吗？"

他听了这话想了好一会儿。我真的不喜欢朝筐盔佬挥拳。只要差上八分之一英寸，要么他们不会倒，要么我的指关节会被他们帽耳的锋利边缘刮掉皮。幸运的是，我这一次打准了。他跪倒在地，发出那种你有时会听到的轻哼声。我从他身上跨了过去，开始逃命。

说这些只是浪费时间。简单说吧，我最远只逃到了大门门房处。那儿有一个凹室，他们把邮包都扔在那儿。我爬了进去，弄了一大堆邮包盖住我，确保手脚都没外露。现在可以好好想想了。

时间，我应该已经说过了，是会融化的。当它是液体形式的时候（时之水？），在热的影响下（火为媒介：见上文，提了好多次），它会渗漏、会穿透，就像稀薄的矿物油，或者池塘，或者洪水。撤掉这种影响，时间会凝结，就像平底锅里的一块肥油，经过一种缓慢慢转化后，会从固态变成一堆黏糊糊的东西，能把你粘住。时间在邮包下淤积和凝结，我缩成一团，丝毫没有动弹，被邮包的粗大麻纤维不断摩擦着脸。我讨厌等待，我能感受到时间的流逝。时间的消逝是一个衰败的过程，成分逐渐减少、消失，但最后剩下的，就是真正的不朽，因此也就是精华，是宝贝。理论上，要提炼黄金的话，你只要把它扔在那儿，让雨水和湿气把杂质侵蚀掉，最后剩下的就是纯金。不过没人会这样做。因为可能会有像我这样的人来把它偷走。

我当时想：我真的有必要这么做下去吗？

最后，他们找到了我。

想象一下那个场面吧。在大学里，福卡斯和我，两个聪明的年轻新生，醉得一塌糊涂，沿着一条逼仄的小巷里走着。我俩刚刚被"神圣宽容"兄弟会除掉资格，正在为将来被"慈善与社会正义"兄弟会除籍创造条件（有目的地活着都会让你被"神圣宽容"踢出去，但要被"慈善与社会正义"踢出，还真要下一番功夫才行）。

我们聊着天，就像其他学生聊天那样：声音太大，语速太快，掏心窝子，聊着我们理论上懂、但对其依据与实践都毫无头绪的东西。

"不过它真是个赚钱的好办法。"我记得我是这么说的。

"炼金术。"他哼了一声。人们只有喝醉时才会发出这种声音。

"但那是不可能的，"我指出，"根本做不到。"

"别这么肯定。"他阴郁地回答，"人的能力，太神奇了。看看畜牧吧。或者玻璃制造。我是说，就是这么个道理。我是说，谁会想到，只要拿一堆沙，放到坩埚里加热，加到真的、真的、真的非常热，然后你就造出了玻璃。我是说，"他的语气忽然激动起来，"玻璃。不可思议。"

"不，不一样，"我感到必须指出重点所在，"玻璃其实没那么大不了。人们每天都在造玻璃。"

"是的，但它本来是不可能存在的，这就是我想说的。"他说，"这么一件硬实的东西，摸得到，真的在那儿，但是又看不见，你只能透过它去看。这根本就是不可能的事。"他顿了一下，定住摇摇晃晃的身子，接着说，"完全不合乎情理，更像他妈的魔术。嘿，不是吗？"

我耸耸肩。我已经忘了他想表达什么观点了。

"那么，"他继续道，他那聚精会神的脸扭成了一团，"也许炼金术也是一样。点石成金。我们现在做不到，不意味着永远做不到。哈？"

"但就是不可能做到啊。"我耐心地说，"因为炼金术的基本原理。"

他啐了一口，炼金术基本原理于是见鬼去了。"再说，干这个还是一份好工作！"他说，"你猜怎么着？我要是能当上亲王……"

他顿了一下，完全停住，又吞咽了起码六下。我发现了这个症候，赶紧后退一大步。但他这次没事。"我要是能当上亲王，"他接着说，"我要做的第一件事。猜猜？"

我摇了摇头，"什么事？"

"把所有的炼金术士抓起来，"他说，"把那些家伙都送上绞架。绝不宽恕，一个不留。你知道为什么吗？"

"点化我一下。"

"因为，"他说，"炼金术士是国家面临的最大隐患。真的。因为，"他接着说，用大拇指和食指擦着眼睛，"政府收入的基石是什么？以黄金为本。为什么？因为黄金很罕见。要是有些王八蛋发现了点石成金的秘术，会怎么样？绝对会财政混乱，就是这个问题。市场混乱成灾，黄金一文不值，上百亿的安吉尔几小时内就会被清扫出经济体系。"

我对这个话题真的不感兴趣，但我感觉有义务反驳一下，因为在这个年龄，作为一个学生、一个醉汉，你总是会翻来覆去地就任何问题进行争辩。"这我可说不好。"我说，"当然，奥妙就在于，要保住这个秘密。别让别人知道。然后你再把所有驯服的炼金术士关在地窖里，为你造上百万的安吉尔。只有你一个人知道这些不是真正的原生黄金。你会发财的，其他人也没事，一切都好。"

他朝我射来一记鄙视的眼神。"没用的，"他说，"这样的秘密守不住多久的。肯定会泄露，然后你就完了。你能做的唯一一件事，就是用贿赂什么的，把真的炼金术高手引诱到你这儿来，然后死死地盯住他们。然后，一旦他们研究出真玩意儿——"他用手指做了个割喉的动作，打了个嗝。

"残忍了点儿。"我说。

"残忍，"他回道，"但是正确。这样做才对。如果你是亲王，永远要做正确的事。等等，我要撒泡尿。"

他停在神圣姐妹修道院的门口，滋尿声响了起来。之后，他慌张地奔跑着追上了我。

"啊，这就是你的计划了？"我问，"如果你当上亲王的话。"

他笑了，"我当不上亲王的。"

"真的吗？"

"不可能的，"他说，"不可能发生。"

当我回到实验室的时候，那块金条几乎——只是几乎——原地没动。哦，我想。

"四名守卫。"那守卫说。

"什么？"

"四名守卫，"他重复了一遍，"把守你这扇门。随时都有四名，从现在开始。"

"受宠若惊。"我说。

他瞪了我一眼，"士兵西利斯科斯现在在医院。你把他的头打破了。"

时不时地，我真的很恨我自己。不会恨太久，过一会儿就好了，不过之后又会恨起来。"对不起。"我说。

"没事。"他离开了房间。我听到门锁上了。那又如何？我想。他是个筐盔佬。他们领这份饷钱就是来受这份苦的。他在那儿守着不让我出去，可我是个自由人，一个宇宙的居民，不是鸡笼里关的鸡。我从来没想过要伤害任何人，从来没有。呃，不经常想啦。当我想要伤害谁的时候，害人绝非我的目的，只是一个不可避免的不幸结果。大多数情况下。

我坐了下来，开始读阿卡狄奥斯的《函数论》。这本书的根基有漏洞，但讲的东西也有一定道理。他们给我送来了吃的：新鲜的面包，重口味的白奶酪，五片农家香肠，一个苹果。"西利斯科斯怎么样了？"我问。他们只是看了看我。我把东西吃了，然后把双脚搭在操作台上，闭上眼睛。但我满眼都是她浸在蜂蜜中的脸。并非因为愧疚，而是有个主意刚刚开始成形。我站起身来，找了些纸、一支笔、一些墨水，开始写起来。（如果你碰巧是任何一所稍微靠谱的维萨尼的大学的二年级生，你准能认出我写的东西。妈的，你恐怕还能把第一段背诵下来呢，比我还强。对了，第三页真的有一个基础性的错误。如果你能发现的话，算是个小奖励。）

我一定是睡着了，因为他们摇醒我的时候，我的脸贴在纸上，墨水在操作台上形成了一个小池子。我抬头一看。筐盔佬。

"跟我们来。"他们说。

"不去行吗？"我打着哈欠说，"今天可真累。"

"站起来。"他们说。我站了起来，他们把我推出了门。我很不高兴他们对我这样粗暴，不过想到被我打破头的那个人，便决定不借题发挥了。自我备忘，我想，一定要记住，别伤害别人了。

福卡斯在南图书馆等着我。这让我有些不安。我去过那儿两次，一次是作为他的朋友、作为贵宾去的，另一次是去宫里偷东西（说来话长）的时候转错了一个弯。那屋子真是没得说，在按宫里标准算比较小的那侧——你能把一整支骑兵中队装进去，不过得把他们的马留在外面的走廊上——镶嵌着金橡板，上面是最近的理想主义雕刻作品，表现着丰收、田园等主题，石膏铸板的屋顶镶金镀银涂花作画，造成了一种视觉上的错觉，仿佛葡萄藤和桑枝布满了天篷（有这么个传统：第一次来访的客人如果能从葡萄藤后找到那只一比一大小的鸫鹩雕像，就能得到两个安吉尔的奖励。我第二次来的时候才找到）；五排独立的大书架，各自分开，其中一排上放着现在这位亲王的私人藏书。这排书架上有三个架子摆放的是萨洛尼努斯的著作，我发现这一点时，还颇有些感动。

"你真是不可理喻。"他说。

"严格来说，不是不可理喻。如果说'很难理喻'，那就对了。不过……"

"你害得一名守卫进了医院。"福卡斯没心情开玩笑，"另一个掉了两颗牙。"他顿了一下，看着我，"你在哪儿学到这么出拳的？"他说，"反正不是在学校学的。"

"我不知不觉地就学会了。"我老实说，"听我说，对于那些守卫我真的很抱歉。我并不是……"

"有意的？"他摇了摇头，"他们算不上问题。"他拿起一张纸，朝我挥了一下，"你知道这是什么吗？"

"点化我吧。"

"这是一份措辞客气的引渡要求书。"他说，我这才注意到他的脸像牛奶一样白，"梅尊廷代理办公室签署的，牵涉伪造罪、妨害治安罪、伪造货币罪。你知道这意味着什么吗？"

就是引渡啰。我努力板着脸。"你不会让他们抓到我的。"我说。

他闭了一会儿眼。"我真的不觉得我现在有得选择。"他说，"这是一份合法正当的要求书，符合两国之间签订的协议。他们知道你在这儿，而且他们是直接去找的议会，而不是私下来找我。我若想把这件事捂住，潮流派会把我的头戳在长矛上的。"

我不敢直视他的眼睛，只好全神贯注于那只石膏鸫鹩，就在他头顶上。它仿佛在对着我歌唱。引渡：我会在北门被正式转交给三四个全副武装的押送兵。我会乖乖就范。迟早我们会在一家旅馆或驿站或者路站歇脚。一块核桃大的雷酸盐粉扔到火里，我就能从趁乱从窗户逃跑，从此自由无阻。当然，主要的几个政府都对我比较了解,会对我搜身的,体腔也不会放过。不过,如果要我在尊严与舒适和我的生命之间做一个选择,我不会犹豫。你可以在太阳照不到的身体部位轻易藏好足够炸倒一堵墙的雷酸盐粉。

"拜托,"我说,"别让他们引渡我。伪造货币在梅尊廷是要上绞刑架的。"

"你干出这事的时候就该想到这个后果。"

我点了点头。我自己有个规矩,没有后招的时候就说实话。"我当时饿得不行了。"我说,"我在一个酒吧遇到几个人。他们说那是做珠宝,不是造伪币。"

"尼诺,你个蠢货。"他的声音里有一种很接近真情实感的东西,让我一时有些不安,"我还能怎么办?哎,你才是天才啊。你说说该怎么办?"

"我不是律师,"我说,"你得问专家啊,你养着他们不就是干这个的吗?"

"我已经问了。"他叫道,把头稍稍偏开,避开我的直视,"他们什么也想不出来。他们想到的最佳方案就是以神职人员特权为由来抗辩。但引用相关条款的前提是,你得在梅尊廷的土地上。"

神职人员特权,我想,这真是个绝妙的主意。我喜欢。我还从来没当过牧师呢。"这样行吗?"

他一脸阴沉,说明他正聚精会神地思考。"他们觉得行。"他说,"这个条款有四百年历史了,最初是为了保护那些布道时鼓动推翻公会统治的牧师,不过至今依然有效。而且,它应付妨害治安和其他相关违法行为时特别有效。所以,是的,大概行。"

"那就是说,你能把我救出来。"

"前提是我们先把你交出去。"他揉了揉眼睛,仿佛三天没睡觉了似的,"都是潮流派的那些王八蛋,"他说,"利用你来害我。我敢打天大的赌,梅尊廷的人肯定是他们找来的。"

"我们好好想想。"我用我最严肃的声音说,"如果你试图捂住这件事,就像你说的,你就会落入他们的陷阱,然后你就陷入宪制危机了。要是我们顺着走,按部就班,光明正大,你可以把我救出来,还能让潮流派好看。"我耸耸肩,"在我看来很简单。"我说,"我去吧。"

他静静地坐了一会儿,这段时间里,我得提醒自己才能记起来要呼吸。接着他仿佛拿定了主意,然后又打消了。"这时机也太糟了。"他说,"你马上就要……"

他一边说一边抬起头。我被关在弗戎提斯特罗派亚监狱时,曾和狱友们一起玩一个纸牌游戏。我不记得那游戏叫什么了,但当中有一个环节,就是你可以故意把你的牌亮给其他牌友看。从来没跟福卡斯玩过,但我知道他会很擅长玩这个的。

(我上一次出走又回到实验室时,拿起了那块金条。我发现它被移动过,于是马上检查了它的下方。果然,上面刻了一道线。那道线挺深的,穿透了我按波利克拉特斯的方法给镀银铜条镀上的那层金。但还有一块,我之前忘记提了。它是我以前用同一个锭模做出来的,用的材料是纯金。它就放在镀金条的旁边。阿切斯特亚图在《材料学》中猜想:点金术的过程开始于外层,然后慢慢向内部渗透,就像肉块解冻那样。)

我装出被冒犯了的模样。"我说了六个星期。"我说,"我不会做出我实现不了的承诺。"

这个弥天大谎在屋里弥漫了一会儿,然后像风中的屁一样消散了。"你在用阿切斯特亚图的方法?"

我摆出一张傲慢的脸。"不算是,"我说,"不过他似乎在某些事情上算是说对了。不过还不够。"我接着说,"如果你用一把凿子去凿它,凿到一半你就会发现它的芯还是铜的。"

(这是真的。融化黄金,让它裹住一个铜芯。这可不是件容易的活儿。我在模子里放了四个铜钉,用它们撑起铜芯,这样一来,熔融的黄金才能包住铜芯。注意细节,你看,细节决定一切。)

"如果我让他们把你……"

"别担心,"我勇敢地说,"我不会有事的。等我回来的时候,就能把活儿干完。"

有件事已经让我的良心不安一段时间了，那就是，我没有跟你说实话。其实这件事是这样的。

她走了进来。她看到操作台上的东西。"那是什么？"她问道。

"没什么。"

她瞪了我一眼，"到底是什么？"

我告诉了她那是什么，但有一件关键原料我漏掉没说。她过了五秒钟才反应过来，"真有用吗？"

"我怎么知道？"

她弯腰闻了闻烧杯，一回身，做了个鬼脸，"很不稳定的样子。"

"是的，但是我加了些柯罗辛香精来让它稳定下来。"

她检查了一下，然后快速地点了点头，"然后呢？"

我耸了耸肩，"急什么？"我说，"要是有用的话，我将会有无尽的时间。要是没用的话……"

"你多做一点，"她语速很快，仿佛根本没过脑子，"给我做。"

我没有回答。她怒视着我。"不行。"我说。

"什么？"

"不行，"我重复了一遍，"你如果想要，自己又不是不知道配方。"

"你他妈这是……"

"无意冒犯，"我说，"不过永生是一回事，而永永远远地做你丈夫，那就是另一回事了……"

"你个王八蛋。"

"这么说可不公平。"我说，"我没说要跟你离婚。我们会一起度过你的余生，然后我就自由了。这是我们的婚约决定的。"

"你想让我死。"

"每个人都会死，"我说，"死亡是人生之常，定义了我们的存在。"

"去你妈的。"

"还有，"我说，"说不定这东西没用呢。而且这东西可能有毒。"

"要有毒的话，"她高兴地说，"你就会死，我就会知道不要喝它。"

"也可能毒效要过几个小时才会发作。或者要过几天。甚至，几个星期。如果我让你喝下它，那真是犯罪级别的不负责任。"

"你会给福卡斯一点么？"

我笑了。"如果真的有效，"我说，"我最终大概还是会让它面世。不过首先我得对它进行彻底的验证。花上个，大概，两百年吧。如果两百年还不到就宣布成功，那就太没科学精神了。"

"你到底打不打算给我哥一些？"

"不打算，"我回道，"他是在资助我研究把铅变成黄金的办法，而我们都知道这种点金术不可能实现。而这个，只是我私下做的一点儿小研究。研究的成果不属于他。这成果，"我笑得容光焕发，"只属于我。因为我配得上。"

我看到她把手伸向了烧杯。以一个非常优雅的动作，她把烧杯举到了嘴边。我坐在椅子上，背往后一靠，欣赏着这番演出。当一切结束（也没花多久；我选择龙盐就是因为它起效快），我站了起来，站在她旁边，用脚把她的脸拨了过来，这样我就能看到她的眼睛了。黯淡无光。

放倒一个了，我想。自从大学时她第一次来看福卡斯、和我相识起，我就知道她是个麻烦。当福卡斯为了他那滑稽却又一本正经的信念，在相信我能点石成金的前提下，基本上算是绑架了我、把我带到帕拉普罗斯多西亚的时候，她并没有反对。不仅没反对。可别让他跑了，我有次听到她这么对他说——那是我第三次，噢，不好意思，应该是第四次尝试逃跑的时候。我在宫里漫无目的地瞎走，想找到一扇通往大街的门，却迷路走进了修道院的小花园，正好看到他俩在喷泉边喝着红酒。他向她保证，我能出宫的话，唯一的途径是变成尸体，从后门被扔进垃圾堆。严格来说，垃圾堆应该算是宫殿之外，毕竟它在宫墙的另一边。

他一研究出炼金术，我就解决他。福卡斯说。你敢，她回答道，先等他给我弄出长生不老药。他嘴一咧，朝她笑了。噢，那就让他继续吧，他说，但是之后——

倒没有觉得意外，一点也没有。我心里一直清楚，自从那次在厄尔庇斯醉酒聊天后就清楚了。福卡斯最不想看到的，就是有一种变废为金的方法。毕竟，亲王的黄金比东海这边任何人都要多，万一炼金术成了，他的损失最大。所以那五六个在我之前为他工作的绝顶高手炼金术士，那几个我给他们洗玻璃器皿都不够格的大师，他们最后都死在宫里。这没什么值得奇怪的。真是讽刺：点金术真的、真的不可能实现。但我很容易猜到发生了什么。福卡斯不断给他们压力，让他们弄出成果。他们不可能做到，只好作弊。作弊很容易。可靠的快速镀金法有十几种，镀黄铁的方法也一样多，成品用肉眼难以分辨真假。更不用说实验作弊这个广阔的领域了：手法上使的花招，换底的化铁炉，色诺克拉底的第三本和第四本《实验学》（我的那两本书多年前就不见了，但之前我已经把全书熟记于心）。所以，他们作弊了，做到了让福卡斯相信他们真的能化石为金。然后他就杀了他们。

尤多霞，当然，比她哥哥聪明得多，而且她自学过炼金术，已经到了很高的水平。她知道点金术不可能实现。我猜她想的是：如果杀死一堆江湖骗子能让她哥高兴，那就让他杀去吧。她心中洞若观火，不会跟他争辩，因为他这个信念早已根深蒂固。但她读过我早年广受好评的作品：《关于有机材料的属性》。我在其中做出结论说，永葆青春的药不但在理论上可以实现，而且以我们的能力很快就能研制出来。

《关于有机材料的属性》是我另一个小小的谎话。那书里的逻辑漏洞太过明显，所以我才能毫无愧疚地出版它，因为任何发现不了这漏洞的人都活该被当猴耍。但是没有人看出来，哪怕是聪明的尤多霞也没看出来。她对我已经足够了解，知道欺压我是没用的。蜂蜜比醋容易招苍蝇是她的人生哲学的核心理念。她觉得，只要我能深深地、无可救药地爱上她，我就会为她研究出长生不老药，让她永葆青春。因为我也会害怕她失去青春。公平点儿说，我觉得她没打算在我研究出成果后杀了我。她只会简单地把我留给福卡斯。无论如何，嫁给我的主意是她向他提出来的。她说，像我这样一个老想逃跑的人，不可能被武力留住。相反，应该让我自己想留下来。之后，等她成了寡妇，大可以再嫁。福卡斯同意了。不是她的说辞说服了他，而是因为他知道：她之前一股劲儿要嫁的人是奥皮亚努斯，大众潮流派的领导者，也就是福卡斯的政治死敌。她的理由是，她已经盘算过形势，潮流派迟早要掌权，到时候福卡斯的头会被长矛戳起来挂在北门示众。要是她嫁给了奥皮亚努斯，等那不可避免的一天到来时，就算麻烦临头，她也能快速躲过一劫，保住自己的地位，还能通过奥皮亚努斯来统治。我倒不认为她真的能做到。我只相信，她就是想确定末日来临的时候，她的头颅不至于摆在她哥哥的旁边。不过，嫁给奥皮亚努斯的计划最后落了空，因为奥皮亚努斯在潮流派的一场内斗中被排挤出局。继任领导者的是培森尼乌斯，大家都知道他不喜欢姑娘，于是她只好放弃了。所以，让妹妹安全地嫁给一个政治上毫无地位的人，这符合福卡斯的利益。真能把我拴住的话，那只是附带的一点好处。

很久以前我就想杀她了，后来我又改变了主意。这让我怪不好意思的，可我在漂亮女人面前无可救药。我就是这样跟尤多霞陷入爱河的，福卡斯把尤多霞杀死以后，尤多霞还在那儿，一样动人，一样拼命想让我爱上她，这样我就能为她制造那愚蠢的长生不老药了。跑掉吧，我对自己说，没必要再死一个美人了。肉体变成腐物，热血变得冰凉，这是世界的本来规律，不需要再做证明了。跑掉吧，别管他俩了。

那一次我跑到了拉克里玛，到了大白湖的沙滩上。

引渡。太多事要做，时间则太少。

最让人烦恼的，当然是我知道自己不得不依靠他人。我对这种事很在意。我猜，这主要是因为其他人总在关键时刻辜负我。不过还有个根深蒂固的原因：我向来不信任别人，从来做不到。我猜，这是因为我们计算别人可能做出的行为时，本能上总是以自己作为人性的范例。我对自己的信任之深，都不超过我一口唾沫能吐到的距离，又怎么可能信任别人呢？

还有，有些过程本来就急不得。甲元素和乙元素反应生成化合物丙需要花时间。有时你可以把火加大一点，提高反应速度，但并不是任何时候都能这样。要是你弄错了，不但制不出化合物丙，还会在屋顶炸出一个大洞。另外，在使用强酸的时候，心急真不是件好事。想想吧。

把银加到硝酸里，然后加甲醇，做到尽可能的纯。我花了好多年才研究出办法，让这个实验的产出物保持稳定。而现在我面临着一个复杂的问题，要让产出物不稳定。这，也是我一生的故事。

一开始我用了二十个银币。不是政府发行的那种银铜九比一的破烂货，而是私制的（我更喜欢"手工制作"这个描述方式），纯度高达百分之九十九，是我去见阿斯提亚格斯后从一个安全的地方收集来的。我从来没有通过伪造货币来挣钱，原因之一就是，我做的银币比政府做的更好。忍不住要做那么好。我脑海里总有那么个小小的声音，它不停地告诉我：如果一件事是值得做的，就把它做好。

把银币放到一个大玻璃烧杯的底部。倒进去一品脱最好的硝酸。硝酸是我自己制的，这么好的玩意儿市面上买不到。往后站，因为那股臭烘烘的白色蒸汽只要吸上一点儿就能毒死你。看那些欢快的小气泡，观察强酸如何腐蚀白银。看这个真让人心碎。

守卫带来了我要求的冰块。他们对待我，就好像在对付一个麻风病人和活火山的混合体一样。我笑了笑，把第二十一个银币给了这个小队长。

"不用谢，真的，"他盯着银币的时候，我说，"该说谢谢的是我。"

你能看见他脑海里的天人交战。一方面，我是一个不可思议的暗黑逃脱大师，会毫不在意地伤害任何挡路的士兵；另一方面，一个银币可是他一个月的饷钱。当然，那不是真的银币；事实上，它是非法生产的、质量更棒的伪币。但他不会知道的。最终，他把银币握在了手心，快速地退出了屋子。

　　我的甲醇是从瑟米斯那儿弄来的。这是钱能买到的最好的甲醇。我把烧杯放在冰块上，倒进许多甲醇，塞好盖子，然后往后站。到目前为止，一切正常。等它不再冒出那些致命的气体了，我把冷水慢慢地倒进去，使晶体开始生长。棘手的部分完了；现在我要做的，就是相对琐碎一点的杂活儿：把普通金属变成黄金。

　　我真的不知道——现在我告诉你的，才是我真正的心里话——到底有没有可能。事实上，我从来都没有热情把这个实验做完。如果在福卡斯抓住我以前，我已经碰巧发现了这个秘密，可能我的动力还会更足一点。而现在的事实是，我如果发现了这个秘密，就等于宣判了自己的死期，所以我的方法还完全处在理论阶段。我甚至不敢写下来，不敢在纸上演算，怕尤多霞看到它。它在我的脑海里已经留存好几年了，不过我从来没实践过。

　　一共分六步。我不会把具体过程告诉你，你应该会原谅我的，因为我怕你也跃跃欲试，那就会给你带来各种可怕的后果（相信我吧），然后你的国王、亲王、公爵或者市议局会发现你在干什么。我最多只能给你点儿提示。你把一样东西加到另一样东西里，对产生的新东西做那种处理，最后得一种东西，可能是黄金，可能不是，取决于你有没有成功。其实挺简单的，不需要冰块。你可以在家里做，灶台上就行。不过别去试，求你了。

　　而我完成了这六步。之后，我匆匆制造了三块核桃大的雷酸盐粉，用无比薄的金叶包起来，藏在他们不可能发现的地方。行动到了这一步，我不会再细想了。万事俱备，时间刚好。

　　"我要见亲王。"我说。

　　那名小队长——不是先前那个了——点了点头。我感觉他在等着我说这句话。这么说，福卡斯打算跟我说再见了。这正是我所期望的。我最喜欢福卡斯的地方，就在于他的反应总能被你料到。在一项严格按计划实施的实验中，实验材料必须具备这种品质。

　　（我的人生如果是一项严格按计划实施的实验就好了。准备好你的基本材料,加上教育、经验、经历,用一根玻璃棒搅和一番,放在冰块上使反应适当地减缓。后果符合预期,结果满足目的,最终得出有用的成品。现在还没达到这样的效果。关于结果,关于成品,我们得等着瞧了。说不定我还能给一个自己惊喜呢。)

"律师说应该没问题。"福卡斯说。他看上去忧心忡忡,"他们已经把辩护部门的头头召集起来了,我已经准备好了文件,加急送了过去,应该会比你先到。只要运气稍微好点儿……"

"我不会有事的,"我说,"真的。"我朝他一笑,"你知道,我向来自视聪明,但要想出神职人员特权这样的招儿……"

"妈的,"他说,"我差点儿忘了。"他在桌上的纸堆里翻了一阵,找到了他想找的东西。"卢卡斯特斯·萨洛尼努斯,你是否庄严宣誓,为无敌骄阳的神圣教会效力?说'是'。"

"是。"我说,然后等了一会儿,"这就行了?"

"这就行了。你是个牧师了。现在滚出我的视线吧。"

"真的牧师?"

"真的。再见。别再去抢劫或者搞爆炸了。"

"福卡斯。"我直勾勾地看着他,我通常不会这么做的,"我走之前,有件事跟你说。"

"什么事?"

"私底下说。"

他看上去颇有些怀疑,那些筐盔佬也瞬间紧张起来。"噢,得了吧,"我说,"我现在是一名牧师了,你要是连牧师都不能信任……"

"好吧。"他朝小队长点了点头,那些筐盔佬退出了房间,"什么事?"

我把音量放低了一点。"开始了。"我说。

"什么开始了?"

"实验。"他花了一些时间去理解这两个字,然后眼睛瞪得像硬币一样圆,

"我已经弄起来了。实验完成大概还要花五个小时。"

他抓住我的袖子,"你是说……"

"在我的实验室里,"我说,"就在操作台上,有一个石盆,在水钟旁边,石盆里有一些铁钉,泡在浅绿色的液体里。大概再过一个小时,你就能看到铁钉的表面变成淡黄色。无论如何,不要碰它们,那东西能把你的手指腐蚀到只剩下骨头。让它们自己在那儿反应,不过得有人一直盯着,像鹰一样。只要液体保持绿色不变,就没事。要是变成了蓝色,必须有人加两滴那个深绿瓶里的深棕色玩意儿进去。这样就能纠正实验,但必须在液体变色的那一刻马上加进去。不然整个实验就报销了,我就得从头开始,倒回到几个月以前。"我咧嘴一笑,"他们挑得可真不是时候。"

他朝我皱起眉头,"不能等到你回来吗?"

我摇了摇头。"主要反应物只会稳定一天左右,"我说,"这东西制好以后要放九个星期才能就绪。而且,"我轻声道,"我可能回不来了。要是都没试过这件事,我死不瞑目。"

他看上去很不舒服。"别说这种话,"他说,"律师会……"

"等到了梅赞廷,我就把流程全写下来。"我说,"我会叫外交信使给你送过来。"

"别。"他一脸惊恐,"我的天啊,千万别。这样的东西可不敢托付给任何人。等你回来后,我们有大把时间。"

我耸了耸肩。"听你的吧,"我说,"记得一定要有人在接下来的五个小时内盯着那东西,这是我唯一的要求。"

"别担心,"他说话的音调比平时高了一度,"我会亲自盯着。"

"真的?"

"我保证。"

我朝他一笑。"这样的话,"我说,"我就没什么好担心的了。上帝保佑你,孩子。"我说了这么一句,然后走到门边敲起门来。

这是我一生的故事，到目前为止。

年轻的时候，我想获得真理，却又没有耐心。我把东西看得很透彻。把逻辑教给年轻人可能是个错误。逻辑是一件武器，也是一件工具。你学会它，熟练地掌握它，然后就会按捺不住，要把它用在别人身上。在厄尔庇斯，我用逻辑之剑大杀四方，直到周围再也无人能与我一战。然后，荒诞的是，钱没了，再过几天，我也跑了。

逃跑：我一生的故事。我逃离了哲学，开始做一些愚蠢的事。盗窃是一件愚蠢的事，因为你迟早会被逮住。被逮住也是我一生的故事。我总是能逃脱，可我总是又被逮住。我曾经想，我是误打误撞学上炼金术的。但现在年纪大了，于是我想明白了，世界上没有什么巧合。我人生的两个主要元素，哲学和犯罪，放在冰块上一结合，就练就了我研究炼金术的性格。套用一句俗话，我和炼金术，是天生的一对。

愚蠢之处在于，我真的可能是有史以来最伟大的炼金术士。不是因为我可能发现了把普通金属变成黄金的秘密，而是因为——嘻，一会儿再说这个。我也是一个了不得的哲学家，不过只有在别人花钱请我的时候才会去研究哲学。你对真理和智慧思考得越久，你就越能理解它们是想象臆造出来的。除了这些，我还能干什么呢？唉，用逻辑来战斗有种纯粹的快感，不过这种快感过一段时间就会变淡。另外，演讲、写作、教书这些事情也能经营成合理的生活状态，如果没人干涉，我大概就会过那样的生活。可惜我没那样的运气。

我的生活是被福卡斯和尤多霞弄成这样的。没有逃离他们的时候，我一直对他们撒谎，以免自己被杀。我谋杀尤多霞，是因为我不得不这么做。我太老了，厌倦了逃跑，再也没力气把一块块雷酸盐粉从我屁股里掏出来，也没力气从窗户跳进跳出了。至于福卡斯，我猜他本意是好的，但那也不成其为理由。我这辈子很多时候本意都是好的，但这无论如何也没法成为替我自己开脱的理由。

令人深思的是，从前我最厉害的本事，就是交友，现在却完全失去这项技能了。以前人们会出于本能地喜欢我。尤多霞深爱着我。你得比我最聪明的时候还要聪明十倍，才能搞清这现象背后的原理。

唉。对了，我得向你道个歉，因为我之前没说真话。忍不住。我想，说到底，我是个表演者，一个谎话精。这话倒是千真万确。

"看在上帝的份儿上，"培森尼乌斯阴着脸看着我，"你真的非得把整个宫殿夷为平地吗？"

不用说，他夸大其词了。不过，"是的，"我回道，"鸡飞蛋打。"我解释说，"再说，如果一件事是值得做的……"

他给我倒了一杯那种浅绿色的茶，这种茶最近很流行。而我呢，宁可喝排水沟里的雨水。

"你具体是怎么做到的？"他说。

培森尼乌斯，大众潮流派的前任领导人，现在是共和国的第一公民，也是我的一位老同学。我们的交情可久了。"这玩意儿一股尿臊味儿。"我说。

"是。你到底是怎么……"

"好吧，"我厌倦地说，"不过可别说出去，好吗？"

"我保证。"

我对他的信誉太了解了。不过，其实根本没关系。他和我毕竟共同完成了一起谋杀。这样的关系自然能让你彻底信任他。

"阿尔根福尔米南斯，"我对他说，往后一靠，坐在他那张真是非常舒适的椅子里，"又叫雷酸银。"

"从没听过……"

"你肯定没听过，"我说，"是我发现的。雷酸金已经有几百年历史了，各种书上都写着。我当然就想，银能不能有同样的效果呢？当然，这两种东西都是完全无用的。"

他愁眉苦脸地看着我。"说慢一点。"他说。

　　我咧嘴笑了。"雷酸银，"我说，"是一种炸药，威力很猛。麻烦在于，它特别不稳定。其他种类的雷酸盐受到撞击或者摔在地上就能爆炸，而雷酸银光靠自己的重量就会引爆。我是说真的。这玩意儿只要有两层结晶体重叠在一起，就会爆炸。所以我才说这东西完全无用。你只能制一小丁点儿，再多一点儿它就自爆了，除非你用冰块让反应过程慢下来。等冰块一融化……"

　　他努力思考，试图跟上我的讲述。"继续。"他说。

　　"我在一大块冰上制了大量的雷酸银。"我说，"我把它留在实验室的操作台上，那儿同时在做另一个实验，一个福卡斯肯定会感兴趣的实验。那个实验就是要保证他会和雷酸银同处一室，等到雷酸银自爆。同时也把他炸飞。"

　　"还有整个宫殿东翼。"

　　我耸了耸肩。"我没有可靠数据来参考嘛，"我说，"所以只能自己估摸了。你得承认，我用这么多也是为了安全起见。"

　　"从你的角度，非要说是'安全'，也行吧。"

　　"反正呢，"我接着说，"成功了。全靠你给我安排的引渡，福卡斯死的时候我离城里有十二英里远，身边还有一大堆可靠的证人，这样你我都没了嫌疑。然后，我只需要从梅赞廷逃出来……"

　　"你是怎么……"

　　我假装怒视着他。"商业机密。"我说，"我要保住这个秘密，这样，当我需要从你的筐盔佬手中逃脱的时候，还能用得上。"

　　他够聪明，不会被这种话激怒。"看来挺成功的，"他说，"差不多吧。你拿这个计划来游说我的时候，我……"

　　"你觉得我疯了，我知道。但是你决定信任我。谢谢。"

　　"我有种感觉，我将来会后悔的。"培森尼乌斯说。

　　"那你也会比福卡斯幸运。"我回道，"管它呢，你得到了你想要的：福卡斯死了，政府一片混乱。一堆原料放进去，生成了一次成功的政变。"

　　"别这么说，"培森尼乌斯敏感地说，"这是一次受到人民拥戴的革命。"

"当然是了。"我站起来,"谢谢你的茶,"我说,"我走了。"

他看着我,"去哪儿?"

我笑了。"我从没对你撒过谎,"我说,"所以,别问我了,不然我的完美记录就要打破了。"

他点点头。"保重,"他说,"好歹,你现在是人民心目中的英雄了。"

"同时还是个牧师。"我说,"我的天赋真是无穷无尽啊。"

我到了科利斯,在这里我有钱和干活的地方。就在这儿,我成功地完成了一生的代表作,这项成就将永远和我的名字紧紧联系在一起。这是我对人类的伟大贡献,我无尽财富的来源。也该是时候了,这是我辛苦得来的。

所以现在我在这里。经历了一辈子的流浪和逃跑之后,我住在了一所大房子里,拥有两百英亩开阔草地,七十多个家仆。我大部分时间都在阅读,因为我现在买得起任何想看的书了。我不再写东西。不需要那份钱。

做各种炼金术实验的时候,我做了很多笔记。但去年我在外面草场上点了一大堆篝火,把所有的笔记都烧掉了。所以,世上仅存的雷酸银的制造方法,就是你刚刚读过的那段。我的想法是,如果有人真的心智失常想去做这玩意儿,就会照我说的方法去做,而我在介绍流程时故意说错了某些东西,尝试的人于是难逃一死。至于变废为金的秘诀,它将与我同逝。可以说,这其实不算什么重大损失,因为我从来不知道自己到底成功了没有。我的炼金术研究成果中,唯一能比我本人存在得更久的,就是我刚才提到的发明的实验配方。我把它和相关使用权一起卖给了维萨尼的一个财团,换回了任何人一辈子都花不完的钱。不用说,他们会用最残暴的方式守卫这项成果。我们的协议有一条规定,我自己不能保留配方的复本。没问题,我对他们说。

我现在是一个诚实的人了,社会的中流砥柱。我甚至还纳税。事实上,光是去年一年,我交的税就足够把一个团的部队养上一年了。(这算是件值得骄傲的事,对吧?)每到冬至或夏至,我都会收到一篮白梅和一箱法温丁红酒,都是第一公民培森尼乌斯送来的。他从来没有主持过自由公正的选举，所以现在实际上跟我的另一个老同学福卡斯没什么区别。但是他没有杀死任何炼金术士。我吃了梅子，把酒给我的园丁们。

哦，去年秋天我结婚了。她是个好姑娘；不是特别漂亮，但冰雪聪明，而且会让我欢笑。她嫁给我是为了我的钱和我的图书馆。我想，我娶她是因为我喜欢分得清孰轻孰重的人。当然，我还是会想念尤多霞。思量很久之后，我得出一个结论：我杀死福卡斯，恐怕不是因为他处死了尤多霞。我曾经试图把这件事怪到他头上，但做不到。这是我的错。

我的发明，把普通金属变成等价于黄金的东西，让我拥有了真正的不朽——抱歉，我一直没把所有实话告诉你。我的名字确实是萨洛尼努斯，但我到科利斯来的时候把名字改了。这个名字是你知道的，朗吉努斯·阿格里科拉，合成蓝颜料的发明者。

（Roc Lee　译）

以爱之名

　　"本人所言句句属实，陪审团的各位先生。"我说，"我亲手杀了妻子，在她的牛奶里放了毒堇①。她喝下去，然后就死了。这不是意外，我有意为之。"

　　我的视线越过他们的头顶，紧张地瞄了一眼远墙上的日晷。时间在一分一秒地流逝。老天有眼，我都这样供认不讳了，还要等多久，他们才能把我这个谋杀犯吊死？可是，陪审员们只是神情肃穆地盯着我，像小耗子似的一动不动、一声不吭，还等着我继续发言。怎么着？莫非他们以为，我刚刚那番斩钉截铁、简单明了的招供，只是在玩正话反说的把戏？啊，我没准猜对了。一句话，他们没有相信我的自白。我觉得，这都怪那些律师。

　　"话说清楚，"我说，"我真的杀人了。对于杀人犯，我记得是要判死刑的。"我垂下头，"我接受这个判决。"

　　一阵尴尬的沉默。执法官注视着我。我简直能听见他脑子里在想什么：天啦，伙计，振作点儿。我礼貌地对他点点头：继续吧，拜托了。我们得争分夺秒啊。

　　他徐徐地站起身。他很可能是个高风亮节的家伙，不喜欢占对手的便宜。

---

　　① 一种欧洲常见的有毒香草。

换个场合,我没准还挺欣赏这一点。"先生们,"他开口了,"被告明确无误地认了罪。因此,我提出——"

我的余光瞥见一个东西匆匆地穿过了法庭。见鬼,我暗骂。

执法官还在喋喋不休,"……治安官调查所得的证据,我们已经看过了。我认为,应当考虑被告的心智状态。从这个案件的情况看来,被告的精神似乎不大正常。所以,诸位也可以选择判处他在金色之心修道院终身监禁——"

我跳了起来。圆帽卫兵伸手来抓我的胳膊,却被我一肘打在眼窝上。"别听他的!"我大喊大叫,"我没疯,我和你们一样清醒!我杀死妻子只是为了她的钱,绝对没有其他隐情!"

我注意到,坐在陪审席前排的一个男人闻言皱起了眉头。看样子,他并不赞赏杀妻夺产这种事。好极了。可是,日晷上的影子就快指向镀着华丽金箔的数字六了。我一回头,直视执法官。"求你了,"我说,"我知道你觉得自己在做好事,可说真的,我不配你们费心。我杀了那个可怜又可爱、对我信任有加的女人,只是为了得到她的遗产,好去迎娶天鹅绒之影的一个妓女。我的良心——"

执法官耸耸肩,坐回原位。庭警站起来,清了清喉咙。我屏息以待。就快得逞了。

"陪审团的各位先生——"

可陪审员的视线都没在他的身上,也不在我身上。我的心抽痛起来。缓缓地,我转过脸,回头看向人满为患的旁听席。正数第三排,一个年轻貌美的女子站了起来。她有一头浅棕的秀发,脸上还带着甜美纯真的微笑。"打扰一下。"她说。

"肃静。"法警咕哝道,可谁都能听出他不是真心叫她闭嘴。

"很抱歉,"那个漂亮女孩说,"但我有话非说不可。你瞧,我就是这人的妻子,好端端地没死。"

这下好了。我一屁股跌坐回去。

执法官愣了半晌才回过神来。他站起身,"请到前面来。"

我听见身后响起一片窃窃私语。她经过我身边时，扭头冲我莞尔一笑。别担心，这笑容的意思是，一切都会好起来的。我闭上眼睛。为什么每当你急需一块砖头的时候，手边都偏偏没有呢？

在执法官温和的敦促下，漂亮女孩出示了她的证据。她名叫奥诺弗丽亚，持有加盖城市长官公章的出生证明、我俩于建城 667 年鬼月①17 号在神庙结婚的证明，以及一张出自几位有头有脸的公民的宣誓书，证实她的身份没有造假。执法官很高兴地判定：这些公章和签名足以说明问题了。然后她继续解释说，事情只是出于一个愚蠢的小小误会。她从小身患痼疾，每天都得服用一种特殊药剂，其中包含小剂量的毒堇。为了掩住药味，她总是和着蜜蜂牛奶服药。平日里，丈夫会在睡前替她倒好加药的牛奶，可某一天，她误以为他晚上要外出，于是自己先吃了药。晚些时候，丈夫又像往常那样替她倒了杯加药的牛奶。习惯使然，她心不在焉地喝下了第二杯药。这完全是她自己的错。双份药下肚后，她开始觉得非常难受。医生赶过来，把她送进了修道院的医疗所。倒霉的丈夫以为她死了，不由得悲痛又内疚。他发了疯，于是跑去官衙自首，说自己毒杀了妻子。但这仅仅是个可笑的错误。她痊愈了，却发现可怜的爱人正因谋杀而受审。理所当然地，她赶了过来，所以现在她——

案件撤销。

"你个臭婆娘。"我喃喃道。

我俩手挽手地穿过法庭的拱门，朝市集广场走去。她依然保持着微笑。她笑起来明媚动人——当她是人类的时候。

"我不想和你说话。"她说。

"很好。"

"实话说……"有个看着眼熟的路人盯着我们，停下脚步。她冲他笑了笑，他便挪腿走开了。"如果你再杀我一次，我真会生气的。"

①故事发生在与古罗马近似的架空世界，作者用拉丁文杜撰了独特的纪年纪月体系。

初次见到她，是在我担任流加群岛总督的短暂期间。

那个任期实在挺短，我们相遇的时候，它已经草草收尾了。这基本上是因为，真正的总督意外地提前到任了。我只好打包离开。逃命之际，我一般喜欢轻装简行，所以只往旧背包里扔了几根金条、少量未经切割的宝石，然后就心满意足地上了路。对于随身行李，我总是格外小心，因为你永远不知道什么时候会被拦路搜身。讽刺的是，我清楚地记得自己把背包检查了个遍，确保没装任何可能招致麻烦的东西。当然，她没在那个该死的包里。

我记得自己步伐轻快地走下总督府的台阶，穿过广场赶往私家码头。那儿有一条船等着我，准备驶向色赞扎。那天正是典型的流加群岛气候，天空澄净如洗，蓝得耀眼。一切都是那么的新鲜、明艳，仿佛你可以做到任何事。我记得自己爬上船时，颈背忽地一痒，好像被什么刺了一下。于是我想：这回事情没办成，的确挺可惜，可谁愿意待在这么个连总督府都有跳蚤的破地方呢？总之，我对自己的境遇心满意足。我很快乐。

我觉得颈背上有东西，虽然个头很轻，倒不是无法察觉。我抬起巴掌，凭感觉朝脖子后面一拍。阳光暖洋洋的，船体轻柔晃动，令人舒心惬意。连日来的兴奋和压力此时渐渐退去，我仰身倚靠在船舷上，不由得闭上双眼。

醒来时，我被笼罩在了一片阴影里。"你好呀。"我说。

她笑起来确实明媚动人。"你好呀，"她说，"我是奥诺弗丽亚。你是谁？"

好问题。前些日子，我还是受人景仰的卢卡斯·米忒拉斯。可到色赞扎之后我是谁，目前尚未有定论。"我是布托。"我答道。

她在我身旁坐了下来。她穿着一袭黄色的丝绸长裙，脚上是黄色的丝织拖鞋，上面绣着红玫瑰。"你要去哪儿？"

"色赞扎。"我说，"你呢？"

"色赞扎。我要去姑妈姑父家待上一阵。他们住在山区的小村子里，那地方叫帕勒克依那。"

"那可真巧啊。"我说。

直到最后,我们也没去帕勒克依那。我们去了阿普克勒的糅皮工人聚居区——那儿算是色赞扎文明鼎盛的地方了——在外围一间破旧的小旅馆里待了三天。我们几乎没出门,不过阿普克勒也没什么可看的。

第四天清晨,我早早醒来,她却没和我一起躺在床上。我起身穿衣,出门寻找,发现她待在马场。她不知从哪儿拿了只黏土杯子,里面装着半杯木虱,正在互相攀爬踩踏。她把杯子放在一个登马台上,扭头冲我微微一笑。

"这么早就起床出门啦。"我说。

她往前一倾,吻了吻我的鼻子。"天气真好,"她说,"我们去走走吧。"

我们一路朝港口走去,这时渔船才刚刚出海。"你的姑妈姑父,"我说,"恐怕有点担心你的去向吧。"

出于某种原因,她皱了皱眉。"不用操心他们。"她说,然后脚下一顿,"你是想甩掉我吗?"

这话我实在难以启齿,"不,当然不是。"

"那就行了。我会给他们写信的。"她说着,重新挂上微笑,"他们早就习惯了。"她补充了一句。

"我明白了。看来你经常做这种事咯?"

我本想开个傻气的小玩笑。"是的。"她说,"噢,看啊,那儿有只鸬鹚。"

你知道年轻男人自我卖弄的时候是什么德行:能滔滔不绝地讲出一车废话来。"那是别人驯养的鸬鹚,"我说,"凑近点看,能瞧见它戴着项圈。"

"项圈是做什么用的?"

"为了不让它吞掉嘴里的鱼。它们能捕鱼,却没法吃下去,所以才会飞回家。鱼卡在喉咙里,只能让渔夫给它们取出来。"

她瞥了我一眼,表情有些微妙,令我终生难忘。"这做法合情合理。"她说。

我耸耸肩,"对渔夫来说是这样。但我看不出鸬鹚得了什么好处。"

"不过是只鸟罢了。况且,渔夫会照顾它的。"

"鸟需要人的照顾吗？"

"我们接着走吧，到海边踩水玩儿。"

我们没在外面待多久。稍后，她问我："你是什么人？我的意思是，你是做什么的？"

我当时昏昏欲睡，你知道，事后都是这样。"噢，我不大做事。"

"啊哈，你是位绅士。"

通常情况下，我会答一声"没错"了事。反正过一两天我就要走人了，答案是真是假又有何关系？然而我反问："你呢？"

她耸耸肩，"我什么都不是，真的。"

早些时候，我倒也猜测过她的身份。干我这一行，非得有点儿识人的眼力不可，因为你没有足够的时间去慢慢了解一个人，更承担不起看走眼的风险。我猜她是富商家的女儿——衣着得体，没有上流社会的矫揉造作，但也不需要干活儿谋生。她不会是某个农夫、小本买卖人或者手艺人的老婆。我觉得，她是一般人眼中"难以搞定"的那一类型：言行直率，不好控制，绝不是安于家室、乖乖听话的女人。上流社会的家庭没法容忍这种女人的存在，而底层女性又为温饱所迫、别无选择。但富商的女儿如果愿意的话，倒是可以在外逍遥几年，一般也没什么损失。"我可不大相信。"我说。

"不，你信了。"她说，"可你还没回答我的问题。你是做什么的？"

别误会我的意思，我并不是爱上她了。只不过，我开始觉得，仅和她相处三四天有点太短暂了。何况我也不赶时间。我身上有些钱，足够放松一段日子，而且据我观察，身后没有追兵。老实说，我喜欢她。或许是因为我们的灵魂有相似之处：同样无依无靠，无牵无挂，如无根之叶。还有些别的原因：我俩天性中顽劣、恶毒的成分。我喜欢携带这种成分的人。我觉得，或许她能理解我。若真如此，不是很有意思吗？我就有了个坦诚相对、倾吐真心的对象。对我而言，这无疑是种全新的体验。所以，我深深地吸了口气。

"其实，"我说，"我是个贼。"

她点点头,"我猜也是。"

这令我始料未及。"你猜到了?"

"唔……这么说吧,你不是商人,不然你买卖的货物在哪里呢? 也不是信差之类,因为你睡觉的时候,我看过你的包了。"她微微一笑,"那时我就想,你是个贼啊。"

"你真看过了?"

两个想法在我脑中浮起。其一,我俩还真是半斤八两。但我立即打消了这个判断,因为我背包里的东西原封未动,我检查过了。平均每隔一小时,我都要检查一次。其二,她看似并不特别介意我的身份。

"哪一种贼?"她问,"爬窗入户的那种,沿路打劫的那种,还是别的什么?"

我们竟然在进行这种对话,这令我难以置信。可它确实激起了我的兴致,"我不干那么粗鲁的事。"

"你是一个职业骗子。"她说,语气里带了丝小女孩似的兴奋。

我微微耸肩,"这么说言过其实了。"我说,"我的职业其实只是扮演其他人。通常是政府官员。我阅读政府的公报,留意新的任命信息,看看哪里有异地赴任的官员,然后先他们一步赶过去。"

"我懂了。"她眼里流露着笑意,"有点儿像变形术。"

"要真有变形术,我就轻松多了。"我说,"可惜那是不可能的。但没有变形术,我也能蒙混过关。"

她点点头,"你化妆吗? 戴假发和假胡须之类的?"

"没那个必要。"我说,"我需要做的只是先问问自己: 身为某某人会是什么样的感觉? 我猜,就和演员差不多。我以前也想过当演员,可那行赚不了钱。"我微微一笑,"我喜欢钱。"

"我也是。"她说。

"我俩有共同爱好,"我说,"这是好现象。"好吧,我想,既然都坦诚相待了,问了通常不会问的东西,那干吗不再深入点呢? 于是我问:"你有吗?"

"有什么？噢，钱啊。我有，时不时地吧。钱从来不是问题。"

我之前已经得出结论：她不是数不胜数的高级妓女中的一员——发展到了我俩这一步，这方面很容易分辨。她也不是贼。在我们这个高尚文明的社会里，女人只有三种职业，而其中两种已经被排除了。"你是个音乐家？"

"抱歉，啥？"

"歌手，"我说，"你是唱歌的吗？唱歌来谋生？"

她笑出声来，说："别人恐怕宁愿花钱让我闭嘴。"

我往前一倾，亲吻了她的嘴唇。"那你时不时有的那些钱，"我说，"又是从哪儿来的？拜托，"我挂上自己最迷人的笑容，补充了一句，"我可什么都没瞒着你啊。"

"那好吧，"她说，"我是个女巫。"

按照常理，鉴于我被无罪释放了，我有权回官衙去，把我被捕时遭到没收的随身物品统统要回来。那些东西是我的全部家当：一件厚重的羊毛外套，旅行时穿的；一个背包，里面装了五百安吉尔金币和一本带插图的威森蒂乌斯著的《迷人花园》；更别提内衬里还缝着价值九百安吉尔的红宝石原石了。可是不知怎的，我觉得这时回去要包有点过分贪心了，而我从不敢过分贪心。现在看来，这话真是讽刺。

她又愿意和我说话了。"这样很丢人。"她说，"让我上法庭把你领回来，就像你是条走失的狗似的。我真希望你别这么做。"

"我想试试，你总不能怪我嘛。"

其实，她可以怪我。"更别说，"她继续道，"你这么做太招摇了。你明白的吧，这下我们又得换个地方从头开始。这儿的人都知道我们的身份了。"

这话让我大笑起来。

"你懂我的意思，"她有点急了，"也清楚我不愿意高调行事。你带了多少钱？"

"反正已经一个子儿不剩了。"

她一声叹息，"你觉得梅森蒂亚怎么样？"

"我甚至不知道它在哪儿。"

"它在你能去的最靠南的地方，如果不下海的话。离这儿大约有一千二百英里。"

她去过那地方，当然，是很久以前了。天底下没有她没去过的地方。我记得我们曾经在普罗秋利斯住过一个废弃的神庙。当时我们为形势所迫，只能过一段苦哈哈的日子，那神庙就成了不错的落脚点，因为当地人没胆子进来。庙内的墙壁上涂着彩画。这画有屋顶遮挡，免受风吹日晒，却只有一小块保留了下来，其余部分早在几百年前就剥落了。我盯着壁画，然后突然意识到：我认识这张脸。真是太像了。她告诉我说，这画的应该是爱朵依亚，死亡之神。是啊，真是死亡之神，我想。

"我已经厌倦像这样四处漂泊了。"我说。

"而这都要怪谁呢？"

"况且我讨厌南方，太热了。我们为什么不换个好点儿的地方，休养一阵？"

我不喜欢满腹牢骚的自己，过去我从不抱怨。不管手上拿到什么牌，尽力打好才是正道，这一直是我的人生箴言。该弃牌时就得弃，输了便愿赌服输。当然，如今我的想法已经不同以往。

"好吧，"她说，"我们去苏利亚。"

"我宁可去死。"我说。一个路过的女人停下脚步看向我。我把嗓门压低了些，"那地方天寒地冻的，人也臭烘烘的，而且，在苏利亚我们能捞到什么好处？"

"你对苏利亚真是一无所知，那地方其实相当不错。"她一顿，"还有银矿。"

"我压根儿不在乎。我绝不愿意在矿坑里哆嗦六个星期，在冰天雪地鸟不拉屎的地方待着。"

她叹了口气。"好吧，"她说，"那你想怎么样？"

这故事最可笑的地方在于，我真的是绅士。比绅士还高级，我其实是个正儿八经的贵族，有堂兄弟是公爵，某个豪门世家前庭的石雕拱门上还刻着我的名字呢（我是说真名）。至少，曾经刻着我的名字。我猜它早就被凿掉了。我想说的是，我的身份比我假扮的人高多了。每当我四处招摇撞骗、扮演达官贵人的时候，实际上是把自己贬低了至少五个档次。假如我突然现身某个地方、宣布自己的真实身份，没有人会相信。我假扮的那些低级官员，他们至少得装出一点儿为了生计而辛勤工作的模样。而我十二岁的时候，对他们那样的劳动人民压根儿是不屑一顾的。

我想，我是在十九岁那年正式变坏的。我母亲——上帝保佑她——本来不愿意送我上大学。知子莫若母，我想。可父亲坚持让我入学。在他看来，任何一个与我年纪相仿的体面青年都该读大学，拒绝去求学，无异于妄想阻止太阳从东边升起。我只好乖乖从命，后来却发现大学是个颇合胃口的好地方。倘若我生在别人家里——比方说，假如我出身贫苦，来这里是为了接受教育，而不是找个借口溜出家门——也许还能收敛脾性，学些东西。我是真的挺喜欢大学里的一些书籍，至今仍时不时地回想起当中的句子。比方说，萨洛尼努斯的《警世箴言》（这本书是我的挚爱，作者堪称旷世奇才）和欧特罗皮乌斯的《道德与政治对白》之类。然而，大多数时候我还是在酗酒赌博、寻花问柳，挥霍金钱度日。在父亲眼里，这是我理所当然的生活方式。我不过是在做个孝顺儿子罢了。

只要我写信问家里要钱，父母没有不应允的，总是随封寄回斯塔门兄弟银行签发的汇票。我周围环伺着热情放荡、想钱想得眼冒绿光的小伙子，他们债务缠身，却生怕父亲叔伯发现自己败光了钱、惹了一身麻烦。可我呢，兜里的金银取之不尽、用之不竭，父亲不但不责备我腐坏堕落，反而鼓励我肆意享乐。吾儿，趁你青春年少，就该及时行乐。我那傻老爹如是说。以后有大把的时间干正经事呢。好不容易含着金汤匙出生，不好好享受，怎么对得起你这命？

他说的没错，可金汤匙造成了我的不幸。我在这里格格不入。我认识的每一个人，要么出于嫉妒恨我入骨，要么就极尽谄媚、想从我这儿捞一把金。我的外貌更是火上浇油。坦白地讲，我从来没有为了自己长得特别英俊而高兴过。漂亮的外表就和钱一样，是我无须争取、与生俱来的东西，令我人生的一切都容易得过分了。上大学的第二年，我蓄起了胡须，然而其他人纷纷赞美说，这新造型很适合我。于是我又把胡子剃掉了，免得引发一阵蓄须的风潮。

我是这样变坏的——我之所以变坏，完全是为了他人着想。事情起因如下：有个几乎算是我朋友的人（我不会透露他的名字，因为他现在是个地方长官了，货真价实的那种）找我诉苦借钱，说若我不借，某个裁缝就要写信给他父亲，把事情闹到人尽皆知。

"你需要多少？"我问他。

"四十安吉尔。"他说，"拜托，讲点义气吧。四十安吉尔对你不算什么。我见你在'金色羽毛'一夜就能花出这么多。"

他说得很对。我俩对话时，我的上衣口袋里恰好就有这么多钱。那时，我们正肩并肩地穿过西门，就在新神庙的南面。"办不到。"我回答。

"胡扯。真的，我已经穷途末路了。要是拿不到这么多钱，我干脆去跳河好了。"

我叹了口气。"你个可怜虫。"说着，我开始四下寻找，想捡块砖头。

正如我先前所说，每当你需要一块砖头的时候，手边注定是没有的。所以，我们只好沿着河岸往下走，在黑暗中摸索，直到我捡到一块大小重量都合适的石头。"你究竟要这玩意儿干吗？"他问。

我用厚外套的翻领把它包裹起来。"你马上就知道了。"我回答。

时值三更半夜，街头的醉鬼都已经晃悠回家，最早做生意的一批商贩又还没开张。从神圣大桥走到新神庙，我们一路上都没撞见半个活人。我回首四顾，意识到作为新手，遇上这么好的作案环境是红运当头了。我穿过蜿蜒的小巷，绕过新神庙的正门来到后门前，刻意避开了那尊象征宽容与怜悯的老旧神像。

人从来摸不清自己的脑子是怎么运转的，对吧？我猜，我一定早就注意到了神庙背后的那排窗户，潜意识里已经想到：如果有人想闯空门，那绝对是个理想的突破口。可是，搁在二十四小时前，我完全想不到自己这辈子会闯进神庙偷银子。而现在，事情竟然演变成了这样。我脱掉上衣，把裹着石头的一头砸向窗户时，他还替我抬着衣服的另一头呢。几乎没弄出多大动静。我想说明的是：在盗窃方面，我完全是无师自通，本能地弄明白了这一行的各种基本原则。你得承认，我相当聪明。

"我们到底在干吗？"他压低嗓门问，声音粗哑恐慌。

"打劫神庙啊。"我告诉他，"在这儿等着。如果有人过来，给我信号，明白？"

他瞪着我。我至今还记得他脸上的表情。当时月光透过神庙的彩画玻璃，在他脸上投下了红的、蓝的光影，令他看起来就像被严重烧伤了似的。"你疯了。"他说，"我们不能这么做。"

"看好了。"

这事再容易不过了。我爬进窗，小心翼翼不让玻璃窟窿周围的尖刺挂伤自己，然后穿过走道，来到圣坛前。我把手伸向离我最近的一套银器，但又一停顿，脑子转了起来。我差点儿就偷了三天使圣餐杯，这玩意儿可是后矫饰主义艺术的代表作，搁在帝国的哪个角落都能一眼被认出来，那样可不妙。于是，我转而在圣坛上又摸索了一阵，找到一只颇为丑陋的圣餐盘。这东西搞不好有七十年历史了，外表极普通，我把它上下摸了个遍，也没发现什么铭刻印记。按照铸成它的银子重量来算，这玩意儿大概能值四十安吉尔。我朝圣坛一鞠躬，礼貌地道了声多谢，然后转身回去，和等我的朋友汇合。

"我又该拿这玩意儿怎么办？"他问。

可怜虫。"我怎么知道？卖掉，熔掉它。"

"把它放回去吧，看在老天的份上！我们赶紧走吧。如果被逮住，我爸准杀了我不可。"

我把圣餐盘搁在地上。然后我使劲全力，一拳打在他嘴上。"打起精神来，听见没？"我轻声地说。然后我捡起盘子，我俩便回住处去了。

剩下的半宿，我一直在盘算。之后，天刚蒙蒙亮，我就出门买了把锡匠专用的剪刀。我把圣餐盘分割成了一小片一小片的方块，每块大约值两安吉尔。然后，我信步朝银匠街走去。我本能地知道该和什么样的人做交易，只需瞧瞧他们的脸就行了。

"你收这个吗？"我记得自己这样问道。

那个男人斜睨了我一眼，"你确定没人会找这玩意儿？"他问。

我耸耸肩，说："我家有个男仆向来手脚不干净。"

他也耸耸肩，"三十安吉尔。"

"别逗我了。"

在和收购赃物的人打交道时，我一向干得不错。我想，这是因为我信任那种比起交易对象来，对财物更感兴趣的人。我时常希望自己也能成为这种人。我朝他收了四十六安吉尔，四十给我朋友，六块投给了新神庙门口的济贫箱。我本人丝毫没想从这桩买卖里捞上一星半点。反正，我不缺钱。

这次行动成果斐然，那个朋友之后再没找我借过钱。当然，他也中止了我们的友谊，但对此我不怎么介意。像他这样的人多了去了。他们纷纷求助于我，这个借二十，那个要三十；而容我自夸一下，我真是天底下最慷慨大方的人。我夜夜游荡在大街小巷间，寻找容易突破的窗户、方便进入的水管和邻居家观察不到的后门。当时我还没意识到，那阵子大概真是祖师爷赏饭，不管怎么折腾都不会坏事儿，哪怕我干活时粗心大意、目空一切。当然，这种好运有一天突然到了头。那天夜里，我小心翼翼地撬开某金匠家的窗户，却发现金匠和他儿子齐齐坐在暗处，膝头放着已经拔出鞘的剑。

至今我仍不知道自己当时中了什么邪。假如我原地不动，扮成个醉汉，假装只是在恶作剧之类，那我百分百确定我父亲能够花钱封住他俩的嘴，然后谁也不会受到伤害。然而，我傻不拉叽地抽出了惯于随身携带的刀子，触发了一场滑稽的混战。我捅伤了金匠儿子的眼睛。我可以说这事纯属意外，完全是由于三个大男人在一片黑暗中胡乱比画尖锐物体造成的。这个说法合情合理，没人能证明它不对。然而结果不止如此。金匠儿子被他父亲绊了一跤,跌倒在地,抓住我的脚踝不放。于是我杀了他。

我为什么要那样做?你应该能猜到,多年以来,我一直在翻来覆去地思考这个问题,最终得出了结论:我这么做,是本性使然。让我解释解释吧。我出身名门,可那一定是老天不长眼。真的,我是个贼。我身为贵胄之子,因为杀人被逮了个现行,却只把整件事当成笑话,用老爹的钱给自己找的乐子买了单。我是个贼,在一间黑咕隆咚的店子里被人抓住了脚踝,然后杀了人。我一定事先就料到了,否则也不会一开始就拔出刀来。

我之所以告诉你们这些,是想扼杀你们可能对我错生的任何怜悯。在我经历过的遍布全世界的一长串庭审上,我每次都对审判员说:我有罪。我想,我从来都有罪。生来如此。

我们去了苏利亚。

抵达苏利亚时,我还认得这地方。十年前或者更早些,我们来过这里,当时我还从十二层楼上跳下去过。为那事,她把我沉痛地教训了一番。你以为我闲得没事干了吗?诸如此类。这种话我听过太多次,早就倒背如流了。

"好吧。"我说。我们爬出马车车厢,伸着懒腰。不必说,地上自然覆着积雪。"现在我们到了,然后呢?"

她弯下腰,翻起一块石头。什么也没有。这里地冻天寒的,昆虫没法存活。"我告诉过你,"她说,"这地方有银矿。"

我打了个呵欠,"真不得了啊。"

"我怕你无聊。"她说,"你一无聊就干蠢事。"

"我们该去仙萨尔德的。"我说,但不是真心话,"那儿有座神庙,收藏着世界各地最齐全的决心教派圣像。看守只有六个老祭司,还有一把我用玻璃片就能捅开的锁。"

她看着我一叹气。"好吧。"她说,把手里的包一扔,"你想去,我们就去。"

"算了。来都来了。"我说,"走吧,我们最好找家旅馆什么的。假如这鸟不拉屎的地方也有旅馆的话。"

库瓦斯城其实不差。市中心早在三十年前就被帝国整体重建过了,风格千篇一律,但街道都铺了石板,还有几座相当不错的大楼。全城最好的旅馆是"正综无瑕宝钻",很宏伟,也很昂贵,大力模仿了"城市银星"旅馆——就像一个勤勤恳恳但不识字的抄写员临摹下来的手稿。于是,我们去了"正综"旅馆。旅馆主人有点儿狗眼看人低,可我们不缺钱。他们给了我们一个位于三楼的房间,那儿的视野很不错,正好俯瞰一片锯木场。木材生意是库瓦斯的支柱产业之一。我临窗站了一会儿,沉醉在这片风景中。"我也许会喜欢这儿的。"我说。

"上床来吧。"她说。

"现在才下午。"

"拜托。"

这故事的荒谬之处在于,她真的爱我。哪怕我对她做了那些事,还企图做那么多事。苍天在上,我可是杀了她整整十六次啊。

第一次发生在坡达尔加。那时我们刚刚在一起三个月。头一个月,我们如胶似漆。这很容易理解:你偶遇了一个非常有魅力的女孩,她举止优雅,在床上又够狂野,显然彻底迷上了你,丝毫不介意一起犯犯罪,还碰巧是个女巫,懂得各式各样、货真价实的魔法。我坦白,我俩在一起度过了许多欢乐时光。我不再玩诈骗游戏,而是干回了破门行窃的老本行。当然,并不需要真的破门而入,因为我的帮手能把自己变成蟑螂,从门缝里爬进屋去、打开门锁。出于报复,我们洗劫了斯塔门兄弟。一想到那场大祸后他们是如何对待我父亲的,我就永远无法原谅。那是我们头一回用上变蟑螂的招数。我给两只大麻袋塞满了金币,然后发现——万万没想到,万万没想到啊——它们太重了,我根本搬不动。傻瓜。她说,温柔地一笑,然后施了个失重咒。我再抬金子时,就和拿枕头没两样了。

那天夜里我真的很担心她。回到旅馆后，她倒床不起有将近半小时。她脸色苍白如死人，呼吸微若游丝，高烧不退，还一阵阵地呕吐。没关系的，她对我说，这很正常，我早就习惯了。变身时间不超过一分钟，就不会有事；超过一分钟的话，身体会有各种不适。我吓坏了。你怎么不早告诉我呢？我说，那样我就会想想别的办法了。不用，我没事，真的。她说。我早习惯了。她浑身冒汗，仿佛一块正在融化的冰。这就是我为爱做的事，她说。当时，我觉得她的爱很甜蜜。

斯塔门兄弟之后，我们又打劫了慈善银行、剑锋银行、企业家银行。钱来得太多、太容易，反而令我紧张不安。现在我们手头宽裕，应该先收手。我对她说，至少等上一阵子再说。听了这话，她笑出声来。我们这么开心，为什么要收手呢？她说。

"因为我们不需要干下去了。"我说，"已经够了。"

她看着我。"够了，"她重复了一遍，"是什么意思？什么够了？"

"钱够多了。"我说着，指了指我买来放钱的大箱子，"那里面有五千多安吉尔。"

她耸耸肩，问："你父亲有多少钱？"

"什么？我不知道。"

"比五千安吉尔更多吗？"

"呃，更多。"

"六千？六万？六十万？"

我开始觉得烦了。"我哪里知道。"我说。

"大概估计下。"

"好吧，"我说，"如果把所有东西都算上，包括他名下的土地、房产、船只之类，差不多有五十万吧。但这是两码事。"

"真是两码事吗？"她对我微微一笑，"那才是你应得的财产数额。"她说，"你本来有权继承那么多钱的。所以，五千安吉尔根本不够，不对吗？"

"你这不是犯傻吗。"我说,"我们没法偷到五十万。用尽一辈子都不行。"

她只是对我露齿一笑。

于是我们继续行窃,将金匠、银匠、商户洗劫一空,有一回还偷了军队的钱。自然,我们的行为引起了广泛的注意。人们组织起一个警备委员会,雇用了不少守卫。可是,这些可怜的傻瓜不会去留意跳蚤和蟑螂。我们填满了第四只箱子。城市长官发布了辟谣声明,否认玻达尔加正在经历严重的金币短缺,然而这等于变相承认了传言。银行出现了挤兑潮,而这又进一步证明了银行缺钱的事实。因为某些混蛋把钱偷走了。我告诉她,事到如今已经不好玩了,我们必须停手。我们搞出了一场经济危机,人民会因此受到伤害。可她只是对我露齿笑笑,然后我把拽上床。我俩几乎不花钱,也许一周只用得了三泰勒,可我们房间的地板上放着几只大箱子,里面装着全城大部分的钱。我找来一只天平,粗略地称算了一番。然后我告诉她,这儿有超过一百万安吉尔,已经是她认为全世界亏欠我的金额的两倍了。我们能收手了吗,拜托?然而,她开始嘲笑我。我伸出双手握住她的脖子,用力掐了下去。

我记得她将死之前脸是如何变青的,这画面离奇极了。她双眼往上一翻,从那一瞬起,她便不再是人,而是沦为了一件东西。这也算是种特殊的逆向魔法吧。当她完全瘫倒在我的手腕间时,我知道她已经一命呜呼了。我想,直到那一刻,我才意识到自己在做什么。不,是做了什么。

我想,在那一刻,没人能比我自己更震惊了。我似乎说过,自从杀死金匠的儿子后,我就不干入室行窃一类的事了。我不愿再次经历类似的处境,不想再面临杀人的风险。毕竟,我已经知道自己能做出什么样的事来。打那以后,我就决心只干保险的勾当。不用武器,不掺和可能发生打斗的局面。可以说,有了她这个帮手,我再也不必担心那样的危险了。一切都是那么容易,那么安全。她能透视门和墙壁,所以我们总是知道屋里有没有守卫。而这会儿,我不由得吓傻了:我又杀人了。

如果手边有样尖锐的东西,我发誓我已经自杀了。事实上,我试着打碎一只陶瓷盘子，想捣鼓出一块锋利的碎片来。然而这蠢玩意儿怎么摔也不坏，哪怕我用靴子去踩也一样。我已经不配活在人世了，这是我脑子里唯一的念头。总的来说——我头脑还算清醒，能分辨后面两者的区别——我觉得比起等待卫兵出现，把我送去公审、当众处死，我还是宁愿独自度过最后的时间、享有尊严，亲手了断自己。那时的我还讲究体面。但也不是非自己动手不可。如果别无选择，以绞刑收场对我而言也是一样的。有些人可能觉得死刑过于残酷了。但我呢，我衷心地支持死刑。

除了一个例外，他们万不该绞死我那可怜的父亲。他有罪，没错——叛国罪，阴谋颠覆共和国。我们全家一直有罪。可真实情况是，他只是被斯塔门兄弟提的蠢主意蒙蔽了头脑，试图垄断粮食市场。不必说，这个计划黄了。我父亲破了产，家财丁点儿不剩。后来我们才得知，斯塔门兄弟自己压根儿没往里投一分钱，所以没有吃亏。于是，我那傻瓜父亲又加入了一群精神错乱的理想主义者——这些人来自福卡斯和特米斯卡斯，算是我家的表亲，只是隔了不知几千层，照这样讲，这世上谁和谁不是表亲呢——他们想摆脱政府，让世道变回以前的老样子。他们天真地以为军队会站在自己这边，可这想法错得离谱。我想，要不是当时联合政府正为了《土地改革法案》吵得不可开交、濒临分裂，亟须有个公共危机来转移大家的注意力，我父亲他们根本惹不出什么乱子来。然而，对联合政府而言，父亲那伙人就像从天而降的救星。两个主谋靠检举同伴摆脱了牢狱之灾（我得骄傲地说，我们后来好好处置了那两人），可其余人都被送上了绞刑架，包括我可怜的父亲。当然，由于不敢露面，我没有在场观刑。但我听说，临刑前他发表了一段热血沸腾又狗屁不通的演讲，说自己死得光荣，因为这辈子他总算干了一件值当的事，尽管结果只是徒劳——好吧，他是个小丑。可他们不该绞死小丑。毕竟真正的坏人都还逍遥法外呢，比如我。

所以当时的情况是，我拼命想砸烂一只砸不烂的陶瓷盘子，而我那漂亮女友的尸首就躺在我的脚边。敢作敢当。这个词在我脑海里回荡，令我再没有别的念头。有道理。我告诉自己：你干了一件相当坏的事，理应付出代价。注意"付出代价"这个表述。我们的道德观念里，其实深深地根植着一丝商业思维：你可以用受罚来买下一桩罪行。你做一件坏事，然后付出代价——但代价不是好事，请注意，而是另一件坏事。以死亡来偿还死亡。这当中的逻辑不太对，正确的逻辑应该是：用一件好事来为一件坏事买单；杀了人，就该把全部财产捐给穷人、自己在修道院里度过余生来偿还。可现实显然并非如此。不管怎么说，当时我的道德伦理观还相当朴素，觉得自己杀了两个人，理应以死相抵。只不过，我就是打不碎这蠢盘子。

去他妈的，我想。不如找卫兵自首算了，他们总能处置我的。毕竟我们交税就是为了这个。我跪倒在地，摸了摸她的脖子，以免自己搞错了，万一她还有脉搏呢。然而我什么也没摸到。她身体越来越冷，脸庞白得就像高档蜡烛。我关上门，转身走进街道。

找卫兵自首。可我知道玻达尔加的拘留所在哪里吗？知道个屁。我以为我知道，我以为宪法广场上那栋高大的白色建筑就是拘留所，可结果它是行省议事大楼。门口有个站岗的圆帽卫兵。我试着向他自首，可他只是看了我一眼，说在换班以前他都不可以离开岗哨。我会等的，我说，我不介意等。滚远点，他对我说。好吧，我说，那能不能麻烦你告诉我拘留所在哪个位置？出了广场左转，他告诉我，再朝北部阅兵场走，直到你看见"金色跳蚤"在左侧，这时你右边那个庭院就是了，一眼就能瞧出来。

最后，我总算找对了地方（我的方向感差得没救了）。拘留所有扇非常宏伟的锻铁大门，门口立着一个人影。是她。

我目瞪口呆地看着她。"你来了。"她说，"我就猜你会来这儿。"

"你还活着。"我说。

"不是你的功劳。"

"噢，感谢老天，"我说，"我以为我把你杀了。"

她冲我一皱眉。"你是把我杀了。"她说。

关于女巫，有一些你们绝不知道的事。

她跟我解释过。简单地说，宇宙就像一所宅子，里面有许许多多不同的房间。你我存在的世界，只是这些房间之一。我们活着的时候待在这个房间，死了就上楼去另一个房间，留在那里。可女巫拥有许多房间的钥匙，尽管那些地方普通人根本无法涉足，里面的规则也不一样。她们会使魔法便是这个原理。她们只需到隔壁房间串串门，在那儿，一些原本不可能做到的事成了小菜一碟。然后（这部分我一直不太理解）她们就化作另一种形态，回到原先的房间。所以，当我双手紧扣她的脖子、令她濒临死亡时，她溜进了另一个房间，等自己的肉身死透了，才回到原先的房间。爬回自己的尸体里面，她说，这个过程很不好受。尸体冷冰冰的，你还得让各个部分重新运作起来。感觉就穿了一身湿淋淋的还在滴水的衣裳。不过，死嘛，她告诉我，没什么大不了的。死亡对她来说根本不算个事儿。

你们应该可以想到，在那以后，我俩之间的气氛略微紧张了一段时日。她不断告诉我：她已经原谅我，我不必再纠结那事了。我一遍遍地对她说：我不是个好东西，我是个恶棍，是个杀人凶手。她让我别这么自怨自艾。你只是一时冲动，她说，仅此而已。并没造成什么损害呀。不，我说，我有意图——她用好笑的眼神看了我一眼。意图不重要，她说，什么都不重要，真的。我对她说，我要离开。那好，她回答说，我和你一起。

接下来的某天夜晚，趁她熟睡之际，我离开了她。我不敢在黑暗中摸索自己的外套，因为她睡眠很轻，一丁点儿动静就能把她吵醒。我穿着衬衫和裤子就出门了。有生以来头一遭，我口袋里空空如也，一文不名。这感觉陌生而奇特。我记得，迈出旅馆大门的那一刻，一种奇怪的自由感油然而生，仿佛这是我生平第一次找到了真我。我只是我，剥去了先天继承的、后天获得的一切，仅仅留下我自己的力量、弱点、优势、缺陷、品性。我挠了挠颈背，沿路朝港口走去。

逃票上船比你们想象的容易多了；躲在船上不被发现，这才是困难所在。我在海里游了一阵，沿着一根粗缆攀上船去。附近没人，于是我爬到了一大堆木桶顶上，仰面躺下。我想我是睡着了，因为睁开眼时，一片广袤的蓝天映入眼帘。一缕发丝摩擦着我的脸颊。

她亲吻了我。"你好呀。"她说。

我没有动弹。无法动弹。我吓呆了。

"这挺好玩的。"她说，"我们要去哪儿？"

稍后，我们爬下木桶堆，主动找船长"自首"。收下五安吉尔后，他很乐意接纳我们成为本船乘客。他没问我们为什么要偷偷上船，似乎也不是头一回遇见这种事了。他把自己的舱房借给了我们，为此又额外收了两安吉尔。之后，船员都卖力地把我们伺候得舒舒服服的。这是艘货船，载了一批醋，正驶往拉厄娜。

话说回来，我们之前讲到哪儿了？噢对，库瓦斯城。

初识她的时候，我二十三岁。那是三十五年前的事了。但要问我现在多大了？我真心不知道。照镜子时，我觉得自己只有十九，尽管我早就学会不去相信镜子了。可人们一般认为我——这么说吧，与她年纪相仿，而她看上去大约二十岁。真是一对璧人。大家都说，男的英俊，女的漂亮。

我有提到锯木场吗？那可是库瓦斯城的重要产业。他们把木材装在大大的筏子上，令其顺河漂流。都是些软木，比如松树和杉树，所以几乎全部会被锯成木板。锯木机由库瓦斯河里的水车驱动，所有的树木不管大小、无论品种，它们都能搞定。锯木机的圆盘锯片和车轮一般大小，一排五六个同时运转。你从一头塞进整根木头，三十分钟后，从另一头出来的就是木板了。这个过程令人印象深刻。

我特意装作不想接近锯木场。于是我们去视察银矿了。那可真是个糟糕的地方。他们把一整座山劈成了两半,其中一个断面成了人工打造的峭壁,上面东倒西歪、荒唐可笑地爬着木头栈道,仿佛攀墙而上的常春藤。但愿老天救救在那儿工作的可怜鬼。他们用锄镐一点点把这山挖空,再用绞盘把盛满矿石的桶放下山去。然后他们就开始洗矿,那过程才叫一团糟呢。我不清楚具体要怎么做,可我知道,他们有好多条露天的污水沟,专门用来清洗原矿上的泥土;还要用到大熔炉,它们吐着恶臭无比的浓烟。这下你们知道"地狱"这个概念出自哪里了。这里噪音充耳、烂泥满地、恶臭盈鼻、浓烟滚滚,每当有人开关炉门和通风口,里面还会喷射出巨大的火焰。烟灰会沾上你的双眼、你的头发,烟气会钻进你的鼻孔,呛得你喘不了气,而你每走一步都得付出艰巨的努力,因为双脚会陷进及踝深的泥巴里。这场景其实颇具隐喻意义,因为它告诉我们,钱就是来自这种地方、出自这种肮脏的生产方式。

这回我们扮演的是富有的投资者,正考虑入股这里的银矿。我和我姐姐来此,是为了进行一番实地考察。矿山的工头非常吃惊,因为没人提前告诉他会有贵客来访。他不停地道歉,还大呼小叫地命人铺上遮泥板,好供我们步行。

我们对考察结果满意极了。这真是个神奇的地方,而且银矿的产量也非常可喜。只是,我们有个问题。这里出产的纯银总量——有多少来着?每天三吨?那你们有什么安全措施,呃,你懂的,来防贼呢?

"很好办。"她说。我们脚踏已经毁了的鞋袜,嘎吱嘎吱地走回城去。"那些守卫显然妨碍不了我们。你绕到仓库后面等着,那儿有个滑水漕,旁边正好是他们的盲点,注意到了吗?我可以从屋檐底下的缝隙爬进屋,在后墙上打个隐形的洞,之后只需把银块递给你就是了。然后我出来,给银块施个失重咒,让它们一路飘进马车去。等他们早晨上工时,我们已经身在斯喀里亚了。小菜一碟。"

没错,什么都是小菜一碟。这就是问题所在。

"行啊,"我说,"就这么干吧。"我尽量装出一副厌倦无聊、闷闷不乐的模样。

可这越来越难了。她很容易起疑心，而我的演技也不怎么样。"今晚行动？"

"也好。没必要为了银子在这地方久留。"

她总是这么说：我是个贼，做贼是我的本性。我就是爱偷东西，不是为了钱，因为我向来对钱毫无兴趣，就像鱼对水没有兴趣一样。我享受的，是偷窃过程本身。所以我们要做的，就是从一个地方偷到另一个地方，以此度过我们无限漫长的余生。我们会永远幸福快乐的。

只要你快乐就好，她说，我只有这一个愿望。爱的意义不正是如此吗？

"那就今晚吧。"我说，"我去雇马车。"

她点点头。"那好。"她说，"我们回旅馆再见。"

我以为自己的如意算盘打得很响。我在铜门街转角跟她分道扬镳，独自走到北城区的车马出租行，然后用双倍的速度赶回老城区，一路穿小巷抄小道，一直抵达锯木场的漂木水道入口。我爬上窄墙，沿着墙壁往前走，随后翻进了锯木坑里。锯片正发出震耳欲聋的噪声，空气中翻飞着粗粝的锯末，如同暴雪当空。在锯床旁边干活儿的男人瞧见我，冲我大喊：走开点，你个白痴。我挺替他难过的。不管你们信不信，其实我不喜欢给别人添麻烦，但这种事有时在所难免。

我提过我参军的事吗？噢是的，我当上了上尉。当然，不是货真价实的上尉。我本想扮成少校的，可惜我外表过于年轻，就算我国有荒唐可笑的捐官制度，在这个年纪当上少校也太假了。不过，上尉也是炙手可热的职位，特别是皇家卫队的上尉。我挖空心思要混进皇家卫队，只因我恰巧知道，他们马上要出征南部前线，那地方仗打得很激烈。

我想你们应该没听说过那场战争。起因只是一点鸡毛蒜皮的事，不是萨珊人偷袭了我们的某个岗哨，就是我们偷袭了他们，记不清了，反正我也不大在乎。可从某个时间点起，局面有点失控了：我们歼灭了他们的远征部队，他们伏击了我们的辎重部队。在那之后，双方要么得来场全面战争解决问题，要么就沿着边境搞点小打小闹、互相骚扰的游击战——这种事通常会持续数年之久。

当然，这些都与我无关。我之所以一门心思要加入，仅仅是因为我发现出征部队行军时得横穿沙漠。她不可能一路跟去那里的。至少，以女人的形态不可能。而且我估计，她很快就会厌烦整天以跳蚤的模样度日。她会丧失兴致，也许还会看上其他人。她会离开，然后我就能过自己的生活了。

我是多么天真啊。一天晚上，我来到军营前做了自我介绍，把委任状递给那儿的指挥官——那份委任状做得相当高明，出自厄里斯苏马的一名伪造师之手。假委任状看起来非常靠谱，内容也没有不合理之处。指挥官只是草草扫了它一眼，然后给我倒了杯酒。我蒙混过关了。

不必说，我对行军打仗一无所知。这就对了，因为参与那场战争的年轻军官大都是从自家庄园直接被送往前线的，此前恐怕连阅兵场都没见过。我把掌旗军士拉到一边，塞给他十安吉尔，问："我需要做些什么？"

他朝我咧嘴一笑。"没什么大不了的，长官。"他说，"你只要骑马走在前头，开战的时候尽量别逃跑，其余的事儿交给我和其他军士就成了。我们会照顾你的，长官。我们知道该怎么做。"

我不介意这个安排。事实上，军士是个不错的家伙。我之前从装备商那儿买了闪闪发亮的崭新盔甲，他叫我扔掉（他有个副业，把二手盔甲返售给那些装备商），然后给我搞了套真正合身的盔甲，因为已经有人穿过、磨合过，上身很舒服。他还给我找了双合脚的靴子——不说你们也知道，是萨珊产的，全世界属他们制造的靴子最棒。每一天，我都骑上我那匹漂亮的白马外出闲逛，他会提醒我归营时间。晚餐后我得签署一些文件，但我的差事也只有这些了。当然，假如这地方不是热得跟火炉一样就好了，而且我已经有很长时间没登过马背。不过，遇上她之前我也挨过苦日子，有时候真是苦极了，所以现在的情况在我看来还不算太差。我一次也没感到颈背被虫子咬，或是别的地方有一丁点儿痒。他们说沙漠里太热，跳蚤没法生存。当然，苍蝇另当别论。但是，我从没见她变过苍蝇。

然后，一天夜里，我坐在自己的帐篷外，看着其他人围在篝火四周。这时，我瞧见了那条狗。它是个大家伙，浑身纯白。人们正在丢骨头给它吃。我把我的军士朋友叫了过来。"那狗是养来干吗的？"我问。

他咧嘴一笑。"噢，那狗啊，"他说，"我们不晓得它是打哪儿来的，长官。有一天突然就冒出来了。大伙儿都喜欢它，觉得它能招来好运。这事有点离奇，在沙漠中间遇见一只狗，还温顺得跟什么似的。"

"也许是盐商带的狗，后来走丢了。"我说。

"应该差不离，长官。"他说。

紧接着的第二天、第三天，行军之际我都努力用目光搜寻那狗，可它聪明得很，老让我瞧不见。我猜它待在了队尾，而我不得不一直走在队首。作为一个有名无实的空降领导，我不能抛下岗位去找它。我想过令人处决它，或者赶走它，可我知道这行不通：那些当兵的太喜欢它了，完全把它当成了吉祥物、幸运符。我试过收买我的军士朋友，让他趁四下无人的时候偷偷给狗下毒。结果他露出了震惊至极的表情，然后假装没听见我的话。从那刻起我才明白，在用脑子这方面，她完完全全、彻彻底底地击败了我。

这样一来，我只能执行备用计划了。非常不幸，可事已至此，别无选择。

当我们渐渐步入敌人的陷阱时，军士一定意识到了这点。连我都发觉了，何况他呢。我记得他向我指出了潜在的威胁，轻声提醒我，不该进入那条两侧都是陡壁的狭沟。他还一度试图越过我，直接命令号兵提示全军停止前进。我只好非常严厉地对待他。当然，我知道自己在做什么；我也知道敌军的领头人是如何思考的，因为他的身份应该与我相仿，都是有钱人家的儿子。所以，当敌军堵住了狭沟两侧的出口，从峭壁上方伸出弓箭和投石机、对我们居高临下虎视眈眈时，我早有准备。我决定连本带利地赌下去，于是令号兵吹响了军号。如我所料，敌军很快派了几名使者下来。投降吧，他们说，你们已经是瓮中之鳖、俎上鱼肉了。我微微一笑。我要挑战你们的头儿，和我来场决斗吧。我说，他上，或者他指定的代理人上。

使者看着我咧嘴一笑，一个字也没多说，掉转马头离开了。军士简直不敢相信我做了这样的事，一把抓住我的肩头。你疯了吗？他问，你的小脑袋瓜是不是坏掉了？我摇摇头。反正我们也死定了，我说。粮草补给很快就会耗尽——我，区区一介平民，都能一眼瞧出这个情况，可军队总指挥官及其手下却对这点视而不见。但管他的呢。敌军随时可能发动大规模袭击，把我们一举干掉。可是呢，如果我这样做，大家还有一线生机。当然，我本人是没有了，因为敌人会选最能打的斗士来和我单挑，那人不出三秒就能把我刺穿。但这样一来，其他人就能安然无恙地投降了。之后萨珊人会给你们供应食物和水。这可是在沙漠中央啊，我们自己是养不活三百人的。

相识以来头一回，我的军士朋友一句话也讲不出了。我挺享受这一瞬间，就像自己真有舍己救人的英雄情怀似的。当然，我以上说的全是鬼话。我有自己的如意算盘要打，他们这些人只是道具、棋子而已。然而，心底还是交汇起两股喜悦，我不禁沉醉其中：一，我的确拯救了我的手下，若没有我，他们只怕要死在这地方；二，敌军代表会杀了我，然后我终于能彻底摆脱她了。

敌军挑人的眼光不赖。换作其他指挥官多半会尽量挑选大块头，却不知一对一决斗时，个头太大反而不利。大块头移动起来更费力，不够灵便，同时也构成更大的击打目标。相反，他们选了个瘦小的家伙，动作迅捷如蛇。一瞧他朝我走来的步态，我就知道，他很清楚自己该怎么做。结果证明我是对的。我大摇大摆地往前走去，他只是往侧面稍稍一退。然后我一低头，便发现自己刚好走到了他的剑尖上，像烤肉似的串在上面了。

其实没那么疼。世界突然安静下来，我的视野边缘开始发黑，仿佛自己正跌进地洞。我知道这招已经足以干掉我了，可他是专业人士，做工必求彻底、精益求精。他又退一步，挥臂砍掉了我的首级。

这下全世界都黑了下来。然后，我睁开双眼。

她对我嫣然一笑。"没事了，"她说，"你会好起来的。"

我看向她肩头的后方，烈日几乎移到了头顶。可是，当我和敌军代表决斗的时候，太阳位置比这靠东得多。所以说，时间已经过去三四个钟头了。我用余光瞥了瞥身侧。之前我躺过的沙地上凝着一摊褐色的玩意儿——大概是我的血吧。

"你个傻蛋。"她说。

我张了张嘴，却发不出声音。

"这还真是你的作风。"她继续说，"做出这么高尚、这么巨大的牺牲来。你真以为自己能打赢么？也罢，没关系了。他们把你的手下编成队列带走了。萨珊人对战俘很仁慈，这点他们名声在外。你的人会平安无事的。"

她居然真的相信我在乎那些人的死活。这就是爱啊。

关于女巫，有些事情你们绝不知道。

死而复生，她跟我讲过，没什么了不起。相比之下，把别人起死回生才是无比艰辛。她说，这也解释了为什么复活他人的事迹极其罕见。复活别人有两个步骤。你得先去"楼上"（让我们回忆一下之前用过的比喻），进入一个"非常坏的房间"，找出你需要拯救的人，说服他们跟你回去，而他们往往是极其不情愿回去的。想要完成这步，她说，就要求复活对象是真的非常想要返回尘世——试想你要怎么跟一群悲痛的遗属解释：其实他宁愿一死啊，正好摆脱你们这些人——通常只有一类情况符合要求，即逝者在人间尚有未了的心事。而这种心事，她告诉我，从来只有一样，毫无例外，就是爱。

看来她脑子里也只有这东西了。

第二个步骤又细分为两个阶段。首先，你必须把损毁的尸体复原，让它能够重新承载生命。她说，这部分纯粹是艰辛劳苦的体力活。你得把自己变小——非常、非常小，小到能爬进动脉和静脉，在血管内修修补补，或是把断裂的地方重新缝合起来。神经和皮肤也需要同样的处理。这意味着你得连续几天、甚至几周累死累活，而工作环境之恶劣，连煤矿工人都无法忍受。当你缩小到那种体积时，周围时间的流逝速度也会起变化。她说，明明你得在某人的血管里辛苦劳作一个月,外界看来却只有一小时。正因为这样,尸体才不至于僵冷得无法重启。如果拖得太久,那神仙也束手无策了。所以你必须守候在死亡现场,尽快进入逝者的尸体。

没人会为钱做这种事,她说。没人会为某个亲密的朋友,或是最崇拜的人,或是叔叔婶婶这么做。只可能是为了爱,她说,只有爱。

我爬上锯木坑外的矮墙。发现我的那个男人放下手头的活儿,朝这边走了过来,同时大嚷着什么。可锯片的噪音淹没了一切,所以我一个字也没听清。我挑好位置,像只潜水鸟似的跳了下去。

有那么一瞬间,我以为自己搞砸了。我的膝盖落在了最近的一台锯片上。我满心以为自己会弹出去,然后被踢出这里,却随即感到锯片切穿了我的腿。我身体往前一倾,腹部朝下地倒在了三个并排运行的锯片之上……

我承认,她在战场上复活我之后,我爱上了她。不得不说,我以前完全无法想象,自己竟然可能这么爱她。我欠她一条命。我知道当我离开后,她巴巴地一路跟来,在我最需要她的时候现身,而她做这一切只是因为爱我。我意识到自己过去大错特错了,居然想要抛弃生命能赋予我们的最美好的礼物。我告诉她,一想到我真的可能死掉,从而来不及醒悟,我就后怕。她说好啦,现在没事了。以后也永远不会有事的。

我们洗劫了位于姆纳斯特的国库;至少,我洗劫了那地方。让我单独干一次。我告诉她,我只是想知道自己办不办得到。我解释说,过去我们之间出了些问题,导致我抑郁不乐;也许问题的症结就在于,我觉得她掌控了我的生活——只要她和我在一起,一切都由她来操作,一切都由她来包办,我无须担心任何难题。我猜,恰恰是这种无忧无虑的生活让我陷入了焦虑和无助。所以,如果我单枪匹马地偷一次(还是要借助她的帮助,因为这次的行动单人不可能完成,但整个运筹策划都由我来操办),我就能找回自我,相信自己仍是那个能够独当一面的自由人,而不仅仅是她的附庸。好主意。她说,就这么办吧。

我这辈子从未这么努力用功过。我连续几小时地冥思苦想，绕着城里转了许多里，做了厚厚的一丝不苟的笔记，算好行动时间、目标数量、可能使用的测量工具。我泡在图书馆里，阅读几何学和三角学的书籍，为的是学会估算外墙的准确高度与厚度，还有所需绳索的精确长度；以及一袋袋金币的重量，到时我得用精心改造过的滑轮车把它们拉出去。我坚持不用魔法，只靠人力。我们花了整整两天在山里游荡，搜寻药草配制对付守夜人的迷药——我们打算从天窗垂下一根细绳，通过它往守夜人的啤酒里滴药。离行动的大日子越近，我就越是容易想到一些不利的可能性。万一那里有狗呢？我们没发现对方有养狗的迹象，但我还是出门买了一个油纸袋，往里装了一大块浸过迷药的生猪肝。我不断告诉自己，我有多么享受这个过程、这种挑战和不确定性，享受我俩并肩协作的快乐——此时我们不是一名女巫和一介凡夫，而是两个平等的人类。我对她说，我只是区区凡人没错，可我很聪明：我把好好的靴子割下鞋底，掉转方向再缝回去，这样一来，别人看见泥地上的鞋印就会以为我们去了相反的方向——换作别人，谁能想出这么棒的主意？

不说你们也能猜到，我最后把一切都搞砸了。我爬上屋顶，给守卫的啤酒里下了迷药。等他睡着后我爬进屋里，从他腰间取下钥匙，然后打开地下金库的门，开始往麻袋里填装财物。可我万万没想到的是，敞开的天窗里刮进一阵阴风，把地窖的门给吹关上了，而我把钥匙留在了外面的锁孔上。我被困在里头了。

没等到天亮，仅仅是三四个小时之后，地窖门便开了，一大群剑拔弩张的圆帽卫兵涌了进来。我只好朝他们送上一个大大的、胆怯的微笑。

当然，她把我救了出去。她在监狱外墙上捣了个隐形的洞，又在我的牢房墙上开了洞。我记得自己跌跌撞撞地迈进了走廊，四下寻找她的身影。然后，我感到颈背被轻轻咬了一下。"走哪边？"我问。几秒后，我的左耳被咬了一下，于是我朝左边走去。不到两分钟，我就走出了监狱，一路上跨过了五个昏倒在地的守卫。看来，没有保姆照顾，我连门都没法出了。

我告诉她:"我觉得我已经不想做贼了。我们做点别的事情吧。"

"好啊。"她说着,给我斟了杯酒,"那我们就做点别的。"

"好啊,"我说,"做什么?"

于是,我们尝试了一下慈善事业。

我们拥有的钱财取之不尽、用之不竭。之前,我们已经把卡曼多亚、北皮利亚、摩洛森和埃斯皮德邦联的大多数银行、贵金属铺和税务署都洗劫一空。我们偷来的金银财宝太多,根本不可能随身携带。我们用上了十几辆载铁矿石的车,每辆都有六匹马拉着,这才把钱全部运到了佩那尔罗纳的某个山脚下。我们藏宝的地点非常安全,你得挖穿二十尺深的花岗岩才够得着,可她只需合上双眼、念叨几句咒语就行。对于有些人而言,成事不费吹灰之力。我想,这就和出身富贵一个道理。

"有两条路可选。"我记得自己这样告诉她,"我们可以只是单纯地往街边一站,把钱施舍给路人;也可以用这笔巨额财富来影响世界,让它彻底改头换面。"

她看着我,耸耸肩。"怎么着都行。"她说,"你想选哪条路?"

我开始给她讲述共和国的历史。我告诉她,很久很久以前,这里曾经有一个小小的城邦,由历代国王统治。这个城邦渐渐壮大,后来征服了邻国,于是周边地区的贡物和税收都流向了它的国库。然而,国王把敛来的钱财都用来满足自己的愚蠢嗜好,过着花天酒地的日子,还大兴土木建造宫殿和私人行馆,垄断了一切。与此同时,穷人却在挨饿。此时,一个出身古老显贵家族的人挺身而出,他的名字叫维克多利努斯。他告诉人们,这个国家的运作方式大错特错了。劳苦大众创造的财富,以及军人勇士开疆辟土夺来的财富,应该由全体国民平等地分享;而且,世袭的君主专制很愚蠢,领袖应当由人民选举产生。当时的国王想吊死维克多利努斯,可人民不允许;他们反过来将国王赶下了台,推举维克多利努斯担任领袖。国王组织起一支雇佣兵队伍,可人民的军队势如破竹地击垮了他们。由此,共和国诞生了。可(我告诉她)后来它变了质。这种质变是缓慢地、逐渐地发生的，没人留意。人们的眼光都聚焦在了别的事物上。他们观赏着共和国的无敌军队大力征服世界的其余部分——对诚心归降者示以仁慈，对负隅顽抗者以战屈之——那些诗人用美妙的词语，如是粉饰道。共和国政府做出了许多令国民称道的政绩，可与此同时——那句谚语怎么说来着？对，所有女人最后都会沦为她们母亲的模样。这话放在共和国身上也是同理。只不过，把持朝政的不再是国王，而是十人议会。除此之外，如今的共和国与之前的城邦并无任何不同。

她耐心听我把话说完，然后点点头。"没错。"她说，"这和我们又有什么关系？"

"我们可以改变现状。"我说，"我们能让一切回到正轨。有了这笔钱和你的魔法，我们完全能把维克多利努斯做过的事再做一遍。我们可以推翻共和国，把十人议会成员的脑袋都插在广场的尖矛上，解放全国人民。现在我明白了，"我说，"我真的恍然大悟了，这就是我遇见你的原因。"

她露出一丝奇怪的笑容。"再过一会儿，"她说，"你恐怕要说这是我们的'命运'了。"

我热切地注视着她。"为什么不呢？"我说，"我的意思是，扪心自问吧：我天生就是混迹街头的料，却为什么要出生在上流社会？可维克多利努斯，有史以来最伟大的人，在这点上面和我一样。上天知道我比不了维克多利努斯，远不如他勇敢、高尚、睿智，所以把你赐给了我。可我实在太驽钝，直到现在才领悟这一点。"

她静默片刻，陷入了沉思。然后，她说："好吧。"

我冲她露出灿烂的笑容，说："我爱你。"

"我也爱你。"她回道，可我的思绪已经飘向了别处。

就这样，陷入爱河的一男一女下定决心，要颠覆国家。可他们该从哪里下手呢？

"我们得小心地从长计议。"我说。我们正躺在床上，透过窗户眺望贝洛伊萨海湾。朝阳缓缓地升起，海面泛着紫色，天空则是一片深暗的蓝与红。

"当然了。"她说，语气令我觉得，她对这事不是特别上心。

"人民是愚钝的。"我继续道，"他们的问题在于，他们根本不知道自己过得不开心。你可以压迫他们，令他们挨饿受冻，巧取豪夺他们的土地，送他们的子孙进沙漠受死。而他们只会坐在原地，逆来顺受。"我朝她的方向一靠，从葡萄串上摘下一粒果实，"所以之前爆发的所有革命都不了了之。"我接着说，"我父亲也是败在这上头的。他以为只需买通皇家卫兵的几个高级官员就能成事。他从没想过，十人议会远比他财大气粗，无论他出多少钱打点关系，他们都开得出更高的价。这么做行不通。你必须从人民入手。"

她一颔首，说："你得让他们不开心。"

她有点犯傻啊。"他们本来就不开心，"我纠正她，"你只需要让他们意识到这一点。"

"噢，我懂了。"她打了个呵欠，"待会儿你想去游个泳么？"

"我不确定，再说吧。另外，"我继续道，"光让他们发现自己不开心还不够。得有一场大灾难，一个导火索，事情得一发不可收拾。必须发生点儿特别的事，就像过去发生在布雷弗斯瑟姆尼亚的四名神父被捕事件，或者德佛尔贝亚尔的买卖圣职事件。得有一件事，让他们联合起来、走上街头抗议。不然他们只会乖乖地待在家里，私底下互相诉苦。"

"好，"她说，"这事应该不难办。"

我又吃了颗葡萄。这是进口货，味道相当不错。"当然，还需要拉拢军方，让他们和我们同仇敌忾，这毫无疑问。"我接着说，"光有几个愤世嫉俗的中层军官可不够，高层军官和基层军官也得笼络。只要让他们对某件事真心感到愤怒，我们就水到渠成了。"

"比如，什么样的事？"

我回忆了一下前例。"乔伊瑟奥那回是因为屠杀平民。"我说，"萨珊人推翻第三王朝，是因为当时皇帝命令军方杀死阿普厄勒姆的全城妇孺。军队之所以叛乱，往往是由于政府要求他们干某件极其恶心的事，令他们感到万死不能服从。否则，就算明知有错，他们也会低头依令行事。"

"我懂你的意思。"她说，"难为你考虑得这么面面俱到。"

我点点头。"我们得制造一种恶性循环，"我说，"让政府为了维护政权采取的一切措施，到头来都只是搬起石头砸自己的脚。倘若他们采取绥靖政策，企图息事宁人，民众就会得寸进尺；倘若他们选择武力镇压，基层军官就会愤而倒戈。事情发展到这一步，就是我说的'不可收拾'了。我们需要一场真正可怕的灾祸，这样一来才会暴发叛乱，任何人、任何事也无法阻挡。"

"而这就是我们需要策划的事。"她说，"我明白了。"

这时有人敲门，是女仆送早餐来了。随后我们去游了个泳，这天海水平静又温暖；然后我们回到旅馆，做了爱。我意识深处仍在盘算整件事情，尝试着勾勒出一场成功的叛乱。她没有再提这个话题，于是，我猜想她比较乐意让我来动脑筋想计划。

"会顺利的，"她说，"这事我们可以齐心协力去做。"

我得承认，自己向来没有早起的习惯。补充一句：如果我通宵未眠，那么黎明醒着也还算正常。但若要我一起床，便瞧见黎明女神用她的粉红指头抹过深蓝色的天空，那着实是一种煎熬。

所以，当她把我从睡梦中摇醒时，我透过敞开的窗户看见蓝紫相间的天空，不由得咕哝起来："别烦我，回去睡觉。"

她用两根手指戳了戳我的肋骨，令我立刻睡意全无。"怎么了？"我哀怨地问。

"起床，"她说，"动作要快。我们得马上离开。"

这话听来莫名地熟悉亲切。过去有不少人，其中很多都是习惯早起的女人，对我说过类似的话，并且都有合情合理的原因——城管要来啦，卫兵要来啦，她们的丈夫回来啦,诸如此类。我一秒之内便翻身下床,开始搜寻自己的鞋子。"咋了?"我问,"怎么回事?"

"快点儿。"

尽管她直催我,我还是好奇到底发生了什么。自从来到贝洛伊萨,我们就没抢过银行,当局也还未掌握我们的身份。至于丈夫,她根本没有。她把我的外套丢过来,我赶紧胡乱套上。她扶着门,等我先出去。

"怎么回事?"我非要刨根问底。于是,她指了指窗外。

有那么一会儿,我压根儿看不出发生了什么。然后我猛地理解了眼前的一切,吓得心脏都停止了。外面是一片海,可它出现的地方不对,不在平时的位置,而是涨得很高很高。那不是海,那是一道硕大无朋的巨浪,正朝我们滚滚而来。

我转向她。我想告诉她,大事不妙,我们跑不掉了。然而我一句话也抖不出来,只发出一声可悲的尖叫——简直和猪叫差不多。每逢十万火急的关头,我就特别擅长这种猪语。她也没有讲话。她一把拽住我的胳膊,念了一句我听不大懂的语言,眨眼之间,我们就出现在了别的地方。

建城 667 年金月 15 日,一场诡异的海啸袭击了贝洛伊萨城。关于这场海啸,历史学家有诸多记载。他们说,这正是这场天灾引发了后来的一系列变革。海啸给共和国的第三大城市造成了巨大损失,导致五万人丧生,二十五万人无家可归、一贫如洗。这结果已经够糟了,可更糟的是,由于贝洛伊萨被毁、无力再向首都供应粮食和其他货品,这些东西就得由其他地方运出,平添了六百里的运输路程,其中一百里还是陆路。很显然,这个工程没法完成。首都粮价在一周之内翻了倍,又翻了番。愤怒的民众聚集在维克多利努斯广场,又被广场卫兵驱赶了出去。他们转而来到国家粮库前,破门而入,却发现里面空空如也。谣言很快散布开来:粮食委员会长期非法挪用购置应急储备粮的资金,把钱拿去玩期货了。这个谣言,其实真的只是谣言。粮库之所以空着,是因为粮商联盟试图涨价,而粮食委员会正冒着风险和他们博弈。可倘若把真相公之于众,只会让民众更加愤怒。人们还开始质问修路款项的去向：政府本来计划在赫尔米亚和首都之间修建一条公路——供粮地发生变动后，这条线路成了运粮的必经之道，一旦建成就能节省三天的运输时间。可钱去哪儿了？政府一直避免正面作答。真相是，政府没钱。因为之前的潘克利亚战争耗资甚巨，考虑到国家整体经济形势脆弱，政府又否决了增税的提议。可这一点他们也不敢说，只好保持沉默。然而政府越沉默，民众便越坚信自己的猜测。

正当十人议会以为局势已经触底、不会再恶化之时，一桩重大事件发生了。一个姓费沃里安的人，维克多利努斯的旁系子孙，做了个梦：他的祖先向他显了灵，让他前往普勒西周边山区的一个洞穴，那里藏有一笔巨大的财宝。那是我的遗产，维克多利努斯的鬼魂告诉他，我之所以把它藏起来，就是留给我的子民在危急关头使用的。善用它吧。这个梦给费沃里安留下了万分深刻的印象，所以他真的去了那个山洞。然后他发现，那地方从洞底到洞顶都堆满了木箱，里面塞满了金币和银币。他费尽全力，才把其中一小箱搬到了自己的轻便马车上，将它运回城中。然后，他来到群众集结的维克多利努斯广场，把自己的发现和之前做的梦都公之于众，并给大伙儿看了装财宝的箱子。很容易想象，这个举动引发了何等轰动的效应。这个倒霉的费沃里安有生以来第一回被群众扛在肩头，送到了议事厅（几天以前，十人议会已经很明智地撤离这个地方），在人民的拥戴下登上了维克多利努斯的宝座。人们说，费沃里安正是他那伟大祖先的转世化身。与此同时，十人议会把一半的皇家卫兵派去山间看守宝藏。后来留存于世的记录显示，他们的动机其实无可指摘，纯粹是打算用这笔天降横财来帮国家度过危机。然而，对于广场上的群众而言，这个举动只能有一种解释：维克多利努斯送来他的遗产，想拯救饥民于水火之中；可十人议会却想窃取这笔宝藏，以饱私囊。

皇家卫兵本就所剩无几，但假如那个时候，十人议会没有把其中一半人派出城去，局面也许尚能控制。结果却是，守在城里的皇家卫兵仅剩五千人，无论他们多么恪尽职守、训练有素，也抵挡不住全城的愤怒民众。他们遵照军团的光荣传统，战斗到只剩一兵一卒，与大约三万平民同归于尽，可也只挺住了一个小时。十人议会企图从下水道逃出城去，却被逮住了，不出几分钟，他们的头颅就被插在了广场凯旋门顶部的尖矛上。可怜的费沃里安正式改名为维克多利努斯二世，在蓝色尖塔神庙为他举办的加冕礼上——虽是临时草草准备的，现场气氛却十分热烈激昂——被冠以了"第一公民"的头衔。

小菜一碟。

你疯了，我对她说，你的精神完全失常了，这是唯一可能的解释。你杀了二十万人，只为了——

她茫然地盯着我，"是你说的。你想要这样。"

"我？"我真想动手揍她了，"你竟敢把这事怪到我头上？我是想帮助人们。"

"没错。"她耐心地说，"可你说过，人民是愚钝的。你说得让他们不开心。"

这句话在我脑中盘旋片刻。人民太蠢了，得让他们愤怒。是的，这话是我说的，好吧。

从这一瞬间起，我们陷入了一片痛苦的沉默。我意识到，她一定自认为受到了深深的伤害。毕竟她替我做了那么多，一切都是为了助我实现梦想。你应该先跟我商量的，我对她说。她却回答："可我想给你一个惊喜。"这一刻，我真心怀疑她是在故意逗我。

当时我们仍然待在苏利姆贝西亚，即她用魔法把我们从贝洛伊萨瞬间转移来的地方。这里是山区，局势相对安定。动乱的消息一传出，地方政府就明智地封锁了进出本地的通路。不过当然了，这对我们丝毫不起作用。可我不想离开。那时候，我根本不在乎自己身在何处。肩负如此多的人命，让我良心深受谴责。我还估算了一下，结果证明自己最初的想法并不正确：我不是史上最坏的人。这个成就属于菲洛卡尔普斯，他在"伟大社会战争"里导致了超过百万人死于非命；紧随其后的是欧西帕，他害死了九十万人（你大概能回想起来，是他故意把瘟疫带进了梅瑟拉）。我的排名要靠后得多，大约居于十二三位，可这是因为竞争者都太丧心病狂了。我想自杀，但她不会放任我这么做的。我想杀了她，可那又有什么意义呢？

于是，我想出了那个聪明的点子：杀了她，然后自首求死。这计划很妙。我知道，她死而复生需要四十八个小时，因此我可以先杀了她，然后立即自首，死在绞刑架上（在布雷乌尼斯，所谓的简易程序审判是名副其实的简易）。等她活过来、发现我的计谋时，我的尸体已经僵冷多时，即便是她也无力回天了。这个计划差点儿成功。差点儿。

后来，我调整了计划，这回完全是以库瓦斯城的锯木场为核心，看起来远比上一回有希望。那些锯片不仅能杀了我，还会把我切得支离破碎。我万分确信，经过这个，她绝不可能把我拼回原状、救回人世了。

我低估了她。我总是低估她。

我对她了解尚浅的时候，就知道她的话不算可靠。虽然如此，有些事情她是没理由撒谎的，尽管我怀疑她撒起谎来根本不需要理由。接下来，便是她告诉我的一些事，是非真假凭君辨析吧。

她的父亲在一个制革场工作——瞧见了吧，谁会撒这种谎呢？——她家位于阿拉卓。别费心查地图了，没用的。那儿如今是一片低矮的丘陵，当地人犁田的时候，偶尔会从地里挖出陶器和骨头碎片来。在如今的威萨尼共和国南部，阿拉卓人曾经建起过一个小小的王国，可后来他们吃了败仗，亡了国。这事史书并无记载，因为（她说）当时人类还没发明文字呢。呃，所有女人都爱在年龄方面撒谎，可多数人是往年轻里撒的。

他们不会读写，却会加工皮革。制革场是相当重要的存在：许多男人都在那里工作。新鲜兽皮都是用二轮车从方圆数里的周边地区运来的。显然，阿拉卓人崇尚大家庭。她告诉我，她有四个兄弟、两个姐妹，而且没有一人夭折于童年。她排行倒数老二。她出生时，大哥已经能出门工作了，就在板岩采石场。

家里不算富裕，但她也想不起什么时候缺衣少食过。她爱全家人，可最喜欢的要数排行第二的哥哥。他叫塔拉欣，比全体兄弟姊妹都高一头。塔拉欣年仅十四岁时，就能搬动父亲搬运的东西了，而且他还有双巧手。父亲估计：送他去当木匠学徒、甚至铜匠学徒都不成问题。对他们而言，进入这些行当无异于阶层地位的大大提升。总的说来，她印象中的家是爱意满满、温馨快乐，并且满怀希望与憧憬。

当她母亲杀死她父亲时，一切都变了。

她七岁那年，父亲暴毙。她记得当时母亲眼泪汪汪，兄弟们则异乎寻常地沉默。然后，一个邻居走进屋，又离开了；不过一会儿，治安官便来了这里，还带了十几个士兵。她后来才知道，邻居来探望原本只是想帮忙，却无意中发现死者嘴角残留着干涸的白沫，耳边还有些许板结的血痕。巧合的是，这邻居的兄弟几年前刚好死于误食毒蘑菇，所以她见过这些迹象。她担心起来：此时并非毒蘑菇生长的季节，死者怎么会误食呢？

治安官搜索了整个房子，发现屋后院子的水桶里藏着一个小小的陶罐，里面装着风干的蘑菇。罐口本来小心翼翼地用蜡封着，但已经被打开了。

她母亲几乎立马就承认了自己的罪行。这么做都是为了孩子，她说。她丈夫是个好人——以他的标准而言，但他永远成不了器。他没什么宏图大志，一辈子当个制革匠就心满意足——反正这辈子不会太长，因为制革匠通常死得早。可他死后只留下他们孤儿寡母，她又该怎么办呢？现在的她风华正茂，如果丈夫立刻就死，她完全可以再嫁，还很有机会找个前途光明的男人，让她的孩子过上优裕的生活。她看得出制革场的工头爱慕她，可他为人太爱体面，只要她丈夫尚在人世，他便不可能采取任何行动。今年秋天她攒了不少毒蘑菇，本来准备立刻下手，可丈夫突然犯了严重的热病，卧床不起。他似乎很有可能病死，那样一来，她就不必冒险亲自动手了。她把蘑菇晾干、藏好，想着万一他病愈了还用得着。最后，他痊愈了。她坦白地说，自己当时差点儿丧失勇气，好几次都想把蘑菇扔掉、把整个计划忘掉。可那时，她的大儿子开始在采石场干活儿。每天晚上看见他浑身脏兮兮、疲惫不堪地回到家里，还因为采石场的粉尘而咳嗽不止的时候，她这个做母亲的就难过不已。她想，假如她嫁给制革场工头，或者玉米店那个管事的——他看上去挺喜欢她的，这两人中随便哪个都能给她儿子谋份更好的差事，还能给女儿们找到登对的婆家。所以，趁那天孩子们都不在家，她把收藏起来的一半毒蘑菇煮进了汤里。她自己也假装喝了一碗，其实是把汤倒掉了。

最后，这个案子被提交到了国王跟前。他最近才从父亲那儿继承了王位，是个高尚的理想主义青年，喜欢哲学家和诗人的那一套。国王尤其崇尚真理与正义。他说，这两样东西是神的孪生女儿，缺了哪样，任何好东西都没法在世上存活。他强调得全面听取证言，于是审问了所有沾亲带故的人，包括死者唯一在世的亲人，他姐姐。当然，她一向爱护弟弟，所以伤心透了。国王还多次询问被告，有没有为自己申辩的理由，可被告翻来覆去只会念叨几件最基本的事实，还坚称杀夫是为了孩子着想，而非自己。国王明显听得很郁闷，最后判了她个死刑。

那之后，他们兄弟姐妹的日子变得非常艰苦。她家房子本是属于制革场的，所以他们被迫搬了出去。她大哥也丢了采石场的工作，因为没人愿意和杀人犯的儿子共事。他们只好流落街头，风餐露宿，沿路乞讨，最后因为流浪罪被抓了起来。国王非常反感乞讨行为，认为它是国家道德风范的毒瘤。他很同情他们（他是这么说的），特别考虑到他们是孤儿，遭遇不幸也显然不是他们自己的错；可法律就是法律，如果一时心慈手软开了特例，法律和正义的基石就会遭到破坏，人类就会沦落到野生动物的水准。所以，他别无选择，只好把他们移交给公共事务管理人，后者会给他们找份工作，让他们做些有益于社会福祉的事。

这话翻译一下就是说：他们会被送去修筑高架渠。当然，高架渠早就消失在时间长河里了，她告诉我，但当年那玩意儿可是一道胜景。它是一道细细的拱弧，位于两山之间，横跨了一道看似简直无法征服的峡谷。从城里出发，要走一天时间才能到它跟前。修好这高架渠、给城里输送洁净的饮用水是先王的梦想,因为城里每年都有数百人死于饮用污浊的井水。先王开了个头,他的儿子则耗尽毕生精力和资源来完成了它。三十年后,高架渠终于竣工,城里每个街角都建起了喷泉,西南边的那块干燥沙地则变成了一片宽阔的菜园,给市民供应新鲜便宜的蔬菜。

然而,建筑水渠本身却是一项可怕的任务。为了保证合适的坡度,让水流顺利通过,他们必须把其中一座山的顶部凿平。建造渠体的石块是五十里外的采石场加工的,因为就地开采的石材太软,不合用。事实证明,要从那么远的采石场运石头过来,他们根本造不出足够结实的马车。于是,御用工程师们新建了一条十分平坦光滑的道路,把滚轴放在路上、石块放在滚轴上,就能沿途拖动前行。为了挪动巨石,还得给路面涂上兽脂,这就意味着没法用牛拉车了,因为牛在这路上站不稳脚跟。所以,巨石得由众多男女来拉动,小孩则走在前面,往夯实的黏土路上涂抹兽脂。等石材被送到山间,人们便用巨大的起重机把它抬到需要的地方,再通过杠杆将其安进准确的位置。这项工程中随时都有不下五万人在共同作业,很多时候还不止这个数目。半数劳工都是战俘,来自吃了王国军队败仗的邻国。剩下的都是赤贫的本国人。国王的墓志铭上有这么一段话,强调在他统治下,这个国家没有失业者和乞丐,街头没有饥饿的儿童;无论年纪老幼、是否残疾,人人都有工作。为了筹集修水渠的资金,国王不得不出兵征服了西部平原周边的一些弱小城邦:没有掠夺来的贡品和战俘,这项工程压根儿不可能完成。国王在他的墓志铭里十分不情愿地承认了邻国的贡献;他说,不认可他们的牺牲是不公道的。

她告诉我,一开始,她和兄弟姐妹在采石场干活儿。这基本上是因为大哥在采石场工作过,而有经验的工人更抢手。大多数劳工根本不知道该怎么做,这样一来工作就变得既低效又危险。当时人类还不知道铁的存在,所以切割、打磨石块的工具都是石器。加工石块是项惨痛的作业。锤击石材、去掉不需要的部分时,石屑总是四下飞溅,他们时常被尖锐的碎屑割伤。她姐姐被戳瞎了一只眼睛;排行第三的弟弟受伤后伤口化脓,得败血症死掉了。他们倒是不缺食物——国王很重视这点——夜里睡在帐篷里，外面有人看守着不让狼群靠近。

他们只在采石场待了一年多，因为此后大哥就被征召入伍了。王国对克拉斯塔人的战事吃紧，于是把强制入伍年龄降低到了十七岁。大哥倒是挺高兴能离开，在他看来，当兵总比当采石工强多了。他在战争中表现突出，先是被提拔为小小头目，后来又当上了小头目。后来他在克拉斯塔首都攻城战中染上露营热病，于城破前夕丢了性命。因为整个家里只有大哥是熟练的采石工，他一死，剩下的人都失去了继续在采石场干活儿的资格。于是，他们被重新分配去了运石队。

在运石队工作有一些好处。对两个女孩而言，给路面涂抹兽脂，比凿石头这种苦活儿轻松多了。她最爱的哥哥塔拉欣被分配去了拖石块的小队，那儿的其余队员多是女人和老年男人。他又高又壮，尽管这活儿令人筋疲力尽，他却很高兴能摆脱漫天的尘土和乱溅的石屑；况且，现在不用终日敲击石块，他的双手和肩膀就不必遭受严重的钝痛了。这儿的食物分量不足，味道也差，但好在每逢渡河的时候，他们总有足够的净水可喝——她告诉我，采石场的水老是掺着许多沙尘，喝起来就跟嚼稀泥一个样。他们在运石队干了六个月，然后有一天，她那成了独眼龙的姐姐在滑溜溜的路面上摔了一跤。当时他们正走下一道陡坡，恰逢一块石头从滚轴上松脱，滚下坡去便把她压成了一摊肉泥。她的每一块骨头都碎裂了，人瞬间死亡。

几天过后，趁别人熟睡之际，她和哥哥促膝长谈了一次。对他而言，姐妹之死成了压垮骆驼的最后一根稻草。他说，至今为止，他们一直唯唯诺诺地服从着，遵照长辈和上级的意志而活，可到头来得到了什么？他们失去了两个兄弟，一个姐妹；父亲被毒杀，母亲被吊死。如果继续留在这儿修筑水渠，他确信他俩也撑不了多久。发生在他们身上的一切都太奇怪了，他说，凭什么会变成这样？他们的父母一直以来都是好人，对他们倍加爱护；从结果看来，母亲似乎爱得过了头，可她只是为他们着想，当妈的不都这样吗？他也不觉得国王绞死母亲有错，因为她亲口承认自己杀了丈夫；而且据他所知，要是他们没被送来修筑水渠，说不定早就饿死了。他不否认，自始至终，每个人都在尽量做正确的事，遵守法律，施行公平和正义。也许事情会发展到如此不堪的地步，仅仅是因为他们运气太差，他不确定，毕竟他不是国王身边那些无所不知、无所不晓的智者。可从现在起，塔拉欣说，他再也不管什么正确、公道和正义了。以后他在乎的只有一件事：拼尽全力让他俩活下去。不过他预感，如果继续待在高架渠工地，他俩也会小命不保。所以，他说，他觉得他们应该离开，去别的地方尝试别的生活。他也不知道该去哪里、做什么，也许只能边走边想。就他们两人，挑战整个世界；可在他看来，即使挑战失败，他俩也没什么可输的东西了。所以，她意下如何？

当时她九岁，塔拉欣十五岁。他们还剩下几件衣裳，都是管理穷人的官员以前分发给他们的。塔拉欣还有把小小的锤子，是在路边捡到的，他故意没交给工头。她记得他用古怪的眼神看着她，问：现在，我们只有一把锤子，要怎么养活自己呢？

她告诉我，头一个受害者的模样她至今记忆犹新。他们离开运石队后，在沙漠里走了整整两天，终于来到一小片房屋前。一条涓涓小溪从山间流下，他们走的路就从溪流上跨过。这儿有一座旅店。它和如今的旅馆不大一样，她说，就是一个商队大篷车暂停下来，用货物交换食物、歇脚处和牛马饲料的地方。大多数时候，来往这里的都是赶着牛车的大群客商；不时也有做小本生意的货郎，他们只靠自己背着一大捆亚麻布、一大桶酒或是黄油，步履蹒跚地行走；偶尔还有猎人，他们带着兽毛、兽皮和羽毛，穿梭在城市与乡野之间。她和哥哥杀掉的那人——他们原本没打算杀人的，可那是塔拉欣第一次下手，不知轻重分寸——是靠捕鸟为生的。他常在山麓丘陵地带设下涂了粘鸟胶的棍子，用来诱捕山雀。他背了一个大包，里面塞满了蓝的、绿的鸟毛，就是城中贵妇爱装饰在帽子上的那种。当然，那时他们还不懂这个。他们在路边的壕沟里躲了大半天，只见一辆辆大篷车绝尘而去，却没看到一个落单的客商。捕鸟人是头一个出现的，背上的庞大包裹高高耸在头顶上方，他们本以为里面装着面粉之类。等他们扯下他的包、发现里面除了羽毛什么也没有时,不禁心都碎了。

然而,正如他们母亲曾说的,人活着就要吸取教训。第二次动手时,他们事先确认了目标带的东西能吃。结果,这回的战利品是黄油。目标带着一个几乎与自己一样高、形状有点像胡萝卜的罐子,还用绳子在把手上做了两个绳套,这样背起来更容易。塔拉欣这回手下留了情,结果当他们扬长而去时,黄油小贩还没断气,眼睁睁看着他俩一起抬着罐子离开了。他们走啊走,然后发现了山侧有一个洞穴。于是,他们在洞里停下,对着加了盐的黄油狼吞虎咽,直到一口也塞不下为止。

罐里还剩许多黄油,他们不想浪费。浪费食物可是罪孽啊。塔拉欣说,他们可以把罐子扛去邻近的镇子,卖掉剩下的黄油。她有些害怕:万一有人认得这罐子呢? 她想。或者,万一那黄油小贩醒了过来,回到镇里,把自己被拦路抢劫的事情告诉所有人了呢? 塔拉欣笑话她说,黄油罐的样子都差不多。要是有人拦下他们问话,就说罐子是从路边捡来的得了。

后来,看守她的狱卒告诉她,他们做错的地方,在于没有把抢劫对象灭口。狱卒是个好心肠的人,有个女儿和她年纪相仿。所以,得知她第二天就要被绞死,他实在感到怜悯,尽管她犯了抢劫罪和谋杀罪。他告诉她,不论杀人还是暴力抢劫,量刑都是一样的。这种犯罪都要做好相应的思想准备。可是,也别一心想着死,他劝解道。总有死刑犯能在最后一刻变成死缓犯的,尽管新国王不像他父亲,不大喜欢判人死缓。可是,狱卒说,你还有机会嘛。

我不知那天夜里她是如何入睡的。我在死囚牢房里就老是失眠,相信我。不过我猜,如果你是头一回入狱,因为焦虑恐惧而疲惫至极,倒是有可能入眠。不管怎么说,她睡着了,然后做了个梦。

梦中,她问道:你是我的母亲吗?

不是你以为的那个母亲,梦说,我长得像她,是因为你希望我像她,但你母亲是个愚蠢的女人。我可以成为你的新母亲,我不蠢。

她说:那又有什么意思呢? 反正明天一早,他们就要绞死我了。

梦微微一笑。很久很久以前，她说，有个盲人姑娘。一天，她真正的母亲走到她面前说，看看这些漂亮的花吧。我看不见，姑娘说，我是瞎子。不，她真正的母亲说，你只是闭着眼。睁开眼睛吧。姑娘闻言照做了，然后她就看见了那些花。只要你不愿意，他们就无法绞死你。就算他们绞死了你也无妨。他们杀不了你。

她记得自己想道：这话说不通啊。可她还是问梦：那她从此都不瞎了？

对，梦回答说。因为她真正的母亲教她睁开了双眼。我便是你真正的母亲，我能教会你许多东西。

比如呢？

可梦只是摇了摇头。这无关紧要，她说，你自然会明白的。等你掌握能力后，细节就不重要了。重要的只有一件事：你，接受我为你真正的母亲。

好吧，她记得自己这么回答道，我接受你。然后呢？

梦笑出了声。再说一遍。

我接受你。她说。

再说一遍。你得说三遍。

我接受你。她说，好了吗？

梦发出一声愉悦的叹息。好了，她说，从现在起，一切都好了。我赐予你女巫的力量，而你同意接受它、拥有它、使用它，从此刻到永远。现在，梦轻快地继续道，你明白这意味着什么吗？

不明白。

我猜你也不明白，梦说。可没关系，已经完成了。想想你的人生吧。

我还是不想的好，她记得自己这么说。你刚才说的那个力量，到底是什么东西？

想吧，梦说，想想你的人生。你全部的人生，你，还有你身边的所有人，都努力在做正确的事。你母亲是这样，国王也是这样。对吗？

她耸耸肩。我想是的。

你所有的家人都死了。他们杀了你全家。明天一早,他们还要杀了你。现在,你觉得这就是公道,或是正义吗? 这事对吗?

她思索了一下。我不知道,她说。不,我觉得不对。

我也觉得不对,梦说。所以,美好的意图会带来恶劣的后果。我再问你,你们抢了黄油之后,第一件做的事情是什么?

我们把黄油吃了。

梦点点头。你们饿了,吃了黄油。这是好事吗?

她记得自己回答:我觉得,是好事。我们本来很饿,后来不饿了。这很好。

哈,梦说。于是她想,自己答得很对。那么,我再问你,梦说,你们是有意抢黄油的吗? 你们是有意打晕那个黄油小贩、伤害他的吗?

是的。

那么,梦说,恶劣的意图也能带来美好的后果。你们吃到了黄油。假如你们没吃,很可能已经饿死了。你们怀着坏的意图,结果却是好的。

对,可是——她一顿,感到一头雾水。这些话都是什么意思?

意思就是,梦说,你明天不必死了。说一件美好的事给我听听,一件最美好的事。

她思索起来。她回忆起了年幼时父母教给自己的话。爱,她说,爱是最美好的事。

我明白了,梦说。你有爱过任何人吗?

当然了,她说。我爱我的家人,父亲母亲,兄弟姊妹。我当然爱塔拉欣。

好,梦说。那他们都死了,你做何感想?

我觉得非常难受,她说,非常、非常难受。

当然了,梦说。爱,这世上最美好的事,会让你非常、非常难受。它向来如此。其实,爱是这世上最恶劣、最糟糕的东西,因为它伤害起我们来,造成的痛楚远胜过其他任何事,不论火烧、断手断脚还是分娩。爱比死更糟糕,因为它会不断地伤害活着的人。爱是天底下最恶劣的东西,因为我们总在失去所爱之人,总会痛不欲生。你觉得这话对吗？

对，她说，我觉得很对。

可梦朝她微微一笑，说：我已经赐予你女巫的力量。从今以后，凡是你爱的人都不必死了。现在，回答我，她继续道，这是件好事吗？

如果这是真的，就是好事。

是真的，梦说。我不会欺骗你，我是你真正的母亲。你有了女巫的力量，而这股力量才是世上唯一的好东西。这唯一的好东西，能让你随心所欲做想做的事。其余一切都是坏的，是邪恶的、伤人的存在。只有女巫的力量是好的。所谓好，就是能够做你想做的事。你懂我的意思吗？

如果是真的的话。

唉，你真是无可救药，梦说。然后她醒了过来。

她记得自己想：这只是个梦。一明白这点，她不由得伤心起来。她想，我真希望它不只是梦而已。我真希望自己能让那扇牢门自动打开，然后我就能走出这牢笼，重获自由了。

牢门自动开了。

她记得自己盯着牢门愣了一会儿，然后想：我一定是还在梦里。但她起身走到门边，探出脑袋往外一看。外面的过道上空无一人。她想：我不能大摇大摆地走出去，他们不会准许我离开的。然后她回忆起了梦告诉她的话。她走出监牢，沿着过道走到另一扇门前。她冲着房门微微一笑，于是门自动开了。

门里面的人正是那狱卒。他回过头来，目瞪口呆地瞧着她。她想：我恨这些狱卒，就是他们把人关进牢里，又送上绞刑架。我希望这人的脑袋炸开花来，就像我们用力捏雪球时，雪球爆裂开来的那个样子。于是，狱卒的脑袋爆裂了，脑浆飞溅四墙，然后她走过他的尸体，继续往前走去。

我必须找到塔拉欣，她想。起初，她不知道该从哪里入手；随后，她的脑海中自动浮现出一幅画面。紧接着，她突然就不在过道里了。她出现在了户外，广场之上。她抬头望向通往城市主街的大拱门，然后便看见了塔拉欣的头颅。

他的头被插在了一根锈迹斑斑的铁矛上，嘴巴与双眼大张着，表情充满恐惧。她盯着它瞧了一会儿，然后穿过拱门，朝主街走去。

那天夜里，她睡在一间旅馆的温暖床铺上。梦来找她了。怎么了？梦问。

你骗了我，她说。塔拉欣死了，他是我最爱的人。但你说过，我爱的人再也不会死了。

当时他已经死了，梦说。可从现在起，一切都不同了。你拥有女巫的力量，世上唯一的好东西。从现在起，你爱的人永远不会死。

她对着梦笑了笑。我一直都在做梦，对吧？她说，过会儿我就会醒来，发现自己还在监狱里。

梦说，或许吧。可如果这真是梦，别醒来不就好了。

她皱了皱眉。这听上去很聪明，她说，可我觉得没有任何意义呀。

梦看着她，说：那我们假设女巫的力量只是个梦好了。在梦里，绝无可能的事也能发生，比如魔法。在梦里，那些我们挚爱、但已离世的人也能回到我们身边。在梦里，我们可以随心所欲。但女巫的力量并不是梦，它是真实的。

是吗？真的？

噢，是的。只要你别醒来。

然后（她告诉我）她醒了过来。这回，为了确认自己的能力，她让床飘离地板，绕着房间飞了起来。

趁我想起这事儿了，告诉你们：大革命后，共和国被推翻、维克多利努斯二世刚刚建起理事会时，他们设立了一个真理与正义委员会，专为过去三百年间所有因"叛国罪"被处死的人平反。我可怜的父亲——愿神让他安息——也被平反为"人民英雄"。他们在废墟纪念馆的东北角给他精心打造了一座小小的雕像。不用说，那雕像一点也不像他本人。

我仍记得那个夜晚，那时我们还愿意彼此交谈。当时，我们刚从萨珊国奥尔米格特的地方金库偷回了三十二万钱币,正待在旅馆马厩旁的小房间里歇脚。金银堆积盈屋,我们只好坐在盥洗台边上。

"她说得不对。"我告诉她,"这不可能是梦,因为我也在里头呢,而我知道自己醒着。"

她耸耸肩,"也许这是我俩共同做的梦。"

"没有这种梦。"

"那倒是,"她承认,"可世上也没有魔法才对。"

我不买账。"如果这是梦的话,"我说,"那也该是我的梦,而你并非真实存在。那样一来,你就是我梦中的情人了。你确实是我的梦中情人。"我礼貌性地补充了一句,"可我认为你是真实存在的。"

"非常感谢。"

"所以说,"我得意扬扬地总结道,"这不是梦。也即是说,"我继续,"她说得不对。她在误导你。"

她摇了摇头。"她不会误导我。"她说,"她是我真正的母亲。"

这是循环论证啊。"那你之后还见过她吗?"我问。

她叹了口气,道:"没有。这么说吧,算有一次。我不太确定。我的确看见她了,可我觉得那是在做梦。一个真实的梦,"她解释道,"而不是——呃,幻觉。"

我吃了一个蜂蜜蛋糕。萨珊菜其实不合我的口味,但我挺爱他们的蜂蜜蛋糕。"但她的话还是不对。"我说。

"我希望你别再这么说了。"

"她错了。"我坚持不懈,"她说世上没有正邪之分,做你想做的事就好。这话就不对,已经在很多方面被反驳过无数次了。萨洛尼努斯《矛盾论》的第三本——"

她打了个呵欠。"不是说做你想做的事就好,而是说要有能力做你想做的事。二者区别大了。这话没什么好反驳的,因为它确实不假。另外,我见过萨洛尼努斯,他是个白痴。"

我目瞪口呆，"你见过萨洛尼努斯？"

"在我看来，"她说，"女巫的力量是一种——那话怎么说来着？独一无二的特例。管制其他人的规则对我们无效。然而正因为我们是唯一的特例，才反过来证明规则普遍有效。你明白我的意思吗？"

"你从没告诉过我你见过萨洛尼努斯。"

我记得自己睁开眼来。阳光深深灼痛了我的双目。我想，噢，去他妈的。

她俯视着我。她看上去哀伤至极。"对不起。"她说。

这是我印象中她最美丽的一瞬间，尽管她的眼睛已经哭红了。

"我还活着，"我说，"我身体还齐全么？"

她点点头。"我真的很抱歉。"她说，"我从没想到你居然这么不开心。我以为——"

"以为什么？"

"我以为你只是——只是因为没有得到你想要的东西。我以为，一定是我没搞清楚你真正的愿望。我以为你想做的就是偷东西，你一直说自己骨子里是个贼。"

我是那么说过，偶尔。

"所以，"她继续道，"我以为只要我们四处行窃，从全世界最大的金库和银行偷钱，你的心情就能好起来。我以为你想要的就是这些——行窃，永葆青春，有个漂亮情人，并且永远不必担心被捕、受伤或者死亡。我以为这就是你想要的一切。"

"你现在还这么想吗？"

她用指节擦掉眼角的一丝泪。我以前从没见她哭过。"因为她说过，能随心所欲做想做的事，是世上唯一的好事。"

"我想做的，"我缓缓地、温柔地告诉她，"就是摆脱你。"

　　然后我出门走上了大街。她没有试图阻止我。离开旅馆大门二十码之后，我停下脚步，把精神暂时集中在了脖子后面。没有虫子咬我。连一丝痒酥酥的感觉也没有。

　　我在附近瞎转悠了一阵，不知不觉走进一家酒馆。一两杯酒下肚后，酒劲还未上来，我便意识到旁边站了个人，他正盯着我看。是个六十岁上下的肥胖男人，长着一头卷曲的白发，穿了一袭昂贵的红色长袍，领子是皮毛做的。他目不转睛地瞧着我。

　　显然，我本该大为警惕的。然而，当时我正处于一种什么也不在乎的心境。我又喝了一杯酒，然后起身朝那人走去。他一刻也没垂下目光，或是转脸看向一旁。

　　"您这样看着我，是有什么事吗？"我问。

　　他仍然瞧个不停。"是啊，"他说，"请坐，让我请你喝两杯吧。"

　　"那就来一杯，谢了。"我说，"我认识您吗，还是因为别的什么？"

　　他闻言大笑起来。"这句话，"他说，"问得太他妈好啦。总的说来，你应该不认识我。可问题是，我认识你吗？"

　　"此话怎讲？"

　　"我没理由认识你。这不可能。可最最奇怪的是……"他给自己倒了一小杯白葡萄酒，小口啜饮着。在我看来，他完全没有醉酒的迹象。"你长得很像我以前见过的一个人。"他说。

　　"噢，是吗？"

　　"一模一样。"他咧嘴一笑，"所以你不可能是他，"他继续说，"因为那是近四十年前的事了。你多大了？十九？"

　　我耸耸肩，说："我长了张大众脸。"

　　"屁话。"他眯起双眼打量我，仿佛我是合同上的小小印章。"听着，因为你显然不是他，那我就给你讲讲，为啥我这么在意这个人。将近四十年前，那个和你长得一模一样的小孩儿差点杀了我。"

"真的假的。"

他点点头。"噢，是真的。"他说，"你看，我是个金匠，我老爹从前也是金匠。当时发生了很多起入室盗窃案，所以老爹和我整夜都拿着剑，坐守在铺子里。后来，那家伙真的来了，还捅了我一刀。我差点儿丢了小命。"

"差点儿。"我说。

"对。显然，我没死成，不然也不会待在这儿啦。"他顿了一下，"你长得像父亲，对吧？"

我夸张地耸耸肩。"不知道，"我说，"我从没见过他。我母亲也只见过他一次。纯属交易。"

"啊。"肥胖男人咧嘴笑了，"好吧，那么，这也许说得通了。"他说，"我没有冒犯的意思。毕竟，又不是你的错。"

"我想也不是。"我说，"其实，我这辈子一直活得清清白白，全部精力都耗在了帮助比我更不幸的人上头。"

"当然清白了。"肥胖男人说，"不管怎么说，那事已经过去很久啦，而且，最后我也没受到什么伤害。"他往前一倾，冲我露出一记故作奸诈的眼色，"其实吧，"他说，"结果正好相反。"

"什么意思？"

"一件大怪事。"他说，"我是很多年后才知道的。"他说了下去，"老爹在去世之前的那几年才告诉我的。肯定是你这辈子听过最奇怪的事儿。"

"快讲呀。"

"好吧。"他停下来啜了一口酒，"就像我刚才说的，那个贼——他也许是你老爹，也许不是，反正我们永远也没法知道答案了，我猜——他捅了我一刀。所以，别人叫来医生，用海绵给我周身消了毒，确保伤口干净之类的。总之，他们用缠了羔羊毛的小签子在我肚子里搅来搅去的时候，你猜发现了什么？告诉你，发现了一个该死的大肿瘤。他们说，这玩意儿原本是没法切除的，但那贼恰好一刀把它割掉了，切口又干净又准确，没有哪个外科医生做得出来。后来我就痊愈了。要不是那贼捅了我一刀,我肯定活不过一个月。这事儿千真万确。你说,你这辈子还听过更离奇的事吗?"

我看着他,盯了很长一段时间。"还真听过。"我说,"但这事儿也差不了太多了。"

所以,我当然必须回到旅馆。她还坐在我离开时她坐的位置。我觉得她压根儿一动也没动过。

"你能改变过去吗?"我问。

她耸耸肩,"我不知道。我没试过,但应该不行吧。怎么,你想让我改变过去吗?"

"没什么了。"我说。我在她身侧的床沿坐下,问:"为什么选我?"

她茫然地注视我。"我一点儿也不知道。"她说,"为什么这么问?"

我思索了一下自己的答案。"我刚刚才发现,"我说,"我这一辈子过得清清白白,所有精力都耗在了帮助比我不幸的人上头。"我无力地咧嘴一笑,"这真是个意外之喜,相信我。"

"我不明白你的意思。"她说。

我给她解释了一番。"所以,"最后我总结道,"我不是杀人凶手;我其实还救了那人一命。没错,我做学生时的确偷了很多东西,可我把所有钱都给了别人、给了朋友,他们觉得没有那钱自己就死定了。后来我们偷了——事实上,行窃的活儿全部是你干的,我多数时候只是在那儿站着而已——我们偷了很多东西,但这只是社会财富的重新分配而已。"

她看着我,"真的吗?"

我耸耸肩,"偷来的钱,我们手里已经丁点儿不剩了,不是吗?我们不是扔掉了、送给别人了,就是花掉了。我们从政府和富人手中抢来了钱,最后这些钱几乎全部流进了穷人的兜里。呃,"我换了个说法,"相对比较穷的人手里。另外,没错,我说的话导致你害死了几万人,可结果呢,十人议会因此被推翻了——我不知道当初维克多利努斯为了建立共和国，造成了多少伤亡，但我估计数字一定不会少。现在执政的家伙也和以前那些混蛋一样坏，可这不是我的错；如果要怪，不如去怪当初把国王赶下台的维克多利努斯好了。"我说，"我一直都在造福他人，从来没有为自己打算。你说说，这事儿是不是挺神奇的？"

她扭开了目光。"正如她说的，"她告诉我，"意图不重要，行为本身才重要。"

"你信这个？"

"我其实不大关心这个。男人才考虑这种事。"她重新看向我，"我做的一切只是为了爱。"

"就像你母亲。"

她点点头，"没错。"

我深深地、缓缓地吸了口气。"那如果我想离开你，"我说，"如果这是我真正想做的事，你会放我走吗？为了爱。"我补充了一句，"因为你爱我。"

她浑身一颤，"她说过，我再也不会失去我爱的人了。"

"她撒谎。"我告诉她，"很久很久以前，你就失去我了。"

我没有离开。一来，是因为我不相信她会放我走。我怎么知道爬进我头发的虱子不是她，街边跟着我的狗不是她，飞在头顶三百米处的鸟儿不是她？至少，当她是人类时，我还能知道她在哪儿，也能隐约猜猜她想干什么。可关键是：我从来猜不透她的想法。我亲手做的一切，很可能都只是依了她的意愿，受她引导、操控。我毫不怀疑她可能故意害我再次被关进牢里，仅仅是为了再次把我从牢里捞出来；而我连想都不愿想，为了把我弄进去，她干得出什么样的事来。当某一天，你突然发现自己清白无辜得跟冰雪似的，做起事来反而会束手束脚。这就是我留在她身边的另一个原因：毕竟，我无依无靠，除了偷东西之外毫无谋生的本领，然而行窃对我已经没有吸引力了。神灵保佑，我现在得守住自己的高尚节操啊。

所以，我留在她身边纯属权宜之计。不，并不完全如此。自从我试图——

其实成功了——自杀，纵身跳进库瓦斯城的锯木机以来，我们还是像以前那样相处。至于跳锯木机这个举措，要是哪个人不惜一切代价也要自我了断，不稀罕选择痛苦较轻的自杀方式，那我推荐他也这么做。总的说来，我觉得最后是她的道歉动摇了我——当我死而复生、醒转过来时，听到的第一句话：对不起。

接下来的几天我都在思考。关于爱，我想了很多。我意识到，自己压根儿不知道这个词是什么意思。我回想了萨洛尼努斯在《伦理学》中对"爱"的表述，也即常识中的标准定义：爱是一种精神状态，人处于这种状态时，会珍视他人胜过自身。我试着把这个定义套用在她身上，却觉得不大吻合。她说她爱我，而幸福之于她，就是永远不会失去所爱之人。按照那个标准，守财奴爱他的金子，因为他不允许自己花掉它，哪怕煤炉已空、而他自己就快冻死。但那不是爱。我把定义稍稍调整了一下：爱是一种精神状态，人处于这种状态时，会把他人的幸福快乐视为自己首要的关心目标。好吧，这就能解释她为什么要向我道歉，为什么在误以为我喜欢偷窃的情况下，要耗上三十多年陪我偷遍各地国库了。总的说来，我觉得她并不怎么擅长爱人，尽管这不代表她不爱我。她爱得情真意切，却丝毫不得要领。毕竟没人是完美的。

我仍然没有得出一个满意的定义。好吧，再换个说法：爱是一种精神状态，人处于这种状态时，会珍视他人胜过自身，把他人的幸福快乐视为自己首要的关心目标。我总感觉这个定义有点妥协的味道，就像某个委员会煞费苦心制订出了一个提案，又做了不少幕后交易才让它获得多数票通过。不管那么多了。这个定义不行也得行。

接下来是最困难的部分：把这个定义套用到我自己身上。要说我珍视她胜过自己，那实在吹得有点离谱了；但是，考虑到我拼尽全力也要把自己绞成碎肉，以打破她复活我的企图，我似乎真是把自己看得一文不值，即价值为零——如果不能为负的话。她在我眼中的价值至少是大于零的。至于另一句话：好吧，我想，为什么不呢？相守三十年不是件微末小事，无论期间是好是坏抑或糟糕透顶，它毕竟延续了如此漫长的时间，有它的分量，不是随便说句拜拜或者一转身，就能抛在脑后的。我回想了一下这些年来自己耳闻目睹的几段包办婚姻：那些夫妇从一开始就互相看不顺眼，之后也没能培养起多少感情，尽管如此，相伴好歹胜过独自一人。不，这个例子没有举好。我想说的事实很简单：我过去之所以没有离开她，仅仅是因为我根本无法离开。无论我逃去哪里、如何伪装，她总能跟上来。真有点类似那句老话：就算走到天涯海角，你也无法摆脱自己。同心，同德，同体。

我想，我已经和她绑在一块儿了，就连死亡也没法把我们分开。倘若我把余生都用在让她幸福快乐这事上头，或许不失为解决问题的一个方法——假如这问题还有任何解决的可能的话。你这是在想些什么啊，我对自己说，你疯了吧。可是——

没错。可是。

抛开动机不谈的话，我这辈子确实过得无可指摘，毫不利己、专门利人。不论从哪个方面看，我都是个把爱献给了全人类的人。我心怀恶劣的意图，却造就了美好的结果，与过去的她截然相反。或许，爱这种东西只有在冷却状态下，才能锻造出成果。就像金属薄片，经历千锤百炼，才能被敲打成可用的形状。它和金属条不同，不能在火里烧成白热状态，然后弯折、流动、镦粗①，最后完美成型，甚至在表面印上锤头的标记。它太单薄、太脆弱、太易碎，经不起被烧得赤热。或者，再打个好懂的比方吧：战争打起来怒火滔天、轰轰烈烈，停战议和却是个缓慢又艰难的过程。双方得一步一步地妥协，弃其不欲弃、为其不欲为，目的是达成一个共识，让彼此尽管不情不愿，但终于能说一声：将就了。

如果死不了，能够"将就"活着便是最好的打算了。

"那么，"她说，"你现在想怎么样？"

我一声叹息，说："你没听清我的话么。"

"不，我听清了。"她皱起眉头，"只是——如果你不喜欢偷东西，那你喜欢

_____
① 一种令材料成型的方式。

什么？"

这话令我不禁莞尔。"你猜怎么着，"我说，"过了太久，我都忘记了。但重点不是这个。重点其实很简单：我想让你开心。"

"噢。"她说。

她带我去了卡里西昂山的顶峰。

那是全世界的顶点，人们这样说。我们曾经相信，卡里西昂是诸神的居所。他们住在巨大的金色宫殿里，周围云封雾锁。据世人所知，从未有人类到那里去过——当然，除了她和我。但是，我觉得我俩不能算在"人类"里头了。

我呼吸困难，还以为自己哮喘发作了。但她解释说（与此同时，她施法在我们周围罩了个球形气泡）：山顶的空气十分稀薄，几乎没有用处。我放眼望去，只见一片云海。我什么都没说，可她大约从我的表情猜到了我的想法。她嘴里念念有词，于是云破日出，让我看见了底下的整个世界。

当你站在一个至高点，能够一览整个世界的时候，全世界看上去是什么模样？呃，在我眼里，就和拼布棉被差不多，就是你在贫民家里看到的那种。一看见拼布棉被，我就不禁联想起探望退休的仆人和穷亲戚。

"如何？"她问。

"什么如何？"

"这些都可以是你的。"她说，"只要你想要。"

我俯瞰着地面上的王国。我能看见贝洛伊萨海湾蓝色的曲线，还有湾内沿岸的山脉；群山之外是瑟瓦蒂亚，梅索格大草原，名为"舞厅地板"的平原缓缓倾斜向帕诺萨伊克海。我能清清楚楚地瞧见亚薇尔洛半岛上的弯曲山脊。其间有一点闪耀的光芒，一定是亚彻神庙的金色穹顶。我四下缓缓寻找，终于看见了耸立在库瓦斯城上方如针尖般的塔群。我曾经去过的所有地方，未来可能前往的所有地方，在这里都一览无遗。"那又有什么意义呢？"我问。

她叹了口气，然后云海翻涌着合拢了。空气冷得让人难受。"我想回地面去了。"我说。

"有一次你说,"我开口问,"你见过萨洛尼努斯。是真的吗?"

她耸耸肩,"真的。"

"我想,我希望能见他一面。"

她久久地、疲惫地看了我一眼,"你真的想吗?"

"真的。"

一声叹息。"好吧,"她说,"我看看能做些什么。"

我对她信心十足,可能比她本人更有信心。不过,她终究找出了法子。想回到过去,你显然得绕着整个世界从西往东飞,飞得比无敌骄阳的光箭还快。我并不是无敌骄阳的信徒,好在这一点不构成障碍。我本来还好奇,到时我们要坐在什么交通工具里面绕着世界飞?然而时机一到,她只是口中念念有词,然后我们突然就浮在半空中了。我闭着眼睛尖叫起来。其实,我完全感觉不到自己在移动。尽管深感可耻,我还是得承认自己吓尿了裤子,而我上回尿裤子都不知是多久以前了。

她在冲我喊些什么,可我听不清内容。于是她喊得更大声了:"安静点儿!"

我睁开双眼,发现我们还站在原地,和刚才相比一动未动。看样子失败了。

"好,"她说,"我们到了。"

不,我们没到。我想开口反驳,却意识到我们所在的地方是维克多利努斯广场,而这地方四百年来从没变过样。唯一的例外是议事大楼,它曾被烧毁又重建。我扭头朝它看去。它的屋顶是平的,而非穹顶。噢,我暗叹。

"到这地方,"她说,"来的时候其实挺容易,回去就有些麻烦了,我们也许得绕绕远路。"

"我们来这儿干吗?"我问。我什么都不记得了。

她看着我,说:"你想见萨洛尼努斯。"

噢是的,我想见他。可我死活也想不起来为什么了。"没错,"我说,"我们去找他吧。"

我们开始朝官衙走去。"我们干吗走这条路？"我问。

她冲我微微一笑。"因为，"她说，"我百分之百确定他在什么地方。跟我来吧。"

官衙。我努力回想着。那地方是不是正好在举办一场什么仪式，比如颁发荣誉学位，或是授予金色马蹄骑士爵位之类？可这种仪式通常都是在皇宫或蓝色尖塔举行。据我回忆中的历史课内容，四百年前，官衙只是审判犯人的地方。

"有意思。"我说，"我们真的要见到萨洛尼努斯了？他是我心目中的完美英雄啊。"她走得飞快，我一边说话一边追赶她的步子。挺不容易的。"我一直觉得，假如神要审判全人类，说：'给我指出一个毕生德行无亏的人来，不然我就发场大洪水，把你们统统淹死。'这种时候我们不用担心，只要用手指指萨洛尼努斯，神就会说：'抱歉，耽搁你们的时间了。'他的头脑一定是人类当中最棒的。"

"走这边。"她说。

她带我走进一条窄巷。我认得这巷子，里面有家我以前常去的酒馆，那儿的常客都是赌徒和喜欢高谈阔论政治的年轻人。酒馆花园和旧监狱共享一堵后墙。到达那儿后，我才意识到酒馆还没建起来，而旧监狱这时还是新监狱。旧监狱墙上有道门，本是用墙围起来的，里面放了个冬天温酒用的铜罐，新监狱的门外却还没有这道墙。门口有两个执勤的看守，出于某种原因，他们都睡着了。

"噢，别这样。"我说。

"这边走。"

我记得是贾里库斯担任首席执政官的时候，人们把旧监狱的内墙全部敲碎，将其改造成了一个宽阔的大厅，用来接待外宾。我大约十二岁那年，也被父亲带去过那里。我记得在那儿见到了一个又老又肥的秃头男人，是个大人物，尽管我想不起他叫啥了。看到眼前的内墙，我真心感叹：几堵墙竟能造成天壤之别。

监狱这种地方，我得承认，实在不是我的菜。"我不喜欢这地方，"我告诉她，"我们回去吧。"然而她就像没听见我的话似的，只顾低声念叨着方向：第三个岔道口左转，第二个岔道口右转，第一个右转，第三个左转。我是个路痴，只好任由她集中精神找路了。

"三，"她说，"四，五，六。"她停了下来。我们站在了一扇结实的橡木门前。我们位于一道光线阴暗的石廊里，前面排列了差不多一百扇一模一样的门。这里弥漫着一股熟悉的气味，令我胃里翻腾不已：尿骚味、煮白菜味、铁锈味的混合体。墙根三英寸处结了一层白色的硝石垢痕。有些东西从古到今都没变过。

"肯定搞错了。"我说。

她却用下巴指指牢门。"建城 277 年，帕拉利亚月十七日。"她说，"他在这里面，我百分之百确定。你准备好了吗？"

"他是为什么被关进来的？"

"偷鸡。"她说着，把一只手掌平放在门上。我听到一道拨弦似的声音，接着是一记响亮的"咔嚓"，然后门晃悠开了。

我跟在她身后走进门内。有个男人躺在屋里的一张石台上，一只手正好放在裤裆里，一见我们，他立马把手抽了出来。男人看上去有六十岁，个头矮小，上半身消瘦，一脸乱糟糟的花白络腮胡子。他瞪着她。

"噢，天呀，"他说，"是你。"

"你好。"她说。

他把脸转向了墙壁。"滚。"他说。

不必问，我也知道了。萨洛尼努斯。

"别这样。"她说，"我是来救你出去的。"

"拜托。"萨洛尼努斯对着墙壁说，"不需要。真的。"

"如果你留在这儿，"她说，"他们会吊死你的。"

"什么？"我说，"就因为偷了只鸡？"

她瞪了我一眼。萨洛尼努斯仿佛根本没听见我的话。我突然觉得，他压根儿没意识到我的存在。"那又如何？"他说，"我不在乎。"

我想起来了：四百年前，盗窃仍然是一项死罪。"别犯傻了。"她恳求道，"你知道不管怎样，我都会照顾你的。走吧，趁卫兵还在其他地方巡逻。求你了。"

我隐约记得，萨洛尼努斯在五十四岁发表了最后一篇影响重大的炼金术论文。这之后再也没有关于他的确切记载。人们一般认为，他退休后安宁地度过了余生。"我只希望，"他说，"我只希望你别来打扰我。"

她扭头看向我。显然，怎么做取决于我。"看在神的分上，"我说，"你不能眼睁睁留他在这儿等死。他是——"

她微微点了点头。然后，牢房的后墙轰然倒塌，扬起一团尘雾。

"这么说吧，"四百年零五分钟后，她说，"你又干了一件了不起的好事。你救了萨洛尼努斯一命。"

经历刚才那段原地不动的飞行，我仍然头昏脑涨。"他是个偷鸡贼。"

"是的。而你救了他，不然他死定了。"

我几乎站不稳，只得在湿漉漉的铺石地板上坐下。"他是个贼。"我重复了一遍。

"和你一样。"

"对啊。"我恶狠狠地瞪向她，"是不是因为你？"

她耸耸肩。"他天性如此，"她说，"尽管大部分被压抑了，可这就是他的天性。他一辈子都在惹麻烦。他一直都没什么钱，你知道的。"

"可他写了《基本原则》啊。"

她在我身畔坐下。"噢，没错。"她说，"事实上，是在监狱里写的。他的大部分作品都是在监狱里写的。因为没有别的事情可做。"

"可那——"

她冲我莞尔一笑。"如果你愿意，"她说，"我们可以去四百年以后，看看别人替你塑的雕像。"

我大张开嘴，却一丝声音也发不出来。也许，幸好发不出来。

"你的雕像，"她一边说，一边用手指了指，"会在那里，"她说，"就在邮局旁边。是镀金的铜像，出自佩拉奇亚之手。你会喜欢他的手笔的，非常卓越。"

"雕像……"我说。

"当然了。你可是推翻了共和国的人啊。"

我长长地、深深地吸了口气。"推翻共和国的是费沃里安。"我说，"维克多利努斯二世。"

"不，"她说，"是你。九十年后，他们就会发现事情的真相。理事会垮台后，他们建立了第二共和国。再过二十年，他们就会塑起你的雕像。很不幸他们把你的名字拼错了，可我也没办法。"

我看着她。"你爱过他吗？"我问。

"谁？噢，你说萨洛尼努斯。是的，"她说，"深爱过。"

"后来发生了什么？"

她转身看着我。"我遇上了别人。"她说。

从那一刻起，我意识到自己——该怎么说来着？事先被提了个醒？我得知迟早有一天，她会选择别人，而我们就到此为止了。这个想法令我惊愕又恐惧。我会失去她。我爱她。

或许这才是爱的本质——意识到会失去。在明白这一点的瞬间，我对她的爱突然变得无比之深。

从很多种意义而言，那段时光都如田园牧歌一般美好。那段日子持续了十七年，尽管这十七年如同弹指一瞬，仿佛我们从东飞到了西、速度比无敌骄阳还快：我们静止不动，地面却在我们周围猛烈地旋转，就像钻头的夹盘。我无比确信，那是我人生中最开心的时光——我知道有一天会失去她，知道一切终将结束，还知道一切结束后我会颓丧悲惨得超乎想象。我想可以这么说：这是由坏原因造就的好结果，或者说，因为注定的悲剧而产生的美好。坦白地说，如今的我已经想不透这种事, 也不在乎了。如果你有兴趣了解更加严谨专业的道德学理论, 不如去翻翻萨洛尼努斯的相关著作; 前提是, 你在乎一个偷鸡贼的见解的话。

还记得那些被人驯养的鸬鹚吗? 它们成天捕鱼, 却一只也吃不下肚。它们和我的区别在于, 它们的项圈是看得见、摸得着的。那一刻来临时, 我们正好倚在马勒斯汀的柯里斯堤岸上观赏鸬鹚, 望着几叶扁舟在夜潮中沉浮。我觉得, 这世上再没有比柯里斯更美的地方了。当然, 当年的柯里斯和现在不是一个模样, 还没有修建起新码头。我记得, 当时我在想: 要是这个瞬间能永远延续下去, 那该多好啊。这念头是很老套, 可根据我的经验, 爱情确实就是这么千篇一律。我依稀记得, 当时她在吃苹果, 我则拿着一本书, 《梅森蒂亚的安提戈谈道德责任》; 我觉得是这本。我本该在大学一年级就读这书的, 却一直没抽出空来。然而我只读了不到半小时, 目光便完全被扁舟和鸬鹚吸引住了。

"我们应该去巴林斯。"她说, "在入海口看日出, 那可是世上最美的景色。你会喜欢的。"

"我很乐意去。"我说, "什么时候动身? "

"只要你愿意, 随时都行。"

然而, 我想, 就是在那一瞬间, 她瞧见了他。他站在一叶扁舟的船尾, 正转过头去, 兴高采烈地冲着后船上的老头儿在喊什么。他只是个男孩, 不过十八九岁。他也许刚刚逮到了很多鱼, 或者是为了别的什么, 我不确定, 总之他看上去充满快乐, 洋溢着纯粹的幸福。我不过瞥了他短短一眼, 却足以令这个瞬间深深刻入脑海——就算后来什么也没发生、我也无缘再见他一面, 恐怕我同样会记住这个场景。我想, 他之所以引起我的注意, 是因为我本来已经不相信这世上还存在那么多的快乐了。

"你猜我想来点儿什么? "她说。当时我并没有看她, 故而也猜不出她脸上是什么神情。

"什么? "我问。

"刚刚烤好的马鲛鱼,蘸着蜂蜜和黄芥末酱。"她说。

我笑出声来。多少年来,我不管吃什么都味同嚼蜡,也怀疑她压根儿就不需要进食。可那又如何,我想,她想吃就吃呗。"要吃这个,现在可是天时地利啊。"我说。

天有些凉了,而我外出时只穿了一件束腰外袍。我们走上前去,选购马鲛鱼。她似乎没有径直走向那条船,那个一脸欢快的男孩的船;但当我们走到他跟前时,她开始仔仔细细地检查每一条鱼,问起了一些非常内行的问题。咱们回家见,我对她说,然后走开了。我沿着步道一路返回,隐隐约约回想起了马鲛鱼的味道,这似乎是我当时脑子里唯一的东西。

两天后,她说:"结束了。"

我没明白她的意思,"什么?"

"你和我结束了。"她说,"很抱歉,但我不爱你了。我认识了别人,爱上了别人。"

当时,这番话来得毫无道理。听她的语气,我知道她没在开玩笑。我似乎说了句什么,比如"不可能,你是爱我的,永远都爱"之类,总之是非常傻气的话。她只是看着我,然后摇了摇头。"对不起。"她重复了一遍,然后说,"你最好离开了。"

我当时穿着轻便的夏装,口袋里只有两安吉尔外加十四枚散币。我转身走出房门,走进了世上最美的落日光辉里。那是四十一年以前的事了。

她离开我的第五天,我做了个梦。梦长得很像她,不过话说回来,我所有的梦都像她。可这个梦问我:假如从今往后,你再也不必失去所爱之人,那会怎样?

我说:我得好好想想。

我想,大约六年前,我又见到她了,可我并不确定。当时,我正从自己做工的箍桶场下班回家——我干各种杂活儿,磨刀,搬运货物,尽量让自己成为有用之人——这时，我望见了一个女孩和一个男孩，他们正穿过边门朝海岸走去。我只瞧见了那个女孩的后脑勺，却把男人的脸看得一清二楚。他们伸着胳膊搂着彼此的腰，然后我听见他大笑起来。如果那个男人真的是他，那他肯定已经不再是个渔夫了：他举止潇洒，穿着昂贵的衣裳——就是我与他同龄时能买得起的那种衣裳。假如那对男女真是他们，那他们看上去无比快乐。

　　我说：我得好好想想。
　　我至今仍在想。

（贝阿朵　译）

艺术家的肖像

他汗流不止。"你给我带了什么?"他问道。

我向他一笑。"一位大公,"我说着,迅速四下扫了一眼,确保没人能听见我们的对话,"四位侯爵,一位伯爵的两个堂兄,六位富裕的丝绸商人,一位陆军元帅,一位海军上将,一位名誉陆军龙骑兵上校,还有一只棕色小狗。"

他拎起袋子掂量着,像是在判断我是不是说了谎。袋子里叮当作响。"怎么还有只狗?"他问道。

"因为我喜欢它。"

他个子很高,约莫四十来岁,僧侣似的光头上有些秃斑,鼻子很大。那张脸并不好看,但还算有趣。他穿着昂贵的灰色服装,暗棕色和灰白色明暗交替。这几个原因,让我很乐意为他画像。抱歉,开个玩笑。"四十基尔德。"

"有点意思。"

他紧紧盯着手中的袋子,仿佛视线能透过布料。据我所知,他的确可以,但这种事我已经见怪不怪了。"都是些贵族,"他轻蔑地开口,"和士兵而已。我不要贵族血统,我要的是智者。"

"这里边有聪明人。"

"只不过是些靠着狩猎狐狸取乐的人罢了。"他说着,上唇微微卷起。我打赌这表情他肯定对着镜子练习过。

"他们都受过良好的教育,"我强调道,"金钱能买到的最好的教育。"

"我想要的,"他瞪着我,一字一句地说道,"是哲学家、科学家,还有诗人。"

早上又没吃饭,我的肚子有点饿了。"哲学家和诗人们可付不起画肖像的钱。"我补充道,"你付的钱也不够让我送你赠品。"

"你说的对。所以里边还有只狗?"

"我说过了,我喜欢那只狗。"我拎着袋子在他鼻子下边晃了晃。他的脸开始扭曲。

"六十基尔德,"他说,"别那样晃来晃去,狗很吵。"

我快要抑制不住为他画肖像的冲动了。不然就用炭笔在桌布上画个速写?不过这会被他发现的。"再者说,"我开口,"你要么是忘记了业余爱好者更为高贵的传统,要么就是故意对它视而不见。那位大公是萨洛尼努斯晚年对话的权威之一。"

尽管他极力掩饰,我还是从他脸上看到了一丝兴奋。"这位大公——"

我咧了咧嘴。"没有名字,"我说道,"他们都没有名字,也没有犯下罪行。不过没错,就是那位大公。其中一位丝绸商人还是个有名的炼金术士。"

他猛然抬起头,"波菲里乌斯?"

我哑了一下嘴,"我说了,他们没有名字。"

"你杀了波菲里乌斯。"

我这个蠢货,怎么没想到他们可能认识,"当然没有。你大可以现在就去找他,他肯定还活得好好的。"

"你知道我的意思!"他咆哮道,"但——"

那古老的学术好奇心,它每次都能胜出。我知道我的错误可以在哪里派上用场了。"一百九十基尔德。"我说道。

"别开玩笑了,女士。我没有那种——"

"好吧,"我说,"那我只能和别人谈生意了。"

成了。他可不想自己的朋友落到别人手里,尤其是他的敌人手里。说真的,我应该开价两百基尔德的,两百五十都不过分。

"这是我最后一次跟你做生意了。"他说道。

我放松了下来。"走着瞧吧,"我说着,向侍者示意,"为了庆祝这场买卖,请来一瓶 46 和一份蜂蜜甜饼。"

侍者退了下去,显然有些发抖。"你买单。"我说道。

"我拒绝。"

"拒绝无效。女人从不付账。"

唉,这并不完全属实。一百九十基尔德听上去挺多,事实上也不算少,但还不够。打个比方,这种匮乏就好比下了一场大雪,你醒来之后发现整个世界都埋葬在一片雪白之中。哪怕用一百万辆推车去装那些雪,也无法触及地面。明亮的日光消失不见,像是从没出现过一样。做了几场买卖之后,回到家时,我总共有三千七百七十五基尔德。以我的标准来看,这的确是一大笔钱,足够买一个农场,或是半艘商船。但还不够,远远不够。

"你不必一直待在这里。"我对他说道。

"噢,"他看上去有些慌乱,甚至带了几分失望,"我还以为——"

"我不用对着你画。"这是一种委婉的说法,"我画肖像的时候,会先对着真人画几笔草图,用炭笔,还有钢笔和墨水。再照着草稿作画。"

"这不太寻常,不是吗?"

我微微一笑。"很不寻常。"我说道,"但这意味着像您这样的大忙人不必在这里坐上几个小时,浪费宝贵的时间。"

他耸了耸肩。光打在他的脸上,形成了一道胎记似的印记。"事实上,我很期待能够一直坐在这里。我很少有机会能够安静地坐着，看看天空。"

在调整握笔的角度时，我的手开始颤抖。它总是这样。我会假装那是一种愧疚，是我身上残留的最后一丝人性的痕迹。但我也会邪恶地怀疑那或许是一种杀戮的兴奋。我们不必装腔作势，不是吗？"这都随你的便，"我说，"如果你想在这儿坐着，请随意。我可以去另一个房间。"

"这个房间是朝南的，"他皱了皱眉，"你不需要光线吗？"

"内心的光会照耀着我的画笔。"我尽量让自己的语气听起来像是在开玩笑。

重点是，我是一位极其优秀的画家。如果说有什么天妒英才之类悲剧的话，那这就是最大的悲剧了。我做那些力所能及的事，创作自己试图完成的作品——

然而。

我本可以幸福地生活在乡村，画着奶牛和瀑布，画着草地和春天的花朵，画着村民们快乐地干农活的场景。每天上午，在和丈夫一起享用早餐之后，他将出门打猎，或是去田里看看小麦的情况，又或是去和租客见面（鬼知道这个阶级的男人每天都在做什么）。而我的女仆们将包起我的颜料和画架，装上马车。车夫会把我载到一个风景秀丽的地方。在那儿，我会画上一两个小时，直到回家监督仆人们准备午饭。人们将会赞美我的画作，称它们和专业画家的作品没什么两样。我本可以过得非常幸福。

但这一切并没有实现。当然，我大可不必为了从未得到的事物感到烦闷，尽管它曾经离我那么近，穿越了我的整个童年。我常常在想，如果我再努力一些，再将手伸长一些，便可以将它从树上摘下了。然而我长大了，也就错过了它。这让我十分苦闷，为此变得尖酸刻薄，而这种品质毫无益处。

又或者，虽然我资质平平，只是有些太过贫穷，但我依然可以扼住命运的咽喉，强迫整个世界承认我的天赋，我就是同时代最伟大的艺术家，我有那么多作品——在这里可以插入我的画作清单。我本可以画出它们，我本想要画出它们，就差那么一点。正是那张清单的厚度，将我同那些未能实现的可能分隔开来。

这一切都是因为极其微小的差异。如果我再高一英寸，那么当我踮起脚尖伸出手，我便可以够到那个苹果了。但无论是差一英寸、半英寸，还是四分之一英寸，都和差一英里没什么区别。这取决于你站在哪里。在艺术界，我们称之为**透视**。

所以我选择了这种活法。从天堂到地狱只差了四分之一英寸而已。

我的客人从不跟我面对面交流。他们会派人来。赛瓦主教派来了一位领班神父。我想，与一位女性单独相处会让他感到紧张。不过一看到我，他便明显放松了下来。

"主教大人希望您能画出他四分之三的侧脸，"他说道，"他还希望自己穿着正式的加冕礼服。"

"没问题。"

他盯着我的目光用任何神奇的借口恐怕都无法解释。他问道："你知道加冕礼服长什么样吗？"

我微笑着，说道："是一件宽大的长袖上衣，前边有一条很宽的刺绣。正式的加冕礼服是正红色的，及膝。"我解释说，"我有本书，上边有插图。"

最终，他别无选择，开始与我商谈价格。"主教大人认为五十基尔德便可。"

我竭力装出一副难过的表情。"这太可惜了，"我说道，"我本来很想为主教大人画肖像的。他的骨骼结构有趣极了。"

房间里一下子陷入死寂。我一动不动，保持微笑。

"五十五。"

"我不知道这是否属实，"我问道，"主教大人为卡基多纽斯的《形而上学》写过评注，是吗？"

他并不知道。整天观察别人的脸，你就能学会读懂他们的表情。"主教大人是一位伟大的学者。"

他的意思是：他总是把头埋在书堆里。我的母亲从前也是这么形容我的。

"七十基尔德。"

"六十五。"

"为主教大人画肖像是我的荣幸。他什么时候有空过来？"

好吧，既然有人指定了让我画智者，少五个基尔德也不是不能接受。

"主教大人认为应该由您过去。"

但这里的光线不同，这与绘画技艺有关，我解释着。他不太高兴，但更不想搞砸自己的任务。"主教大人明天正午过来。"

我摇摇头。正午的光线太差，早上最好。他不情愿地同意了。我将时间定在日出后的一小时，其实只是因为我乐意（另一个原因是我想起了母亲的话：不要玩弄食物）。

他站起身。正准备离开时，他停了下来，欣赏着墙上的画，"那是——"

"真迹？"我轻笑道，"很遗憾，那是赝品，是我自己画的。"

"太棒了。"

"谢谢。"

事实上，那幅画就是真迹，花了我不少钱。这是我唯一的奢侈了。

"主教大人会很乐意买下它。"他现在又乐意了。

"恐怕这是非卖品。"

"主教大人愿意出四十基尔德。"

我皱起了眉头，我当时只花了十基尔德。"这是非卖品，"我重复道，"贩卖赝品可不是正确的行为。况且，我之所以临摹这幅画，是为了我的信仰苦修。倘若我将它卖了，我所做的一切就前功尽弃了，您认为呢？"

"主教大人可以赦免你。"

抱歉，我可不接受陌生人的赦免。"让我考虑考虑吧。"我说。

他拉长了脸，"请便。愿骄阳赐予你平安。"

"谢谢。"我礼貌地回应。即使是收到了不想要的礼物，你也应当表示感谢。

这是四分之一英寸的问题，和它会带来的影响。

你可以参考萨洛尼努斯的《论美》，第二十六章，第四段。他不仅用算术证明了美与丑之间的差距几乎恰好是四分之一英寸——确切地说是六十四分之十五英寸——还辅以绘画杰作为例。想象一个完美的鼻子，再将它缩小或是延长四分之一英寸，你便会得到一个丑陋的鼻子。无论是嘴唇、下巴、双眼之间的距离，还是人脸上所有的几何关系都遵循这个比例。三十二分之七或许还能将就，但六十四分之十五便绝对致命了。这是绝对的规则，确凿无误，无法动摇。

我也曾证明过这一事实。我画过一系列自画像，那或许是我最好的作品，也是最逼真的作品。在完成自画像之后，我按照比例调整了我的五官。四分之一英寸的差距让我看上去像一位女神。

好吧，我有点夸张了。但它的确让我更美了，美到足以在两三个人之间挑选一位丈夫。用镜子做参考，拿卡尺仔细测量，你便会发现萨洛尼努斯是对的。四分之一英寸将美丑分割开来，将现实的我同理想的我分割开来，也将天堂与地狱分割开来。我将一块抹布浸泡在松节油中，抹去了画板上的面孔，只留下了脖子与头发，以及之间的空白。剩下的便是我所说的肖像。

为了画赛瓦主教的肖像，我为自己做了一支画笔。

要想这支画笔适合来为地球的二号领袖、无敌骄阳的兄弟绘画肖像，你首先需要一只丘鹬。也许你比我更了解鸟类。显然，丘鹬是一种欢快的小玩意儿，它们依靠长的可笑的鸟喙啄食泥地里的虫子。不过这种鸟也是出了名的难抓，所以成本高昂。而且，本地　也并没有丘鹬。别问我为什么。我们这儿有虫子，有泥地，但明显品种不太对。所以我们得耗费极高的成本从北方运来这种鸟，用冰包裹。我听说有人食用它们，当然，是富人们。三只小家伙足够做成点心，尝起来像是鸡肉。那何苦不直接吃鸡肉呢？

丘鹬的幼羽能够做成最好的画笔。这种羽毛很小，大约和指甲一样长，你必须准确知道它们的位置。它们就生长在翅膀弯曲处的外侧，倘若将翅膀比喻成手，那正是食指的位置。请极其小心地将它们取下来，最好使用镊子，弄皱了可就没用了。我有一对精致的银镊子，只有在取幼羽的时候才会使用。

想想这些羽毛。想想它们的各种用处。是无敌骄阳设计了它们，让从前难以想象的飞翔成为了可能。鸟儿们可以自由飞翔，但我们人类，再怎么足智多谋，再怎么聪明绝顶，也永远无法飞上天空。所以我们杀了那些愚蠢又幸运的鸟儿，夺去了它们奇妙的羽毛，拿来填充枕头，装饰弓箭，或是干脆扔到一边。你看，那些鸟儿多么有天分，它们拥有神明一般的身形，凌驾于我们所做的一切。它们在天上，我们在地下，截然不同。只不过它们太过蠢笨，无法分辨树枝上厚厚的捕鸟胶，而一旦它们的爪子陷入胶里，再优雅精巧的翅膀也无法让它们逃出生天了。我猜测这是无敌骄阳有意为之。不然他为什么要让幼羽成为制作画笔最好的材料呢？

我的父亲是个白痴。他曾笃定地告诉我，他绝对是我这一生中能遇到的最聪明的人。从某种层面上来说，我确信他是对的。他是位受过良好教育的学者。倘若历史、文学或艺术里还有什么他不知道的，那一定是它们不值得了解。他十分聪明，在四十出头的时候，他便放弃了蒸蒸日上的法律工作，退休去了图书馆继续学习。他很聪颖，准确预言了斯客里亚战争，比其他人早了五年；他很精明，用家族财产投资了造船厂（他预测大部分战争将在海上进行）；他富有智慧，在战争开始的六个月前，他便卖掉了造船厂，并宣布它归为国家所有。他的聪颖、精明和智慧，让他将造船厂所有的利润和过去的财产，都投资了纽密斯的金矿，而就在几周之后，金价一夜之间翻了十番。他所犯下的唯一一个错误——如果你愿意将它称为错误的话——便是他以为丘尔哈迪众汗国会与我们结盟，而不是与斯客里亚。这很不幸，因为就在丘尔哈迪众汗国与斯客里亚结盟之后，他们便占领了金矿，我们所有的资产都化为乌有。公平点说，他差点就赢得了胜利。大部分部落成员都想加入我们，但部落领主们更喜欢斯客里亚的礼物。这个"更"真的很少，大概就四分之一英寸吧。

那些鸟儿既可怜，又可笑。它们能飞，用那纸一般的翅膀飞过路人头顶，芸芸众生。但它们也太过蠢笨，毫不怀疑那沾满了白色污迹的树枝。说它们是白痴可能有些苛刻，不幸的傻瓜，这个称呼好一点吗？不过当法警的手下突然出现，运走所有的家具时，正确与错误之间的距离哪怕不过四分之一，也依然与东海一样宽阔。除了家具，还有他的书，他们拿走了所有的书，装进推车送到了商人那里。商人指着它们，说没人愿意买这些玩意儿，于是只花了九十特拉奇便拿走了所有的书。

最后，我找到了他，发现他吊在马车房里。

谢谢你做的一切，父亲。

我不是在为自己的所作所为找借口。在那天，我十三岁的生日，我领悟了金钱的真谛。我突然意识到（就像是一种启示，只是没有天使和圣光出现），金钱就是生命，而缺少金钱意味着死亡。我们——我的母亲、哥哥和我——没有一分钱。我们该怎么办？

你听说过这座城镇吗？也许你并不了解。我的工作室位于鹅市街和前门的交叉口，就在南山顶上。这里是河南边最昂贵的街区，也是镇上唯一一个每天日照超过五个小时的地方。镇上的建筑太过拥挤，大家都生活在彼此的阴影里。工作室的租金极其昂贵，不过我的客人们都很喜欢，因为这儿里离他们的家很近，步行就能到。当然，他们不必走路，他们每次来都坐着椅子和马车。工作室距离地面还要爬两段楼梯，他们一直以来都抱怨不已。这些楼梯让我有了更多阳光，而且没人能从窗户偷看我在做什么。我还有个地窖，不过没什么人知道。

主教是一位格外和蔼的老人。要不是鼻尖上奇怪的结节，他看上去会十分尊贵。他有一头白发，向两边分开，十分规整，但毫无生气。他的髭须修剪过，加上下巴上细短的胡须，正是五十年前流行的风格（显然，学习画肖像画能让人了解男性时尚）。他有一双黯淡的蓝眼睛，黯淡但不虚弱。他的嘴唇很薄，有些湿润。有传闻说他有六个情妇，其中还有一对母女。不过传闻嘛，总是半真半假。

总之，我安全极了。就像赛诺比斯一样，六百年来一直保持和平，因为赛诺比斯人身上没有任何值得抢走的东西。

"您想将这幅肖像挂在哪里？"我问道。

他的嘴动了几下，显得有些尴尬，开口说道："挂在银翼牧师会礼堂里。他们坚持这么做。我也不想拒绝得太强硬，免得冒犯。"

我停了一会儿，脑海里浮现出那座礼堂的模样。裸露的金色石头，高耸的拱顶，阳光从侧面红色和蓝色的玻璃中洒下来。"您可以站起来一下吗？"

他扬了扬眉毛，站了起来。我将他的椅子朝着东北四十度的方向转了一下。"啊哈，"他说道，"有阳光。"

"我内心的光照耀着我的画笔，"我告诉他，"不过有时候它也需要一些激励。"

他笑了笑，我赶紧拿起粗炭笔潦草地画下了他的笑容。往常我是不会画表情的，不过这能让我了解面部的肌理，看清五官的移动和变化，虽然这没什么用。"我会从许多不同的角度为你画肖像，"我说道，"不然整幅画看上去会有些扁平。请继续向前看，假装我不在这里。"

"我很喜欢你为斯万格德夫人画的肖像。"他对着墙壁说道，而我正像从侧翼包夹而来的士兵，轻手轻脚地绕着他作画。

"谢谢。不过我不得不承认，某种意义上，那幅画不太像她。"我说道。

"所以我才喜欢那幅画。"

神职人员的智慧。我很荣幸。我环顾四周，想看看阴影里有没有潜伏一位牧师，试图把这一切记录下来。"我的确尽力去不去美化画里的人。"我说道。

"噢，这很遗憾。很多人都需要被美化。"

"没错，不过我想还原最真实的面貌。"

"的确如此。那么你想还原我哪一点呢？"

"您的同情心。"

"噢，"他听上去有些困惑，而不是失望，"好吧，你继续吧。"

大部分画家都用各种各样的拇指规则来确定绘画比例。你肯定见过他们举着画笔伸直手臂、眯着眼睛计算的样子。那时候，他们脑子里想的是从画笔顶部到底部，刚好是模特头部的比例。接着，有了头部的比例，你就可以照着规则继续了。从锁骨到脚踝是八个头部的长度，以此类推。在画肖像时，我也会假装这么做，因为这能满足人们的预期。不过事实上我画画全凭一双眼睛。我天生能够知道所有的透视原理和绘画比例，就像有人一眼就可以算出一列数字的加法，有人闭上眼睛也能接住球。换句话说，我不用思考就能知道什么是对，什么是错。

我所做的很多都是错的。关于这点，我根本不用思考。

画肖像时交谈也会很有帮助。"我可以问问您的专业意见吗？"

他再次为我的话感到惊讶，"我以为你对那些不感兴趣。"

"我的父亲从前是位学者。"我说道，这是个容易被接受的解释。

"你想知道什么？"

"噢，对。"我一边说着，一边漫不经心地用炭笔勾勒他的额头、鼻子和下巴，"您怎么看待赐灵的双生呢？"

我想，开启这样的话题有些不合规矩。

"双生？"

我继续说道："对我这样一个俗人来说，它有点太过复杂了。说什么灵气能够同时在精神层面和肉体层面中产生。您会如何调和它与经济原则、还有萨洛尼努斯的刀锋原则？"

他眨了眨眼睛。"这个嘛。"他开口。

我等待着，继续勾勒着他的眼袋。

"从现实的层面来看，它似乎的确有些复杂，"他终于开口说道，"但从理论角度来说，它实际上是形式高度统一的崇高典范。我的意思是——"

"我明白了，"我说道，"不过这么说的话，灵魂物质层面的转移又代表着什么？我猜测您可能要说，灵气的变体同灵魂转移一样，从恩惠变作本体，再从本体变作誓约。"

"没错。"

"到目前为止,我同意您的看法,"我说道,"不过在那种情况下,您肯定在暗示灵魂可以被降作物质形态。"

我感觉他开始生气了。"我没有那样想。"

"道理是这样没错,不是吗? 如果灵气可以从肉体中产生,那么灵魂同样可以。同理,它也可以化为肉体。"我再次笑了起来,继续说道,"这意味着,在理论上,你可以将它蒸馏出来,装进瓶子里。这——"

"这不可能。"他坚定地说道。

"当然了,这当然不可能。不过我可是收集了一群炼金术士——"

"异教徒,"他打断了我,"那些都是异教徒和亵神者。我由衷希望你没有整天想着这些毫无意义的事情。"

"当然没有,"我正色道,"就像你说的,那是不可能的。我只是好奇,为什么不可能? 我有些蠢笨,我知道,我就是不明白那些理论。"

"读读《帕卡西恩》吧,"他厉声说道,"你想知道的一切上边都记着呢。"

《帕卡西恩》。"我装模作样地用炭笔在手背上写下了书名。但我早在六岁就读过那本书了,翻来覆去已经读过十几遍了。他看上去笃定极了。"谢谢,"我说道,"你让我放心多了。"可怜的家伙,他的确做到了。

要让我说,我的哥哥们和父亲完全不同,也不像母亲,更不像我。他们充满活力,一往无前,身上有着用不完的精力,躁动得令人不安。我的母亲过去常说,要是往他们手里放一个水壶,要不了十秒水就能沸腾了。他们充满魅力,高大帅气,头脑聪明。当心,世界,他们来了。

父亲的死亡和家族的败落的确放缓了他们的脚步。那时哥哥们去了学院,并不在家。当收到父亲死亡的消息时,博希蒙德已经读到了最后一年,阿玛里克则读到第三个年头,而约弗雷兹才刚去三个月。自然,他们很快赶了回来,日夜兼程。其实这完全没必要,毕竟人死不能复生。我猜极致的痛苦激起了极度的愤怒,要么是某种戏剧化的坚忍,要么是发自内心的怒火。回来之后,他们的第一句话是,都过去了,母亲、妹妹,别担心,我们迟早会把它们都夺回来,我们还会拥有更多,等着瞧吧。注意,是"它们",不是"他"。我的哥哥们都是怪人,但并不是蠢货。他们知道已故之人无法复活,只有活着才能行动。他们决心采取行动。他们总是充满决心。

在我们剩下的为数不多的资产中,还有克劳福特山脉中的一小块荒地,蒙德里斯。我们之所以还拥有这块地,是因为压根儿没人打算买它,连花上五十安吉尔给我父亲作抵押都不愿意。这很好理解。蒙德里斯(意思是美丽的山脉,幽默的名字)坐落在乌鸦平原上,它像是光滑的皮肤上结的一道痂,旁边的红水河蜿蜒穿过,像一根猫尾巴。母亲的家族几代以来一直无法卖掉这块地。红水河以红色的河水得名。山上的岩石里有一种含有毒性的盐,雪水将它们从山上冲了下来,径直流入河里。红水河中并没有鱼,岸上也没有草,只有几棵纤弱的柳树,它们只活了大概十年。那儿无法放牧,无论是绵羊还是山羊,都只会迎来死亡。坐马车去最近的城镇得穿过整个平原,花上两天时间,所以采石的成本也极其高昂。此外,蒙德里斯的石头都是质量不高的红砂岩。城镇边上有几处更好的采石点,有宽敞的道路和无毒的河水,不存在死亡威胁。另外,请记住,我们拥有的只有那座山,不是整个平原,没有公路通往那里,你得穿过七个不同领主的领地才能到达。除此之外,那里的冬天非常寒冷,夏天又极其炎热。对了,我说过蒙德里斯很小吗?事实上它的面积是城镇的两倍,你从几里之外就可以看到它。不管怎样,我们拥有蒙德里斯,拥有那座楼房,还有一座背阴的葡萄园,仅此而已。

那天,哥哥们将我和母亲叫到了父亲的书房。桌子上有一沓羊皮纸。这是蒙德里斯的地契,他们说。

母亲拉长了脸。"把它们拿走,"她说,"我们都知道,这些没有用。"

博希蒙德笑容满面。"没错,"他说,"但是你有没有好奇过,为什么没用?"

母亲从小就生活在蒙德里斯的阴影里。记事起,她的父亲就在不停抱怨这块土地。他最后把它作为嫁妆送给了母亲,像是一个笑话。

"你知道的,"她语气冷淡地说,"土里有毒。"

"嗯,那为什么有毒呢?"

在博希蒙德死后,他们也许会在他的墓碑上刻一个"为什么"。

"因为它就是有毒,"母亲说,"你知道的,那些石头都被诅咒了。"

三个哥哥都笑了起来。"那是铁。"博希蒙德说。

"什么?"

"就是它让河水变红的。"阿玛里克说。他拿出一本书,将一根手指伸进书页之间,把书翻开。他将书掉过头对着我们,指着其中一处。"那是铁锈。一定是。你看,苏佩修斯的《矿物》里记载,埃利亚有一条河,和红水河一模一样,那旁边是世界上最大的铁矿。"

母亲皱起了眉,"他在说什么?"

"您还不明白吗?"博希蒙德的语气里充满了兴奋,"我们有钱了。"

"那是铁,"阿玛里克说,"您知道战后铁的价格涨了多少吗?足足一倍。我们已经失去了斯客里亚,我们用的每一块铁,都是人们乘船去罗纳泽普,再用马车走两百英里陆路拉回来的。"

"而我们这里,"约弗雷兹开口,"很可能坐拥世界上最大的铁矿。整座山都是铁,难怪鱼儿们活不下来了。"

不知道为什么,母亲听进了约弗雷兹的话。从另外两个哥哥学走路的时候起,母亲就对他们或多或少有些疏离,不过她一直坚信约弗雷兹很聪明。"不可能,"她说,"我的父亲——"

"他觉得那只是一堆有毒的石头,"阿玛里克打断了她,"这可以理解。我们几代人都是这么被教导的。蒙德里斯毫无用处,其他的想都不要想。"

"也许,"我插嘴道,"这里边有什么原因。"

没人听我的话。"去弄清楚事实又没什么损失,"约弗雷兹说,"我的意思是,要是我们错了,那就错了呗,但如果我们是对的——"

于是他们去了蒙德里斯。"去了"这个词远远无法表达路途的艰辛。他们换了六匹马,沿着北方大道疾驰,不吃不喝昼夜不歇,才到达那里。我的父亲总觉得他的儿子们行动的速度能赶得上他们表态的速度。**不久之后,他们就到达了终点**,在这短短一句话后,他们能够跨越上千英里的路程。对于这样的人而言,距离毫无意义。就在大家还没意识到他们已经离开的时候,哥哥们就回来了。

那是铁,他们一边大喊着,一边跌跌撞撞地进了门,外套上满是泥土,面色灰白。*那是铁,我们带了些样品。快看!*

就是这样。在那个紧要关头,哥哥们发现了近在咫尺的财宝。帷幕落下,掌声响起,灯光闪烁,所有人开始鞠躬。但还有一个小问题。

我的作品之所以这么昂贵(当然,大部分客户都不知道原因),是因为所有的工作我都要做上两遍。第一遍画在画布上,再精准地临摹一份。当两幅作品都完成以后,我会后退几步仔细观察,毕竟再精准的临摹都无法和原作完全一样。我需要确定哪幅画得更好,哪幅更逼真。我会留下这一幅画,再将另一幅送给顾客。

主教对我的作品很满意,他派了位牧师来告诉我,还额外给了奖金。老实说,这有些出乎我的意料,也让我不太好受。我安慰自己,主教拿来画肖像的钱,都来自迈绥戈那些佃农的租金。

我将留下来的那幅画挂在了我的地下室里。拥有这座地下室是我的幸运。当然,所有人都清楚那场大火之后,这座城镇是怎么重建的。城镇旧址就在它东边四分之一英里的地方。在挖掘地基时,人们发现了另一座城市的废墟。那座城市要古老的多,没人知道它的建造者是谁,又去了哪里。也很少有人知道,那些被遗忘的古人们要比我们更聪明,技术也更加先进。他们有一个巨大的地下蓄水池和发达的下水道网络。想想,所有恶心的东西都被冲进了隧道,进入地下河里,而不是被甩出窗户,躺在街道上。下水道网络的一部分就在我居住的楼房下边,我有它的使用权,每周只要额外花费九十特拉奇。那是我的画廊。

你难以想象它曾经是下水道的一部分。那里很干燥,高耸的拱顶由十几根花岗岩柱支撑,柱顶上雕刻着古代文字。为了保证地下室的照明,我着实费了一番脑筋。我装了四十七个大型油灯和六个吊灯,还自己设计了精巧的棘轮和轮滑系统来调节高度。无意吹嘘,它的确是世界上最好的艺术品(我说的是房间,不是里边的内容)。地下室的墙有五十码,很快就挂满了画。不久之后,我便需要在墙壁上增加一圈走廊和楼梯,凭空建出一个二楼。

地板中间摆着一张绘画用的桌子。十几盏装有镜子的灯照亮了它。在这里,我能画出最好的作品。

我找了位钟表匠给我做了专业的仪器。我没告诉他这些工具的用途,他也没问。我给了他毫不含糊的详细图纸,并告诉他这是送我父亲的礼物。他看了看我,报了价格,我没有还价。

在那些工具当中有一个放大镜,那是个神奇的玩意儿。理论上,你只用取一块一英寸厚的圆玻璃,将边缘磨薄,使中间凸起即可。这是我在书里读到的。作者说他从未自己动手做过,但在理论上是可行的。钟表匠告诉我,这是他一生中看过的最神奇的工具。我应该,不对,我们应该专门生产贩卖这种小玩意儿,肯定会发财的,这可是难得的机会。我笑了笑。你的脸很有趣,我对他说,你愿意让我画肖像吗?自然是免费的。他抓住了这个机会,成为了进门右手边的第十七幅画。

用这神奇的放大镜,我可以看清钟表匠做的卡尺的刻度。那些刻度太过微小,用肉眼完全无法看见,必须辅以放大镜。不用说,对于我的工作,精准意味着一切。三十二分之七,记得吗?只有用这些工具我才能做到这么精准。在工作时,我需要精确到万分之一英寸,误差为正负两万分之一。

我测量了主教的肖像,计算出他的五官之间的间隔。为了测量角度,我让钟表匠为我做了量角器。那是两片薄薄的玻璃,中间有一根蜘蛛网线。如果您知道有什么东西比它更薄,大可以让我知道。这是我最粗糙的一件工具,总有一天我可能会用它犯下错误，到时候只有骄阳知道会发生什么。

得到这些数字之后，剩下的内容就是例行公事。它很无趣，也令我厌恶。毕竟我是一位科学家和艺术家，而不是女巫。但无论如何，那十分有效。

在工作时，我像只猫一样神经紧张。哪怕最轻微的声音，和——

"很抱歉，"他说，"我无意打扰。"

很幸运，我及时抓住了瓶子，没让它翻倒，"你他妈是什么人？"

"我敲了门，"他说道，"也喊了几声，不过我猜您大概没听见。"

我皱起眉，极力用生气掩盖恐惧的表情。当然，我也是爱面子的，"所以你就直接闯进来了？你想干什么？"

"我只想耽误你一两分钟的时间。"

不是所有牧师穿着的人都是牧师，他也有可能是律师，或是政府里的高级官员，只是后者从不上门服务。"你在收集什么东西？"

他微笑着说道："没有。"接着，他问了我的名字（这个问题我知道怎么回答），问我是不是那个著名的艺术家。

"你想让我为你画肖像？"

"不是，"他摇摇头，"我不觉得那是个好主意。"

我盯住他不放。他让我感到非常紧张。"得了吧，"我说道，"你长得没那么坏。"

他有一双淡蓝色的眼睛，鼻子微微上翘。年龄与我相当，或许要年轻一两岁。我曾见过许多人褪去的发际线，也充分利用了这一点，我知道像他这种情况，削发没什么损失。没错，我就是在以貌取人，这是我的工作。一秒之内我就可以根据他的脸对他下定论，就像人们对我下定论一下。

"你能这么说实在是太好了，"他说道，"但即使是善意的谎言也是罪行。不过那不是我的本意。"

"也许你应该离开。"

"也许吧，"他点点头，"我矮小瘦弱，既不知道如何战斗，也不懂类似的行当。我们都生活在地下，这里没有目击者，即使大声求救也没人能听到。你是对的，没有人会想念我。我没有告诉任何人我的去处。"

读心术并不存在，即使是学院里受过专业训练的专家也做不到，至少人们都是这么说的。"我不知道你在说什么。"

他毫无反应，"你介意我坐下来吗？"

"我介意。"

"太了不起了。这些都是你画的吗？"

"是的。"

他点了点头。"也许你很想知道我掌握了些什么，"他说，"我没法证明它。至少没法在法庭上指控你。事实上，"他笑着补充道，"我不认为有任何法律能指控你做的一切。没有哪个人会自己急着去送死，这种人都是疯子。我的意思是，这并不是谋杀，也不是严重的伤害，更不是蓄意投毒。我必须告诉你，你没有犯下任何罪行。"

"你是谁？"

他的笑容毫无城府。"尤斯特歇斯，"他说，"这是我的教名。我从前是斯客里亚人，所以你大概能够猜出我的母亲从前是怎么叫我的了。我是学院里的一名初级执事，正被派来现场执勤。"

"好吧，"我说，"我到底干了什么？"

他叹了口气。"噢，我不想这么说，"他说道，"这听起来太蠢了。我刚刚说过，我没法证明这一切。在去年，有四十六个人，他们家财万贯，声名显著，都在你这儿画了肖像，但不久之后就遭遇了严重的中风，有的瘫痪了，有的从此精神恍惚。不过你也许要说，还有另外六十七个富人也在这里画过肖像，他们都活得好好的。你要让我直接去向陪审团陈述你的罪行，我只好耸耸肩，承认我并没有线索，我只知道基础的哲学和神学理论而已。"他的视线越过了我，看向书架。那儿放着《帕卡西恩》和萨洛尼努斯的《存在与现实》。我皱了下眉，那就像是将杀人凶器镶在牌匾上，挂在了你的墙上。"也许你很想知道，"他继续说道——

他似乎很喜欢说这句话，"我是一位正式牧师。"

"很好。不过那又怎么样？"

"我被赋予了听取忏悔的权利，"他说道，"并且我不会泄密。即使是上了法庭，即使身受严刑拷打，我也不会告诉任何人。就算我这样做了，我的话也无法成为证据。"

我直视他的眼睛，良久。"抱歉，"我说道，"我不是一位教徒。"

"我也不是。我是个科学家，而且充满了好奇心。我无法证明任何事，但有时候我不想一直按规矩办事。老实说，就算我把你抓起来，你也没有亲人和朋友会给我们带来麻烦。校官将你的案子分配给了我，"他露出了无害的神情，"告诉我你是怎么做到的吧，我就想知道这个。接着我会回去告诉我的上级，告诉他这一切都是巧合，你只是个无辜的女孩。拜托了。"

还有一个小问题。为了挖掘出蒙德里斯无限的财富，我们还需要一点点启动资金。我们需要几千块钱，虽说一旦开始开采铁矿，要不了几个小时就能把这笔钱赚回来。但如果换个角度来看的话，这确实是一笔巨款，它足以用来购买一座农场，或建造三艘战舰，也能够拿来铺设一条高架渠。

在这一点上，我们的意见出现了分歧，就像主梁桁柱出现了裂痕。

妈妈觉得我们应该把蒙德里斯卖掉，既然它值钱了。

博希蒙德说，别傻了，天知道那里还有多少铁矿。他们放过我们，是因为知道我们已经一无所有了。如果有谁发现我们还有可以拿走的东西，那么他肯定会以极低的价格买下我们的全部债务，好从我们这里夺走一切。

约弗雷兹开口，我们可以去借钱。

拿什么作担保？博希蒙德说，一旦我们告诉任何人我们拥有什么，他们就会像狼一样盯上我们。

"好吧，"我说，"我们可以用别的方式筹钱。我们可以去工作。"

他们全部看向了我。"宝贝，"母亲说道，"如果我们可以挣那么多钱，就不会需要蒙德里斯了,也不会需要任何东西。但是我们做不到。"她回头看向约弗雷兹,说道:"当然,我们可以找人帮一点忙,只要清掉农场的债务就好。接着我们可以把这栋房子卖掉,再搬去乡下。"

"我知道一个挣钱的法子。"我说。

"有人能拿块布把她盖起来吗?"阿玛里克说道,"她开始让我心烦了。"

后来,我搬了出去。没有人对此感到高兴,包括我在内。母亲说,一个独自生活的年轻单身女孩要么是个妓女,要么想做一个妓女,我的所作所为只会给家族蒙羞。在那之后,我们再也没有联系过。

从父亲的笔记中,我找到赚钱的法子。他曾经有整整一书架的笔记,以高雅典致的棕色牛皮装帧,从来没人读过那些笔记。我非常想念他。他的笔迹相当独特,乍看起来十分整洁,但当你试着读下去时,你几乎无法辨认他究竟写了什么。不过即使我无法明白那是什么,至少那是他的一部分,至少我的父亲以某种形式仍存在着。就像一幅肖像画一样,我想这就是人们想要画肖像的原因吧。即使在死去之后,他的面孔依旧存在。

父亲总想了解一切,他也经常会质疑那些早已死去的学者。在那些笔记的第七卷中,他对阿帕墨涅的莫德斯图斯(一位六百年前的学者)产生了质疑。因为莫德斯图斯相信从理论上来讲,人的灵魂可以被降作实体,这与赐灵的双生有着一样的原理。这个原理被记录在《帕卡西恩》中,萨洛尼努斯在《共和》的第三册中进一步做了阐述。父亲并不在意这些。他坚信这是无法做到的。为了证明这一点,他在纸上进行了复杂的数学计算,写满了一页又一页。他那时总是将自己锁在书房中,禁止我与哥哥们发出任何声音,哪怕我们痛苦的死去。最终,他得出结论,莫德斯图斯是个不折不扣的傻瓜和流氓。他没说自己接下来要怎么做,不过挖出流氓的骨头再扔进大海不失为一个好主意。

只是父亲的计算出错了。那只是一个极其微小的错误,要不是我天生对数字十分敏感(这是我一直以来保守的秘密,没人喜欢聪明人,尤其是聪明的女孩),我永远也不会发现。事实上,他理想中的现实与现实之间存在着细小的差异。

所以我再次进行了计算,做出了一点点调整,你猜发生了什么?

我极其擅长记忆人脸。对于只见了一面的人,即使闭上眼睛,他们的面孔也依然在我的脑海里。

"你这是勒索。"我说道。

他耸耸肩。"只是出于好奇罢了,"他说,"我急迫地想要知道真相,好增加人类知识的总和。当然,人们常说,一旦你知道了某个秘密,就该将它与其他人分享,就像小时候他们总是让我与姐妹们分享玩具。不过我不喜欢那样做,对于我来说,我只想知道真相而已。"

"我的父亲和你一样。"我说。

"那么请告诉我吧。你明白我的想法。我发誓,我不会告诉任何人。又或者,"他继续说着,面色像石头一样冷峻,"我也可以把你当作女巫送去烧掉。这都取决于你。"

所以我告诉了他。当然,他并不相信。于是我拿出了我的笔记,为他展示了那一页又一页数学运算。很显然,他看不懂那些算式,不过他还是信了。"好吧,"他说,"那么你到底是怎么做到的?"

我再次告诉了他。过了一会儿,他向我要一支笔和一些纸。不行,我说道,不可以记录。你永远也不知道这些记录会落入谁的手里。他叹了口气。他逼得太紧了,离他想要的真相不过四分之一英寸,不过就算是杀了我也无济于事。他最终屈服了。我喜欢看到人们做出理智的选择。

在他走后,我画了几笔草稿,我脑海中的面孔鲜活极了。

我的兄弟们决定自己动手。

这没什么,真的。只需在山的一侧挖出一条隧道,将铁矿石拉出来,碾碎,冶炼，再铸成铁锭，拉下山，装进马车里，一切就完成了。他们都像狗熊一样强壮，像雄狮一样高傲。他们可以做到任何事。

事实上，我的哥哥们的确和狗熊一样强壮，也极具决心。上帝啊，他们真的自己动手了。他们搞来几把镐子、几根耙子和几个巨大的柳条筐。他们拿自己上好的马匹换了十几头牛，不过它们很快便患上疫病死去了，于是哥哥们只好徒步上山下山，将矿石都背在自己背上。后来，告诉我这件事的人说当地人都以为他们疯了。首先，那儿除了有毒的红色河水之外，没有任何饮用水。你知道，一加仑水足足有十磅重。而最近的泉水距离那里有一英里半。不过他们下定了决心。巨大的财富就在那儿等着他们，而唯一的阻碍就是一点艰苦的工作和一些小小的不便罢了。你看，这只是立场的问题。同回报相比，那点付出不值一提。他们坚持了下去。直到三个月后，一条隧道坍塌了，砸断了阿玛里克的背脊。

那一周我收到了三个委托，也是我第一次被取消委托。

"他为什么改变主意了？"我问牧师。**主教大人认为这并不合适。**我继续追问下去，但没有得到答案。

好吧。我已经坚持了这么久，却难以再进一步。我坐下来算了几个数字。我计算了在蒙德里斯建一个矿井的成本，打点好了一切，这也是唯一的方法。我早就做好了充足的准备。我读过奥克斯鲁斯关于采矿的记录，我同测量员、承包商、雇工、承运商和商人们交谈过，我还进行了方方面面地比价，小到铁铲把手大到平底驳船，全部价格加起来是九千八百基尔德。到目前为止，不算那三个新委托，我已经有了九千四百基尔德。很接近了。非常、非常接近。

我坐在那儿，盯着这些数字。还差四百基尔德。一笔小钱，只比一位石匠在采石场中劳苦一生的薪水多那么一点。我回过头来看着那些成本，思索着能不能在哪里克扣一点，就像勤劳的绅士们从银币边缘剪下些许银渣，借此谋生一样。不过我的计算太完美了，没有任何削减的余地。

好吧,我想,一切已经开始了。首先是那位来自学院的充满好奇心的牧师,在访问我的四十八小时之后,他就遭遇了严重中风。当然,没有任何证据表明我与此相关,不过就像他说过的那样,学院里优秀正直的学者们不需要证据。而如果我遇到了不测(这栋老房子极易失火,所有人都知道),会有人想念我吗?不过世界上最伟大的学院里的兄弟就不一样了,如果他不在自己的书房里,人人都会询问他的去向。我的委托第一次被取消了。很快便会流言四起。人们将不想与我扯上关系,因为我的顾客们都遭遇了不幸。也许那些优秀正直的学者们一直在试图掩盖流言,他们会科学地组织调查,收集足够多的例子,拥有确定无凿的比例,好进行举证。也许他们之所以派可怜的尤斯特歇斯过来,就是像将金丝雀送入煤矿①。总而言之,这是个逃跑的好时机。你甚至都无须停下来拿走最珍贵的五件东西,也别戴帽子,快跑。

还差四百基尔德。我想到了我的哥哥,阿玛里克。他现在依然有意识,知道发生了什么,也能明白我们的话,但他全身上下唯一能够移动的只剩下了眼睛。他的眼睛能够随着你的身影转动,就像一幅淘气的肖像画。那九千四百基尔德都安全地存放了骑士团那里,和我的遗愿一起。倘若我发生任何不测……该死的四百块。我还得画两幅肖像,再将两幅卖给我那讨厌的朋友。我还能活那么久吗?我还有时间再画一幅,但两幅就不太可能了。学院虽然有诸多缺点,可没人能够质疑它们的效率。

我查看了我的日记。早上有一个预约,为伯爵夫人画肖像。据说她是位极具魅力的女性。她出生在山区一个不起眼的小村庄里,十五岁时进入了歌剧院,十八岁时嫁给了伯爵,二十三岁时失去了丈夫。她是国王、主教和哲学家的情妇,帝国最家喻户晓又最臭名昭著的艺术赞助人,也是城镇里公认的美女之一。这份工作要得很急,她需要将这幅画像作为生日礼物送往某个倒霉的附属国。她承诺过货到付款,她的话就像银行里的钱一样可信。她将支付七十基尔德,我的朋友会出到一百三,他宁愿用生锈的钳子拔掉所有的牙齿,也不愿意错

---

① 煤矿里的金丝雀用来检查空气质量。

过这样的收藏品。还差两百。

很接近了，但还不够。

九千六百基尔德可以让一个五口之家在首都过上奢侈的生活。倘若蒙德里斯不是一个巨大的铁矿，我们很乐意这样做，不过要是没有蒙德里斯，我也不会如此辛勤地工作了。要是我径直回到家里，把骑士团的支票递给他们，我知道会发生什么。他们将大肆挥霍，只是在无关紧要的地方象征性地稍作节俭，一年之内就会破产，又或者会被压死在某个倒塌的屋顶之下。这样一来，一切都将烟消云散。

很接近了，仿佛伸出手就能触碰，但还不够。

我为伯爵夫人画了肖像，颜料还没干时，她便将画拿走了。她付了现金，还有三十基尔德小费——大方极了，不过她付得起，谁叫她喜欢我的作品。这也证明她是个有品位的女人，因为这是我最满意，不对，是我第二满意的画作。

这就是我，她不断地说着，你好像看穿了我的心灵。谢谢你，即使有一天我会老死，归于尘土，我的样子也将永远留在这幅画上。

但我知道，一年之后，她就不再是现在的她了。她会经历一些微小的改变，从此不再是城镇上排名第四的美人（是的，她有证书），而是变成一个可怕的怪物，一个珍珠蚌壳中的寄居蟹，一个蹲在破败宫殿中的农妇。

你画得太是时候了。真的。她这么说道。

三十基尔德。这的确是一大笔钱，但还不够，她也许从没有过这样的困扰。如果她在十五岁时拥有三十基尔德，就永远也不会离开那个山村了。她会留在那里，嫁给一位车夫或是铁匠，幸福地生活下去。无论如何，她能够活得更久。

我去见了我的朋友，我有一个提议。

"你还没有告诉过我，你会拿它们做什么？"我问道。

他恐惧地看了我一眼，说："你不必知道这个。"

"的确。"我说。

"你不必知道。"

我打开速写本，给他看了伯爵夫人的草稿。他的脸色变得煞白。

"没错。"我说道。

"她——"

"没错。"

他很快恢复了原状，令人敬佩。

"我们曾经是爱人，"他说，"你知道吗？"

"不知道。这幅画需要两百基尔德。"

"我没有两百基尔德。"他大声号啕道，仿佛我对他严刑拷打一般。

我相信他的话，"那么你有多少？"

"一百零五。这是全部了。这几乎是我的全部财产了。"

我身上还有三十，所以差不多够了。不过还差一点。

"你说几乎——"

他的呼吸急促了起来。"我还有一些家当可以变卖，"他说，"我在迈绥戈有一个农场，半艘船，还有一些其他东西。"

"很好，"我说，"你会需要这些钱的。不过你要先告诉我，你要用那些画来做什么？"

他向我解释了一切。我想，我的确打破了他的防线，因为这一切都来得猝不及防。能坦白一切对他来说大概也是一种宽慰。他告诉我他是个炼金术士。和他的父亲一样，他毕生都在追寻永生。很久以前，他便在数学上证明了肉体无法获得永生（毫无疑问，这包括无数页的数学运算）。因此，他将自己的研究集中在了赐灵的双生上——

"噢，"我开口，"这样。"

是的，就是这样。他坚信人的智力、品质和记忆能够被化作可以触碰的物质，可以——

"可以装进瓶子里。"

他厌恶地看了我一眼。"是的，"他说，"可以装进瓶子里，永久保存。这是真正的不朽。我知道我能做到，我已经很接近了——"

我看着他。"这当然可以做到，"我说，"你知道吗，给我四百基尔德，我可以告诉你怎么做。这并不难，连女人都可以做到。"

他摇摇头，像是竭力赶走苍蝇的公牛。"我不需要知道这个，"他说，"我也不能那么做，不能对活人下手。这比谋杀还要严重。"

"所以你付钱是为了——"

"没错，"很难判断他究竟更痛恨我还是他自己，"你知道，它们都无法永久保存。"他停了下来，我觉得他快支撑不住了。"就像苹果，如果你不妥善保存的话，很快就会腐坏。不过保存苹果并不难，只要你知道该怎么做。我会知道的，"他愤愤地说道，"只不过还需要一些练习和实验罢了。我就要做到了。这很容易。"

"谢谢你。"我说。接着，我告诉了他我的提议。

我还以为他会惊讶得晕过去。

他接受了我的提议。

随便问哪个艺术家他们都会告诉你，最困难的测试和最伟大的成就，是画出一幅完美的自画像。我最后一次架起画架，寻找光线。内心的光照耀着我的画笔，不过阳光多少也能起到作用。

他说的那些，难以存储，容易腐坏，其实我统统都知道。金钱是万能的，不过我做最后这笔生意并不只是为了钱。

我是一位艺术家，一位出色的艺术家。我立起一面镜子，背对着窗户，让镜子将阳光反射到自己脸上。我用赫色的颜料画下了基本的线条，再辅以颜色、阴影和光线。当你为某些事情感到羞耻时，别照镜子，这些都是陈词滥调，不是吗？此刻我比任何人都为自己的所作所为感到羞耻，但对我来说，照镜子是唯一的出路，唯一可以自我纠正的途径，只有这样我才能把这幅画画好。实际上，它只是一幅失败的作品。扭曲的视角。这并不令人惊讶。倘若你和我这样的人一起生活二十六年，你眼里的一切都将是扭曲的。

有一瞬间，画上的线条和形状组成了一张脸，又像是一间房子，有人搬了进去。我往后退了一步，看着画上的人。那是我自己。

你好，我向她打了个招呼。

我之所以开始这项生意，是因为我非常、非常想念我的父亲。每当我闭上眼睛，脑海中都会浮现出他的面孔，一丝不差，精确到每一个细节。于是我将他画了下来，一遍又一遍。我不断学习，每一幅都比上一幅画得更好，直到我最终画出了完美的作品。*我的父亲，身穿他生前所穿的衣服*，这句话好像出自哪里①？总而言之，那就是他，他正在回头看着我。我还记得阿帕墨涅的莫德斯图斯，那位傻瓜和流氓，他实际上是对的。

我以为我可以做到，我以为我可以带他回来。

我的确那样做了。我将他画了下来，做了些加法，又做了些减法。他的智慧、品质和记忆，他的本质，我将这一切都装进了一个瓶子里，永久保存。但我的朋友说的没错，除非你知道正确的保存方法，不然一切都会腐坏。

我不想再谈这件事了。

我的朋友会往我的骑士团账户上存四百基尔德，作为交换，我会将这幅自画像交给他。画里有他遇到过的最特别的灵魂。他同意了这笔交易，还有那些算式，那数不尽的数学运算。他同意给我时间写下这一切。他觉得自己已经知道了正确的保存方法。

只需要再做一些小小的调整，他说，一点点就好。

我希望他是对的。

（恶童　译）

---

① 出自《哈姆雷特》。

最熟悉的魔鬼

　　我不当班时不行恶，正如娼妓不接客时通常不与人交欢一样。我的理想休息日应这样度过：先洗一个热水澡，品一杯馨香的红茶，取一卷好书，安坐于阳台阅读一个钟头；然后漫步走过喧闹的街头，看一场艺术展览，听一场哲学辩论或牧师布道，亦可简简单单地驻足蓝色神殿，欣赏马赛克镶嵌画；与三两好友（非工作同事）在沿河的露台上一起享用午餐；下午既无计划，又无邀约，完全由着心思，随性而为；用过清淡的晚餐，或去观戏剧，或去赏歌剧，完后回家睡觉。

　　而某个真正糟糕的休息日是这样开始的：天还没亮，一份紧急通知送来，上面说，临时出了一件事，该事太棘手，太重要，当班的其他同仁无力处理，限我二十分钟内穿好衣服，刮好胡须，做好上班准备，到三十英里外的一个乡下小镇报到。也许会有人辩白道，休息日两次三番被这般搅扰，是由于我的工作表现过于优秀，比部门其他任何一位都要出色，所以说真的，我们的机构如此安排，不啻于授予我最接近"拍拍后背以示做得好"的奖励。也许吧。就算如此，每逢休息日加班，我的厌烦感分毫不减。

　　工作表现优秀，并不意味着非得喜爱工作。坦白地讲，我不喜欢自己的工作,它叫我反感。可谁让我是业内顶尖呢。

"相当合时宜的单子,"任务传达官告诉我,"我们需要更多的学者。"

我倒是头回听说,"是吗?为什么?"

"为了维持平衡。为了证实求知欲过甚会招来灾厄。"

"这有可能吗?"我问。可他嘿嘿一笑。

"瞧你说话的语气,我们都该学学。"他说,"好像你真的关心一样。我猜,这是你成为业内闪耀之星的法宝。"

当然,我没资格对行业方针建言献策。"从任务简介来看,他不需要任何劝说。"我说,"你真的需要由我接这一单吗?无非是去见证他签名,再写一张收条罢了。"

"你被选中了。指名道姓,非你不可。"

我皱起眉头,"分区总部的命令?"

"是客户的要求。"

我不喜欢同僚们称他们为客户,"你确定?"

"指名道姓,"他重复道,"很显然,那人博览群书。"

"没人听说过我。"

"他听说过。"

我改了主意,决定接下任务。很久以来,出于某个缘由,我一贯采用各式假名,真容始终无人得见。"他准备充足,只差签字了?"

"不是我们找的他,是他找到了我们。"

哦,天呐!"你有没有想过,"我说,"整件事可能是个圈套?一个骗局?陷阱?"

他笑了。"想到过,"他说,"多加小心,去吧。祝你一天愉快。"

(哦,天呐!)的三次方。

我所在的行当,圈套之事并非没有先例。以佩里美狄亚的福徒拿都为例,他是一位活跃于四百年前的伟大圣贤。福徒拿都召唤了一只恶魔,将其困在瓶子里,提炼成原始的能量。与之类似的还有德尔图良的故事,他向黑暗王子发起挑战,与其展开了逻辑学的较量,并最终获胜。虽说,两个故事真假难辨,实情都已无从考究,不过这样的故事难免使人生出别样的想法。毕竟,若论钉在帐篷立柱上的战利品,有什么比得上击败魔鬼更能令人威名远播?

我又读了一遍任务简介。我向来坚持简介以真正的墨水写在真正的羊皮纸上——形神兼备。这被认为是个怪癖,但我杰出的从业记录允许我享有少许特权。我发现用凡人的双眼阅读文字,有助于我进入与人类打交道的正确思维模式。注重细节,瞧见没。人尽皆知,我藏身于人类之中,那么为什么不装得像个人呢?

约定时间在下午两点,我有一上午的空闲时光,于是决定好好加以利用。我顺着卡蒂林大道走到胜利公园,观赏绽放的春花,接着去叶米利安画坊愉快地消磨了一个钟头左右,见到一名前途无量的年轻艺术家,受女公爵赞助在办画展;单幅不成套的圣像、双联画和三联画,古典韵味浓厚,却透出了一丝隐约可见的原创性;最重要的是,能感受到那种发自诚挚信仰的真实情感。艺术家就在现场,腼腆,谦和,满头编成小辫的黑色长发。我花费四十枚诺米斯玛塔,委托他画一幅圣像——无敌骄阳与所持拉布兰旗和王权宝珠的武士圣徒的直立正面像。当我提出价格时,这个可怜男孩惊呆了,然而没什么好吃惊的;对于那些有能力以同样方式资助美学艺术的人,这是他们应尽的义务。

还剩下一个钟头可供打发。我闲庭信步,去了六便士区,在黄油市场径直左拐,进入裱书匠街;在各个书摊前流连了一阵儿,挑挑拣拣老版旧书。"你不会刚好有,"我问道,"萨洛尼努斯的最新作品吧?"

书贩子看向我,"你什么意思,最新? 他已经歇笔很多年啦。"

"哦。他歇笔前的最新作品呢?"

书贩子耸了耸肩。"也许是《学院论》。我没进那本书,"他补充道,"很少有人询问那类书。"他眼光专业地上下打量了我一番,才说:"我这儿有一卷非常上乘的新版《满园春色大全》。"

"有插图吗?"

"当然有插图。"

我没问价。自然地,除非从广义的收藏角度来讲,我对这本书毫无兴趣;但新版本十分稀有,而且插图的质量着实高妙——若不在意风流主题的话。钱货易手;随后我说:"那么,你有哪些萨洛尼努斯的作品?"

"稍等,我看看。我有两卷老版《道德对论》,以及——哦,你会喜欢这一卷的。都忘记这卷书了。限量版编号,最好的白色犊皮纸,花纹装饰的大写首字母,一应俱全。"

"听起来不错。哪卷书?"

"什么?哦,对对。"他眯起眼睛看黄铜管筒上的小字,"《超脱善恶》。"

"好极了,"我说,"我要了。"

踩着神殿响起的下午两点报时钟声(其实快了五分钟,可整个帝国的官方时间一直以神殿的钟为准,谁又会在意呢?)我转身走进一条窄巷,找到砖墙上的一扇小门,敲了敲。没人应门。我默数到十,接着轻轻地打开了门锁锁芯。"有人吗。"我喊了一声,推门而入,来到一个小巧迷人的结纹花园—— 一块块菱形香草圃,以黄杨木和薰衣草为镶边,错落有致。园子中央摆着一个日晷;旁边有一把大气的红木雕花椅;椅子上坐着一位老者,睡着了。

我站在他面前,小心碰了下他的脑袋。他悠悠醒转,抬头看向我,眨了眨眼睛,"你到底是谁?"

我微微一笑,"你不是想见我吗?"

"哦。"他皱眉道。"这么说,你是他。"

"是的。"

"你不是——"他住了嘴。我咧嘴笑了,"我以为他们全会来这么一句。"

"他们中大多数人而已。"

他忍着疼痛，费了好些功夫，站了起来。我稍稍缓解了他的疼痛；程度不深，不至于被他察觉。

"我们不妨进屋谈。"他说。

他的书房大开，正对着花园。我猜想，春夏时分，他准喜欢敞着门，静坐于此。这是间典型的学者书房；书和文献随处可见，靠墙的书架从地板高至天花板；一张精雕细琢的橡木书桌后，是一把宛若王座的黑檀高椅，对面是一把三腿矮凳。理所当然地，我坐矮凳。但我照样有办法坐得舒服，只需缩短脊柱的几块小骨头。

"重要的事先办。"我说着掏出刚买的书——不是《满园春色大全》。

"能劳烦你给我签个名吗？"

他沉凝的目光顺着长长的鼻子落在书上。"哦，这卷书。"他说。

"劳烦你？"

他叹息一声，掀开一个普通的黄铜墨水瓶盖。"我记得这个版本，"他说。"俗里俗气。尽是拼写错误。不过嘛，他们买书稿时付给了我三十枚诺米斯玛塔，所以管它的呢。"他将书卷从管筒中抽出，展开前面的六英寸，在顶部沿斜对角线落笔——字迹潦草，貌似是他的签名。"你不该买二手书，知道吗，"他将书卷推过桌面交还于我，"这是在从作家的嘴里夺食。比盗窃更可恶。"

"你的忠告，我谨记在心。"我说。

他已秃顶，肥硕的双下巴动之如波起浪涌，手背上满是老年斑。想来，他说不定也曾英俊过人。个子不高，但敦敦实实，在年老体衰前，身强体壮。"很荣幸见到你，"我说，"当然，我读过你写的所有文字。"

他眨了眨眼睛，问："所有文字？"

"哦，是的。《对论》《哲学的慰藉》《批判纯理性》和《数学原理》。包括其他文稿。伪造的遗嘱、阴阳账本、欠条、签字画押的供状——"

"被逼供，"他指出来，"迫不得已承认的。"

"是的，"我说，"就算如此，罪行却是实打实的。供状上的每一笔，每一划均如此。顺带提一句，要是你听到，你因欠下一笔十二枚基尔德的赌债而写下的欠票，四百年后将在毕尔·博赫拍卖所拍出一万八千枚诺米斯玛塔的天价，保不齐会乐坏的。买主是贝洛尔萨公爵——他那个时代最显赫的收藏家——的一个执行代理人。"我笑道。"你始终未偿还十二枚基尔德。"

他耸了耸肩，"没还吗？记不清了。反正那场赌局有人出老千。"

"出千的人是你。骰子灌铅。感谢你的签名，"我举起他刚签上名的书，"不管怎么样，我认为这是你做过的最好的事。"

"你能亲口说出——"他迟疑道，"你是他，对吗？为了——"

"为了签订合同，没错。"

他看着我，仿佛刚瞧见我一般，"你读过我的书。"

"是的。"

他深深地吸了口气，"你认为我的书如何？平心而论。"

"平心而论？"·

"你能够说实话吧？"

我叹了口气，"是的，当然能。平心而论，我认为你的书实在是无与伦比。你无情地解构了传统的道德观，证明了它是消亡已久的迷信观和部落权宜制度的混乱回响，并呼吁理性地重定全部价值观。你无可置疑地证实了没有绝对的善和恶。此外，加之你革命性的立场学说，这部分很可能是你最伟大的文化瑰宝，甚至超过了你影响巨大的科学和艺术成就。虽然我自己坚信，你的《第五交响曲》才是人类艺术的最高伟绩；光是曲子本身就已透彻地解决了一个大难题；人类向往着什么？所以，是的，我喜欢你的书。平心而论。"

他端详了我一会儿，"对，嗯。你当然会这么说。"

"是的。可巧得很，我说了实话。"

"也许吧。"他没低头看，伸手去拿书桌左边的牛角杯。杯子是空的。我偷偷斟入半杯他最爱的苹果白兰地。他呷了一口，似乎没注意到反常之处。"我的初衷是证明你和你的族类不存在。"

"定义'我的族类'。"

"神灵。"他又呷了一口，微微皱眉，"魔鬼。哥布林、幽魂、精灵和妖精。但你喜欢我的书。"

"你在寻求与某个你认为是神话中的生灵缔结合同关系。"

"文字游戏，"他说，"我本人没必要相信自己写的东西。"

"我相信。"

"那好吧。"他耸了下肩，"你属于大众读者。话说回来，你怎么可能相信我的理论呢？你就是个活生生的证据，证明我是错的。"

"我被你关于传统道德观起源的论证所折服。恰巧，顺便说一句，你的论证符合真相。"

"是吗？"他看起来吃了一惊。"好，很好。瞧，"他说，"至于其他文稿。"

"啊，怎么？"

"都是真的，"他说，"我做过很多坏事。"

"定义'坏'。"

他看着我，点了点头。"很多不法之事，"他修正道，"我撒了很多谎，骗取了很多人的钱财，诈骗，偷盗。但从没杀过人——"

我清了清嗓子。

"从没蓄意谋杀，"他再度修正道，"除了自卫杀人。"

"'自卫'是个宽泛的字眼。"

"不，并不宽泛。在他们杀死我之前，我杀死了他们。"

"是的，但——"我克制住自己。"抱歉，"我说，"我们这一行有句老话，客户永远是对的。严格来说，先发制人的防卫也是防卫。算是吧。另外，我不做道德评判。"

他笑了起来，"你不做才怪。"

"不，"我说，"我只处决他们。"

这多少让他清醒了一点。"关于不法之事，"他说，"我多年前忏悔过了。我自此再未犯法。我是清白的。"

"你确实是清白的，"我说，"你改邪归正，放弃了非法和反社会活动，而那段时间前后，你正好发了笔横财，再不用愁钱。就我们而言，你已被彻底救赎，我们没有理由找上你。"

他点头道，"很好，我对此很高兴。"

他听起来言辞恳切，由此引出个问题。于是我便发问了，"在这种情况下，"我说，"你究竟为什么想向我们出卖灵魂？"

他狠狠地瞪了我一眼，意味分明：多管闲事。"我只想确定，"他说，"就你们而言，我的灵魂是否值得购买。至少主动送上门的东西，价钱通常不高。"

"的确。但我在这里，随时愿意完成交易。我相信，这回答了你的疑问。"

他点头道，"请再说一遍，权当是迁就我吧。"

"就我们而言，你清白如雪。行了吗？"

"谢谢你。"他顿了顿。我想，他是累了。到他这般年纪，没什么好奇怪的。"合同。"他说。

"啊，对了。"我从袖中取出一根金管筒，递给他。他犹豫了一下，才接过来，捏出一卷羊皮纸铺展开来。他用平面玻璃镜片辅助阅读；他自己的发明，非常精巧。"你应该把这个做成产业的。"我说。

他抬起头，"什么？"

"阅读镜片。等过几个世纪，每个人都会有一副。你兴许能发大财。"

"我再用不着钱了。"

我耸了耸肩，"随你的便。我只是出于好意。"

他咂咂舌头，低头继续看合同，一边看，一边嘴唇微动地默读，这让我啧啧称奇。

萨洛尼努斯其人——好吧，你可能知道他的生平；在创作了所有这些不可思议的书，发明了所有那些不可思议的奇巧物后，他发现了制作合成蓝色染料的方法，终于陡然而富。对于世界各地的艺术家，犹如天赐福音，而对于佩尔米亚靠开采青金石，朝不保夕的穷鬼，无异于在心脏上捅了一刀。开采青金石，环境恶劣，肺部会被石粉慢慢腐蚀，但不采矿，就挨饿，换作你，你怎么办？

"条款看起来并无不妥，"他说，"我在哪儿签字？"

"现在稍等一下，"我说，"你确定，你愿意完成合同签订？上面所写无一句虚言。你死亡时……"

"我识字。"

"对，但——"我踌躇不决。我有义务确保，签字人了解其行为的性质和意义，以及由此导致的必然后果。我本该推荐他先听取合格的独立意见；但谁又有资格向萨洛尼努斯提意见呢？

好吧。是我。

"如果你签下这个，"我说，"你会下地狱。地狱真实存在，那里可不令人愉快。"

他看着我，"我心里有数。"

"好吧。话说，你到底怎么想的，在玩什么花招？为什么你想做如此愚不可及的事情？"

他又看了看我，大笑起来。

他是个顶有意思的小个子男人，认真到有些偏执。

以前，凡与政府做过生意，我总能捞到些额外的好处。大部分人会告诉你，这不可能。事实上，这能办到。没错，他们拥有绝对的权利；那他们是怎么做的呢？通常，他们行事束手束脚。他们力求公平，公正，公道。而我，当然没有这方面的拘束。

"你说，你读过我的书，"我对他说，"那么，你来告诉我。我为什么想做如此愚不可及的事情？"

他经过深思熟虑，说："我推断，你想获得一样东西，你打心底相信值得为此付出这么大代价。"

"说下去。"

他看起来非常不自在。"你今年七十七岁了。"他说。

"七十六。"

"不,七十七。我猜,你意识到自己时日无多。我想,可能你相信某事迫在眉睫——某个了不起的新发现,诸如此类——并且只有你才能完成,所以留给子孙后代也无济于事,你不得不亲力亲为。绝望之下——"

"打断一下。"

"好吧,没有绝望。只有决心,你下定决心完成未尽的研究,四处寻觅获得额外生命的方法。"他顿了顿,"接近真相了吗?"

我做出个表示认可的优雅手势,"到蓝环了。"

"还差两环到靶心。"

"足够接近。"

他将五指合拢成塔尖状——代表智慧的庄重手势。我有时也做。这个手势让他看起来像个小丑。"你愿意告诉我,你在研究什么吗?"

我对他露出微笑,"不。"

他不乐意了。"我问你,"他说,"并不是仗着职权,而是作为你的头号崇拜者。"

"我不想破坏惊喜。"

"那么,以我的职权——"

我轻轻地摇了摇头,"我走进你的店铺,想买一把十二英寸的双刃刀。你会问我买刀干什么用吗?"

"会。"

"不会,"我说,"你不会问。你卖,我买。要不然,你回去向上司汇报,告诉他们你搞砸了这次交易。"

他微微皱眉,样子滑稽,"何必这么遮遮掩掩?"

"何必这么追根问底？"

"嗯哼。"他微微地摇头，"记住，我们知道你的一切，每一件事，每桩微不足道的言行不检，每个不可告人的秘密，每件你在全然无人注意时干过的坏事。我们并不觉得震惊，没什么让我们震惊。我们唯独无法违背签约后的客户要求，所以，你不告诉我们，最可能的原因是你有所图谋。"

我当面嘲笑他，"荒谬之至。"

"是吗？"他面无表情，冷冷地看向我，"你是个聪明人，也许是迄今为止最聪明的人。你生性奸诈，狡猾，十足地无所顾忌。"

"我痛恨自己的性格，痛心疾首。"

"哦，得了。你已证明，对与错，无所谓。"

"我有自己的原则，"我说，"我坚持原则。"

他的鼻子向外缓缓呼气——当然了，彻头彻尾的假象；他不呼吸。"我很抱歉，"他说，"这笔交易势必要黄了。要么你告诉我，你在谋划什么，要么我去找上司，告诉他们，我没法充分信任你，跟你签不了合同。"

（我敢肯定，他从没养过猪。如果他养过猪，他就该知道如何将猪装上车，运到集市。你可以给猪脖子套上绳子，使劲地拽，直到双臂疲惫不堪，或把猪勒死。猪寸步不进，只不停向后退。猪不会顺着你强加的方向走。所以诀窍是，你朝着远离马车的相反方向使劲拽猪。接下来你会看见，猪一步步退上装货坡道，退进了车厢，你要做的就是放下挡板。）我举起双手。"真的，"我说，"谈不上什么大秘密。你想的一点不错。我希望继续进行自己的哲学研究。我确信，通过科学观察和数学表达式，我已发现了以全新方法理解宇宙的关键。我认为，宇宙是一台机器——巨大，复杂的机器，但仅此而已。我认为，假以时日，我能弄明白这台机器的运行原理；当然，不是全部的原理，但足够让其他人相信我，接过我的研究。这样做的话，我就能将人类从迷信的枷锁中解救出来，推倒善与恶的伪神像，让人类能够自由发展，不因自我强加的条条框框而被拘束，限制，扭曲心智。如果我能做到这一点，牺牲我不朽的灵魂充其量是个微不足道的代价。"

他虚眯着眼看我，就仿佛我的一席话让无敌骄阳站在了我的背后。"可你明白，这种研究一无是处。"

"你说过，你喜欢我的书。"

"是的。我相信书中关于传统道德观的内容。我知道它是真的，我当初参与了道德体系的建立。但伪迷信和不存在神和魔，不折不扣的宇宙机器观——算了吧，看看我。我是真实存在的。所以——"

我对他微笑道："我又没说自己也相信。"

我使他震惊了。如何？他们没传说中那么淡然。

"但这不是重点，"我继续说，"重点是，若时间和资源充足，我能证明我的假说，排除一切合理质疑。"我顿了顿，"换其他人谁也不行，但我可以。因为我是萨洛尼努斯，有史以来最伟大的人物。我能将论据炮制得无可辩驳。我能歪曲事实，像掰弯烧红的钢铁，想什么形状就什么形状，不差丝毫。我能证明我的假说，这样后人将毫不怀疑地笃信它。他们将遵循我的诫命，崇敬我，我的名字将被每个人传颂，我将在他们的赞颂中永垂不朽。古往今来最伟大的哲学家，最睿智的人。这年代，一个自负任性的老人哪能有更大的奢求？"

他的眼睛瞪得像铜铃，"这太疯狂了。"

"不，只是极度地自私。"

"可数百万人将遵照你的学说生生死死，临了，被贬入地狱。"

"煎蛋和鸡蛋的区别。"我停顿一下，以加强效果，"况且，从你们的角度来看，这对'生意'格外利好。"

他的嘴唇无声地嚅动。片刻后他说："我早知道你阴险。"

"还非常非常的自私，还是一个艺术家，一个创作者。对于一个艺术家，有什么比编造出一套令人信服的虚无学说，欺骗全世界来得更妙？"

他缩了缩脖子，"你有所图谋，"

"是的。我刚讲出来与你听了。现在，我们可以成交了吗？"

我并非一开始就是哲学家。

我在一个农场长大，因而知道如何养猪。我的父亲身材高大，却整日忧心忡忡。他担心羊逃出羊圈，担心小公牛踩踏最好的那片草场，担心老鼠糟蹋留作种子的玉米，担心下雨，担心干旱，担心羊毛的价格，担心内战威胁迫近，担心一切。忧愁吸走了他生活中的每一滴快乐。短暂的几个好年景里，他收获得越多，越担心失去这些收获。我不曾看到他欣赏过明媚春日里清晨的朝霞或黄昏的落日。他也担心我；我很聪明这事儿变得明显后，他立刻担心起我的才能被扼杀，我的天资被浪费，于是我离家求学，后来上了厄尔庇斯学院，再未回去过。他去世时，我也没能陪在他身边；不久，战争爆发，我家的农场被艾奇马洛特将军后撤的第六军团焚毁。活着的时候，他所担心的事情没一件发生，死后倒很快一股脑地爆发了。在某种程度上，我想他是错过了。如果他多活九个月，他的担忧会被证明都是对的。其实，他死于心力交瘁，在无意义的焦虑中虚耗了一辈子。

我的母亲身材苗条，气质典雅，曾在"休闲娱乐业"工作。小的时候，我总搞不懂为什么邻居那么不喜欢她。父亲死后，她写信告诉我，他一直很害怕她会抛下他跑掉。他想错了，她告诉我。虽然农场形同荒弃，家畜没了，钱没了，我哪儿也不去，她说。

很多年后，我了却了我们家与艾奇马洛特将军之间的恩怨；我伪造证据，致使他以叛国罪被处死。说起来，他罪有应得，但他将作案痕迹掩盖得太完美了，没留下证据——他向我吹嘘过此事，以为我是他的朋友，站在他一边——而我随即有了个想法。我是一个特别高明的造假专家，虽有自吹自擂之嫌，事实如此。我费了不少心思，墨水、纸张和笔尖形状均以假乱真（教你个妙招；律师会卖掉过期的地契，几个铜子的价钱。用砖屑将羊皮纸上的字迹磨掉，会得到一张毫无瑕疵，可供书写的真品古旧纸面。若想谎言成真，真相能提供无法替代的慷慨帮助）。将军掉脑袋的前夜，我进监狱见了他一面。他彻底糊涂了。"我真的很确定，我从没写过一丁点儿那样的东西，"他说，"我知道，我绝不至于这么愚蠢。"

"你没有写，"我说，"你没有理由为此事自责。"而后，我对他袒露了自己的行为以及原因。他难以接受，开始冲我大嚷污言秽语，我只得怒气冲冲地离开了。有些人就是这么不可理喻。

我偏题了。我的意思是，我没继承到任何家产——一个大子都没有。我功成名就也好，身败名裂也罢，与旁人无关；我有所成就，凭的是一己之力，我犯下过错，亦属咎由自取。我的聪明并非遗传自父母，毫无疑，他们也没给我留下钱财。

问：如果我少一些聪明，多一些钱，我的生活是否会更幸福？答：如果一个圆有四条直边，它不成正方形了吗？

我是我个人的财产，如何处置，凭我一己之愿。

"你确定，"他说，"你就不找个律师先通读一遍？"

我渐感精力不济。垂垂老矣，又过于劳心劳力，身子骨一日不如一日了。"大概，"我说，"你担心，万一我试图以仓促签字，不了解所签内容为由而爽约。不好意思，你声称读过我的书。不管我有什么缺点，我不蠢，我没老糊涂，我已经读过合同，了解上面的每一个字。"

"你准备好签字了吗？"

"是的。"

他将羊皮纸从我这里拿回去，"我只快速浏览一下。"

我笑了。合情合理；如果有一个漏洞被我发现，那就是他的过失。他读得很认真——我注意到，他以食指尖沿着一行行字移动——然后盯着看了一会儿。"这是我们的标准制式合同。"他说。

"可不是嘛。这个模板曾经被使用过多次，在各个场合都被证实为法理严谨。提醒你一句，凡事总有头一遭。"

我的话不太厚道；他对我露出吃惊的表情，又从头到尾地读了一遍。"无论如何，"我说，"我不认为你有权在未经批准之前更改任何条款。"

"正好相反，我有全权——"他不说了，端详着我，就仿佛在看一面污脏的窗户。

"我只是觉得很难接受，"他说，"一个我长期以来仰慕尊敬的人，会自甘堕落，永坠地狱，仅仅为了满足他自己的自尊心。这么做蠢透了。"

轮到我端详他了，但他看起来痛心疾首。"诚实。"我说。

"我们一族一向诚实，我们说话一向实诚。"

我点头道："如果你信不过谎言之父，你到底想不想让我签了这个该死的东西？"

"我当然想，"我说，"这是我来这里的原因。"

他的手指嗒嗒地敲起桌面，说道："佩里美狄亚的福徒拿都，一直是我敬仰的人物。将你的一个族类关进玻璃烧瓶，放在高温火焰上加热，直至变成蒸汽。他在其所著的《自然历史》一书中有过记载。当然，实验最根本的特点是，重复相同的实验能够产生相同的结果。"

"你有钢笔吗？"我问，"如果没有——"

"两个世纪前，苏格南的缇桑德，"他犹自说下去，似乎没听到我的问话，"尝试再现福徒拿都的实验结果。最可能的解释是，他加热用的火焰太旺，升温太快。他们不得不重绘了几张召唤图。"

苏格南的缇桑德，我第一次听闻。提个醒，他们藏着一些事情不想让我们知道。"在合同底部签全名，"我说，"在每段条款下方签姓名首字母缩写。"

他耸了耸肩，"你会担任我的首席联络员和协调员吗？合同第三段，第二节。"

"是的。"

"太好啦。我想我们会和睦相处的。"

我们合同的标准格式——

为了满足客户的具体要求，条款会稍作调整，不过核心措辞，真正生效的咒语始终如一 ——不可撤销，含义绝对，永久生效，等等。这一次的合同，我们提供有担保的二十年健康生命，附赠恢复至二十五岁的青春。除此之外，他享有常规的福利套餐：借指派给他的负责专员——由我担任——之手，施展有限的超自然能力。

"不，"他向我保证，"我不会想要任何戏法魔术。治愈头痛和背痛的良方，也许吧，从一家图书馆飞到另一家图书馆也挺不错，省得走路、坐马车。但我真正的抱负是你万万不可能帮我实现的——以抱负的本质而论。"

问：有没有可能存在比我们聪明的凡人？我将问题提交给自己的部门，答复立时回返：*这有待观察。*谢谢啊。

"怎么使用福利完全取决于你。"我说，"放纵你心中最阴暗的欲望，不会让你的境况变得更糟；行善积德，不能让你的境况好转。我要是你的话，我会放飞自我，尽我所能地声色犬马。"

"正有此意。"他的眼神冷静而清亮，"我们需要见证者吗？"

"我就是。"

"啊。"我展开羊皮纸，这个动作碰到了墨水瓶的盖子，盖子从书桌掉到地板上。"请问，你能帮我把那个捡起来吗？我现在弯腰没以前利索啦。"

待他直起腰时，我已经签好了名字。"瞧，"我说，"都完成了。"

他表情惊讶，甚至于震惊。"好极了。"他说。

我从他那里拿回羊皮纸，卷好塞回管筒里。简单如斯。

"对了。"他在微笑，"先恢复青春，之后，我可以劳烦你带我去瞧瞧地球上的每个王国吗？"

"举手之劳。"我说着恢复了他的青春。他的背变得笔挺。他的脸像是冒起了泡,与此同时,颔下的赘肉持续向上流动,填充进凹陷的双颊。颧骨开始丰润突出,面部肌肤被拉伸抚平。他不由自主地弯曲着手指,意识到关节炎和风湿已无影无踪;双手不再形如鸡爪,指关节看起来也平复了。他的头发恢复原色,如发芽般长了回来。一颗颗久违的牙齿从早已愈合的牙床中弹出,他的脸不禁皱成一团。"你该提醒我,会疼。"他咕哝道。

"万分抱歉。"说完,我消除了他的疼痛。

他凝视着双手,先是手背,然后是手掌,"我从没意识到,自己老成了这般模样。"

"人们意识不到。衰老的过程太缓慢。凡人照镜子时,从未真正看清过镜子里的自己。"

他轻点了下头表示同意。"真不可思议,"他说,"没一丝生疏感。舒服多了,但只此而已。有点像在小旅馆住久了,再次躺回自家的床一样。"他看着我,"你没留下什么纰漏,对吗?"

我没立即回答他。他站起身来——站立不稳,左摇右晃了片刻,不得不抓住书桌边缘——将衣服剥了个干净。现在,他身上的衣服要么太松,要么太紧,视身体不同部位而定。"好家伙,"他说,"都多少年没见过了。"他大笑起来。"不瞒你说,我从未让下半身统治过上半身。不过,我直想翻筋斗。"

"请便。"

他摇了摇头,笑道:"荒疏良久,搞不好脚底打滑,狼狈落地,摔断脖子。哦,我再不必担心这类事了。"

是的,他读过合同,了解条款。他完全豁免任何形式的伤病,以及因自杀、事故或意外造成的突然死亡。合同第十六段,第四小节规定,如果他选择上战场作战,我必须举着透明盾牌保护他,以防他受到哪怕最轻微的擦伤。如果他砍掉自己的脑袋,我必须完好如初地给他装回去。各种不测事件均以绝无歧义的措辞写进了条款。毫无疑问,每一位金牌律师都在我们这里。

我为他凭空变出了衣服；他有权得到一套免费服装，就如人们退伍或出狱时的待遇一样。我此前仔细研究过他的品位，但他压根儿谈不上有什么惯常偏好。他大半辈子，身上所穿，买得起则买，买不起则偷，也曾获赠"离别礼物"（出狱时），或欺骗轻易上当的赞助人购得。我最终选了一套传统服装，肃穆的黑色面料，他这个年纪（恢复青春后）和体型的大部分人，尤其是学者，都会喜欢，样式永不会过时。他低头瞥了眼袖口，双臂环抱于胸前。"很合身。"他说。

"嗯，当然。"

"我原先这个年纪，从没穿过合身的衣服。"

"嗯，现在你能消费得起最好的衣服。至于其他服饰，你必须自己花钱购买。不过，我会随时随地提供给你无穷的金钱。我知道，"我补充了一句，而他挑起一边眉毛，"在你看来，这是故弄玄虚——永远弯来绕去，不有话直说，哪怕结果完全一样。"

他清了清喉咙，看向我，开口道："地球上的每一个国家，记得吗？"

"什么？哦，对，抱歉。我开小差了。"

鉴于客人没给出具体指示，我采取的是标准行程；从共和国出发，经斯科利亚、埃利亚、美嫩泰斯、迈绶戈和佩里美狄亚，沿着山岳国驿道至禄石国，而后转正南，行至布雷米亚，掠过罗辛霍勒特和丘尔哈迪众汗国，穿过大河国北上，回到我们的出发地。若客人没有特定要求，中途不做停留的话，总耗时四个小时。

他游历之广，令我钦佩。每隔一会儿，他就会指向下方某处，说，"我曾在那里坐过牢"或"我在那片林子里露宿过两周"。飞过苏格南时，他要求盘旋片刻，想看看圣恩与坚忍老神殿是否还安在。还在那儿。*我是否仍被禁止入内？*他想知道。是的，我告诉他，禁令仍未解除。

"当你总被法律穷追猛赶时，自然便游历了整个世界。"他告诉我，"我承认，其中大部分地方留下的回忆不是特别美好。就在那儿，看，因为假银矿的事败露,我在那儿被投资者施了私刑。若那根树枝没被我的体重压断的话,我现在就不会在这儿了。"

我们当时正飞过龙巢上方的高空。我建议吃个午餐。他看起来很惊讶。"已经到中午啦?"

我抬手指了指正午的太阳。"我知道科利斯安斯鞣珀有个好去处,"我说,"他们做的辣羊肉配香米饭不错。"

当然,我不吃。我体验食物,就像我体验其他过眼云烟的事物,但不入口,所以不能品尝到个中滋味。食物的香气仍在我脑中形成了令我垂涎的形状。本不该如此,可确实如此。也许我下凡太久了。

"你说得对,"他搅了搅没剩下多少的原味酸奶,"真是非常不错。我们一定要再来。"

"随时都行。"

他皱起眉头,嘴中正嚼着的一大块面饼露出一小截。"你真的很有帮助。"他说,"而且体贴周到。"

"嗯。是的。"

"你没必要为我选光鲜的衣服,也没必要指出哪里有美食。合同没规定你非得这么做。上面只规定,在某个明确的界限内,我叫你做什么,你必须做什么。"

我耸了耸肩。"我尽力使客户的日子过得舒心惬意,"我说,"在他们可自由支配的短暂时间里。"

"你没必要这么做。"

"我想这么做。"

他点了点头,"没有绝对的对与错,善与恶,却有良好举止和基本礼仪。探讨一下。"

"必须说吗?"

他摆了摆手。"随口一问罢了,"他满嘴食物地说,"不是直接的命令。但我会评估你的意见，如果你愿意讲讲的话。"

我思量了一会儿。"没有善与恶，"我说，"只有立场；你所在的立场，以及其他立场。"我顿了顿，"你教给我的理论。"

"没错，"他咽下一大块面包，"我不认为自己相信过这个理论，但提出论证，尝试将其证明，这个过程很有趣。很多人认为我做到了。"

"包括我在内。"

"啊，好吧。"

"你处于某一立场，"我说，"我处于不同立场。但在这一刻，不管怎样，我们没有矛盾。恰恰相反，基于相互协定，基于看到一个特定结果的共同愿望，我们缔结了契约关系。因此，在这一阶段，我们处于同一立场。故而，为什么我不该尽可能地帮助你呢？"

"你没有必要。"

我明白他想表达的意思。"这样更轻松，"我说，"能在我们之间建立良好的工作关系，让我更轻松地履行工作。"

"你没必要思虑周全，或表现和善。你没必要成为好伙伴。"

我耸了耸肩。"大多数客户面对我时心怀恐惧和憎恶，"我说，"我想方设法使他们放下戒心，但通常效果不佳。你看起来似乎不害怕我，也不特别厌恶我的身份。为什么？"

"别变换话题，"他说，"这是命令。你瞧，我认为你一点也不理解立场学说。不仅如此，你同样不相信这个学说，但你假装你相信，为了讨好我。"

我一言不发。

"立场学说，"他继续说，"明确指出，没有对与错，只有看待事物的角度不同。从我所处的位置，某某东西看起来像一棵树；从你所处的位置，它看起来像块石头。树与石头，罪恶与美德，同理同源。"

"是的，我明白这部分内容。"

"很好。但你没从我所处的立场来看待我。我和你处在不同的立场，但你却当我和你相同立场一样对待我。成熟的人会帮助朋友，痛击敌人。但你没这么做。拿合同做借口只是诡辩。签下合同，就和斯科利亚的比武审判一样，是两名腕部被锁链相连的敌对斗士。你应该试着击败我。"

"我为何要这么做？时间会替我击败你。"

他沉默不语，吃了一颗橄榄，"你使分配给我的时间变得尽可能地愉快，这样我就不会注意到时间流逝得多快，从而骗取我的时间。"

"如果你非要这么觉得的话，也没办法。如果你宁愿我既孤傲又讨人厌，我能为你做到。"

他叹了口气，将餐巾扔到餐桌上，说道："带我去美嫩泰斯的大图书馆，哲学区。"

他在图书馆待了九个钟头。

我提出给他打下手——取书，找座位，查资料——但他相当敌视地看了我一眼，说他一个人能应付得过来，于是我将他一个人留在那里，转而去找点可作消遣的事情。

在美嫩泰斯，想找消遣不太容易。大体上，这是一座购物之城。如果你想买东西，没有哪里能比这里买到的商品更好，价格往往也很合理。最大的几条购物街——杂货街、羊市街、油毡市场街、石院街——街道两边，鳞次栉比的商铺，其内陈设和装修比之埃利亚或共和国的许多贵族宅邸有过之而无不及。只要便携实用的手工艺品仍具有魅力，美嫩泰斯就是世界的橱窗——琳琅满目的玻璃制品、织物、兼具装饰性和实用性的金属制品、陶瓷、银器。但城市的公共艺术，让我觉得了然无趣。公共艺术过分追求寓意，而只有这座城市的管理者为其出资，所以你不免会看到异常多如"美嫩泰斯嫁给大海"或"丰饶女神拥抱锡匠公会"之类的大理石雕塑，它们高高耸立，你得扬起脖子才能一睹全貌。这里的人不信神，并以此自豪，唯一的宗教艺术品严格限于出口。所有伟大的艺术杰作，他们都能高仿复制；码头以南的巨大棚子里，数以百计，训练有素的手艺人俯身于工作台，夜以继日地大量生产着"贝洛伊萨的白女神"。但这是一种与购买占有相关的艺术，而非观赏。你肯定见过原作的样子。

与客户达到步调一致，通常很快。我察觉到他合上书，站了起来，于是飞速回到图书馆的阶梯上，正好看见他走出来。我微笑道："书读得有收获吗？"

"收获很大，"他说，"给我召唤一支军队。我要入侵密西亚。"

"我可以为你做到，"我说，"出于兴趣，能问问原因吗？"

他不吭声；都怪我的思路没转变过来。"要入侵密西亚的话，"我说，"最佳的发兵地点在巴特隘口。不然的话，你可以仿效卡洛炀大帝的前例，以平底驳船运兵，扬帆北上——耗费时间较长，但更有可能达到奇袭的效果。"

他神色森然地看向我，"那我们就这么办。"

密西亚是个乏味的地方，满眼的森林和土房，虽然密西亚人做的海鲜堪称一绝。这不足为奇，托纳尔三角洲是世界上最好的牡蛎场，北部海岸有一条巨型洋流经过，气候温润。不过人们征服密西亚，多半因为他们害怕其他人捷足先登。打败密西亚人本身毫无难度。问题在于如何收回入侵和占领的成本——当地经济仅靠勉强自给的农业和游牧畜牧业支撑。每位入侵过这里的英雄人物，驻扎一年多后，保准悻悻地打道回府，一边还在想，当初是谁出的高明主意。这里每平方英里的战场历史遗址数量比地球上除迈绥戈以外的任何一处都多。农民从地里刨出骨头卖给磨坊主，碾成的骨粉在金属抛光行业应用。

毫无疑问，我们麾下有武装部队，但我估摸着他想要人类部队。于是我请来了鼎鼎有名的佣兵队长——贝尔弗厄的阿尔本。我以前与他合作过，他为人诚信。

"我当然知道密西亚，"他正坐在海岸边一家棕榈叶屋顶的便餐馆里，吃着海鲈鱼，喝着白葡萄甜酒。"四年前，我领兵占领过那里。两周打仗，又淋了三个周的雨。你们有钱吗？"

萨洛尼努斯看向我，我说："当然有钱。我的委托人承担所有费用。"

阿尔本点头道:"那就齐活了,"他说,"你的话就等同银行里的现金。"他转头对萨洛尼努斯问,"你想什么时候发兵?"

"立即发兵。"

"这不成问题。"我就喜欢阿尔本这一点,敢作敢为的精神头。"我要七万诺米斯玛塔的预付款,外加每周四万诺米斯玛塔的分期付款。"他顿了一下,然后问,"为什么?"

"什么为什么?"

"为什么你想征服密西亚?"

萨洛尼努斯抿了口葡萄酒,细品花香萦绕的余味,"如果你不想要这个工作,我们可以找别人。"

阿尔本举起双手,"抱歉,抱歉。我们一旦占领了那个地方,你想留兵驻守吗?"

萨洛尼努斯点头道:"我要全军占领,至少四十年。"

听到他的话,我皱起了眉头,但什么也没说。

"我能办到,"阿尔本说,"很显然,你只需留下小部分兵力用于占领,除非发生暴动,而在那里是不可能的。也就是说——"

"士兵要领军饷,仅凭当地无力负担,"萨洛尼努斯打断了他,"是的,我知道情况。军饷自然由我们发放。"

"要不——"阿尔本缓了缓,心想要不要狮子大张口,"每年三万诺米斯玛塔的军饷?"

好吧,这又不是我的钱,于是我保持沉默。"可以,"萨洛尼努斯满不在乎地说道,"我会将四十年的军饷一次性交由骑士公会托管,以表明我的诚意;你随需随取。"

我想,这个可怜人被震撼得不轻。以佣兵行当的标准,他已算得上坦荡荡,但我猜,"随需随取"颠覆了他对世界的最根本认知。这么多年打打杀杀,不就是为了赚点钱吗?没想到,竟然有人会把钱直接送到手上。"正合我意,"他声音微弱地说道,"好吧。先交预付款。"他的话就此打住。我偷偷地在自己的右脚下变出一个铁皮包边的木箱。"给你。"我说着将箱子从餐桌下推了过去。

他无须清点。他心里明白。他轻柔地将一只脚搁在箱子上,仿佛它是一枝玫瑰。

对于密西亚的村民和牧民,不过是旧事重演。清晨,一纵队披盔戴甲的战士从薄雾中走出,踏过厚厚的腐叶土,脚步声几不可闻。我们到访时,国王卡杜安四世不在家;他的王国被侵略时,他从来不在。他停泊有驳船,随时预备着逃跑,王室财宝全装在了船上,他并不担心盗贼光顾。经历了这么多战争和占领,国内民生凋敝,任谁来都是得不偿失。王室卫队待在家里,他们的老婆忙着编篮子卖给外国侵略者。

我们的部队占领了要塞。这是个令人惊叹的奇观,如果你喜欢军事建筑(我必须承认我喜欢,虽然纯粹从美学角度而论)的话。它由东方帝国的军队建造,他们是当时的侵略者。他们选取了一座平顶山峰,实际上是一座休眠火山;山顶上有一片雨水汇集的湖泊,天然的热水湖。防御墙以巨大的长方形黑色火山岩砌成;底部宽达十五英尺;建有幕墙,一条沸腾——名副其实——的护城河,一面外墙和一座内堡主楼;另建有十五英亩的仓库,储存食物和军械。幕墙周长三英里,但假如贮备有足量的物资的话,四百名战士就能无限期地死守住,对抗外边的世界。不论谁得知要塞从未因强攻、围困或变节而被夺取,都不会感到意外。事实上,它从未被攻击过,而是被主动撤离和放弃了九次,但那是另一回事了。

他让我用一袋袋面粉和一桶桶腌咸肉填满粮仓,阿尔本的工兵则对吊桥做了几处小修补。密西亚人除了侵略者撤离时,跑来抢仓库里的食物,从不靠近这个地方。他们知道,侵略与他们没一个大子的关系。我想,他们还知道这里是座火山,而周边国家的军事图书馆似乎均未对此作过记载。

阿尔本一有机会就向我报告工作讨要命令,虽然他明知谁在管事。他在努力使自己相信，这是一次正常的，井然有序的军事行动，他并没在为一个疯子工作。"你觉得国王会策划敌对行动吗？"

我摇了摇头。"通常发生入侵时，国王会跑到他做种子商的表亲家，就在边境对面。"我说，"我猜想，比起这里，他更喜欢那边。密西亚人完全不会打扰你。特别是在你买他们篮子的情况下。"

他点头道："我们在这里做什么？"

"别问我。"

客户永远是对的；如果我们有实体的总部，这句话会用金色字体写在墙上。但我忍不住胡思乱想。为什么一个人类想要入侵一个国家？原始权力欲，也许吧，或许他喜欢看鲜血渗入尘土时逐渐变深的颜色。哲学家？他也许想观察绝对的权力会如何改变自己的人格——权力会使他彻底腐化吗，或者，这位哲学家兼国王会掌控住权力，使它屈服于自己的意志？一个创造完美社会的机会；我考虑过，但否决了，如果他怀着这种理想，他不会在密西亚做这种尝试。可能他小时候玩过玩具士兵，也可能多年前，密西亚人在海滩向他脸上踢过沙子。人类的事情，是打破脑袋也想不透的。没有对与错，除了客户永恒不变的正确性。

我的职责不是推敲原因。我不该管这事儿。

"你必须告诉我，"我对他说，"我快被逼疯了。我们在这里干什么？"

他从巨大的要塞平面图上抬起头来。他已经来来回回看了几个钟头，用红色和绿色墨水写蝇头小字做标注；对防御体系做改进。我的视线越过他的肩头，偷看了几次。这些改进构思巧妙。他不去做军事工程师可惜了。呸呸，人类啊，感谢你们的幸运星，他从没做过军事工程师。

"你说什么？"

"你很清楚我说的什么。我们为什么要入侵这个国家？我们为什么在这里？"

"哦，这事儿啊。"他细致地用一小片废棉花擦干笔尖，才放下笔，免得弄脏了平面图,"我原先以为,你到此时已经自己想出来了。"

他坐着唯一的那把椅子。我叹了口气,坐在地板上,"我努力过了,相信我。可我想不出来。"

"继续努力,"他说,"有志者,事竟成。"

说来惭愧,我跳了起来,一拳砸在桌子上。他露出痛苦的表情。

"你想让我告诉你?"

"是的。"

"啊,好吧。"他靠在了椅背上。这把椅子是连续十二任卫戍司令官的座位,扶手的雕花边角饱经指甲摧残,伤痕累累。"我有点舍本逐末了,真的。"

"是吗?"

"哦,是的。当我的伟大假说出版时,我想让人类处于一种恰当的,乐于接受的心态。你可能会质疑,但依我的个人经验,当人们试图专注于思考形而上的以及有关道德的更高层次问题时,饥饿、贫穷和持续的暴力破坏之类的威胁,绝对是巨大的阻碍。消除威胁,这样一来,人们将更加愿意倾听,更加容易被说服。"

我看着他。"消除威胁。"我重复道。

"是的,为什么不呢?这就是我们当下做的事情。"他对我挤了挤眼睛,"这算个提示。"他说,"一个大大的提示。现在,如果你不介意,我要处理一些工作了。"

在客户进行其选定的工作时,扰乱客户的注意力,是合同明文禁止的。所以直到他完成一天的工作,卷起平面图,合上书,将脚翘上桌子时,我才又一次与他交谈起来。只是到那时,我还为他端上了清淡的晚餐和一杯白葡萄酒。

"我说说自己的想法,"我说,"密西亚与三个军国主义强国接壤。几百年以来,三国提心吊胆,唯恐他们中有一国夺取密西亚,以此为跳板,侵略另外两国。结果,三国提防着他们认为必然发生的侵略,将极大一部分国家财富花在了国防上;三国的国王对领有封地的贵族课以重税,以至于三国都处于经济崩溃的边缘,革命和内战一触即发。只要密西亚保持独立,国势孱弱,三国对峙的态势就会继续下去。"

他对我露出淡淡的微笑,这笑容给我一种悲天悯人的感觉。

"你的主意,"我继续说,"是建立一个独立且强大的密西亚。一旦那三个强国渐渐明白密西亚不再可能被征服,就会发觉战争并非不可避免。事实上,其中一国要进攻另外两国,必须借道密西亚,而密西亚既强大又独立,战争实质上已不可能发生。所以,他们大可松口气,不再因国防花费而财政枯竭;人民的生活好转,繁荣带来富足,再不会有人谈论革命,每个人都幸福且爱好和平。由于这三国在文明世界占有举足轻重的地位,幸福与和平将成为整个人类的常态。"我停顿一下歇口气,"你自以为自己很聪明。"

"我本来就很聪明。"

"是的。"我迟疑了。我不该管这事儿。客户,相关的事儿……甚至更出格的事儿。"这不会成功的,你心知肚明。"

"是吗?"

"当然。我们施行了一千年的判例法,积累了一千年对我们有利的先例据。如果你将灵魂卖给我们,是为了换取行善积德的机会,绝对不会产生任何的不同。合同签订,不容悔改。上级法院不会介入。"

他大笑道:"我知道,我不蠢。"

我看着他。我平时挺擅长读心术的,"你有所图谋。"

他将餐盖从我端来的盘子上掀开:奶油煎肝配白葡萄酒沙司。"究竟是什么让你有了这种想法?"他问。

愿上帝保佑他多疑的小心脏。

细想一下生命的长度。一个人从女人的子宫钻出后,只有屈指可数的寿命,认识到这一残酷现实,人类做起事来往往精神专注。反观神鬼魔怪之属,他们不受生命的限制。没错,他们有数不尽的时间来获取和吸收信息,但他们极度缺乏动力去处理,评估和分析信息,形成假设,得出结论。他们有无穷的生命,尽可停下脚步,闻一闻花香;再者,对于他们来说,所谓得失根本无足挂齿。而人类见过沧海桑田,历遍人世沧桑后,会思考得更快,更认真,更透彻。总之,这是我的想法。也许,他们其实没我们聪明。

我第一次对密西亚感兴趣,是我读到《佩雷格里努斯地理志》中关于蚂蚁的一点描述时——知道密西亚人如何训练蚂蚁掘金的吗?蚂蚁打洞钻入土里,等再钻出来,腿上会沾着点点金粉,密西亚人用鸟鹬的纤羽小心地刷下来。这让我想起了自己读过的另一卷书,记述了布雷米亚有一处金矿,金粉极其贴近地表,以致草从土中长出,粘上金粉;这处金矿记录详尽,确有其事。

那个时候,我并不能有所行动;我正在安特科雷亚逃亡,夜宿废弃的鸽舍,偷猪泔水果腹。不过,我一回到有图书馆的地方,立即着手阅读自己能找到的一切有关密西亚的资料,慢慢地,全部线索——锈棕色和黄绿色的岩石、斑岩床、由旅行者带回来的有明显蜂巢结构的石块、对于干涸的河床和熔岩原的描述——拼接到了一起,它们全指向一个特定地点:东方帝国修筑要塞的山脉。

我跑到罗什罗瑟尔搜集帝国的档案文件。彼时,军方勘测员将位置选在那里,完全是出于战略考量,但也许,无非是因为他们不善于观察,或粗心大意。我埋头于勘测笔记,找到了几条在干涸的水道里发现金块的记录,附带最高统帅下达的严格指示:该发现不得声张,非当值期间不得勘矿;他们最不愿看到的就是守卫部队全体擅离职守去淘金。

由于这种或那种原因,我一直抽不出身或时间前往密西亚。直到我在颜料贸易中发了横财,但此后,我对迅速致富的项目失了兴趣。我安定下来,终于老得不成了样子。但我心里从未放下过。我不断告诉自己,要是我年轻五十岁就好了。之后,突然之间,夙愿成真。

想不受我的看守兼仆人监视,到要塞周围的群山里闲逛,很容易找到借口。只是我不好公然扛起镐与平锹。幸运的是,我并不需要。佩雷格里努斯到底对了——蚁丘里能找得到金粉,只消拿脚尖一踹,金粉就露了出来,在阳光下闪闪发光。

问：为什么其他人没发现？很简单，真的。密西亚人对金子不感兴趣，古来皆如此。他们的货币和交易媒介是上好的羊毛织物。至于入侵此地的士兵，他们接到命令，不得擅离要塞太远，以免被野蛮人抓住吃了。

几次粗略的勘察后，我终于找到了自己一直知晓的宝藏。一开始，我不敢确信，于是夹带出几样工具。我没必要挖得很深。

距要塞半公里远孑然而立着两座低矮胖圆的小山，分别被帝国勘测员戏称为母牛和小牛，实则是两座纯金山。两块庞大无比的金块，顶部仅有薄薄的泥炭和茅草。

而且，最棒的是他不知情。没人知道，除了我。

他在图谋着什么事，而我对此一无所知。

我的确想到过，也许他是在寻找埋在附近群山下的巨大黄金矿藏；不对，不可能是这样。如果他想要无限的黄金，他只需给我个指示，根本无需士兵，无需侵略。再说，以他的处境，黄金能有什么用呢？一个无可辩驳的事实摆在那里，远胜其他所有的情由——他又不能带着黄金下地狱。黄金除了作为财富的象征和储蓄起的购买力外，毫无用处。一个人肯定是蠢得无可救药，蠢到惊天动地了，才会拿自己不朽的灵魂交换区区购买力。所以，显而易见，不是为了黄金。

我可假装不出自己在密西亚过得很好。"文化荒漠"一词，根本不足以公正地反映这里贫瘠的人文。一般来说，不论何时，一定数量的人类聚集在一个地方，往往会发展出多种多样的艺术形式，哪怕只是骨器或洞穴里的赭石涂鸦。所有的人类艺术（同义反复，所有的艺术均由人类创造。这是全知全能的我们无法做到的）都有可取之处，只要你看得足够仔细，看得时间足够长。密西亚不在此列。密西亚人不雕塑，不绘画，他们的斧柄没有阴刻花纹，他们甚至不文身或将鱼骨编入头发。他们不敬神，也就不雕刻神像。在密西亚语里，没有"艺术家"一词；倒是有一个弯弯绕绕的迂回表达法，翻译过来的意思是"以破坏木块骗取其他人食物的人"。

好吧；我以前去过荒漠——沙漠和冰雪荒原，坑坑洼洼的火山岩地貌，在战争中被你想都不敢想的武器炸得生命绝迹的萧索高原。遇此种场合，我会在一卷好书中寻找慰藉。但独独在密西亚，我无法读书偷闲。当我意识到这一点，对我来说，甚至大吃一惊。所有书中我最中意的，要么是萨洛尼努斯所著，要么是关于他的作品理论的评论文集、毁谤文集或辩解文集。我与那人签订的合同，却锁链般地将我束缚住了，对此我无可奈何。我记得，当我展开那卷因久经阅读而磨损严重的《人性的，太人性的》，瞟了一眼熟悉异常的文字，陷入了沉思：我再不能接受任何一点这种东西了。我倍感失落，仿佛被彻底地背叛，落得个孑然一身。

我知道，不该因自己对艺术家为人的了解，影响对其作品的看法。以音乐为例。乔塔皮恩是个可怕的人，一辈子行为残暴，他酗酒，打老婆，将子女打得遍体鳞伤。马渥缇斯对女人和深肤色的人的看法简直令人作呕。这类艺术家的集大成者，是普罗科皮乌斯——你可以想象得到，极少有什么令我震惊，但他做到了，直击魂魄那种。所以，知晓萨洛尼努斯奸诈，虚伪，狡猾，唯利是图——我全都知道，这些以前并未困扰我。但真正见到他，每天睁开眼，每时每刻与他在一起，这截然不同。我不得不说，失落感大到无可纾解。不，我在密西亚过得不好。一点都不好。

"你猜怎么着，"他对我说，"那边的山里有黄金。"

他刚回来——他喜欢在清晨外出散步。我本应陪他同往，但他没邀请我，况且清晨时分，我的状态不在最佳。"真的吗？"我说。

他乐得直点头。"这真是天上掉下了一块最不可思议的馅饼，"他顿了顿，接着说，"我在想，是撞大运了，"他补充道，"要不就是你在帮我，忘记告诉我了？"

我向他保证，我与此无关。他耸了耸肩。"别在意，"他说，"你肯定想到了，这使一切都变得容易多了。这解决了一个我没腾出手处理的问题。"

他在折凳上坐定——此刻他身处一个哨所的外廊，哨所被他征用为办公室。从这里可一览众山，风景壮丽。我为他端上他的最爱——一杯茉莉花茶和一碟蜂蜜蛋糕。"什么问题？"我问。

"你明知故问。"他说，"二十年后，我就不在了，你也会停止向驻守部队提供军费。到那时，士兵会散去，三个国家会争相夺取密西亚，可能会发生最惨烈的战争。我的整个大计将毁于一旦，一切重向错误方向发展。你自然都预见到了。"

"嗯，是的。"

他哈哈大笑，直拍我的后背，力气不小。"好了，"他说，"现在不会发生了。山里的黄金足够雇佣世界上的每一个佣兵。而这，"他欢快地补充道，"是我们将要做的。"

我感觉自己就像走着走着，撞上了一堵无形的墙，"我们？做什么？"

"我们将要做的，"他娓娓道来，"是把密西亚变为一个真正意义上的、运转正常的海盗王国。我们要向地球上所有国家放出话去，把你们的败类，你们的人渣，你们那些因没有生存空间，而渴望呼吸自由空气的底层人民，你们遗弃在拥挤海岸上的悲惨众生都送到密西亚来。这里有纯金的群山，你只需要把金子凿下来，熔炼，花掉。"他的笑容都快咧到脑后根了，"还有什么比独立强大的密西亚更棒？一个独立的、强大的、恶毒的密西亚，成为已知世界的垃圾场和脓包，文明国家能联合起来对抗它，却永远无法真正打败它。他们将发动十字军讨伐它，他们将封锁它，将它置于永久的围困下。每个国家都将派国内最精锐的战士加入这场荣耀之征。但一点作用都不会有，因为密西亚的要塞坚不可摧，黄金取之不竭。这是军事科学的基本原则：如果有一头骡子能驮着金条神不知鬼不觉地离开要塞，那要塞就不可能被攻陷。我提过这些山的内部洞中有洞，洞洞相通，有如蜂巢吗？"

"没提过。而且，山体内部不像蜂巢。"

他看向我。"它们会像的，"他说，"在接下来的五分钟之内。这是命令。"

我暗暗叹息一声。他的愿望，我的命令。实际上，这个任务很难办。该如何如蛀洞般的贯穿隧道如何，布置而不使整座山垮塌，同时被围困者可以出去，围困者无法利用隧洞进来。我用了四十五秒钟才想出方法完成。四十五秒钟，已经可谓是永恒般的时长了。

"怎么样？"

"都办妥了，"我告诉他，"你想要详细的设计图吗？"

"是的。"

"在你书桌上，"我说，"封在几根黄铜管筒里。"

他微笑道："谢谢你。嗯，我要说，这个清晨的工作卓有成效。当然，"他继续说，"如果不是已经有黄金了，我还得让你把黄金布置在那儿，所以，严格而言，发现黄金与否，区别不大。但我发现了黄金，给你省了一个活儿。"

"非常感谢。"我答道。

留下他独自享用茶和蛋糕，我无精打采地返回了要塞。他下令建造五个巨型投石机，我得去监督安装进度。我的心灵深受其苦。并非苦于他行事诡奇，而是我有种强烈的感觉，我疏忽了什么东西。这种感觉不正常，让我难以释怀。我不会有所疏忽。我重申一次，我生活并存在于细节中。同样的，如果我有这种感觉，也是因为确实被他算计了。这种感觉就像他树起了一个很大的指示牌，上面漆写着"有所图谋"，他则明目张胆地坐在牌子下。

我把自己的那份合同翻出来，从头看到尾，不知是第几次了。自我上次看过，条款并无变化，一如既往地无懈可击，法理严谨。他死亡的一刻，就会落入我们手中。在此之前，他能得到想要的任何东西。这份文书——择词虽直截了当，却精妙绝伦，句法虽只具备功能性，却奇迹般地堆砌出优雅的文笔——我们竭尽所能，近乎于艺术作品。

那么，接下来，是一个悬而未决的大问题；为什么他要大费周章地把金子从地里挖出来，明明只需一句话，就能得到数不尽的金子？

恶人们开始陆续抵达。

这听起来很荒谬，我居然说别人是恶人，但当乌压压的邪恶云集而至，此情此景令我烦扰。人，整船整车地到来。大部分是男人，当然，大部分来自城市。一些人成群结队，全副武装，极端可疑。一些人形单影只，几经辗转——其中大多数与其说生性邪恶，不如说孤注一掷。我想这些人更关心吃几顿免费饭菜，而不是无限财富的"空头许诺"。要塞占地广大，我们有足够的住处，我组织自己的手下提供食物和啤酒。大厅里，大吵大闹，群情激愤的集会比比皆是，暴虐成性的凶徒怒不可遏地要求知道有什么隐情，萨洛尼努斯一遍一遍地重复声明，没有隐情。他越是声明，他们越不相信——这就是人性。公社——我们决定先起这么个名，日后再换个更好的——成立的几天里，我发觉了七八起意图推翻政府，武力夺权的阴谋。不出意外，面对没有政府可供推翻，没有控制权可供夺取的窘境，他们无一例外地失败了。他们若想逞凶彰显个性，只能去屠杀厨子——厨子是不死族，一点不会介意——但这事儿始终未发生，因为没人觉得杀厨子有什么了不起。

当然，他们迫切想知道的第一件事，是金子在哪里？我指了指山坡，然后告诉他们领取镐、锹和桶——一概免费——的地点。工作艰苦繁重，形同苦役，一时怨言四起，如"我妈妈把我养大，不是当矿工的"之类的牢骚，不一而足。但入得金山，哪有人舍得离开。挖矿太容易了。基本上刨掉几英寸厚的草皮，想挖多少金子就有多少。我还指望着少数人拉帮结伙抢劫矿工，可并未发生。冒着风险抢劫，不如老老实实挖金子。作为一个聚居地，除了几起醉酒捅人案外，我们的犯罪率接近于零。你可以想象，这让我相当不安。

"你在图谋着什么？"一天晚上，他吃完晚餐后，我问他，"说吧，你可以告诉我。"

他笑了，拍了拍我的胳膊。"别气馁，"他说，"只剩下十九年零九个月了。"他给自己斟了一杯葡萄酒，本能地想请我喝一杯，蓦然想到了一件事。

"当这全部结束，我去了该去的地方，"他说，"你会来看望我吗？"

我看着他，觉得有些尴尬，说道："如果你想的话。"

"我会发自真心感谢你的，"他说，"知道有个友善的面孔，也就没那么畏惧那里了。"

我还能说什么呢？

我猜，另一件让我失望的事就是太清闲了。平常在出勤期间，我难得有时间歇口气——给我献上黄金，献上红宝石，献上我的敌人的首级，献上全世界最美丽的女人—— 一刻不闲地支使我做这做那。当你忙得脚不沾地时，你没有时间闷闷不乐。可一旦恶人们全都乖乖地安定下来，我真的是无聊至极了。萨洛尼努斯差不多总待在被木板封得严严实实的棚屋里。他对那棚屋可谓痴迷，屋内摆放着成堆的书和资料、数学仪器、升华锅、星盘、曲颈瓶、烧瓶以及没人知道，也没人关心的器物。当我问到有没有我能帮上忙的事情，他对我大皱眉头，大叫道，有，退下，别让我分神。我一下子变得无所事事起来，这种状态，我无法安然处之。

要是某些谚语是真的就好了。我的手下不少都闲着，但没人找活给他们做。我的书面工作滞后了，因为我写日志、提交报告向来讲究一丝不苟，如实记录。可现在没有什么好记的。密西亚乏善可陈，读书又无可能，想要打发时间，我只有到山间远足（我厌恶在乡野步行，尤其厌恶上坡路）或绞尽脑汁地琢磨他的企图。不得不说，这段时间我并不快乐。

之后有一天——我想在我们来到密西亚大约一年后——他将我唤进了他的棚屋。我甚至没想起给他端上茉莉花茶和蜂蜜蛋糕，由此你也可以看出我的情绪有多低落。我坐在一个倒放的箱子上，哀怨地看向他，"我能为你做点什么？"

他微笑道："你觉得很无聊，对吗？"

"有那么明显吗？"我叹了口气，"对不起。我今后不会再显露出来了。"

他摆了摆手，示意不用道歉。"要道歉也该是我，"他说，"是我欠考虑了。我最大的缺点，人们跟我讲，是根本不会为别人着想，只想着自己。"

"没关系。"我小心地说。

"总而言之，"他拍了拍手，"我有个活儿给你。"

真是惭愧，我听他这么说，简直感激涕零。"你的愿望就是我的命令，主人。我能为你做点什么？"

他递给我一张纸，"我想让你找到这些人，把他们带到这里。开出他们无法拒绝的酬劳，然后找个地方，让他们舒心的工作。"

纸上的名字，是世界上所有现存的最伟大的画家、雕塑家和建筑家。每一个都是我的偶像。"这些人，"我结结巴巴道，"你准备拿他们做什么？"

"我想成为一名艺术赞助人，"他轻笑道，"所以要满足他们的一切要求，不计代价地帮助他们创作出最好的作品。可以吗？"

震惊绝不能形容我的感受。"当然，"我说，"我的愿望——我是说，你的愿望——"

"你已经说过了。去办吧。"

一个重大的口误。我的愿望，我最大最炽烈的愿望，是再次看到艺术，美丽精彩的艺术，我和我的族类力所不及，但人类能创造的艺术。等脑中的轰鸣安静下来，我连忙问他："为什么？"

"快去办，"他重复道，"退下。我要工作了。"

我劝说他们前来毫不费力。他们——所有的艺术家和创作者均如此——无外乎分为定义分明的两类：一种是极度缺钱的，一种是手头暂且有些闲钱，但极度担心很快会缺钱的。我怀疑，要请动他们，也许远远用不着我实际付给他们金额，但我不愿意这么做。反正不是我的钱，而且看到我所崇敬的人眼中露出可怜巴巴的感激之情，给我一种别样的特殊感受。

我在要塞高耸的塔楼为他们建立了工作室，这样的话，他们能于明亮阳光中纵情于创作。我们有特制的起重机，起吊巨型大理石块；用的是最昂贵、最稀有的颜料——绝非萨洛尼努斯合成蓝彩之类的廉价货，只用最纯净的青金石蓝和红玉髓粉，直接由恶魔加班加点从佩尔米亚的群山和干旱沙漠空运回来。我甚至——并非没有一点顾虑，我终归是一个正派的大管家，不是皮条客——设法搞来了一批"灵感"。毕竟，画家需要模特，而我告诉他们发挥想象力时，他们只是茫然地看着我。于是，"灵感"乘坐着一支长长的全封闭车队翩然而至，这意味着我又多了样活——改造卫浴系统，诸如此类的事。还有，我最见不得艺术家和凶手和谋杀犯发生冲突，所以"灵感"一定要多，多到人人雨露均沾。

"事实上，"一个人对我说，当时我和他正看着丽人宫新扩建的宫殿中正在封顶，"你在这里建造的是一个理想共和国。"

我看着他。一个秃顶跛脚的小个子男人，很可能是他这代人中最好的圣像画家。"什么？"我问。

"你拥有一切，"他说，"无限的财富意味着无限的闲暇，而这是思索真正有价值问题的先决条件。你强大而备受尊敬的战士阶层确保了内外各方面的安全。幸福而满足的下层阶层种植所有食物，再溢价卖给更高的阶层。而更高的阶层，你找不到比他们更适合担任创建一个伟大国家的开国元勋了：勇敢无畏的战士，艺术天才，凭借美貌、魅力、与各色人等打成一片的能力而被特地选中的女人。所有这些人，都处于一位恳挚的哲学家国王轻如羽毛的温良统治下。一百二十年后重回此地，这个国家的国民将是一支超人类民族。"

听到这里，我倏地想起一句诗：我赐予你们超级人类；人类是注定被淘汰的造物。萨洛尼努斯的诗情可谓绝无仅有。"你真这么认为？"

他大笑起来。"看看埃利亚吧，"他说，"它是由犯无名之罪而被流放的罪犯建立的。再看看旧日的帝国。起初，只有一帮子不法之徒和强盗，女人是他们从附近的一座城市偷的。他们的后代砥砺前行，征服了世界。当然，鉴于你在战略上占据地利，可从容左右三个民族大国，这里的局面要好得多，我不太喜欢'命定扩张论'的说法，但我很难想到另外的说法。"

有所图谋,我低声自语道,然后去见了萨洛尼努斯。

"不过,我亲爱的伙计,"他说,"你完全搞错了。我这么做是为了你。"

那种走着走着撞上一堵无形的墙的感觉又来了。"你什么?"

"为了你,"他重复道,"我看得出来你有多无聊,我还知道你有多喜爱艺术。于是我派你出去搜罗一些艺术家。"他露出微笑,"方法奏效了。你比前几个月快乐了许多。"

我无法抵赖。"为了我?"我傻乎乎地重复道。

"为什么不呢?又花费不了什么,而你得到了快乐。"

"是的,但——"我的嘴有些张不开。与一个人亲密共事两年多,多少会对那人有些了解。我极其肯定,他说的是实话。"为什么?"

"你什么意思?我不明白。"

"为什么你要为我做这些?"

他叹息道:"哦,亲爱的。我还以为我们已经完全过了那个坎。坐下,歇一会儿脚。来吧,这是命令。"

我必须遵从命令。我坐了下来,歇脚。"事实是,"他说,"你的心肠不坏。你为撒旦工作,但作为——好吧,我不能说你作为人类;作为个体,你是一个正常又正派的个体,有着一颗本质善良的心,以及对美好事物的欣赏力。你不能否认,这是事实。"

我皱眉道:"我们处于不同的立场。"

"是的,没错。但接下来的十七年零十个月,你我要站在同一立场,我的立场。而在那之后……"他耸了耸肩,"我该怎么办,无时无刻对你吹毛求疵?我没有这份精力。你知道人们怎么说的,微笑会牵动十七块肌肉,皱眉需要四十三块。我只有有限的、可自由支配的时间。我有工作要做,我不能把时间和精力浪费在适得其反的摩擦和对抗上。"

我感觉就像一道惊天巨浪从头顶拍落。"可这事儿到最后,"我说,"是理想社会。"

他摇了摇头。"我是告诉你去雇佣一些艺术家,"他说,"是你为他们建造了所有的宫殿和工作室。同样,也是你运来了所有的娼妓。绝佳的好主意,顺便说一句,我没批评的意思。尽管如此,事实依旧:如果说这事儿的结果是造就一支超人类民族,那要说这是谁的手笔,是你的,不是我的。"

我的血液无法变冷,因为我体内没有血液。然而,我仍不寒而栗。

我被允许做一些不惹眼的小善事。好吧,严格来讲,不被允许。但我不当班时,施与少量的钱给拮据的艺术家和街头音乐家,上面一般选择视而不见,因为这样的善举——算是我出外勤,不得不生活在人间而换来的些许福利——微不足道,造不成长远的后果。不过,行小善,与做出一个决定——我想糊弄谁呢,必然产生理想社会和高等人类民族的决定——两者之间天差地别。当然,他说得太对了。关于为艺术家和凶徒安排女性伴侣,他没说过只言半语。从来是我擅作主张。

有件事,萨洛尼努斯不喜欢人们议论,但他曾写过一出歌剧。他的托词是需要钱。我没有理由不相信或不体谅。

达到高潮的最后一幕(以歌剧而论,确实相当不错),合唱群演中,一位参与了整个剧情发展的学者角色恭贺男主角。那人说:你的运气,到头来是多么奇妙。看呐,你的敌人就在那里,正为你已丢弃之物相互残杀。

我提起这件事,只是想深入地呈现他的思维方式。

我有两个选择。我可以向上司报告自己的所作所为,听凭他们发落。

一点没错。我做了另一个选择。我保持沉默,无所作为,旁观者般任由"灾难"发酵。别忘了,还存在一个可能性,很有可能他们永远不会想到这是我的过错。毕竟,伟大国度和理想社会在历史上不时出现——或因意外,或机缘巧合,或通过大自然进化的作用。比如,我的艺术家朋友就举过两个例子:埃利亚的出现并非由于某人的过错，旧日的帝国同样如此。此外，一旦国家过了鼎盛时期，便会走向腐朽和衰落，到了那时，它们对谁也构不成问题——事实上，从我们的角度讲，那还有助于"生意"兴隆。我们族类也许无所不见，无所不知。但这与洞悉真理有天壤之别。甚至有极小概率，新密西亚的建立不是我的过错，也不是意外，而是属于机构中敌对阵营的某个宏达计划——我无从得知，这就是大部分时间不在办公室，又从来不读备忘录的"好处"。

但我止不住想东想西。这是他一直所图谋的吗？如若不然，他在图谋着别的什么吗？他有可能早预见，我会逾越自己的谨慎心防？我有那么好预测吗？他有那么狡诈吗？

"我一直在想，"我说，"也许我们应该把女人送走。说到底，这里理应是个采矿区，不是妓院。"

他摇了摇头。"这里理应是个驻防区，"他指出来，"矿工和艺术家几乎都算是初来乍到。你现在不能把姑娘们送走，会发生暴动的。何况，她们在这里很快活，比她们以前在城市时的日子好得多。不，她们可以留下来。"我的脸色一定是流露了内心想法，因为他皱起了眉头。"我心意已决，"他说，"要是冒犯了你清教徒的感情，我表示抱歉。"

"但无法预见的后果——"

"什么后果？"

"我不知道，我无法预见。"

他叹了口气，拍了拍我的肩膀。"别担心啦，"他说，"这是你的毛病，老在担心。如果你多愁善感，就没法享受生活啦。我知道你在担心理想社会这事儿，但谁知道呢，也许永远不会成真。没有什么一成不变，你知道的。现在退下，去欣赏几幅画作，我有一些工作要处理。"

我对他感到同情，可又能怎么办呢？

再说，我脑袋里装着其他事情。头一件，是时间的流逝。我为摆脱他的干扰而施行的简单计策，取得了意想不到的成功——我从未想到会如此简单——不过，我仍有工作要做，工作的进展没我预期的顺利。

你或许不知道我有过一段短暂且不光彩的炼金术生涯。我一直想淡化这段生活经历，因为没人喜欢失败。实验到某一阶段，我感觉成果已迫在眼前，但阻挠实验的怪事一件接着一件——我与赞助人之间的麻烦没完没了，接着我失手杀死了自己的妻子，炸毁了自己的实验室，最后匆忙逃离了城市。所以我一直不知道，我设置的最终实验，其结果是否真的正确。出于一些我不想赘述的理由，我不得不在实验进行时先一步脱身，留下了一个未为可知的大谜题：我成功将贱金属变成黄金了吗，抑或没成功？

（其实，我没杀妻，虽然表面上看起来像。我警告过她别喝那东西，但她还是喝了。我依然对此心怀内疚，尽管这是我一辈子遇到的极少几件真正不因我的过错而发生的坏事之一。）

由于我所有的笔记，连同王宫和我的工坊都在火焰中付之一炬，我不得不再次从基本原理推导，重新开始。我曾认为这没什么大碍：我从前很聪明，我现在依然聪明，小菜一碟。但我低估了至关重要的运气因素，或者说机缘，随你怎么称呼。从前，我误打误撞发现过几个关键推论，或灵感迸发妙手偶得。这一次，这些情形似乎并未出现。我推敲前后两次有什么不同，得出个结论——我的环境太安逸了。诚然，地狱在十七年后的尽头等着我，但如此遥不可及的事情，没法让我惊慌。从前，我要么极度缺钱，要么迫近国王委托的截止日期，再拖一天就要被套上绞索或被推上断头台。我猜，我的大脑需要极端恐怖的特殊刺激来进入高速运转。而那种刺激，当然，已失不再来了。

炼金术很简单，真的。我们所知的世界是由基元质点构成的，非常小的基元质点。基元质点分割得越小，它们之间互相置换的可能性越大。如果将基元质点分割到底，到极小、小得不能再小的小质点，理论上，有可能将一种置换为另一种。这就是炼金术。

当然，我夸大、简化和歪曲了炼金术原理。若炼金术真如我所说的那么简单，岂不是人人都是炼金术士了。同样，世界上还有着我们不可知的，不那么微小的物像；不可知的物像客观存在，凶吉难料。我越努力工作，似乎越会因这种物像受阻。我对此深恶痛绝。我习惯了一切手到擒来。通常，我只要坐下稍作努力，所有的才思就会喷涌而出；我刮掉一点草皮，黄金就会露出来，距地表不过几英寸。情非得已之下，卷起袖子，辛苦实干，我不仅习惯不了，还有些愤愤不平。我真傻，但这是我的本性啊。

对"无所不见"隐瞒秘密其实并没想象中那么难。关键在于确保他们错误解读所看到的事情——简单的误导——街头魔术师的惯用伎俩。我不在乎他们多么超凡全能，只要他们具有性格，他们就能被了解；只要他们能被了解，他们就能被欺骗。只要他们能被欺骗，我就能欺骗他们。我能说什么呢？欺骗是种天赋。我与生俱来的本领。你可称之为上天所赐。

但没有什么能永久有效，甚至我精心编造的谎言也不外如是。早晚，他必定发现我在自己潮湿阴冷的小棚屋鼓弄的东西。我猜，是一缕袅袅的轻烟暴露了我。即使品质最好的煤炭也无法达到完全无烟。我一直计划着假装它只是一个火炉，可炉内冰寒彻骨（必须如此，出于充分的炼金术理由），要想长久地骗住他不大可能。

那天的情景我仍历历在目，仿佛发生在昨天。他站在我的棚屋门口，瞪大眼睛看着一排平淡无奇的炼金设备，脸色铁青。"我可否问问，"他的声音发紧，有气无力，"你在干什么？"

"当然可以。我只是想再现一个实验。如你所知，一个成功实验的最根本的特点是，它应能够被——"

"佩里美狄亚的福徒拿都。"

我的目光瞥向别处，说："不是。"

"别对我撒谎！"他尖叫道。我承认，我被吓了一大跳，"你竟胆敢对我撒谎。"

"我没撒谎，"我语气平静，"这个实验的是由福徒拿都的良师益友——利戈伊斯的塞杜里乌斯——设计的。真的,福徒拿都后来详述了这个实验,但——"

"我不会进到那个东西里去。你不能逼我。"

我转身面对他。"事实上,我能,"我严肃道,"我能命令你进入升华锅里,你别无选择,只能照我说的做。不过,既然我无意做这样的事,我真不明白你为何要这样大惊小怪。"

他向后退去,直到紧贴在门框的另一侧。"炼金术是被禁止的,"他说,"它是妖术。"

"哦,别闹了。"我轻声地说。

"它是。它是非自然的。炼金术妄图转化造物主所创之物的性质。这是最不可饶恕的罪过。我必须要报告这件事。"

向谁报告,我没问。"这不是那种实验,"我告诉他,"这只是改良从日常的有机物提取硝酸盐的方法。如果实验成功了,意味着能大幅提高贫瘠的农业用地的作物产量。"

"什么?"他注视着我,"为什么? 到底为了什么? "

我叹了口气。"看看你的身后,"我说,"山地,灌木丛。如果这个不幸的国家要在粮食上自给自足,我们需要采取行动。"然后我皱眉道,"你以为我在做什么? "

他向棚屋里走了一两步,闻了闻。他纤细的长鼻子检测和分析着升华锅里的物质,"鸡粪。"

"富含硝酸盐的自然资源。"

"你在煮鸡粪。"

"是的。但是比普通方法效率高百分之一百六十。最后得到的应该是一种细腻的白色盐霜,将其与草木灰混合在一起,在犁耕之后,耙地之前,往新翻的土地上薄薄地撒上一层。所以请便,去告发我,我不在乎。但我想,你的上司不会那么感兴趣的。"

我让自己出了丑，我为此感到羞愧。我忘记了第一准则：客户永远是对的。如果他想把我困在瓶子里，放水加热，分解为虚无的气体，他有权这么做。不错，那将是我的末路——这就是为什么炼金术如此可怖的原因。炼金术推翻了所有的法则，重写全部的价值观，打破**我们**代表的根本秩序；还有死灵术，它是人类所能做到的最恶劣的事，我不太确定我们是否真正理解死灵术的原理。我真不敢相信自己刚才说了什么。但我觉得话没说错。如果有人改了规则，谁知道规则还是规则吗？

我在蠢话破口而出前，没有考虑清楚利害关系。如果他毁灭了我，能获得什么？什么也得不到，除了让自己失去一个帮手兼奴隶，失去使用魔法——签下合同出卖灵魂而换取的——的仅有途径。他拥有余下的十七年生命，但仅此而已，没有无限的魔力，两手空空。他需要我，他不会做任何伤害我的事。毋庸置疑。

可在当时，我怎么会知晓他那种聪明人的思维方式？

关于落入佩里美狄亚的福徒拿都之手的朋友兼同事，我们依旧不知道他的下场。我们没放弃寻找，但希望渺茫。据我们目前所能查明的，他掉进了一个超脱我们创造或掌控——套用一个书名，超脱善恶——的地方。唯一可能告诉我们如何去那里的人，佩里美狄亚的福徒拿都，已死了几百年。不管怎么说，这就是为什么我们一想到炼金术就发抖的原因。研究炼金术是邪恶的伤天害理之事。

你能想象得到，这件事之后，我异常密切地关注他的一举一动。

但徒劳无功。不妨想一想。在一个黄金随处可见的地方，你怎么能判断出一个人是否成功地将贱金属变成了黄金？说真的，我们储存黄金的空间快耗尽了。所有的地牢和地窖都装满了；每一只橱柜和衣柜，每一间工具棚和茅房，任何能安上扣锁和搭扣的房间，都堆满了金锭和一陶罐一陶罐的金粉。正因为金矿储量极大，加之非常容易开采，矿工似乎全不愿意退休或辞职。不，他们会继续生产——进展很顺利——直到美梦结束或清醒过来的一天。他们抽不出功夫，也抽不出时间，把他们的金子运送到边境卖掉（而且，他们也许会在路上遭遇抢劫，失去全部身家）。不管怎么说，他们卖掉金子作什么？吃喝免费供应，衣服和工具同样免费。历来的淘金热，真正致富者只有军中小贩和寄宿旅店老板。但这次不同。

在这样的环境下，想要记录少量黄金的出现和消失——其中可能混入炼金术所转换出的黄金——是不现实的。我试图站在他身后，非常细致地观察他的每一个动作，但他抗议道（相当合情合理），我妨碍到他了，影响他集中精力了；假如我坚持像一个建筑物构件般杵在旁边，他会说，能不能请你去别处做雕像？不用说，他工作时赶我出去，完全在权力范围之内。至于兑现我傻乎乎要告发他的威胁——好吧，发现一个涉嫌阴谋犯罪的罪人。我能料到的唯一官方答复是："我们正求之不得呢"。

　　我的第一次实验大获成功。我将一座山变成了金子。

　　至少，我是这样告诉他的。你自己去看吧，我说，指着地平线上一座不起眼的小山丘。扛上一把锹，刨去草皮，看看下面有什么。准保是金子。我嘛，我太有把握了，犯不着亲自验证，请自便吧。

　　他凝视着我，脸上挂着那种惊恐而愚蠢的表情，和常人听到我谈论炼金术时一般无二。"你没有。"他说。

　　"我有。"

　　"但这是不——"

　　"可能。"

　　他迟疑了片刻。接着身影模糊了一下，他去而复返。"为什么？"他说。

　　"你说什么？"

　　"为什么？"他重复道，"山里的金子已经多到谁都不可能将其用尽的地步。如果你想要金子，我会任你所需地提供给你。所以，我再问一次。为什么？"

我耸了耸肩，"看看自己能否办到，我猜。"

"理由缺乏说服力。"

我笑了，"我都忘了，你对炼金术一直心有芥蒂。"

"你可以这么说。"

"尽管我真不明白为什么。我的意思是，它对谁造成了伤害吗？"

"你明知道——"

"我承认，"我说，"急剧增长的黄金供应可能导致通货膨胀和货币贬值，从而引发经济危机。不过如果你不嫌麻烦，读过我写的《国富论》，你会发现充裕的金钱供应也能推动经济发展，特别是在信贷受限的经济情况下。这不是让你心烦的原因，对吗？"

"我读过那卷书，"他说，"写得非常好。"

"你害怕我会把你塞进瓶子，杀死你。"

他看向我，"你不会那么做的。"

"不，当然不会。我太看重你了，你是我的朋友。"

他脸上闪过惊慌的神色，"不是，我——"

"是的，"我坚定地说，"你是。是的，我知道契约终有到期的一天，你会将我带入永恒的折磨。我心甘情愿。所有的朋友最后都会背叛你。但在那一天到来前——"我耸了耸肩，"我们是朋友。我不会伤害你。"

他在一个倒放的桶上坐定。幸亏他体重不大。"我不太应付得来朋友关系。"

"人无完人。"

这句话逗得他笑了起来。"我才发现这次出勤任务挺难的，"他说，"对不起。"

"别这么说。你做得顶好了。"我倒了一杯葡萄酒。至少，他能闻到。"我理解，"我说，"你是一位骨子里正派的人，恰巧为一个价值观你不太认同的雇主工作。不认同我的人，你不是第一个，我想，也不会是最后一个。请别因此感到良心不安。"

他抬起头看向我，说："目前，我为你工作。"

"这就是我所说的，"我回答道，"你不赞成炼金术，但没关系。如果说是谁的错，那就是我的。我负全部责任。"

"你不能——"

我正等着听我不能做什么，但他像只蛤蜊般闭上了嘴。我没有追问他。"谁知道呢，"我说，"我也许会使这个国家整个变成黄金。不是有个那样的传说吗？"

他颤抖道："请别。"

"你是在以朋友的身份请求我吗？"

炼金术名不虚传：将一种物质转化为另一种物质——相反物质，对立状态。石头变黄金，低贱变高贵，敌人变朋友。的确，炼金术是非自然的，我能明白为什么他如此畏惧炼金术。"重定全部的价值观"，这是一句引文，不是吗？哦，对了。出自我的书。好吧。

善良变邪恶，对变错；反之亦然，当然。我年轻时，曾渐渐有了把炼金术坚持下去的愿望。只不过那时，我从事的炼金术是愚弄人，欺诈，行骗的勾当——起码，我这么认为。但之后，我一直没能弄清楚那次实验结果如何。

邪恶变善良——抓住一只恶魔，将其困在烧瓶里，放水加热，使之变为天使。你这下明白了，他们为什么忌惮炼金术。他们的确应该忌惮。

他坐在屁股下的桶里，装着我最新发明的炸药。我为此很是自豪，我将其命名为水性吐伦丹——名字仅限于我本人知道。自然地，我没告诉任何人。需要强调的是，它是一种成分微妙的混合溶液，有强酸——硫酸和硝酸——和糖（不，不是糖。但如果我告诉你具体成分以及配制方法，我会下地狱的，请原谅我的用词。我又不认识你，我当然不会将这种东西透露给你）。配制过程极其精密，必须在冰块上搅拌原料。假如有一滴水性吐伦丹从等人高处落下，炸出的大洞，其深度和宽度，需要一个壮劳力挖掘一个钟头。对于采矿业——你会同意的——它是无比宝贵的助力。

"我想让你为我做点事儿，"我告诉他，"但恐怕你不愿意。"

自从我们简短地聊过炼金术后，他就变了——警惕，神经质，心绪不宁。

"你的愿望就是我的命令，"他说，"你清楚的。"

"倒也没错，"我说，"但在炼金术这件事上，我给了你很多焦虑和压力。我最好再多想想。"

"请务必多想想，"他可怜兮兮地说，"我这么讲，可没掺杂个人情感。告诉我，你想让我做什么。"

"是这样的，"我说，"我很想让你复活一个死人。"

他眼睛转了转，却一言未发。

"只是，"我继续说，"我很想再次见到我的妻子。"

"那个你也许谋杀了，也许没谋杀的妻子。"

"我只有过一次婚姻。"我说，语气有些冷，"我一直告诉别人，我谋杀了她，但其实这全是她的错。"我叹了口气。"显然，我与她不欢而散。我一直惦记着这事儿。我不愿她真认为自己是被我蓄意杀害的。"

他的脸色褪成了青灰色，与鸽子腹部羽毛的颜色相仿。"先是炼金术，接着是死灵术，"他说，"你实现了——"

"一个人类能做到的最恶劣的两件事，是的，谢谢你。虽然从我个人的角度，我会把两件事当作赚点钱以及跟自己的妻子说说话。信不信由你，人们每天都在重复这两件事，没人对此特别气愤。"

他的眼神中满是诘责，说："你把一切都曲解了。"

"罪孽深重，"我答道，"尽管我更喜欢将'罪孽深重'想成一种艺术形式。"

我盯着他的眼睛说："你想什么时候做这件愚蠢鲁莽到没谱的事？"

"就现在，如何？"

我摇了摇头。"这需要时间，"我说，"要办手续，走程序，诸如此类。你至少得给我一周时间。"

他笑了。"别傻了，"他说，"你存在于时间与空间之外。"

他开始惹恼我了。"对。即便如此。我仍需要一周。"

"如果我们按我的方法，用不着一周。"

我震惊得说不出话。如果我需要呼吸，我会透不过气来的，"你的方法——"

他点头道。"或许我省略了一点真相，"他说，"事实是，我想跟我的妻子说话。"

"她死了。"

"嗯。"他咬住嘴唇，"也许死了，也许没死。"

我差点快控制不住情绪，"她死了。你杀害了她。"

"坐下。"他说。我将这个词理解为命令。"她因喝下炼金术药剂而死。"

"是的。你调配的——"

"是我调配的。我们还是别在这个话题上浪费太多时间。"他坐在我的对面，"她以为我成功调配出了永葆青春的药剂。"他笑容悲伤，"她一直有点痴迷于保持青春貌美。我想，这是她嫁给我的原因，因为她认为我能制出这种永葆青春的灵药。我想不出其他的可能原因。"他陷入了沉默。片刻后，才继续说："她深信我已经成功，只是瞒着没告诉她。事实上，我当时研究的是基本的转换出黄金的方法。她一口气喝下半品脱的朱砂、王水及其他东西的混合液。我跟她说过，这是毒药。她不相信。"

我皱眉看着他，"这些在你的档案里都有记载。"

"的确，我想也是。但事情是这样的。"他踌躇不语，我看不出原因。似乎他在酝酿勇气。"我最近做的工作，基本上是在完善那些早期的实验。我那时并不知道，但我距离成功只有一线之隔。我已经完成了它——贱物变黄金的伟大奥秘。只有一两个误差需要解决和更正，大部分与朱砂升华的瑕疵有关。"他看向我，笑了起来，"求你别把脸垮得这么吓人啦，"他说，"我知道这全是你不喜欢谈论的话题，但如果你想理解我接下来告诉你的事情，你得忍耐一下。我认为，早期版的灵药之所以不起作用——就是她喝下的药剂——是因为朱砂升华比例的轻微失衡。从我后来以及现在发现的数据来看，我加热灵药的时间稍微过久，这意味着它的活性略显不足，无法作用于非有机物——石头、金属和木头，"他多此一举地做了解释，"但有机物，血肉——"

就像被一道潮波砸中般，我猛然明白了他的言外之意，"包封率过高。"

"一点没错。"他的眼睛炯炯有神。"瞧，你什么都知道。是的，包封率。灵药无法作用在贱金属上。但它会对血肉之躯起作用。"他直视我，"我想，她真的喝下了青春灵药。纯属意外，但歪打正着。"

"可她死了。"

"是吗？抑或她只是陷入了深度昏迷，而灵药正升华入体内？肉眼看来，酷似死亡状态。肌肤会像石头般冰凉，呼吸极浅，甚至不会让玻璃起雾。两周？三周？就像茧中的蝴蝶。记住，她的疯子哥哥将她的躯体浸进了蜂蜜作防腐处理。变态的主意，真的，但他就是这样。重点是，即便肉体没有腐烂，我们也不会注意到。接下来，"他继续说，"我炸掉了王宫，仓促出逃。所以我全然不知之后发生了什么。"

"她的躯体可能毁于爆炸。"

他摇了摇头，"经过朱砂升华作用的肌肤？世间没有力量能在上面留下哪怕一丝划痕。如果我是对的，她压根儿没死。她仍生活在某处，正好二十八岁，一天不多。"

我的脑中一团混乱，"那你想让我做什么？"

"简单，"他语气十分平静，"我想让你找到她。"

生活在北半球，年龄在二十四岁和三十四岁之间，名叫尤多霞的女人，有两万七千八百八十六个。没一个是她。生活在北半球，年龄在二十八岁，体貌特征相似的，有一百三十三万八千七百六十五人。我们要找的人是第一百三十三万七千八百一十六个。事情就是这样。

　　她的名字叫作海洛里亚，她嫁给了布雷米亚东部一位可敬的盐商。她不是布雷米亚人，一目了然。如何来到人世间，她自己也一头雾水。她最早的记忆是在一栋只剩下残破框架的垮塌建筑中醒来，脚踝被屋梁卡住了。一群搜刮铺地瓷砖的掠夺者发现了她，将她拉了出来。她没有其他去处，于是入了伙。但他们受不了她的脾气和怨声载道，她被赶了出去，沦落街头。她的记忆也许一片空白，但她意识到了自己所处的危险。出于巧合，她从冷星女修会门前走过。修女们对她非常友善，她在那里待了很长一段时间——六个月左右——希望能恢复记忆。但记忆没有恢复，她不得不做出选择。她想和修女们在一起，将一生奉献给冥想和祈祷吗？不，她一丝一毫都不想。她能读能写，会算术。修女们为她在修会赞助人那里找到一个簿记员的职位。赞助人是个值得信赖的实诚人，不会占脆弱女性的便宜。三个月后，他们结婚了，她自此过上了极为幸福的生活。

　　我给他看了她的虚影。"是的，"他说，"这就是我的尤多霞。不论她在何方，我都能认出她来。"

　　我正看着档案，"不可能是她，"我说，"听着。她七年前出现在修女们的门阶上，嫁给盐商六年。你炸毁福卡斯亲王的王宫是在四十一年前。时间对不上。"

　　他眉头皱起。"看起来就像她，"他说，"我可以发誓是她。"他想了一会儿，"福卡斯王宫什么时候重建的？"

　　我往前翻看档案。"没重建。"

　　"一定重建过。它是城市中央最重要的地产。"

　　我摇了摇头。"由于它被摧毁的惨状，"我告诉他，"没人想靠近那个地方，他们猜测那里被施了魔法。光顾那里的人只有窃贼和掠夺者。"

　　他转头看向我。

　　"有可能，"我一个字一个字地说，"她有可能一直在那里。不是吗？"我加了一句。

"你为什么问我？"

"这个嘛，你是专家，"我恼火地说，"你了解炼金术，大概比我们更清楚。我一直在试图让你理解，真不是我们选择揪着这个话题不放。"

他沉默了很长时间。"有可能，"他说，"毕竟，以前谁也没做过这个实验，所以谁也说不清转化反应的时长。有可能是三十多年，我也不得而知。或许，反应一结束，就会像茧中的毛毛虫一样休眠，直到有人把她唤醒。"他摇晃脑袋，活像一只湿透的狗甩水般。"这太荒唐了，"他说，"所有真相应该都可信手拈来，我们为什么要猜测个没完？当然，说到她，你知道她是谁，名字，出生日期和地址，死亡日期和地址。你什么都知道。"

我移开了目光，深感惭愧。他在向我求证——根据合同，这是他的权利——而我无法回答他。

是的，我们无所不知。我们当然无所不知。对于我们，一切皆有可能。

在一定限度内。

就比如拿人类来说。我们能瞬间回溯追踪任何人类的人生轨迹。除非有例外。极小的，稀少到无法形容的例外。这些例外是如此微不足道，无足轻重，它们造不成任何可想象的影响。而它们其实根本算不上例外，因为它们全与一种无可容忍、罪恶滔天的亵渎之术——炼金术——有关。

根据我们的回溯追踪规程，一个人类被炼金术转化，从此将不复存在。符合逻辑：源于造物主所造之物的自然个体已经消失了，被非自然地转化为另一类个体。而这个另一类个体，超越并脱离了大自然，存在于我们监管之外——我们不承认这类个体，如同政府不承认一帮子夺取邻国政权的海盗和盗贼一样。

这个女人，这个萨洛尼努斯声称是他的尤多霞的女人，全无人生轨迹。她没被记录在案。就我们而言，她在福卡斯王宫的废墟里苏醒的那一刻之前，从未存在过。

（哦，天呐！）的三次方又三次方。

情况太严重了。我咨询了我的上司。

往返只在刹那间，我敢肯定，萨洛尼努斯甚至注意不到我离开过。我去了至高档案局的办事处。幸运得很，副局长和我私交甚密。

"有可能。"他说。

他显得出奇地戒备，我将之归结于炼金术话题引起的厌恶和恐惧。"我知道有可能，"我说，"我需要知道的是，还有其他的解释吗？"

他沉默了一会儿。"直到这个可怜女人被压在房梁下醒来的一刻，"他说，"她没在任何记录中出现过。"他从架子上扯下一个账本，"同样的，尤多霞公主在喝下药剂的一刻，就从记录中消失了。我欢迎你自行得出结论。"

"结论已经有了，"我厉声地说道，"我想要的——抱歉，我急需的是其他不同的解释，任何解释。任何我能由衷相信的解释。否则，我不说你也明白，我们遇到真正的麻烦了。"

他看向我，我明白他在想什么。不，是你遇到了麻烦，不是我，谢天谢地。我对他的态度感到气恼。老天啊，我们处于相同的立场，我们属于同一支队伍。为什么同族们不能认清现实，齐心协作呢？不过，他还是松口了。"唯一的其他解释是，"他说，"我们的档案及信息存储与检索系统的效率太低，低到无可救药，系统故障和错误太多，千疮百孔，以至于类似于这样的情况下——某种程度上异乎寻常，在关键的几个方面不符合常规—— 一个人类能轻易溜出监管网络，可以这么说。但这，"他语气严厉地补充道，"是不可能的。"

"是吗？我以朋友的身份问你。对我说实话。"

"绝对的，"副局长回答道，"这绝不可能发生。"

接下来我去见了我的上司。"我能给你五分钟时间。"他说——他独创的一句玩笑话。

"是炼金术，"我告诉他，"必定是。"

"看起来确实是，"他回答道，"很不幸。"

我很惊讶，他竟能淡然处之。"萨洛尼努斯发现了一个方法，能进行真实有效的炼金转化，"我告诉他，"毫无疑问，这是场灾难。"

他咬住嘴唇。"太糟糕了，"他说，"鉴于你和他的合同关系。"

我觉得他话里有话，"这改变了一切，肯定的。"

他选择将我的话理解成了双关语——我本没打算表达出这种意思——对我露出一丝笑意。"谈不上一切，"他说，"又不是第一次发生这种事情。"

我以前不曾听说过，"你是说，这种事情发生过不止一次？"

"哦，是的。"他肃穆地点点头，"没一次有好结果的。炼金术一直处于控制下，没出现过大规模爆发，如果你愿意从病理学角度来看的话。传染从未扩散开来。炼金术士在发现奥秘后，往往活不了多久，奥秘也会随其一同消亡。一般来说，"他补充道，"会发生爆炸。这些人使用的物质极不稳定。爆炸惊天动地，所有的笔记和仪器设备都会毁于爆炸中。"

他的话让我不知是喜是忧，"听你这么说，就好像爆炸不是意外似的。"

他对我皱起了眉头。"炼金术是亵渎之术，"他说，"它是非自然的。非自然的事物无法存在于自然界中，它们在本质上并不稳定。这就是炼金术士使用的材料为什么如此易于挥发的原因。它们的本质就是爆炸。"

我决定不去思考这番话的含义。"萨洛尼努斯成功了，"我说，"而且活了下来。"

"好吧，他是个特例，不是吗？"我的上司不耐烦地说，"一个不简单的人。他设置好了终极实验，然后没等实验结束就走开了。实验设置得很精确，因为他知道可能会发生爆炸——顺带消灭他所有的敌人，精彩；启动了实验，而不关心结果，真叫人难以置信，实话实说。他手握着宇宙奥秘的答案，却更在意保住小命和挣钱。这人不简单。"

"他的确不简单。"

"对。这不是件好事。你得有清醒认识，"他继续说，"那份合同意味着，就算他进行炼金术实验,乃至于他把自己炸碎了,他也不会死。死亡阻止不了他。我们已经担保,他不会因战争或意外死亡。"他突然笑了起来,意味不善,"你不得不佩服他,"他说,"向我们出卖灵魂的合同,是令他能进行实验并死里逃生的唯一方法。"

我的脑袋开始犯晕。"如果他使这个女人长生不死,"我说,"有什么能阻止他对自己做同样的事?"

我的上司看向我。"是呀,有什么能阻止他呢?"他说,"答案是,没什么能阻止他。如果他变得长生不死,他永远不会死。要记住,他与我们签订的合同的第二部分,是在他死亡的一刻生效。如果他永远不死——"

我摇了摇头,"合同的期限是二十年。"

"错,"我的上司语气阴沉,"我们担保他有二十年的生命。期限到头时,我们会收回对他的法力支持,他天然的身体机能作用恢复原有状态,他会随即死亡。但如果他的天然机能被某种可怕的化学药剂取代,没有死——"他举起双手,"我为你感到难过。"

"我?"

"哦,是的。别忘了,根据合同,你有义务服侍他一生。"

信不信由你,我太过全神贯注思考目前局势在大层面上的影响,以至于没顾得上考虑对我自身的影响。其实对我没多大影响;我为服侍而生,我的存在建立和集中于自己作为一件意志工具的功能上。但即便如此……

"我们一定能做些什么。"我说。

他对我苦笑一下。"确实,"他说,"欢迎你给我提建议。"

人们——认识我,相信我所说之话的人——对我感到最困惑的地方,大概是我能言不由衷地写出最具深远意义的文字。我能劝说人们相信我自己都不相信的东西,或者(更通常的情况下)我根本不在乎的东西。

以我最伟大的哲学著作为例;在书中,我证明了对超自然力量的迷信和信仰是空洞浅薄的,摧毁了所有现存的道德伦理体系,揭露了人类的真相,即人类是需要自我欺骗才活得下去的动物。所以,我据此推论,人类是注定被淘汰,因进化被超越,被抛却的造物。只有将我们自己进化成更高等的人类,超级人类——

但这些你都知道了。你读过书,或读过摘要简本。如果你未被书中观点说服,只是因为你没花工夫好好阅读,没读懂论据。

对于书中内容,我有一点相信吗?我不知道,我从来没细想过。我创作这一系列特定的宗教短文是受一位特定的赞助人所托,此人厌恶自己的神职工作,不喜欢老被人请去听他们因违反各种戒律而做的告解。他出手大方,我则需要钱。

书的开篇,简述了牧师与无敌骄阳神教藏污纳垢,龌龊事不计其数,随之导出引论,论证开始;紧接着,顺其自然得出论点,牧师与无敌骄阳教主张的道德观必定是错误的或有缺陷的,我的立场由此确立。我四处寻找支持论点的论据,没想到论据唾手可得。我首先列了举教义中种种矛盾之处——我发现,这些矛盾之处源自于很久以前大公议会为了调和神职阶层内部激烈的政治争端而做出的妥协。我提出:如果牧师能为一己之便编造零星的教义,说不定全部教义都是他们编造的。自此,证明牧师编造了全部教义就易如反掌了。我们所知道的《太阳之书》,事实证明不是对"无敌骄阳真言"浑然无瑕,明确无误的记录,而是一部由四五个人商议撰写,拼凑而成的伪书;它历经了一代代的学者修改,编纂和订正,可一些学者属于某某教派或利益团体,另一些学者却拥护截然相反的观点或利益。揭露《太阳之书》是不具真正可信度的政治产物,全然不费吹灰之力。一旦否决了《太阳之书》,无敌骄阳神教受到的打击将永远无法恢复。

当然,我心存疑虑。我看得出来,无敌骄阳完全有可能真的对祂的先知们口授真言——曾经,很久以前——从那时起,先知们和他们的继任者付出了所有的时间和精力,来谎报,误传和整体上淆乱祂告诉他们的话。这也是一个合理的解读,如果我选择以此为论题,我打赌,我能使论证的每一丝条理都与我拼尽全力做出的抗辩（即被控陈情）一样有说服力。但没人付钱让我这么做，于是我作罢了。

奠定了理论基础，其余的一切论述几乎是水到渠成。我的赞助人看到了我为他写的妙笔文章，激动万分，付了一笔不菲的款项，让我再写一些。我写的东西，我有一点相信吗？我不知道。我更愿意保持开放的心态。就如一名优秀的将军会站在对手的角度思考——假若我是他，我在这种境地下会做什么？——我会兼顾论点的正反两面，做一名伺机背叛每个人的"双面间谍"。事实是，越用心寻找某样东西，越有可能找到，就算那样东西实际上不在那儿。迟早，如果找得足够用心，会找到另一样东西。秘诀在于，将找到之物解读得像所寻之物。

所以，全都是为了钱。让我们的目光聚于金钱，好吗，就一会儿。

我小的时候，我们家有钱。我的父亲，从各方面看来，是一位彬彬有礼的富裕农场主。我从小到大没有金钱的概念，犹如鱼儿没有水的概念一般。后来，在我离家在学院读书期间，我的父亲离世，我方才得知，没钱了。水完全消失了，我就是一条落到陆地上的鱼，痛苦地扭曲身体，无法呼吸。

我时年二十岁，身无所长，也不会手艺活。我觉得，我本应到处找找哪里招文员——我能读会写，凭这两项技能能挣到聊以糊口的工资，但我被惯坏了，靠着这点收入过日子，我非憋死不可。因此，我从已有的资源和稀缺的资源出发，思考获取金钱的方法。它们分别为——

杰出的文学、艺术和科学才能。

骗术。

偷盗。

而将这三项再进行全面权衡。第一项最安全，但耗时太长，前途多变数，经济没保障，回报也不高。第二项比第三项安全，但常常需要预谋设局筹划；当你三天没吃东西，鞋底又刚好脱落，此招不堪大用。第三项需要冒险，令人胆寒之极，但能解决当前的迫切需要。天可怜见，我三项全能。

我赚到了钱。而赚得到钱与留得住钱是两回事。我从来没能赚到或偷到足够的钱，发大财的机会总躲着我。我将自己的期望削减到了最低，发现我对简朴的学者生活心满意足——平淡但三餐规律，头上有方屋顶，优哉游哉。不幸的是，每当安稳的终身教职触手可及，忆及过去偷盗行骗生涯的一些不检点言行，余悸就像鬼魂一样猛扑过来，纠缠不休，逼迫我重新踏上漂泊之路。我花了相当多的时间露宿沟渠和荒废的谷仓，全因我生怕有朝一日会失去衣食不愁的闲逸舒适。我的几个诈骗大案——如对我的大学朋友，福卡斯亲王，实施的炼金术骗局——指不定什么时候在我的脸上炸开花（通常就是字面上的意思）。为了将自己从自找的麻烦里挖出来，我越来越多的智慧和才华得到了淋漓尽致的发挥。大多数情况下，我挖掘用的"铲子"是我哲学、诗歌和科学上的本领。它能偿付账单，能诱使赞助人保护我不受敌人的伤害，于是我对它加以开发，就和通过持续锻炼增大某块肌肉异曲同工。创作完的作品，除了用来交换财物，我不会再有丝毫兴趣。简单如斯。蜜蜂非得喜欢蜂蜜吗？我不知道。谁在乎呢？

发大财的机会终于来了——合成蓝彩的配方——我想，所有的麻烦终于结束了，我终于能放松下来，保持冷静，做回自己了。我可以从事最重要的工作，要么那些自己有能力想完成的，要么躺着晒太阳吃葡萄干，或者两事同时进行。时光流水，一事无成，我恍然惊觉；我已年至六十七岁，人生七十古来稀。我从头开始了工作，但为时已晚。

是时候了，我告诉自己，该考虑我的退路了。

不过分笃信信仰的好处在于，修改起它们要容易得多。要是，我问自己，我对宗教、超自然、魔法以及神圣的观念全是错的呢？要是神圣真的存在会怎样？我开始着手证明其真实性。而我（有动机，就如我多年前意图证明反面观点一样的动机）成功了。证实了这一点，我就能够解决真正的问题了——如何才能劝说、吓唬、诱惑或欺骗神圣给我想要的？

他们盯着我不作声。最后，其中一位说："闻所未闻。"

我不会只因他们的目光就退却。"这可说不准。"我说。

但其中另一位摇了摇头，说:"你得提高业务水平了。"

出去的路上，我琢磨起无数凡人祷告时的心态。严格说来，凡人持有的是一种理性的处世观。如果神存在，凡人们辩解道，那跟着神站队肯定没错；如果神不存在，好吧，反正没什么坏处，也不用付出什么。可惜，这不是我的作风。我要么信，要么不信。我相信——我认为我信——萨洛尼努斯关于将传统道德观无效化的学说。我相信，没有绝对的善与恶，归根到底，至关重要的是你所处的立场。我觉得，他的学说完全契合我自己的经验和观察所得。

当你所在立场不再支持你的时候，问题就来了。

我还有一个部门要拜访。

我们理应遵守层级管理原则，但越级汇报并非绝对禁止。有时候，不得不越过所有层级直接访问高层，也是被许可的。这里，我很有把握，该去见某部高层。

当然，不是最高的高层。我能企及的最高管理层是分区总部。按惯例，要在接待室里穷极无聊地等待很长时间，好在大本营的时间不完全是线性的。虽说如此，我本可带卷书读一读，不用干坐着无所事事。

我被领了进去。我尽可能简洁地讲明了情况。"所以，你们看到了，"我总结道，"我们百分之百地遇到了问题。"

"你是这么认为的。"

分区总部的官员有个特点，他们有些反感回答问题。

"是的，我这么认为。"我说，"有一个凡人，他似乎完善了炼金转化反应。按理说，做出这种行为会导致他立即死亡，爆炸致死，因为引发转化的化合物本质上极不稳定。这就是为什么我们没有见到长生不死的人类成千盈百。但这个人很聪明。如果他把自己炸死，根据这份可恶合同的条款，我们必须护他不死。他比我们智高一筹。他赢了。"

"你这么认为吗?"

"是的。"我顿了一下，试着解析他们空洞无神直视我的目光。"如果他成功完成了转化，他自然不会守口如瓶。甚至如果他想的话，消息会泄露出去。人们会知道炼金术成功了，他们有可能获得永生。数以百万的人会因尝试他的实验而炸得粉身碎骨。少数人会成功。"

"你是这么认为的。"

"是的，只消看看这个名叫尤多霞的女人。她喝下了药剂。爆炸如常地发生了，但她活了下来。四十年过去，她丝毫没老。我不知道他具体做了什么，所以不能告诉你们转化反应的可重复概率有多高，但这让我确信，他的炼金术有的时候能被成功复制。伴随而来的惨祸，是因尝试失败出现的大规模死亡，我想你们会同意，那将是难以处理的局面。我们必须做点什么。"

"你有什么想法？"

我感觉仿佛所有造物的重量都压在了肩头。"我们有两条路，"我说，"一条是违背承诺，找个方法阻止他，就算这个方法意味着撒谎，误导或直接动用雷霆手段。"

"你有什么想法？"

我闭上了眼睛。这对我真的太难了。"我们会怎么样，"我问，"如果我们违反合同？比如说，如果我们杀了他会有什么后果？我是说，杀掉他的凡躯。这肯定意味着交易取消。但我们不把他不朽的灵魂送入永恒的折磨。我可以接受这种妥协。但我们有必要使他的躯体起死回生，再将时间拨回吗？这样的话，他就跟从未被杀死过一样。我们真能这么做吗？因为严格来讲，这是死灵术，是被禁止的，当然，谋杀也是被禁止的。"

"你有什么想法？"

"我认为，我们的麻烦太大了，我们不论做什么，都会有不良影响。戴上了食言而肥的帽子，意味着凡人将不再信任我们。我们别想未来还会有这种合同了。再说一次，我可以接受妥协。"

"说完了？"

我摇了摇头。"我不知道谁在执行约束我们的内部条例，"我说，"自我执行，大概吧。如果他对我们进行合法投诉，要对谁申诉？谁来审判我们？如果审判者做出不利于我们的判决，能对我们做什么？"

"你有什么想法？"

"我想，我宁可不知道，"我坚定地说，"我想，沿着第一路走下去会万劫不复。我们不会违背承诺。我们不会刺杀那些给我们造成问题的人。实施权宜之计是我们不会触碰的禁区。"

"为什么？"

"因为这会迫使我们回答我刚才提的问题，"我说，"我猜。"

"你提到的另一条路呢？"

我叹了口气。"简单，"我说，"我们收买他。"

刹那之后，我回来了。与我希望的一样，萨洛尼努斯没注意到我离开过。

"就是她，没错。"我说。

"我想也是。"他回答道。

我们站在一堵透明的墙后观察她。我们能看见她，她看不见我们。她正在梳头，准备着开始平凡女性一天的日常生活。我对这些事是外行，但她看起来十分幸福。

"谢谢你。"萨洛尼努斯说。

"什么？谢什么？"

"谢谢你让我安心了，"他说，"这么多年来，我一直饱受煎熬，愧疚于我对她的伤害。好吧，你都知道了。我总说，我谋杀了她，即使我知道这是一个意外。现在看来，她根本没有死。事实上，她完全得到了自己想要的——永驻的青春和美貌。我现在感觉好多了。谢谢你。"

"不客气。"我说。

他缓缓地长舒一口气，然后转头看向我，"你不觉得我们侵犯她隐私的时间已经够长了吗？我们走吧。"

我困惑了，"难道你不想让她回来吗？我以为——"

他露齿而笑，"天呐，不。我从来没有多喜欢她。可怕的女人。可她也不该那样死去。不过她没死，所以一切都好。她似乎比我认识她那会儿幸福得多，她从前是公主殿下。快点，我现在想回家了。"

回到棚屋，我坐在那桶炸药上。"这个是干什么用的？"我问。

"那个？我跟你说过，是爆破更深矿层的。"

"矿工挖掘到那么深还要好几年，"我说，"它的真正用途是什么？"

他对我微微一笑，"什么也骗不了你，不是吗？我打算用它做个小小实验。"

我等了一下才说："什么实验？"

"我打算把自己炸飞。"

我的目光径直射向他。就我所知，我的脸一动未动。我对五官的控制比任何人类都要强上无数倍，"为什么？"

"想瞧瞧我的研究是否成功。如果成功的话，我被炸飞也伤不了一根毫毛。如果不是——"他咧嘴笑了，"我也许需要你的帮助。合同条款规定的。"

我略做心算。基于他早先告诉我的情报，这样一桶炸药炸出的大坑足以装下苏格南岛。"一整桶？"

他耸了耸肩，"依我看来，爆炸声绝不会太响。"

"你计划什么时候这么实施？"

"等我准备好。仓促行事没意义。毕竟，我还有十七年的时间。"

我站了起来。"黄金，"我说，"不只是有政治用途，对吗？"

"也许吧。"

"要制造长生不死药，你需要黄金。黄金是关键原料。你计划制造一大批长生不死药，然后你会分发给尽可能多的人。"

他凝视着我，我从他的脸上读不出任何表情，"我为什么会想做这样的事情？"

招募一支不朽者军队。攻占天堂。

好吧，这是一种选择。我笃信选择权。我认为，每个人都应拥有尽可能多的选择。

能成吗？我真的不知道。当然，得说服他们迈出第一步。该如何向一群盗贼、不法分子、佣兵和职业暴徒兜售这个主意呢？这需要雄辩无双或花言巧语的口才。这么一想，我不正善于此道吗？

其实也许不用攻占天堂，至少刚开始不用。先定一个切实适中的小目标，再稳扎稳打攻上去。首先，征服世界，一支不朽者大军倒立着都能办到。公然反抗众神，将自己置于祂们的高位。*我赐予你们超级人类，人类注定是被淘汰的造物。人类的决定性桎梏是什么？是生命长度的限制。*解除这一限制，去除对每日饮食、身心健康和人身安全的可怜需求。人类，即刻便与众神同样不朽。众神曾在太多方面优于人类，但既然人类已逃脱了最大的桎梏，他们仍为凡人时学到的所有艺术和科学，将使他们比众神更为强大。仔细想想人与大象，想想是谁猎取、捕杀、驯服了谁吧。人类身形小却聪明；大象体型大却蠢笨。"小"，迫使我们必须变聪明。我们比众神聪明。需要证据？看看我，活生生的证据（"活生生"三字读重音）。

他说对了，黄金在炼金术中起"关键作用"。他总算想到了。但不够快，我比他先想到。他顿悟的时机恰到好处，省得我费功夫解释给他听。

我在游历诸国的过程中，见过最匪夷所思的东西。举例来说，在布雷米亚沙漠，矗立着被地震崩裂的砂岩崖壁。在崖壁的裂缝中，你能寻见远古时埋入地下的巨大的怪兽骨头化石。现在，你不必是天才人物也能想明白，其实这片沙漠曾是海底；砂岩崖壁曾是海床；骨头则是巨型海洋生物的遗骸，它们死后漂坠海底，沉入一百英尺深的松软淤泥。很显然，从那以后，过去了很长的时间——几千年，也许吧，谁知道呢？骨头本身早已朽烂干净，你真正看见的是印痕化石，完全由水压挤入岩石留下的印痕。这些海洋巨兽生前非同寻常，身长五十，六十，一百英尺，硕大无朋，力大无穷。可看看它们的小脑袋，然后减去骨骼、肌肉、肌腱、眼睛、耳朵和其他附属器官所占的空间。这些强壮得令人惊叹的深海巨兽之王，脑瓜仁只有核桃般大小。据我所知，众神们同样如此。空有力量，而无智慧。力量使众神愚蠢。弱者才会变得聪明。

什么使我们弱小？时间的流逝。仅此而已。

人类注定是由进化而超脱的造物。

你不该老站在门口，嚷着要求得到指示。发挥你的判断力和决断力，他们说，是你的判断力和决断力让你陷入这般田地。因此，届时事情变得不可收拾，全是你的责任。你究竟发了什么失心疯，不事先核查，就盲目行事？你怎么能这么愚蠢？

于是我回去找上司。当然，表面上永远看不出来，但我清楚地感觉到他在等我。

"情况恶化了，"我告诉他，"他在调配大量的长生药，足够一支军队服用。"

"是吗？"

"不算完。他还发明了一种超级武器。"

他凝视着我，他的目光仿佛在居高临下地俯视我，"哪种武器？"

"炸药，"我说，"一蛋杯的量，炸出的洞大得可以埋下一个人。"

这句话让他冷漠的脸有了反应，他皱起了眉头，"是吗？"

"我做了全面分析，"我说，"成分只需硝酸、硫酸和提纯的蜂蜜。就不需要我告诉你这意味着什么了。"

"还是跟我说说。"

"这意味着原料来源丰富。他能制造出几千加仑的炸药。他能配制出足够炸毁世界的炸药。"

沉默。接着，"为什么有人会想这么做？"

真是问了个奇怪的问题。"这是一个威胁，"我说，"想一想吧。他有一支不朽者的军队，还有能摧毁地球的武器。"

"你当真相信他能战胜我们？"

我摇了摇头。"这是凡人的思维方式。我想他会发出最后通牒——移交政权，不然我就毁掉一切。以死亡做最后通牒。"我解释道，"死亡，影响了凡人思维的方方面面。万物皆被认为是有期限的。如果我完蛋了，我要所有人跟着我一起完蛋。"

又是一阵沉默。"你认为他有这个能力吗？"

"他是萨洛尼努斯，他有能力做到任何事情。"

他又看了看我。这一次，仿佛我是某种幻象，某种不可能存在，却偏偏存在的东西。"你认为他想统治天空和大地吗？"

目前为止，我还没问过自己这个问题。但我毫不犹豫就得出了答案。"我觉得，他认为自己别无选择。要么起兵，要么下地狱受永恒折磨。再说一遍，这就是凡人的做事方法。想想宫廷政变就明白了，一个人杀死国王，夺取王位，因为他知道不这么做，会被处死。人类就是这么一个孤注一掷的种族。"

"如果他要炸毁世界，难道我们不能轻易地重建世界吗？"

轮到我沉默了片刻，"可我们会吗？我们会摒弃整个实验，转而启动其他实验吗？"

"我们会吗？"

我耸了耸肩。他恪守着按需知密的原则，大概吧。"风险这么高，我无论如何做不了决定。我需要指示。我应该怎么做？"

他将脸转过去，"你还需要问吗？"

好吧；我在机构内的上司弃我不顾，我只能向自己一直笃信和信任的智慧源泉寻求指引。幸运的是，我身上带着一卷作者亲笔签名的书。

我随意展开一段书卷。我看见——

我赐予你们超级人类，人类是注定被淘汰的造物。

写得没错。制造一些不朽者，炸死其他非不朽者。进化不需妇人之仁——

这哲学辞令，令人讨厌，但很难辩驳；使人憎恶，但完全合理。不然的话，大地仍被脑仁如豌豆般大小的巨大蜥蜴统治。

（事实上，我满怀深情地缅怀着它们。即使它们全部一生都徘徊于杀戮欲望与死亡恐怖、吃与被吃之间。庞大到将森林践踏于脚下，龌龊到从对方巢中偷蛋，但至少它们没有发明长生不死。更简单的时代。更欢乐的时代。）

在某个地方，有一个教派相信，起初，人类生活在美丽的花园里，全然不知对与错，善与恶。然后，一条邪恶的蛇诱骗他们学得了伦理和道德——至此，一切开始走下坡路。我相当喜欢这个故事。

我能袖手旁观，看着世界被炸飞，人类灭绝，在进化的齿轮传动链上被不朽的、好战的超级人类—— 一群成分说不清道不明的艺术家、娼妓和拦路抢劫犯——所取代吗？有一种奇妙的逻辑推理法对应这个问题。任何事情按照此种逻辑推理下去，很可能最后得到的结果既荒唐又怪诞。

我意识到自己知道答案了。人类不是注定被淘汰的造物，人类是被牢牢固定在原位的造物。

"我知道你的图谋了。"我说。

他坐在那间阴森棚屋的书桌后，看着门外的景色。天气风和日丽，雾气消散一空，太阳露出笑颜，群山沐浴在淡金色的光芒中。差点让我误以为，是矿工们早前到山上，刮去了所有的草皮。常年吹拂的凛冽东风停息了，从我们所处的位置，看不见露天采矿给大地留下的丑恶伤痕。美景如画，炸毁了岂不暴殄天物，我做出了决定。这里值得拯救。

他放下了手中的书卷——论述材料属性的《苏格南的安菲特律翁》。

"真的知道了吗？"

"是的。你不能这么做。"

他皱起了眉头，"你没资格告诉我什么能做，什么不能做。合同里有明文规定。"

"让合同下地狱去吧。"

他似乎被我的话稍稍逗乐了。"那么，请继续，"他说，"我有什么图谋？"

我深吸一口气，"你准备招募一支不朽者大军，围攻天堂，威胁炸毁大地。"他没有反应。我继续说下去，"这毫无用处。你赢不了。"

"你们也赢不了。"

也许我内心深处尚存侥幸仍希望我的推断错了。若真如此，希望彻底破灭了。"你毁掉的任何东西，我们都能重建。一眨眼的工夫。"

他点了点头，说："是的，如果你们愿意的话。"

我没什么好说的了，只得对他怒目而视。他说："传说，你们一族受够了世间罪孽，于是降下了灭世大洪水。这么做的目的是消灭一切生物，重新开始。事实上，你们改变了主意，放过了极少量的生物。当然，这只是个传说，虽然我不禁自问，困在砂岩崖壁里的巨大蜥蜴是那场洪水造成的吗？对了，这与话题无关。如果我炸毁大地，你会重建吗？你不知道，你不能确定。而你热爱这世界。你热爱人类，热爱人类的艺术和文学。我猜，比我热爱得多。"他对我面露微笑，"由你说了算。"

"显然，我说的不算，"我说（我暗想，原来这就是撒谎的感觉，言过其实了），"你真认为，他们会把人类种族的未来交于我处置？不过，我得到授权，向你提出一笔交易。"

只持续了一刹那——我的时间刻度里的一刹那，的确是非常短的时间——我想，我看见他的眼睛里闪过了什么，最微弱的光彩，我恍惚看到了他如汪洋般无可度量的洋洋得意。但它转瞬即逝，他说："我不想要交易。我已经有过一个交易，非常感谢你。我有份合同。"

我点了点头，说："当然，一份你知道自己能阳奉阴违的合同。一份以你的死亡为履约条件的合同，你我都知道，你永远不会死亡，一旦你喝下了那种可怕的药剂。"

他竖起一根手指表示默认。我差点动手打他。

"我完全清楚你怎么想，"我说，"不朽者军队，围攻天堂，威胁炸掉整个世界，除非我们交出权力，离开。"有那么一会儿，我不知该说他什么好。"我真是看错你了。"我说。

他皱起眉头，就仿佛我的一番话对他有所触动——是我一厢情愿了，我很肯定。"我看不出来，我还有什么选择余地，"他说，"要么成神，要么下地狱。"

"那你一开始就不该签合同。"

他停顿了一下才回答。"我的生命逝去得太快了，"他说，"我幡然悔悟，我一生都用在了撒谎和行骗上，没有什么可自傲的成就。所有那些才华，都白白浪费了。说真的，我唯一欺骗的人是我自己。这无疑是一场赌博。但我没什么好失去的。对你来说，这是凡人的思维方式。我不觉得你能真正体会。"

他的话有点伤到我了。也许我真的心痛了，我混迹于人类中的时间太长了。抑或还不够长。"有一个备选方案。"我说。

"我不这么认为。"

"你真的想炸毁世界？你真的想杀死数百万的人？"

"你们一族降下大洪水，是想杀死数百万的人吗？还是想杀死数百万的海洋巨兽，或杀死数百万的巨大蜥蜴，这真的无所谓。进化容不得同情心。再说，它们反正全被你们灭绝了，所以这有什么区别吗？但我的超级人类——"

"屈指可数的超级人类。"

"仅仅只是人数少，"他承认道，"我们人少，但我们快乐。想象一下，我会为我的种族带来什么。下一等级的进化。"他微笑道，"你说过，你喜欢我关于立场的学说。好吧，我处于他们的立场，你处于你们的立场。抱歉。我本希望我们能做朋友的。"

"有一个备选方案。"我重复道。

他看了我很长时间，其间，公鸡打了三声鸣。"那么，说吧，"他说，"我洗耳恭听。"

我从袖中拿出装有合同的黄铜管筒，递向他。"你的，"我说，"你可以拿回去投入火中。以后不会再有合同了。你的灵魂不会被罚没。"

他不动，甚至不呼吸，保持了非常长的时间，"我要付出什么？"

"你所有的炼金设备，"我说，"将你的笔记和化学品在谷底堆成一堆。然后，你将那桶'地狱烈酒'推下悬崖，滚落在这堆东西上。还有，你永远、永远不能动炼金实验的念头。"

他皱起眉头，"如果你说的是，把时间拨回去——"

"不。"我摇了摇头，"你可以保留已恢复的青春，以及密西亚，现有的所有这些。你将会有五十到六十年的自然生命，之后你会安详逝世，进入天堂与被拣选者一起永享极乐，等等。"

他微笑道："除此之外，我们忘记所有其他事情，假装从没发生过就行啦？"

"这事儿被你说得就像很卑鄙，很无耻似的。这一笔交易划得来。"我停顿了一下，说："请吧，我在以朋友的身份请求你。"

他看向我，"哦，既然如此的话。"他说着伸出了手。

有件事情我改了主意。我们没让炸药桶滚落悬崖。我不想任何人——特别是新密西亚人，那帮子杀人犯和学者——获悉人类有可能制造出一种威力如此巨大的武器。我们反其道而行之，将炸药溶液一滴滴倒入一条深深的裂缝，直达地球的腹内，汇入炙热的熔岩之海。接下来，我们把书卷、笔记本、蒸馏器和升华锅也扔了进去。

他站直身子，看向我。"资料还在这里，"他敲了敲脑袋，"大脑某处。"他补充道。

我打了个冷战。"它是你的保障，"我说，"但你有这些资料，并不代表你一定要使用。"

"一点没错。"他对我开心地笑道，笑容非常迷人，"我们不如友好相处吧。"

然后，我将黄铜管筒交给了他。他抽出羊皮纸，展开给我看。"你从来没核对过。"他说。

"什么？"

"看。"他指出来。在羊皮纸的底部，他的签名处，他签下的是 Nemo Neminis filius，意为不存在之人，无有人之子。"我转移了你的注意力，记得吗？在签约的那一刻。无效签名，无效合同。"接着，他将羊皮纸撕成小碎片，吃了下去。"我想，这会给你带来很多的麻烦，"他说，"不过证据已经消失了，所以管它呢。这可是我们之间的秘密。"

我仿佛感到一只冰冷的手轻抚过我类似心脏的器官。很多的麻烦。我既恨他，又爱他，一时间五味杂陈。

"谢谢。"我说。

"别客气。"他从裂缝边退开。一股热空气喷出，温度高得足以烧焦凡人的头发。可能是炸药的作用，我猜。"好啦，"他说，"一段趣味盎然的经历落定。什么时候你路过，请一定来坐坐，欣赏欣赏艺术。"

"乐意之至，"我听见自己说道，惊觉此话发自肺腑。"有一件事，"我说，"那些艺术家。我知道你要他们，目的是完美的血统，给你的超级人类——"

他摇了摇头。"他们一到这里，我唯一想到的是，"他说，"他们为你而来。因为你想欣赏画作。"

我感觉喉咙发涩，"但愿我能相信你的话。"

他笑道："信不信由你。"说完，他走了。

当然，这是一场赌博。当然，我很走运。

最大的意外之运——当初让我有了周详主意的一件事——是我偶遇了一个得失忆症的女人。我不知道她到底是谁——显而易见——但当她的家人把我唤了去，问我是否能为她做点什么时，灵光一闪，一个细节完善，构思完美的主意突然蹦了出来。我付给他们很多钱买下了她——卑劣可鄙，竟将自己的骨肉卖给一个素不相识的陌生人——安排她在福卡斯王宫被人找到。真是幸运。

　　我赌的是，他们的档案及记录系统必定和我认为的——年复一年辛勤研究的成果—— 一样混乱不堪。此举风险甚大，虽然我以无效签名给自己上了一重保险——不过，若我的计算出现严重失误，这点蠢笨的小把戏不足为依凭。但我计算正确，他们在档案记录方面果真和我假设的一样效率极低。当然，相关官员也会不惜一切地掩盖他们的失职，包括极度夸大炼金术的威力，以及更离谱的借口。当然，这给了我线索。我知道，炼金术其实没可能成功，但天堂偏将它当作不可饶恕的罪过对待。为何要对一个不存在的威胁如此激动呢？答：某处的某个存在正掩盖着什么。记录上的差错？把它归咎给炼金术师。一旦得出这个结论，我所要做的就是想出如何攫取好处。

　　于是乎，我成功了。空前绝后的横财。我统治着一个真正地建立在金山之顶的王国。我发号施令的王庭位于一座牢不可破的城堡里。我的臣民是大地上最强悍的武士，身边围绕着伟大的艺术家和美丽的女人为之增色。我控制着文明世界的政治。哦，我二十五岁，健康状况良好。如果你能想到更大的发财计划，请别告诉我。你只会让我心痒难耐。

　　谈到我，总离不开一个"钱"字——金钱，私利，发大财。一路行来，我碰巧证明了自己是正确的——生命苦短，善与恶，愚昧的众神可被欺骗——在某种程度上，说真的，我一点不在乎。如果四十年前我发现了合成蓝彩的配方，这些事没一件需要发生，而我也不会写那些讨厌的书。

　　当然，四十年后，我的看法也许会再一次改变。但我不担心。我相信，我一定能想出新的办法。

（萧贰　译）